Kausalanalysen in der Umweltforschung

Kausalanalysen in der Umweltforschung

Beiträge eines Methodenworkshops am Wissenschaftszentrum Berlin

Herausgegeben von

L. Hildebrandt, G. Rudinger und P. Schmidt

Mit 42 Abbildungen und 58 Tabellen

SEMPER BONIS ARTIBUS

Gustav Fischer Verlag
Stuttgart · Jena · New York · 1992

Anschriften der Herausgeber

Prof. Dr. Lutz Hildebrandt, Universität Bielefeld, Fakultät für Wirtschaftswissenschaften, Postfach 8640, D-4800 Bielefeld 1

Prof. Dr. Georg Rudinger, Psychologisches Institut der Universität Bonn, Römerstraße 164, D-5300 Bonn 1

Prof. Dr. Peter Schmidt, Justus-Liebig-Universität Giessen, Fachbereich Gesellschaftswissenschaften, Karl-Klöckner-Straße 21, D-6300 Giessen

Die Deutsche Bibliothek — CIP-Einheitsaufnahme

Kausalanalysen in der Umweltforschung : Beiträge eines Methodenworkshops am Wissenschaftszentrum Berlin / hrsg. von L. Hildebrandt ... — Stuttgart ; Jena ; New York : G. Fischer, 1992
ISBN 3-437-40276-5
NE: Hildebrandt, Lutz [Hrsg.]

Druck und Einband: Wilhelm Röck GmbH, Weinsberg

Printed in Germany

Vorwort

Die Komplexität umweltpolitischer Aufgaben fordert von der Forschung zunehmend - über die klassischen Disziplinen hinweg - interdisziplinär zu arbeiten und mit aussagekräftigeren Methoden nach Ursachen, Wirkungen und Problemlösungen zu suchen. Diesen Anspruch wollen die Beiträge in diesem Sammelband erfüllen, indem sie aus unterschiedlichen Forschungsbereichen Möglichkeiten für die quantitative Umweltforschung mit Strukturgleichungsmodellen aufzeigen. Diese Modelle erlauben es, besonders das Problem der Multikausalität, die Meßfehlerproblematik bei Indikatoren und subjektiven Schätzungen, sowie indirekte Wirkungsstrukturen in den Modellen für die Umweltforschung zu berücksichtigen.

Anlaß zur Herausgabe dieses Sammelbands war ein Methoden-Workshop, der 1985 am damaligen Internationalen Institut für Umwelt und Gesellschaft (IIUG) des Wissenschaftszentrums Berlin stattfand. Die Verbindung quantitativer Methoden mit der Umweltforschung erwies sich als so anregend, daß aus den vorgestellten laufenden Forschungsprojekten der Workshop-Teilnehmer dieser Band geplant wurde. Die Beträge entstanden in der Zeit zwischen 1985 und 1989. Aufgrund der Komplexität der Thematik und der Dynamik der Methodenentwicklung wurden auch externe Wissenschaftler um Beiträge gebeten. Trotzdem konnten besonders im Bereich der Software-Entwicklung nicht alle Änderungen und Erweiterungen der Basisprogramme während der vergangenen Jahre berücksichtigt werden. Die inhaltliche Problematik und die grundsätzliche Vorgehensweise bei der Analyse von Kausalmodellen für die Umweltforschung ist jedoch von dieser Entwicklung nicht beeinträchtigt worden.

Der vorliegende Band stellt die Methoden der Kausalanalyse mit den Programmen LISREL, LVPLS und EQS in den Mittelpunkt. Er enthält Beiträge aus unterschiedlichen Wissenschaftsbereichen - Psychologie, Politikwissenschaften, Soziologie und Wirtschaftswissenschaften. In vier Abschnitten werden methodische Probleme, die Beeinflussung des Umweltverhaltens, Umwelt und Gesundheit sowie Erweiterungen der Strukturgleichungsmethodologie behandelt und Befunde aus der empirischen Kausalforschung zu den behandelten Themen erörtert. An dieser Stelle sei noch ein Dank an das Wissenschaftszentrum Berlin und den damaligen Direktor des IIUG Prof. Dr. U. E. Simonis ausgesprochen, die den Workshop großzügig unterstützt haben, sowie an Dr. K. Gillwald und Prof. Dr. B. Joerges, die direkt und indirekt das Zustandekommen des Gesamtprojekts förderten.

Die Herausgeber Dezember 1990

Inhaltsverzeichnis

Autorenverzeichnis

Andres, Johannes Dr., wissenschaftlicher Angestellter am Psychologischen Institut der Universität Kiel

Apel, Heino Dipl.-Soz., Gesellschaft für Systemanalysen, Frankfurt

Balderjahn, Ingo Dr., Akademischer Rat am Fachbereich Wirtschaftswissenschaften der Universität Hannover

Bongaerts, Jan Dr., Wissenschaftler am Wissenschaftszentrum Berlin, Bereich Umweltforschung

Faulbaum, Frank Dr., Projektleiter am Zentrum für Umfragen und Methoden (ZUMA), Mannheim

Fritz, Wolfgang Dr., Hochschulassistent, Fakultät für Betriebswirtschaftslehre, Universität Mannheim

Förster, Friedrich Dipl.-Math., wissenschaftlicher Angestellter, Fakultät für Betriebswirtschaftslehre, Universität Mannheim.

Hildebrandt, Lutz Prof. Dr., Fakultät für Wirtschaftswissenschaften, Universität Bielefeld

Lantermann, Ernst-Dieter Prof. Dr., Fachbereich Psychologie, GH-Universität Kassel

Lohmöller, Jan-Bernd Dr., Akademischer Rat am Institut für Politische Wissenschaften, Freie Universität Berlin

Matschinger, Herbert Dr., wissenschaftlicher Mitarbeiter am Zentralinsitut für seelische Gesundheit, Mannheim

Rohrmann, Bernd Dr., Privatdozent, Institut für Psychologie der Universität Mannheim

Rudinger, Georg Prof. Dr., Psychologisches Institut, Philosophische Fakultät der Universität Bonn

Schima, Peter Dipl.-Psych., wissenschaftlicher Angestellter, Fachbereich Psychologie, GH-Universität Kassel

Teil I

KAUSALANALYSE MIT STRUKTURGLEICHUNGSMODELLEN ALS UNTERSUCHUNGSANSATZ

In zwei Beiträgen werden zunächst die grundlegenden Prinzipien kausalanalytischer Forschung dargelegt. Der erste Beitrag (Kap. 1) geht auf die Basiskonzepte der Methodologie ein, diskutiert Problembereiche und zeigt auf welche methodischen Entwicklungen zu erwarten sind. Im zweiten Beitrag (Kap. 2) erläutert J. Andres dem Leser die Grundzüge der Theorie linearer Strukturgleichungsmodelle, wobei sich die Darstellung am Programmsystem LISREL orientiert, die dcrt übliche Notation verwendet und die primär in LISREL auftretenden Besonderheiten behandelt. Bis auf die Analyse des Mehrgruppen-Falls werden alle möglichen Modellstrukturen methodisch erörtert.

[1]

Lutz Hildebrandt
Georg Rudinger
Peter Schmidt

Strukturgleichungsmodelle zur Kausalanalyse

Die Strukturgleichungsmethodologie hat zunehmend in den Bereichen Beachtung gefunden, die echte experimentelle Untersuchungen nicht zulassen. Die Analyse kausaler Zusammenhänge mit Strukturgleichungsmodellen erlaubt der Wissenschaft Kausalität durch einen expliziten Test von einzelnen und multiplen Wirkungsbeziehungen bei Kontrolle von Drittvariablen und Berücksichtigung von Meßfehlern in einem Modell zu prüfen. Dies eröffnet gerade bei den komplexen Problemen der Umweltforschung neue Möglichkeiten. Der erste Beitrag führt in die Prinzipien des Forschungsansatzes ein.

1. EINLEITUNG

Die zunehmend komplexer und undurchschaubarer erscheinenden Wirkungsmechanismen im sozial- und umweltpolitischen Bereich machen es für den Wissenschaftler notwendig, methodisch anspruchsvoller und verstärkt interdisziplinär zu arbeiten. Zudem ist die in manchen Forschungsgebieten vorherrschende Praxis, sich mit der Prüfung von Einzelhypothesen zu befassen und monokausale Wirkungsbeziehungen zu testen, wenig geeignet, sinnvolle Aussagen für die Durchführung sozial- und umweltpolitischer Maßnahmen zu generieren. Dies gilt umso mehr für Aussagen, die sich auf die Befindlichkeit von Personen beziehen, sich also mit den Auswirkungen von Veränderungen in der Umwelt befassen.

Umweltbelastungen, die körperlich wahrnehmbar sind oder sogar Krankheiten verursachen, werden von einer Vielzahl wirkender Ko-Faktoren verstärkt oder vermindert. Messungen über die Wirkung der Umweltbelastungen am Menschen oder die Bereitschaft sich umweltbewußt zu verhalten erfolgen im allgemeinen über Indizes oder Skalen, die mit Meßfehlern behaftet sind. Sozialtechnologien, eingesetzt zur Förderung des umweltbewußten Verhaltens von Verbrauchern, sind in ihrer Einflußstruktur abhängig von Zustands- und Situationsfaktoren der Zielpersonen und wirken multikausal.

Eine angemessene Methodologie zur Modellierung der komplexen Wirkungsbeziehungen - wie sie in der Umweltforschung anzunehmen sind - sehen wir im Ansatz der Kausalanalyse mit Strukturgleichungsmodellen. Obwohl die Methodologie an relativ restriktive Annahmen über die Daten gebunden ist, bietet der Ansatz die Möglichkeit eine Vielzahl - auch konkurrierender Hypothesen - simultan zu testen und die Effekte von Einflußvariablen unter Berücksichtigung von Meßfehlern in den erhobenen Daten zu quantifizieren. Erfüllen vorhandene Daten die strengen Vorraussetzungen der hier vorgestellten Verfahren nicht, dann ist es möglich auf eine Vielzahl von alternativen Programmsystemen auszuweichen, die mit weniger anspruchsvollen Schätzverfahren arbeiten und auf schwächeren Annahmen beruhen.

Die Annahmen der in diesem Buch eingesetzten grundlegenden Verfahren dienen in erster Linie dazu, statistische Testmethoden anzuwenden. Das "weiche" Datenmaterial der Umweltforschung genügt diesen Anforderungen nur selten, so daß sich der Forscher beim Einsatz der anspruchsvollen Verfahren mit weniger strengen Interpretationen begnügen sollte. Die vorgestellten Modellansätze dienen daher eher als Denkrahmen. Die statistischen Softwarepakete für die vorgestellte Methodik werden aber laufend erweitert, sowie die Schätzmethoden und Prüfinstanzen verbessert, so daß die vorhandenen Datenprobleme immer weniger ins Gewicht fallen, obwohl die grundlegende Problematik des Tests von Hypothesen aus der Umweltforschung erhalten bleibt. Nicht alle methodischen Entwicklungen müssen deshalb hier berücksichtigt werden.

2. GRUNDGEDANKE DER KAUSALANALYSE

Die Methoden, die unter dem Begriff Kausalanalyse oder "causal modeling" subsummiert werden, stellen den Anspruch, auf der Basis von korrelativen Beziehungen aus experimentellen und nichtexperimentellen Daten strengere Tests formalisierter Theorien zu ermöglichen als die üblichen Verfahren der univariaten und multivariaten Statistik (vgl. Bagozzi 1980, Bentler 1986). Die Kausalanalyse ist besonders von den Wissenschaftsbereichen aufgegriffen und weiterentwickelt worden, in denen experimentelle Ansätze kausaler Prüfung mit einer Manipulation und der Messung einer zeitlich verzögert eingetretenen Wirkung nicht oder nur selten herzustellen sind. Zu nennen sind Teile der Naturwissenschaften, die Sozialwissenschaften und Wirtschaftswissenschaften, die vorwiegend ex post facto Situationen oder "natürliche" Manipulationen als Ausgangspunkt empirischer Forschung vorfinden. Dies schließt jedoch eine Anwendung der Methodik auf Daten der experimentellen Forschung nicht aus.

Die Kausalanalyse bildet zum einen ein Bündel von hypothesentestenden Verfahren, die u.a. als Strukturgleichungs-Methodologie, Kovarianzstrukturanalyse oder auch als Linear Structural Relations (LISREL) Modeling bezeichnet werden. Zum anderen wird unter causal modeling auch ein generelles Paradigma für die Überprüfung sozialwissenschaftlicher Hypothesen verstanden. Der grundlegende Ablauf der kausalanalytischen Vorgehensweise ist in Abb. 1 schematisch dargestellt.

Die kausalanalytische Vorgehensweise beruht darauf, zunächst eine inhaltlich verbal formulierte Theorie - eine Menge von wenn-dann oder je-desto Aussagen - in ein Pfaddiagramm zu übersetzen (das "Kausalmodell"). Die darin enthaltenen Pfade müssen die Richtung der angenommenen Beziehungen zwischen den Variablen dieser Theorie widerspiegeln. Im allgemeinen wird dabei zwischen Meßhypothesen und Kausalhypothesen unterschieden, die integriert abgebildet werden.

Das theoretische Modell (Netzwerk) wird dann in ein lineares Gleichungssystem überführt, dessen Struktur anhand von empirischen Daten zu testen ist. Bei diesem Test werden die Kovarianzen der empirischen Daten auf ihre Konsistenz mit der Kovarianzstruktur des geschätzten theoretischen Kausalmodells geprüft. Sind die theoretisch

Abbildung:1 Der kausalanalytische Test

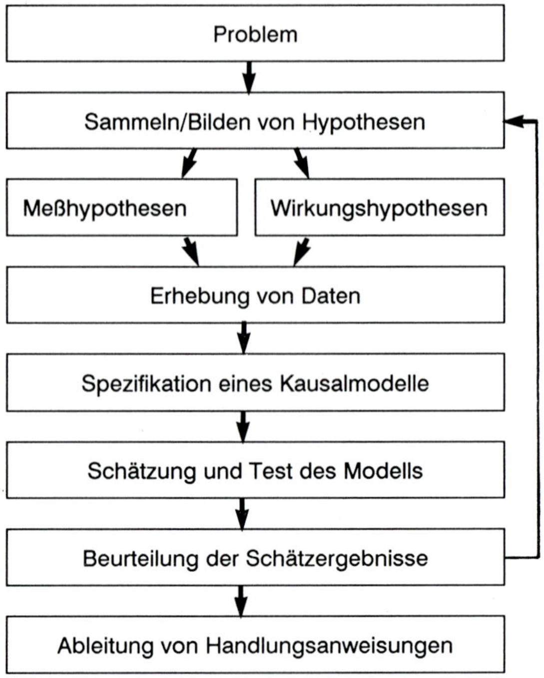

angenommenen Beziehungen, d.h. die geschätzten Varianz-Kovarianzparameter konsistent mit den Daten, dann wird die zugrundeliegende Kausaltheorie als nicht falsifiziert betrachtet, bzw. zu dem Grad akzeptiert, zu dem die Modellhypothesen nicht durch die Daten zurückgewiesen werden können. Ein einfaches Kausalmodell zum Test des Einflusses von Umweltbewußtsein auf das Umweltverhalten ist in Abbildung 2 dargestellt. Die beiden zentralen Variablen werden durch je zwei Skalen gemessen. Die verwendete Notation entspricht der des Programmsystems LISREL.

Zur Beurteilung, wie gut die Varianz-Kovarianzparameter die Daten widerspiegeln, liefern die vorhandenen Softwarepakete dem Benutzer unterschiedliche Fit-Maße und Teststatistiken. Da diese Beurteilungskriterien z.T. recht unterschiedliche Ergebnisse bei der Modellprüfung zeigen und ihre Ausprägung auch von anderen Informationen als der Kovarianzmatrix der Daten und des Modells abhängen, sollten im allgemeinen mehrere Indizes nebeneinander zum Nachweis für die Bewährung eines Modells herangezogen werden.

Abbildung 2: Ein einfaches Kausalmodell

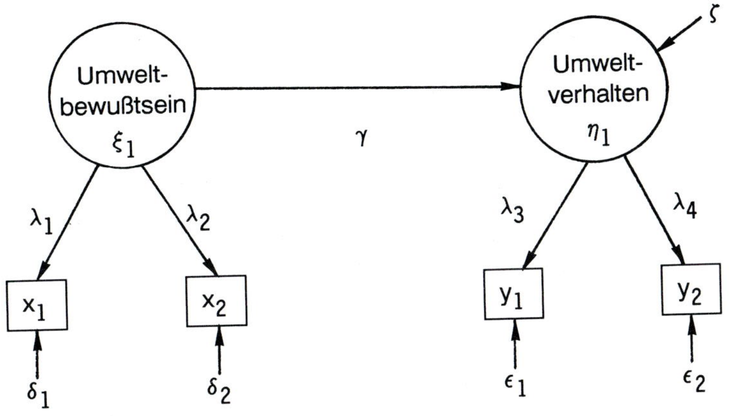

mit: $x_1 = \lambda_1 \xi + \delta_1$ $\quad y_1 = \lambda_3 \eta + \epsilon_1$ $\quad \eta_1 = \gamma \xi_1 + \zeta$

$x_1 = \lambda_2 \xi + \delta_2$ $\quad y_2 = \lambda_4 \eta + \epsilon_4$

3. DAS KAUSALITÄTSKONZEPT DER KAUSALANALYSE

Obwohl die Methoden der Kausalanalyse den Anspruch haben, kausale Interpretationen von Modellergebnissen zuzulassen, besteht im allgemeinen Unklarheit darüber, was unter der Kausalitätsinterpretation eines durch die Daten nicht zurückzuweisenden Modells zu verstehen ist, oder besser, welche Reichweite die Aussage eines empirisch nicht falsifizierten Modells hat. Kausalität einer Variablenbeziehung kann durch die Verfahren der Kausalanalyse nämlich nicht nachgewiesen werden. Multivariate statistische Verfahren repräsentieren nur eine Syntax, die hinsichtlich ihrer kausalen Interpretation neutral ist. Die Methode prüft deshalb, ob eine kausale Beziehung aufgrund der explizierten substantiellen Annahmen des Forschers im Kontext einer Modellstruktur statistisch nicht zurückzuweisen ist.

In den Sozialwissenschaften wird die Annahme des Vorhandenseins einer kausalen Beziehung an mindestens vier Annahmen gebunden (vgl. Zimmermann 1972)

1. empirische Korrelation
2. zeitliche Asymmetrie
3. keine Drittvariableneffekte
4. theoretische Begründung.

Bei der Analyse von Querschnittsdaten in nichtexperimentellen Designs kann die zweite Bedingung nur durch eine theoretische Annahme oder durch retrospektives Vorgehen ersetzt werden. Jede Kausalinterpretation im Rahmen der Kausalanalyse ist dann zunächst auf das gerade getestete Modell sowie die dem Modelltest zugrundeliegenden Daten und substantiellen Annahmen bezogen.

Im Rahmen der Umweltforschung mit ihren komplexen Wirkungszusammenhängen ist es sinnvoll Kausalinterpretationen an eine Vielzahl weiterer Kriterien zu knüpfen, soll das Ergebnis einer Analyse für sozialtechnologische Aussagen verwandt werden. Das folgende erweiterte Kriterienschema (vgl. Scherg 1984) wird von uns eher als angemessen für die Beurteilung von Forschungsergebnissen und deren kausaler Interpretation erachtet, als die relativ allgemeinen oben aufgeführten sozialwissenschaftlichen Kriterien. Es stellt Anforderungen an einzelne Beziehungen und die Gesamtstruktur eines Kausalmodells:

1. Stärke des Zusammenhangs

Natürlich ist die relative Größe eines Parameters in einem Kausalmodell ein Indiz für die Bedeutung der Beziehung. Wie stark ein Effekt sein sollte, um ihn als kausal zu interpretieren, wird allerdings von Stichprobe und Daten abhängig sein.

2. Konsistenz

Unter Konsistenz verstehen wir die Invariabilität der Effektstärke bei alternativen oder konkurrierenden Modellstrukturen. Eine Forderung, die durch hierarchische Tests gesichert werden kann. Konsistenz fordert weiter, daß Replikationen einer Untersuchung zu gleichen Ergebnissen führt.

3. Kohärenz

Kohärenz fordert den inhaltlichen Zusammenhang der Variablen in einer Wirkungsbeziehung oder zumindest die logische Relation.

4. Spezifität

Spezifität verlangt einen Untersuchungsgegenstand, der jeden Indikator oder jedes Konzept auf der gleichen Abstraktionsebene erfaßt.

5. Zeitliche Abfolge

Eine zeitliche Abfolge muß - wenn sie nicht empirisch vorliegt - zumindest theoretisch begründbar sein. Die strenge Kausalinterpretation fordert allerdings zeitliche Abfolge.

6. Persistenz

Persistenz verlangt die Dauerhaftigkeit der Beziehung über die Zeit (bei Wiederholungsuntersuchungen) oder die Stabilität der Beziehung bei Kreuzvalidierungen.

Erst wenn diese Bedingungen erfüllt sind, sollten die Befunde von kausalanalytischen Untersuchungen in praktische Handlungsanweisungen umgesetzt werden (vgl. Breslow & Day 1980). Allerdings ist auch dann zu fordern die Wirkung solcher Maßnahmen empirisch mit gleicher Methodik über Evaluationsstudien zu überprüfen.

4. METHODISCHE BESONDERHEITEN DER KAUSALANALYSE

Die hier betrachteten Verfahren in der Kausalanalyse wie LISREL, EQS und PLS (Jöreskog & Sörbom 1985, Bentler 1984, Wold 1982) analysieren, von der Methodik aus betrachtet, Daten auf der Grundlage der abgeleiteten Momente von p zugrundeliegenden Variablen. Im generellen Fall liefern deren $p*(p+1)/2$ Kovarianzen den Dateninput für eine kausalanalytische Studie.

Bei der Modellspezifikation durch Graphen und Gleichungen wird davon ausgegangen, daß ein Modell existiert, welches über den Prozeß eine Erklärung liefert, der die beobachteten Daten erzeugt hat. Ist die Erklärung des Kausalprozesses gehaltvoll, dann sollte die Struktur des Modells in der Lage sein, die empirischen Daten zu reproduzieren bzw. wie oben ausgeführt mit den Daten konsistent sein. Daneben sollte es auch möglich sein, Meßfehler in den Daten bei der Analyse latenter Variablen mit zu schätzen.

Ältere Methoden für multivariate Analysen zur Aufdeckung von latenten Strukturen in Beobachtungsdaten sind lange bekannt, wie etwa die Faktorenanalyse (Hotelling 1933 oder Spearman 1904). Sie dienten aber primär der Exploration von unbekannten Hintergrundfaktoren, die eine empirische Kovarianzmatrix von Indikatoren für Intelligenz erzeugt haben könnten. Diese Methoden waren an eine Reihe notwendiger, aber unrealistischer Annahmen über die Daten gebunden, um eine eindeutige Lösung zu erzeugen.

Die Methoden der Kausalanalyse besitzen dagegen drei Eigenschaften, die sie über die klassischen explorierenden Verfahren hinausheben. Erstens, der Forscher hat explizite Hypothesen, wieviele Indikatoren zur Messung eines unbekannten Faktors verwendet werden und welche Faktoren in einem Modell untereinander in Beziehung stehen und welche nicht. Zweitens, sind zwischen den latenten Variablen oder Faktoren nicht nur korrelative (ungerichtete) Beziehungen zugelassen, sondern auch gerichtete, d.h. angenommene kausale Beziehungen. Drittens, die Annahmen der Forscher über die theoretische Struktur der Daten auf der beobachteten und latenten Ebene lassen sich anhand der Teststatistik und der vorgeschlagenen Fitmaße (strenger) überprüfen als in den rein explorativen Verfahren. Mit der möglichen Aufteilung der Variablen im Modell in beobachtete Variablen und latente Variablen (wie z.B. im Abb. 2 dargestellten LISREL-Modell) stellt die Methodologie eine Erweiterung der psychometrischen Meßtheorie dar und formalisiert wissenschaftstheoretische Überlegungen.

Die klassische psychometrische Testtheorie verwendet das "true score" Konzept. Gemessene Variablen werden auf statistische Weise von Zufallsfehlern bereinigt. Die berechneten Faktoren in der konfirmatorischen Faktorenanalyse (als Modellvariante der Kausalanalyse) gehen dagegen darüber hinaus. Sie beruhen auf der Zerlegung von Varianzanteilen der gemessenen Variablen in Komponenten, die unterschiedlichen Faktoren zugerechnet werden können - systematische Effekte - und die außerdem noch die Zufallskomponente berücksichtigen.

Durch die Einbeziehung von gerichteten und ungerichteten Zusammenhängen zwischen Faktoren erlaubt die Strukturgleichungsmethodologie zusätzlich die statistische Überprüfung klassischer Validierungskonzepte wie Konvergenzvalidität (der Grad, zu dem zwei unterschiedliche Meßkonzepte für die gleiche latente Variable miteinander korrelieren) und Diskriminanzvalidität (der Grad, zu dem zwei latente Variablen gemessen durch unterschiedliche Meßkonzepte voneinander abweichen). Weiter konnten Kriterien wie Prognosevalidität oder nomologische Validität für latente Variablen geprüft werden.

Mit der Zerlegung der Variablenmengen in Variablen der Beobachtungsebene und der Theorie-Ebene durch das der kausalen Struktur vorgelagerte Faktormodell, schlägt der Kovarianzstrukturansatz in den Augen einiger Forscher (Schmidt 1977) so eine Brücke zur Zwei-Sprachen-Theorie von Hempel und Carnap. Ihre Konzepte wie die Beobachtungssprache und theoretische Sprache, lassen sich in Form der Faktormodelle und des Strukturmodells auf der latenten Ebene wiederfinden. Zusätzlich ist auch möglich, Facettenstrukturen auf der Beobachtungs- und Konstruktebene zu modellieren (vgl. Mellenbergh et al. 1979, Hildebrandt 1983).

5. DIE REICHWEITE DER MODELLAUSSAGEN

Beim Einsatz der Kausalanalyse mit den vorliegenden methodologischen Ansätzen und Computerprogrammen ... nächst relativ enge Annahmen über die zugrundeliegen-
... Maximum-Likelihood-Schätzung - wie in LISREL - zu
... Normalverteilung der Daten ist relativ selten und
... auch nur schwer zu testen. Weiter muß beachtet
... rdansätzen bisher nur auf der Ebene linearer
... s die Aussagekraft einschränken. Die Brücke zwi-
... llgemeinen Ansatz beschränkt auf eine einzige
... trukturmatrix. Informationen, die implizit in den
... ind, können nur durch sog. "Tricks" bei der
... en. Bedingungen für die Schätzbarkeit der Para-
... sind in komplexen Modellen (etwa mit korrelie-
... gseffekten auf der Ebene der latenten Vairablen)
... prüfen. Die Wirkung einer Fehlspezifikation im
... isstudien bisher noch weitgehend ungeklärt. Für
... iter, daß sowohl ihre Ausprägungen von der
... en Eigenschaften des Datenmaterials bzw.

... loch nur auf die Methodik und deren Voraus-
... Datenerhebung bleibt bei dieser Beurteilung
... von weiterreichenden Aussagen aus Ergeb-
... llte wegen der genannten Einschränkungen
... rden.

... icklung der Methodik löst einige der
... nalyse liefert nach heutigem Stand drei
... klassischen multivariaten-statistischen Ansätze hinaushebt (vgl Bentler 1987). Dazu gehören das allgemeine Konzept der Kovarianzstrukturanalyse, Mehrfach-Populationsmodelle und Modelle für höhere Produktmomente.

Nomologisches Netzwerk. Ein n.N. besteht aus den Begriffen und Aussagen einer wissenschaftlichen Theorie. Der Ausdruck wurde von dem Wissenschaftstheoretiker H. Feigl geprägt, der darauf hinwies, daß ein solches Netzwerk von Konstrukten nur an sehr wenigen Stellen mit unmittelbaren Erfahrungsdaten verknüpft ist und ansonsten Gegenstand „freier Konstruktion" ist.

Somit wird der Standpunkt vertreten, daß die Bedeutung eines theoretischen Konstrukts durch den Platz im n.N. erklärt wird und nicht über ein Korrespondenz- oder Verifikationskriterium.

In der Psychologie wurde der Begriff n.N. durch Cronbach/Meehl (1956) im Zusammenhang mit Konstruktvalidität eingeführt. Obwohl er in der Psychologie primär im Rahmen der Theorie individueller Differenzen expliziert wurde (z.B. Campbell/Fiske, 1959, Loevinger, 1957; und Royce, 1963, der Faktoren als theoretische Konstrukte eines n.N. herausgearbeitet hat), wurde er seitdem zu einem Standardbegriff innerhalb der Wissenschaftstheorie und in metatheoretischen Analysen innerhalb der Psychologie.

Lit.: Campbell, D. T. & D. W. Fiske: Convergent and discriminant validation by the multitrait-multimethod matrix. Psychological Bulletin, 1959, 56, 81–195; **Cronbach, L. J., & P. E. Meehl:** Construct validity in psychological tests. Psychological Bulletin, 1955, 52, 218–302; **Feigl, H.:** Philosophy of science of logical empiricism. In: **Feigl, H. & M. Scriven** (Eds.): Minnesota studies in the philosophy of science Vol. I: The foundations of science and the concepts of psychology and psychoanalysis. Minneapolis, 1956, 3–37; **Loevinger, J.:** Objective tests as instruments of psychologi-

Das allgemeine Kovarianzstrukturmodell verbindet die psychometrische Faktoranalyse mit den ökonometrischen simultanen Gleichungssystemen. Alle bisher genannten Vorteile und Nachteile beziehen sich auf diesen Modellansatz, bei dem latente Variablen in Form von Faktoren miteinander durch simultane Gleichungssysteme aufgrund von kausaltheoretischen Überlegungen verknüpft werden. Basisprogramme finden sich in dem LISREL-Modell, dem EQS-Ansatz (Bentler/Weeks 1982, Bentler 1986) und PLS/ LVPLS-Ansatz (Lohmöller 1985).

Obwohl der Test auf Gleichheit von Parametern zwischen Populationen besonders durch die Varianzanalyse eine lange Geschichte in der Statistik hat, ist der multivariate Modellvergleich von Systemen von Strukturparametern zwischen Populationen neu. Der Modellansatz kann faktorielle Invarianz oder psychometrische Annahmen - wie gleiche Fehlervarianzen über die Populationen - testen. Ein größerer Sprung ist durch die Berücksichtigung höherer Momentstrukturen geleistet worden. Jöreskog führte ein "Second Order Faktor-Modell" ein, das die Möglichkeit zuläßt, die Mittelwerte der gemessenen Variablen in Form einer grundlegenderen Parametermatrix zu berücksichtigen (Jöreskog & Sörbom 1989). Bentler führte durch Parametrisierung der Mittelwerte ein Modell ein, das eine strukturelle Darstellung erzeugt, die alle Ebenen von multivariaten Produktmomenten zuläßt.

Das Hauptaugenmerk der Forschung richtet sich heute jedoch auf die statistischen Eigenschaften (Konsistenz, Effizienz), die sich mit der Schätzung und dem Test von unterschiedlichen Modellen ergeben. Man beschäftigt sich in diesem Zusammenhang auch mit der Normalverteilungstheorie in der Kovarianzstrukturmethode. Daneben entwickelte Browne (1982) einen Ansatz für asymptotische Schätzer und Tests für Kovarianzstrukturen von Variablen, die nicht normalverteilt sind. Diese Möglichkeiten sind mittlerweile in die vorliegenden Programmsysteme EQS und LISREL aufgenommen worden. Bei LISREL wurde diese Schätzmethode auch dazu verwandt ordinale Daten als Basis für die Schätzung von Kovarianzstrukturmodellen zu berücksichtigen.

Neben den eher programmspezifischen Verbesserungen hat es nach der Arbeit von Bentler und Bonnet (1980) eine Vielzahl von Publikationen gegeben, in denen Alternativen für die allgemeinen Teststatistiken und Fitindizes entwickelt wurden (vgl. Bollen 1989 im Überblick). Es hat sich jedoch durchgesetzt, nebeneinander mehrere Kriterien für die Beurteilung eines Modells zu verwenden. Als weiter Kritikpunkt wurde die Nichtexistenz einer power-Funktion für den Chi-Quadrat-Test angesehen. Hier haben Satorra und Saris (1985) eine Prozedur für die Abschätzung des Fehlers zweiter Art in LISREL-Modellen vorgeschlagen, die zumindest eine Approximation liefert. Cudeck & Browne (1983) entwickelten eine Methodologie zur Kreuzvalidierung von LISREL-Modellen und Homburg (1989) befaßt sich mit Methoden zur Selektion von Modellen aus einer Vielzahl von alternativen Modellsituationen.

7. ZUSAMMENFASSUNG

Die Kausalanalyse mit Strukturgleichungsmodellen umfaßt einen generellen Untersuchungsansatz, der geeignet ist, besonders in den Bereichen in denen experimentelle Situationen nicht herzustellen sind, kausale Zusammenhänge zu untersuchen. Obwohl der Ansatz viele methodische Beschränkungen hat, ist er den traditionellen Verfahren der Multivariatenanalyse bei der Prüfung von Hypothesen in der Umweltforschung, die durch besondere Komplexität gekennzeichnet sind, überlegen. Neben dem Test von ganzen Hypothesenstrukturen, der Berücksichtigung von Meßfehlern in den Daten und der Flexibilität bei der Spezifikation von typischen Untersuchungssituationen, erlaubt er strengere Aussagen als die explorierenden Verfahren. Die Entwicklung in der Methodik läßt zudem erwarten, daß auch spezifische Formen nichtlinearer Zusammenhänge, wie sie in der Umwelt häufig zu beobachten sind, modelliert und getestet werden können.

LITERATUR

Bagozzi, R.P. (1980), Causal Models in Marketing, New York, Wiley .

Bentler, P.M. (1985), Theory and Implementation of EQS. A Structural Equations Program. Manual for Program Version 2.0, BMDP Statistical Software, Inc.

Bentler, P.M. (1986), Structural Modeling and Psychometrika: An Historical Perspective on Growth and Achievements, Psychometrika, Vol. 51, No. 1, 35-51.

Bentler, P.M. & Bonnet, D.G. (1980), Significance Tests and Goodness of Fit in the Analysis of Covariance Structures, in: Psychological Bulletin, 88, 588-606.

Bentler, P.M. & Weeks, D.G. (1982), Multivariate Analysis with Latent Variables, in: Krishnaiah, P.R. & Kanal, L. (eds.), Handbook of Statistics, Amsterdam: North Holland.

Bollen, K.A. (1989), Structural Equations with Latent Variables, New York: Wiley.

Breslow, L. & Day N.E. (1980), Statistical Methods in Cancer Research. Vol 1. The Analysis of Case Control Studies, IARC sci.publ 32.

Browne, M.W. (1982), Covariance Structures, in: Hawkins, D.M. (ed.), Topics in applied multivariate analysis, Cambridge 1982, 72-141.

Cudeck R. & Browne M.W. (1983), Cross-Validation of Covariance Structures. Multivariate Behavioral Research,18, 147-167.

Hildebrandt, L. (1983), Konfirmatorische Analysen von Modellen des Konsumentenverhaltens, Berlin: Duncker & Humbloth.

Homburg, C. (1989), Exploratorische Ansätze der Kausalanalyse als Instrument der Marketingplanung, Frankfurt: P. Lang.

Hotelling, H. (1933), The most Predictible Criterion, Journal of Educational Psychology, 26, 139-42.

Jöreskog, K.G. & Sörbom, D. (1985), LISREL VI - Analysis of Linear Structural Relationships by the Method of Maximum Likelihood. User's Guide, Mooresville: Scientific Software.

Jöreskog, K.G. & Sörbom, D. (1989), New Developments in LISREL, AP, University of Upsala, Dept. of Statistics.

Lohmöller, J.B. (1985), LVPLS. Program Manual: Latent Variables Path Analysis with Partial Least-Squares Estimation, Universität zu Köln, Zentralarchiv für empirische Sozialforschung.

Mellenbergh, G.J., Kelderman, H., Stijlen, J.G. & Zondac, E. (1979), Linear Models for the Analysis and Construction of Instruments in a Facet Design, Psychologisches Bulletin, 86, 766-776.

Satorra A. & Saris W.E., (1985), Power of the Likelihood Ratio Test in Covariance Structure Analysis. Psychometrika, 50, 83-90.

Scherg H. (1984), Psychosoziale Faktoren und Krebserkrankung. Heidelberg.

Spearman, C. (1904), General Intelligence, Objectively Determined and Measured, American Journal of Psychology, 15, 201-93.

Wold, H. (1982), Soft Modelling: The Basic Design and some Extensions, in: Jöreskog K.G. & Wold H.(eds), Systems Under Indirect Observations, Part 2, New York.

Zimmermann, E. (1972), Das Experiment in den Sozialwissenschaften. Stuttgart.

[2]

Johannes Andres

Einführung in LISREL

Das Ziel dieses Kapitels ist die Einführung der Notation und die Darstellung der Grundzüge der Theorie linearer Strukturgleichungsmodelle, speziell eben von LISREL, soweit sie zum Verständnis der anderen Artikel notwendig ist. Folgende Bereiche werden zu diesem Zweck behandelt: Die LISREL-Gleichungen, rekursive und nicht-rekursive Modelle, Parameterschätzung, Identifikations- und Äquivalenzproblem und die Modellprüfung. Auf Mehrgruppen-Modelle und die Möglichkeit, Mittel- und Erwartungswerte mit einzubeziehen wird nicht eingegangen.

1. EINLEITUNG

Die meisten Beiträge in diesem Buch benutzen LISREL-Modelle. LISREL (für LInear Structural RElationships) ist der Name eines zu einer formalen Theorie linearer struktureller Beziehungen entwickelten Computerprogramms von Jöreskog und Sörbom (Jöreskog & Sörbom 1981). Das Ziel dieses Kapitels ist die Einführung der Notation und die Darstellung der Grundzüge der Theorie, soweit sie zum Verständnis der anderen Artikel notwendig ist (Mehrgruppen-Modelle und die Möglichkeit, Mittel- bzw. Erwartungswerte miteinzubeziehen, werden nicht behandelt).

In LISREL-Modellen geht man davon aus, daß die Variablen, die man beobachtet hat, von nicht beobachtbaren Variablen in einer bestimmten Art, die man meist in einem Pfeildiagramm darlegt, beeinflußt werden. Die Entscheidung, ob das Modell angemessen ist, fällt aufgrund der beobachteten Kovarianzmatrix (bisweilen auch der Korrelationsmatrix). Ist diese modellverträglich oder "nahezu" modellverträglich, so nimmt man das als Beleg für die Richtigkeit des Modells. Andernfalls verwirft oder modifiziert man das Modell.

Die Untersuchung, inwieweit die beobachtete Kovarianzmatrix modellverträglich ist, beginnt mit einer Schätzung derjenigen Modellparameter, die man noch nicht festgelegt hat, mit dem Ziel, eine exakt modellverträgliche Kovarianzmatrix möglichst nahe bei der beobachteten zu finden. Der "Abstand" dieser beiden Matrizen wird dann als Maß für die (statistische) Modellverträglichkeit der beobachteten Matrix genommen; unter spezifischen Annahmen kann geprüft werden, ob seine Größe im Bereich von Zufallsschwankungen liegt. Hat man sich zur Beibehaltung des Modells entschlossen, so können die Parameterschätzungen in den Mittelpunkt des Interesses rücken, da die Parameter meistens eine inhaltliche Bedeutung haben. Dann fragt man auch nach Konfidenzintervallen oder Konfidenzbereichen, oder danach, ob ein Parameter sich "signifikant" von Null unterscheidet.

Wir wollen uns zunächst mit der linearen Struktur der LIS-

REL-Modelle beschäftigen und beim Fortschreiten von einem Pfeildiagramm zur Matrixdarstellung die wichtigsten Benennungen einführen.

2. VOM PFEILDIAGRAMM ZU DEN LISREL-GLEICHUNGEN

Ein LISREL-Modell unterscheidet zwei Gruppen von Variablen: den beobachtbaren und den unbeobachtbaren, die man wiederum in latente und Fehlervariablen aufspalten kann. Ein Modell postuliert, daß die beobachtbaren Variablen in bestimmter Weise von latenten Variablen und Fehlervariablen abhängen.

Am Anfang steht meist ein Pfeildiagramm, das die vermuteten Beziehungen im Bild darstellt. Es könnte zum Beispiel so aussehen:

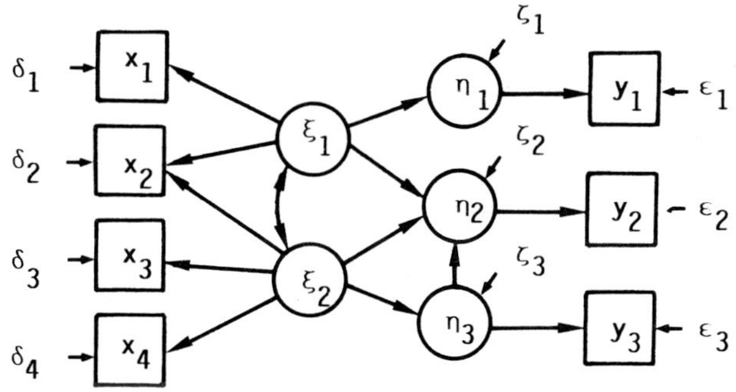

Aus Konvention werden Variablen durch Kreise, Quadrate und (indizierte) Buchstaben symbolisiert, latente durch Kreise, beobachtbare durch Quadrate und Fehler durch nicht umrandete Buchstaben, während die Pfeile Beziehungen darstellen: Doppelpfeile zwischen Variablen "freie" Kovarianzen und Pfeile, die von einer Variablen auf eine andere weisen, eine Beeinflussung.

Beispiel: Die beobachtbare Variable x_1 wird beeinflußt von ξ_1 und einem Fehler δ_1, die latente Variable ξ_1 beeinflußt x_1 und x_2 sowie η_1 und η_2 und hat überdies eine Kovarianz mit ξ_2.

Mathematisch sinnvoll ist die Unterscheidung zwischen "unabhängigen" Variablen, die frei variieren können, nämlich ξ- und Fehler-Variablen, und "abhängigen", die durch die Werte der anderen fest determiniert sind, nämlich η-, x- und y-Variablen; bemerkenswert ist, daß von den Modelleigenschaften her gesehen gerade die "unwichtigen" Fehler zentral sind, während sich z.B. die inhaltlich wichtigen η-Variablen nur als "Durchgangsvariablen" erweisen und beim weiteren Rechnen in den LISREL-Gleichungen eliminiert werden.

Alle LISREL-Variablen werden als Zufallsvariablen aufgefaßt; alle Varianzen sollen existieren. Daher existieren auch alle Kovarianzen. Trotzdem tauchen in LISREL-Modellen die Kovarianz(doppel)pfeile nur zwischen "unabhängigen" Variablen der gleichen Gruppe (also zwischen je zwei ξ-, ζ-, ε- oder δ-Variablen) auf. Der Grund liegt darin, daß man nur zwischen den frei variierbaren Variablen die Möglichkeit nicht verschwindender Kovarianzen zulassen (das bedeutet der Pfeil) oder verbieten (dann kein Pfeil) kann; Kovarianzen zwischen anderen Variablenpaaren ergeben sich dann, wie wir sehen werden, aufgrund der LISREL-Gleichungen - über sie kann also nicht mehr verfügt werden. Insbesondere bedeutet ein fehlender Doppelpfeil zwischen einem anderen Variablenpaar als einem frei variierbaren nicht, daß die Kovarianz zwischen diesen Variablen Null ist.

Jetzt können wir den Ausdruck "beeinflussen" präzisieren: "Eine Variable beeinflußt eine zweite" heißt: Der Wert, den die erste Variable annimmt, wird mit einer festen ("pfeilspezifischen") Zahl multipliziert und ergibt so einen Beitrag zum Wert der zweiten Variablen; der Wert einer "abhängigen" Variable ergibt sich durch Aufsummieren aller derartigen Beiträge. Dabei ist zu beachten, daß die Fehler immer mit 1 multipliziert werden, die entsprechenden Pfeile entsprechen also dem Koeffizienten 1; außerdem ist jede abhängige Variable mit einem Fehler (mit dem gleichen Index) versehen, so daß es genausoviele ε-, δ- bzw. ζ-Fehler gibt wie y-, x- bzw. η-Variablen.

Beispiel:

Die Variable η_2 ist einleitenden Modell ergibt sich als Summe der mit den Koeffizienten $\gamma_{2,1}$, $\gamma_{2,2}$, $\beta_{2,3}$ gewichteten Variablen ξ_1, ξ_2 und η_3 und der Fehlervariablen ζ_2:

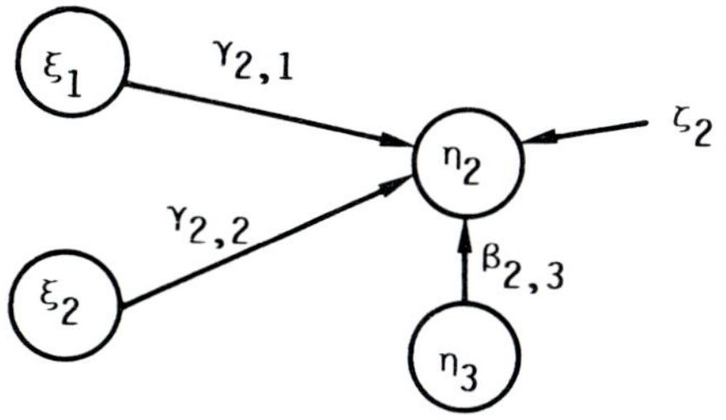

$$\eta_2 = \gamma_{2,1}\,\xi_1 + \gamma_{2,2}\,\xi_2 + \beta_{2,3}\,\eta_3 + \zeta_2$$

Die Systematik der Namensvergabe an die Koeffizienten wird sogleich behandelt werden.

Sieht man von den Fehlern ab, so ist im Grunde alles von den ξ-Variablen bestimmt, man könnte sagen, daß sie die eigentlich wirksamen Variablen sind, deren Einfluß nur in gewissem Maße durch die Fehler "verschmutzt" wird. Vielleicht ist das der Grund dafür, daß man sie auch exogene latente Variablen nennt, im Gegensatz zu den endogenen η-Variablen.

Diese Unterschiede sind jedoch nicht so bedeutsam, wie man meinen könnte; formal kann die Rolle der ξ-Variablen durchaus von den ζ-"Fehlern" übernommen werden, die dann natürlich nicht mehr als Fehler interpretiert werden dürfen.

Vielleicht legt es die Bezeichnung nahe, die x-Variablen eher als "unabhängig" oder "bestimmend", und die y-Variablen eher für "abhängig" anzusehen; welche Variablen man jedoch in einem realen Modell zu x- und welche man zu y-Variablen macht, wird häufig nach anderen, etwa technischen Gesichtspunkten entschieden. Will man zum Beispiel nicht verschwindende Korrelationen zwischen allen Fehlern zulassen, so darf man nur x- oder nur y-Variablen verwenden, da Korrelationen zwischen x- und y-Fehlern immer 0 sind.

Schließlich sei darauf hingewiesen, daß keineswegs alle Variablen und Beziehungen in einem Modell unmittelbar mit der zu untersuchenden Theorie zu tun haben müssen; in manchen Situationen ist es zweckmäßig, inhaltliche Restriktionen, wie die Positivität eines Koeffizienten, die unmittelbar im Modell nicht dargestellt werden können, durch zusätzliche Variablen und Pfeile durchzusetzen (Rindskopf 1983, 1984). Hier ist jedoch eine Warnung angebracht: Derartige "Tricks" können Nebenwirkungen haben, vor denen nur ein genaues Nachprüfen aller Konsequenzen - und dies wird meistens gar nicht einfach sein - schützen kann.

Es müssen übrigens keineswegs alle Variablengruppen in einem speziellen Modell auftauchen. So können die ξ- und x-Variablen oder die ζ-, η- und y-Variablen völlig fehlen.

Die Pfeile werden häufig als kausale Zusammenhänge interpretiert. Nach der gegebenen Präzisierung (pfeilspezifisch gewichteter additiver Beitrag) sollte jedoch klar sein, daß diese Interpretation nicht allgemein gültig sein kann, sondern in jedem Einzelfall zu rechtfertigen ist, wenn sie überhaupt gegeben wird.

Aus testtheoretischen Anwendungen, wo die latenten Variablen Konstrukte wie "Intelligenzfaktoren" und die beobachtbaren spezifische Tests sind, werden weitere Bezeichnungen verständlich: den Teil des Modells, der aus den ξ- und η-Variablen und deren Zusammenhängen besteht, nennt man auch "Strukturmodell", die beiden Teile links und rechts (ξ- und x-Variablen bzw. η- und y-Variablen und deren Verbindung) "Meßmodelle".

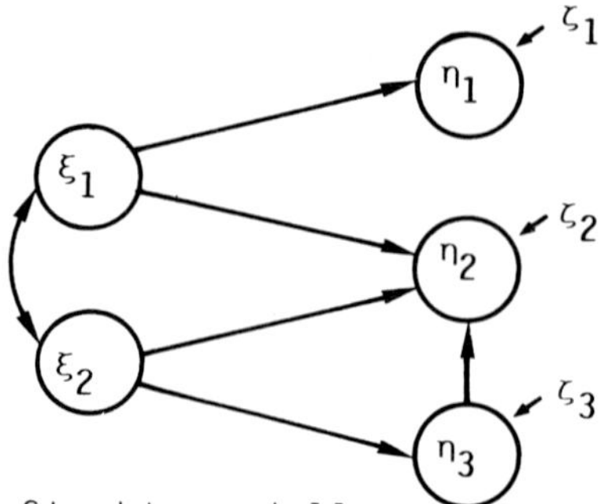

Strukturmodell

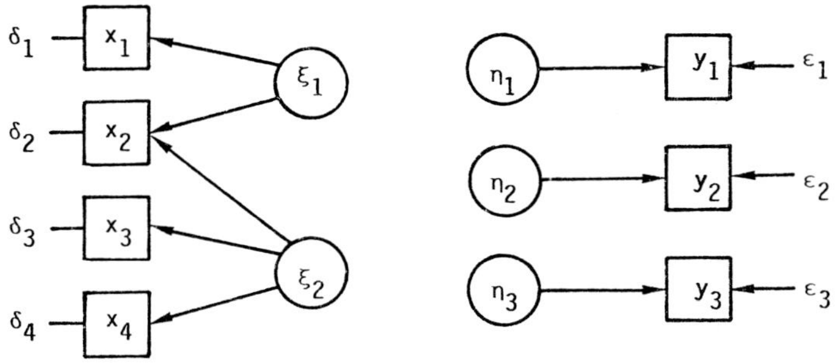

Meßmodelle

Das bisher Gesagte soll nun eine ökonomische formale Gestalt bekommen.

Als erstes fassen wir die verschiedenen Variablengruppen zu (Spalten-)Vektoren zusammen und erhalten so sieben Vektoren, nämlich x, δ, y, ε, ξ, η und ζ, wobei sich z.B. x einfach daraus ergibt, daß die Werte x_1, x_2, ... (in unserem Beispiel bis x_4) einfach untereinander geschrieben und von Klammern umschlossen werden.

Die Beeinflussungskoeffizienten lassen sich in vier Matrizen anordnen, also in Form rechteckiger Schemata. Dabei gibt Λ_x den Einfluß von ξ auf x wieder, Λ_y den von η auf y, Γ den von ξ auf η und B den von η auf η. In der i-ten Zeile und j-ten Spalte einer solchen Matrix steht der Koeffizient, der den Einfluß der j-ten beeinflussenden auf die i-te beeinflußte Variable ausdrückt; der Koeffizient wird mit dem entsprechenden kleinen Buchstaben bezeichnet und erhält den Doppelindex i,j ("Beeinflussung von i durch j"). Beispiel: $\lambda_{x3,2}$ bezeichnet den Koeffizienten der Beeinflussung der dritten x-Variable durch die zweite ξ-Variable.

Die Zeilenzahl einer solchen Matrix ist also gleich der Zahl der beeinflußten, und die Spaltenzahl die Zahl der beeinflussenden Variablen.

Als Beispiel schreiben wir die Γ-Matrix für unser einleitendes Modell nieder; daneben der entsprechende Modellausschnitt.

$$\Gamma = \begin{pmatrix} \gamma_{1,1} & 0 \\ \gamma_{2,1} & \gamma_{2,2} \\ 0 & \gamma_{3,2} \end{pmatrix}$$

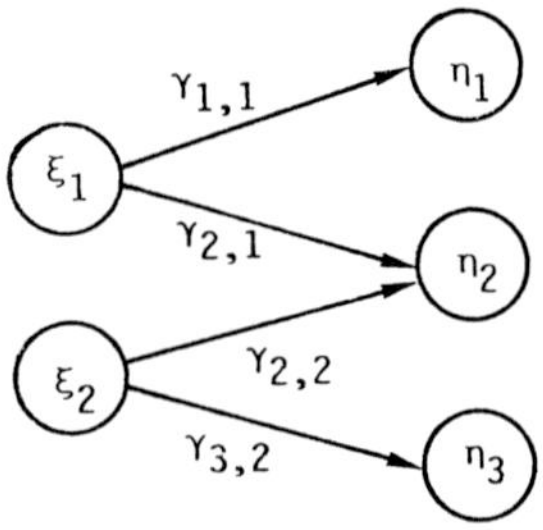

Die Nullen rechts oben und links unten spiegeln die Tatsache wider, daß in dem Modell keine entsprechenden Pfeile vorhanden sind (also keiner von ξ_2 auf η_1 bzw. von ξ_1 auf η_3). Mit der Matrizendarstellung kann man den Einfluß, den eine Variablengruppe auf eine andere hat, kompakt darstellen. Er ergibt sich, indem man die entsprechende Matrix mit dem Vektor der beeinflussenden Variablen multipliziert. So ergibt sich als Einfluß der ξ- auf die η-Variablen:

$$\Gamma\,\xi = \begin{pmatrix} \gamma_{1,1} & 0 \\ \gamma_{2,1} & \gamma_{2,2} \\ 0 & \gamma_{3,2} \end{pmatrix} \begin{pmatrix} \xi_1 \\ \xi_2 \end{pmatrix} = \begin{pmatrix} \gamma_{1,1}\,\xi_1 \\ \gamma_{2,1}\,\xi_1 + \gamma_{2,2}\,\xi_2 \\ \gamma_{3,2}\,\xi_2 \end{pmatrix}$$

Die folgende Tabelle 1 faßt das bisher Gesagte zusammen. "Unabhängige" Variablen erkennt man daran, daß ihnen eine Kovarianzmatrix zugeordnet ist.

Tabelle 1: Variablen und Matrizen im LISREL-Modell

Variable	Status	"wirkt" auf (via)	Kovarianzmatrix
ξ	latent	x (Λ_x), η (Γ)	Φ
η	latent	y (Λ_y), η (B)	
ζ	Fehler zu η	η	Ψ
x	beobachtbar		
δ	Fehler zu x	x	Θ_δ
y	beobachtbar		
ε	Fehler zu y	y	Θ_ε

r in der Lage, die LISREL-

lständig durch die aufad-
ergibt sich:

$+ \delta$

$+ \Gamma \xi + \zeta$

$+ \epsilon$.

chung (2) aus: η taucht auf
hens auf. Daher bringen wir
- B)η steht (I ist die
vir führen das als weitere
Voraussetzung ein - die Matrix (I - B) invertierbar ist, so können wir Gleichung (2) von links mit $(I - B)^{-1}$ multiplizieren und erhalten:

$$(2') \quad \eta = (I - B)^{-1} \Gamma \xi + (I - B)^{-1} \zeta$$

Wir können η in (3) einsetzen und erhalten zwei neue Gleichungen:

$$(1) \quad x = \Lambda_x \xi + \delta$$

$$(3') \quad y = \Lambda_y (I - B)^{-1} \Gamma \xi + \Lambda_y (I - B)^{-1} \zeta + \epsilon$$

die die beobachteten Variablen mit Hilfe der latenten Variablen und der Fehler ausdrücken. Die Gleichungen (1) - (3) oder (1) und (3') sind die zentralen LISREL-Gleichungen.

Man erkennt, daß die beobachteten Variablen eine lineare Funktion der "unabhängigen" Variablen sind, daher auch manchmal die Bezeichnung "lineare Kausalmodelle" oder "lineare Strukturmodelle" für LISREL-Modelle.

3. REKURSIVE UND NICHTREKURSIVE MODELLE

Die Umformung von (2) in (2') ist keineswegs so unbedenklich, wie sie auf den ersten Blick erscheinen mag, jedenfalls nicht bei den sogenannten nichtrekursiven Modellen; dabei heißt ein Modell nichtrekursiv, wenn es Pfeile gibt, die die η-Variablen untereinander verbinden, und denen folgend man sich sozusagen im Kreis zum Ausgangspunkt zurückbewegen kann. Alle anderen Modelle heißen rekursiv. In Kausalsprache würde man bei nichtrekursiven Modellen sagen, daß eine η-Variable auf Umwegen auf sich selbst zurückwirkt, im einfachsten Fall spricht man oft von "Wechselwirkung".

Hier als Beispiel ein Ausschnitt aus einem nichtrekursiven Modell, in dem η_1 über η_3 und η_2 auf sich selbst zurückwirkt.

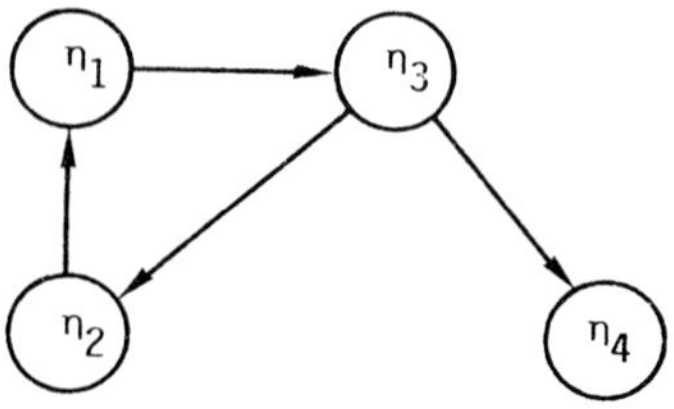

Betrachten wir zunächst rekursive Modelle: Hier macht man sich leicht klar, daß man in Gleichung (2) zuerst diejenigen η-Variablen, auf die kein "η-Pfeil" weist, als Funktion von ξ und ζ ausrechnen kann, darauf die von diesen beeinflußten durch Einsetzen der Ergebnisse, bis man in dieser Weise weiter fortfahrend schließlich das ganze Gleichungssystem gelöst hat. Genau darauf läuft die Umformung nach (2') hinaus; die Matrix (I - B) ist immer invertierbar. Denkt man in "Wirkungskategorien", so entspricht dem Einsetzungsprozeß die (endliche) Fortpflanzung von Einflüssen. Es gibt also keine Probleme.

Schwieriger wird es bei den nichtrekursiven Modellen. Hier geschieht die Umwandlung von (2) in (2') sozusagen simultan und kann nicht mehr in Einzelschritte zerlegt werden, die im Modell (z.B. als sich propagierende Wirkungen) deutbar sind. Stehe man dann vor dem Ergebnis (2'), so ist vielleicht noch abstrakt klar, daß es "algebraisch" mit (2) äquivalent ist, ratlos macht aber die Behauptung, daß auf diese Weise "Wechselwirkungen" (?) erfaßt worden sein sollen! Beim genauen Hinsehen bereitet denn auch schon (2) in dieser Hinsicht

Kopfzerbrechen, wenn man sich nicht durch die Suggestivkraft der Pfeilchen-Bilder verführen läßt.

Am ehesten - wenn überhaupt - kann wohl das folgende bekannte Stabilitätsargument helfen. Wir stellen uns vor, Einflüsse könnten nur zu gewissen, sehr dicht aufeinanderfolgenden Zeitpunkten 0, 1, ... wirksam werden. Wir gehen ferner von einem konstanten äußeren Einfluß

$$x := \Gamma \, \xi + \zeta$$

aus und nehmen an, daß η zum Zeitpunkt 0 einen beliebigen Wert η_0 hat. Zum Zeitpunkt 1 werden die Einflüsse wirksam und ergeben ein η_1 gemäß der Vorschrift

$$\eta_1 = \mathbf{B} \, \eta_0 + x \quad ,$$

was genau die η-Gleichung ist, abgesehen davon, daß links und rechts vom Gleichheitszeichen verschiedene η's stehen, so daß hier die Interpretation keine Schwierigkeiten macht.

Zum Zeitpunkt 2 geschieht dasselbe, mit dem Unterschied, daß nun nicht mehr η_0, sondern η_1 wirkt; der äußere Einfluß x bleibt bestehen und wirkt weiter (!). So ergibt sich ein η_2 gemäß

$$\begin{aligned} \eta_2 &= \mathbf{B} \, \eta_1 + x \\ &= \mathbf{B}^2 \, \eta_0 + \mathbf{B} \, x + x \end{aligned}$$

Zum Zeitpunkt n ergibt sich entsprechend induktiv:

$$\begin{aligned} \eta_n &= \mathbf{B} \, \eta_{n-1} \, x + x \\ &= \mathbf{B}^n \, \eta_0 + \mathbf{B}^{n-1} \, x + \ldots + \mathbf{B} \, x + x \end{aligned}$$

Gehen wir mit n gegen Unendlich, so folgt unter sogleich nachzutragenden Voraussetzungen

$$\begin{aligned} \lim_{n\to\infty} \eta_n &= (\lim_{n\to\infty} \mathbf{B}^n) \, \eta_0 + (\lim_{n\to\infty} \sum_{i=0}^{n-1} \mathbf{B}^i) \; x \\ &= 0 \cdot \eta_0 + (\mathbf{I} - \mathbf{B})^{-1} \, x \\ &= (\mathbf{I} - \mathbf{B})^{-1} \, (\Gamma \, \xi + \zeta) \, . \end{aligned}$$

Die rechte Seite ist gerade die rechte Seite unserer LISREL-Gleichung (2'), also gerade η. Das Ergebnis können wir nun so zusammenfassen: Unabhängig von dem Wert, den η_0 zu Anfang hatte, strebt die Folge der η_n gegen den Wert, den (2') liefert. Man könnte auch sagen, daß η sich unabhängig vom Startwert immer zum selben Grenzwert hin stabilisiert, der eine Funktion der äußeren Einflüsse ist.

Dieses Argument ist eine einigermaßen vernünftige Interpretation der "Wechselwirkung" und macht auch das Invertieren von I - B beim Übergang von (2) zu (2') plausibel. Schwachstellen wurden schon angedeutet, nämlich die Vorstellung einer diskretisierten Zeit und die Konstanz der äußeren Einflüsse.

Es bleiben die Bedingungen nachzutragen, unter denen Konvergenz eintritt (vgl. z.B. Bentler und Freeman 1983 oder Andres 1986).

Die Folge der η_n konvergiert genau dann unabhängig vom Startwert gegen den Grenzwert

$$(\mathbf{I} - \mathbf{B})^{-1} (\mathbf{\Gamma} \xi + \zeta)$$

wenn alle Eigenwerte von B vom Betrag < 1 sind.

Diese Konvergenz muß jedoch nicht "geradlinig" sein. Man findet leicht Beispiele, in denen η_0 nahe beim Grenzwert liegt, während sich die η_n zunächst sehr weit entfernen, um erst zum Schluß sich dem Grenzwert wieder anzunähern. Vielleicht möchte man eine solche pathologische Stabilisierung vermeiden:

Streng monoton bei jedem Startwert fällt der Abstand von η_n zum Grenzwert, solange er nicht Null ist, genau dann, wenn der größte Eigenwert von BB' kleiner als 1 ist.

Dies zweite Kriterium hat das erste, daß alle Eigenwerte von B betragsmäßig kleiner als 1 sind, zur Folge; es ist aber echt schärfer. Der größte Eigenwert von BB' wird vom LISREL-Programm ausgedruckt (B' ist die Transponierte von B).

4. DIE KOVARIANZMATRIX Σ

Da die beobachteten Variablen eine lineare Funktion der "unabhängigen" Variablen sind, können wir ihre (theoretische) Kovarianzmatrix aus den Kovarianzmatrizen der "unabhängigen" bestimmen. (Die Kovarianzmatrix einer Variablengruppe enthält in der i-ten Zeile und j-ten Spalte die Kovarianz der i-ten und j-ten Variable, insbesondere in der Diagnonalen die Varianzen.)

Hierzu machen wir die zusätzliche Voraussetzung, daß alle Kovarianzen zwischen Variablen aus unterschiedlichen Gruppen (also zwischen ξ- und ζ-Variablen etc.) verschwinden, was mit der geläufigen Vorstellung von "Fehlern" in Einklang steht.

Fassen wir noch die beobachtbaren Variablen in der Reihenfolge y-Variable x-Variable zu einem großen Vektor zusammen, so ist dieser Vektor nach (1) und (3') eine lineare Funktion von ξ, ζ, ε und δ. Daher folgt für die Kovarianzmatrix Σ der beobachtbaren Variablen mit den Bezeichnungen aus der Tabelle

$$\Sigma = \begin{pmatrix} \Lambda_y (I - B)^{-1} (\Gamma \Phi \Gamma' + \Psi) (I - B')^{-1} \Lambda_y' + \Theta_\varepsilon & \Lambda_y (I - B)^{-1} \Gamma \Phi \Lambda_x' \\ \Lambda_x \Phi \Gamma' (I - B')^{-1} \Lambda_y' & \Lambda_x \Phi \Lambda_x' + \Theta_\delta \end{pmatrix}$$

Σ setzt sich also aus vier Teilmatrizen zusammen, die Matrix links oben ist die Kovarianzmatrix der y-Variablen, die rechts unten die der x-Variablen, die Verbleibenden liefern die Kovarianzen zwischen y- und x-Variablen.

Noch eine Bemerkung zur Notation: Die Elemente der Kovarianzmatrizen Φ, Ψ etc. werden mit den entsprechenden (doppelt) indizierten Kleinbuchstaben bezeichnet.

5. PARAMETER - INDENTIFIKATIONS- UND ÄQUIVALENZPROBLEM

Liegen, wie wir bisher vorausgesetzt haben, alle Varianzen und Kovarianzen der "unabhängigen" Variablen sowie alle Beeinflussungskoeffizienten fest, so können wir mit Formel (4) die (theoretische) Kovarianzmatrix der beobachtbaren Variablen ausrechnen, die vom Modell vorhergesagt wird. Sodann könnten wir eine Stichprobe ziehen, die empirische Kovarianzmatrix mit der vorhergesagten vergleichen und unsere Schlüsse ziehen.

Dieser Fall ist jedoch untypisch. In den wenigsten Fällen wird ein Forscher in der Lage sein, aus theoretischen Gründen die Größe aller Beeinflussungskoeffizienten und Kovarianzen vorherzusagen. Meistens wird er sich höchstens auf einige dieser "Parameter" festlegen wollen oder können, und nur fordern, daß die Struktur der Beeinflussung seinen Vorstellungen entspricht (im einleitenden Modell z.B., daß kein Pfeil von der ersten ξ- auf die dritte x-Variable weist).

Das hat zur Folge, daß er nicht eindeutig die Kovarianzmatrix der beobachteten Variablen vorhersagen kann, sondern daß für jede von ihm als möglich erachtete Festlegung der "Parameter" gemäß (4) das zugehörige Σ errechnet werden kann. Mit seinem Modell ist also eine ganze Schar von Kovarianzmatrizen der beobachteten Variablen verträglich.

Im Falle von LISREL benutzt man zur Prüfung des Modells ausschließlich die Kovarianzmatrix, was im Falle der Normalverteilungsannahme auch noch weiter theoretisch begründbar ist. (Die nicht leicht durchschaubare Einbeziehung von Mittelwerten gehört zumindest nicht zum Standardinventar der Anwender.) Dies bedeutet, daß der Vergleich der empirischen mit den theoretisch möglichen Kovarianzmatrizen der einzige Berührungspunkt von Theorie und Empirie ist.

Vergegenwärtigen wir uns noch einmal die Denkbewegung. Aus einem Modell, das für das Auge die gedachten (womöglich kausalen) Einflüsse von latenten "Wirkgrößen" in jeder einzelnen Untersuchungseinheit darstellt, gelangten wir nach einer "linearisierenden" Präzisierung des Begriffs Beeinflussung zu Schlußfolgerungen über die Kovarianzmatrix der beobachtbaren Variablen - also über erwartete, sozusagen nur "korrelative" Zusammenhänge zwischen diesen, die auf empirischer Seite erst durch "Mittelungsprozesse" über viele Versuchseinheiten annähernd erfaßt werden können. Weiter untersucht und geprüft werden dann nur diese Schlußfolgerungen; näher rücken sich Theorie und Empirie nicht.

Führen wir weitere Bezeichnungen ein. Parameter sind zunächst alle Elemente der Matrizen Λ_x, Λ_y, Γ, B, Φ, Ψ, Θ_δ und Θ_ε - bei den Kovarianzmatrizen wegen deren Symmetrie natürlich nur die Elemente auf und z.B. unterhalb der Diagonalen. Diesen Parametern kann man noch Restriktionen auferlegen; einen Typ haben wir schon kennengelernt, nämlich das Nullsetzen von Parametern, die einem nicht vorhandenen Pfeil entsprechen. Zwei weitere Möglichkeiten stehen zur Verfügung: Das Festsetzen eines Parameters auf einen bestimmten Wert ("Fixen") und das Gleichsetzen eines Parameters mit einem anderen ("equality constraint"). Auf diese Weise bleiben einige frei variierbare Parameter übrig, die dann "freie" Parameter heißen.

Diese freien Parameter wollen wir der Einheitlichkeit halber in $\vartheta_1, \ldots, \vartheta_m$ umbenennen und zu einem Vektor ϑ zusammenfassen. ϑ variiert also im $\mathbb{R}^m$, darf jedoch offenbar nicht alle Werte annehmen - so darf eine Varianz nicht negativ sein, die Kovarianzen dürfen nicht zu Korrelationen führen, die dem Betrag nach größer als 1 sind (allgemeiner: die Kovarianzmatrizen müssen positiv semidefinit sein), und ferner muß (I - B) invertierbar sein. Benutzt man ML-Schätzer, so kommt hinzu, daß die Σ-Matrix invertierbar sein muß. Diejenigen ϑ, die alle diese Bedingungen erfüllen, wollen wir zulässig nennen und zu einer Menge $\Theta \subset \mathbb{R}^m$ zusammenfassen.

Hier sei angemerkt, daß das LISREL-Programm nur gegen die Verletzung der Invertierbarkeitsbedingungen eine Sperre hat, andere Verletzungen führen zwar meist zu Warnungen, aber nicht zum Abbruch. So können negative Varianzschätzungen auftreten. Dies mag in seltenen Fällen für virtuose Anwender Vorteile bringen, zwingt aber zu genauer Kontrolle der Ergebnisse und gegebenenfalls zur Anwendung von "Tricks", um die Parameter im Zulässigen zu halten; auf die Gefahr unkalkulierter Nebenwirkungen wurde schon hingewiesen.

Jedem zulässigen Parametervektor läßt sich dann mit Formel (4) die von der entsprechenden Parameterkonstellation erzeugte Kovarianzmatrix Σ zuordnen. Diese Abbildung wollen wir P nennen. Die Abbildung geht in die Menge aller Kovarianzmatrizen von k Variablen (k sei die Zahl der x- und y-Variablen), die wir Ω nennen wollen. Da Kovarianzmatrizen symmetrisch sind, liegen sie schon durch Angabe der $k(k+1)/2$ Elemente auf und unterhalb der Diagonale fest, so daß wir Ω als Teilmenge des $\mathbb{R}^{k(k+1)/2}$ auffassen können. Das Bild von Θ unter P nennen wir ω. ω ist also die Menge der modellverträglichen Kovarianzmatrizen.

An dieser Stelle werden zwei wichtige LISREL-Probleme formulierbar: <u>Identifizierbarkeitsproblem</u> und <u>Äquivalenzproblem</u>.

Wir erörtern zuerst das Identifizierbarkeitsproblem. Nehmen wir an, wir kennten die wahre Kovarianzmatrix Σ, und sie wäre modellverträglich, d.h. eine Element von ω. Kennen wir dann auch die Parameter - können sie rückerschlossen, "identifiziert" werden? Das muß keineswegs so sein; es kommt oft vor, daß zwei oder gar eine ganze Unzahl von ϑ's zu ein und demselben Σ führen. Welcher davon der "richtige" ist, ist vom LISREL-Standpunkt aus nicht mehr zu entscheiden - die Kovarianzmatrix war ja der Schnittpunkt mit der Empirie, was dahinter liegt, ist Spekulation.

Ein simples Beispiel:

Also nur eine beobachtbare Variable x, die von ihrem Fehler und einer ξ-Variable beeinflußt wird, den Koeffizienten "fixen" wir auf 1. Die Kovarianzmatrix kollabiert zur Varianz von x, die sich als Summe der Varianzen von δ und ξ (der beiden verbleibenden Parameter) ergibt. Selbst wenn wir die Varianz von x kennen, können wir sie auf unendlich viele Arten als Summe erhalten, indem wir eine Änderung der δ-Varianz durch die entgegengerichtete Änderung der ξ-Varianz kompensieren; unsere beiden Parameter lassen sich also nicht identifizieren - abgesehen vom Grenzfall, wo die Varianz von x Null wird.

Anders ausgedrückt ist das Identifizierbarkeitsproblem die Frage nach der Injektivität (Eindeutigkeit) oder dem "Grad der Injektivität" der Abbildung P. Ein erster Schritt in Richtung auf eine Antwort ist die Untersuchung der Ableitung von P. Hat diese irgendwo, und damit beinahe überall, Rang m, so ist "lokale Identifizierbarkeit" gesichert, d.h. überall, wo dieser Rang gleich m ist, führen kleine Änderungen von ϑ zu wirklichen Änderungen von Σ, Kompensationsphänomene wie in dem kleinen Beispiel sind also nicht möglich.

Das LISREL-Programm prüft eine äquivalente Bedingung in einem Punkt nach und liefert bei Verletzung Warnungen. Ist der Rang der Ableitung überall kleiner als m, so hat man beinahe überall die Möglichkeit, Änderungen eines Parameters durch solche eines anderen zu kompensieren, ohne Σ zu ändern. ("Beinahe überall" soll hier bedeuten: "auf einer Teilmenge mit in Θ dichtem offenen Kern (bzgl. Θ)".)

Neben solchen lokalen Identifizierbarkeitsproblemen gibt es ein globales, das darin besteht, daß weit auseinanderliegende Parameter dasselbe Σ liefern. Dies kann auch bei Erfüllung der Rangbedingung vorkommen. Schätzen kann man sich davor nur, indem man Formel (4) anschreibt und "algebraisch" die Injektivität prüft, was manchmal sogar ganz einfach ist. Das Manual macht Vorschläge, wie man versuchen kann, "experimentell" Hinweise auf Verletzung der Identifizierbarkeit zu bekommen; erfolgen diese nicht, so soll man ein gewisses Vertrauen in die Identifizierbarkeit haben können.

Man kann die Identifizierbarkeit auch auf der Ebene der einzelnen Parameter untersuchen und findet hier bei lokaler

Nichtidentifizierbarkeit oft, daß Kompensationsmöglichkeiten nur zwischen bestimmten Parametern bestehen, während andere eindeutig aus Σ rückerschlossen werden können (es könnte sein, daß eine ξ-Varianz aus Σ errechnet werden kann, während für die Koeffizienten zweier Pfeile nur das Produkt festliegt). In solchen Fällen erzwingt der Anwender oft durch zusätzliche Restriktionen "bessere" Identifizierbarkeit; er muß sich nur in Acht nehmen, daß er nicht unversehens sein Modell mitändert, da es vorkommen kann, daß Kovarianzmatrizen mit dem alten Modell verträglich waren, es mit dem neuen aber nicht sind. So könnte man in unserem simplen Beispiel auf die Idee verfallen, die Varianz der ξ-Variable auf 1 festzusetzen. Damit wäre die andere Varianz, der nun einzige Parameter, durch die x-Varianz eindeutig festgelegt. Die Nebenwirkung wäre aber, daß, will man nicht negative Varianzen für δ zulassen, jetzt nur noch Varianzen $\geqslant 1$ für x in Frage kommen. Nicht immer ist eine unbeabsichtigte Modelländerung so offensichtlich wie hier!

Das andere Problem war das Äquivalenzproblem. Nehmen wir wieder an, wir wüßten das wahre Σ, und mehr kann uns ja die Realität nicht liefern, und dies Σ sei modellverträglich. Was können wir dann über die Gültigkeit des Modells sagen? Zunächst sehen wir leicht, daß es beliebig viele Modelle für die gleichen beobachtbaren Variablen gibt, mit denen Σ ebenfalls verträglich ist. Der Rückschluß von der Modellverträglichkeit von Σ auf die Richtigkeit des Modells ist also nur sehr schwach fundiert.

Nun mag man einwenden, daß man natürlich im Nachhinein immer alternative Erklärungen finden kann, auf die man vorher nicht gekommen wäre. Oft kann man jedoch schon vor der Stichprobenerhebung und dem Rechnen feststellen, daß ein Alternativmodell genausogut passen wird, wie das zu testende. Das tritt ein, wenn beide Modelle dasselbe ω liefern, denn dann macht man sich leicht klar, daß alle Maße für die Modellgüte übereinstimmen müssen (zumindest theoretisch - in der praktischen Durchführung der Rechnung mögen Abweichungen auftreten). Dies bedeutet, daß mit LISREL grundsätzlich keine Entscheidung zwischen den beiden Modellen getroffen werden kann, was vor allem dann betrüblich ist, wenn sich die Modelle inhaltlich widersprechen, beide aber eine gewisse Plausibilität besitzen (ein Beispiel findet sich in Chaselon et al. 1984). Diese Eigenschaften teilt LISREL mit anderen Verfahren, die nur Kovarianzstrukturen ausnutzen; einen Ausweg zeigen manchmal inhaltliche Überlegungen, zum Beispiel über die zeitliche Reihenfolge, in der die Variablen wirksam werden.

Für Teilklassen von LISREL-Modellen kann man sogar Regeln angeben, wie man aus Modellen äquivalente erzeugen kann; dabei ist es oft möglich, bei demselben Satz von latenten Variablen einige Pfeile umzukehren (vgl. Stelzl 1983).

Stellen wir uns nun vor, ein Forscher habe gewisse begründete Hypothesen über latente Variablen, wüßte aber bei einem Variablenpaar nicht, in welcher Richtung die Beeinflussung geht. Nehmen wir weiter an, er formuliert für eine Pfeilrichtung ein LISREL-Modell, "testet" es und befindet es für passend. Was weiß er dann über die Pfeilrichtung? Nichts. Das Modell mit der entgegengesetzten Richtung hätte nämlich genausogut oder besser passen können. Es ist sogar möglich, daß beide Modelle äquivalent sind; dann hätte er den gleichen "Fit" vorhersagen und seine Untersuchung, jedenfalls soweit sie diese Pfeilrichtung betrifft, bleiben lassen sollen.

Diese "Gleichgültigkeit" von LISREL gegenüber der latenten Struktur kann auch Vorteile haben. Vielleicht möchte man in ein LISREL-Modell Restriktionen einführen, die nicht mit den Standard-Anweisungen erzwingbar sind. Dann könnte man sich fragen, wie das gewünschte ω aussieht, und versuchen, dieses mit einer ganz anderen latenten Struktur zu parametrisieren, wobei die latenten Variablen und die Pfeile möglicherweise überhaupt keine inhaltliche Interpretation mehr zulassen, sondern nur Mittel zum Zweck sind. Sodann kann man dieses Modell immerhin auf Anpassungsgüte prüfen und hat damit auch die Anpassungsgüte des eigentlich zu untersuchenden Modells. Zur Feststellung der Äquivalenz im allgemeinen Fall bleibt wohl leider kein anderer Weg, als "algebraisch" zu prüfen, ob die Kovarianzmatrizen, die mit den Parameterkonstellationen des einen Modells gemäß (4) erzeugt werden, auch durch solche des anderen Modells erhalten werden und umgekehrt. Daß dies nicht immer leicht ist, kann man sich bei k(k+1)/2 oft nichtlinearen Gleichungen mit m Unbekannten denken (wobei durch geschicktes Vorgehen das Problem häufig erheblich reduziert werden kann).

Diese Erörterungen sollten klar gemacht haben, daß man wenig Anlaß hat, Strukturen oder gar "Kausalbeziehungen" eines LISREL-Modells nach erfolgreicher Modellprüfung als bestätigt anzusehen, wenn nicht gute Gründe anderer Art für diese Strukturen sprechen.

6. STRUKTUR DES PARAMETERRAUMS

Für die weitere LISREL-Theorie sind Kenntnisse der (differentialtopologischen) Struktur von ω wichtig (vgl. z.B. Andres & Häßner 1984). Das wesentliche Ergebnis ist, daß ω beinahe überall (im obigen Sinn) lokal die Struktur einer r-dimensionalen Untermannigfaltigkeit hat, wo r der maximale Rang der Ableitung von P ist (r muß nicht mit m übereinstimmen!). Punkte, in denen dies der Fall ist, wollen wir reguläre Punkte nennen. (Eine r-dimensionale Untermannigfaltigkeit ist grob gesprochen eine Menge, die im lokal so aussieht wie ein leicht verformter r-dimensionaler linearer Unterraum. Beispiele sind eindimensionale Kurven, die Kreislinie, die zweidimensionale Kugeloberfläche oder der Torus.) Die Zahl r nennen wir naheliegenderweise dann auch die Dimension von ω.

Falls r=m ist (nur dann besteht die Chance der Identifizierbarkeit), wollen wir einen Punkt ϑ aus Θ regulären Punkt nennen, wenn in ϑ die Ableitung von P Maximalrang besitzt, und wenn in einer Umgebung dieses Punktes alle Punkte die einzigen Urbilder ihres Bildes unter P sind (was anschaulich bedeutet, daß man hier eindeutig auf die Parameter rückschliessen kann), und wenn ferner $P(\vartheta)$ regulärer Punkt ist. Leider kann hier die Menge der regulären Punkte sogar leer sein; gefordert wird etwas mehr als lokale Injektivität - die Untersuchung auf Regularität kann kompliziert sein.

7. PARAMETERSCHÄTZUNG

Jetzt können wir uns der Frage der Parameterschätzung zuwenden. Vor diese Frage können wir eine andere, unlösbar mit ihr verbundene, vorschalten, nämlich die nach der geschätzten Kovarianzmatrix. Diese Zweiteilung ist im Zusammenhang mit dem Identifizierbarkeitsproblem nötig: Ist dieses nicht völlig gelöst, so wird es sinnlos sein, nach Schätzungen der nicht identifizierten Parameter zu fragen, da diese willkürlich abänderbar sind. Gleichwohl ist auch in einem solchen Fall die Frage nach der optimalen modellverträglichen Kovarianzmatrix sinnvoll und für die Modellprüfung unerläßlich.

Wegen der im allgemeinen inhomogenen Struktur von ω sind auch Fragen nach Eigenschaften von Schätzern wie Konsistenz häufig nur lokal sinnvoll zu behandeln. Behauptungen, wonach die LISREL-Schätzer allgemein im üblichen Sinne konsistent wären (geschweige denn erwartungstreu), sind falsch.

Im wesentlichen werden in LISREL zwei Arten der Schätzung benutzt: eine nach kleinsten Quadraten und, bei Normalverteilungsannahmen, eine Maximum-Likelihood-Schätzung.

Zunächst einige Bezeichnungen: Wir nehmen an, wir haben eine Stichprobe vom Umfang N erhoben. Wir bezeichnen dann mit S die empirische Kovarianzmatrix, und zwar die, die durch Division durch N-1 errechnet wird; bekanntlich ist sie ein erwartungstreuer und konsistenter Schätzer der wahren Kovarianzmatrix. Schätzer machen wir wie üblich durch ein "^" kenntlich.

Der Kleinst-Quadrat-Schätzer ist bei gegebenem S definiert als ein $\hat{\Sigma}$, das unter allen Σ aus ω die Funktion

$$1/2 \; tr((S-\Sigma)^2)$$

minimiert. (tr ist die Spur, also die Summe der Diagonalelemente einer Matrix.) Auf Parameterebene ist der Kleinst-Quadrat-Schätzer ein $\hat{\vartheta}$, das $\hat{\Sigma}$ gemäß (4) liefert.

Einige Kommentare:

- Der Schätzer hängt nur von S ab, also nur mittelbar von N.
- Wegen der Symmetrie der eingehenden Matrizen ist die Funktion die halbierte Summe der quadrierten Differenzen der Elemente der beiden Matrizen, daher der Name.
- Man wird nicht erwarten, daß der Schätzer immer eindeutig bestimmt ist, auch nicht auf Σ-Ebene. Daher wollen wir annehmen, daß wir uns für jedes S (meßbar, was möglich ist) auf ein solches Σ festgelegt haben. Dasselbe gilt für die Parameterebene. Ob das Programm dann immer eines dieser Minima ermittelt oder manchmal auf ein Nebenminimum zusteuert, soll uns hier nicht beschäftigen.
- Es ist nicht einmal zu erwarten, daß der Schätzer überhaupt immer existiert.

Nun zu den Schätzer-Eigenschaften (zum folgenden vgl. Andres & Häßner 1984; Shapiro 1984): Wenn die wahre Kovarianzmatrix Σ in ω liegt, also modellverträglich ist, und wenn sie eine kompakte Umgebung in ω hat, so geht für N gegen ∞ die Wahrscheinlichkeit dafür, daß ein Kleinst-Quadrat-Schätzer existiert, gegen 1 und dieser Kleinst-Quadrat-Schätzer nach Wahrscheinlichkeit gegen Σ.

Man erkennt, daß dies eine Art Konsistenzaussage mit kleinen Einschränkungen ist. Beispiele zeigen, daß diese Einschränkungen gemacht werden müssen - so findet man Modelle, bei denen sich für gewisse Parameterkonstellationen vorhersagen läßt, daß die Schätzprozedur mit positiver Wahrscheinlichkeit ins Leere laufen wird, da das Minimum nicht angenommen wird. Die Kompaktheitsbedingung ist für reguläre Punkte Σ, also beinahe überall, erfüllt, so daß man sagen könnte, daß der Schätzer "praktisch" konsistent ist.

Auf Parameterebene sieht die Situation nicht so gut aus;

wird jedoch Σ von einem regulären Punkt ϑ erzeugt, so geht ebenfalls der Kleinst-Quadrat-Schätzer (besser: jede Festlegung) nach Wahrscheinlichkeit gegen ϑ. Auf die Schwierigkeiten mit der Regularitätsbedingung wurde schon hingewiesen. Immerhin lassen sich zwei Aussagen machen: Ist P injektiv (also das Modell uneingeschränkt identifizierbar), so gilt die Regularitätsbedingung beinahe überall, dann ist also auch der Kleinst-Quadrat-Parameterschätzer "praktisch" konsistent. Und: Ist ein Einzelparameter immer eindeutig rückerschließbar und das wahre Σ regulärer Punkt, so konvergiert die Schätzung dieses Einzelparameters nach Wahrscheinlichkeit gegen seinen wahren Wert. Man folgert wieder, daß bei eindeutiger Rückerschließbarkeit eines Einzelparameters dieser "praktisch" (im selben Sinn wie eben) konsistent geschätzt wird.

Ist das Modell nicht identifizierbar, so funktioniert die Parameterschätzung meistens trotzdem. Sie liefert dann irgendein ϑ, das das geschätzte $\hat{\Sigma}$ erzeugt. Es ist klar, daß in einem solchen Fall die Einzelparameter, die nicht eindeutig aus $\hat{\Sigma}$ rückerschlossen werden können, auf keinen Fall interpretiert werden dürfen.

Für die Maximum-Likelihood-Schätzung (kurz: ML-Schätzung) und die damit zusammenhängenden Prüfverfahren brauchen wir zusätzlich die Normalverteilungsannahme. Dies ist die Forderung, daß die ξ-, ζ, δ- und ε-Variablen eine gemeinsame Normalverteilung besitzen sollen, und daß die Matrix Σ positiv definit ist. Aus dem ersten Teil der Forderung folgt, daß (wegen der Linearität) die x- und y-Variablen auch normalverteilt sind, der zweite Teil bedeutet darüber hinaus, daß ihre Verteilung nicht ausgeartet ist und sich mit einer Dichtefunktion beschreiben läßt. Der zweite Teil der Annahme bedeutet auch, daß wir Ω und ω um die singulären Matrizen verkleinern müssen.

Der ML-Schätzer ist definiert als ein $\hat{\Sigma}$, das unter allen Σ aus ω die Funktion

$$(5) \quad F(\Sigma) := \ln\det(\Sigma) + tr(S\Sigma^{-1}) - \ln\det(S) - k$$

minimiert. (ln ist der natürliche Logarithmus und det die Determinante.) Auf Parameterebene ist der ML-Schätzer ein $\hat{\vartheta}$, das $\hat{\Sigma}$ gemäß (4) liefert.

Alles über den Kleinst-Quadrat-Schätzer Gesagte gilt auch für den ML-Schätzer (außer natürlich der Bemerkung zum Namen).

Bei der ML-Schätzung handelt es sich bekanntlich um die Suche nach denjenigen modellverträglichen Verteilungsparametern, die die Dichtefunktion für die gezogene Stichprobe maximieren. In unserem Fall ergibt sich für den nicht interessierenden Erwartungswert, daß er isoliert und durch den Mittelwert geschätzt werden kann. Die Schätzbedingung für die noch verbleibende Kovarianzmatrix läßt sich fast in die Forderung nach Minimierung von F umformen; genauer: sie ist mit der Forderung der Minimierung von F äquivalent, wenn in F statt S das (N-1)/N-fache von S, also die Stichprobenkovarianzmatrix, eingesetzt wird. Es folgt, daß die sogenannten ML-Schätzer von LISREL gar keine ML-Schätzer sind; am ehesten merkt man das in dem liberalsten denkbaren Modell, wo ganz Ω modellverträglich ist - dort liefert nämlich S das Minimum von F, und S ist zwar erwartungstreu, aber nicht die ML-Schätzung. Man kann sich jedoch davon überzeugen, daß die Aussagen der allgemeinen Theorie über das asymptotische Verhalten von ML-Schätzern wohl zum größten Teil auch für die LISREL-Schätzer gelten, was dadurch plausibel wird (aber nicht begründet!), daß für große N (N-1)/N praktisch 1 ist. Wir wollen daher, der Tradition folgend, die in LISREL sogenannten ML-Schätzer auch weiterhin ML-Schätzer nennen.

Bei ML-Schätzern kann man Aussagen über die asymptotische Verteilung machen: Ist der wahre Parameter ϑ regulärer Punkt, so geht die Verteilung von $N^{1/2}(\hat{\vartheta} - \vartheta)$ gegen eine Normalverteilung, deren Erwartungswert 0 und deren Kovarianzmatrix das Inverse der Informationsmatrix (bzw. deren zu Σ gehörigen Teils) ist. Diese Informationsmatrix ergibt sich in unserem Fall auch als die zweite Ableitung der Funktion F/2 nach ϑ im wahren Parameter ϑ, wenn man für S die wahre Kovarianzmatrix

P(ϑ) nimmt und Σ als Funktion von ϑ einsetzt.

Da wir den wahren Parameter nicht kennen, sind wir auf Schätzungen der Informationsmatrix angewiesen; ist der wahre Parameter ϑ regulärer Punkt, so geht diese Schätzung nach Wahrscheinlichkeit gegen die wahre Informationsmatrix.

Über das Invertieren der geschätzten Informationsmatrix ergeben sich Standardfehler für die Schätzer der Einzelparameter und Korrelationen dieser Schätzer; sie können vom Programm ausgedruckt werden. Konstruiert man nun unter der Annahme, daß diese Schätzungen richtig und die Parameter normalverteilt seien, für Einzel- oder Teilparameter die üblichen Konfidenzintervalle oder -ellipsoide für ein Niveau α, so sind diese "asymptotisch" richtig in dem Sinne, daß für $N \to \infty$ die Wahrscheinlichkeit, daß sie den wahren Einzel- oder Teilparameter überdecken, gegen α geht; natürlich immer unter der Voraussetzung, daß der wahre Parameter regulärer Punkt ist.

8. MODELLPRÜFUNG

Zur Modellprüfung sollte man zunächst die Schätzungen daraufhin durchsehen, ob sie "vernünftig" sind. Auf die Gefahr, daß man negative Varianzen und Korrelationen größer als 1 übersieht, wenn man nur auf die "Fitindizes" achtet, wurde schon hingewiesen. Das Programm berechnet aufgrund der Parameterschätzungen noch eine Menge weiterer Indizes, wie z.B. sogenannte multiple Korrelationen oder Determinationskoeffizienten von Variablengruppen, die beachtet werden wollen, deren Interpretation und Wertung jedoch manchmal ganz wesentlich von dem speziellen Modell abhängt und daher nicht "blind" erfolgen darf. Insbesondere gilt dies für den nicht leicht interpretierbaren Q-Plot!

Zentral für die Prüfung sind nun die Güte- oder Fitindizes. Sie sind allesamt Maße für die "Entfernung" der geschätzten

Kovarianzmatrix $\hat{\Sigma}$ von der empirischen Matrix S. Die Parameterschätzungen selber gehen hier nicht mehr ein, sondern nur das geschätzte $\hat{\Sigma}$, so daß die Modellprüfung unabhängig von Fragen der Identifizierbarkeit durchgeführt werden kann, was durchaus legitim ist und auch nützlich, wenn z.B. Nebenwirkungen zusätzlicher identifizierbar(er) machender Restriktionen nicht abgeschätzt oder vermieden werden können.

Da sind zunächst die Goodness-of-Fit-Indices (GFI), jeweils einer für die Kleinst-Quadrat- und für die ML-Methode. Für die Kleinst-Quadrat-Methode ist der GFI definiert als

$$1 - tr((S - \hat{\Sigma})^2)/tr(S^2) \quad .$$

Der Subtrahend gibt das Verhältnis der Summe der quadrierten elementweisen Abweichungen von S und $\hat{\Sigma}$ zur Summe der quadrierten Elemente von S (eine Art Normierung). Es ist plausibel, daß er bei gutem Fit nahe 0 und damit der GFI nahe bei 1 liegen sollte.

Der GFI für die ML-Methode ist

$$1 - tr((\hat{\Sigma}^{-1}S - I)^2)/tr((\hat{\Sigma}^{-1}S)^2) \quad .$$

I ist die Einheitsmatrix.

Neben diesen beiden Indizes gibt es die zugehörigen Adjusted-GFI's, die definiert sind als

$$1 - (k(k+1)/2d)\,(1 - GFI) \ ,$$

wo k die Zahl der beobachtbaren Variablen und d die Zahl der Freiheitsgrade (s.u.) des Modells ist. Die AGFI's sind also ähnlich wie die GFI's definiert, nur daß man den Zähler des Subtrahenden durch d und den Nenner durch k(k+1)/2 teilt. Das Ganze soll der Ersetzung von Quadratsummen durch mittlere Quadratsummen im Zähler und Nenner entsprechen.

Diese Gütemaße sollten zwischen 0 und 1 liegen, wobei auch negative Werte vorkommen können (beim AGFI werden in extrem unidentifizierbaren Fällen auch Werte > 1 ausgedruckt, was aber dann auf einer zu mechanischen Berechnung eines negativen d beruht). Über ihre statistische Verteilung ist wenig bekannt, in der Praxis trifft man oft recht hohe Werte an, so daß die Interpretation schwierig ist. Recht differenzierte Ergebnisse von Simulationsstudien für eine spezielle Klasse von Modellen findet man in Anderson und Gerbing (1984).

Daneben gibt es das Root Mean Square Residual (RMR), definiert als

$$RMR = \frac{\left(2 \sum_{i=1}^{k} \sum_{j=1}^{i} (s_{i,j} - \hat{\sigma}_{i,j})^2\right)}{k\,(k+1)^{1/2}}$$

$s_{i,j}$ und $_{i,j}$ bezeichnen dabei die Elemente der Matrizen S und $\hat{\Sigma}$. Die Bezeichnung ist selbsterklärend; im Vergleich zum Zähler des Kleinst-Quadrat-GFI ist hier die Diagonale doppelt gewichtet. Ferner fehlt die Standardisierung, so daß man mit RMR höchstens Modelle miteinander vergleichen kann, die das gleiche S "erklären" sollen - inwieweit die anderen Gütemaße bessere Vergleichsmöglichkeiten liefern, sei dahingestellt.

Etwas anders ist es mit dem sogenannten Chi-Quadrat-Index, über dessen asymptotische Verteilung man gewisse Aussagen machen kann, die über das gerade erreichte Signifikanzniveau eher so etwas wie Vergleichbarkeit der Güte der Anpassung von verschiedenen Modellen an verschiedene Daten möglich machen. Hier ist die Normalverteilungsannahme Voraussetzung.

Der Chi-Quadrat-Goodness-of-Fit-Index ist definiert als das (N-1)-fache des Maximum der Funktion F aus Gleichung (5), also des Wertes, den diese Funktion annimmt, wenn man für Σ den ML-Schätzer einsetzt.

Er ist ähnlich aufgebaut wie die Likelihood-Ratio-Statistik für den Test des liberalsten Modells gegen das zu untersuchende. Der Gedanke beim Likelihood-Ratio-Test ist ja der, daß man ML-Schätzungen für umfassenderes Alternativmodell und das zu testende Modell macht und die ermittelten Maxima der Dichtefunktionen zueinander ins Verhältnis setzt. Etwas vergröbert gibt dies Verhältnis Antwort auf die Frage, um wieviel wahrscheinlicher die aufgetretene Stichprobe bei dem umfassenderen Modell ist als bei dem zu untersuchenden. Grosse Werte sprechen also für das umfassendere Modell, so daß ein plausibler Kandidat für eine Statistik zum Test des umfassenderen Modells gegen das zu untersuchende gefunden ist. Man unterwirft dieses Verhältnis noch einer monotonen Transformation, indem man das 2-fache des natürlichen Logarithmus davon bildet. Für die so gewonnene Statistik kennt man häufig die asymptotische Verteilung (meist eine χ^2-Verteilung - daher der Name), so daß ein Test möglich wird, der wenigstens asymptotisch das Niveau einhält.

Wählen wir nun als umfassenderes Gegenmodell dasjenige, das alle positiv definiten Kovarianzmatrizen zuläßt, also sozusagen Ω, so stimmt der Chi-Quadrat-Index fast mit der erwähnten Teststatistik überein. Die beiden Größen wären sogar gleich, hätte man in (5) wiederum für S die nicht erwartungstreue Stichprobenkovarianzmatrix genommen und außerdem statt mit N-1 mit N multipliziert. Wie bei den ML-Schätzern kann man sich jedoch überzeugen, daß diese Abänderungen für $N \to \infty$ vernachlässigbar sind, so daß die Sätze, die man allgemein für Likelihood-Ratio-Statistiken zur Verfügung hat, auch hier gelten.

Wir können also so tun, als ob es sich bei dem Chi-Quadrat-Index um eine Likelihood-Ratio-Statistik handelt, mit der wir das umfassende, liberalste Modell Ω gegen unser Modell, das wir mit ω bezeichnen, testen könnten (zumindest asymptotisch). Ist der Index signifikant groß, so könnten wir ω verwerfen. Genau das Gegenteil ist aber im allgemeinen unser Ziel. Daher argumentieren wir umgekehrt: Je weiter der Index von einem interessanten Signifikanzniveau entfernt ist, je kleiner er also ist, umso eher wollen wir unser Modell für bestätigt halten. Wir können auch das gerade erreichte Signifikanzniveau als Maß für die Güte unseres Modells nehmen, je größer es ist, umso besser das Modell.

Wichtig ist nun die Grenzverteilung des Chi-Quadrat-Index. Ist die wahre Kovarianzmatrix regulärer Punkt, so geht seine Verteilung für $N \to \infty$ gegen eine χ^2-Verteilung mit d Freiheitsgraden, wo $d = k(k+1)/2 - r$ ist. r ist dabei die Dimension von ω, so daß d als Differenz der Dimensionen von Ω und ω eine anschauliche Bedeutung bekommt. Im Falle von identifizierbaren Modellen stimmt r mit der Zahl m der freien Parameter überein; das LISREL-Programm druckt offensichtlich als Zahl der Freiheitsgrade k(k+1)/2 - m aus, so daß die von LISREL angegebenen Freiheitsgrade im Fall nicht identifizierter Modelle nicht verläßlich sind. Bringt das Problem keine Warnung zur Identifizierbarkeit, so kann man sich jedoch einigermaßen auf die Richtigkeit der angegebenen Freiheitsgrade verlassen.

Ist die wahre Kovarianzmatrix kein regulärer Punkt, so findet man als Grenzverteilungen häufig Verteilungen, die so etwas wie Mischungen verschiedener χ^2-Verteilungen darstellen (Andres & Häßner 1984; Shapiro 1985). Leider zeigt sich, daß die "normale" χ^2-Verteilung mit d Freiheitsgraden keine "Schranke" für diese Verteilungen ist, sie können sowohl stochastisch größer wie auch stochastisch kleiner sein, so daß man auch nicht sagen kann, daß das Testen mit der unterstellten "normalen" Verteilung z.B. "asymptotisch konservativ" ist.

Da "beinahe alle" modellverträglichen Kovarianzmatrizen reguläre Punkte sind, können wir mit einigermaßen gutem Gewissen den Chi-Quadrat-Index als χ^2-verteilt ansehen und entsprechend interpretieren, natürlich nur bei Normalverteilungsannahme und großer Stichprobe, wobei allerdings Boomsma (Boomsma 1983) mit Simulationen findet, daß bei seinen Modellen moderate Verletzungen der Normalverteilungsannahme bei Stichprobengrößen von 400 tolerierbar waren.

Bei großen Stichproben zeigt sich jedoch auch ein Nachteil des Chi-Quadrat-Index: Er reagiert dann recht allergisch auf kleine Verletzungen des Modells, die der Benutzer gerne noch tolerieren würde. (Für die GFIs und den RMR kann man zeigen, daß sie, wenn die wahre Kovarianzmatrix "unweit vom regulären Teil von ω" liegt, bei wachsendem Stichprobenumfang nach Wahrscheinlichkeit gegen die GFIs bzw. den RMR konvergieren, den man erhält, wenn man für S die wahre Kovarianzmatrix einsetzt. Sie reagieren sozusagen kaum auf den Stichprobenumfang. Der Chi-Quadrat-Index dagegen "explodiert", d.h. er geht in der entsprechenden Situation gegen ∞, was an der Multiplikation mit N-1 liegt.)

Man kann nun argumentieren, daß man sein Modell so ernst häufig gar nicht meint, daß es exakt stimmen müßte, sondern daß man oft zufrieden ist, wenn es in etwa stimmt, d.h. wenn die wahre Kovarianzmatrix relativ nahe bei ω liegt. Dann ist es wichtig zu wissen, wie sensibel der Index auf kleine Verletzungen reagiert, anders gesagt, wie groß die Power ist, um das nur "ungefähr" gemeinte Modell nicht fälschlicherweise aufgrund eines großen Chi-Quadrat-Wertes zu verwerfen. Man weiß, daß die Verteilung des Index bei einer Stichprobe vom Umfang N unter einer wahren Kovarianzmatrix $\Sigma+\Sigma_N$ gegen eine nonzentrale χ^2-Verteilung mit d Freiheitsgraden konvergiert, falls Σ regulärer Punkt ist, und falls die Folge $N^{1/2}\Sigma_N$ konvergiert, wobei sich der Nonzentralitätsparameter aus deren Grenzwert ergibt. Saris und Satorra geben ein einfaches Verfahren an, den Nonzentralitätsparameter, den man dann zur Abschätzung der Power benutzen kann, annähernd zu berechnen (Satorra & Saris 1985): Es ist der Chi-Quadrat-Index für die als Stichprobenkovarianzmatrix unterstellte Alternativmatrix unter der Annahme der vorliegenden Stichprobengröße. Die Berechnung ist "asymptotisch korrekt" in dem Sinn, daß die Folge der Ergebnisse für eine Folge von Alternativmatrizen mit den eben angegebenen Eigenschaften gegen den zugehörigen Nonzentralitätsparameter konvergiert.

Während bei der Interpretation des Chi-Quadrat-Index als Gütemaß die normale Testlogik in gewisser Weise auf den Kopf gestellt wird, gibt es eine Situation, in der man dann diese Indizes zu Testzwecken heranzieht. Man hat oft zwei Modelle, von denen eines restringierter als das andere ist, und möchte dann mit einem Test das restringiertere zugunsten des anderen zurückweisen. Es könnte z.B. sein, daß das restringiertere Modell sich vom anderen dadurch unterscheidet, daß ein wichtiger Parameter auf 0 gesetzt ist und man diese Null-Hypothese verwerfen will.

Nehmen wir also an, die zulässigen Kovarianzmatrizen zweier Modelle seien ω_1 und ω_2, wobei $\omega_2 \subset \omega_1$ gelte, das zweite Modell ist also das restringiertere. Ein Test des ersten Modells gegen die Nullhypothese des zweiten Modells wird dann häufig auf der Basis der Differenz der Chi-Quadrat-Indizes (zweiter minus erster) durchgeführt. Diese Differenz ist bisweilen unter der Nullhypothese asymptotisch χ^2-verteilt, wobei die Freiheitsgrade sich als die Differenz der Freiheitsgrade der beiden Modelle ergeben.

Während jedoch in der bisherigen Diskussion diejenigen Parameter, bei denen die Grenzverteilungen nicht den Erwartungen entsprechend, hinreichend selten waren, kann es jetzt sein, daß die Grenzverteilung nirgends eine χ^2-Verteilung ist. Die Differenz ist dann χ^2-verteilt, wenn das wahre Σ für beide Modelle regulär ist, und in vielen auch praktisch wichtigen Situationen liegt ω_2 sozusagen auf dem Rand von ω_1, was die "Ausnahmesituation" für alle Parameter nach sich ziehen kann.

9. VERMISCHTES

Hat man ein Modell geprüft und einen unbefriedigenden Fit erhalten, möchte man vielleicht wissen, ob man ihn durch Fallenlassen von Restriktionen verbessern könnte. Die vom Programm ausgedruckten Modifikationsindizes geben Antwort auf diese Frage. Sie geben eine Abschätzung, um wieviel kleiner der Chi-Quadrat-Index desjenigen Modells wäre, das man erhielte, wenn man alle bisher freien Parameter auf ihren optimalen Wert fixierte und dafür den betrachteten restringierten Parameter befreite. Der Abfall des Index, wenn man die bisher freien und den betrachteten Parameter freiläßt, wird meistens noch größer sein. Die Gefahren eines Vorgehens, das sich beim Bemühen um Verbesserung des Fit ausschließlich auf Modifikationsindizes stützt, liegen auf der Hand.

Nun sollen noch zwei Teile des umfangreichen LISREL-Outputs besprochen werden. Zunächst die totalen Effekte: Die Idee ist, daß eine Variable nicht nur unmittelbar auf eine zweite einwirken kann, nämlich, wenn ein Pfeil von der ersten auf die zweite weist, sondern auch indirekt, wenn man über eine ganze Kette von Pfeilen von der ersten zur zweiten gelangen kann. Es stellt sich so die Frage nach dem totalen Effekt als Summe aller direkten und indirekten Effekte der ersten auf die zweite Variable. Solche Effekte gibt es von den ξ-auf die η-, x- und y-Variablen und von den η- auf die η- und y-Variablen. Wie ist aber dies intuitive Konzept zu präzisieren, besonders im Fall nichtrekursiver Modelle, wo es dann auch Effekte von η-Variablen auf sich selber gibt?! Wie sollen die (völlig determinierten) η-Variablen noch eigenständig "Effekte" haben können? Das Problem mit den η-Variablen löst man am besten so, daß man nicht nach deren "Effekten", sondern nach denen der angehefteten ζ-Variablen fragt, die im Modell ja frei variieren können. Betrachten wir nun die Gleichungen (1), (2') und (3'), so sehen wir, daß die η-, x- und y-Variablen linear von den ξ- und ζ-Variablen abhängen, daß also eine Variable der ersten Gruppe sich proportional zur Veränderung jeder Variablen der zweiten Gruppe ändert, wenn man diese isoliert variiert. Den Proportionalitätsfaktor, den wir direkt aus den Gleichungen (1), (2') und (3') ablesen können, könnte man als den totalen Effekt bezeichnen. Genau das tut das Programm auch, wobei allerdings wieder von Effekten der η-Variablen (statt ζ-Variablen) gesprochen wird, und deshalb(?) der totale Effekt "einer η-Variable auf sich" im Vergleich zu dem der ζ-Variable auf die η-Variable um 1 vermindert wird. Der Effekt muß wohl bei nichtrekursiven Modellen wieder im Sinne des Stabilitätsarguments interpretiert werden. Bei rekursiven Modellen sieht man leicht, daß der totale Effekt sich auch durch die bekannten Pfadmodell-regeln ergibt (für alle Wege von Variable 1 zu Variable 2 die Pfadkoeffizienten multiplizieren und die Produkte aufaddieren).

Die Varianzen der latenten Variablen hängen oft in gewissem Sinn in der Luft und erhalten ihre Werte manchmal durch Nebeneffekte von Restriktionen. Daher ist man an der sogenannten standardisierten Lösung interessiert, die dadurch entsteht, daß man durch eine "Skalentransformation" die Varianzen der latenten Variablen auf 1 normiert, so daß man im latenten Bereich die Verhältnisse aus der Pfadanalyse hat. Davon bleiben natürlich die Koeffizienten an den Pfeilen nicht unberührt; sie werden mit der Streuung einer zu transformierenden Variablen, von der sie ausgehen, multipliziert und durch die Streuung einer zu transformierenden Variablen, auf die sie zeigen, dividiert. Ferner werden bei den ξ-Variablen die Varianzen durch 1 ersetzt und die Kovarianzen durch das Produkt der Streuungen der zugehörigen Variablen geteilt und bei den ζ-Variablen die Kovarianzen durch das Produkt der Streuungen der zugehörigen η-Variablen und die Varianzen durch die Varianzen der zugehörigen η-Variablen. Das Modell mit den so veränderten Varianzen, Kovarianzen und Pfeilkoeffizienten erzeugt dann dasselbe Σ wie das Ausgangsmodell und hat nur latente Variablen mit Varianz 1. Es ist klar, daß in dem so transformierten Modell die Restriktionen des Ausgangsmodells im allgemeinen nicht mehr gelten werden.

Häufig werden LISREL-Modelle mit Korrelationsmatrizen gerechnet. Hierzu noch einige Bemerkungen.

Die geschätzte Σ-Matrix muß nicht unbedingt eine Korrelationsmatrix sein, d.h. in ihrer Diagonalen stehen nicht notwendigerweise Einsen.

Die ML-Theorie handelt von Kovarianzmatrizen und erwartet auch die Eingabe einer solchen, so daß sich die Behandlung von Korrelationsmatrizen mit der ML-Methode eigentlich verbietet. Rechnet man ein LISREL-Modell mit einer Kovarianzmatrix und mit der zugehörigen Korrelationsmatrix, so werden sich natürlich meist unterschiedliche Parameterschätzungen und Fit-Indizes ergeben, weshalb man aus dem Passen des Modells für die Korrelationsmatrix im Grunde wenig schließen kann. Es gibt jedoch Modelle (vgl. z.B. Andres 1986), die die Eigenschaft haben, daß (jedenfalls theoretisch) die Analyse der Kovarianzmatrix und die der zugehörigen Korrelationsmatrix den gleichen Chi-Quadrat-Index liefern. Das sind gerade die Modelle, deren ω gegen positive Skalentransformationen immun ist, d.h. die Bedingung erfüllt, daß mit Σ auch jedes $P\Sigma P$ in ω liegt, wo P eine Diagonalmatrix mit positiven Diagonalelementen ist. Auch der ML-GFI ist dann gegen den Übergang zur Korrelationsmatrix invariant, während sich der Kleinst-Quadrat-GFI ändern kann, obgleich man bei der im Grunde untheoretischen Kleinst-Quadrat-Methode eher geneigt ist, den Übergang zu Korrelationsmatrizen für erlaubt zu halten. Letztendlich kann also nur eine Analyse der Eigenschaften des Modells Klarheit darüber verschaffen, ob und bei welcher Methode Korrelationsmatrizen zulässig sind.

10. LITERATUR

Anderson, J.C.; Gerbing, D.W. (1984): The effect of sampling error on convergence, improper solutions, and goodness-of-fit indices for maximum likelihood confirmatory factor analysis, Psychometrika, 49, 155-173.

Andres, J. (1986): Analyse von Kovarianzmatrizen mit LISREL, Bonner Methoden-Berichte, 3 (2), Bonn: Universität Bonn.

Andres, J.; Häßner, A. (1984): Some problems concerning the chi-square goodness of fit test in LISREL, Bonner Methoden-Berichte, 1 (2), Bonn: Universität Bonn.

Bentler, P.M.; Freeman, E.H. (1983): Tests for stability in linear structural equations, Psychometrika, 48, 143-145.

Boomsma, A. (1983): On the robustness of LISREL (maximum likelihood estimation) against small sample size and non-normality, Proefschrift, Groningen: Rijksuniversiteit Groningen.

Bröcker, T.; Jänich, K. (1973): Einführung in die Differentialtopologie, Berlin: Springer-Verlag.

Chaselon, F.; Fennekels, G.; Rudinger, G.; Zimmermann, E.J. (1984): Causal analysis of longitudinal intelligence data, Bonner Methoden-Berichte, 1 (1), Bonn: Universität Bonn.

Jöreskog, K.G.; Sörbom, D. (1981): LISREL V - Analysis of structural relationship by the method of maximum likelihood, Uppsala: University of Uppsala.

Rindskopf, D. (1983): Parametrizing inequality constraints on unique variances in linear structural models, Psychometrika, 48, 73-83.

Rindskopf, D. (1984): Using phantom and imaginary variables to parametrize constraints in linear structural models, Psychometrika, 49, 37-47.

Saris, W.; Stronkhorst, H. (1984): Causal modelling in non-experimental research, Amsterdam: Sociometric Research Foundation.

Satorra, A.; Saris, W.E. (1985): Power of the likelihood ratio test in covariance structure analysis, Psychometrika, 50, 83-90.

Shapiro, A. (1984): A note on the consistency of estimators in the analysis of moment structures, British Journal of Mathematical and Statistical Psychology, 37, 84-88.

Shapiro, A. (1985): Asymptotic distribution of test statistics in the analysis of moment structures under inequality constraints, Biometrika, 72, 133-144.

Stelzl, I. (1983): Zur Uneindeutigkeit von LISREL-Lösungen: Überlegungen und Beispiele, Psychologische Beiträge, 25, 315-335.

Witting, H.; Nölle, G. (1970): Angewandte Mathematische Statistik, Stuttgart: B.G. Teubner.

Teil II

ÖKONOMIE, UMWELTBEWUßTSEIN UND UMWELTVERHALTEN

Das ökologische Verhalten von Wirtschaftssubjekten und dessen Beeinflussung durch unterschiedliche Maßnahmen steht im Zentrum der Beiträge dieses Abschnitts. Während über die Verhaltensweisen von Unternehmen und die Wirkung struktureller Faktoren kaum Hypothesen und nur wenige empirische Befunde vorliegen, kann die Verbraucherforschung auf sozialwissenschaftliche Theorien zurückgreifen. Die ersten beiden Beiträge zur Wirkung ökonomischer und rechtlicher Rahmenbedingungen (Hildebrandt & Bongaerts, Kap. 3; Apel & Lohmöller, Kap. 4) sind daher eher als explorierende Studien zu betrachten. Den Befunden liegen Analysen mit wenigen hoch aggregierten Daten zugrunde. Demgegenüber zählt das Ergebnis der Studie von Fritz (Kap. 5) zum heute fast gesicherten Wissen über die Wirkung von Warentestinformationen auf das Produktplanungsverhalten der Unternehmen.

Die Studien von Hildebrandt (Kap. 6) und Balderjahn (Kap. 7) untersuchen theoriegeleitet die Einflußgrößen ökologischen Verhaltens von Verbrauchern auf individueller Ebene. Der erstgenannte Autor testet die ex post ermittelten Wirkungen verhaltensbeeinflussender Beratungsleistungen im Energiesparbereich. Balderjahn befaßt sich dagegen mit beeinflussungsrelevanten Variablen, die das ökologische Verhalten steuern. In jedem der Modelle wird letztendlich trotz theoretischer Begründung klar, daß aufgrund mangelnder Daten jeweils nur ein kleiner Ausschnitt der real wirkenden Einflußfaktoren im Kausalmodell abzubilden ist.

[3]

Jan Bongaerts
Lutz Hildebrandt

Umweltschutzgesetzgebung und Umweltschutzinvestitionen

Von vielen Wissenschaftlern wird die These vertreten, daß der Umweltschutz im industriellen Bereich nur durch gesetzliche Maßnahmen zu erreichen ist. Auf der Grundlage von Industrie-Strukturdaten und Indikatoren für die Art und Intensität, mit der Industriezweige von umweltpolitischen Gesetzesmaßnahmen betroffen wurden, können eine Anzahl von Wirkungshypothesen zur Investitionsneigung mit LISREL IV getestet werden. Sie sollen Aufschluß darüber geben, welche Bedingungen die Höhe der Umweltschutzinvestitionen letztlich bestimmen.

1. UMWELTSCHUTZ-GESETZGEBUNG UND INVESTITIONSNEIGUNG BEI UMWELTENTLASTENDEN TECHNOLOGIEN

Untersucht man ältere Gesetze und Verordnungen, die der Umweltpolitik im Bereich von Handel und Industrie zugerechnet werden, so ist festzustellen, daß der Umweltschutz meist nicht die wirkliche Zielsetzung dieser legislativen Maßnahmen war. Stattdessen bezogen sich die Maßnahmen eher auf Bereiche wie Sicherheit am Arbeitsplatz oder Schutz vor unsicheren Produkten.

Veränderte politische Rahmenbedingungen und die zunehmende Diskussion der Öffentlichkeit über Umweltschäden führten im Laufe der Zeit zu einer aktiven Umweltpolitik, deren Gesetze und Verordnungen weiter gefaßt waren als die der älteren Gesetzgebung. Es ging nicht mehr nur um Arbeits- und Verbraucherschutz, sondern es wurden die Entwicklung und der Einsatz von neuen Produkten und Produktionstechniken mit umweltschonenden Eigenschaften forciert. Zwar war man sich auch in den 60er Jahren schon der Konsequenzen und Gefahren der Umweltverschmutzung bewußt, berücksichtigte dies aber aufgrund dominierender wirtschaftspolitischer Zielsetzungen erst gegen Ende der 60er Jahre im Gesetzgebungsprozeß.

Die Einflüsse des Gesetzgebungsprozesses auf die Umweltinvestitionen der Unternehmen sind aufgrund ihrer Komplexität und fehlender Daten bisher nur unzureichend untersucht. Aufbauend auf einer historischen Analyse des Gesetzgebungsprozesses, versucht diese Studie, die Auswirkungen der Umweltschutzgesetzgebung für den Bereich der deutschen verarbeitenden Industrie quantitativ zu schätzen (vgl. Schulz 1984).

Der Beginn einer Umweltschutzgesetzgebung im weitesten Sinne kann auf 1965 festgelegt werden. Zu diesem Zeitpunkt wurde die Baulärmverordnung für Wohngebiete verabschiedet. Drei Jahre später folgte das Altölgesetz. Anfang der 70er Jahre wurden die Umweltprobleme zunehmend sichtbar, was zu einer Vielzahl von neuen Gesetzen führte, die im strengen Sinne als Umweltschutzgesetze bezeichnet werden können. Dazu gehören Gesetze wie das Bundesimmissionsschutzgesetz von 1974, das Abwasserabgabengesetz von 1976, das Wasserhaushaltsgesetz von 1976, das Abfallbeseitigungsgesetz von 1977.

Die Frage, wie stark der Einfluß dieser Gesetzgebung auf die Bereitschaft der Industrie ist, einen Beitrag zur Verbesserung der Umwelt zu leisten, ist bislang jedoch noch ungeklärt. Es besteht allerdings Übereinstimmung, daß die Umweltschutzgesetzgebung einen Einfluß auf Entscheidungen von Unternehmen aller Arten hat.

Da einzelbetriebliche Daten über Entscheidungsprozesse oder Investitionsmotive und Einstellungen der Manager nicht vorhanden sind, lassen sich Hypothesen nur schwer prüfen. Die Wirkung der Gesetzgebung auf das Verhalten von Unternehmen und Managern kann deshalb auch hier nur durch eine Untersuchung auf der aggregierten Ebene von Industrien und Analyse von Umweltschutzinvestitionsausgaben und den zeitlich vorgelagerten Gesetzen durchgeführt werden. Seit 1975 werden dazu die jährlichen Daten durch das Statistische Bundesamt gesammelt und veröffentlicht (vgl. die sog. Fachserie 19). Da die neuesten Daten zum Zeitpunkt dieser Untersuchung erst für das Jahr 1981 verfügbar waren, konnte eine Zeitreihenanalyse nicht sinnvoll sein. Die Untersuchung beschränkt sich deshalb auf eine Querschnittsanalyse von Industrieunternehmen im Jahr 1981.

2. THEORETISCHE ÜBERLEGUNGEN ZUR STUDIE

Untersuchungen zum Investitionsverhalten einzelner Branchen im Umweltschutzbereich sind bisher relativ selten und beziehen sich primär auf die Wirkung ökonomischer und struktureller Einflußgrößen (vgl. Sprenger & Knoedgen 1983). Explizite Untersuchungen zur direkten Wirkung der Gesetzgebung auf das Verhalten der Unternehmen liegen nicht vor, obwohl aus der Zielsetzung der Verordnungen leicht Wirkungshypothesen zu bilden sind (vgl. Diekmann 1982).

Betrachtet man einzelne Umweltgesetze, kann man zunächst drei Schlüsse ziehen:

1. Umweltschutzgesetzgebungstexte sind außerordentlich technisch. Sie stehen in Beziehung mit den Standards für unterschiedliche Arten von Immissionen und beziehen sich auf Produktionsprozesse und Unternehmensausrüstungen, die wiederum bestimmten Standards und anderen Verordnungen unterworfen sind. Die technischen Normen des Gesetzes ermöglichen es, seine Anwendung sehr präzise festzulegen. Auf diese Weise kann auf der Ebene der Branchen leicht herausgefunden werden, welche Verordnung und welches Gesetz in welcher Branche Anwendung finden.

2. Nicht alle Gesetzesmaßnahmen traten zum gleichen Tag in Kraft. Stattdessen läßt sich eine chronologische Ordnung darüber bilden, welcher Sachverhalt zunächst als bedeutsam erachtet wurde (z.B. Luftverschmutzung). Daraus läßt sich dann auch ableiten, daß eine Anzahl von Unternehmen sehr früh von der Umweltschutzgesetzgebung betroffen wurde, andere dagegen erst später.

3. Die Umweltschutzgesetzgebung berührt einige Industrien praktisch mit jeder Verordnung, während andere Industrien nur partiell betroffen sind. Ein Beispiel hierfür sind die Elektrizitätserzeuger, die mit einer schnell wachsenden Anzahl von Verordnungen zur Emissionsminderung konfrontiert sind. Dadurch wird der Druck des Gesetzes im Ablauf der Zeit intensiver.

Aufgrund dieser Schlußfolgerungen kann zumindest von einer zweifachen Wirkung der Umweltschutz-Gesetzgebung auf die Umweltschutzinvestitionen ausgegangen werden:

- kumulative Effekte der Gesetzgebung über die Zeit
- Unterschiedliche Intensität des Gesetzeinflusses.

Positive oder negative Wirkungen sind vom theoretischen Standpunkt aus gerechtfertigt, so daß es nicht möglich ist, eine eindeutige Aussage über die Richtung (das Vorzeichen) des Einflusses zu machen. Positive Effekte würden sich darin zeigen, daß mit dem Verlauf der Zeit nach Inkraftsetzung eines Gesetzes der Anteil der Umweltschutzinvestitionen zunimmt. Eine negative Wirkung ist dagegen zu erschließen, wenn sich die Investitionen nach Implementation des Gesetzes mit Ablauf der Zeit vermindert haben. Es ist zusätzlich zu überprüfen, ob Gesetze die Firmen dazu veranlassen, jährlich einen festgelegten Anteil des Investitionsbudgets für voraussichtliche Umweltschutzinvestitionen einzuplanen, um den technischen Standards oder anderen Verordnungen zu genügen, oder ob das Gesetz eine einmalige Investition verlangt, die später nur bei der Wartung und Erneuerung zu gelegentlichen Ersatzkäufen führt.

Mit den vorhandenen Daten sind derartige Fragestellungen, die sich auf den Zeitverlauf beziehen, aber kaum zu beantworten. Alle Kernstücke der gesetzgeberischen Maßnahmen wurden im äußersten Fall sieben Jahre vor 1981 implementiert. Da üblicherweise mehrere Jahre vom Datum der Verabschiedung bis zur Inkrafttretung der Durchführungsverordnungen und Verwaltungsvorschriften vergehen, können die Langzeiteffekte aufgrund solch kurzer Zeitspannen und in einem echten Zeitreihendesign nicht untersucht werden. Unter diesem Aspekt ist die hier durchgeführte Wirkungsuntersuchung der kumulativen Effekte der Gesetzgebung auf die Höhe der Umweltschutzinvestitionen nur unvollständig und begrenzt.

Die Verordnungen konnten vier Bereichen des Gesetzeseinflusses zugeordnet werden: der Luftverschmutzung, den Abwässern und den festen Abfällen. Der vierte betraf die Lärmbelästigung. Die meisten Indikatoren zeigten aber kaum Varianz zwischen den untersuchten Industriezweigen. Es wurde deshalb nur der Indikator berücksichtigt, der die Gesetze und Maßnahmen zur Kontrolle der Luftverschmutzung erfaßt. Die Luftreinhalteinvestitionen machten auch den größten Teil aller Umweltschutzinvestitionen bei 27 von 37 Industriezweigen aus. Sie rangierten entweder an erster oder an zweiter Stelle bei jeder der untersuchten Branchen.

Im folgenden Abschnitt wird ein kurzer Überblick über ein Modell gegeben, in dem die Indikatoren für die Effekte der Gesetzgebung und eine Anzahl von ökonomischen Variablen eingeführt werden, die die Wettbewerbsstruktur jeder Industrie, ihre generelle Investitionsneigung und ihre Neigung zur Investition in umweltentlastende Technologien erfaßt.

3. EIN MODELL DER UMWELTSCHUTZINVESTITIONEN

In früheren Untersuchungen zur Erklärung der Umweltinvestitionen wurden im allgemeinen mit Kleinst-Quadrate-Regressionen bivariate Hypothesen überprüft (vgl. Bongaerts & Heinrich 1986). In dieser Studie soll zwar die allgemeine Struktur früherer Modelle erhalten bleiben, ihre Gültigkeit aber ganzheitlich in einem Kausalmodell mit multiplen Indikatoren geschätzt werden.

Bei der Modellbildung wird davon ausgegangen, daß Umweltschutzinvestitionen nicht auf dem gleichen Entscheidungsprozeß beruhen wie normale Investitionen, die unter Rentabilitätsgesichtspunkten erfolgen. Aufgrund dessen können auch die klassischen Ansätze zur Erklärung des Unternehmensverhaltens und der industriellen Investitionsneigung nicht dazu geeignet sein, Umweltschutzausgaben zu erklären. Diese Theorien beruhen auf der Annahme, daß eine Unternehmung eine optimale Kapitalausstattung mit einer fortlaufenden Anpassung des Kapitalbestands plant. Der optimale Grad der Kapitalausstattung ist in diesen Ansätzen definiert als der Grad, für den die Gewinne maximal sind. Umweltschutzinvestitionen unterliegen aber meist anderen Zielvorstellungen. In der Realität mögen diese Investitionsausgaben einen Beitrag zur Kapitalverzinsung leisten, er wird aber relativ klein sein, wenn man ihn mit den anderen Investitionsausgaben vergleicht.

Da der Gewinn oder das Ansteigen der Kapitalverzinsung nicht als Hauptanreiz für eine Investition in Technologien zur Verminderung der Umweltbelastung betrachtet werden kann, ist es notwendig, eine alternative Theorie zu entwickeln. Im allgemeinen kann man drei Einflußgrößen erwarten, die die Höhe der Umweltschutzinvestitionen beeinflussen.

1. Wie in Abschnitt 2 erläutert, hat der gesetzgeberische Bereich (Druck) offensichtlich einen positiven Einfluß.

2. Es kann weiter vermutet werden, daß Unternehmen ihre Anstrengungen auf dem Bereich Umweltschutz mit Zunahme der ökonomischen Stärke erhöhen. Je größer ihr Verkaufsvolumen oder ihr cash flow, desto eher werden sie sich bereit fühlen, in Umweltschutztechnologien zu investieren, um auch ihr "corporate image" zu verbessern.

3. Darüber hinaus kann eine Einflußgröße berücksichtigt werden, die als Strukturgrößenvariable zu bezeichnen ist. Weil Umweltschutzanlagen vor Ort installiert werden müssen, ist anzunehmen, daß Unternehmen mit vielen kleinen Produktionseinheiten weniger in diese Anlagen investieren als solche, die einige große Einheiten besitzen. Schließlich ist es daneben auch üblich, die Entsorgung von festen Abfällen und zum Teil auch flüssigen Abfällen durch andere Firmen vornehmen zu lassen. Obwohl diese Lösung keine Umweltschutzinvestitionen im eigenen Werk zufolge hat, kann man davon ausgehen, daß Industrien, die durch eine Vielzahl kleiner Einheiten gekennzeichnet sind, zu einem niedrigeren Grad investieren als Industrien, die nur aus einer geringen Anzahl großer Fabriken bestehen und eher externe Lösungen, etwa die Entsorgung von flüssigem und festem Müll durch andere Firmen vorziehen. Die externe Lösung bedeutet aber nicht, daß Manager in diesem Fall weniger umweltbewußt sind als solche, die auf Eigenentsorgung setzen. Aber ihre Aufwendungen für die Investition sind ceteris paribus geringer als die der Manager von Unternehmen mit innerbetrieblicher Lösung.

Fassen wir die Hypothesen für die Bestimmungsgründe der Umweltinvestitionen zusammen, dann ergibt sich folgendes Tableau:

Einflußgröße	Legislativer Druck	Ökonomische Stärke	Struktur	Allgemeine Inv.-Ausg.
Effekt	+	+	-	+

Das Gesamtmodell ist jedoch komplexer und enthält auch vermittelnde Effekte.

Abbildung 1: Das vollständige Kausal-Modell

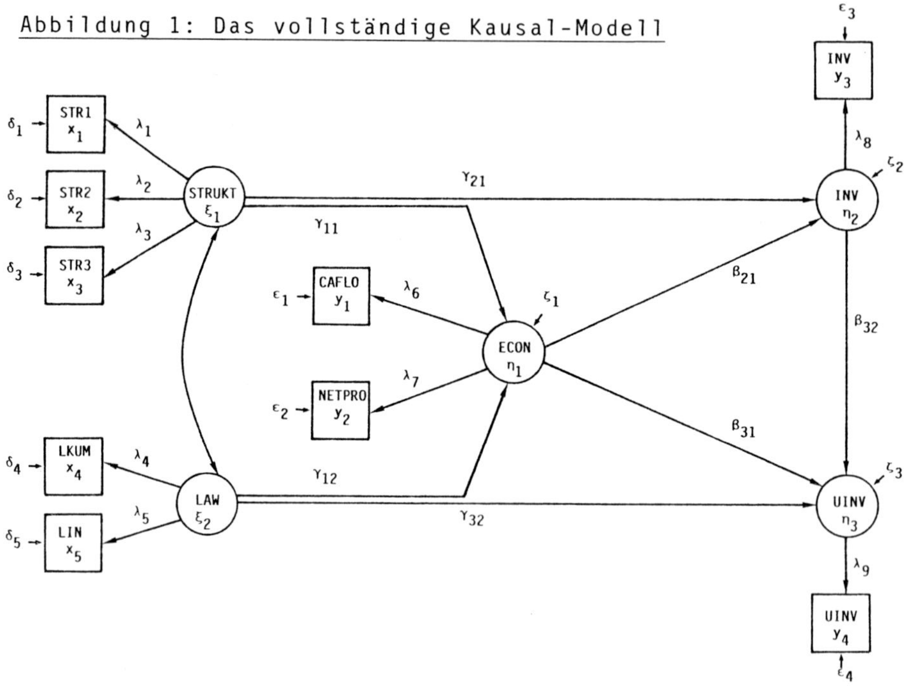

Zwei manifeste Variablen, Umweltinvestitionen (UINV) und allgemeine Investitionen (INV), erfassen das Investitionsverhalten der Unternehmen, das durch die anderen Variablen erklärt werden soll. Die ökonomische Stärke (ECON) wird durch die Rentabilität erfaßt, gemessen durch zwei manifeste Variablen, den cash flow (CAFLO) und den Netto-Wert der Produktion (NETPRO). Der "Cash flow" wird durch Nettoproduktionswert minus Lohn- und Gehaltsumme berechnet.

Die exogenen Variablen Struktur (STRUKT) und Gesetz (LAW) beeinflussen sowohl die ökonomische Stärke als auch das Investitionsverhalten. Die Struktur wird durch drei manifeste Variablen gemessen: STR1 erfaßt die Zahl der Beschäftigten, STR2 die Größe der Produktionseinheiten, und STR3 mißt die Anzahl der Produktionseinheiten pro Industriezweig.

Die Einflußgröße Umweltschutzgesetzgebung (LAW) wird dann durch die vorher erörterten zwei Indikatoren Intensität (LIN) und die kumulativen Wirkungen (LKUM) erfaßt. Die angenommene Beziehungsstruktur ist im Pfaddiagramm von Abbildung 1 wiedergegeben. Das Modell enthält sechs Basishypothesen über Variablenbeziehungen, und zwar drei Meßhypothesen und drei Strukturhypothesen.

Meßhypothesen:

H1 Beide Gesetzesvariablen LIN und LKUM repräsentieren die latente Variable des Gesetzeseinflusses.

H2 Die Variablen STR1 bis STR3 repräsentieren die latente Variable STRUKT (Struktur). Mit Struktur werden die Anzahl und die Ausprägungen der Eigenschaften einer typischen Produktionseinheit gemeint.

H3 Die manifesten Variablen NETPRO und CAFLO bilden Indikatoren für die latente Variable Ökonomische Stärke (ECON) der Industrie.

Strukturhypothesen:

H4 Die beiden latenten Variablen STRUKT und LAW haben einen positiven Einfluß auf die ökonomische Stärke (ECON) einer Industrie angenommen. Unter der Annahme, daß die Unternehmen unter dem Druck stehen, in umweltentlastende Technologien zu investieren, kann davon ausgegangen werden, daß ihre ökonomische Stärke durch die Gesetzgebung beeinflußt wird. Auf ähnliche Weise können Unterschiede in der Größe bzw. anderen strukturellen Merkmalen Unterschiede in der ökonomischen Leistungsfähigkeit hervorrufen.

H5 Die ökonomische Stärke beeinflußt sowohl die generelle Investitionsneigung (INV) als auch die umweltbezogenen Investitionen (UINV). Das gleiche gilt für den Einfluß der Strukturellen Bedingungen (STRUKT) und den Gesetzeseinfluß (LAW), der allerdings primär die umweltentlastenden Investitionen beeinflussen sollte und weniger stark die generelle Investitionsneigung. Daß beide Variablen gleichermaßen positiv beeinflußt werden, wird durch die Tatsache begründet, daß häufig allgemeine Investitionen auch umweltrelevante Investitionen sind, daraus folgt die Hypothese 6.

H6 Es wird angenommen, daß die generelle Investitionsneigung (INV) einen stark positiven Einfluß auf die Umweltschutzinvestitionen (UINV) hat.

Die Hypothesen 1 bis 6 geben einen vollständigen Überblick der Beziehungen, die als relevant angesehen wurden.

4. DIE DATENBASIS DER ANALYSE

Für die Studie wurden die allgemeinen Investitionen und Umweltschutzinvestitionen von 37 Branchen des produzierenden Gewerbes als abhängige Variable erhoben. Die Gesetzesvariablen ließen sich nach einer einschlägigen Prüfung der deutschen Umweltschutzgesetzgebung definieren. Dabei wurde folgenderweise vorgegangen: Die Langzeitwirkung der Gesetzgebung wurde mit Hilfe einer Dummy-Variablen LKUM erfaßt. Anhand einer eigens für diesen Zweck erstellten Chronik der deutschen Umweltschutzgesetzgebung wurde festgestellt, ob eine bestimmte Branche von einem Gesetz, einer Durchführungsverordnung oder Verwaltungsvorschrift betroffen wurde. Der untersuchte Zeitraum zwischen 1965 und 1983 wurde in vier Perioden unterteilt:

Periode 1: von 1965 bis 1969
Periode 2: von 1970 bis 1974
Periode 3: von 1975 bis 1979
Periode 4: ab 1980

Jedesmal, wenn eine Branche in einer der Perioden von einer der o.g. rechtlichen Regelungen betroffen wurde, ist dieser Branche eine Codezahl zugeordnet worden. Die numerischen Werte betrugen:

$$d = 1, \ldots, 4 \text{ für } t = 1, \ldots, 4 \text{ und } b = 1, \ldots, 37$$

Der Index LKUM 1 wurde dann als die Summe der Werte gebildet:

$$\text{LKUM 1} = \text{sum}_t d_{t,b}$$

Die Konstruktion erlaubt eine höhere Gewichtung neuerer Gesetzgebung im Vergleich zur Gesetzgebung "älteren Datums". Wie oben bereits erwähnt, ist neben der Langzeitwirkung auch die Intensität der Umweltschutzgesetzgebung bzgl. der einzelnen Branchen von Bedeutung. Im folgenden soll die Vorgehensweise zur Intensitätsmessung beispielhaft für den Bereich Luft dargestellt werden.

Der Bereich Luft wird im wesentlichen durch das 1974 in Kraft getretene Bundesimmissionsschutzgesetz reglementiert. Das Bundesimmissionsschutzgesetz schreibt u.a. vor, daß die Betrieber genehmigungsbedürftiger Anlagen Vorsorge gegen schädliche Umwelteinwirkungen zu treffen haben. Die Behörden können im Rahmen des Genehmigungsverfahrens für die Errichtung und den Betrieb solcher Anlagen Auflagen zur Luftreinhaltung erteilen. Die Anlagen, die einer Genehmigung durch die Behörden bedürfen, sind in der Verordnung über genehmigungsbedürftige Anlagen aufgeführt.

Die in dieser Verordnung genannten Anlagen wurden den einzelnen Branchen zugeordnet, in denen sie eingesetzt werden. Dabei ergab sich, daß die einzelnen Branchen mit unterschiedlicher Häufigkeit eine Regulierung ihrer Anlagen durch diese Verordnung erfahren. Mit Hilfe dieses Index wurde die Variable LIN gebildet, die die Intensität der Reglementierung der einzelnen Branchen durch das Bundesimmissionsschutzgesetz mißt. Eine weitere Verfeinerung, z.B. durch Berücksichtigung der Anzahl der einzelnen genehmigungsbedürftigen Anlagen war nicht möglich, da nicht einmal das Umweltbundesamt über derartige Daten verfügt.

Daneben wurde das Wohlergehen der Branchen, als Maßstab für deren Fähigkeit, Umweltschutzinvestitionen aus eigenen Mitteln zu finanzieren, mit den Variablen NETPRO und CAFLO (Nettoproduktionswert und Cash-flow) gemessen. Die Branchenstruktur wurde anhand der Verteilung der Betriebe nach Beschäftigungszahlen bestimmt. Der Index wächst mit der Zunahme der Anzahl mittlerer und kleinerer Betriebe. In einigen Fällen wurde ein bestimmter Wert des Index einer einzelnen Branche zugeordnet. Alternativ zu der so gebildeten Strukturvariablen wurde als grobes Maß zur Charakterisierung der Branchenstruktur Anzahl und Größe der Betriebe aus der Statistik erhoben.

5. MODELLTESTS UND EMPIRISCHE ERGEBNISSE

Zur Analyse der Strukturbeziehung im Modell von Abb. 1 wurde der LISREL-Programmansatz gewählt (vgl. Jöreskog & Sörbom 1986). Aufgrund der geringen Stichprobe und der ungeklärten Eigenschaften (Multinormalität) der Indikatoren wurde statt der Maximum-Likelihood-Schätzung (ML) hier eine ungewichtete kleinste Quadrate-Schätzung (ULS) durchgeführt. Zur Datenanalyse wurde das Programmsystem LISREL VI (Jöreskog & Sörbom 1986) in SPSS (X) herangezogen.

Die Schätzung des Gesamtmodells aus Abb. 1 führte zu zwei Problemen. Einige der Parameterwerte der Strukturgleichungen verließen den zulässigen Parameterraum, d.h. es ergaben sich standardisierte Pfadkoeffizienten mit Werten wesentlich größer als 1. Weiter konnte mit keinem der üblichen Fit-Indices ein angemessener Wert erzielt werden, der eine Modellakzeptanz zuließ. Es wurde deshalb zunächst eine Inspektion der Modellkovarianzmatrix der beobachteten Variablen durchgeführt. Hier konnte eine vergleichsweise hohe Korrelation zwischen den beiden endogenen Variablen INV und UINV festgestellt werden, die offensichtlich zu Schätzproblemen geführt hat. Die beiden Variablen waren hochgradig multikollinear, was aber aufgrund der dargestellten Zusammenhänge zwischen den allgemeinen Investitionen und den Umweltinvestitionen, wie in Abschnitt 3 ausgeführt, zu vermuten war.

Die hohe Interkorrelation kann deshalb auch als systematisches Verhalten der Unternehmen interpretiert werden, immer einen bestimmten Anteil ihrer gesamten Investition für Umwelttechnologien einzusetzen.

Um das Schätzproblem zu lösen, wurde das Gesamtmodell zerlegt und jeweils eine Schätzung des Modells mit nur einer der Investitionsvariablen durchgeführt. Aber auch diese Zerlegung der Kausalstruktur führte nicht zu einer befriedigenden Lösung. Die Untersuchung der vom Programmsystem vorgegebenen Prüfmöglichkeiten zur Aufdeckung von Fehlspezifikationen (hier die normalisierten Residuen) ließ darauf schließen, daß die beiden Indikatoren für die latente Variable des Gesetzeseinflusses (LAW) keine Konvergenzvalidität zeigten. Die empirischen Daten korrelierten nur schwach. Beide Indikatoren hatten aber trotzdem nahezu gleich große Einflüsse auf die endogenen Variablen im Modell. Obwohl ein derartiges Ergebnis nicht mit den Kriterien für Meßvalidität in den Sozialwissenschaften übereinstimmt, sind derartige Abweichungen in den Indikatoren der ökonometrischen Forschung häufig. In der Ökonometrie und ihren Mehrgleichungssystemen ist man nämlich bemüht, möglichst unabhängige Indikatoren zur Prognose eines Sachverhaltes zu schaffen, die Multikollinearität in den Modellen ausschließen. Um das Problem der geringen Korrelation zwischen den Messungen für das gleiche Konzept (LAW) zu lösen, wurden zwei unterschiedliche Modellansätze verwendet.

Ein Modellansatz löst das Problem wie oben durch die Zerlegung des Gesamtmodells mit einer Gesetzesvariablen, die durch einen einfachen Indikator gemessen wurde. Der zweite Ansatz geht davon aus, daß die Zusammenhänge der Beobachtungsebene zwischen den beiden Indikatoren nur unzureichend durch den Korrelationskoeffizienten wiedergegeben werden. Zur Schätzung des Zusammenhangs wird deshalb auf die Beziehung zwischen den Konstrukten zurückgegriffen und eine theoretische Korrelation aufgrund der Kausalbeziehungen geschätzt. Die Spezifikation des letztgenannten Modells führt zu einer Gleichheitsrestriktion für die Lambda-Parameter der LAW-Variablen und deren Fehlervarianzen. Gleichzeitig wird die Beziehung zwischen diesen beiden Indikatoren geschätzt und unter Berücksichtigung der Wirkungsstruktur beider Variablen nach "oben" korrigiert. Die Teilmodelle haben in diesem Fall die Struktur von Abbildung 2.

Abbildung 2: Modell III - Allgemeine Investitionen

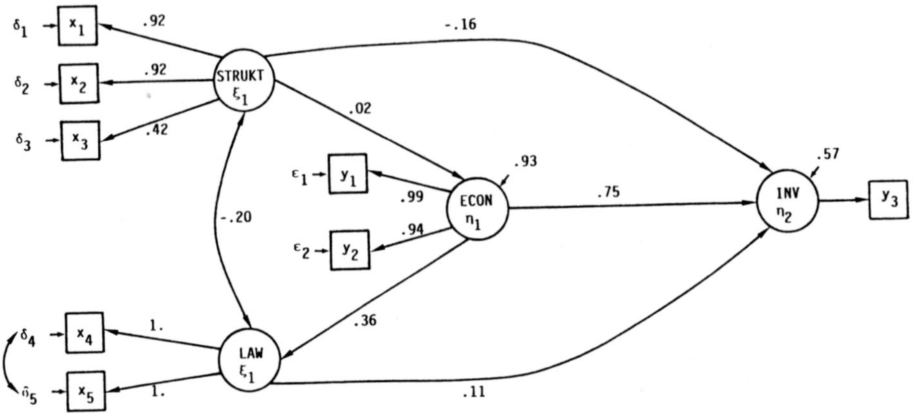

Aufgrund der bekannten Eigenschaften des LISREL-Programms ergaben sich beim Schätzen noch negative Fehlervarianzen in den Indikatoren der latenten Variablen ECON. Die Fehlervarianzen der beobachteten Indikatoren wurden deshalb auch hier gleichgesetzt. Tabelle 1 gibt einen Überblick über die insgesamt geschätzten Parameter. Tabelle 2 zeigt die zu den Modellen gehörenden Fit-Indices.

Tabelle 1: Ergebnisse der Modellschätzungen

Modell / Variablen-Name	Allgemeine Investitionen			Umweltinvestitionen		
	I	II	III	IV	V	VI
Meßbeziehungen						
STR1	.91	.92	.92	.91	.92	.92
STR2	.91	.92	.92	.92	.92	.92
STR3	.44	.41	.41	.43	.40	.40
LIN	--	1.00	1.00	--	1.00	1.00
LKUM	1.00	--	1.00	1.00	--	1.00
CAFLO	.91	.99	.99	.99	.99	1.00
NETPRO	.91	.95	.94	.93	.94	.92
Strukturelle Beziehungen						
STRUKT/LAW	-.11	-.29	-.20	-.11	-.29	-.19
STRUKT/ECON	.01	.01	.02	.01	.01	.02
STRUKT/INV	-.18	-.10	-.16	--	--	--
STRUKT/UINV	--	--	--	-.50	-.65	-.50
LAW/PRO	.50	.22	.36	.50	.22	.36
LAW/INV	-.07	.27	.11	--	--	--
LAW/UINV	--	--	--	.40	.64	.51
ECON/INV	.82	.73	.75	--	--	--
ECON/UINV	--	--	--	.41	.48	.44
Residual-Varianzen						
ECON	.75	.95	.87	.75	.95	.87
INV	.34	.27	.33	--	--	--
UINV	--	--	--	.32	.36	.21

Tabelle 2: Fit-Indices der geschätzten Modelle

Modell / Fitmaße	I	II	III	IV	V	VI
GFI	.94	.94	.93	.95	.95	.94
AGFI	.88	.87	.87	.89	.88	.88
RMR	.13	.13	.13	.12	.12.	.12

6. ERGEBNISINTERPRETATION

Insgesamt führten die Modellschätzungen zu nahezu identischen Fit-Indices. Für beide Typen von Modellen (Modell I bis Modell III, für das allgemeine Investitionsverhalten; Modell IV bis Modell VI, für das Umweltinvestitionsverhalten) sind die Parameterschätzungen ebenfalls von nahezu gleicher Größe und haben auch das gleiche Vorzeichen. Die Modelle, die die Korrelation zwischen den Gesetzesindikatoren LKUM und LIN schätzen, scheinen die mittleren Einflüsse der beiden Indikatoren für die Gesetzesvariablen zu repräsentieren. Vergleicht man die Unterschiede zwischen den Koeffizienten der Kausalbeziehung in den anderen Modelle zur Interpretation, so kann man feststellen, daß der Hauptunterschied bei den Bestimmungsgründen für das Investitionsverhalten beim Einfluß zwischen den latenten Variablen für die Struktur (STRUKT) und den Gesetzesdruck (LAW) zu finden ist. Beide Variablen haben nur einen geringen Einfluß auf das allgemeine Investitionsverhalten (-.16; .11), der für die Strukturvariable negativ ist und für die LAW-Variable aber positiv. Auf der anderen Seite wird das Umweltinvestitionsverhalten stark durch diese beiden exogenen latenten Variablen determiniert (-.50; .51). Bedeutsamer aber ist die Abhängigkeit des allgemeinen Investitionsverhaltens von der Leistungsstärke eines Industriebereiches (.75). Sie kann als der wichtige Grund für Investitionen überhaupt angesehen werden. Die Variable ECON vermittelt auch den Einfluß der Gesetzgebung, wie an den hohen Einzeleffekten zu sehen ist.

Im Modell für die Umweltschutzinvestition ist der Einfluß der ökonomischen Stärke (ECON) auf das Investitionsverhalten geringer (.44). ECON bildet aber auch hier eine bedeutende intervenierende Variable für den Gesetzeseinfluß. Der indirekte Einfluß der Umweltschutzgesetzgebung ist .16, woraus sich ein Gesamteffekt von .67 ergibt. Im Gegensatz dazu werden die strukturellen Einflüsse nicht von der ökonomischen Stärke (ECON) vermittelt.

7. IMPLIKATIONEN

Beim Vergleich der sechs Basishypothesen am Ende des dritten Abschnitts und den Ergebnissen der Tabelle 1 fällt auf, daß lediglich für die vierte Hypothese (Einfluß der Wirtschaftsstruktur auf die ökonomische Stärke) kein empirischer Beleg gefunden wird. Alle übrigen Arbeitshypothesen können dagegen durch die Daten im Kontext des zugrundeliegenden Modells nicht zurückgewiesen werden.

Somit ist aufgrund der vorliegenden Daten - und angesichts ihrer Begrenztheit - anzunehmen, daß ein Einfluß auf die Investitionsausgaben für Umweltschutzanlagen existiert, und daß zugleich die ökonomische Stärke in einer Branche diesen Effekt noch erhöht.

Es ergeben sich zwei Schlußfolgerungen: Zum einen ist das Ergebnis, daß Umweltgesetze eine Wirkung haben, nicht trivial, weil Gesetze oft große Vollzugsdefizite haben. Im Fall der Umweltschutzgesetzgebung stellt sich somit heraus, daß dieses Defizit nicht unbedingt gegeben ist. Ob sie nun ein ökologisch gerechtes Ergebnis hervorruft, kann anhand der vorliegenden Daten nicht beurteilt werden. Denn die erzeugte Umweltqualitätsverbesserung ist generell nicht proportional abhängig von der Höhe der Umweltschutzinvestitionen. Gerade die Periode, aus der die Daten stammen, ist gekennzeichnet durch den Einbau von sog. "nachgeschalteten" Umweltschutzanlagen an sonst unveränderten Produktionsanlagen. Diese Anlagen sind meist lediglich imstande, Schadstoffe aus einem Medium (etwa Luft) in ein anderes Medium (etwa Abwässer) zu verlagern. Sie liefern somit keine endgültige Problemlösung, weil sie eine Entsorgungsfrage in einem Bereich durch eine Entsorgungsfrage in einem anderen ersetzen. Techniken, die eine Verringerung bzw. eine Vermeidung von Schadstoffen bewirken, sind dagegen umweltpolitisch den nachgeschalteten vorzuziehen. Ihre Entwicklung und Innovation dauert in der Regel aber länger, weil nicht nur die Entsorgungsproblematik, sondern der gesamte Produktionsprozeß eingehendst auf Schadstoffe untersucht werden muß. Für solche langfristigen

Aufgaben haben bisherige Umweltschutzgesetze mit ihren starren, oft an Fristen gebundenen Auflagen wenig Spielraum gelassen. Eine künftige Umweltpolitik müßte daher verstärkt auf Qualität und nicht Quantität bei der Steuerung der Umweltinvestitionen setzen.

Daher muß auch das zweite Ergebnis, daß wirtschaftlich stärkere Branchen mehr für Umweltschutz ausgeben als wirtschaftlich schwächere, kritisch gewürdigt werden. Dem Ziel einer Verbesserung der Umweltpolitik nutzt es nichts, wenn nicht in allen Branchen Anstrengungen zur Schadstoffverringerung bzw. Vermeidung unternommen werden, sondern lediglich in den Branchen, die dazu die Mittel aufbringen können. Diese Erkenntnis wird umso wichtiger, je mehr davon auszugehen ist, daß eine Lösung von Umweltproblemen bei kleinen und mittleren Unternehmen und dem Handwerk an Dringlichkeit zunimmt. Gerade für diese Unternehmen ist die bisherige Gesetzgebung bisher vielfach nicht geeignet, weil die nach ihr erforderlichen Umweltschutzanlagen die wirtschaftliche Existenz dieser Unternehmen bedrohen würde. Die Gesetzgebung muß daher flexibler gestaltet werden, indem sie auch diesen Unternehmen die Möglichkeit bietet, nach praktikablen Lösungen zu suchen.

8. LITERATUR

Diekmann, A. (1982): Theorien zur Befolgung von Gesetzen, Berlin: Duncker und Humblot.

Bongaerts, J.C.; Heinrichs, J. (1986): Deutsche Umweltschutzgesetze und Umweltschutzinvestitionen des produzierenden Gewerbes, Konjunkturpolitik 32, 3, 151-163.

Jöreskog, K.G.; Sörbom, D. (1986): LISREL VI, Analysis of linear structural relationships by the method of maximum likelihood, User's Guide, Mooresville: Scientific Software Inc.

Sprenger, R.U.; Knödgen, G. (unter Mitarbeit von K.Zimmermann und G.Britschkat) (1983): Struktur und Entwicklung der Umweltschutzindustrie in der Bundesrepublik Deutschland, Bericht des Umweltbundesamtes, 9.

Statistisches Bundesamt, Fachserie 19 (1984): Umweltschutz, Reihe 3, Investitionen für Umweltschutz im produzierenden Gewerbe 1981, Stuttgart und Mainz: Kohlhammer.

Schulz, R.S.: Deutsche Umweltschutzgesetze-Sammlung des gesamten Umweltschutzrechts des Bundes und der Länder, Stand 1.4.1984, ohne Ortsangabe.

[4]

Heino Apel
Jan-Bernd Lohmöller

Ökonomie und Umweltqualität

Anhand eines multiplen Indikatorenmodells zum Zusammenhang zwischen den latenten Variablen Umweltqualität und dem sozio-ökonomischen Zustand einer Gesellschaft wird aufgezeigt, welche Probleme sich bei der Analyse von Längsschnittdaten ergeben. Beim Test einer komplexen Struktur von Wirkungshypothesen kommt das Programm LVPLS zur Anwendung. Besondere Beachtung wird dem Einfluß des zeitlichen Trends in den Daten geschenkt.

1. PROBLEMSTELLUNG

Die Umweltqualität sollte das Maß sein, an dem sich die Umweltpolitik auszurichten hat und mit dem festgestellt werden kann, welche Veränderungen im Naturraum durch anthropogen bedingte Eingriffe auftreten. Es besteht Konsens und Besorgnis darüber, daß sich die Umweltqualität in den letzten Jahrzehnten nahezu überall auf der Welt verschlechtert hat - um wieviel allerdings, und in welcher Einheit ist nicht angebbar.

Die Versuche, Umweltqualität zu messen, bewegen sich nicht in methodischem Neuland. Es besteht eine gewisse Parallelität zur Feststellung "sozialer Qualitäten" mittels der Sozialindikatoren. Einen überzeugenden Durchbruch ist aber der Sozialindikatorenbewegung bislang verwehrt geblieben. Zwar verfügen wir heute über sehr umfangreiche Zeitreihen zu sozialen Einzelindikatoren, aber in der Aggregierung dieser Werte zu einer generell akzeptierbaren Gesamtgröße fehlt ein Transformationsmechanismus, der etwa mit der Bewertung über den Markt konkurrieren könnte. Krankenhausbetten und Kinderspielplätze lassen sich nicht einfach addieren; ihre soziales Gewicht ist eine subjektive Größe.

Mit dem Bewußtwerden der Umweltkrise zu Beginn der 70er Jahre stellte sich für die Umweltexperten und Politiker das methodische Problem der Sozialindikatoren noch einmal: ein Gesamturteil zur Qualität der Umwelt ist dringend gesucht (Inhaber 1974; Jennen & Zimmermann 1977), aber die Einzelindikatoren sind wegen der unterschiedlichen Maßeinheiten und Sachbezüge nicht addierbar. Schlimmer noch - wegen der Raum-Zeitbezogenheit ökologischer Phänomene, ist sogar die Durchschnittsbildung einzelner Indikatoren meist nicht zulässig.

Es gibt heute keine aggregierten Sozial- und Umweltindikatoren, die als Frühwarnsysteme für politische Entscheidungen oder zumindest als Maßstäbe für politische Zielerreichungsgrade dienen. Unter dem Aspekt der Politik scheint es wohl auch sinnvoller zu sein, die Bestandsaufnahme qualitativer

Zustände auf der Ebene von niedrig aggregierten Einzelindikatoren zu belassen (Gehrmann 1982, S.111).

Aber selbst die Festlegung quantitativer Einzelindikatoren, mit denen z.B. monetäre oder ökologische Schadensauswirkungen durch Belastungen von Ökosystemen angezeigt werden sollen, ist so problembehaftet, daß sie in den mathematischen Optimierungsmodellen der Umweltökonomen nicht für praktische Zwecke verwendbar sind (Wicke 1982, S.16).

Auch die theoretische Beschreibung des Zusammenhangs zwischen Gesellschaft, Wirtschaft und Umwelt zeichnet sich nicht durch Klarheit und argumentative Strenge aus. Als Ursachen für die Umweltzerstörung werden inzwischen die partiellen theoretischen Erklärungsansätze, wie das Externalitätenkonzept oder der Materialbilanzansatz, aufgegeben zugunsten deskriptiver Kataloge von systematisierten Einflußfaktoren (Wicke 1982).

Die Reaktion der Gesellschaft auf die Umweltkrise wird von den Experten in der Regel als unzureichend und als falsch kritisiert. Der Umweltpolitik gelingt es nicht, "Vermeidungstechnologien" zu implementieren, sie befördert die ressourcen- und konstenintensiven "Entsorgungstechnologien" (Jänicke 1985). In welchem Maße überhaupt in der Industrie umweltbezogene Anpassungsprozesse in der Technologie und im Ressourceneinsatz das Ergebnis gezielter Umweltpolitik sind, ist meist schwer auszumachen. Über die Wirksamkeit von umweltpolitischen Instrumenten (Markt vs. Staat) herrscht darum heftiger Schulstreit.

In dieser empirisch und theoretisch etwas desolaten Situation kann eine quantitative Analyse nur auf einem niedrigen Anspruchslevel operieren. Es kann nicht darum gehen, Hypothesen zu testen, sondern auf mögliche Zusammenhänge hinzuweisen. Zum Beispiel wird die o.a. These der Reaktivität staatlicher Umweltmaßnahmen auf besonders durch wirtschaftliche Aktivitäten ausgelöste Umweltveränderungen durch unsere Messungen bestätigt.

Dieses mehr heuristische Wissen über umweltökonomische Zusammenhänge wird im folgenden mit Hilfe des PLS-Ansatzes (Wold 1982) zu modellieren versucht. Es kommt uns hierbei nicht darauf an, Umweltqualität als ein absolutes Gesamtmaß zu repräsentieren. Vielmehr fassen wir die Umweltqualität als latente Variable auf, die durch diverse Umweltindikatoren (beobachtete Variablen) repräsentiert wird und in ihrer relativen Veränderung gegenüber latenten Variablen des Wirtschafts- und Sozialprozesses analysiert wird.

Die PLS-Technik erlaubt uns, mit einer sehr groben Gesamthypothese als Strukturkonzept zu beginnen (vgl. Abbildung 1), die wir über verschiedene Konkretisierungsstufen mit empirischem Gehalt füllen können (vgl. Abbildungen 2 und 3). Dabei werden allgemeine Konstrukte, wie Wirtschafts- und Staatsaktivität oder Umweltzustand und Umweltperzeption, als latente Variable (LVs) interpretiert, die durch weitere latente Variablen in präzisere Unterkonstrukte aufgeteilt werden können (Energieverbrauch, Arbeitsinput etc.). In letzter Ebene müssen dann empirische Variablen (beobachtete Variable, Indikatoren, manifeste Variablen, MVs) bestimmt werden, aus denen sich die latenten Variablen schätzen lassen.

2. DAS GRUNDMODELL UND SEINE ENTFALTUNG

Solange im Marktmechanismus die Umwelt als "freies Gut" betrachtet wird, d.h. solange Emissionen des Produktions- und Konsumtionsprozesses ohne Kostenbelastung an die Umwelt abgegeben werden können, findet mit zunehmender Wirtschaftstätigkeit auch eine zunehmende Umweltbelastung statt. Die dabei entstehenden Beeinträchtigungen auf die Lebensqualität der betroffenen Bevölkerung und auf die Produktionsbedingungen anliegender Produktions- und Dienstleistungsbetriebe haben frühzeitig zu regulativen Vorschriften für die Gewerbeausübung, für Industrie- und Wohnstandorte, für Wasseraufbereitung und Entsorgung etc. geführt.

Die Wirkungskette von wirtschaftlicher Aktivität auf den Umweltzustand, auf dessen Wahrnehmung durch die Betroffenen, die dann einen politischen Druck auf kommunale und nationale Gesetzesorgane ausüben, wodurch wiederum Vorschriften für eine mehr umweltgeschützte Wirtschaftsweise erlassen werden, ist mithin für die jüngste Vergangenheit als "triviale Hypothese" anzusehen, die kaum jemand bestreiten wird. Abbildung 1 zeigt das Grundmodell als einen Zirkel von Einwirkungen der vier Variablen Wirtschaft, Umweltzustand, Umweltperzeption und Staatsaktivität. Die Abfolge von Ursache und Wirkung ist jeweils zeitverzögert zu denken.

Abbildung 1: Heuristisches Grobmodell "Umweltqualität aus ökonomischer Sicht"

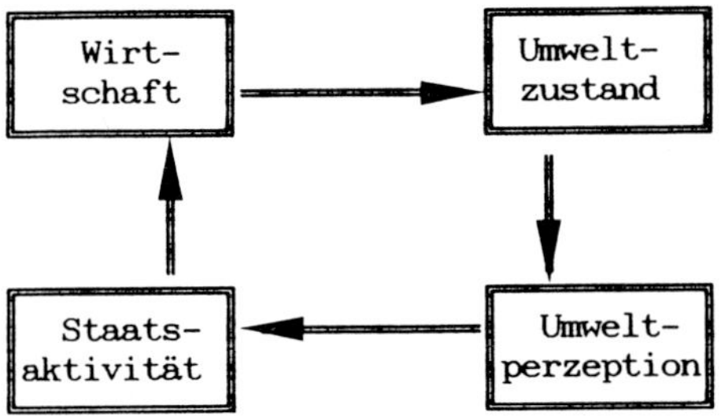

Die Aggregate dieses Grobmodells sind allerdings sehr abstrakt und vielbedeutend. Eine Differenzierung der Größen Wirtschaft, Staat und Umwelt auf eingeschränktere Konstrukte, die differenzierendere Hypothesen zum umweltökologischen Zusammenhang erlauben, ist unabdingbar.

Die Fragestellung sollte dabei die Differenzierungsrichtung festlegen. Will man den Einfluß der verschiedenen Industriesektoren untersuchen, wird man Branchenaggregate einführen müssen. Will man den korrelativen Zusammenhang zwischen der ökonomischen Dynamik und der Umweltverschmutzung untersuchen, wird man auf der Wirtschaftsseite bei Wertaggregaten stehen bleiben können. Will man die stoffliche Seite der Umweltbelastung ermessen, müssen mehr physische Größen des Wirtschaftsprozesses betrachtet werden etc.

Unser Beispielmodell (Abbildung 2) ist mehr als eine Illustration der Möglichkeit, als ein vollendetes Forschungsprogramm zu verstehen. Die Wirtschaft wird aufgelöst in eine stoffliche Komponente (Energieverbrauch), ihren Rationalisierungsgrad (Arbeitsinput) und in ihre ökonomische Relevanz (Wirtschaftskraft). Der Umweltzustand erhält die Komponenten physikalische und soziale Umwelt. Die Staatsaktivität wird in ihrer allgemeinen Stärke (gegenüber dem Privatsektor) und in ihren umweltbezogenen Aktivitäten bemessen. Diese Substrukturierung faßt immer noch sachlich sehr heterogene Größen zusammen.

Abbildung 2: Hierarchisch verfeinertes Modell "Umweltqualität aus ökonomischer Sicht"

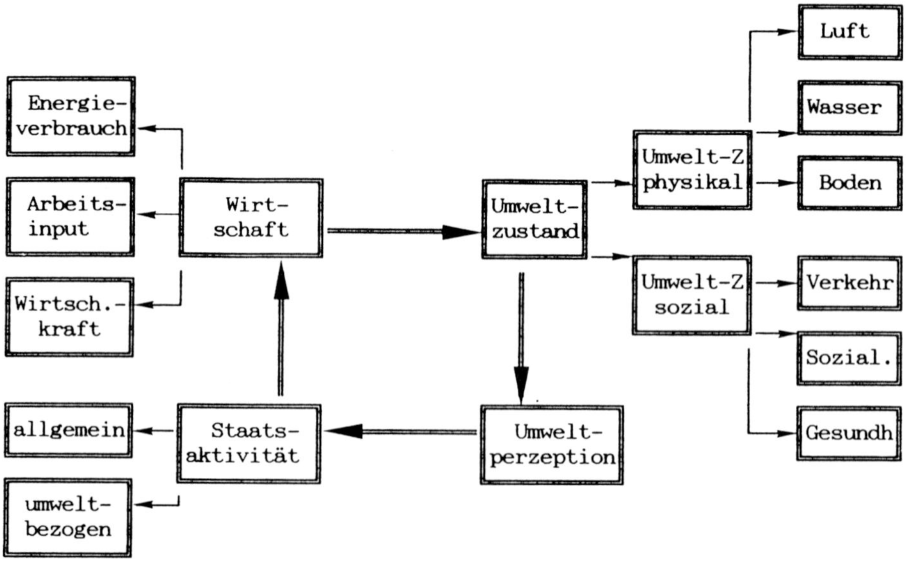

Das Modell in Abbildung 3 stellt unsere Arbeitshypothese dar. Die Zahl der latenten Variablen ist aus pragmatischen Gründen auf 7 reduziert: Das Modell in Abbildung 2 hat 17 latente Variablen, bei einer Datenbasis von nur 14 Beobachtungseinheiten. Die Einfluß-Pfade des zweiten Modells wurden im dritten Modell in Einzelbeziehungen aufgefächert, entsprechend der Auffächerung der vier Grundvariablen. Die zu den Konstrukten gehörenden Primärindikatoren (beobachtete Variable) werden in den nachstehenden drei Abschnitten behandelt.

Abbildung 3: Die latenten Variablen des Modells "Umweltqualität aus ökonomischer Sicht"

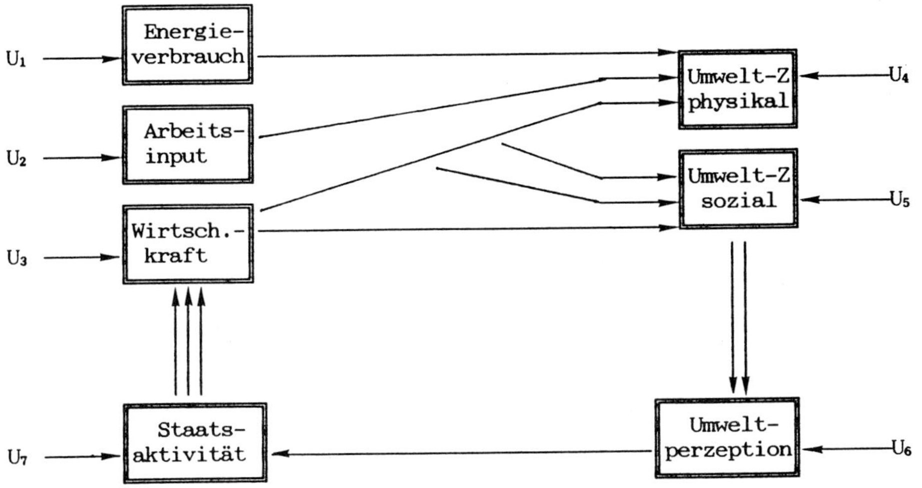

3. MAKROÖKOLOGISCHE INDIKATOREN

Im Unterschied zu den meisten sozio-ökonomischen Variablen sind ökologische Kenngrößen in der Regel raumgebunden, d.h. sie beziehen ihre Gültigkeit auf ein lokales Subsystem, das sich meist nicht gleichmäßig in politisch oder ökonomisch abgegrenzte Raumbezüge einordnen läßt. Dieser an den Raum gebundene Bedeutungsgehalt von Umweltindikatoren wird meist übersehen, indem man sich nur auf die Intention des Indikators konzentriert (Borries 1975).

Für ökonomische Variablen gilt umgekehrt, daß sie meist überhaupt keinen echten Raumbezug enthalten. Ihr Raumbezug dient ebenfalls zur Abgrenzung der zu untersuchenden Population. Gegenläufig ist ferner, daß die Interpretierbarkeit ökologischer Meßpunkte in der Regel steigt, wenn sie auf ein kleinräumiges Gebilde bezogen sind (z.B. ein Ökotop), während ökonomische Beobachtungswerte umso schwieriger zu analysieren sind, je eingeschränkter der Raum ist, aus dem sie erhoben wurden, weil dann die Population zu klein wird. Dennoch besteht ein zunehmendes Interesse, die Umwelt nicht nur als ein lokales Punktgeschehen zu beschreiben, sondern sie in ihrer gesamten qualitativen Veränderung studieren zu können. Hierzu können theoretische Konstrukte zu aggregierten Informationsbündeln wertvolle Hilfe leisten.

Die Aufgabe eines makroökologischen Indikators besteht darin, Gesamtzustände, wie allgemeine Güteempfindungen, oder generelle Gefährdungsgrade bzw. Belästigungen quantitativ anzuzeigen, so daß mit einer Zahl (oder Klassifikation) eine gewisse anerkannte Verbindlichkeit über einen subjektiv nur diffus wahrnehmbaren Zustand gegeben ist (Apel 1982).

Man erhält so ein quantitatives Gerüst, auf das man ökonomische oder soziale Maßzahlen beziehen kann, um auf makrofunktionale Zusammenhänge zwischen Umwelt und Ökonomie schliessen zu können. Der makroökologische Indikator ist damit ein theoretisches Konstrukt, das sich zwar z.T. auf empirisch gemessene Werte realer ökologischer Erscheinungen bezieht, das selbst aber keine unmittelbare Repräsentation eines natürlichen Ökosystems darstellt. Wir diskutieren im folgenden den Stellvertreter-Indikator, den indirekten Indikator und Indikatoren zur relativen Zustandsveränderung.

Der Stellvertreter-Indikator: Klassifiziert man z.B. in stark, mittel und schwach belastete Regionen, dann können nach Auswahl eines repräsentativen Ortes aus jeder Klasse dessen Meßwerte als Indikatoren für den Trend in der Klasse genommen werden. Da die sozio-ökonomische Entwicklung sowohl im Vergleich der Großstädte als auch im Vergleich verschiedener Provinzen relativ ähnlich verläuft und auch die systematischen Beeinflussungen etwa durch Wetterlagen für ein Gebiet wie die Bundesrepublik im großen und ganzen vergleichbar sind, dürften bei Grobindikatoren die lokalen Abweichungen vom Stellvertreterwert in vertretbarer Größenordnung liegen.

Der indirekte Indikator: Unabhängig vom komplizierten Stoffwechselgefüge im Ökosystem gilt der triviale Umstand, daß starke Fremdeinwirkungen vom System schwerer zu assimilieren sind als schwache. Aus diesem Grunde ist die Entwicklung der Belastung der Umwelt, z.B. repräsentiert durch die Schadstoffmengen, die jährlich an die Umwelt abgegeben werden, ein gewisses Maß für die daraus resultierende Veränderung der Umweltqualität. Wegen der sehr komplizierten Zusammenhänge zwischen Emissions- und Immissionssituation und der Schwierigkeit, berechnete Emissionen räumlich umzulegen, sollte man allerdings auf solche Emissionsindikatoren verzichten, wenn man Immissionswerte hat, die man z.B. in Stellvertreterfunktion verwenden kann.

Eine weitere indirekte Information über die Umweltgesamtqualität kann aus dem Sozialverhalten der Menschen geschlossen werden. So belegen z.B. Zahlen der Stadtflucht das Umweltqualitätsgefälle von Innenstadt zur Peripherie, wobei freilich neben der ökologischen sehr stark die soziale Unwirtlichkeit der Städte erfaßt sein dürfte. Wirtschaftsnutzung des Bodens und Verkehrsangaben sind weitere, eng mit der ökologischen Situation korrelierende Größen.

Indikatoren zur relativen Zustandsänderung: Zwar ist es unter ökologischen Gesichtspunkten meist unsinnig, Mittelwerte von Zustandsstichproben zu bilden, die aus verschiedenen Erhebungsräumen stammen, weil man ihrer absoluten Höhe keinen realen Sachverhalt zuordnen kann. Im zeitlichen Vergleich solcher Mittelwerte lassen sich aber unter Umständen Schlüsse auf die relative Veränderung der allgemeinen Zustandssituation ziehen.

Selbstverständlich ist bei der Interpretation größte Vorsicht geboten. Der sich ergebende Durchschnittswert (bzw. seine relative Veränderung) kann von Sondereffekten extremer Meßstandorte herrühren. Es können interne Strukturverschiebungen erfolgt sein, die qualitativ sehr wichtig sind, sich aber im Mittel aufheben usf.

Man wird auf solche Mittelwertbildungen zurückgreifen müssen, wenn sich Stellvertretermessungen aus sachlichen Gründen verbieten. Z.B. sind die Bedingungen von Innenstadtsystemen sehr viel homogener als die Situation von Fließgewässern. Letztere sind sehr stark von topographischen Gegebenheiten geprägt, was zu sehr unterschiedlichen Fließgeschwindigkeiten und Mengen führt, und je nach der Lage am Fluß, die von verschmutzten Nebenflüssen beeinflußt wird, sind die Wasserbedingungen unterschiedlich. Deshalb kann man nicht von einem repräsentativen deutschen Gewässer sprechen, dessen Situation für alle anderen steht. Auch die Unterteilung in stark, schwach und gering belastete Flüsse ist problematisch, weil die Belastungsstoffe sehr unterschiedlich sein können. Aus diesen Gründen wird im empirischen Teil für vier Fließgewässer ein Mittelwert pro Belastungsstoff gebildet, dessen relative Veränderung über die Jahre so etwas wie eine durchschnittliche Verschiebung der Gewässergesamtsituation indizieren soll.

Es wurde bereits erwähnt, daß die spezifischen Sachanforderungen makroökonomischer Fragestellungen eine Ausblendung mikroökologischen Subgeschehens notwendig machen, so daß das ökologische Einlassen des Ökonomen nur mit Hilfskonstruktionen möglich ist, wenn er quantitativ arbeiten will. Es bleibt die Frage, inwieweit Indikatorenbündel dem politischen und theoretischen Bedürfnis nach komprimierter Information und der ökologischen Anforderung nach Vernetzung und Vieldimensionalität näher kommen können als aggregierte Einzelbewertungen.

4. ZUR INDIZIERUNG VON UMWELTQUALITÄTEN IN MULTIVARIATEN ANSÄTZEN

Das bekannte Verdikt, nach dem Qualitäten nur in Ordinalskalen auszudrücken sind, wird in der statistischen Praxis meist mehr oder weniger erfolgreich ignoriert. Mittelwert, Standardabweichungen, Korrelationen und Regressionen sind vertretbar, wenn man es mit halbwegs äquidistanten Skalierungen zu tun hat.

Die Situation ändert sich aber in dem komplizierten Feld ökologischer Qualitätszuordnungen. Umweltqualitäten sind Maßangaben, die in irgendeinem Bezug zur Lebensfähigkeit des Menschen stehen. Umweltzustände müssen dabei eine Bewertung aus anthropogener Sicht erfahren. Sehen wir einmal von Bioindikatoren ab, die (unter Einschränkungen) komplexe Qualitäten indizieren können, so können wir uns den Umweltzuständen meist nur durch Punktmessungen nähern. Den Meßwerten muß dann ein Schwellenwert zugeordnet werden, von dem wir behaupten, daß bei seiner Über- oder Unterschreitung Beeinträchtigungen von Lebensfunktionen erfolgen.

Durch die Regelmechanismen in Biosystemen wirkt ein Schadstoff auf einen Organismus selbst unter Konstanthaltung anderer Faktoren in einer logistischen Dosiswirkungsbeziehung (Öko-Almanach 1982, S.207). Wenn man z.B. die Dosis als Qualitätsskala benutzt, dann hat man eine nichtlineare Verknüpfung zur Qualitätswirkung. D.h. kleine Schwankungen um den Schwellenwert können mit großen Wirkungsschwankungen verbunden sein.

Durch Interaktionen im Ökosystem (Synergismen) entsteht zusätzlich das Problem, daß der Schwellenwert meist eine variable Größe ist, d.h. wenn andere Systemwerte gewisse Konzentrationen aufweisen, dann kann der Qualitätssprung auch bei einem viel niedrigeren oder aber auch hoheren Schwellenwert erfolgen. In der Zeit sich vollziehende Akkumulationswirkungen und adressatenspezifische Reaktionen auf Belastungsgrade kommen noch dazu (Vester 1975, S.61f.). Gegenüber dieser Problematik sind konventionelle statistische Auswertungstechniken im Grunde hoffnungslos überfordert.

Die Konstruktion der makroökologischen Indikatoren erlaubt eine wesentlich simplere Qualitätszuordnen, dennoch sind die Probleme nicht unbeträchtlich.

5. INDIKATORENBÜNDEL ZU ÖKONOMIE UND UMWELT DER BUNDESREPUBLIK

Um hoch aggregierte Zusammenhänge zwischen Umwelt, Gesellschaft, Wirtschaft und Staat modellhaft beschreiben zu können, bilden wir zunächst gewichtete Summenwerte (Linearaggregate) von indizierenden beobachtbaren Variablen aus diesen Bereichen. Diese Summenwerte sind die PLS-Schätzungen für die latenten Variablen. Die Gewichte (Tafel 1, Spalte 1) sind so bestimmt, daß die geschätzten latenten Variablen optimal ihre Funktion im Pfadmodell (Abb. 3) erfüllen.

Manifeste und latente Variablen sind standardisiert, so daß die geschätzten Ladungen (Tafel 1, Spalte 2) identisch mit den Korrelationen von MVs und LVs sind. Eine hohe Ladung deutet dann auf einen sehr engen Zusammenhang zwischen beobachteter und latenter Variable hin. In Tafel 1, Spalte 3 sind zusätzlich die Ergebnisse von separaten Hauptkomponentenanalysen innerhalb eines jeden Blocks wiedergegeben: Die PLS-Ladungen unterscheiden sich nicht wesentlich von den Hauptkomponentenladungen. Alle Ladungen sind extrem hoch und zeigen an, daß die LVs verläßlich geschätzt werden.

Die verwendeten beobachteten Variablen, die als Primärindikatoren meist in Stellvertreterfunktion gelten sollen sind Zeitreihen von 1965 bis 1978 und stellen grundsätzlich Jahreswerte dar (Apel 1982). Steigende Zahlenwerte drücken "schlechtere" Qualitätszustände, fallende Werte, "bessere Zustände aus. Die Qualitätsindizierung gilt dann mit allen oben genannten Einschränkungen auch für die Werte der latenten Variable, die den Gesamtindikator des Beobachtungsblocks repräsentiert, aus dem sie extrahiert ist.

"Physikalischer Zustand der Umwelt". Die verwendeten Primärindikatoren sind Jahresmittelwerte aus den Bereichen Luft, Wasser und Boden. Sie mußten mehr nach ihrer Verfügbarkeit als nach einer theoretisch begründbaren Relevanz ausgewählt werden. Die Stellvertreterfunktion wird hierbei am deutlichsten, indem wir postulieren, daß die Meßreihe eines Standorts repräsentativ für alle vergleichbaren Standorte ist. Der Immissionswert Wohngebiet ist also nicht ein Durchschnittswert über deutsche Wohngebiete, sondern eine Meßreihe, die im Frankfurter Westend über den Schätzzeitraum erhoben worden ist. Daß die Ladung dieser Variable negativ geschätzt ist, während der Wert für SO_2 Immissionen unbelastete Region (Standort: Feldberg Taunus) hoch positiv ausfällt, spiegelt die bekannte Folge der "Hochschornsteinpolitik" wider, nach der sich die Belastung in den Zentren auf Kosten der Belastung in der Peripherie verbessert hat. Der Leser mag selbst entscheiden, wie plausibel die geschätzten Ladungen der verwendeten Primärindikatoren sind (Tafel 1).

"Sozialer Zustand der Umwelt". Das Konstrukt "Sozialer Zustand der Umwelt" bezieht sich auf solche Indikatoren, die nicht mehr einer Qualitätsbeschreibung der Biosphäre zugehören, aber auch nicht als reine "Wohlfahrtsindikatoren" im Sinne der Lebensstandardmessung gezählt werden können. Eine strengere theoretische Fundierung kann an dieser Stelle nicht vorgenommen werden. Wir haben uns im wesentlichen auf die Bereiche Verkehr, Soziales und Krankheitsphänomene beschränkt. In Tafel 1 sind die verwendeten Variablen und ihre Komponentenladungen wiedergegeben. Die Werte der Aggregatvariablen "Sozialer Zustand der Umwelt" steigen monoton mit den Jahren an; der Zustand verschlechtert sich also kontinuierlich. Die Verschlechterung verläuft noch regelmäßiger als die des physikalischen Umweltzustandes.

"Umweltperzeption". Die Frage, wie in der Öffentlichkeit Umweltphänomene verarbeitet werden, läßt sich empirisch am schwierigsten behandeln. Das Konstrukt "Umweltperzeption"

Tabelle 1: Die Indikatoren und ihre Bündelung zu latenten Variablen

w	p	PC	MV	LV
				Physikalischer Zustand der Umwelt
-8	-72	-73	Luft: SO_2-Immission Wohngebiet	
11	95	96	Luft: SO_2-Immission unbelastete Region	
11	93	93	Luft: NO_x-Immission Wohngebiet	
7	55	53	Luft: CO -Immission Stadtzentrum	
-10	-80	-79	Wasser: O_2-Gehalt der Weser (belastete Region)	
5	33	30	Wasser: O_2-Gehalt Eder-Stausee (unbelastete Region)	
12	98	98	Wasser: Chloridgehalt Weser Bremen (belastete Region)	
10	84	86	Wasser: PO_4-Gehalt des Rheins, Koblenz (belastet)	
12	97	97	Boden: wirt. genutzte Fläche (% der Gesamtfläche)	
10	86	86	Boden: Bruttobodenprodukt	
10	81	82	Boden: Pflanzenschutz, Schädlingsbekämpfungsmittel	
12	99	99	Boden: Müllbelastung (Müll/Einwohner Frankfurt)	
				Sozialer Zustand der Umwelt
13	99	99	Verkehr: Individualverkehr (zugelassene PKW)	
11	94	95	Verkehr: Straßentransportverhältnis	
-10	-88	-90	Verkehr: Migration zwischen Gemeinden (Wohnmobilität)	
13	98	98	Soziales: % Einpersonenhaushalte	
13	94	92	Soziales: Ausländeranteil in der BRD	
7	67	69	Soziales: Selbstmord (je 100 000 EW)	
10	66	62	Gesundheit: Kranke Personen (pro Jahr)	
13	99	99	Gesundheit: Stationär behandelte Kranke	
-13	-94	-93	Gesundheit: "natürlicher" Tod (je 100 000 EW)	
-9	-82	-84	Gesundheit: Unfalltod (je 100 000 EW)	
				Umweltperzeption
16	81	85	Umweltinteresse der Institutionen	
22	91	88	Priorität der Bedeutung der Umwelt	
22	91	90	Lärmbelästigte (Lärmfrage mit "ja" beantwortet)	
19	92	94	Anzahl FAZ-Artikel zur Umweltverschmutzung in der BRD	
15	80	84	Anzahl FAZ-Artikel zur Umwelt, Grundsätzliches	
22	80	74	Intensität der Bürgerinitiativen-Bewegung	
				Energieverbrauch
26	98	98	Stromverbrauch	
-24	-95	-96	Ortsgas	
26	96	96	Erdgas	
-23	-91	-91	Kohle	
13	49	49	Heizöl	
				Wirtschaftskraft
17	99	99	Bruttosozialprodukt	
-3	-23	-24	Reales Wachstum	
17	99	99	Umsatz	
17	99	99	Kapitalintensität	
17	95	95	Nettoproduktionsindex	
17	99	99	Arbeitsproduktivität	
17	99	99	BSP/Einwohner	

Tabelle 1: Die Indikatoren und ihre Bündelung zu latenten Variablen (Fortsetzung)

w	p	PC	MV	LV
				Arbeitsinput (negativ)
-77	-99	-95	Arbeitsstunden	
-27	-90	-95	Beschäftigte im produzierenden Gewerbe	
				Staatsaktivität
21	86	86	Umweltausgaben der Gemeinden / Gesamtnettoausgaben	
22	89	90	Umweltausgaben des Bundes / Gesamtnettoausgaben	
19	82	83	Allgemein: Staatsquote	
27	92	91	Allgemein: Beschäftigte Staat	
24	94	94	Allgemein: Investitionen Staat	

w = Gewicht: $LV = \Sigma\ w \cdot MV$
p = Ladung: $MV = p \cdot LV + Residuum$
PC = Hauptkomponentenladungen

soll ausdrücken, welches Bewußtsein über und welche Reaktionen auf die allgemeine Umweltsituation vorherrschen. So wie sich rein ökologische Daten nur mit groben Informationsverlusten generalisieren lassen, so ist auch die spezifische Umweltaufnahme jedes Einzelnen nur schwer durchschnittlich repräsentierbar. Lange empirische Untersuchungen existieren hierzu nicht, so daß wir für diesen Indikator einige subjektive Datenkonstruktionen vornehmen mußten. In Tafel 1 sind die Indikatorvariablen und Ladungen wiedergegeben. Abbildung 4 zeigt, daß die negative Perzeption der Umwelt von 1965 bis 1971 parallel zum Trend und damit parallel zur stetigen Verschlechterung der physikalischen und sozialen Umwelt verläuft, daß aber von 1971 bis 1978 die Perzeption sich gegenläufig zu den "Tatsachen" entwickelt. Die Hochkonjunktur des Umweltthemas um 1971 könnte von Brandts Regierungserklärungen verursacht sein.

"Energieverbrauch". Die Energieverbräuche lassen sich einerseits als Maß für einen Wirtschaftsinput deuten, andererseits sind mit ihnen gasförmige, flüssige und feste Abfälle verbunden, die sich nur langsam mit fortschreitender Technologie verändern. So sind Emissionsberechnungen für die Industrie häufig nur lineare Transformationen der Energieverbräuche. Deshalb kann die Hauptkomponente des Energieverbrauchs auch als Emissionsindikator interpretiert werden. Die Verbräuche beziehen sich auf das produzierende Gewerbe der BRD. Die Indikatoren sind in Tafel 1 zusammengestellt.

"Wirtschaftskraft". Als gängiger Index für die wirtschaftliche Stärke eines Landes wird in der Regel das Bruttosozialprodukt verwendet, das schon allein wegen der Trendsetzung hoch mit den meisten übrigen makroökonomischen Variablen korreliert ist. Aus diesem Grunde ist es müßig, einen theoretisch streng begründeten Satz von Variablen als konstituierend für das Konstrukt "Wirtschaftskraft" zu bemühen, welche Variablen man auch nimmt, man wird immer wieder ein sehr ähnliches Ergebnis erhalten.

"Arbeitsinput". Arbeitsinput ist einmal ein Maß für die absolute Beschäftigung, für die Menge an geleisteter Arbeit. Wenn der Arbeitsinput negativ mit der Wirtschaftsentwicklung korreliert ist, dann indiziert er Substitution von Arbeit durch Kapital, d.h. fallende Werte deuten dann auf steigenden technischen Fortschritt. In diesem Sinn soll der Indikator gebraucht werden. Als Indikatoren dienen die geleisteten Arbeitsstunden und die Anzahl der Beschäftigten im produzierenden Gewerbe. Das "Tief" der latenten Zeitreihe Arbeitsinput in Abb. 4 um 1970 zeigt eine Hochbeschäftigung an. Der Trend geht von 1965 bis 1978 zur Niedrigbeschäftigung, doch mit großen Schwankungen, die bemerkenswerterweise das Spiegelbild der Schwankungen der Umweltperzeption sind.

"Staatsaktivität". Speziell für die Analysezwecke des nächsten Kapitels wäre ein Gesamtindikator wünschbar, der die Umweltaktivitäten des Staates indiziert. Es stellte sich jedoch als überaus schwierig heraus, dafür konsistente Primärindikatoren zu finden. Eine Sparte Umweltausgaben von Bund, Ländern und Gemeinden existiert in keiner öffentlichen Statistik, sie ist von einem Sachbearbeiter des Statistischen Bundesamtes eigens für Forschungszwecke zusammengestellt worden und wird hier verwendet.

Abbildung 4: Die "latenten Zeitreihen" (LV-Werte) von Arbeitsinput und Umweltperzeption (die anderen latenten Zeitreihen weichen nur geringfügig vom Trend ab)

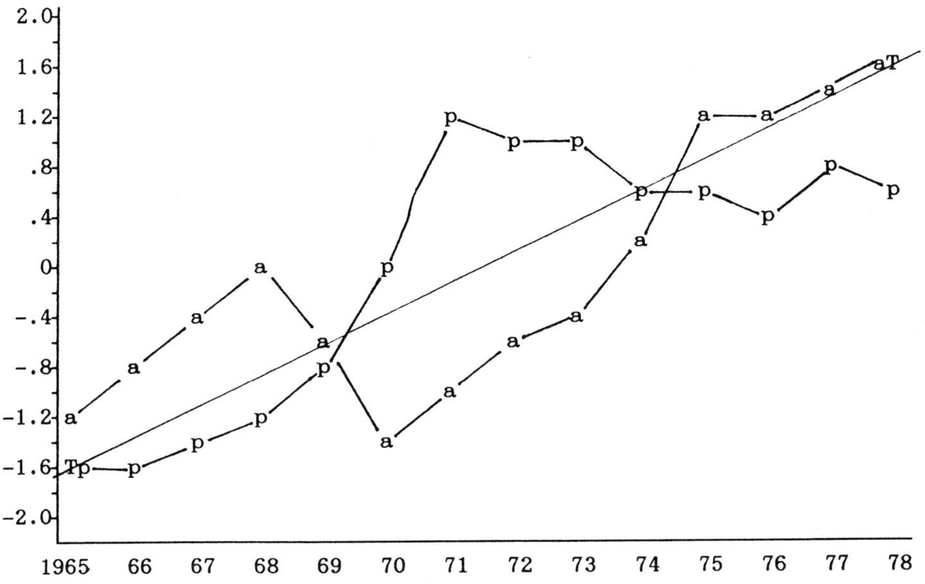

Legende: T = Trend, a = Arbeitsinput (negativ), p = Umweltperzeption

6. PLS-MODELLE ZUM UMWELTÖKOLOGISCHEN ZUSAMMENHANG

Im voranstehenden Abschnitt haben wir Indikatorenbündel zur Ökonomie und Umwelt der Bundesrepublik vorgestellt, die für sich bereits eine gewisse Aussagekraft aufweisen. Wie in der Einleitung erwähnt, stellen diese Observablenblöcke in der PLS-Modellkonstruktion aber das letzte Glied dar.

In Tafel 2 sind die Korrelationen und Regressionen der latenten Variablen des PLS-Modells wiedergegeben. Die erste Spalte der Korrelationsmatrix zeigt, wie außerordentlich hoch alle Variablen mit der Zeit korrelieren. Wirtschaftswachstum und Umweltsituation liegen total im Trend, so daß durch die hohe Interkorrelation eine Differenzierung der Einzelbeiträge sehr schwierig wird. Man darf aber wohl indirekt schließen: wenn die hier gemessenen Umweltbelastungen ebenso mit der Zeit korrelieren wie die entfaltete Wirtschaftskraft, dann ist auch der Umweltpolitik nicht mehr gelungen, als die Qualitätsverschlechterung im Trend zu halten.

Tabelle 2: Korrelationen und Regressionen der latenten Variablen

		Korrelationen (mal 100)								
T	Trend (Jahr)	100								
En	Energieverbrauch	97	100							
Ar	Arbeitsinput (neg.)	76	65	100						
Wi	Wirtschaftkraft	99	97	72	100					
Up	Umweltzustand physikal.	96	98	61	97	100				
Us	Umweltzustand sozial	99	96	76	99	96	100			
Pz	Umweltperzeption	82	90	32	84	90	81	100		
St	Staatsaktivität	90	88	52	92	93	90	85	100	
		T	En	Ar	Wi	Up	Us	Pz	St	
		Pfadkoeffizienten (mal 100)								R^2
Up	Umweltzustand physikal.	.	44	-15	65	.	.	.	.	97
Us	Umweltzustand sozial	.	-2	8	96	.	.	.	.	99
Pz	Umweltperzeption	.	91	-49	.	17	15	.	.	94
St	Staatsaktivität	.	.	.	.	61	23	11	.	87
		T	En	Ar	Wi	Up	Us	Pz	St	

Versucht man weiterhin, die Regressionen der Pfade (Pfadkoeffizienten) zu interpretieren, dann mag verwundern, daß die physikalische Umwelt nicht stärker von den Energieverbräuchen als von der Wirtschaftskraft bestimmt ist. Doch das hat seine Erklärung. Weil im Beobachtungszeitraum ein Übergang von emissionsintensiven zu emissionsärmeren Primärenergieträgern und eine Verbesserung der Verbrennungstechnologien stattfand, ist die wachsende Umweltbelastung eher durch die Erhöhung der Stoffdurchsätze bedingt, die wiederum stärker mit dem Konstrukt Wirtschaftskraft korreliert sind.

Die Prädiktoren der Umweltperzeption sind stark untereinander und mit dem Trend korreliert. Von den fünf vorgegebenen Prädiktoren erweisen sich nur zwei als brauchbar. Der Prädiktor Wirtschaftskraft muß wegen der Multikollinearität ausgelassen werden. Die beiden Umweltzustandsvariablen, obwohl stark mit der Umweltperzeption korreliert (r=0.90, 0.81), haben nur unbedeutende Regressionskoeffizienten (b=0.17, 0.15). Es bleiben die Prädiktoren Energieverbrauch, der für die Trendähnlichkeit steht, und der Arbeitsinput. Der Arbeitsinput, genauer die Niedrigbeschäftigung im produzierenden Gewerbe, ist positiv mit der Umweltperzeption korreliert (r=0.32), aber der Regressionskoeffizient ist negativ (b= -.49). Abbildung 4 kann diesen Vorzeichenwechsel veranschaulichen: Beide, Arbeitsinput und Umweltperzeption, sind positiv mit dem Trend korreliert; aber wenn der Trend auspartialisiert ist, ist ihr Residualzusammenhang negativ, und die Zeitreihen laufen spiegelbildlich.

Die Frage liegt nun nahe, ob man nicht durch eine statistische Bereinigung des Trends oder durch Berücksichtigung möglicher Lag-Effekte zu niedrigeren Interkorrelationen kommen kann, so daß die Pfadkoeffizienten besser interpretierbar werden. Eine solche Methodik ist auch für die PLS-Technik möglich, sie soll im folgenden exkurshaft vorgeführt werden.

7. ZEITREIHENANALYSE MIT PLS

Zeitreihen. Die systematischen Aspekte einer Matrix von multivariaten Zeitreihen

$$x_{kt}: k=1..K \text{ Merkmale}, t=1..T \text{ Zeitpunkte} \qquad (1)$$

beziehen sich nicht nur auf die Zusammenhänge der Variablen, sondern auch auf die Abfolge und Abhängigkeiten der Beobachtungseinheiten, eben der Zeitpunkte. In vielen statistischen Untersuchungen sind die Beobachtungseinheiten mehr oder weniger unabhängig voneinander, und wenn man die Reihenfolge zweier Beobachtungen in der Datenmatrix vertauscht, ändert sich nichts, was für die Theorie von Bedeutung wäre. Das ist bei Zeitreihen anders. Man darf nicht einfach zwei Jahre miteinander vertauschen.

Nun ist es Eigenart der statistischen Analyse, die strukturelle Information dadurch herauszuheben, daß über die Beobachtungseinheiten aggregiert, summiert, abstrahiert wird. Für Zeitreihen müssen daher, bevor die Beobachtungseinheiten eliminiert werden, die in der Abfolge der Beobachtungseinheiten enthaltenen Informationen auf Ähnlichkeiten und Unterschiede zwischen den Variablen abgebildet werden. Drei diesbezügliche Methoden sollen behandelt werden, die Einführung der Zeit als expliziter Variable, die Trendbereinigung und die Einführung von zeitverzögerten Variablen (Lag-Variablen). Diese drei Methoden lassen sich sowohl auf manifeste wie latente Variablen anwenden, was ingesamt zu mindestens sechs Verfahren führt.

7.1. Trend als Prädiktor

In ökonomischen Zeitreihen, die meist zwei bis drei Dekaden überspannen, ist der lineare Trend der deutlichste Effekt: Alles geht aufwärts. Das ist so trivial, daß man eigentlich wissen möchte, was es denn außer dem Trend noch gibt. Wenn der Trend T, $T_t = t$, als Prädiktor in der Regressionsgleichung aufgenommen wird, sei es auf der Ebene der manifesten Variablen,

$$y_t = a + bx_t + cT_t + e_t \quad , \qquad (2)$$

sei es auf der Ebene der latenten Variablen,

$$X_t := \Sigma k \; w_k X_{kt} \quad , \qquad (3)$$

$$Y_t = a + bX_t + cT_t + U_t \quad , \qquad (4)$$

dann zeigen die Koeffizienten den trendbereinigten Einfluß der übrigen Prädiktoren an. (Für ein Modell, das in etwa dem Ansatz (4) entspricht, siehe das PLS-Manual, Seite 5-15, Gl. 44.)

Dieser Ansatz hat allerdings den Nachteil, daß die übrigen Prädiktoren hohe Multikollinearitäten mit dem Trend erwarten lassen, und daß daher die Regressionskoeffizienten sehr große Standardabweichungen haben. Das heißt, die multiple Regression kann den gemeinsamen Effekt von Trend und übrigen Prädiktoren nur sehr unzuverlässig aufteilen, und leicht unterschiedliche Datensätze können große Unterschiede im Verhältnis der Koeffizienten b,c in den Gleichungen (2),(4) hervorbringen.

Abbildung 5: Modell "Umweltqualität aus ökonomischer Sicht" mit Trend

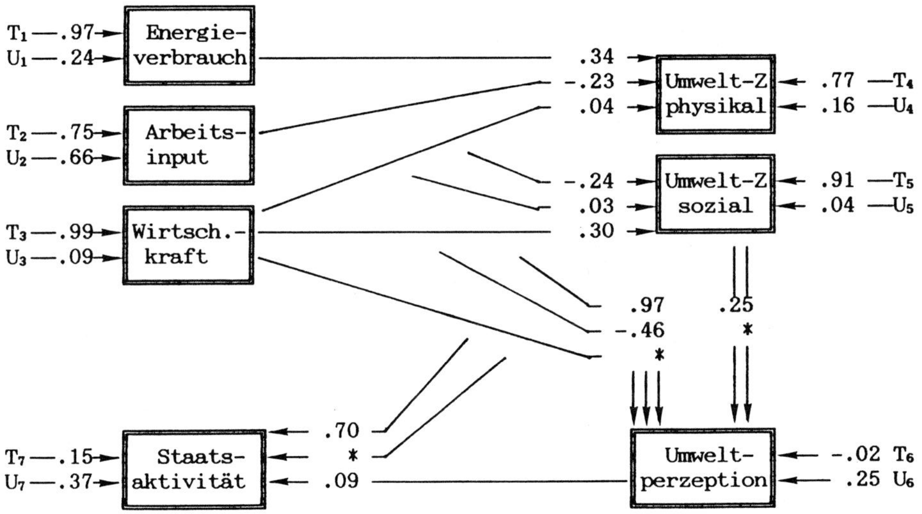

Anwendung. Abbildung 5 zeigt die Ergebnisse für das Umweltmodell, wenn der Trend als zusätzlicher Prädiktor für jede einzelne LV eingefügt ist. Für die beiden Variablen des Umweltzustandes verliert die Wirtschaftskraft zugunsten der Trendvariablen ihre prädiktive Bedeutung (vgl. Tafel 2 mit Tafel 3 und Abbildung 5). Die beiden Variablen Umweltperzeption und Staatsaktivität sind zwar auch relativ stark mit dem Trend korreliert (r=0.82, 0.90), doch hier siegen die anderen Prädiktoren über die Trendvariable: die Trend-Regressionskoeffizienten dieser beiden Variablen sind unbedeutend (b=-0.02, 0.15) und, wie Tafel 3 zeigt, nicht signifikant.

Wegen der Kollinearität mit dem Trend muß aber der Prädiktor Zustand der sozialen Umwelt ausgelassen werden.

Tabelle 3: Modell "Umweltqualität aus ökonomischer Sicht" mit Trend: Kreuzvalidierung und Jackknife-Standardabweichungen

Prädiktand	Prädiktoren								
	T	En	Ar	Wi	Up	Us	Pz	R^2	PRE
Umweltzustand physikal.	.77	.34	-.23	.04				.97	.62
sd	.27	.07	.03	.24					.17
Umweltzustand sozial	.91	-.24	.03	.30				.99	.74
sd	.45	.08	.07	.39					.12
Perzeption der Umwelt	-.02	.97	-.46	*	.25	*		.94	.64
sd	.23	.15	.07	*	.14	*			.46
Staatsaktivität	.15	.	.	.	.70	*	.09	.86	.59
sd	.13	.	.	.	.15	*	.08		.24

Zeile 1: Regressionskoeffizienten für Gesamtdatensatz
Zeile 2: Standardabweichung über 15 Schätzungen (≡ Jackknife-SE)

Tafel 3 zeigt Resultate aus der Modellvalidierung durch die Blindfolding-Prozedur (vgl. Lohmöller, in diesem Bande). Die Datenmatrix wurde in M=15 Teile geteilt. Die PRE-Koeffizienten, die man hier als kreuzvalidiertes R^2 verstehen kann, sind von einer Stärke, daß die Prädizierbarkeit jeder der vier endogenen LVs gesichert ist, PRE = 0.62, 0.74, 0.64, 0.59. Tafel 3 berichtet außerdem die Standardabweichungen (sd) der Schätzungen für die Pfadkoeffizienten. Diese sind identisch mit Tukeys Jackknife-Standardfehlern (SE). Man kann also den Quotienten b/sd(b) an einer t-Verteilung mit df = M-1 = 14 Freiheitsgraden messen und b als signifikant bezeichnen, wenn b/sd(b) > 2.1 ist. Nach diesem Kriterium sind etwa die Hälfte der in Tafel 3 berichteten Pfadkoeffizienten signifikant, und die andere Hälfte würde man in einer Modellrevision ausputzen, um das gesamte Modell zu stabilisieren.

7.2. Trendbereinigung

In der Trendbereinigung wird die Aufteilung von Trend und übrigen Effekten apriorisch vorgenommen: Alle gemeinsamen Effekte werden dem Trend zugeschrieben. Das Modell besteht dann sozusagen aus zwei Schichten. In der ersten Schicht werden die Rohdaten, hier mit x*, y* bezeichnet, auf den Trend zurückgeführt; die Koeffizienten f,g geben den maximalen Trendeinfluß wieder:

$$y_{t*} = gT_t + y_t \quad , \tag{5a}$$

$$x_{t*} = fT_t + x_t \quad . \tag{5b}$$

Die Residuen der ersten Schicht, hier mit x,y bezeichnet, stellen die Modellvariablen der zweiten Schicht dar,

$$y_t = a + bx_t + e_t \quad . \tag{6}$$

Der Koeffizient b in (6) zeigt den absolut trendunabhängigen Einfluß von x auf y an.

Sind latente Variablen im Spiel, kann die Trendbereinigung (5) auf der Ebene der manifesten oder der latenten Variablen vorgenommen werden. Bei der Bereinigung der manifesten Variablen werden zunächst die Rohdaten x* auf die Zeit regrediert, so daß die trendfreien Residuen x übrig bleiben,

$$x_{kt*} = g_k T_t + x_{kt} \quad . \tag{7}$$

Dann werden die (Schätzungen für die) latenten Variablen gebildet, die jetzt absolut trendfrei sind, genau so wie ihre Indikatoren,

$$X_t := \Sigma_k w_k x_{kt} \quad , \tag{8}$$

und mit denen dann das eigentliche Modell gebildet wird.

$$Y_t = a + bX_t + U_t \quad . \tag{9}$$

Bei der Trendbereinigung auf der Ebene der LVs werden zunächst latente Variablen gebildet,

$$X_{t*} := \Sigma_k w_{k*} x_{kt*} \quad , \tag{10}$$

die durch das innere Modell

$$X_{t*} = a + bT_t + U_{t*} \qquad (11)$$

als maximal trendabhängig postuliert sind. Die äußeren Residuen dieses Modells, hier mit x bezeichnet,

$$X_{kt*} = p_k X_{t*} + x_{kt} \qquad (12)$$

sind dann relativ trendunabhängig. Mit diesen Residuen wird dann eine zweite Ebene des Modells konstruiert, die dann relativ trendfrei ist:

$$X_t := \Sigma_k w_k x_{kt} \quad , \qquad (13)$$

$$Y_t = a + bX_t + U_t \quad . \qquad (14)$$

In LVPLSX läßt sich die Trendbereinigung durchführen, indem nacheinander zweimal LVPLSX aufgerufen wird. Dabei werden beim ersten Aufruf die Daten eingelesen, es wird ein Trendbereinigungsmodell nach der Art der Gleichungen (10), (11), (12) spezifiziert, und es werden die Residuen berechnet. Die Residuen bleiben im Arbeitsfeld des Programms stehen und werden beim zweiten Aufruf von LVPLSX benutzt, wenn statt eines Dateneinlesformats das Schlüsselwort "OLD" auf die Einlesekarte geschrieben wird. Die "zweite Schicht" des Modells ist jetzt das am Inhalt Ausgerichtete.

7.3. Zeitverzögerte Variablen

Lagvariablen sind ein probates Hilfsmittel, um kausale Theorie zu entwickeln und zu überprüfen, weil eine Folge nicht eher eintreten kann als ihre Ursachen. Oft ist es aufgrund theoretischer Erwägungen allein nicht möglich zu bestimmen, mit welcher Verzögerung eine Ursache sich auswirkt. Dann kann man explorativ vorgehen und alle in Frage kommenden Verzögerungen untersuchen. In einem multiplen Regressionsansatz wie

$$y_t = a + bx_t + cx_{t-1} + dx_{t-2} + ex_{t-3} + \dots + u_t \qquad (15a)$$

$$0 \; a + \Sigma_\tau b_\tau x_\tau + u_t, \; \tau = t, t-1, t-2, \dots \qquad (15b)$$

wird die Analyse zeigen, ob alle im Modell (15) vorgesehenen Effekte erforderlich sind. Sollte nur die zeitgleiche Wirkung von x auf y von Bedeutung sein, werden die Koeffizienten c,d,e gleich Null sein. Sollten sich bei Jahresdaten die Koeffizienten b=e=0 und c=d=positiv ergeben, dann sucht man die Ursache am besten anderthalb Jahre vor dem Eintritt der Wirkung, d.h. das optimale Lag ist anderthalb Jahre. Die explorative Eigenschaft der multiplen Regression läßt sich auch in der PLS-Implementation der Zeitreihenanalyse nutzen.

Drei Ansätze mit Lagvariablen seien hier vorgeführt. Der erste Ansatz ist durch (15) beschrieben und enthält nur manifeste Variablen. Der zweite Ansatz führt Zeitverzögerungen im Verhältnis der MVs zur LV ein. Da im Rahmen der PLS-Modellierung kausale Theorien vornehmlich im inneren Modell, als Beziehungen der latenten Variablen, abgebildet werden, ist der dritte Ansatz, das Lagging der LVs, besonders wichtig.

Lag-MV. Aber auch im äußeren Modell hat das Lagging seinen Nutzen, und zwar dann, wenn die optimale Verzögerung nicht von vornherein bekannt ist. In diesem Fall bildet man (sagen wir mit SPSS) alle in Frage kommenden zeitverzögerten Variablen und spezifiziert sie als Indikatoren für die LV,

$$X_t = \Sigma_k \Sigma_\tau W_{k\tau} X_{k\tau}, \quad \tau = t, t-1, t-2, \ldots \qquad (16)$$

die dann der optimal verzögerte Prädiktor zu werden verspricht, wenn die Gewichte durch multiple Regression geschätzt werden.

Lag-LV. Ein Modell mit verzögert wirkenden latenten Variablen für mehrere Prädiktoren läßt sich notieren als:

$$Y_t = a + \Sigma_j \Sigma_\tau b_{j\tau} X_{j\tau} + U_t, \quad \tau = t, t-1, t-2, \ldots \qquad (17)$$

Anwendung. Abbildung 6 zeigt das Umweltqualitätsmodell, nachdem Lag-Variablen eingeführt sind. Jede LV ist durch ihren eigenen Vorjahrswert (im Bild jeweils durch L symbolisiert) prädiziert. Außerdem sind die drei Wirtschaftsvariablen durch den Vorjahrswert der Staatsaktivität prädiziert. Hier haben wir es also mit einer Variante des Kreislaufmodells von Tafel 3 zu tun. Wiederum mußten einige Regressionskoeffizienten (in Abbildung 6 durch einen Stern angezeigt) auf Null fixiert werden, um Multikollinearitätsprobleme zu umgehen. Wenn möglich wurden solche Koeffizienten auf Null gesetzt, die in Tafel 3 sich nicht als signifikant erwiesen.

Abbildung 6: Modell "Umweltqualität aus ökonomischer Sicht" mit Lags

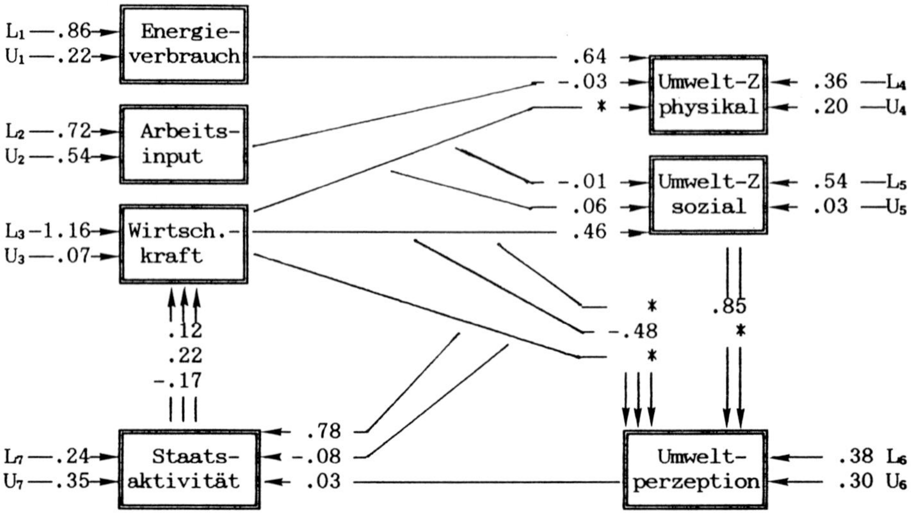

8. RESUMEE

Die Versuche, für das Umweltmodell brauchbare Schätzungen des Abhängigkeitskoeffizienten zu erhalten, sind nicht zufriedenstellend verlaufen. Der lineare Trend ist in allen Variablen deutlich erfaßt. Die individuellen, vom Trend abweichenden Entwicklungen der einzelnen LVs können aber wegen der Kürze der Zeitreihen nicht verläßlich erfaßt werden.

Wenn man den Trend als eine explizite Variable einführt, dann hat man einen hochkorrelierten Prädiktor mehr, und ungünstigenfalls muß man einen anderen Prädiktor dafür streichen. Für die beiden Umweltzustandsvariablen ist der Trend der gewichtigste Prädiktor, doch haben Energieverbrauch und Arbeitsinput einen signifikanten zusätzlichen Einfluß (Tafel 3), was aber zu einer Inkonsistenz zu unserer im Abschnitt

5 gesuchten Erklärung führt. Bei der Umweltperzeption und Staatsaktivität ist der Einfluß des Trends nicht signifikant.

Wenn wir Lags in den erklärenden Variablen einführen (vgl. Abb. 6), dann erhält der Energieverbrauch wieder ein schwächeres Gewicht. Diese Instabilitäten in den Regressionskoeffizienten können wir sachlich nicht befriedigend erklären, sie sind wohl wesentlich Ausdruck der großen Interkorrelationen zwischen den latenten Variablen.

Die eingeführte Trendbereinigung und der Ansatz von timelags im Modell hat in unserem Fall die Ergebnisse nicht verdeutlicht, sondern einige Ambivalenzen hervorgebracht. Insofern sind diese Verfahren auch als Test für die Validität des Modellansatzes zu gebrauchen. Unbeeinflußt von der Einführung von Lags und Trends bleibt der Einfluß des Arbeitsinputs: Wie Abbildung 4 zeigt, enthält diese Variable eine deutliche trendfreie Komponente, und diese bleibt von den Modellreparaturen unberührt.

Wir müssen den Schluß ziehen, daß auf einem so komplexen theoretischen Feld des Wirkungszusammenhangs von gesellschaftlicher Aktivität und Umweltbelastung grobe Indikatorenmodelle nicht zu eindeutig interpretierbaren Ergebnissen gelangen können. Dennoch hat das Verfahren zu Detaileinsichten und allgemeinen Aussagen geführt, die man als gültig betrachten darf, so daß bei einem inhaltlich eingeschränkteren Sachbereich, aber ähnlich schwieriger empirischer Meßsituation mit sehr viel eindeutigeren Analyseergebnissen zu rechnen ist.

9. LITERATUR

Apel, H. (1982): Umweltqualität aus ökonomischer Sicht. Eine theoretische und empirische Annäherung (Manuskript), Frankfurt.

Borries, D.F.W. von (1975): Zur Konstruktion von Umweltindizes, Allgemeines Statistisches Archiv, Heft 1, 41-64.

Gehrmann, F. (1982): Sozialindikatoren: Ein Lehrbeispiel für Umweltindikatoren? Berlin: Wissenschaftszentrum Berlin, IIUG.

Inhaber, H. (1974): Environmental Quality: Outline for a National Index for Canada, Science 186, 798-805.

Jänicke, M. (1985): Preventive environmental policy as ecological modernisation and structural policy, Berlin: Wissenschaftszentrum Berlin, IIUG.

Jennen, J.; Zimmermann, K. (1977): Ein Ansatz zur Konstruktion eines Umweltgesamtindikators: Entwicklungsmöglichkeiten und Grenzen, Jahrbücher für Nationalökonomie und Statistik, 192, 148-170.

Kneese, A.V.; Bower, B.T. (eds.) (1972): Environmental Quality Analysis, Baltimore, Maryland.

Lohmöller, J.B. (1981): LVPLS 1.6 program manual: Latent variables path analysis with partial least-squares estimation, Köln: Zentralarchiv für empirische Sozialforschung.

Lohmöller, J.B. (1986): Die Partialkleinstquadratmethode für Pfadmodelle mit latenten Variablen und das Programm LVPLS, in diesem Band.

Michelson, G. (1982): Der Fischer Öko-Almanach, Frankfurt.

Vester, F. (1975): Das Überlebensprogramm, Frankfurt.

Wicke, L. (1982): Umweltökonomie, München.

Wold, H. (1982): Soft modeling: The basic design and some extensions, in: K.G.Jöreskog & H.Wold (eds.): Systems under indirect observation: Causality, structure, prediction (Vol. 2, p. 1-54), Amsterdam: North Holland.

[5]

Wolfgang Fritz

Die Förderung umweltverträglicher Güter durch vergleichende Warentests

In den vergangenen Jahren hat sich die Stiftung Warentest auch als umweltpolitische Institution etabliert. Der vergleichende Warentest dient hierbei als Instrument der Umweltinformationspolitik, das Informationskampagnen anderer staatlicher umweltpolitischer Institutionen unterstützt. Mit einer kausalanalytischen Untersuchung zum Einfluß vergleichender Warentests auf die Produktplanung von Unternehmen wird versucht, das Wirkungspotential der Tests zur Stimulation umweltverträglicher Güter abzuschätzen.

1. PROBLEMSTELLUNG

Eines der wichtigsten Instrumente der Verbraucherpolitik stellt in der Bundesrepublik Deutschland der vergleichende Warentest der STIFTUNG WARENTEST (Berlin) dar. Nach § 2 Abs. 1 der Satzung der STIFTUNG WARENTEST besteht die verbraucherpolitische Zielsetzung des vergleichenden Warentests in der Aufklärung der Öffentlichkeit über objektivierbare Merkmale des Nutz- bzw. Gebrauchswerts von Gütern, wobei an eine Nutzung bzw. einen Gebrauch der Güter im privaten Haushalt gedacht ist (Silberer 1979a, S.34; Hart & Silberer 1983, S. 692). Ergebnisse einer Reihe empirischer Untersuchungen belegen, daß der vergleichende Warentest seine verbraucherpolitischen Aufgaben, aufs Ganze gesehen, durchaus erfüllt, da er insbesondere den Informationsstand der Konsumenten verbessert, diese darüber hinaus bei ihren Kaufentscheidungen entlastet sowie Industrie und Handel zur Produktion bzw. Distribution warentestgerechter Güter veranlaßt, was der auf das Anbietersystem bezogenen Aufgabe des Warentests im grossen und ganzen entspricht (vgl. Fritz 1984a, 1984b; Kaas & Tölle 1981; Raffée & Fritz 1984a, 1984b, 1986; Raffée & Silberer 1984; Silberer 1985a, 1985b, 1985c; Silberer & Raffée 1984; Specht & Hübner 1982; Tölle 1983).

Diese verbraucherpolitische Zielsetzung des vergleichenden Warentests muß um eine wettbewerbspolitische Perspektive erweitert werden, da sich der vergleichende Warentest auch als ein Instrument verstehen läßt, das zur Erhaltung und Entfaltung der Funktionsfähigkeit des Wettbewerbs beitragen soll (vgl. Friderichs 1975, 1982; Hart & Silberer 1983, S.692; Silberer 1979b, S.111; Schachtschabel 1976, S.101). Funktionsfähige Wettbewerbsprozesse sind nämlich ohne ausreichende Marktinformationen nicht denkbar (vgl. Neumann 1981, S.156), und solche Informationen bereitzustellen, ist Aufgabe der STIFTUNG WARENTEST. Auch in dieser Hinsicht belegen die Resultate empirischer Untersuchungen eine nicht unbeträchtliche wettbewerbsstimulierende Wirksamkeit vergleichender Warentests, wobei jedoch neben funktionalen auch dysfunktionale Wettbewerbswirkungen erkennbar sind, die aber durch die Verwirklichung andernorts vorgeschlagener Maßnahmen zur Verbesserung der Warentestpraxis prinzipiell begrenzt werden können (vgl. Raffée & Fritz 1984c, 1984d, 1985).

Die verbraucher- und wettbewerbspolitische Zielkonzeption des vergleichenden Warentests ist seit kurzem um ein umweltpolitisches Zielelement zu erweitern, dessen Bedeutung langfristig zunehmen dürfte. Dieses Zielelement kommt in der Absicht der STIFTUNG WARENTEST zum Ausdruck, im Rahmen ihrer Tests nicht mehr allein den Gebrauchsnutzen zu bewerten, sondern darüber hinaus die getesteten Güter auch hinsichtlich ihrer Umweltverträglichkeit zu überprüfen (so die Auskunft von Roland Hüttenrauch in DIE ZEIT, Nr. 45, 2.11.1984, S.32). Diese Absicht hat im Jahre 1985 sogar eine Änderung von § 2 Abs. 1 der Satzung der STIFTUNG WARENTEST herbeigeführt, wonach der Zweck des vergleichenden Warentests nunmehr u.a. auch in einer Unterrichtung der Öffentlichkeit über die Umweltverträglichkeit von Gütern besteht (§ 2 Abs. 1 der Satzung der STIFTUNG WARENTEST in der Neufassung vom 1. Juli 1985). Die auf den Bereich der Konsumgüteranbieter bezogene Aufgabe der STIFTUNG WARENTEST besteht demnach künftig vor allem in einer Förderung der Produktion und Distribution verbraucher- und umweltgerechter Güter (vgl. Raffée & Fritz 1986, S.38).

Die STIFTUNG WARENTEST ist somit im Begriff, sich auch als eine umweltpolitische Institution zu etablieren. Damit geht zugleich eine Erweiterung des staatlichen umweltpolitischen Instrumentariums einher. Neben Subventionen, Aufgaben (Gebühren; Steuern), Auflagen, Verboten und Umweltnutzungslizenzen oder -zertifikaten als den bisher vorwiegend diskutierten Instrumenten aktueller oder potentieller Umweltpolitik (vgl. z.B. Bonus 1981; Hansmeyer 1984; Siebert 1976) tritt nun die Umweltinformation als weitere Maßnahme staatlicher Umweltpolitik. Dieses neue Instrument ermöglicht die Aufklärung der Öffentlichkeit über die Umweltqualität getesteter Güter und kann auf diesem Wege eine Effizienzsteigerung des Marktes als Steuerungsinstrument der umweltpolitischen Anpassungsprozesse bewirken. Der vergleichende Warentest stellt als ein Instrument der Umweltinformationspolitik darüber hinaus einen potentiellen Artikulationsverstärker für jene umweltpolitischen Informationskampagnen dar, die andere staatliche Institutionen wie z.B. das Bundesgesundheitsamt oder das Umweltbundesamt durchführen.

Erfahrungen über eine faktische Förderung der Umweltverträglichkeit von Konsumgütern durch vergleichende Warentests im Anbietersystem liegen bisher noch nicht vor. Vor dem Hintergrund empirischer Untersuchungen, an denen der Verfasser mitgewirkt hat, läßt sich aber das Wirkungspotential des vergleichenden Warentests gegenüber Industrie und Handel näher beschreiben, das die STIFTUNG WARENTEST prinzipiell nutzen kann, um die Produktion und Distribution verbraucher- und umweltgerechter Güter zu stimulieren (vgl. Abschnitt 3). Darüber hinaus erlauben die Untersuchungsergebnisse eine kausalanalytisch fundierte Prognose darüber, in welcher Weise und unter welchen Bedingungen die STIFTUNG WARENTEST Unternehmen der Konsumgüterindustrie zu einer warentestgerechten - und damit zugleich umweltverträglichen - Produktpolitik veranlassen kann (vgl. Abschnitt 4). Vor diesem Hintergrund soll schließlich die Frage gestellt werden, welcher Stellenwert dem vergleichenden Warentest im Rahmen der Umweltpolitik in Zukunft - realistisch gesehen - zukommen dürfte (vgl. Abschnitt 5).

2. UNTERSUCHUNGSDESIGN

Die empirischen Untersuchungsergebnisse, über die der vorliegende Beitrag berichtet, entstammen insgesamt vier mündlichen Befragungen von Industrie- und Handelsunternehmen, die mittels vollstandardisiertem Fragebogen in den Jahren 1980 bis 1982 durchgeführt worden sind (vgl. Fritz et al. 1984a, S.37-40; Hilger et al. 1984, S.125-129). Nähere Angaben zu Umfang und Struktur der Erhebungen lassen sich Tabelle 1 entnehmen.

Tabelle 1: Struktur und Umfang der Befragungen

	Industriebefragungen	
a)	Befragung von Herstellern getesteter Waschvollautomaten (N = 17) bzw. 3-Weg-Kompaktanlagen (N = 20) (Vollerhebung)	N = 37
b)	Befragung von Herstellern nicht getesteter Waschvollautomaten bzw. 3-Weg-Kompaktanlagen (Vollerhebung)	N = 16
	Handelsbefragungen	
a)	Befragung großer Kaufhauskonzerne (N = 5) und Versandhäuser (N = 8) (Vollerhebung)	N = 13
b)	Befragung von Betrieben des Elektro-Facheinzelhandels (repräsentative Teilerhebung)	n = 146

Die Datenanalyse erfolgt u.a. mit Hilfe des LISREL-Ansatzes (vgl. Bagozzi 1980; Förster et al. 1984; Hildebrandt 1983a, 1983b; Jöreskog & Sörbom 1981, 1983; Schmidt 1983).

3. DAS UMWELTPOLITISCHE WIRKUNGSPOTENTIAL VERGLEICHENDER WARENTESTS IN INDUSTRIE UND HANDEL

Um jene verbraucher- und umweltpolitisch erwünschten Wirkungen im Bereich von Industrie und Handel entfalten zu können, muß der vergleichende Warentest entsprechende Herausforderungspotentiale gegenüber den Anbietern schaffen. Diese Herausforderungspotentiale des vergleichenden Warentests konkretisieren sich vor allen in der von Testergebnissen ausgehenden Beeinflussung der Nachfrage.

So berücksichtigt ein erheblicher Teil der Konsumenten Testergebnisse bei seinen Kaufentscheidungen. Der Anteil der Warentests beachtenden Käufer (Testnutzer) an der Gesamtheit der Käufer getesteter Produkte liegt je nach Gebrauchsgut zwischen 20 % und 41 % und je nach Verbrauchsgut zwischen 7 % und 17 % (Silberer et al. 1981, S.289-291; Silberer et al. 1984a, S.68f.; Kaas & Tölle 1981, S.300). Darüber hinaus erhöht der Warentest die Markttransparenz der Testnutzer im

Vergleich zu den Test-Nichtnutzern ebenso wie die Nachfragemobilität im Sinne einer Abnahme der Marken- und Geschäftstreue (Silberer et al. 1984b, S.124-129/136f.).

Aber nicht nur die Nachfrage der Konsumenten, sondern auch die des Handels wird vom Warentest erheblich beeinflußt. So orientieren sich Handelsbetriebe bei ihren Entscheidungen über die Sortimentsaufnahme, Nachbestellung und Sortimentselimination häufig an Testergebnissen, worauf weiter unten noch genauer eingegangen wird (vgl. Tabelle 3).

Spiegelbildlich bestätigen sich die Einflüsse des Warentests auf die Nachfrage von Konsumenten und Handelsbetrieben durch die Angaben der befragten Industrie- und Handelsunternehmen zu den Umsatzwirkungen von Testergebnissen (Fritz et al. 1984a, S.61; Hilger et al. 1984, S.152/184). Wie aus Tabelle 2 ersichtlich ist, führen positive (negative) Testergebnisse bei 66 % (71 %) der Hersteller zu Umsatzsteigerungen (Umsatzrückgängen), die durchschnittlich 6 (7) Monate andauern und dabei ein Ausmaß von 23 % (35 %) erreichen. Im Facheinzelhandel bewirken positive (negative) Testergebnisse bei 46 % (27 %) der Betriebe Umsatzsteigerungen (Umsatzrückgänge) von in der Regel 18 % (14 %) für die Dauer von 4 (3) Monaten, während bei 91 % (82 %) der Kaufhauskonzerne und Großversender positive (negative) Testergebnisse durchschnittlicher 3 (3) Monate lang Umsatzsteigerungen (Umsatzrückgänge) von 69 % (21 %) hervorrufen.

Neben den Umsatzerfolgen beeinflußt der Warentest auch das Image der Unternehmen in der Öffentlichkeit. Wenn auch diese Testwirkung nicht so stark ausgeprägt ist wie der Umsatzeffekt, so läßt sich dennoch feststellen, daß positive Testergebnisse das Unternehmensimage verbessern und negative Testergebnisse das Unternehmensimage beeinträchtigen können (vgl. Fritz et al. 1984a, S.62).

Obwohl die Wirkung eines einzelnen Testergebnisses auf Umsatz oder Image der Unternehmen bereits nach einigen Monaten abgeklungen sein mag, hat die darin zum Ausdruck kommende Herausforderung eine langfristige und damit strategische Be-

Tabelle 2: Wirkungen des Warentests auf die Umsatzerfolge in Industrie und Handel

	Hersteller getesteter Fabrikate	Facheinzel-handel	Kaufhaus-konzerne und Großversender
a) Steigerungen der Produkt- bzw. Artikelumsätze aufgrund positiver Testergebnisse beobachteten	66 %	46 %	91 %
– durchschnittliche Dauer der Steigerungen (Monate)	6	4	3
– durchschnittliches Ausmaß der Steigerungen	23 %	18 %	69 %
b) Rückgänge der Produkt- bzw. Artikelumsätze aufgrund negativer Testergebnisse beobachteten	71 %	27 %	82 %
– durchschnittliche Dauer der Rückgänge (Monate)	7	3	3
– durchschnittliches Ausmaß der Rückgänge	35 %	14 %	21 %

deutung für die Unternehmen, da diese damit rechnen müssen, daß ihre Produkte über einen langen Zeitraum hinweg wiederholt in die Tests der STIFTUNG WARENTEST einbezogen werden (vgl. Fritz 1984b). Darüber hinaus dürfte der Einfluß der STIFTUNG WARENTEST auf die Nachfrage künftig eher zu- als abnehmen, weil die Publikationserfolge des Testinstituts, aufs Ganze gesehen, künftig weiter ansteigen werden, und weil die STIFTUNG WARENTEST durch ein differenziertes und intensives Marketing sowie durch den Einsatz neuer Kommunikationstechnologien (wie z.B. Bildschirmtext) künftig auch solche Konsumentenschichten vermutlich besser erreichen wird, in denen eine Testnutzung bisher noch kaum stattfindet.

Über die Reaktionen der Unternehmen auf die Herausforderungen des Warentests informiert Tabelle 3 (Fritz et al. 1984a; Hilger et al. 1984).

Tabelle 3: Wirkungen des vergleichenden Warentests auf Marketingaktivitäten von Industrie und Handel

Anbieter / Marketingaktivitäten	Hersteller getesteter Fabrikate	Hersteller nicht getesteter Fabrikate	Facheinzelhandel	Kaufhauskonzerne u. Großversender
1. Informationsbeschaffung	%	%	%	%
Systematische Auswertung von Testergebnissen	84	69	35	69
2. Produktpolitik (nur Industrie)				
a) Berücksichtigung von Prüfkriterien der Stiftung Warentest in der Produktentwicklung	68	31	–	–
b) Produktverbesserungen aufgrund von Testergebnissen	54	6	–	–
c) Qualitätskontrollen mit Prüfkriterien der Stiftung Warentest	32	12	–	–
3. Sortimentspolitik (nur Handel)				
a) Aufnahme von Artikeln in das Sortiment aufgrund positiver Testergebnisse	–	–	49	64
b) Elimination von Artikeln aus dem Sortiment aufgrund negativer Testergebnisse	–	–	33	92
c) Keine Nachbestellung von Artikeln aufgrund negativer Testergebnisse	–	–	53	75
4. Preispolitik				
a) Preissenkungen nahmen vor				
– nach positiven Testergebnissen	6	–	14	0
– nach negativen Testergebnissen	13	–	16	17
b) Preiserhöhungen nahmen vor				
– nach positiven Testergebnissen	3	–	8	0
– nach negativen Testergebnissen	0	–	3	0
5. Distributionspolitik				
a) Information des Außendienstes bzw. des Verkaufspersonals über Testergebnisse	84	62	66	89
b) Verwendung von Testergebnissen im Verkaufsgespräch	92	56	79	100
6. Kommunikationspolitik				
a) Produktwerbung mit positiven Testergebnissen	58	–	65	83
b) Verkaufsförderung mit positiven Testergebnissen	78	–	74	83

Die wichtigsten Testwirkungen auf das Marketing von Industrieunternehmen liegen, soweit Hersteller getesteter Fabrikate angesprochen sind, in den Bereichen Informationsbeschaffung, Produkt-, Kommunikations- und Distributionspolitik, weitaus weniger dagegen im Bereich der Preispolitik (vgl. Tabelle 3). Der Warentest fördert dabei unverkennbar Aktivitäten, die einer Produktion und Distribution warentestgerechter Güter dienen.

Im einzelnen geben über 80 % der Hersteller getesteter Fabrikate an, Testergebnisse systematisch auszuwerten. Mehr als zwei Drittel dieser Hersteller berücksichtigen Prüfkriterien der STIFTUNG WARENTEST im Rahmen ihrer Produktentwicklung; mehr als die Hälfte dieser Hersteller hat Testergebnisse bereits zu Produktverbesserungen verwendet, und ein Drittel der Hersteller beachtet Prüfkriterien der STIFTUNG WARENTEST in der Qualitätskontrolle. Weitere wichtige Wirkungen, die vor allem einer beschleunigten Verbreitung positiv beurteilter Fabrikate dienen, stellen die von der überwiegenden Mehrheit der Hersteller vorgenommene Verwendung von Testergebnissen im Rahmen des persönlichen Verkaufs sowie die Nutzung positiver Testergebnisse zu Werbe- und Verkaufsförderungsaktionen dar.

Ein besonders interessanter Aspekt der Warentestwirkungen ist darin zu erkennen, daß auch eine nicht unbeträchtliche Zahl von Herstellern, deren Fabrikate gar nicht in Tests der STIFTUNG WARENTEST einbezogen worden sind, Testinformationen u.a. in ihrer Produktpolitik sowie im Rahmen des persönlichen Verkaufs berücksichtigt (vgl. Tabelle 3). Dies wird in der Produktpolitik vermutlich deshalb geschehen, weil sich die betreffenden Hersteller davon Wettbewerbsvorteile versprechen und/oder durch diese Maßnahmen für den Fall eines möglichen Einbezugs ihrer Produkte in einen Warentest sich frühzeitig ein gutes Testergebnis sichern wollen. Die Verwendung von Testergebnissen im Verkaufsgespräch wird dagegen wahrscheinlich von der Nachfrageseite verursacht, da der Warentest für die Beschaffungsdispositionen des Handels von erheblicher Bedeutung ist.

Im Handel verursacht der Warentest ebenfalls eine Reihe von

Wirkungen auf das Marketing der Unternehmen, die einer Verbreitung testgerechter Güter zuträglich und die über verschiedene Betriebsformen hinweg erkennbar sind (vgl. Tabelle 3). so nehmen etwa die Hälfte der befragten Facheinzelhändler sowie rd. zwei Drittel der Kaufhauskonzerne und Großversender Artikel aufgrund positiver Testergebnisse in ihr Sortiment auf, während ein Drittel der Facheinzelhändler, aber sogar über 90 % der befragten Kaufhauskonzerne und Großversender Artikel aufgrund negativer Testergebnisse aus ihrem Sortiment eliminieren. In entsprechender Weise wirkt sich der Warentest auf die Nachbestellungen der Handelsbetriebe aus. Neben der Sortimentspolitik werden im Handel, analog zur Industrie, vor allem die Informationsbeschaffung, Werbe- und Verkaufsförderungsmaßnahmen sowie das Verkaufsgespräch durch Testergebnisse beeinflußt, weit weniger jedoch die Preispolitik.

Vergleicht man die Ausprägungen der Testwirkungen auf das Marketing von Industrie- und Handelsbetrieben miteinander, so zeigt sich ein geradezu typisches Wirkungsprofil des Warentests. So werden die Informationsbeschaffung, die Produkt- bzw. Sortiments- sowie die Kommunikations- und die Distributionspolitik von Warentestinformationen beeinflußt, kaum aber die Preispolitik. Der Warentest fördert damit eindeutig Maßnahmen der Produktion und Distribution solcher Güter, die seinen Qualitätsanforderungen genügen. In diesem Ergebnis konkretisiert sich der beachtliche verbraucherpolitische Erfolg des vergleichenden Warentests (vgl. Raffée & Fritz 1984a, S.312-315).

Das verbraucherpolitische Wirkungsprofil des vergleichenden Warentests in Industrie und Handel legt die Vermutung nahe, daß der Warentest auch für die Durchsetzung umweltpolitischer Interessen ein großes Wirkungspotential beinhaltet. Falls die STIFTUNG WARENTEST nämlich die Umweltverträglichkeit von Gütern in ihren Qualitätsurteilen hoch gewichtet, könnte sich daraus ein ähnlicher Einfluß der neuen Testnoten auf die Nachfrage ergeben wie er bereits von den bisherigen Testnoten verursacht wird. Dafür spricht beispielsweise die

Tatsache, daß Konsumenten, die Warentests bei ihren Kaufentscheidungen berücksichtigen, sich in signifikant höherem Maße auch für die Umweltverträglichkeit der Güter interessieren als Konsumenten, die bei ihren Kaufentscheidungen keine Warentests beachten (Silberer et al. 1984b, S.127). Testnutzende Konsumenten werden demnach auch eher bereit sein, ihre Kaufentscheidungen an der Umweltverträglichkeit der Güter auszurichten als test-nichtnutzende Konsumenten. Wenn aber eine - laut Testergebnis - höhere (geringere) Umweltverträglichkeit der Güter Nachfragezuwanderungen (Nachfrageabwanderungen) herbeiführt, so wird dies einen Anreiz für die Produktion und Distribution umweltverträglicher Güter darstellen, was letztlich Testwirkungen in Industrie und Handel herbeiführen dürfte, die denen ähnlich sind, die man unter verbraucherpolitischem Aspekt bereits heute nachweisen kann.

Derartige Testwirkungen werden vermutlich jedoch von einer Reihe von Einflußfaktoren gefördert oder gehemmt, die Gegenstand des folgenden Abschnitts sind. Aus Raumgründen beschränken sich die folgenden Ausführungen lediglich auf die Produktpolitik von Industrieunternehmen (vgl. Fritz 1984a, S.375-405/415-426; Hilger et al. 1984, S.154-173).

4. EINE KAUSALANALYSE DER BERÜCKSICHTIGUNG VERGLEICHENDER WARENTESTS IN DER PRODUKTPOLITIK VON INDUSTRIEUNTERNEHMEN

4.1. Entwicklung eines theoretischen Kausalmodells

Die unter verbraucher- und umweltpolitischen Aspekten vielleicht wichtigsten Wirkungen vergleichender Warentests auf das Marketing von Industrieunternehmen liegen im Bereich der Produktpolitik (vgl. Tabelle 3). Eine Anpassung der Produktpolitik der Hersteller an die Anforderungen des Warentests entscheidet letztendlich nämlich wesentlich über ein verbraucher- und umweltgerechtes Angebot an einem Markt.

Die Anpassung der Produktpolitik der Industrieunternehmen

hängt jedoch von einer Reihe verschiedener Einflußgrößen ab. Theoretische Ansätze, die eine Identifikation derartiger Einflußgrößen erlauben, lassen sich unter anderem der Organisations- und der Wettbewerbstheorie entnehmen, was an anderer Stelle ausführlich erläutert worden ist (Fritz 1984a, S.142-252). Bei der Entwicklung des folgenden Kausalmodells werden lediglich wichtige Aspekte der organisationstheoretischen Erklärungsansätze berücksichtigt.

Im Bereich der Organisationstheorie lassen empirisch gestützte Annahmen des Situativen Ansatzes der Organisationsforschung beispielsweise den Schluß zu, daß unternehmerische Reaktionen auf Warentests insbesondere von der Organisationsstruktur der Firmen abhängen, die ihrerseits von einer Reihe von Faktoren beeinflußt wird, beispielsweise von der Organisationsgröße und der Konkurrenzintensität (Fritz 1984a, S.182-190; vgl. Kieser & Kubicek 1976). So werden Großunternehmen aufgrund des vergleichsweise meist höheren Standardisierungs- und Formalisierungsgrades ihrer Organisationsstrukturen Warentests vor allem im Rahmen solcher produktpolitischen Aktivitäten berücksichtigen, die weitgehend standardisierbar oder programmierbar sind, wie z.B. in routinemäßigen Neuproduktentwicklungen oder in Qualitätskontrollen; dagegen ermöglicht es die vergleichsweise flexiblere Organisationsstruktur den Kleinunternehmen vermutlich, schneller und umfassender, z.B. mit nachträglichen Produktänderungen, auf veröffentlichte Testergebnisse zu reagieren (Fritz 1984a, S.182-188). Im Gegensatz zu einer wachsenden Organisationsgröße begünstigt eine hohe Konkurrenzintensität die Entstehung flexibler Organisationsstrukturen; denn sie erzwingt rasche Anpassungsmaßnahmen der Unternehmen an die Änderung der Wettbewerbsbedingungen. Dies vergrößert möglicherweise den Spielraum produktpolitischer Reaktionen auf vergleichende Warentests in umfassender Weise (Fritz 1984a, S.188-190).

Neben diesen, auf den situativen Ansatz der Organisationsforschung zurückgehenden Annahmen sind aber auch Hypothesen der "Behavioral Theory of the Firm" von Cyert und March für die Erklärung produktpolitischer Warentestwirkungen relevant (Fritz 1984a, S.162-170; vgl. Cyert & March 1963). Dazu zählen insbesondere die Annahmen der Risikoaversion und des organisationalen Lernens, wonach Unternehmen sich umso eher auf Warentests produktpolitisch einstellen werden, je grösser die Risiken, aber auch die Chancen sind, die sie im Zusammenhang mit Warentests wahrnehmen (insbesondere die Umsatzrisiken bzw. -chancen aufgrund negativer bzw. positiver Testergebnisse; vgl. Tabelle 2), und je mehr Erfahrung sie mit dem Warentest bereits machen konnten (Fritz 1984a, S. 166-168).

Diese Annahmen zum Einfluß organisationstheoretischer Determinanten auf produktpolitische Warentestwirkungen sind in Abbildung 1 zusammenfassend dargestellt. In Abbildung 1 sind auch positive Kausalbeziehungen zwischen den produktpolitischen Warentestwirkungen angenommen worden, und zwar aus folgenden Überlegungen heraus: Wenn Unternehmen Prüfkriterien der STIFTUNG WARENTEST bereits in ihrer Produktentwicklung berücksichtigen, dann werden sie wohl auch geneigt sein, dies in ihrer Qualitätskontrolle zu tun. Wenn Unternehmen aber Prüfkriterien in der Produktentwicklung und/oder Qualitätskontrolle verwenden, dann werden sie Warentests ernst genug nehmen, um auch Produktänderungen durchzuführen, falls Testergebnisse ihnen dies als erforderlich signalisieren.

Abbildung 1: Diagramm zur organisationstheoretischen Erklärung produktpolitischer Warentestentwicklungen

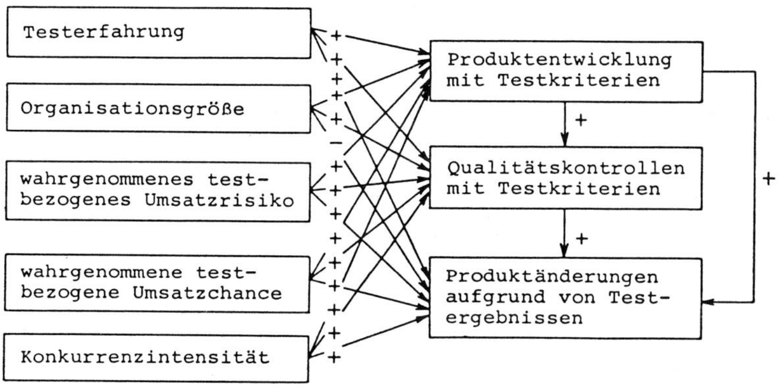

4.2. Empirische Prüfung des entwickelten Kausalmodells

Die Daten, anhand derer die empirische Prüfung des Kausalmodells vorgenommen wird, entstammen den beiden Befragungen der Hersteller getesteter Fabrikate (N = 37; vgl. Tabelle 1). Da die Anzahl der Beobachtungen relativ gering ist und einige Variablen nicht normalverteilt sind, wird zur Schätzung der Modellparameter das ab der Programmversion V in LISREL enthaltene ULS- (unweighted least squares-) Verfahren verwendet (Jöreskog & Sörbom 1981, S.I.27-32). Auf statistische Signifikanztests kann verzichtet werden, da die Daten im Rahmen von Vollerhebungen gewonnen worden sind. Dies entspricht der "klassischen" Auffassung zur Frage nach Signifikanztests bei Vollerhebungen (Winch & Campbell 1969, S. 142f.).

Wie nun Voruntersuchungen gezeigt haben, hängt die Erfahrung eines Unternehmens mit Warentests von der Organisationsgrösse ab, d.h. je größer ein Unternehmen ist, umso größer ist die Anzahl seiner getesteten Produkte sowie der Erhalt positiver und - wenn auch in geringerem Maße - negativer Testergebnisse (Fritz 1984a, S.325). Aus diesem Grunde wird im folgenden Kausalmodell die Testerfahrung nicht nur als Determinante produktpolitischer Warentestwirkungen angesehen, sondern darüber hinaus selbst als eine von der Organisationsgröße abhängige, d.h. endogene Variable dargestellt.

Wie die Ergebnisse in Tabelle 4 zeigen, besitzt das Kausalmodell eine zufriedenstellende Gesamtanpassung; es wird durch die Daten tendenziell gestützt. Die Varianzaufklärung ist hoch, ebenso die durch den Determinationskoeffizienten der Strukturgleichungen gemessene Stärke der Kausalzusammenhänge. Die Interkorrelationen im exogenen Bereich liegen im Durchschnitt bei 0,21, was aus Tabelle 5 errechnet werden kann. Damit existieren auch keine Multikollinearitätsprobleme. Unsinnige Parameterschätzwerte sind ebenfalls nicht vorhanden. Auch eine Inspektion der normalisierten Residuen und der Residuenkorrelationen führt nicht zu dem Schluß, daß das Modell empirisch zurückgewiesen werden kann.

Abbildung 2: Diagramm zum Kausalmodell

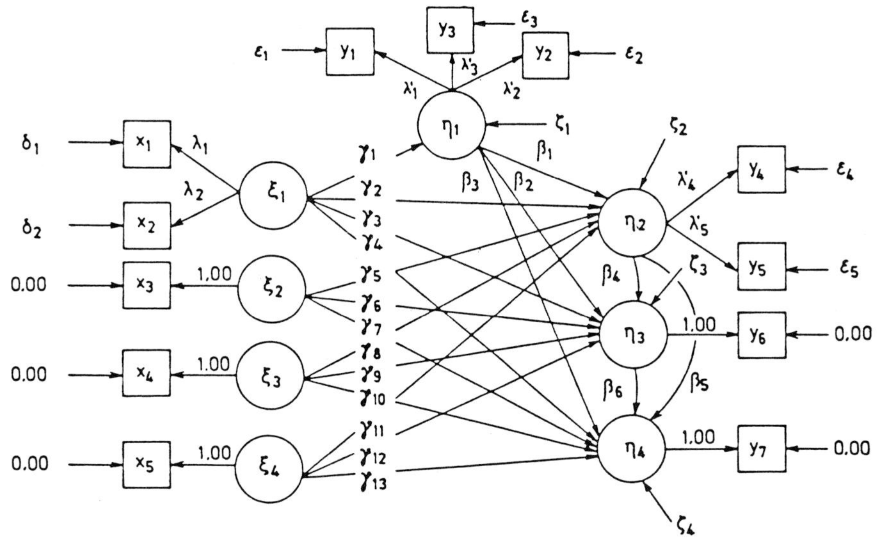

Legende:

Latente exogene Variablen:

ξ_1 = Organisationsgröße
ξ_2 = wahrgenommenes testbezogenes Umsatzrisiko
ξ_3 = wahrgenommene testbezogene Umsatzchance
ξ_4 = wahrgenommene Konkurrenzintensität

Der Übersichtlichkeit wegen sind die Korrelationen zwischen den exogenen latenten Variablen nicht eingezeichnet.

Latente endogene Variablen:

η_1 = Testerfahrung der Unternehmung
η_2 = Berücksichtigung von Prüfkriterien der Stiftung Warentest im Rahmen der Produktentwicklung
η_3 = Berücksichtigung von Prüfkriterien der Stiftung Warentest im Rahmen der Qualitätskontrolle
η_4 = Produktänderungen aufgrund von Testergebnissen

Empirische Indikatoren der latenten exogenen Variablen:

x_1 = Jahresgesamtumsatz
x_2 = Anzahl der Beschäftigten
x_3 = Ausmaß der Befürchtung von Umsatzrückgängen aufgrund negativer Testergebnisse
x_4 = Ausmaß der Hoffnung auf Umsatzsteigerungen aufgrund positiver Testergebnisse
x_5 = Ausmaß des wahrgenommenen Wettbewerbsdrucks

Empirische Indikatoren der latenten endogenen Variablen:

y_1 = Anzahl der getesteten Produkte
y_2 = Häufigkeit des Erhalts positiver Testergebnisse
y_3 = Häufigkeit des Erhalts negativer Testergebnisse
y_4 = Ausmaß der Berücksichtigung von Prüfkriterien der Stiftung Warentest im Rahmen der Produktentwicklung
y_5 = Häufigkeit der Berücksichtigung von Prüfkriterien der Stiftung Warentest im Rahmen der Produktentwicklung
y_6 = Häufigkeit der Übernahme von Prüfkriterien der Stiftung Warentest zum Zweck der Qualitätskontrolle
y_7 = Ausmaß, in dem Testergebnisse zu Produktänderungen beigetragen haben

Tabelle 4: Zur Beurteilung des Kausalmodells

Anpassungsmaße:		GFI = 0,95 AGFI = 0,91 RMR = 0,09
Determinationskoeffizient:		= 0,85
Erklärte Varianz $(1-\psi)$	für η_1 für η_2 für η_3 für η_4	= 49% = 43% = 60% = 54%

Anmerkung: Der "Determinationskoeffizient" (total coefficient of determination) wurde ohne Berücksichtigung von η_1 errechnet, weil η_1 keinen hier interessierenden Marketing-Wirkungstatbestand des Warentests repräsentiert.

Die standardisierten Ergebnisse in Tabelle 5 weisen zunächst Zusammenhänge unter den produktpolitischen Testwirkungen aus, die teilweise von den erwarteten Zusammenhängen abweichen. So wirkt sich die Berücksichtigung von Testkriterien in der Produktentwicklung (η_2) unter den Bedingungen des Kausalmodells so gut wie nicht auf die Berücksichtigung von Testkriterien in der Qualitätskontrolle (η_3) aus (β_4 = 0,09), dagegen aber besonders stark auf die Neigung der Unternehmen, testbedingte Produktänderungen vorzunehmen (η_4; β_5 = 0,86; Totaleffekt von η_2 auf $\eta_4 = \beta_5 + \beta_4\beta_6$ = 0,88). Der ursprünglichen Vermutung entsprechend, fördert im Kausalmodell die Berücksichtigung von Testkriterien in der Qualitätskontrolle (η_3) auch die Bereitschaft der Unternehmen, testbedingte Produktänderungen (η_4) vorzunehmen, obwohl der Zusammenhang nicht so stark ausgeprägt ist (β_6 = 0,21).

Den weiteren standardisierten Ergebnissen, die in Tabelle 5 sowie in Tabelle 6 wiedergegeben sind, läßt sich entnehmen, daß die Testerfahrung der Untersuchung (η_1) starke positive Wirkungen auf die Berücksichtigung von Prüfkriterien der STIFTUNG WARENTEST in der Produktentwicklung (η_2; β_1 = 0,73) sowie in der Qualitätskontrolle ausübt (η_3; β_2 = 0,89; Totaleffekt von η_1 auf η_3 = 0,95). Verglichen damit hat die

Tabelle 5: LISREL-Parameterschätzungen zum Kausalmodell (standardisierte ULS-Schätzungen; * = unstandardisierte ULS-Schätzungen)

Parameter-Matrix	Parameter	ULS-Schätzung	Parameter-Matrix	Parameter	ULS-Schätzung
Λ_y	λ'_1	0,99	Λ_x	λ_1	0,96
	λ'_2	0,76		λ_2	0,79
	λ'_3	0,58			
	λ'_4	0,68	Θ_δ	θ_1	0,07*
	λ'_5	0,90		θ_2	0,37*
Θ'_ε	θ'_1	0,01*	Γ	γ_1	0,70
	θ'_2	0,42*		γ_2	−0,24
	θ'_3	0,67*		γ_3	−0,20
	θ'_4	0,53*		γ_4	0,03
	θ'_5	0,19*		γ_5	0,44
B	β_1	0,73		γ_6	0,29
	β_2	0,89		γ_7	−0,39
	β_3	−0,67		γ_8	−0,10
	β_4	0,09		γ_9	−0,08
	β_5	0,86		γ_{10}	0,11
	β_6	0,21		γ_{11}	−0,20
Φ	φ_1	−0,37		γ_{12}	0,08
	φ_2	−0,12		γ_{13}	0,39
	φ_3	0,20	Ψ	ψ_1	0,51
	φ_4	0,39		ψ_2	0,57
	φ_5	0,09		ψ_3	0,32
	φ_6	−0,12		ψ_4	0,46

Testerfahrung kaum einen Einfluß auf testbedingte Produktänderungen (η_4), weil dem direkten negativen Effekt (β_3 = -0,67) indirekte positive Effekte entgegenstehen und einen Gesamteffekt weitgehend unterdrücken (Totaleffekt von η_1 auf η_4 = 0,16). Die organisationstheoretische Hypothese zur Testerfahrung wird damit nur in Bezug auf die Produktentwicklung und die Qualitätskontrolle durch die Daten klar gestützt, kaum jedoch in Bezug auf testbedingte Produktänderungen. Offenbar führen zunehmende Testerfahrungen zu einer verstärkten Berücksichtigung des Warentests in solchen produktpolitischen Handlungen, die sich programmieren oder planen lassen. Dies trifft für die Produktentwicklung und die Qualitätskontrolle häufig in sehr viel höherem Maß zu als für solche Produktänderungen, deren Notwendigkeit erst von

Testergebnissen angezeigt wird und die daher kaum von vornherein zu planen oder zu programmieren sind.

Hinsichtlich der Organisationsgröße bestätigt sich der erwartete positive Einfluß auf die Testerfahrung der Unternehmung (γ_1 = 0,70). Die Organisationsgröße wirkt sich darüber hinaus auf die Berücksichtigung von Prüfkriterien der Stiftung Warentest in der Produktentwicklung (η_2) und der Qualitätskontrolle (η_3) so aus, wie es durch den organisationstheoretischen Erklärungsansatz postuliert worden ist; denn sie entfaltet in beiden Fällen über die Testerfahrung und den produktpolitischen Wirkungsverbund indirekte positive Effekte, welche die direkten negativen Effekte γ_2 und γ_3 bei weitem überkompensieren (Totaleffekt von ξ_1 auf η_2 = 0,27; Totaleffekt von ξ_1 auf η_3 = 0,44). Diese Diskrepanz zwischen dem direkten und dem indirekten Effekt deutet darauf hin, daß Großunternehmen erst dann Testanforderungen in der Produktentwicklung und der Qualitätskontrolle Rechnung tragen, wenn ihre Produkte oft in Warentests einbezogen werden. Die STIFTUNG WARENTEST vermag also durch eine häufige Berücksichtigung von Produkten bestimmter Hersteller diese zu testgerechter Produktentwicklung und Qualitätskontrolle zu "erziehen". Entgegen der Erwartung hat die Organisationsgrösse jedoch keinen nennenswerten Einfluß auf die Verwendung von Testergebnissen zu Produktänderungen (η_4; Totaleffekt von ξ_1 auf η_4 = -0,11). Damit wirken sich die Organisationsgröße und die Testerfahrung der Unternehmung in den untersuchten Branchen in letztendlich ähnlicher Weise auf die Berücksichtigung von Warentests in der Produktpolitik aus: Je größer Unternehmen sind bzw. je größer ihre Testerfahrung ist, umso eher beziehen diese Unternehmen Warentests in standardisierbare Aktivitäten der Produktpolitik ein. Dazu zählen die Produktentwicklung und die Qualitätskontrolle, kaum jedoch Produktänderungsaktivitäten aufgrund von Testergebnissen.

Wahrgenommene testbezogene Umsatzrisiken (ξ_2) entfalten nur teilweise Wirkungen, die mit den vermuteten Wirkungen übereinstimmen. Sie wirken sich zwar positiv auf die Berücksich-

Tabelle 6: Totaleffekte der organisationstheoretischen Determinanten auf die produktpolitischen Warentestwirkungen

Testwirkungen / Determinanten	Produktentwicklung mit Testkriterien (η_2)	Qualitätskontrolle mit Testkriterien (η_3)	Produktänderungen nach Testergebnissen (η_4)
Testerfahrung (η_1)	0,73	0,95	0,16
Organisationsgröße (ξ_1)	0,27	0,44	-0,11
wahrgenommenes Umsatzrisiko (ξ_2)	0,44	0,33	0,06
wahrgenommene Umsatzchance (ξ_3)	-0,10	-0,09	0,00
Konkurrenzintensität (ξ_4)	-0,20	0,06	0,24

tigung von Prüfkriterien der STIFTUNG WARENTEST in der Produktentwicklung (η_2) und der Qualitätskontrolle (η_3) aus (γ_5 = 0,44; γ_6 = 0,29; Totaleffekt von ξ_2 auf η_3 = 0,33). Eine Wirkung auf die Verwendung von Testergebnissen zu Produktänderungen ergibt sich jedoch nicht, da dem direkten negativen Effekt (γ_7 = -0,39) indirekte positive Effekte neutralisierend gegenüberstehen (Totaleffekt von ξ_2 auf η_4 = 0,06). Damit stützen die Daten die entsprechende organisationstheoretische Erwartung lediglich in Bezug auf die Berücksichtigung von Testkriterien in der Produktentwicklung und der Qualitätskontrolle. Diese Aktivitäten lassen sich demnach als Maßnahmen warentestbezogener Risikoreduktion interpretieren. Der Beitrag wahrgenommener Risiken zur Erklärung testbedingter Produktänderungen ist demgegenüber zu vernachlässigen. Dies ist vermutlich darauf zurückzuführen, daß testbedingte Produktänderungen immer nur an bereits veröffentlichte negative Testergebnisse anschließen können und sich daher als Maßnahmen zur Vermeidung negativer Testergebnisse oder zur Reduktion der mit ihnen meist verbundenen Umsatzrückgänge kaum eignen. Dagegen kann eine Berücksichtigung von Testkriterien bereits im Stadium der Produktentwicklung oder in der Qualitätskontrolle die Herstellung eines den Testanforderungen zumindest weitgehend entsprechenden Produkts sicherstellen und auf diese Weise einem Erhalt negativer Testergebnisse und den daraus folgenden Umsatzrückgängen vorbeugen.

Im Gegensatz zu wahrgenommenen Umsatzrisiken haben wahrgenommene testbezogene Umsatzchancen (ξ_3) keinen nennenswerten Einfluß auf die produktpolitischen Aktionsparameter, in deren Gestaltung Warentests einbezogen werden. Dies gilt sowohl für die direkten als auch für die indirekten Effekte. Damit muß ihre Erklärungsrelevanz in Bezug auf produktpolitische Wirkungstatbestände innerhalb des Kausalmodells als unzureichend angesehen werden.

Im Gegensatz zur Organisationsgröße, Testerfahrung und zu wahrgenommenen testbedingten Umsatzrisiken entfaltet die Konkurrenzintensität (ξ_4) eine gegensinnige Wirkung auf die Berücksichtigung von Testkriterien in der Produktentwicklung (η_2; γ_{11} = 0,20), jedoch weder direkt noch indirekt eine Wirkung auf die Berücksichtigung von Testkriterien in der Qualitätskontrolle (η_3). Ferner hat sie einen direkten positiven Einfluß auf die Verwendung von Testergebnissen zu Produktänderungen (η_4; γ_{13} = 0,39), der allerdings durch gegenläufige indirekte Effekte etwas abgeschwächt wird (Totaleffekt von ξ_4 auf η_4 = 0,24). Damit bezieht sich die Erklärungsleistung der entsprechenden organisationstheoretischen Annahme auf die testkriterienorientierte Produktentwicklung sowie auf den Beitrag von Testergebnissen zu Produktänderungen. Solche Produktänderungen sind offenbar umso eher erforderlich, je größer die Konkurrenzintensität ist, der sich die Unternehmen gegenübersehen. Der Grund dafür liegt vermutlich darin, daß eine hohe Konkurrenzintensität den Zwang zu kurzfristigem und reaktivem Anpassungsverhalten der Unternehmen vergrößert. Solchem Anpassungsverhalten können zwar testbedingte Produktänderungen dienen, weit weniger aber testorientierte Maßnahmen der Produktentwicklung und Qualitätskontrolle, die überwiegend strategischen und damit langfristigen Charakter haben (wofür der negative Einfluß der Konkurrenzintensität auf die testorientierte Produktentwicklung ein zusätzliches Indiz ist).

Faßt man die wichtigsten Ergebnisse zusammen, so läßt sich festhalten, daß die Berücksichtigung von Prüfkriterien der STIFTUNG WARENTEST im Rahmen von Produktentwicklung und Qualitätskontrolle von der Testerfahrung der Unternehmung, der Organisationsgröße und dem wahrgenommenen testbezogenen Umsatzrisiko jeweils in positiver Richtung, von der Konkurrenzintensität jedoch in negativer Richtung beeinflußt wird, und daß die Verwendung von Testergebnissen zu Produktänderungen umso eher zu erwarten ist, je größer die wahrgenommene Konkurrenzintensität ist.

Sofern die Umweltverträglichkeit von Gütern als weiteres Prüfkriterium in Warentests aufgenommen und im Qualitäts-Gesamturteil hoch gewichtet wird, erscheint die Prognose möglich, daß Umweltaspekte umso eher in die Produktentwicklung und die Qualitätskontrolle der befragten Industrieunternehmen aufgenommen werden dürften, je größer die Testerfahrung und je größer die Unternehmen selbst sind, ferner je höher das wahrgenommene testbezogene Umsatzrisiko und je geringer die Konkurrenzintensität sind. Produktänderungen nach Maßgabe umweltorientierter Testergebnisse werden dagegen umso eher zu erwarten sein, je größer die Konkurrenzintensität ist.

Das Kausalmodell ist in umweltpolitischer Hinsicht jedoch nicht nur prognostisch, sondern auch technologisch von Bedeutung. Abgesehen davon, daß es durch die Daten mindestens tendenziell gestützt wird, enthält es nämlich solche Kausalfaktoren, die von der STIFTUNG WARENTEST manipulierbar sind und direkt oder indirekt auf die produktpolitischen Aktivitäten der Industrieunternehmen wirken, die Ziele umweltpolitischen Handelns darstellen können (vgl. Schmidt 1977, S. 291f.). Wie nämlich der Einfluß der Testerfahrung auf die produktpolitischen Effekte der Warentests zeigt, kann die STIFTUNG WARENTEST Industrieunternehmen dadurch zur Übernahme ihrer Prüfkriterien in die Produktentwicklung und die Qualitätskontrolle bewegen, indem sie Produkte dieser Unternehmen häufig testet. Dies begründet die Vermutung, daß die STIFTUNG WARENTEST künftig auch die Übernahme umweltorientierter Prüfkriterien in die Produktentwicklung und die Qualitätskontrolle der Unternehmen auf diesem Wege - etwa durch häufige Wiederholungstests - veranlassen und damit zugleich entscheidende Impulse für die Erstellung eines umweltfreundlichen Produktangebots liefern kann. Die STIFTUNG WARENTEST wird jedoch damit rechnen müssen, daß sie diesen Effekt nicht in jeder Situation in gleicher Weise erzielen kann. Bei kleineren Unternehmen, hohem wahrgenommenen Umsatzrisiko sowie geringer Konkurrenzintensität ist die unternehmerische Bereitschaft zur Übernahme von Testkriterien in die Produktentwicklung und die Qualitätskontrolle - den Ergebnissen der Kausalanalyse zufolge - stärker ausgeprägt als im Falle der Großunternehmen, bei geringem wahrgenommenen Umsatzrisiko und bei hoher Konkurrenzintensität. Dieser Situationsabhängigkeit der umweltpolitischen Testwirkungen muß die aktuelle Politik der STIFTUNG WARENTEST Rechnung tragen.

Damit sind keineswegs alle relevanten Einflußfaktoren beschrieben, die sich auf die Bereitschaft der Industrieunternehmen zur produktpolitischen Berücksichtigung umweltorientierter Testanforderungen auswirken können. Neben den im Kausalmodell enthaltenen Einflußgrößen dürften auch z.B. bestimmte Unternehmensziele, Aspekte der unternehmerischen Einstellung gegenüber der STIFTUNG WARENTEST, die Branchenzugehörigkeit der Industrieunternehmen sowie das Ausmaß der Gegenmacht des Handels Konsequenzen für den Einbezug umweltpolitischer Testanforderungen in die Produktpolitik haben, was die Ergebnisse andernorts präsentierter Kausalanalysen vermuten lassen (Fritz 1984a, S.346-363/405-415). Von besonderer Bedeutung erscheint dabei ein Befund, nach dem die Berücksichtigung von Testkriterien in der Produktentwicklung umso eher erfolgt, je mehr die Industrieunternehmen die von der STIFTUNG WARENTEST angewendeten Prüf- und Meßverfahren für praxisgerecht halten (Fritz 1984a, S.360). Dies bedeutet, daß die neuen Testkriterien der Umweltverträglichkeit möglichst praxisnah, d.h. in Kooperation mit Industrie- und Handelsunternehmen, Konsumenten und Umweltexperten entwikkelt werden sollten. Eine solche kooperative Entwicklung umweltpolitischer Testanforderungen ist umso dringlicher, als bereits die bisherigen verbraucherpolitischen Testanforderungen den realen Verbraucherbedürfnissen manchmal nicht ausreichend Rechnung tragen, was die möglichen Positivwirkungen des Warentests von vornherein begrenzt (Silberer et al. 1984c, S.208-213).

5. UMWELTPOLITISCHE SCHLUSSFOLGERUNGEN

Die dargestellten Untersuchungsergebnisse sprechen dafür, daß der vergleichende Warentest ein großes Wirkungspotential beinhaltet, das zur Förderung der Produktion und Distribution umweltfreundlicher Güter genutzt werden kann, wenn die Bewertung der Umweltverträglichkeit der Güter mit der Beurteilung des Gebrauchsnutzens verbunden und in einem Qualitäts-Gesamturteil hoch gewichtet wird. Der vergleichende Warentest stellt daher ein durchaus relevantes Instrument der Umweltpolitik bzw. der Umweltinformationspolitik dar.

Die Untersuchungsergebnisse haben aber auch verdeutlicht, daß die Wirkungen vergleichender Warentests auf die Produkpolitik von Industrieunternehmen von einer Reihe von Einflußfaktoren verstärkt oder abgeschwächt werden können. Daher dürfte auch der umweltpolitische Erfolg des Warentests je nach Situation, in der sich die Unternehmen befinden, unterschiedlich ausfallen. Aus diesem Grunde, d.h. wegen seiner stark situationsabhängigen Wirkung, kommt der vergleichende Warentest kaum als Alternative für generelle Lösungen umweltpolitischer Probleme in Betracht, etwa als Alternative zu Auflagen, Verboten, Abgaben oder Subventionen (vgl. Bonus 1981; Hansmeyer 1984; Siebert 1976). Er erscheint jedoch als ergänzende Maßnahme sinnvoll, die beispielsweise die Umweltverträglichkeit mancher Güter auch über gesetzliche Vorschriften hinaus fördern könnte.

Dazu ein Beispiel: Im Waschmitteltest der STIFTUNG WARENTEST vom Januar 1985 ("test" Heft 1/1985, S.32-36) wurde bei der Qaulitätsprüfung auch die Umweltverträglichkeit der Waschmittel anhand der Phosphatbelastung des Abwassers festgestellt. Wie sich zeigte, blieb die Phosphatbelastung im Falle aller 16 getesteten Waschmittel unter den 0,80 Gramm pro Liter Abwasser, die von der Phosphathöchstmengenverordnung als Höchstwert noch zugelassen werden. Einige der getesteten Waschmittel blieben jedoch noch deutlich unter diesem Wert (bis zu 0,63 g/l), ohne daß dies im Testurteil berücksichtigt worden wäre. Daher erzielten sowohl Waschmittel mit 80 g/l Phosphatbelastung als auch solche mit nur 0,64 g/l Belastung das gleiche Qualitätsurteil ("gut"). Wäre die unterschiedliche Umweltbelastung der einzelnen Waschmittel auch im Testergebnis angemessen zum Ausdruck gekommen, so hätte die STIFTUNG WARENTEST dadurch einen größeren Anreiz geschaffen, Waschmittel noch umweltfreundlicher herzustellen als es von der Phosphathöchstmengenverordnung verlangt wird. Daß dies offensichtlich möglich ist, zeigt die Tatsache, daß die Waschmittelindustrie inzwischen eine ganze Reihe phosphatfreier Waschmittel - auch ohne einen Anstoß seitens der STIFTUNG WARENTEST - auf den Markt gebracht hat.

Der vergleichende Warentest dürfte darüber hinaus auch in jenen Bereichen künftig von umweltpolitischem Nutzen sein, in denen z.B. Auflagen, Abgaben oder Subventionen als umweltpolitische Instrumente weniger in Betracht kommen. Zu denken wäre dabei etwa an einen hohen Energie- und/oder Wasserverbrauch von Elektro-Haushaltsgeräten, eine von Gartengeräten ausgehende Lärmbelästigung oder an wenig ökologiegerechte Verpackungen. Derartigen Aspekten der Umweltbelastung können vergleichende Warentests durchaus entgegenwirken.

Ein umweltorientierter Warentest könnte nicht zuletzt auch wichtige Impulse für ein ökologisches Marketing der Unternehmen liefern (vgl. Raffée, Wiedmann & Abel 1983, S.739-764; Hasitschka 1984); denn er beinhaltet prinzipiell ein hohes Gratifikationspotential für Marketingmaßnahmen, die zur Lösung von Umweltproblemen beitragen. Angesichts der hohen Umsatzwirkungen des Warentests liegt eine stärkere Umweltorientierung des Marketings künftig durchaus im Interesse der Unternehmen selbst.

Eine volle Wirksamkeit des vergleichenden Warentests ist jedoch auch in umweltpolitischer Hinsicht erst dann möglich, wenn jene, andernorts dargestellten Probleme der Warentestpraxis beseitigt sind, die bereits das verbraucherpolitische Wirkungspotential nicht zur vollen Entfaltung kommen lassen (Fritz et al. 1984a, S.98-114). Zu diesen Problemen zählt z.B. die überwiegend nur geringe Aktualität der Testergebnisse, durch die die Einführung neuer und u.U. umweltfreundlicherer Produkte verzögert wird (Fritz et al. 1984a, S.107-109). Erst auf der Basis einer verbesserten Testpraxis kann der vergleichende Warentest sein Wirkungspotential nicht nur als verbraucher- und wettbewerbspolitisches, sondern auch als umweltpolitisches Instrument zur vollen Geltung bringen.

6. LITERATUR

Bagozzi, R.P. (1980): Causal models in marketing, New York: Wiley.

Bonus, H. (1981): Wettbewerbspolitische Implikationen umweltpolitischer Instrumente, in: H.Gutzler (Hrsg.): Umweltpolitik und Wettbewerb, Baden-Baden: Nomos, 103-121.

Cyert, R.M.; March, J.G. (1963): A behavioral theory of the firm, Englewood cliffs, N.J.: Prentice-Hall.

Förster, F.; Fritz, W.; Silberer, G.; Raffée, H. (1984): Der LISREL-Ansatz der Kausalanalyse und seine Bedeutung für die Marketing-Forschung, Zeitschrift für Betriebswirtschaft, 54, 346-367.

Friderichs, H. (1975): Verbraucherpolitik oder Politik für den Verbraucher? In: Jahresbericht 1974, Berlin: Stiftung Warentest, 3-9.

Friderichs, H. (1982): Gesamtwirtschaftliche Aspekte zur Funktion der Stiftung Warentest, in: Stiftung Warentest (Hrsg.): Erwartungen an die Arbeit der Stiftung Warentest in den 80er Jahren, Berlin: Stiftung Warentest, 16-24.

Fritz, W. (1984a): Warentest und Konsumgüter-Marketing, Wiesbaden: Gabler.

Fritz, W. (1984b): Der vergleichende Warentest als Herausforderung für das strategische Marketing von Industrieunternehmen, Arbeitspapier Nr. 27 des Instituts für Marketing, Universität Mannheim (auch in: Zeitschrift für betriebswirtschaftliche Forschung 37 (3/1985), 232-249).

Fritz, W. (1984c): Die Idee des theoretischen Pluralismus und ihre Verwirklichung im Rahmen empirischer betriebswirtschaftlicher Forschung, Arbeitspapier der Forschungsgruppe Konsumenteninformation, Universität Mannheim (auch: Die Betriebswirtschaft, DBW-Depot-85-2-2).

Fritz, W.; Hilger, H.; Raffée, H.; Silberer, G.; Förster, F. (1984a): Testnutzung und Testwirkungen im Bereich der Konsumgüterindustrie, in: H.Raffée & G.Silberer (Hrsg.): Warentest und Unternehmen, Frankfurt/M.-New York: Campus, 27-114.

Fritz, W.; Hilger, H.; Raffée, H.; Silberer, G.; Förster, F. (1984b): Die Beurteilung der Stiftung Warentest aus der Sicht von Industrie und Handel, in: H.Raffée & G.Silberer (Hrsg.): Warentest und Unternehmen, Frankfurt/M.-New York: Campus, 201-227.

Hart, D.; Silberer, G. (1983): Werbung mit Testergebnissen

der Stiftung Warentest, in: Gewerblicher Rechtsschutz und Urheberrecht, Heft 12, 691-702.

Hansmeyer, K.-H. (1984): Umweltschutz im Betrieb, in: E. Grochla & W.Wittmann (Hrsg.): Handwörterbuch der Betriebswirtschaft, 4. Aufl., Stuttgart: Poeschel, 4026-4035.

Hasitschka, W. (1984): Ökologisches Marketing, in: Marketing -Zeitschrift für Forschung und Praxis, 6, 245-254.

Hildebrandt, L. (1983a): Kausalmodelle in der Konsumverhaltensforschung, in: M.Irle (Hrsg.): Handbuch der Psychologie, Bd.12, 2.Halbband: Methoden und Anwendungen in der Marktpsychologie, Göttingen: Hogrefe, 271-339.

Hildebrandt, L. (1983b): Konfirmatorische Analysen von Modellen des Konsumverhaltens, Berlin: Duncker & Humblot.

Hilger, H.; Fritz, W.; Silberer, G.; Raffée, H.; Förster, F. (1984): Testnutzung und Testwirkungen im Bereich des Konsumgüterhandels, in: H.Raffée & G.Silberer (Hrsg.): Warentest und Unternehmen, Frankfurt/M.-New York: Campus, 115-200.

Jöreskog, K.G.; Sörbom, D. (1981): LISREL V: Analysis of linear structural relationships by maximum likelihood and least squares methods, Research Report 81-8, University of Uppsala, Department of Statistics, Uppsala, Sweden.

Jöreskog, K.G.; Sörbom, D. (1983): LISREL VI - Supplement to the LISREL V manual, Research Report, University of Uppsala, Department of Statistics, Uppsala, Sweden.

Kaas, K.P.; Tölle, K. (1981): Der Einfluß von Warentestinformationen auf das Informationsverhalten von Konsumenten, in: Zeitschrift für Verbraucherpolitik, 5, 293-309.

Kieser, A.; Kubicek, H. (1976): Organisation, Berlin-New York: de Gruyter.

Neumann, L. (1981): Die verbraucherpolitische Perspektive von Wettbewerbspolitik, in: J.Cox, U.Jens & K.Markert (Hrsg.): Handbuch des Wettbewerbs, München: Vahlen, 149-168.

Raffée, H.; Fritz, W. (1984a): Wirkungen vergleichender Warentests in Industrie und Handel, in: Jahrbuch der Absatz- und Verbrauchsforschung, 30, 303-318.

Raffée, H.; Fritz, W. (1984b): The effects of comparative product testing on industry and trade: Findings of a research project, in: Journal of Consumer Policy, 7, 423-437.

Raffée, H.; Fritz, W. (1984c): Mittelständische Industrie:

Nachteile durch Warentestpraxis, in: Mittelstandsmagazin, Heft 9, 14-16.

Raffée, H.; Fritz, W. (1986): Wettbewerbs- und verbraucherpolitische Konsequenzen vergleichender Warentests, in: N.Horn & H.Piepenbrock (Hrsg.): Vergleichender Warentest, Landsberg am Lech: Verlag Moderne Industrie, 37-65.

Raffée, H.; Wiedmann, K.-P.; Apel, B. (1983): Sozio-Marketing, in: M.Irle (Hrsg.): Handbuch der Psychologie, Bd. 12, 2.Halbband: Methoden und Anwendungen in der Marktpsychologie, Göttingen u.a.: Hogrefe, 675-768.

Schachtschabel, H.G. (1976): Wirtschaftspolitische Konzeptionen, 3. Aufl., Stuttgart: Kohlhammer.

Schmidt, P. (1977): Zur praktischen Anwendung von Theorien: Grundlagenprobleme und Anwendung auf die Hochschuldidaktik, Dissertation, Universität Mannheim.

Schmidt, P. (1983): LISREL V - Ein Programm zur Analyse komplexer Kausalstrukturen bei experimentellen und nichtexperimentellen Forschungsdesigns, in: H.Wilke et al. (Hrsg.): Statistik-Software in der Sozialforschung, Berlin: Quorum, 103-153.

Siebert, H. (1976): Analyse der Instrumente der Umweltpolitik, Göttingen.

Silberer, G. (1979a): Warentest - Informationsmarketing - Verbraucherverhalten, Berlin: Nicolai.

Silberer, G. (1979b): Ansatzpunkte und Probleme einer Erfolgsbeurteilung beim neutralen Gütertest, in: Zeitschrift für Verbraucherpolitik, 3, 110-126.

Silberer, G. (1985a): Beurteilung, Nutzung und Wirkungen von Ergebnissen vergleichender Warentests im Konsumentenbereich, in: Jahrbuch der Absatz- und Verbrauchsforschung, 31, 49-73.

Silberer, G. (1985b): The impact of comparative product testing upon consumers: Selected findings of a research project, in: Journal of Consumer Policy, 8, 1-27.

Silberer, G. (1985c): Non-use Benefits des vergleichenden Warentests angesichts seiner Wirkungen im Hersteller-, Händler und Konsumentenbereich, in: Marketing-Zeitschrift für Forschung und Praxis, 7, 39-46.

Silberer, G.; Fritz, W.; Hilger, H.; Raffée, H. (1981): Zur Nutzung von Gütertestinformationen beim Kauf verschiedener Konsumgüter, in: H.Raffée & G.Silberer (Hrsg.): Informationsverhalten des Konsumenten, Wiesbaden: Gabler, 283-312.

Silberer, G.; Förster, F.; Raffée, H.; Fritz, W.; Hilger, H. (1984a): Kontakte mit Testergebnissen der Stiftung Warentest und deren Verwendung im Konsumentenbereich, in: G.Silberer & H.Raffée (Hrsg.): Warentest und Konsument, Frankfurt/M.-New York: Campus, 25-106.

Silberer, G.; Förster, F.; Raffée, H.; Fritz, W.; Hilger, H. (1984b): Erfolgsrelevante Wirkungen vergleichender Warentestergebnisse auf Kaufentscheidungen der Konsumenten, in: G.Silberer & H.Raffée (Hrsg.): Warentest und Konsument, Frankfurt/M.-New York: Campus, 107-161.

Silberer, G.; Raffée, H.; Fritz, W.; Schwetz, U. (1984c): Die Beurteilung von Testergebnissen und Testkriterien der Stiftung Warentest durch die Verbraucher, in: G. Silberer & H.Raffée (Hrsg.): Warentest und Konsument, Frankfurt/M.-New York: Campus, 187-216.

Specht, G.; Hübner, J. (1982): Die Nutzung von Informationen der Stiftung Warentest in Facheinzelhandlungen, in: U. Hansen, B.Stauss & M.Riemer (Hrsg.): Marketing und Verbraucherpolitik, Stuttgart: Poeschel, 390-399.

Tölle, K. (1983): Das Informationsverhalten der Konsumenten, Frankfurt/M.-New York: Campus.

Winch, R.F.; Campbell, D.T. (1969): Proof? No. Evidence? Yes. The significance of tests of significance, in: The American Sociologist, 4, 140-143.

[6]

Lutz Hildebrandt

Energieberatung und die Bereitschaft zur Durchführung von Energiesparmaßnahmen

Im Mittelpunkt dieses Beitrags steht die Energieberatung von Verbrauchsorganisationen als Teil umweltpolitischer Maßnahmen. Anhand einer empirischen Studie zu den Beratungserfolgen verschiedener Institutionen wird ein Kausalmodell zu den Verhaltensbereitschaften bei unterschiedlichen Maßnahmen und unterschiedlichen Rahmenbedingungen geschätzt. Die Analyse erfolgt als Zweigruppen-Vergleich zwischen beratenen und nicht beratenen Haushalten.

Dieser Beitrag beruht auf den Daten einer Studie zu Energiesparmaßnahmen auf kommunaler Ebene, die der Autor zusammen mit Prof. B. Joerges, Wissenschaftszentrum Berlin, durchgeführt hat.

1. PROBLEMSTELLUNG

Aufgrund der Energiekrisen in den 70iger Jahren wurde von der damaligen Bundesregierung ein umfangreiches Programm zur Einsparung von Energie verabschiedet (vgl. z.B. ModEng, 1978). Es enthält u.a. ein Bündel von finanziellen Maßnahmen zur Förderung von Wärmeisolation und gerätetechnischnen Investitionen in privaten Haushalten. Die Maßnahmen hatten das Ziel, den Energieverbrauch dieses Sektors, der bei über 40% des Gesamtenergieverbrauchs der Bundesrepublik liegt, zu vermindern. Das finanzielle Programm war verbunden mit einem umfangreichen Informations- und Beratungsprogramm, das die Bürger über die Vorteile von Einzelmaßnahmen der Förderung bei Energiesparinvestitionen aufklären sollte.

Die finanziellen Förderungsmaßnahmen des Energieprogramms wurden nach 1982 bis auf wenige Ausnahmen nicht fortgeschrieben. Diese Entwicklung ist u.a. auf die veränderte Problemlage durch Verfall der Primärenergiepreise und der zunehmenden Bedeutung von Konjunktur- und Beschäftigungspolitik bei steigender Arbeitslosigkeit zurückzuführen. Einige Maßnahmen des Energieprogramms wurden aufgrund der verstärkt auftretenden Umweltprobleme als Teil der Umweltpolitik weiter gefördert so etwa der Einsatz neuer Technologien wie Sonnenkollektoren und die Nutzung regenerierbarer Energie im Haushalt.

Da Energiewissen und Energiebewußtsein eng mit dem Umweltbewußtsein zusammenhängen (vgl. z.B. Garnreiter et al. 1983), wurde auch das Informationsprogramm zu Einzelmaßnahmen in den Haushalten, das sich der Verbraucherorganisationen und deren Medien als Informationsträger bediente, weiter gefördert.

Bislang ist allerdings wenig über die Verhaltenswirkungen der Energie-Informationsprogramme der Verbraucherorganisationen bei den privaten Haushalten bekannt. Weiter liegen keine Informationen über die Beratungserfolge der Energieversorgungsträger selbst vor, die mit den Energieeinsparrungsbemühungen der Verbraucherorganisation konkurrieren. Erste Ergebnisse, die sich aber primär auf die Maßnahmen des Energiesparprogramms von 1978 beziehen, liefert eine Untersuchung des Ifo-Institutes (vgl. Scholz & Ramner (1982). Hier wird die Primärenergieeinsparung durch die Beratungs- und Informationsprogramme auf etwa 1% geschätzt. Qualitativ untersucht wurden daneben die Erfolge unterschiedlicher Organisationen im energiepolitischen Bereich (vgl. Hildebrandt & Joerges 1985), die Beratungs- und Verhaltenseffekte unterschiedlicher Beratungsorganisationen sowie die Bewertung der Beratungsträger durch die beratenden Haushalte (vgl. Hildebrandt & Joerges 1985 und 1987).

Trotz der nachgewiesenen Erfolge bleibt bei diesen Untersuchungen jedoch unklar, ob die Nutzung der im Programm geförderten Beratung nicht bereits ein verstärktes Energiebewußtsein und -verhalten voraussetzen oder ob erst durch die Beratungsinformation ein relevantes Energiesparverhalten erzeugt wird. Weiter ist kaum geklärt wie soziale Faktoren, die finanzielle Ausstattung der Haushalte und die Energiekosten mit der Wirkung von Beratungsleistungen interagieren. Diese Fragestellungen stehen im Mittelpunkt der folgenden Untersuchung.

Die Studie beruht auf Daten einer empirischen Untersuchung, die vor dem extremen Energiepreisverfall 1984 durchgeführt wurde. Der zugrundeliegende Forschungsansatz und die theoretischen Vorüberlegungen sind hinreichend dokumentiert (vgl. Hildebrandt & Joerges 1987). Die theoretische Diskussion beschränkt sich daher auf Befunde, die bisher zur Wirkung von Energieberatungsleistungen vorliegen. Die anschließende Datenanalyse versucht die Effekte der Energieberatung unter Berücksichtigung von relevanten Drittvariablen auf das Verhalten privater Haushalte zu erklären. In einem multivariaten Kausalmodell werden Einflußgrößen auf die Bereitschaft zur Durchführung von Energiesparmaßnahmen unterschiedlicher Intensität und Kosten bei beratenen und nicht-beratenen Haushalten getestet. Die Analyse erfolgt in Form eine Zwei-

Gruppen Vergleichs. Neben den Beratungsleistungen werden in den Kausalmodellen die sozio-ökonomische Position und die Kosten des Energieverbrauchs (gemessen durch mehrere Indikatoren) berücksichtigt. Das Modell dient zur Schätzung der Wirkung dieser Einflußgrößen auf die Verhaltensbereitschaft zur Durchführung unterschiedlich intensiver Energiesparmaßnahmen bei staatlicher finanzieller Hilfe.

2. THEORETISCHE GRUNDLAGE

Die Untersuchung beruht auf der grundlegenden Annahme, daß die Beratung der Haushalte bei Fragen der Energieeinsparung auch zur Durchführung von Maßnahmen zur Energieeinsparung führt. Weiter wird erwartet, daß beratene Haushalte eher eine Bereitschaft zeigen, Maßnahmen, deren fianziellen Konsequenzen bedeutender sind, durchzuführen als nicht-beratene Haushalte. Inwieweit die Bereitschaft zur Durchführung größerer Energiesparinvestitionen schon vor der Beratung vorlag , und welches die Motive für die Beratung waren, kann aber im Rahmen dieser Studie, die auf Querschnittsdaten beruht, nicht untersucht werden. Frühere Ergebnisse zu den durchgeführten Energiesparmaßnahmen zeigen aber, daß, gemessen an der Anzahl der Investitionen, beratene Haushalte relative mehr Maßnahmen durchführen als nicht beratene Haushalte (vgl. Joerges & Hildebrandt 1985).

Zum Informationserfolg von Programmen der Verbraucherorganisationen bei der Energieeinsparung liegen unterschiedliche Ergebnisse vor. Breit gestreute Informationen, wie sie etwa die Stiftung Warentest bereitstellt, führt im allgemeinen zu einer Verbesserung des Energiebewußtseins im Haushalt. Spezifische Verhaltenswirkungen allein auf eine positive Einstellung zum Energiesparen zurückzuführen, ist bislang allerdings nur in wenigen Studien gelungen (vgl. z.B. Seligman et al.1978). Im allgemeinen werden nur schwache Beziehungen zwischen Energieeinstellungen und dem tatsächlichen Energiekonsum bzw. relevanten Energiesparhandlungen nachgewiesen (vgl. Verhallen et al. 1981, McDougall et al.

al. 1981). Die geringe Prognosekraft dieser Variablen wurde vor allem methodologischen Problemen zugeschrieben, wie der mangelnden Übereinstimmung der Spezifität des Einstellungskonstrukts und der prognostizierten Verhaltensweise. Es herrscht aber Übereinstimmung darüber, daß die Einstellung eine wichtige Rolle als Moderatorvariable beim Durchführen von Energiesparhandlungen spielt. In mehrere Untersuchungen ließen sich Verbundeffekte zwischen Einstellungen, Verhaltensabsichten und finanziellen Maßnahmen (Erhöhung der Energiepreise oder finanzielle Unterstützung bei Energiesparmaßnahmen) nachweisen (Herberlein & Warriner 1983, Seligman et al. 1976).

Für die Beratung liegt im Gegensatz zu medialer Information zumeist eine andere Ausgangssituation zugrunde. Es kann in der überwiegenden Zahl der Fälle bereits von einer positiven Einstellung zum Energiesparen der Haushalte ausgegangen werden, wenn der Haushalt eine Beratung aufsucht. Der Informationsbedarf richtet sich dann auf die Beratung zur Lösung von haushaltsspezifischen Problemen der Energieeinsparung und einer Informationsabsicherung der Verhaltensbereitschaft. Die Beratung muß daher viel spezifischer sein und der Erfolg hängt davon ab, inwieweit die Beratung die speziellen Informationsbedürfnisse eines Haushalts befriedigt und inwieweit der Beratungsstelle Sachverstand und Expertise zugeschrieben wird (Hildebrandt & Joerges 1987).

Die Bereitschaft zur Durchführung von Energiesparmaßnahmen ist weiter von den Kontextbedingungen des Haushalts abhängig (Joerges & Olson 1983). Als wichtiger Faktor hat sich dabei die sozio-ökonomische Position ergeben (vgl. Ester 1984). Variablen wie Einkommen, Bildung und Berufsstand beeinflussen sowohl die Aufnahmen von Informationen als auch die Risikobereitschaft bei finanziellen Aufwendungen für Energiesparmaßnahmen.

Haushalte mit höherem sozialen Status zeigen im allgemeinen eine größere Bereitschaft zur Durchführung von Maßnahmen.

Eine besondere Rolle spielt dabei das Einkommen der Haushalte. Dies ist zum einen durch die geringeren finanziellen Auswirkungen auf das Haushaltsbudget zu begründen, zum anderen wird eine stärkere Aufgeschlossenheit für umweltbezogenes Handels beobachtet (vgl. Hildebrandt & Joerges 1985). Untersuchungen, die den Einkommenseffekt nachweisen, befassen sich vor allem mit den Auswirkungen von Energiepreissteigerungen bei sozial schwachen Haushalten (vgl. Leonhard-Barton & Rogers 1979, Dillmann et al. 1983). So konnte in mehreren Untersuchungen nachgewiesen werden, daß höhere Energiepreise bei Verbrauchern mit niedrigerem Einkommen eher zu einer Hinnahme von Lebensstil-Einschränkungen führte als zum Energiesparen, während Verbraucher mit höherem Einkommen den Preiseffekt durch Investitionen in energiesparende Maßnahmen - wie Wärmeisolierung oder technische Maßnahmen zur Verbesserung der Effizienz - aufzufangen versuchten. Ähnliche Ergebnisse finden sich auch bei Joerges (1979) und van Raaji & Eilander (1983). Beratungsleistungen sollten deshalb nicht nur im verbraucherpolitischen Sinn die Effizienz der Entscheidungen der Haushalte verbessern, sie sollen auch unter dem Gesichtspunkt der Energie- und Umweltpolitik zu Einspareffekten und Verhaltensänderungen führen.

3. HYPOTHESEN UND DATEN

Die folgende Studie geht von einer Ursache-Wirkungshierarchie zwischen Energieverbrauch bzw. den auf der Haushaltsseite entstehenden Energiekosten und der sozio-demographischen Position auf der einen Seite und Verhaltensbereitschaften zur Investition in Energiesparmaßnahmen auf der anderen Seite (der abhängigen Seite) aus. In früheren Studien konnten für die Programme, die eine Informationsleistung mit finanziellen Zuwendungen verbanden, generell bessere Ergebnisse nachgewiesen werden als bei finanziellen oder Informationsleistungen allein (vgl. Dholakia et al. 1983). Um die Maßnahmen des Energieprogramms angemessen zu berücksichtigen, wurden bei der Befragung die finanziellen Zuwendungen in der Frageformulierung für die Verhaltensbereitschaften bei Einzelmaßnahmen explizit mit genannt.

Die Studie baut dann auf drei Hypothesen auf:

H1: Die Bereitschaft zur Durchführung von Energiesparmaßnahmen ist bei beratenen Haushalten größer als bei nicht-beratenen Haushalten.

Insbesondere wird davon ausgegangen, daß die Beratung die Bereitschaft zur Durchführung von finanziell aufwendigen Maßnahmen erhöht und dieses von den Kosten bzw. der Menge der nachgefragten Energie pro Haushalt abhängig ist.

H2: Je größer die Energiekosten des Haushalts desto grösser die Bereitschaft zur Durchführung von Energiesparmaßnahmen

Als exogene Variable betrachtet das Modell die sozio-demographischen Position des Haushalts, wobei Einkommen, Bildung und Beruf als status-bildende Variablen angenommen werden.

H3: Je höher der sozio-ökonomische Status desto größer die Bereitschaft zur Durchführung von Energiesparmaßnahmen.

Für die abhängigen Variablen wurden sechs Ratingskalen verwendet, die die Bereitschaft zur Durchführung von Energiesparinvestitionen bei einem 25% Kostenzuschuß ermittelten. Der 25% Kostenzuschuß wurde gewählt, da zum einen die Maßnahmen des Energiegesetzes einen solchen Kostenzuschuß vorsahen, zum anderen wurde die Wirksamkeit der Zuschußpolitik öffentlich diskutiert und hatte einen hohen Bekanntheitsgrad in der Bevölkerung.

Es wurde zwischen drei Maßnahmenbündeln mit unterschiedlichen finanziellen Risiken unterschieden. Zwei der Ratings bezogen sich auf die Durchführung von relativ einfachen

Maßnahmen mit geringen Kosten, wie Türen und Fenster isolieren oder der Installation von Thermostaten an den Heizkörpern der Wohnung. Die kostenintensivereren Maßnahmen wurden nach Wärmedämmung und technischer Modernisierung unterschieden. Zwei der Items betrafen komplexere technische Maßnahmen, wie die Installation einer neuen Heizanlage oder einer neuen Warmwasserversorgung, die anderen Items die Durchführung von Isoliermaßnahmen wie den Einbau von Doppelfenstern und die Isolierung der Außenwände.

Als Indikator für die sozio-ökonomische Position diente ein additives Indexmaß aus Einkommen, Bildung und Beruf, die im Sample nach mehreren Gruppen erfaßt worden waren. Die Messung des Energieverbrauchs (als Kostenindikator) erfolgte dann jeweils direkt über die Jahreskosten für Heizung und Warmwasser und einen indirekten Indikator, der die Ausstattung des Haushaltes mit Elektrogeräten und die Anzahl der Personen verknüpfte.

Tabelle 1: Variablen in der Analyse

Abhängige Variablen	
y_1, y_2	Verhaltensbereitschaften zum Einbau von Thermostaten, zur Isolation von Fenstern
y_3, y_4	Verhaltensbereitschaften zur Außenwandisolierung, zur Fenstermodernisierung
y_5, y_6	Verhaltensbereitschaften zur Modernisierung der Heizanlage, zur Erneuerung der Warmwasserbereitung
Unabhängige Variablen	
x_1 - x_3	Kosten für Raumwärme/Jahr, Warmwasser/Jahr, Energieverbrauchsindikator (Anzahl der Geräte * Personen)
x_4	Sozialer Status als Index aus Einkommen, Bildung und Beruf

Aus der Studie von Hildebrandt & Joerges (1987) wurden die beiden Teilstichproben der beratenen und nicht-beratenen Haushalte (Stichprobenumfang 143 bzw. 150 Befragte) zur Analyse herangezogen. Die Datenerhebung für das Sample der beratenen Haushalte erfolgte auf der Basis von Adressenlisten der Energieberatungen. Das Vergleichssample der nicht-beratenen Haushalte stimmte hinsichtlich der sozio-demographischen Struktur in den wesentlichen Variablen mit dem Beratungssample überein. Da die Stichproben sehr klein waren und die Anzahl der Antwortverweigerungen nur unerhebliche Einflüsse hatte, wurde mit paarweiser Elimination gearbeitet, um die gesamte vorhandene Information auszuschöpfen.

4. EMPIRISCHER TEST DER HYPOTHESEN

Zur Überprüfung der ersten Hypothese wird zunächst der Frage nachgegangen, ob zwischen den beiden Teilstichproben signifikante Unterschiede in den Variablenausprägungen bestehen. Hierzu erfolgt ein Vergleich der Mittelwerte und ein Test der Mittelwertunterschiede über einen zweiseitigen t-Test. Die Mittelwerte und Standardabweichungen der Variablen und die Ergebnisse des Tests sind in Tabelle 2 wiedergegeben.

Die Testergebnisse weisen nur bei vier Variablen signifikante Mittelwertunterschiede nach. Das Sample der Beratenen ist hinsichtlich der sozioökonomischen Position etwas höher ausgeprägt als das Sample der Nichtberatenen. Die Anzahl der Geräte pro Haushalt und der Statusindex haben höhere Mittelwerte und der Test zeigt signifikante Unterschiede zwischen den beiden Samples. Auf der Ebene der Verhaltensbereitschaften ist die Bereitschaft zur Durchführung technischer Investitionen signifikant größer. Die Hypothese H1 muß aber für die anderen Variablen hinsichtlich der Mittelwerte zurückgewiesen werden.

Tabelle 2: Mittelwertvergleich der Stichproben

Variablen	Beratene H. Mittelwert (Standardabw.)	Nicht beratene H. Mittelwert (Standardabw.)	Test Sign.
x_1 Kosten für Raumwärme [1]	1.88 (1.17)	1.69 (.89)	ns
x_2 Kosten für Warmwasser [2]	1.91 (1.30)	1.79 (1.21)	ns
x_3 Geräte * Personen	2.81 (1.63)	2.49 (1.35)	.01
x_4 Sozialer Status	3.60 (1.28)	3.21 (1.17)	.01
Verhaltensbereitschaften:			
y_1 Fensterisolation	2.34 (.88)	2.36 (.85)	ns
y_2 Thermostate	2.23 (.86)	2.12 (.91)	ns
y_3 Fenstermodernisierung	2.23 (.92)	2.14 (.93)	ns
y_4 Außenwandisolation	2.04 (.86)	2.01 (.86)	ns
y_5 Heizanlage modernisieren	2.09 (.94)	1.71 (.75)	.001
y_6 Warmwasserbereitung	1.95 (.88)	1.71 (.75)	.05

1) in TDM   2) in DM/100

Da ansonsten keine signifikanten Mittelwertunterschiede zwischen den Stichproben nachzuweisen sind, wird ein expliziter Test des Kausalmodells mit Berücksichtigung der Mittelstrukturen bei den latenten Variablen nicht durchgeführt, sondern die Analyse auf die Parameterstrukturen der angenommenen Kausalbeziehungen beschränkt.

Zum Test des Kausalmodells wird das Programmpaket LISREL VI von Joereskog & Soerbom (1985) verwendet. Da es sich um die Analyse der Unterschiede zwischen zwei Stichproben handelt, d.h. der Wirkung einer Beeinflussung, erfolgt die Auswertung über den Vergleich der Parameterstrukturen zunächst für die Meßmodelle der Verhaltensbereitschaften zwischen den beiden Populationen. Für das Gesamt-Kausalmodell wird beim Vergleich sowohl qualitativ als auch über einen expliziten Test von Meß- und Kausalstruktur über die beiden Befragtengruppen vorgegangen.

Insgesamt werden drei Analyseschritte durchgeführt. Zunächst wird geprüft, ob die Faktorstruktur, unterschieden nach drei Maßnahmegruppen mit den Urteilen der befragten Haushalte übereinstimmt und ob sich die angenommene Struktur in den Daten wiederfindet. Dann wird überprüft, ob die Faktorstruktur in den beiden Testgruppen übereinstimmt, d.h. sie werden bei Konstanthaltung in einer Gruppe gegeneinander getestet. Im Blickpunkt steht dabei die Faktorinterkorrelation und das Muster der Faktorladungen. Im dritten Schritt erfolgt der Test und Vergleich der Parameter in der angenommenen Kausalstruktur, d.h. es werden die Hypothesen H2 und H3 explizit getestet.

4.1 Der Test der Meßstruktur

Zum Test der angenommenen Meßstruktur bei den Verhaltensbereitschaften wird in Anlehnung an die Kriterien von Campbell und Fiske (1959) zum Nachweis von Validität vorgegangen. Die Konstruktvalidität von Messungen gilt dann als gesichert, wenn zwei unterschiedliche Messungen des gleichen Konstrukts zu ähnlichen Ergebnissen führen, d.h. sie müssen miteinander kovariieren und wenn sich mehreren Messungen zugrundeliegenden Konstrukte aufgrund ihrer Kovarianzen hinreichend voneinander unterscheiden lassen. Die Kriterien von Campbell und Fiske sind über ein konfirmatorisches Faktormodell prüfbar (vgl. Bagozzi 1980; Hildebrandt 1984).

Das Pfadmodell der Faktorstruktur zum Test der Meßhypothesen für die Verhaltensintention ist in Abbildung 1 wiedergegeben. Es wird angenommen, daß sich die Maßnahmenbündel n_1: einfache Maßnahmen, n_2: Isolationsmaßnahmen, n_3: technische Modernisierungsmaßnahmen durch je zwei Indikatoren messen lassen und die Maßnahmen-Faktoren zwar miteinander korrelieren, aber statistisch geringer als eins. Völlige Unabhängigkeit kann nicht angenommen werden, da unterschiedliche Energiesparmaßnahmen häufig gleichzeitig durchgeführt werden bzw. in Haushalten meist eine generelle Bereitschaft zur Energieeinsparung vorliegt, die sich auf alle Maßnahmen auswirkt. Der Test bezieht sich deshalb darauf, zunächst zu prüfen, ob sich das angenommene Modell in den Daten wiederfindet und ob sich die Unterschiedlichkeit der Faktoren statistisch nachweisen läßt. Hierzu wurde eine Sequenz von genesteten Modellen getestet.

Abbildung 1: Das Faktormodell der Verhaltensbereitschaften

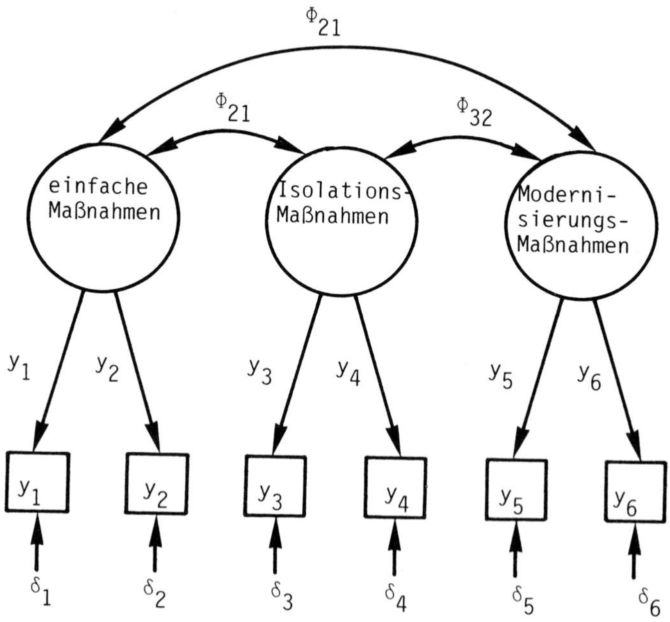

Die Struktur des Faktormodells mußte zunächst für beide Samples zurückgewiesen werden. Für die nicht-beratenen Haushalte ergab sich ein Chi^2 von 44.54 und für die beratenen Haushalte ein Chi^2 von 13. bei 6 Freiheitsgraden. Andere Fit-Indices des LISREL VI Programms ließen auch nicht auf eine angemessene Wiedergabe der Hypothesen durch die Daten schließen, geht man von den Ergebnissen in Bearden et al. (1982) für den Goodness of Fit (GFI, AGFI) aus. Der Test auf Diskriminanz der Faktoren (vgl. Tabelle 3) wies aber nach, daß für beide Samples das Interkorrelationsmuster zwischen den Faktoren mit Chi^2-Diff 34.11 und 16.0 bei 3 Freiheitsgraden signifikant von 1 verschieden war. Das ergibt sich aus dem Test der Differenzen des Chi^2-Werts für das restringierte und unrestringierte Faktormodell (Hypothesen I und II in Tabelle 3. Die Chi^2-Differenz ist ebenfalls Chi^2-verteilt und hochsignifikant. Allerdings sind die Unterschiede beim Modell für die beratenen Haushalte wesentlich geringer als bei den nicht-beratenen Haushalten.

Tabelle 3: Die Ergebnisse der Modelltests

Sample	Hypothesen	$Chi^2_{(df)}$	Chi^2-$Diff_{(df)}$
Nicht-beratene	I: $\Phi_{12} = \Phi_{23} = \Phi_{13} = 1$	$78.65_{(9)}$	I-II: $34.11_{(3)}$
	II: $\Phi_{12} \neq \Phi_{23} \neq \Phi_{13}$	$44.54_{(6)}$	II-III: $39.06_{(2)}$
	III: $\Phi_{12} \neq \Phi_{23} \neq \Phi_{13}$ $\Theta_{\delta 31} \neq \Theta_{\delta 52} \neq 0$	$5.48_{(4)}$	
Beratene	I: $\Phi_{12} = \Phi_{23} = \Phi_{13} = 1$	$29.00_{(9)}$	I-II: $16.00_{(3)}$
	II: $\Phi_{12} \neq \Phi_{23} \neq \Phi_{13}$	$13.00_{(6)}$	II-III: $11.40_{(2)}$
	III: $\Phi_{12} \neq \Phi_{23} \neq \Phi_{13}$ $\Theta_{\delta 31} \neq \Theta_{\delta 52} \neq 0$	$1.60_{(4)}$	

Da die Variablen für die Messung der Verhaltensintention im nachhinein als Indikatoren für die zugrundeliegenden Maßnahmenbündel ausgewählt worden waren, konnte angenommen werden, daß die Items auch andere "Faktoren", d.h. Quellen gemeinsamer Varianz repräsentierten. Eine inhaltliche Analyse der Items ließ einen Zusammenhang zwischen der Verhaltensbereitschaft zur Isolation von Türen und Fenstern und den Ein-

Tabelle 4: Ergebnis des Meßmodells

Parameter	Nicht-beratene Haushalte (150)		Beratene Haushalte (143)	
	Modell 1	Modell 2	Modell 1	Modell 2
λ_{y1}	.68	.61	.68	.64
λ_{y2}	.56	.65	.70	.74
λ_{y3}	.76	.70	.78	.76
λ_{y4}	.71	.76	.69	.71
λ_{y5}	.51	.51	.65	.67
λ_{y6}	.80	.78	.83	.82
Φ_{21}	.78	.68	.98	.93
Φ_{31}	.51	.54	.82	.84
Φ_{32}	.76	.79	.86	.87
$\Theta_{\delta 31}$	-	.19	-	.10
$\Theta_{\delta 52}$	-	.13	-	-.07
Chi^2_{df}	$44.54_{(6)}$	$5.48_{(4)}$	$13.00_{(6)}$	$1.60_{(4)}$
p	.00	.24	.04	.81
GFI	.907	.988	.971	.996
AGFI	.676	.937	.897	.980

bau von Doppelglasfenstern erwarten. Gleiches konnte auch für die Maßnahmen vermutet werden, die mit Energieeinsparung bei der Raumheizung "Einbau von Thermostaten" und "Erneuerung der Heinzanlage" verbunden waren. Diese beiden Varianzquellen wurden in einem zweiten Faktormodell durch interkorrelierte Fehler $\Theta_{\delta 31}$ und $\Theta_{\delta 52}$ für die entsprechenden Items berücksichtigt. Die Faktormodell konnten nach Einführung dieser zusätzlichen Parameter nicht mehr zurückgewiesen werden. Die Chi^2-Werte für die beiden Gruppen (5.48 bzw. 1.60) bei 4 Freiheitsgraden ergaben p-Werte größer als .10 (vgl. Lawley & Maxwell 1971). Das Modell konnte auch nach Maßgabe der anderen Fit-Maße nicht zurückgewiesen werden. Die vollständige Parameterstruktur der Meßmodelle ist in Tabelle 4 wiedergegeben.

Die Interkorrelation der Fehler für die beiden Items läßt darauf schließen, daß die befragten Haushalte einerseits zwischen den Maßnahmen nicht unterscheiden konnte, wie z.B. bei den Isolationsmaßnahmen, oder bestimmte Maßnahmen immer gleichzeitig durchgeführt werden, wie dies bei technischen Verbesserungen im Zusammenhang mit der Heizung zu erwarten ist.

Aus dem Faktormodell ist aber auch noch zu ersehen, daß die Verhaltensbereitschaften bei den beratenen Haushalten für alle Maßnahmen stärken zusammenhängen als bei den nicht-beratenen Haushalten. Dies gilt insbesondere für die einfachen Maßnahmen, die hoch mit technischen als auch Isolationsmaßnahmen korreliert sind. Das Verhaltensmuster ist dagegen bei den nicht-beratenen Haushalten eher unterschiedlich. Einfache Maßnahmen und technische Maßnahmen korrelieren hier wesentlich schwächer.

Im nächsten Schritt wird die Parameterstruktur des Faktormodells der beratenen Haushalte explizit gegen die Faktorstruktur des Modells für die nicht-beratenen Haushalte gegetestet. Der Test zeigt, daß die Faktorstruktur, d.h. das Muster der Faktorladungen für die beiden Samples nicht signifikant unterschiedlich sind. Die Teststatistik für den Zweigruppen-Vergleich im Chi^2 Anpassungstest zeigt bei 11 Freiheitsgraden und einem Wert von 10.09 (p=.523) eine Stützung der Modell-Hypothese. Ein weiterer Test mit der Hypothese auf Gleichheit der Interkorrelationen zwischen den Faktoren ist dagegen zurückzuweisen, der Chi^2-Wert mit 16 Freiheitsgraden ist 22.86 und p=.06. Dieses Ergebnis unterstützt die Hypothese 1, daß die Verhaltensbereitschaften zu den einzelnen Maßnahmen bei den nicht-beratenen Haushalten unterschiedlich sind. Die Faktorladungen zwischen den Samples sind gleich, aber die Unterschiede der Faktorinterkorrelationen sind signifikant (vgl. Tabelle 5).

Tabelle 5: Test der Faktorstruktur über die Stichproben

Hypothesen	$Chi^2_{(df)}$	p
$\Lambda_B = \Lambda_{NB}$ $\Phi_B \neq \Phi_{NB}$	$10.09_{(11)}$	.523
$\Lambda_B = \Lambda_{NB}$ $\Phi_B \neq \Phi_{NB}$	$22.86_{(14)}$	.060

B = Beratene NB = Nichtberatenen

4.2 Der Test der Kausalstruktur

Im nächsten Schritt wird die angenommene Beziehung zwischen den Indikatoren des Energieverbrauchs bzw. der Energiekosten, dem sozio-ökonomischen Status und den Verhaltensbereitschaften getestet. Weil der Test der Meßstruktur auf Seiten der abhängigen Variablen in dem Kausalmodell zwar hohe Interkorrelationen - aber Diskriminanzvalidität - ergeben hat, wird für beide Gruppen von drei latenten Variablen (Verhaltensbereitschaften) ausgegangen. Die Pfadstruktur des Modells ist in Abbildung 2 wiedergegeben.

Die Schätzung der Parameter erfolgt mit der Maximum-Likeli-

Abbildung 2: Das Kausalmodell der Bestimmungsgründe für Energieeinsparung

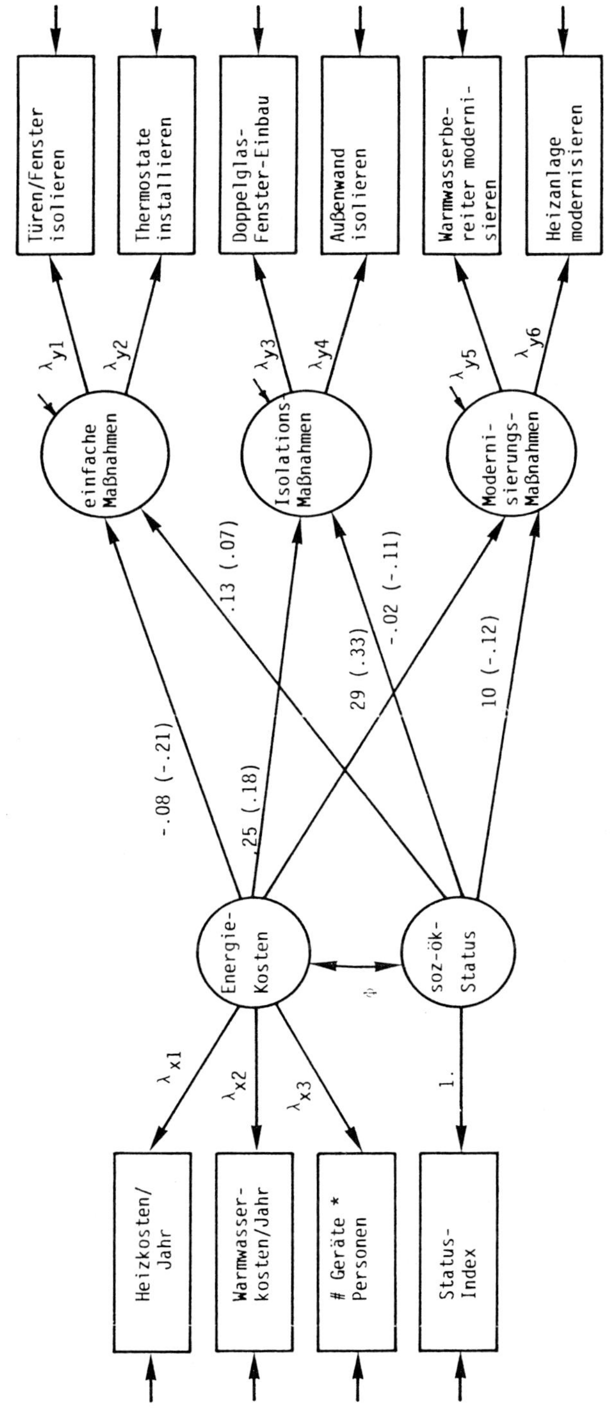

hood Methode. Das Modell zeigt in beiden Samples einen hinreichenden Fit für die Annahme einer gültigen Kausalstruktur. Die Chi^2-Werte ergeben 30.99 für die nichtberatenen Haushalte und 31.38 für die beratenen Haushalte bei 24 Freiheitsgraden. Die Werte liegen über der angegebenen Signifikanzschwelle für den Modellfit mit p=.154 bzw. p =.143. Die normierten Fitindices GFI und AGFI weisen ebenfalls auf einen akzeptablen Fit hin . Fitmaße und Gesamtergebnisse der Parameterschätzung befinden sich in Tabelle 7.

Da dieser Test noch nichts über die Unterschiede in den Parametern zwischen den beiden Stichproben aussagt, wird ein zusätzlicher Modelltest über die beiden Befragtengruppen durchgeführt. Dabei werden drei Teilhypothesen geprüft. Zunächst wird angenommen, daß die Parameter und Modellstruktur in beiden Gruppen, den Beratenen und Nichtberatenen vollständig gleich ist. Der zweite Modelltest geht von Unterschieden in der Struktur der Kausalbeziehungen zwischen Kosten- und Statusfaktoren und den Verhaltensbereitschaften aus. Der dritte Test baut auf den Ergebnissen des Meßmodelltests in Tabelle 3 auf. Es wird angenommen, daß nur die Faktorstruktur und das Muster der Faktorladungen der Verhaltensbereitschaften invariant ist, ansonsten alle Parameter unterschiedlich sind. Die Ergebnisse der Gruppenvergleichstests sind in Tabelle 6 zusammengestellt.

Tabelle 6: Test der Gesamtstruktur über die Stichproben

Hypothese	Chi^2	Freiheitsgrade	p-Wert
H11: Γ, B, Φ, ψ, Λ_x, Λ_y, Θ_δ, Θ_ε invariant	131.92	79	.000
H12: B, Φ, Λ_x, Λ_y, Θ_δ, Θ_ε invariant	111.25	67	.001
H13: Λ_y invariant	67.80	53	.083

Tabelle 7: Parameter des Kausalmodells

Parameter	Beratene Haushalte (143)		Nichtberatene Haushalte 150)	
	unstandardisierte Lösung	standardisierte Lösung	unstandardisierte Lösung	standardisierte Lösung
λ_{y1}	1.00*	.64	1.00*	.64
λ_{y2}	1.5	.74	.99	.63
λ_{y3}	1.00*	.76	1.00*	.71
λ_{y4}	.94	.71	1.08	.76
λ_{y5}	1.00*	.68	1.00	.52
λ_{y6}	1.18	.80	1.46	.76
λ_{x1}	1.00*	.92	1.00*	.51
λ_{x2}	.54	.50	.76	.39
λ_{x3}	1.02	.94	1.61	.82
λ_{x4}	1.00*	1.00	1.00*	1.18
γ_{11}	-.05[ab)]	-.08	-.26[ab)]	-.21
γ_{21}	.20[a)]	.25	.25[a)]	.18
γ_{31}	.21	.29	.34	.33
γ_{12}	.06[ab)]	.13	.04[ab)]	.07
γ_{22}	-.02[ab)]	-.02	-.06[ab)]	-.11
γ_{32}	.05	.10	-.05[ab)]	-.12
Φ_{11}	.85	1.00	.26	1.00
Φ_{21}	.66	.56	.30	.50
Φ_{22}	1.64	1.00	1.39	1.00
Ψ_{11}	.41	.99	.39	.96
Ψ_{21}	.46	.94	.32	.71
Ψ_{31}	.37	.85	.19	.59
Ψ_{22}	.55	.95	.49	.97
Ψ_{32}	.42	.80	.28	..75
Ψ_{33}	.41	.88	.25	.91
$\Theta_{\delta 31}$ c)	.10	.10	.17	.19
$\Theta_{\delta 52}$	-.07	-.07	.14	.13
Chi^2 24 df	31.38		30.99	
P	.143		.154	
GFI	.960		.960	
AGFI	.909		.907	

*) fixierter Parameter

a) nicht signifikant bei α = .05

b) nicht signifikant bei α = .10

Aufgrund der Testergebnisse müssen die Teilhypothesen H11 und H12 zurückgewiesen werden. Die am meisten begründbare Hypothese stützt die Ergebnisse aus dem Test des Faktormodells der Verhaltensbereitschaften. Nur das Faktormuster der Λ_y-Matrix für die endogenen latenten Variablen im Modell ist invariant über die beiden Gruppen. Das Testergebnis liefert den Nachweis, daß Unterschiede bei allen anderen Parameter-Matrizen vorliegen (zum Test vgl. Joereskog & Soerbom 1985).

5. ERGEBNISDISKUSSION

Zunächst kann festgestellt werden, daß sich die beiden Stichproben der beratenen und nicht-beratenen Haushalte bis auf das Muster der Faktorladungen im Meßmodell der Verhaltensbereitschaften (Λ_y) unterscheiden. Die Hypothese (H1), daß die Bereitschaft zur Durchführung von Energiesparmaßnahmen bei den beratenen Haushalten größer ist als bei den nichtberatenen Haushalten kann nur für technische Investitionsmaßnahmen nicht zurückgewiesen werden. Allerdings muß hierbei beachtet werden, daß zwischen den Stichproben auch signifikante Unterschiede bei der sozio-ökonomischen Position und der Geräteausstattung vorliegen. Das Sample der Beratenen ist bei diesen Variablen höher einzustufen.

Auf der Ebene der Parameter des Kausalmodells sind ebenfalls Abweichungen bei der Einflußstruktur der Variablen festzustellen. Die Abbildung 2 enthält die standardisierte Lösung der angenommenen kausalen Abhängigkeiten. Die Ergebnisse für die nichtberatenen Haushalte sind in Klammern eingefügt. Die Tabelle 8 zeigt die vollständige Parameterstruktur.

Zunächst ist zu erkennen, daß die Prognosekraft der exogenen Variablen auf die Verhaltensindikatoren relativ gering ist. Der sozio-ökonomische Status hat keinen signifikanten Einfluß auf irgendeine der vorgegebenen Maßnahmen. Bei den Stichproben sind eher gegenläufige Tendenzen zu beobachten. In beiden Gruppen finden sich dagegen Einflüsse des Energieverbrauchs- bzw. des Kostenindikators auf die Bereitschaft zur Durchführung von technologischen Erneuerungen bei Heizung und Warmwasser (.29). Dieser Effekt auf die Verhaltensbereitschaft ist bei den nicht-beratenen Haushalten größer und stärker ausgeprägt als bei den beratenen Haushalten (.33). Hier liegt ein klarer Einfluß bei beiden Gruppen vor. Weiter ist ein signifikanter Effekt in der Beratungsgruppe bei den Isolationsmaßnahmen zu beobachten und ein negativer signifikanter Effekt auf einfache Maßnahmen bei den nicht-beratenen Haushalten.

Allgemein ist der Einfluß der Energiekosten auf die Verhaltensbereitschaften stärker als der des sozio-ökonomischen Status. Angenommen werden kann deshalb die Hypothese 2, daß die Energiekosten die Bereitschaft zur Durchführung von Energiesparmaßnahmen steigern: je größer die Energiekosten des Haushalts desto größer ist auch die Bereitschaft zur Durchführung von Energiesparmaßnahmen. Diese bezieht sich besonders auf technische Modernisierungen. Die Hypothese 3, daß der sozio-ökonomische Status die Bereitschaft zur Durchführung der vorgegebenen Energiesparmaßnahmen bestimmt, muß zurückgewiesen werden und zwar für beide Samples.

Aus den Ergebnissen läßt sich der allgemeine Schluß ziehen, daß neben den Beratungsleistungen die Energiekosten die wesentlichen Einflußgrößen für eine Bereitschaft zur Energieeinsparung sind. Eine energiebezogene Umweltpolitik sollte deshalb von einer interagierenden Wirkung der beiden Maßnahmenalternativen ausgehen.

6. LITERATUR

Bagozzi, R.P. (1980): Causal models in marketing, New York: Wiley.

Bearden, W.O.; Sharma, S.; Teel, J.E. (1982): Sample size effects upon Chi square under other statistics used in evaluating causal models, Journal of Marketing Research 19 (November), 425-430.

Campbell, D.T.; Fiske, J.D. (1959): Convergent and discriminant validity by the multitrait-multimethod matrix, Psychological Bulletin, 56. Jg., 81-105.

Dholakia, R.R.; Dholakia, N.; Firat, A.F. (1983): From social psychology to political economy: a model of energy use behavior, Journal of Economic Psychology 3, 231-247.

Dillman, D.A.; Rosa, E.A.; Dillman, J.J. (1983): Lifestyle and home energy conservation in the United States: The poor accept lifestyle cutbacks while the wealthy invest in conservation, Journal of Economic Psychology 3, 299 -315.

McDougall, G.H.G.; Claxton, J.D.; Ritchie, J.R.; Anderson, D.G. (1981): Consumer energy research: A review, Journal of Consumer Research, Vol. 8, 343-354.

Ester, P. (1984): Consumer behavior and energy conservation, Amsterdam, o.A.

Garnreiter, F.; Jochem, F.; Gruber, E.; Hohmeyer, O.; Mannsbart, W.; Mentzel, Th. (1983): Auswirkungen verstärkter Maßnahmen zum rationellen Energieeinsatz auf Umwelt, Beschäftigung und Einkommen, Studie im Auftrag des Umweltbundesamtes (ISI), Forschungsbereicht 10103076, UBA-FB 83-032, Berlin.

Heberlein, T.A.; Warriner, G.K. (1983): The influence of price and attitude on shifting residential electricity consumption from on- to off-peak periods, Journal of Economic Psychology 4, 107-130.

Hildebrandt, L. (1984): Kausalanalytische Validierung in der Marketingforschung, Marketing ZFP, Heft 1 (Februar), 41-51.

Hildebrandt, L.; Joerges, B. (1985): Energiesparprogramme und private Haushalte, in: V. Lübke & U. Schönheit (Hrsg.): Verbraucherberatung, Frankfurt: Campus.

Hildebrandt, L.; Joerges, B. (1987): Energy conservation at the local level: competing energy advisory services in a German municipality, Reprint 87/3, Institut für Umwelt und Gesellschaft, Wissenschaftszentrum Berlin.

Joerges, B. (1979): Die Armen zahlen mehr - auch für Energie, Zeitschrift für Verbraucherpolitik 3 (2), 155-165.

Joerges, B.; Olson, M.E. (1983): The process of consumer energy conservation. A conceptual framework for program analysis, CECP Technical Reports, Vol. 1, Wissenschaftszentrum Berlin.

Jöreskog, K.G.; Sörbom, D. (1981): LISREL VI, analysis of linear structural relationship by the method of maximum likelihood, Mooresville, Scientific Software, Inc.

Lawley, D.N.; Maxwell, A.E. (1971): Factor analysis as a statistical method, London: Butterworth.

Leonhard-Barton, D.; Rogers, E.M. (1979): Adoption of energy conservation among california homeowners, Unpublished Manuscript, Stanford University, Institute for Communication Research.

ModEng - Modernisierungs- und Energieeinspargesetz vom 27. Juli 1978, Bundesgesetzblatt I, S. 878 ff.

Raaij, W.F.; Eilander, G. (1983): Consumentenbezuiniginstactieken, Economisch-Statistische Berichten 68, 544-547.

Scholz, R.; Ramner, P. (1982): Quantitative Wirkungen der Energiesparpolitik in der Bundesrepublik Deutschland, IFO-Studien zur Energiewirtschaft 3/2, Eigenverlag.

Seligman, C.; Kriss, M.; Darley, J.M.; Fazio, R.H.; Becker, L.J.; Pryor, J.B. (1979): Pedicting summer energy consumption from homeowners attitudes, Journal of Applied Social Psychology 9, 70-90.

Seligman, D.; Darley, J.M.; Becker, L.J. (1978): Behavioral approaches to residential energy conservation, Energy and Buildings,1, 325-337.

[7]

Ingo Balderjahn

Zur Nutzung ökologischer Konsuminformation

Das Umweltbewußtsein von Konsumenten ist ein Konstrukt, das es erlaubt, Ansätze verschiedener sozialpsychologisch orientierter Verhaltenstheorien zur Erklärung umweltrelevanter Konsumgewohnheiten nutzbar zu machen. Drei Dimensionen des ökologischen Bewußtseins sind hier zentrale Komponenten eines Kausalmodells, in dem die Bestimmungsgründe für die Absicht Informationen über die Umweltverträglichkeit von Produkten und über Energiesparmöglichkeiten zu nutzen, untersucht werden.

1. EINLEITUNG

Das beunruhigende Ausmaß der heute festzustellenden Umweltschäden läßt den Schluß zu, daß umweltbelastende Konsum- und Lebensstile dominieren (vgl. Maloney & Ward 1973).
Konzepte für effiziente Maßnahmen zur Förderung umweltfreundlicher Konsumgüter und zur Vermeidung umweltschädigender Konsumgewohnheiten erfordern fundiertes Wissen über die diesen Verhaltensweisen zugrundeliegenden sozialen und psychischen Faktoren. Das Umweltbewußtsein von Konsumenten bietet sich als ein Konstrukt an, welches erlaubt, Ansätze verschiedener sozialpsychologisch orientierter Verhaltenstheorien zur Erklärung umweltrelevanter Konsumgewohnheiten nutzbar zu machen. In der ökologischen Konsumforschung sind zahlreiche Versuche unternommen worden, das Umweltbewußtsein als theoretische Größe zu konzeptualisieren und zu operationalisieren. Dieses Konstrukt dient sowohl der Identifikation ökologisch bewußter Konsumenten als auch zur Prognose umweltentlastender Lebens- und Konsumstile (Henion, Gregory & Clee 1981; Kinnear & Taylor 1973; Seligman et al. 1979; Hildebrandt 1984; Weigel & Weigel 1978).
Mit diesem Ansatz soll nicht verschleiert werden, daß die Produktions- und Konsumtionsbedingungen in einzelnen Ländern natürlich einen bedeutenden Ursachenkomplex der Umweltschäden darstellen. Technisch-innovative Entwicklungen liefern jedoch auch Möglichkeiten, Umweltbelastungen zu reduzieren. Als Beispiel kann dafür die Rauchgasentschwefelung und -entstickung von Kraftwerken genannt werden. Hier soll nur verdeutlicht werden, daß der Umweltschutz sich nicht ausschließlich auf diese technische Komponente fixieren sollte.

2. BESTIMMUNGSFAKTOREN DER NUTZUNG ÖKOLOGISCHER KONSUMINFORMATIONEN

Allgemeine Modelle zum Konsumentenverhalten wie die von Engel, Kollat und Blackwell (1973) oder von Howard und Sheth (1969) sind grundsätzlich auf den Bereich des ökologisch-bewußten Konsums übertragbar. Van Raaij und Verhallen (1983) und Ester (1985) schlagen spezielle Modelle zum Energiesparverhalten vor. In menschlichen Werten, Einstellungen und spezifischen Persönlichkeitsmerkmalen werden häufig substantielle Verhaltensprädiktoren gesehen. Der Einfluß von Werten auf Lebens- und Konsumstile ist bis heute relativ wenig erforscht, auch wenn seit Anfang der 80er Jahre eine Renaissance dieser Forschungsrichtung festzustellen ist (vgl. Pitts & Woodside 1984). In der vorliegenden Studie werden Werte jedoch nicht als Einflußfaktoren erfaßt.

Sehr viel intensiver als mit Werten befaßt sich die ökologische Konsumforschung mit der Wirkung von Einstellungen auf das Verhalten. Unter Einstellung wird die überdauernde emotionale Bindung eines Individuums zum Einstellungsobjekt verstanden. Einstellungen sind durch Erfahrungen erworbene Prädispositionen, die das Individuum in eine Bereitschaft versetzen, konsistent auf Umweltreize zu reagieren (vgl. Kroeber-Riel 1984). Einstellungen werden häufig als Indikatoren ökologischen Bewußtseins interpretiert und über Indizes operationalisiert. Balderjahn (1985) konnte zeigen, daß das ökologische Bewußtsein von Konsumenten durch drei korrelierende Dimensionen, eine affektive, eine kognitive und eine konative Einstellungskomponente, konstruktvalide erfaßt werden kann. Probleme bei der Anwendung von Meßinstrumenten treten dann auf, wenn Reliabilitäten und Validitäten unbekannt sind. So ist es verständlich, daß die Ergebnisse über die prognostische Relevanz von Einstellungen sehr unterschiedlich und z.T. widersprüchlich sind. Der Zusammenhang zwischen Einstellungen und Verhalten ist zudem abhängig von der Spezifität - im Sinne der vier Elemente Objekt, Handlung, Zeit und Situation - dieser Konstrukte. Einstellungen sollten die gleiche Spezifität aufweisen wie das Verhalten, das sie prognostizieren sollen (vgl. Ajzen & Fishbein 1977). Von den unterschiedlichen Einstellungsmodellen dominiert in der ökonomischen Konsumforschung das Fishbein-Ajzen-Modell (Ester 1985; Kok & Siero 1985).

1. HYPOTHESEN UND INDIKATOREN

Hypothese 1 (H1): Die Absicht, ökologische Konsuminformationen nutzen zu wollen, verstärkt sich, je bedeutender die Umweltverschmutzung als Problem wahrgenommen wird.

In dieser Studie ist das Objekt das Problem der Umweltverschmutzung. Sie soll zur Erklärung der Absicht dienen, ökologische Konsuminformationen zu nutzen.

Die Messung der Einstellung zum ökologischen Konsum erfolgte über die beiden folgenden Statements x_1 und x_2 (5-polige Ratingskala):

x_1: Jeder hat so seine Probleme, mit denen er sich auseinandersetzen muß. Diese Probleme können im persönlichen, aber auch im sozialen Bereich liegen. Ein Problem der heutigen Zeit ist die Umweltverschmutzung. Wie wichtig ist für Sie dieses Problem, wenn Sie es einmal mit ihren anderen Problemen vergleichen?

x_2: Die Produkte, die man kauft, können bei ihrer Herstellung, beim Ge- oder Verbrauch und bei ihrer Beseitigung die Umwelt verschmutzen und/oder die Gesundheit der Menschen beeinträchtigen. Wie wichtig ist für Sie dieses Problem, wenn Sie es einmal mit ihren anderen Problemen vergleichen?

Hypothese 2 (H2): Konsumenten mit hoher bei sich selbst wahrgenommener Verhaltenseffektivität (intern kontrollierte Personen) äußern häufiger die Absicht, konsumökologische Informationen nutzen zu wollen.

Zur Erläuterung dieser Hypothese sind einige theoretische Bemerkungen notwendig.
Die Interne-Externe Kontrolle erfaßt in der Theorie von Rotter (1966) situationsübergreifende Einschätzungen der Individuen über ihre Möglichkeiten, einen Einfluß auf die eigenen

Geschicke nehmen zu können. Personen, die Erfolgs- bzw. Mißerfolgserlebnisse sich selbst zuschreiben, werden als intern kontrollierte Individuen bezeichnet. Extern kontrollierte Personen machen Zufälle, das Schicksal oder sonstige, nicht durchschaubare bzw. kontrollierbare Mächte für ihren Lebensweg verantwortlich. Das Konstrukt der Internen-Externen Kontrolle (locus of control) nimmt einen festen Platz als Verhaltensprädiktor in der ökologischen Konsumforschung ein (Allen, Schewe & Liander 1981; Henion & Wilson 1977). Die Konsumenteneffektivität ist ein Maß dafür, inwieweit der einzelne Verbraucher glaubt, durch seine Konsumgewohnheiten einen Beitrag zur Verbesserung der Umweltbedingungen leisten zu können. Den Zusammenhang zwischen der Verhaltenskontrolle und der Konsumenteneffektivität konnten Henion und Wilson (1976) empirisch bestätigen.

Die Messung der Internen-Externen Kontrolle bzw. der wahrgenommenen Konsumenteneffektivität erfolgt über die beiden folgenden Statements x_3 und x_4 (5-polige Ratingskalen):

x_3: In einer Diskussion sagte uns ein Student, daß seiner Meinung nach der einzelne Mensch durch sein Verhalten nicht dazu beitragen kann, die Umwelt sauber zu halten. Der Staat und andere Institutionen haben in erster Linie für eine saubere Umwelt zu sorgen. Was meinen Sie, können Sie dieser Meinung zustimmen?

x_4: Einige Studenten haben uns gegenüber die Meinung vertreten, daß der einzelne Konsument durch seine Verbrauchsgewohnheiten (Kauf, Genuß und Beseitigung von Produkten) an der Umweltverschmutzung nichts ändern kann. Dies ist vor allem Aufgabe des Staates und einiger Institutionen. Was meinen Sie, können Sie dieser Meinung zustimmen?

<u>Hypothese 3 (H3):</u> Je intensiver Verbraucher konsumökologische Informationen derzeit nutzen, desto stärker wird auch ihre Absicht sein, zukünftig solche Informationen nutzen zu wollen.

Aktuelle Verhaltensgewohnheiten sind häufig gute Prädiktoren zukünftigen Verhaltens. In ihnen manifestieren sich Erfahrungen, die der Konsument in der Vergangenheit mit dem Verhaltensobjekt gemacht hat (vgl. Bentler & Speckart 1979, 1981). Darüber hinaus wirkt das vergangene bzw. aktuelle Verhalten auf Einstellungen und damit indirekt auf zukünftige Verhaltensweisen (vgl. Bem 1967).

Die Messung der Nutzung ökologischer Kurzinformationen erfolgt über die beiden folgenden Statements x_5 und x_6 (5-polige Ratingskalen):

x_5: Bei der Herstellung, dem Ge- und Verbrauch und der Beseitigung von Produkten kann eine Belastung der Umwelt eintreten. Haben Sie sich schon einmal über solche Auswirkungen von Produkten informiert, die Sie gekauft haben?

x_6: Es gibt eine Reihe von Möglichkeiten, durch persönliches Verhalten Energie zu sparen. Haben Sie sich schon einmal über solche Möglichkeiten, Energie zu sparen, informiert?

Hypothese 4 (H4): Die allgemeinere Informationsabsicht beeinflußt die speziellere direkt.

Zur Erläuterung: Die Einstellung, die Kontrollerwartung und das aktuelle Verhalten dienen in dieser Studie als erklärende Variablen für die Absicht, ökologische Konsuminformationen nutzen zu wollen; bei letzterer wird zwischen der allgemeinen Informationsabsicht bezüglich der Umweltverträglichkeit von Produkten und der speziellen Informationsabsicht bezüglich energiesparender Maßnahmen unterschieden.

Die Messung der allgemeinen ökologischen Informationsabsicht erfolgt über die beiden folgenden Statements Y_1 und Y_2 (5-polige Ratingskalen):

Y_1: Bevor man sich etwas kauft, informiert man sich ja meistens über das Produkt. Man informiert sich über den Preis, die Qualität oder über andere Sachen, die man für wichtig hält. Gelegentlich sind auch Informationen über die Umwelt- und Gesundheitsverträglichkeit von Produkten erhältlich. Was meinen Sie, wie wahrscheinlich ist es, daß Sie vor dem Kauf solche Umweltinformationen nutzen werden?

Y_2: Überlegen Sie einmal kurz, was Sie sich in nächster Zeit kaufen möchten. Sagen Sie bitte, werden Sie sich vor dem Kauf über die Umwelt- oder Gesundheitsverträglichkeit des Produkts informieren?

Die Messung der Informationsabsicht bezüglich energiesparender Maßnahmen erfolgt über die beiden Statements Y_3 und Y_4 (5-polige Ratingskalen):

Y_3: Über Möglichkeiten, Energie zu sparen, kann man ja eine Menge Informationen bekommen. Was meinen Sie, wie wahrscheinlich ist es, daß Sie Informationen zum Energiesparen nutzen werden?

Y_4: Bei vielen Dingen, die man macht, wird Energie verbraucht. So z.B. beim Heizen, beim Kochen oder beim Autofahren. Wenn man wissen will, wie Energie gespart werden kann, muß man sich informieren. Einmal in die Zukunft gedacht, was meinen Sie, werden Sie solche Energiesparinformationen nutzen?

4. DATEN UND METHODEN

Im Rahmen einer Studie an der Technischen Universität Berlin wurden 1983/84 123 Studenten unterschiedlicher Fachrichtungen zu umwelt- und konsumbezogenen Themen befragt.
Die theoretischen Variablen Einstellungen, Verhalten, Kontrolle und Informationsabsichten sind in dieser Stichprobe durch die vorgestellten 5-poligen Ratingskalen erfaßt worden. Es liegen also diskrete Daten vor. Die Kovarianzstrukturanalyse nach dem LISREL-Ansatz erfordert aber kardinales Datenniveau. Jedoch liefert das Modell der polychorischen Korrelation (Olsson

1979; vgl. auch Förster in diesem Band) einen heuristischen Ansatz zur Analyse diskreter Variablen. Die Tabelle 1 gibt die polychorischen Korrelationen zwischen den beschriebenen Variablen wieder.

Tabelle 1: Die polychorischen Korrelationen der Studie

	y_1	y_2	y_3	y_4	x_1	x_2	x_3	x_4	x_5
y_2	.65								
y_3	.47	.39							
y_4	.56	.44	.72						
x_1	.44	.40	.39	.31					
x_2	.59	.49	.40	.35	.76				
x_3	.27	.16	.26	.40	.12	.14			
x_4	.16	.05	.18	.17	.02	.01	.83		
x_5	.34	.33	.35	.34	.26	.20	-.03	-.10	
x_6	.40	.54	.25	.29	.30	.32	-.02	-.11	.53

Die in Abschnitt 3 vorgestellte Hypothesenstruktur wird als Kausalmodell spezifiziert und mit dem Programm LISREL V von K.G. Jöreskog und D.Sörbom analysiert (1983).

5. DIE ERGEBNISSE

Der Abbildung 1 kann die Spezifikation des Modells zur Nutzung konsumökologischer Informationen entnommen werden. Durch je zwei Indikatoren werden die Einstellung, die Konsumenteneffektivität (Kontrolle) und das vergangene Verhalten als unabhängige latente Variablen erfaßt. Die beiden zu erklärender latenten Variablen der Informationsabsicht werden gleichermaßen durch je zwei Messungen erfaßt. Die Spezifikation der Abhängigkeitsstruktur zwischen den latenten Variablen des Modells erfolgt über das LISREL-Strukturmodell. Korrelationen der Meßfehlereinflüsse sind nicht zugelassen. Ebenso bleiben die Residualterme der beiden endogenen latenten Variablen unkorreliert.

Die Anpassungsgüte

Die Analyse des Modells der Abbildung 1 ergibt Anpassungsgütewerte für den GFI (Goodness-of-Fit-Index) von 0,989 (AGFI = .976) und für den RMR (Root Mean Square Residual) von 0.049. Legt man die vom Autor ermittelten Schranken für den GFI und den RMR für Stichprobenumfänge von N = 100 zugrunde, dann liefert das spezifizierte Modell zur Nutzung konsumökologischer Informationen eine akzeptable Anpassungsgüte (Balderjahn 1986, S.10).

Abbildung 1: Modell zur Nutzung konsumökologischer Informationen

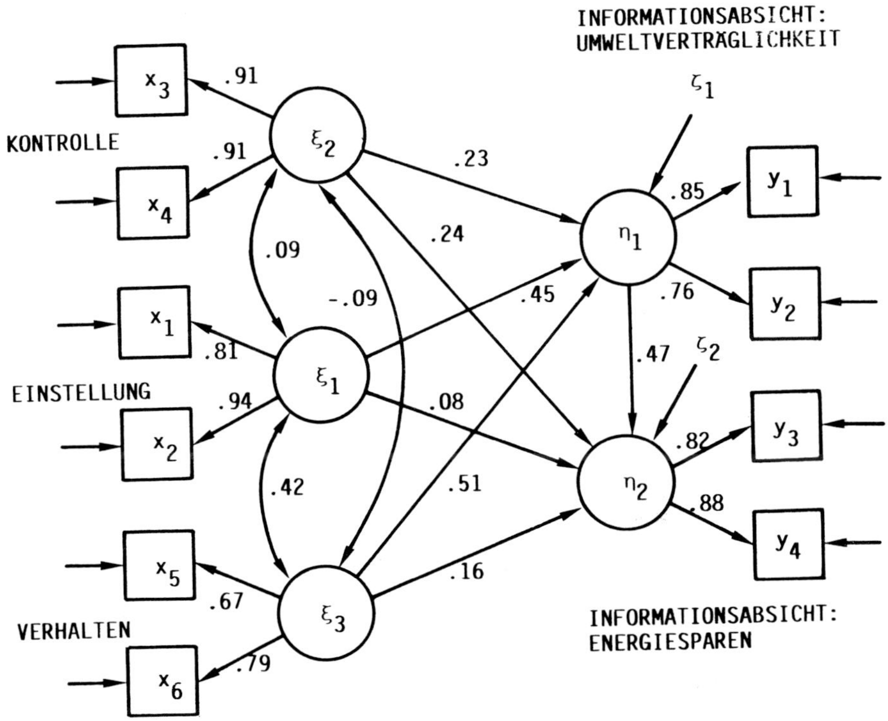

Die Reliabilitäten

Wegen des geringen Stichprobenumfanges der Studie und der Verwendung polychorischer Korrelationen wurde zur Parameterschätzung das ULS-Verfahren eingesetzt. Valide Ergebnisse sind nach diesem Verfahren aber nur dann zu erwarten, wenn die Itemreliabilitäten ausreichend hoch sind. Diese Voraussetzung wird im folgenden explizit geprüft. Aus der Tabelle 2 können die Reliabilitäten für die einzelnen Indikatoren des Modells (ρ_x), die durchschnittlich zur Erfassung einer latenten Variablen zur Verfügung stehende Varianz (average variance extracted, $\rho_{vc(\xi)}$), die gemeinsame Reliabilität (composite reliability, $\rho_{c(\xi)}$) sowie die Reliabilitäten der beiden Meßmodelle $R^2_{x.}$ und $R^2_{y.}$ entnommen werden (vgl. Fornell & Larker 1981; Werts, Linn & Jöreskog 1974; Jöreskog & Sörbom 1983).

Alle Indikatorreliabilitäten sind höher als 0,4, bis auf eine Variable sogar höher als 0,5, so daß nach den Ergebnissen der Robustheitsanalyse erwartet werden darf, daß die Parameter des Modells zur Nutzung konsumökologischer Informationen ausreichend präzise durch die ULS-Methode geschätzt werden (vgl. dazu Anhang). In der Abbildung 1 finden sich die standardisierten Parameterwerte.

Tabelle 2: Die Reliabilitäten des Modells zur Nutzung konsumökologischer Informationen

Indikator	(1) Indikator-Reliabilität ρ_x	(2) durchschnittlich erfaßte Varianz $\rho_{vc(\xi)}$	(3) gemeinsame Reliabilität $\rho_c\ (\xi)$	(4) Meßmodell-Reliabilität $R^2_{x.}$ bzw. $R^2_{y.}$
x_1	.66	.77	.87	
x_2	.88			
x_3	.83*	.83	.91	.997
x_4	.83*			
x_5	.45	.53	.70	
x_6	.62			
y_1	.73	.66	.79	
y_2	.58			
y_3	.67	.72	.84	.953
y_4	.77			

Die Analyse geht von gleichreliablen Messungen des Kontrollkonstrukts aus. $^{*}\lambda_{x3} = \lambda_{x4}$. Solche Spezifikationen können aus Identifikationsgründen erforderlich sein (vgl. Gerbing & Anderson 1985).

(1)
$$\rho_x = \frac{\lambda_x^2 \operatorname{var}(\xi)}{\lambda_x^2 \operatorname{var}(\xi) + \operatorname{var}(\delta)} = \frac{\lambda_x^2 \operatorname{var}(\xi)}{\operatorname{var}(x)}$$

(2)
$$\rho_{vc(\xi)} = \frac{\left(\sum_{i=1}^{c} \lambda_i^2\right) \operatorname{var}(\xi)}{\left(\sum_{i=1}^{c} \lambda_i^2\right) \operatorname{var}(\xi) + \sum_{i=1}^{c} \operatorname{var}(\delta_i)} = \frac{\left(\sum_{i=1}^{c} \lambda_i^2\right) \operatorname{var}(\xi)}{\sum_{i=1}^{c} \operatorname{var}(x_i)}$$

(3)
$$\rho_{c(\xi)} = \frac{\left(\sum_{i=1}^{c} \lambda_i\right)^2 \operatorname{var}(\xi)}{\left(\sum_{i=1}^{c} \lambda_i\right)^2 \operatorname{var}(\xi) + \sum_{i=1}^{c} \operatorname{var}(\delta_i)} = \frac{\left(\sum_{i=1}^{c} \lambda_i\right)^2 \operatorname{var}(\xi)}{\operatorname{var}\left(\sum_{i=1}^{c} x_i\right)}$$

(4)
$$R^2_{\underset{\sim}{x} \cdot \underset{\sim}{\xi}} = 1 - \frac{|\operatorname{cov}(\underset{\sim}{\delta})|}{|\operatorname{cov}(\underset{\sim}{x})|} = 1 - \frac{|\underset{\sim}{\Theta}|}{|\underset{\sim}{S}|}$$

6. BEWERTUNG DER ERGEBNISSE

Die Varianz der Informationsabsicht zur Umweltverträglichkeit von Produkten wird durch die spezifizierte Modellstruktur zu 69,7 % und die Varianz der Informationsabsicht zu Energiesparmöglichkeiten zu 51,4 % erklärt. Diese Varianzaufklärungen sind vergleichsweise hoch. Allerdings muß berücksichtigt werden, daß der Studie eine homogene Analysegesamtheit (Studenten) zugrundeliegt. Wie steht es aber über diesen generellen Befund hinausgehend mit den in den Hypothesen spezifizierten Erwartungen?

Den Ergebnissen zufolge beeinflußt die ökologische Konsumeinstellung und das aktuelle Informationsverhalten die Absicht von Konsumenten, sich über die Umweltverträglichkeit von Produkten informieren zu wollen, relativ stark (.45 bzw. .51). Die Wirkung dieser beiden Größen auf die <u>spezielle</u> Absicht von Konsumenten, Energiesparinformationen nutzen zu wollen, ist dagegen nur schwach ausgeprägt (.08 bzw. .16). Die erste und dritte Hypothese werden von den Daten nicht gestützt. Die unspezifisch operationalisierten Konstrukte Einstellung und Verhalten sind zwar Prädiktoren wiederum unspezifischer zukünftiger Verhaltensweisen, leisten aber zur Erklärung konkreter Informatiosabsichten keinen oder nur einen sehr geringen Beitrag.

Die wahrgenommene Konsumenteneffektivität wirkt in etwa gleicher Stärke sowohl auf die allgemeine als auch auf die spezielle Informationsabsicht (.23 bzw. .24). Die zweite Hypothese wird von den Daten also nicht widerlegt. Eine allgemeine Tendenz, sich über die Umweltverträglichkeit von Produkten informieren zu wollen, schlägt sich nieder auf konkretere Informationswünsche wie nach Möglichkeiten der Energieeinsparung (.47). Auch die vierte Hypothese findet ihren Halt in den analysierten Daten.

7. ZUSAMMENFASSUNG

In der vorliegenden Studie wurde einerseits versucht, das ökologische Bewußtsein von Konsumenten durch die drei Dimensionen "Ökologische Konsumeinstellung", "Interne-Externe Kontrolle" und "Aktuelle Nutzung konsumökologischer Informationen" zu erfassen (ABC-Konzept = Attitude-Behavior-Control Konzept) und andererseits den Einfluß dieser Bewußtseinskomponenten auf die Absicht zu ermitteln, Informationen über die Umweltverträglichkeit von Produkten und über Energiesparmöglichkeiten zu nutzen. Die zugrundeliegende Hypothesenstruktur wurde durch ein Kausalmodell abgebildet und mit dem Programm LISREL V analysiert.

Die konsumökologische Einstellung, das vergangene Informationsverhalten und die wahrgenommene Konsumenteneffektivität (Kontrolle) sind der Studie zufolge substantielle Prädiktoren für die Absicht, ökologische Produktinformationen nutzen zu wollen. Von den drei betrachteten Größen geht vom vergangenen Verhalten die stärkste Wirkung aus. Je wichtiger die Umweltverschmutzung als Problem von den Konsumenten erkannt wird und je mehr Möglichkeiten erkannt werden, selbst einen Beitrag zur Verringerung der Umweltbelastung leisten zu können, desto eher werden Informationen zur Umweltverträglichkeit von Produkten und mit einer geringen Intensität, Informationen zu Energiesparmöglichkeiten genutzt.

Auf das methodische Problem der Robustheit der ULS-Schätzer bei Analysen mit geringen Fallzahlen wird kurz in einem methodischen Anhang Bezug genommen.

8. ANHANG

Die Robustheit von ULS-Schätzern

Jöreskog und Sörbom (1983) empfehlen, zur Analyse diskreter Daten die Methode der ungewichteten kleinsten Quadrate (ULS = Unweighted Least Squares). ULS-Schätzer sind konsistent und asymptotisch normalverteilt (Browne 1977, Prop. 2). Für den Anwender stellt sich die Frage, wie hoch der zugrundeliegende Stichprobenumfang mindestens sein muß, damit die asymptotischen Eigenschaften der ULS-Schätzer zum Tragen kommen. Für das ML-Verfahren in LISREL zeigen Simulationsstudien, daß die Schätzverzerrung (Bias) umso größer ist, je geringer der Stichprobenumfang ist und je geringer die Anzahl der Indikatoren je latenter Variablen und je geringer die Indikatorenreliabilitäten sind (Boomsma 1982; Gerbing & Anderson 1985). Unter der Voraussetzung, daß die Daten multivariat normalverteilt sind und das Modell korrekt spezifiziert ist, kann der Bias der ML-Schätzer jedoch für Stichprobenumfänge von $N > 100$ vernachlässigt werden. Eine vom Autor durchgeführte Simulationsstudie zur Robustheit der ULS-Schätzer kommt zu ähnlichen Ergebnissen (Balderjahn 1986). Damit der Bias (Differenz aus dem Erwartungswert der Schätzfunktion und dem Populationswert) betragsmäßig nicht größer als 0,05 wird, sind bei geringen Reliabilitäten (ρ_x = 0,16 - 0,36) Stichprobenumfänge von 400 und mehr und bei mittleren Reliabilitäten (ρ_x = 0,36 - 0,64) Stichprobenumfänge von 100 und mehr erforderlich. Liegen gute bis sehr gute Indikatorreliabilitäten (ρ > 0,64) vor, können schon Stichproben von $N > 25$ ausreichen. Das Verhalten der ULS-Standardfehlerschätzungen kann nicht mit LISREL untersucht werden, da dieses Programm solche Schätzungen nicht ermöglicht. Es kann aber auf eine Arbeit von Jöreskog (1983) hingewiesen werden, die zeigt, daß ULS-Standardfehler zwar generell größer geschätzt werden als die entsprechenden ML-Schätzer. Der Unterschied zwischen beiden Schätzungen ist allerdings auch bei sehr kleinen Stichproben vernachlässigbar gering.

9. LITERATUR

Ajzen, I.; Fishbein, M. (1977): Attitude-behavior relations: A theoretical analysis and review of empirical research, Psychological Bulletin, 84, 888-918.

Allen, C.T.; Schewe, C.D.; Liander, B. (1981): Cross-cultural comparisons of a conservation-orientation model, in: J.D.Claxton, C.D.Anderson, J.R.B.Brent, G.H.G.McDougall (eds.): Consumer and energy conservation, New York: Praeger, 152-159.

Balderjahn, I. (1985): Strukturen sozialen Konsumbewußtseins: Reanalyse und Versuch einer Bestimmung, Marketing-ZFP, 7, 253-262.

Balderjahn, I. (1986): The robustness of LISREL unweighted least squares estimation against small sample size in confirmatory factor analysis models, in: W.Gaul, M. Schader (eds.): Classification as a tool of research, Amsterdam: North-Holland, 3-10.

Balderjahn, I. (1986): Das umweltbewußte Konsumentenverhalten: Eine empirische Studie, Betriebswirtschaftliche Schriften Heft 123, Berlin: Duncker & Humblot.

Bem, D.J. (1967): Self-perception: An alternative interpretation of cognitive dissonance phenomena, Psychological Review, 74, 183-200.

Bentler, P.M.; Speckart, G. (1979): Models of attitude-behavior relations, Psychological Review, 86, 452-464.

Bentler, P.M.; Speckart, G. (1981): Attitudes 'cause' behaviors: A structural equation analysis, Journal of Personality and Social Psychology, 40, 226-238.

Boomsma, A. (1982): The robustness of LISREL against small sample size in factor analysis models, in: K.G.Jöreskog, H.Wold (eds.): Systems under indirect observation, Amsterdam: North-Holland, 149-173.

Browne, M.W. (1977): Generalized least-squares estimators in the analysis of covariance struktures, in: D.J.Aigner, A.S.Goldberger (eds.): Latent variables in socio-economic models, Amsterdam: North-Holland, 205-226.

Engel, J.F.; Kollat, D.T.; Blackwell, R.D. (1973): Consumer behavior, New York: Holt, Rinehart & Winston.

Ester, P. (1985): Consumer and energy conservation, Dortrecht: Nijhoff.

Fornell, C.; Larker, D.F. (1981): Evaluating structural equation models with unobservable variables and measurement error, Journal of Marketing Research, 18, 39-50.

Gerbing, D.W.; Anderson, J.C. (1985): The effects of sampling error and model characteristics on parameter estimation for maximum likelihood confirmatory factor analysis, Multivariate Behavioral Research, 20, 255-271.

Henion, K.E.; Gregory, R.; Clee, M.A. (1981): Trade-offs in attribute levels made by ecologically concerned and unconcerned consumer when bying detergents, in: K.B. Monroe (ed.): Advances in consumer research, Vol.8, Ann Arbor, MI: Association for Consumer Research, 624-629.

Henion, K.E.; Wilson, W.H. (1976): The ecologically concerned consumer and locus of control, in: K.E.Henion, T.C. Kinnear (eds.): Ecological marketing, Chicago: American Marketing Association, 131-144.

Hildebrandt, L. (1984): Attitudes and values as predictors of energy information patterns, in: T.C.Kinnear (eds): Advances in consumer research, Volume XI, Ann Arbor, 574-578.

Howard, J.A.; Sheth, J.N. (1969): The theory of buyer behavior, New York: Wiley.

Jöreskog, K.G.; Sörbom, D. (1983): LISREL: User's guide version V and VI, Chicago: National Educational Services.

Kinnear, T.C.; Taylor, J.R. (1973): The effect of ecological concern on brand perception, Journal of Marketing Research, 10, 191-197.

Kok, G.; Siero, S. (1985): Tin recycling: Awareness, comprehension, attitude, intention and behavior, Journal of Economic Psychology, 6, 157-173.

Kroeber-Riel, W. (1984): Konsumentenverhalten, München: Vahlen.

Maloney, M.P.; Ward, M.P. (1973): Ecology: Let's hear from the people. An objective scale for measurement of ecological attitudes and knowledge, American Psychologist, 28, 583-586.

Olsson, U. (1979): Maximum likelihood estimation of the polychoric correlation coefficient, Psychometrika, 44, 443-460.

Pitts, R.E.; Woodside, A.G. (1984): Personal values and consumer psychology, Lexington: Lexington Books.

v.Raaij, W.F.; Verhallen, T.M.M. (1983): A behavioral model of residential energy use, Journal of Economic Psychology, 3, 39-63.

Rotter, J.B. (1966): Generalized expectancies for internal versus external control of reinforcement, Psychological Monographs, 80.

Weigel, R.H.; Weigel, J. (1978): Environment concern. The development of a measure, environment and behavior, 10, 3-15.

Werts, C.E.; Linn, R.L.; Jöreskog, K.G. (1974): Intraclass reliability estimates: Testing structural assumptions, Educational and Psychological Measurement, 34, 25-33.

Teil III

UMWELT UND GESUNDHEIT

Die vier folgenden Studien beschäftigen sich mit dem Problem, unter welchen Bedingungen objektiv als schädigend erachtete Umwelteinwirkungen in der Tat zu Stressoren und Belastungen werden. Es zeigt sich in allen vier Studien, daß psychosoziale Bedingen, die also in der Person bzw. in ihrem sozialen Umfeld liegen, als mediative und moderierende Einflüsse in die Erklärungsmodelle eingebracht werden müssen, um die Wirkungen auf die Personen erstellen zu können. Dies gilt für Einflüsse wie Lärm (Rohrmann, Kap. 8), Belastungen aus der Wohnsituation (Rohrmann; Rudinger, Kap. 9), Risikofaktoren für Herz-Kreislauferkrankungen (Rudinger, Matschinger, Kap. 10) und nicht zuletzt für die Beziehung zwischen Rauchen und Lungenkrebs (Schmidt, Kap. 11).

[8]

Bernd Rohrmann

Wirkungsmodelle zur Reaktion auf Umweltstressoren

Mit diesem Beitrag werden drei Ziele verfolgt. Er soll aufzeigen, welche Kausalitätsfragen bei der Analyse von Umwelteinwirkungen in Wohngebieten auftreten. Es werden einige inhaltliche Ergebnisse aus Kausalanalysen zur Reaktion auf Umweltstressoren (wie z.B. Lärm) vorgestellt. Es werden charakteristische Schwierigkeiten verdeutlicht, die sich einem nicht-professionellen Benutzer komplexer kausalanalytischer Statistikprogramme (wie LISREL) stellen.

1. ZIELSETZUNG

Mit dem folgenden Beitrag werden hauptsächlich drei Ziele verfolgt: er soll

- aufzeigen, welche Kausalitätsfragen bei der Analyse von Umwelteinwirkungen in Wohngebieten auftreten;
- einige inhaltliche Ergebnisse aus Kausalanalysen zur Reaktion auf Umweltstressoren vorstellen (dies geschieht nur beispielhaft);
- charakteristische Schwierigkeiten verdeutlichen, die sich einem (non-professionellen!) Benutzer komplexer kausalanalytischer Statistikprogramme stellen.

Der Text ist aus umweltpsychologischer und anwendungsorientierter Perspektive verfaßt. Auf statistische oder rechentechnische Probleme soll nicht eingegangen werden.

2. KAUSALITÄTSFRAGEN IN DER SOZIALWISSENSCHAFTLICHEN UMWELTFORSCHUNG

Umweltstressoren wie Luftverschmutzung, Lärm, Gerüche, Erschütterung, bauliche Dichte, Siedlungszerschneidung, Unfallgefahren u.a.m. beeinträchtigen Millionen von Menschen, insbesondere in großstädtischen Wohngebieten.

Wesentliches Ziel der psychologischen/sozialwissenschaftlichen Umweltforschung ist es, die Auswirkungen solcher Umweltstressoren auf die Lebensbedingungen der Bevölkerung und die Reaktionen der Betroffenen auf Beeinträchtigungen zu beschreiben und zu erklären (über das Forschungsfeld informieren z.B. Evans 1983 oder Fisher, Bell & Baum 1985, Ch. 4, 6, 8). Unter umweltpolitischen Gesichtspunkten müssen die wissenschaftlichen Befunde im Blick auf kritische Belastungen bewertet und effiziente technische sowie rechtliche Schritte zum Schutz der Betroffenen bzw. zur Minderung der Belastungen ergriffen werden. Dies ist ein interdisziplinäres Problem, bei dem Sozialwissenschaft, Medizin, Rechtswissenschaft und Ingenieurwissenschaft gleichermaßen angesprochen sind.

Klärungsbedürftig sind vor allem sieben Fragestellungen, die in Tabelle 1 zusammengestellt sind (nach Rohrmann 1984).

Tabelle 1: Zentrale Fragestellungen zur Wirkung von Umweltstressoren

o Welche Beeinträchtigungen?	$B = ?$
o Auftreten/Ausmaß des Stressors ursächlich?	$B = f(A)?$
o Unzumutbarkeitsschwelle ?	$B_{krit} = ?$
o Korrespondierende Belastungsgrade ?	$A \mid B_{krit} = ?$
o Stellenwert von Ko-Determinanten?	$f(K) = ?$
o Mögliche Maßnahmen?	T u/o § = ?
o Minderungs-Effizienz?	B' = f(T, §)?

Drei der o.g. Punkte zielen ganz direkt auf Kausalitätsfragen:

$B = f(A)$? D.h.: Inwieweit sind Auftreten und Ausmaß bzw. der Grad der Belastung (A) durch den jeweiligen Stressor (z.B.: akkustischer Geräuschpegel) ursächlich für beobachtete Beeinträchtigungen (B)? (Siehe hierzu Abschnitt 4.)

$f(K) = ?$ D.h.: Welche Moderatorvariablen (situative u/o personelle) wirken wo und wie als Ko-Determinanten (K) der Reaktion auf Umweltstressoren? (Zur Entwicklung entsprechender Wirkungsmodelle siehe Abschnitt 5.)

B' = f(T u/o) §) ? D.h.: Ist eine eingetretene Verringerung von Beeinträchtigungen (B') tatsächlich auf die durchgeführten technischen (T) u/o rechtlichen Maßnahmen (§) zurückzuführen? (Diese Frage führt zur Evaluationsthematik; sie soll in diesem Text nicht näher behandelt werden; bezogen auf das Problemfeld Lärm s. aber Rohrmann 1982.)

Hier und im folgenden wird durchgängig zwischen 'objektiven' und 'subjektiven' Sachverhalten unterschieden, also einerseits (Umwelt-)Stressoren bzw. Belastungen (A) und andererseits Beeinträchtigungen bzw. (zumeist negativen) Reaktionen auf nachteilige Umweltbedingungen (B).

Die Klärung der Kausalstruktur von Wirkungen hat also zweifache Bedeutung für die Umweltwirkungsforschung: Unter theoretischen Gesichtspunkten ist klärungsbedürftig, was 'echte' oder scheinbare Wirkungen, was direkte oder indirekte Folgen sind, und wie der Umweltstressor intern 'verarbeitet' wird. Im Blick auf technologische Anwendungen ist entscheidend, ob, wie und in welchem Grad sich Veränderungen des Umweltstressors (d.h. der Belastung) - oder auch der relevanten Randbedingungen - auf die zu vermindernden Beeinträchtigungen auswirken.

3. URSACHE-WIRKUNGS-ZUSAMMENHÄNGE BEI UMWELTSTRESSOREN

Im folgenden soll erörtert werden, wie man sich den Zusammenhang zwischen 'Ursachen-Variablen' und 'Wirkungs-Variablen' theoretisch vorstellen, und wie man empirische Befunde bewerten kann. Inhaltlich geht es dabei um die Kontingenz zwischen (A) dem Ausmaß der Belastung und (B) dem Grad der Beeinträchtigung durch Umweltstressoren.

(1) Empirische Befunde

Zunächst ist es aufschlußreich, wie der empirische Zusammenhang in Feldstudien mit (mehr oder minder repräsentativen) Bevölkerungsstichproben ist. Als Beispiel sei die Lärmforschung betrachtet. In Tabelle 2 (linker Teil) ist die Verteilung der Korrelationen r_{AB} zwischen den jeweils best-korrelierenden A- und B-Kennwerten für 26 Feldstudien aus 10 verschiedenen Ländern dargestellt. Im Schnitt resultiert 0,45 bis 0,50; d.h. etwa 20 bis 25 % der Varianz der individuellen Reaktionen sind durch den Grad der Geräuschbelastung determiniert. Bei anderen Stressoren, etwa Geruchsbelästigungen oder Erschütterungen, treten geringere oder bestenfalls gleich hohe Zusammenhänge auf.

Tabelle 2: Korrelationen r(AB) in Feldstudien zur Belästigung durch Lärm

r	26 Studien r_{AB}	12 Studien r_{AB}	$r_{\bar{A}\bar{B}}$
⩾.20	0	0	
⩾.30	00000	000	
⩾.40	00000000	0000	
⩾.50	0000000	000	0
⩾.60	0000	0	
⩾.70	0		0
⩾.80			00000
⩾.90			00000

Lärmarten: Auto-, Flug-, Eisenbahn-, Industrie-, Baulärm.
A = Ausmaß der Geräuschbelastung.
B = Beeinträchtigung durch Lärm.
Stichprobengrößen/ Zwischen 274 und 6502
Quelle: Rohrmann 1984, Boxen 3-2 und 3-6 (dort Nachweise).

Anmerkung: Oft wird mit aggregierten Daten - Durchschnittswerten $\bar{A}$ und $\bar{B}$ je Gebiet oder ähnlichen über-individuellen Einheiten - gerechnet. Dies führt zu ungleich höheren Korrelationen zwischen Ausmaß der Belastung und Beeinträchtigung ($r_{\bar{A}\bar{B}}$ um 0,80), wie in Tab. 2 (rechter Teil) anhand von 12 der 26 Studien ausgewiesen ist. Diese 'Varianzdetermination' um 65 % verschleiert freilich die beträchtliche Variabilität individueller Lärmverarbeitung; im Prinzip handelt es sich um einen ökologischen Fehlschluß (Robinson 1950; Hummel 1972).

Ein einfaches "S-R-Modell" ist also unangemessen; außer dem "Stimulus" sind weitere Determinanten der "Reaktions"-Stärke zu unterstellen.

(2) Beurteilungskriterien

Zunächst gilt im Fall physikalischer Umweltstressoren im Prinzip, daß als Ursache-Wirkungs-Beziehung A->B (und nicht B->A) zu unterstellen ist. Es bleibt aber die Frage, wie 'deutlich' bzw. 'eindeutig' die Relation A-B sein muß, um Beeinträchtigungen als Stressor-Wirkung beurteilen zu können. Das Problem "kausaler" Interpretation sozialwissenschaftlicher Daten ist vielfach behandelt worden (s. z.B. Lazarsfeld 1955; Opp & Schmidt 1976; Kenny 1979). Hier sei - im Anschluß an Rohrmann (1984), der diese Frage für die Lärmforschung erörtert - von folgender Position ausgegangen: Von "Wirkung" im kausalen Sinne sollte nur gesprochen werden, wenn

- empirisch ein hinreichender Zusammenhang mit der Geräuschbelastung erwiesen ist,
- eine schlüssige theoretische Begründung für die Ursächlichkeit verfügbar ist,
- methodisch gesichert ist, daß konkurrierende Ursachen allenfalls zusätzliche, aber nicht ausschließliche Einflußgrößen sind.

Was man als "hinreichend" engen Zusammenhang betrachtet, ist natürlich arbiträr. Soweit es sich um Korrelationen handelt, sollten aber wenigstens 10 % Varianzdeterminanten gegeben sein (d.h. $r_{AB} > 0,32$); für 'ökologische' Korrelationen ist 50 % vorgeschlagen worden ($r_{\bar{A}\bar{B}} > 0,7$). Auch die Etiketten "schlüssig" und "gesichert" sind vorerst vage und bedürfen in jeder Studie der konkreten Einlösung.

(3) Relevante Kausalitätsarten

Bei der kausalen Interpretation empirischer Befunde ist zu bedenken, was überhaupt auftreten könnte: Bei zwei Variablen kann z.B. non-kausale Kovariation oder eine gerichtete Kausalbeziehung oder gegenseitige Abhängigkeit oder keine Kovariation gegeben sein. In Abbildung 1 sind entsprechende Kausalitätsarten graphisch dargestellt.

Abbildung 1: Kausalrelationen zwischen zwei Variablen X und Y

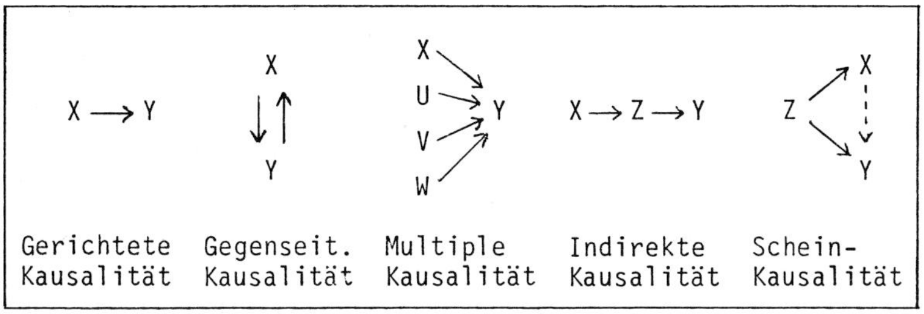

Ein wichtiger Punkt sowohl für die Interpretation vorhandener Daten als auch für die Konstruktion von theoretischen Modellen ist die Differenzierung von 'direkter' und 'indirekter' Kausalität. Da Umweltstressoren naturgemäß nicht nur eine Auswirkung haben, muß - funktional wie zeitlich - von Wirkungsketten ausgegangen werden. Abbildung 2 soll einige grundsätzliche Möglichkeiten veranschaulichen. In diesem Zusammenhang ist zugleich zu bedenken, daß die A-B-Relationen durch Kodeterminanten beeinflußt werden; auf entsprechende Moderator-Konzepte wird in Abschnitt 6(3) eingegangen.

Abbildung 2: Beispiele für Wirkungsketten von Beeinträchtigungseffekten

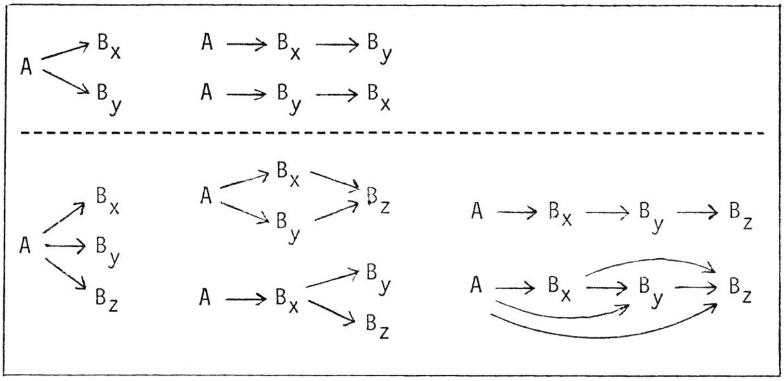

Die Analyse derartiger Wirkungsketten kann zwei Zwecken dienen. Zum einen geht es um die Spezifizierung eines Bündels von Reaktionen als Kausalstruktur. Zum anderen ist klärungsbedürftig, ob Variablen ohne direkten Bezug zur Ursache "A" möglicherweise doch mittelbare Effekte von A, d.h. sekundäre Folgen primärer Wirkungen, sind. Die Klärung solcher Fragen ist notwendig, wenn Kausalmodelle zur Wirkung von Umweltstressoren entwickelt und empirisch analysiert werden sollen.

4. KONZEPTION MULTIKAUSALER THEORETISCHER MODELLE

Naturgemäß kann bei so komplexen Umwelteinwirkungen wie Verschmutzung, Lärm, Geruch in Wohngebieten nur ein multikausaler Ansatz angemessen sein, wenn die Reaktionen der betroffenen Anwohner zum Erklärungsgegenstand gemacht werden. Inhaltlicher Ausgangspunkt ist eine "Person-Umwelt-Interaktionsperspektive", deren Struktur die Skizze in Abbildung 3 andeutet.

Die (objektiven) Umweltbedingungen erfahren in individueller Interpretation eine (subjektive) Bewertung, die - ebenso wie daraus abgeleitete Handlungen (Verhaltensreaktionen) - durch Situationseinflüsse und Persönlichkeitseigenschaften mitbestimmt sind.

Darüber hinaus ist zu berücksichtigen, daß die Handlungen auf situative Umstände und Merkmale der Person zurückwirken, vor allem aber, daß der Handelnde seine Umwelt verändern kann.

Sofern man zunächst einmal Rückkopplungen ausklammert und außerdem die Zeitdimension unbeachtet läßt, läuft der Ansatz formal auf ein konventionelles "S-M-R"-Modell mit Stimulus-, Moderator- und Reaktions-Komponenten hinaus, für dessen Entwicklung vor allem folgende Schritte wichtig sind:

- die Abgrenzung des Umweltaspekts, dessen Auswirkungen erklärt werden sollen;

- die Differenzierung von Reaktionsketten (bei Bewertungen und Handlungen);
- Annahmen über Art und Wirkung außerphysikalischer Faktoren, die als Moderatoren die subjektive Verarbeitung von Umweltstressoren mitbestimmen.

Abbildung 3: Grundstruktur der Wirkung von Umweltstressoren

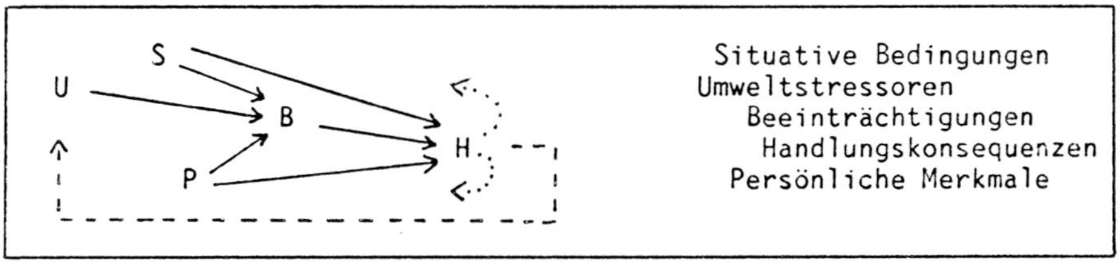

Im folgenden sollen inhaltliche Beispiele für die Konzeption solcher Modelle aufgeführt werden, die drei verschiedenen Feldern sozialwissenschaftlicher Umweltforschung - Lärmforschung, Risikoforschung, Partizipationsforschung - entstammen:

(A) Verarbeitung des Umweltstressoren Lärm

In einem Projekt "Betroffenheit einer Stadt durch Lärm" (Projekt BSL) wurde die Belästigung durch verschiedene Lärmarten (Autolärm, Bahnlärm usw.) in einer Großstadt untersucht (Finke, Guski & Rohrmann 1980; Guski & Rohrmann 1981). Das zugrundegelegte Rahmenmodell zeigt Abbildung 4.

(B) Bewertung von Umweltstressoren als Risikofaktoren

Als Teil einer Studie zur Beurteilung riskanter Tätigkeiten und Lebensbedingungen (Borcherding et al. 1986) wurden "Risiko-Bewertungen zu umweltbelastenden Technologien" (z.B. Kraftwerke, Flughäfen) analysiert (Projekt RBU; Rohrmann & Borcherding 1985), siehe dazu Abbildung 5.

(C) Partizipation und Protest bei Umweltverschlechterungen

In einer Längsschnittstudie "Determinanten von Partizipationsentscheidungen bei Umweltplanungen" (Projekt DPU) ging es darum, wie Bürger auf Verkehrsplanungen (Ausbau einer Bahnstrecke) reagieren, und warum sie sich für oder gegen Partizipationsaktivitäten entscheiden (Prester, Rohrmann & Schellhammer 1981, im Druck), siehe dazu Abbildung 6.

Es handelte sich um quasiexperimentelle Feldstudien. - Eine inhaltliche Diskussion der jeweils zugrundeliegenden Konzeption würde hier zu weit führen (siehe dazu die genannten Berichte); es sollen lediglich einige methodische Probleme am Beispiel aufgezeigt werden.

Abbildung 4: Rahmenmodell zur Wirkung von Umweltlärm (Projekt BSL)

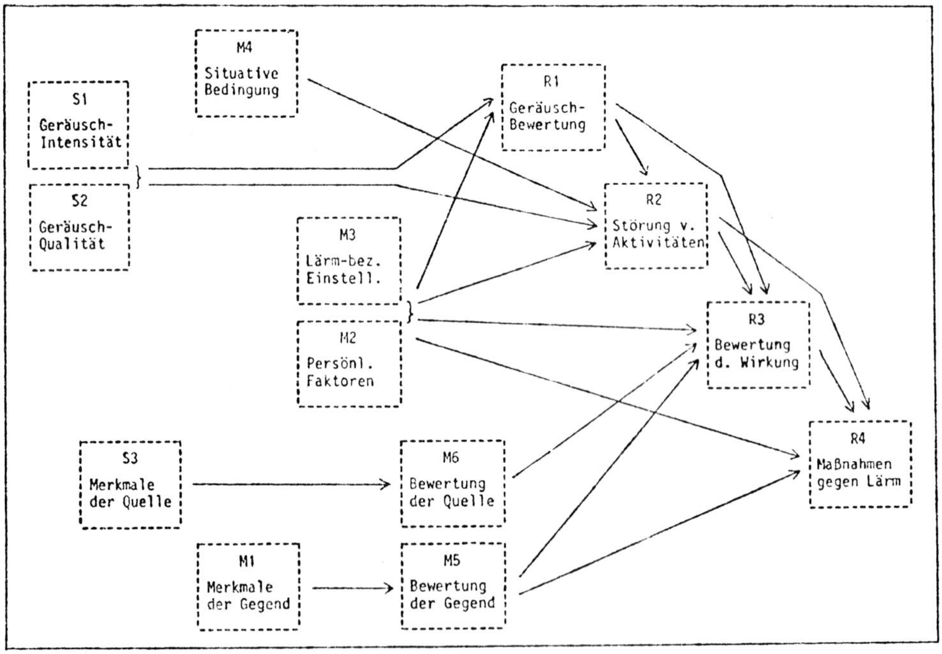

Abbildung 5: Rahmenmodell zur Einschätzung und Akzeptanz von Risiken (Projekt RBU)

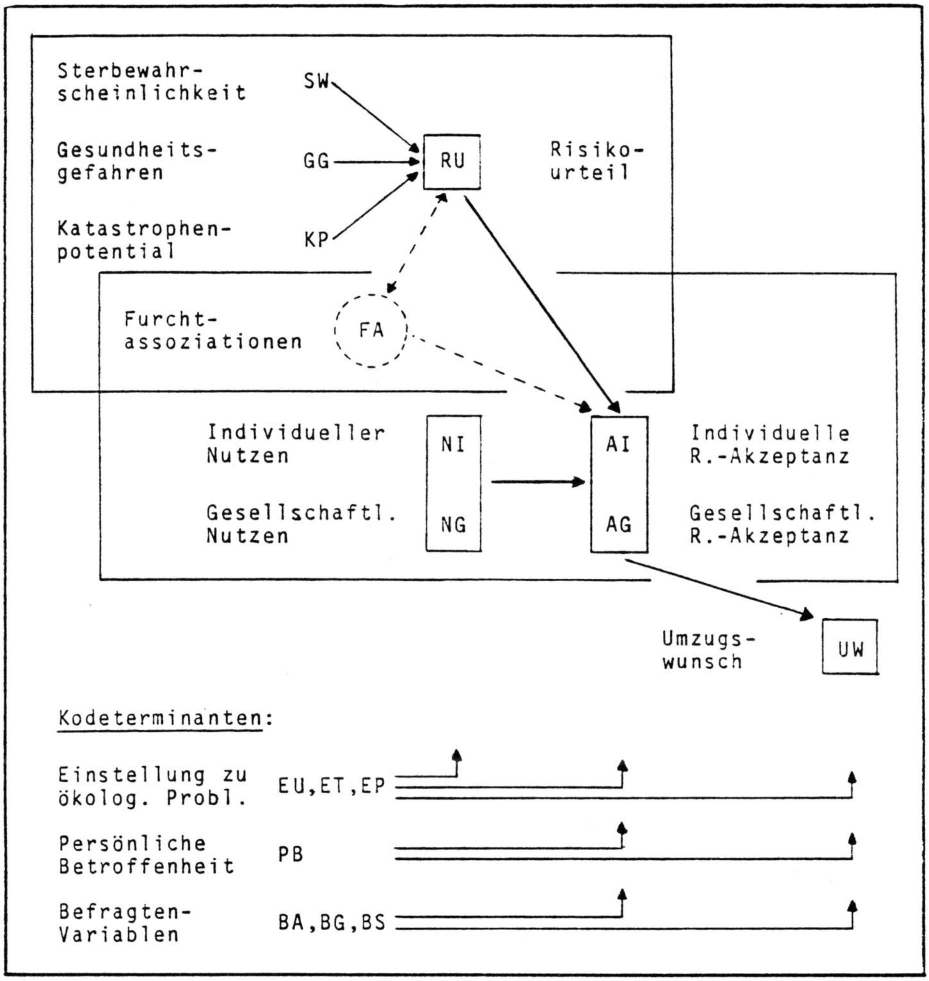

Abbildung 6: Rahmenmodell "Determinanten individueller Partizipationsentscheidungen bei Umweltproblemen (Projekt DPU)

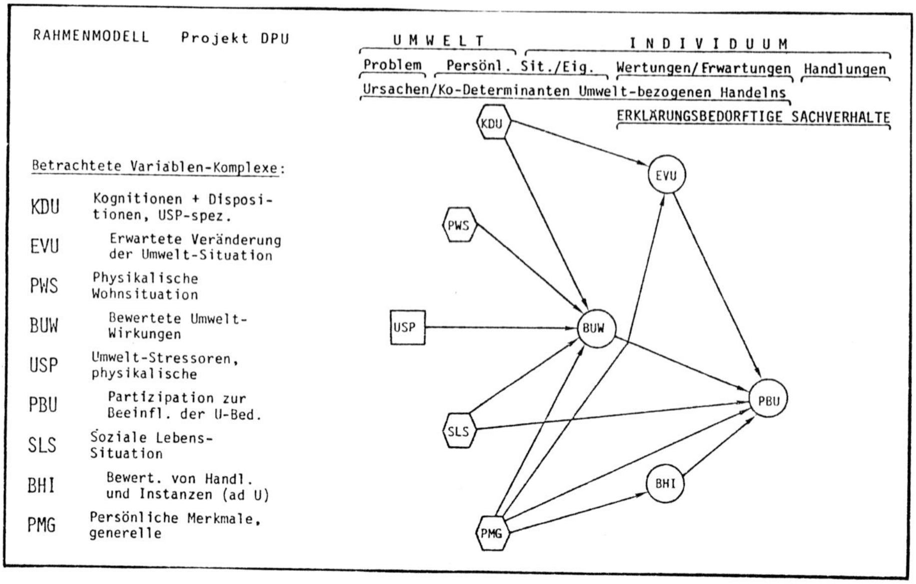

Alle Modelle entstanden relativ eklektisch (etwa im Sinne von Wilcox 1981) als Aufarbeitung und 'Kompilierung' des verfügbaren Wissens, ohne einer bestimmten theoretischen Perspektive verpflichtet zu sein. Die einbezogenen Aspekte sind als - u.U. mehrdimensionale - Variablen-Komplexe zu verstehen (besonders in Projekt A und C), nicht als Konstrukte im engeren Sinn, und bedürfen der Operationalisierung durch einen oder mehrere Indikatoren. Diese Rahmenmodelle dienten entsprechend als Grundlage für Variablenauswahl, Fragebogenkonstruktion und statistische Analysen.

5. EINIGE EMPIRISCHE ANALYSEN ZU WIRKUNGSMODELLEN

Die 'Umsetzung' der theoretischen Rahmenmodelle in empirische Analysen geschah jeweils in folgenden Schritten:

- Prüfung der Angemessenheit der Indikatoren je Konzept;
- Analyse von Modellausschnitten durch Partialkorrelationen, multiple Regressionen u.ä.;

- Kausalanalytische Auswertung zum Strukturmodell durch Pfadanalysen (Duncan 1975; Ziegler 1972) und später mit Hilfe des LISREL-Verfahrens (Jöreskog & Sörbom 1981).

Wie üblich wurden zahlreiche Revisionen gerechnet, wobei der Vergleich von eingegebener und modellgemäß rückgerechneter Korrelationsmatrix wesentlicher Bewertungsgesichtspunkt war; ferner sind teils Subgruppenvergleiche durchgeführt worden.

In den Abbildungen 7, 8 und 9 werden nun beispielhaft je eine empirische Lösung zu den drei Problemstellungen wiedergegeben. Sie betreffen jeweils einen Ausschnitt aus den zuvor (in Abb. 4-6) gezeigten Rahmenmodellen.

Anmerkung zur Datenbasis (Näheres in den o.g. Publikationen):
(A) Projekt BSL: 636 Befragungen in 19 städtischen Gebieten verschiedener Lärmbelästigung.
(B) Projekt RUB: 80 Befragungen bei 4 Gruppen unterschiedlicher ökologischer Orientierung.
(C) Projekt DPU: 229 Befragungen in 2 von einem Planfeststellungsverfahren betroffenen Stadtvierteln.

Abbildung 7: Pfadmodell zur Verarbeitung von Umweltlärm

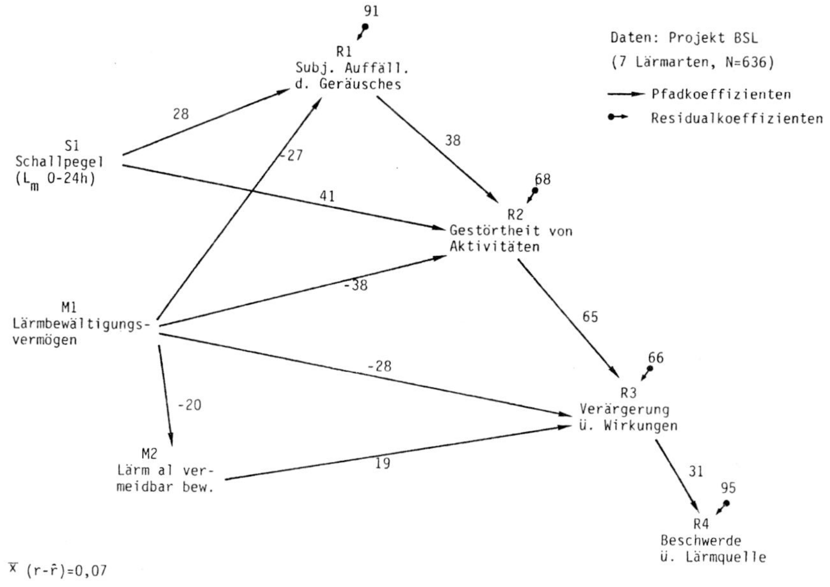

Abbildung 8: Strukturmodell: Bewertung von Umweltstressoren unter Risiko-Aspekten

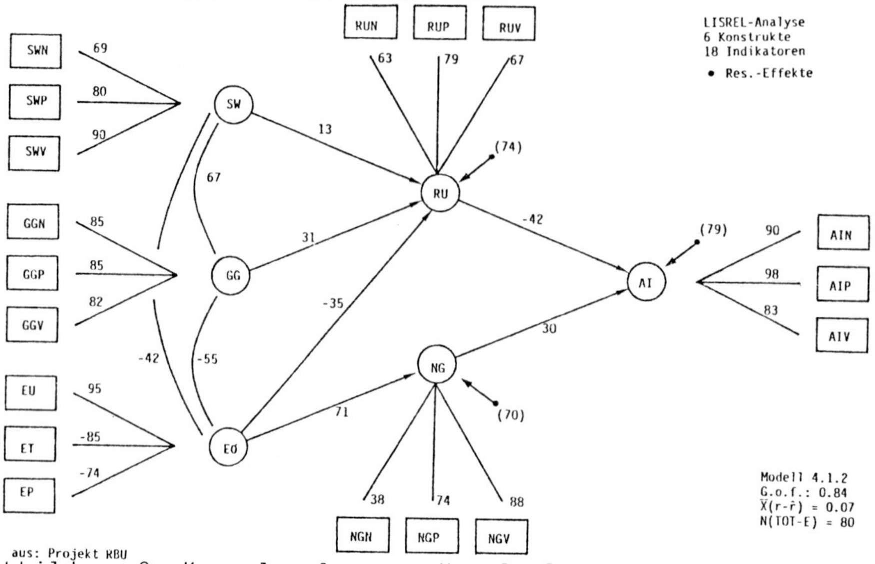

aus: Projekt RBU

Abbildung 9: Kausalanalyse zu Umwelt-Bewertung und Partizipationsverhalten

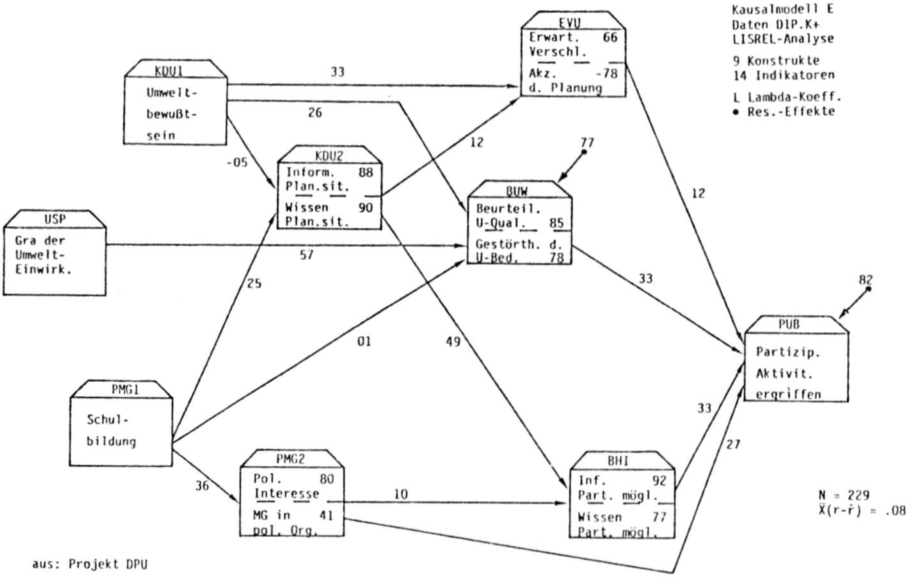

aus: Projekt DPU

Alle Analysen tragen zu dem Erkenntnisziel bei, die kognitive Struktur herauszuarbeiten, die Bewertungen von Umweltstressoren sowie darauf bezogenen Handlungen zugrundeliegt, und dabei den Stellenwert psychologischer im Verhältnis zu physikalischen Determinanten zu klären. Dies sei kurz erläutert:

Zu Thema (A), Wirkung von Umweltlärm (Abb. 7):

Es zeigt sich, daß die unterstellte Wirkungskette R1-R2-R3-R4 mit den empirischen Daten im Einklang ist, wobei nur R1 und R2 als direkte Effekte des Stressors (S1), R3 und R4, emotionale Reaktionen und Handlungskonsequenzen, hingegen als indirekte Wirkungen erscheinen. Weiter haben psychologische Moderatorvariablen - hier: Stressor-spezifische, vom Belastungsgrad aber unabhängige Einstellungen (M3, M6) - beträchtlichen Einfluß auf die Wahrnehmung und Bewertung akustischer Umweltstressoren, insbesondere das subjektive Lärmbewältigungsvermögen. Die Vorzeichen bei dieser Variablen (M3) sind naturgemäß negativ, da sie einen beeinträchtigungsmindernden Faktor erfaßt.

Zu Thema (B), Bewertung von Umweltrisiken (Abb. 8):

Bezogen auf die hier betrachteten drei Umweltprobleme, nämlich Kohlekraftwerke ("N"), Großflughafen ("P") und petrochemische Industrie ("V"), erweisen sich außer den unmittelbar risiko-bezogenen Urteilsdeterminanten generelle ökologische Attitüden (EÖ) als wesentliche Determinanten der Einschätzung von Risikohaltigkeit (RU) sowie Nützlichkeit (NG), die ihrerseits signifikant in die Akzeptanz von Risikoquellen (AI) einfließen.

Hinweis: In der Abbildung sind die Indikatoren mit drei Buchstaben - dem Variablenkürzel aus Abbildung 5 plus dem o.g. Kennbuchstaben der Quelle - benannt. Die Variable "EÖ" ist so gepolt, daß positive Werte für kleines und negative Werte für großes Umweltengagement stehen.

Zu Thema (C), Protest gegen Umweltveränderungen (Abb. 9):

Diese Analyse zielt vorrangig auf Determinanten der Partizipations- bzw. Protest-Entscheidung (PUB) ab. Hier hat die Bewertung der aktuellen Umweltqualität (BUW) größere Bedeutung als Erwartungen zur künftigen Umweltsituation (EVU). Vor allem aber wird der Stellenwert (lokal-)politischer Informiertheit (KDU2) und prozeduraler Kenntnisse (BHI) deutlich. Die Intensität des Umweltstressors (USP) und das Umweltbewußtsein (KDU1) als ökologische Attitüde haben nur mittelbaren Einfluß auf die Handlungsentscheidung.

Einige technische Hinweise: Eingabedaten waren Interkorrelationen. Die Analyse in Abbildung 7 wurde mit einem konventionellen pfadanalytischen Programm (Y-Pfad von Ziegler) gerechnet, die Modelle in Abbildung 8 und 9 mit LISREL V. Es sind jeweils korrelierte exogene Konstrukte und unkorrelierte Residuen der endogenen Variablen unterstellt worden; bei dem Modell in Abbildung 8 wurde angenommen, daß die Meßfehler homologer Indikatoren zu SW und GG (z.B. SWN, GGN usw.) und zu RU und AI (z.B. RUN, AIN usw.) korrelieren. $\bar{X}(r-\hat{r})$ bezieht sich auf die Differenz zwischen den empirischen Korrelationen und den aus dem Modell rückgerechneten Werten. Diese Differenzen sind im Mittel bei allen drei Modellen kleiner als 0,08 und damit erträglich gering.

Zugleich sind freilich auch die Unzulänglichkeiten und Mängel der Analysemodelle unübersehbar:

- Der jeweils einbezogene Variablensatz repräsentiert nur einen Teil des zugrundeliegenden theoretischen Rahmens, und einige Blöcke des Ausgangsmodells erscheinen im Analysemodell in zwei Konstrukten;
- einige behauptete Einflüsse erwiesen sich als empirisch irrelevant; in anderen Fällen (wo das Modell theoretisch unzureichend durchdacht war) mußten Wirkungsbeziehungen hinzugenommen werden;
- die Residualeffekte sind durchweg hoch, was die begrenzte Erklärungskraft verdeutlicht.

Eine mögliche Nicht- bzw. Kurvi-Linearität von Beziehungen ist in den gewählten linear-additiven Ansätzen naturgemäß unbeachtet geblieben. Die vereinfachte Annahme der Linearität ist jedoch zumindest für die Zusammenhänge zwischen den zentralen 'Stimulus'- und 'Reaktions'-Variablen und innerhalb des empirisch beobachteten Bereichs von Umweltstreß durchaus gerechtfertigt.

Schließlich ist zu beachten, daß es sich um statische und rekursive Dependenzmodelle handelt. (Zwar wurden auch längsschnitt-bezogene - hier nicht dargestellte - Modelle gerechnet; interaktive Effekte sowie insbesondere Rückkopplungen blieben jedoch, obgleich theoretisch durchaus unterstellt, in den bisherigen Analysen noch unberücksichtigt.)

6. CHARAKTERISTISCHE INHALTLICHE UND METHODISCHE SCHWIERIGKEITEN

In den erwähnten Studien traten trotz aller thematischen Unterschiede doch immer wieder ähnliche Schwierigkeiten in der kausalanalytischen Vorgehensweise auf.

(1) Inhaltliche Probleme

Wenn die empirischen Modelle oft nur ein schwaches Abbild der theoretischen Konzeption darstellen, so hat dies u.a. folgende Gründe:

- Inhaltlich angemessene Modellvorstellungen geraten zumeist komplexer, als die verfügbaren Analysetechniken noch verarbeiten bzw. in eindeutig interpretierbare Resultate 'umsetzen' können.
- Wenn die einbezogenen theoretischen Konstrukte eher Variablenkomplexe und in sich mehrdimensional sind, ist eine strikte Operationalisierung problematisch bzw. Entscheidungen dazu können arbiträr geraten. (Einerseits sollen die Modellkomponenten generell, andererseits nicht heterogen sein; dies ist umso schwerer zu erreichen, je vielfältiger die unterstellten Determinanten sind.)
- Zusammenhänge zwischen Variablen, die 'eigentlich' durch substantielle Einflüsse bedingt sind, können durch methodische Artefakte (z.B. Ähnlichkeit des Erhebungsverfahrens, Antworttendenzen, kognitive vs. affektive Ebene usw.) überlagert bzw. verzerrt werden.

(2) Methodische Aspekte

- Wenn überwiegend (Quasi-)Intervallskalen vorliegen, wird man diesen Vorteil, d.h. die damit zugänglichen Verfahren, nutzen wollen; dann werden aber Variablen mit abweichendem Skalenniveau problematisch. (Solche Indikatoren einfach auszuklammern, ist theoretisch unangemessen; mehr oder minder gewaltsame Umkodierungen o.ä. sind methodisch unbefriedigend.)
- Es gibt beträchtliche Möglichkeiten (besonders natürlich für 'Profis'), die "Anpassungsgüte" von Modellen zu trimmen, sei es durch Vermehrung der Kausalverknüpfungen ('Inflation der Pfeile'), durch Auswechseln von Konstrukt-Indikatoren, durch 'Annahmen' über korrelierte Residuen, u.v.a. m. (Die große Problem-Flexibilität der neuen Analysesysteme eröffnet also nicht nur im guten Sinne reichhaltige Manipulationsmöglichkeiten. Vgl. hierzu auch Giegler 1984.) Dies scheint auch unter dem Gesichtspunkt gravierend, daß mit "Kausalanalysen" Modelle ohnehin nicht "bewiesen" werden können.

Aus der Perspektive non-professioneller Nutzer (also auch des Autors) ist in diesem Zusammenhang ferner sehr unbefriedigend, daß der Umgang mit Verfahren wie LISREL nicht nur "eine Wissenschaft für sich", sondern - eigentlich noch schlimmer - mitunter auch eine Kunst zu sein scheint, also beträchtliche hermeneutische Kompetenz verlangt.

Inhaltlich bzw. theoretisch sind bei der Entwicklung und Analyse von Modellen weniger die Ausgangs-Ursachen und die schlußendlichen Wirkungen als viermehr die 'Zwischenglieder' problematisch; darauf soll deshalb noch etwas näher eingegangen werden.

(3) Exkurs: Moderator-Konzepte

Wenn hier meist der Begriff Moderator benutzt wird, so sind damit empirische Variablen gemeint, die zusätzlich zu 'Stimulus'-Variablen 'Reaktions'-Variablen ko-determinieren, ohne selbst durch Stimulusvariablen (wesentlich) determiniert zu sein.

"Stimulus" und "Reaktion" sind nur im Sinne des jeweiligen Kontexts sinnvoll zu definieren. Der Moderatorbegriff stammt ursprünglich aus der Testpsychologie (Saunders 1956; Zedeck 1971); die Abgrenzung zum Begriff "intervenierende Variable" scheint unterschiedlich gesehen zu werden. (Zum Gebrauch in der Lärmforschung s. Rohrmann 1984.)

Die entscheidende Frage ist wohl: Wie 'operieren' die interessierenden Moderatoren? In Abbildung 10 sind dazu vier Konzepte dargestellt, die bei Guski und Rohrmann (1974) bzw. Rohrmann (1984) folgendermaßen beschrieben sind:

- Die "Regler"-Vorstellung soll ausdrücken, daß die durch den Umweltstressor hervorgerufene Reaktion je nach Ausprägung des Moderators verstärkt oder abgeschwächt wird (gewissermaßen im Sinne eines 'Verstärkers' oder 'Widerstands').
- Die "Einschalter"-Vorstellung besagt, daß die interessierende Wirkung nur bei hinreichender M-Ausprägung auftritt (andernfalls keine Korrelation S-R gegeben ist).
- Die "Umschalter"-Vorstellung sieht vor, daß je nach Moderator-Ausprägung unterschiedliche (quantitativ und/oder qualitativ divergente) Reaktionen resultieren.
- Die "Vermittler"-Vorstellung schließlich geht von den oben erörterten Wirkungsketten aus und soll ausdrücken, daß jede Primärreaktion im Blick auf Sekundärreaktionen auch als deren "Moderator" interpretiert werden kann.

Die dargestellten Konzepte sind allerdings weder streng disjunkt, noch dürften sie erschöpfend sein.

Abbildung 10: Konzepte zur Funktion von Moderator-Variablen

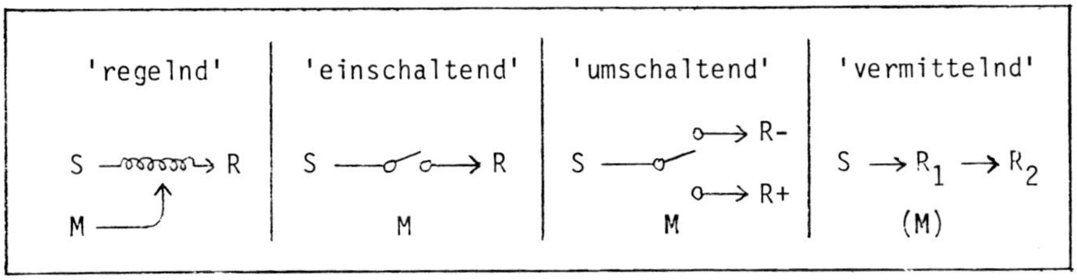

Mit den üblichen linearen Analyseverfahren auf der Basis von Korrelationen läßt sich nur beschränkt klären, welches Modell empirisch adäquat ist. (Schon bei der Regler-Vorstellung - Moderatoren sind Abschwächer/Verstärker - ist sowohl ein linear-additives wie ein multiplikates Zusammenwirken von "S" und "M" denkbar; bei Geltung des Umschalter-Konzepts müßte korrelative Analysen - einschließlich Partialkorrelationen - zu Fehlschlüssen führen.) Angezeigt wären demgegenüber z.B. Subgruppenanalysen gemäß verschiedenen Ausprägungen des interessierenden M-Faktors und die Nutzung varianzanalytischer oder ähnlicher Auswertungstechniken, die Interaktionseffekte abbilden können.

Modelle mit quantitativen Moderatoren ("Einschalter", "Umschalter") könnten auch mit Hilfe der "DEL"-Methode (Hildebrandt, Laing & Rosenthal 1977; vgl. auch Rudinger in diesem Band) analysiert werden; dazu müßten die theoretisch sinnvollen S-M-R-Konfigurationen definiert und als Prädiktionsmodelle mit entsprechenden empirischen Daten verglichen werden.

Eine genauere Klärung ist notwendig, weil sich andernfalls die kognitive Struktur des Verarbeitungsprozesses bei Umweltstressoren nicht angemessen erklären läßt.

8. SCHLUSSFOLGERUNGEN

Wie weit lassen sich nun die in Tabelle 1 aufgeworfenen Fragen zur Wirkung von Umweltstressoren nach dem heutigen Kenntnisstand beantworten?

Zunächst ist festzustellen, daß sich die auftretenden Beeinträchtigungen, ihr Zusammenhang mit den zugrundeliegenden Belastungen und der Stellenwert persönlichkeitsspezifischer sowie situativer Kodeterminanten quantitativ wie qualitativ überwiegend gut beschreiben lassen.

Zugleich zeigen die bisherigen Erkenntnisse sehr deutlich, daß viele der unterstellten Ursache-Wirkungs-Beziehungen nicht sehr stark bzw. relativ indirekt und vielfältigen Moderatoreffekten unterworfen sind. Anwendungsbezogen bedeutet das: Veränderungen (Minderungen) bei den Belastungsfaktoren können also allenfalls probabilistisch auf die (zu reduzierenden) Beeinträchtigungen 'durchschlagen'. Dies ist wichtig, wenn Annahmen zur Wirksamkeit von Maßnahmen zu entwickeln sind.

Desungeachtet sind zahlreiche inhaltliche bzw. theoretische Fragen zu Umweltstressoren bislang nur unzureichend geklärt, so etwa Entwicklungs- und Veränderungsvorgänge in der erlebten Gestörtheit, Wechselwirkungen beim Zusammentreffen mehrerer Stressoren, Spät- bzw. Nachwirkungen von Belastungen u.a.m.

Zwei Problemstellungen seien noch hervorgehoben:

- Wirkungsmodelle zu Umweltstressoren sollten konsequenter als bisher im Blick auf Rückkopplungsvorgänge hin entwikkelt und auch empirisch untersucht werden (s. die "transaktionale" Perspektive der Umweltpsychologie, z.B. Stokols 1978, 1983; vgl. auch Franck 1984; Guski 1987).
- Forschung zu Umweltstressoren ist - nicht nur, aber auch - in besonderem Maße anwendungsorientiert: Sie stellt eine wichtige Grundlage für die Konzeption und Durchführung von Maßnahmen zum Schutz der Betroffenen dar. Wie die Effizienz solcher Maßnahmen aussieht und wovon vor allem deren subjektive Wirksamkeit abhängt, ist allerdings noch nicht umfassender untersucht worden (soweit es den Stressor Lärm betrifft, liegen Befunde u.a. von Cohen et al. 1981 oder Kastka 1981 vor; ein Rahmenmodell ist in Rohrmann 1984 dargestellt). Es bedarf also weiterer Evaluationsforschung.

Methodisch ergibt sich als Konsequenz, daß die Kausalanalyse in der Umwelt(-wirkungs-)forschung unter nomologischen ebenso wie unter technologischen Gesichtspunkten noch wesentlich zu verbessern ist; dies betrifft Untersuchungskonzeption und Auswertungsverfahren zugleich. Da Analysetechniken nicht kompensieren können, was im Forschungsdesign mangelt, ist die Planung von Untersuchungen entscheidend; besonders hilfreich sind naturgemäß (quasi-)experimentelle Designs und Längsschnittansätze.

Je besser schließlich das Wissen über die Wirkung von Umweltstressoren fundiert ist, desto eher wird auch begründete Entscheidungshilfe in der umweltpolitischen 'Umsetzung von Wissenschaft' möglich sein.

8. ZUSAMMENFASSUNG

Innerhalb der Umweltforschung versuchen Psychologen und Sozialwissenschaftler u.a., die Auswirkungen der Belastung durch Umweltstressoren - z.B. Lärm, Gerüche, Verschmutzung usw. - auf menschliches Erleben und Verhalten zu beschreiben und zu erklären. Unter Kausalitäts-Gesichtspunkten sind vor allem folgende Fragen klärungsbedürftig:

- Inwieweit ist das Ausmaß der Belastung ursächlich für die dem Stressor zugeschriebenen Beeinträchtigungen?

- Wie beeinflussen außerphysikalische Kodeterminanten die Reaktion auf Umweltstressoren?

- Wovon hängt es ab, wie sich Belastungsverminderungen bei den Betroffenen subjektiv auswirken?

Diesen Fragestellungen wurde am Beispiel von verschiedenen Studien nachgegangen, in denen (A) die Verarbeitung des Umweltstressors Lärm, (B) Bewertungen von Umweltstressoren als Risikofaktoren, (C) Protestverhalten bei Umweltverschlechterungen untersucht wurden. Dabei wurden jeweils ein theoretisches Rahmenmodell und eine zugehörige empirische Kausalanalyse vorgestellt.

Die Diskussion von Ursache-Wirkungs-Beziehungen, von Moderator-Konzepten und von inhaltlichen wie methodischen Problemen der statistischen Analyse komplexer Wirkungsmodelle verdeutlicht charakteristische Schwierigkeiten kausalanalytischer Forschung. Eine Überwindung dieser Probleme ist jedoch wünschenswert, weil bessere Kenntnisse über die Wirkungsstruktur von Umweltstressoren nicht nur nomologisch, sondern auch technologisch - als Entscheidungshilfe für Anwender - relevant sind.

9. LITERATUR

Borcherding, K.; Rohrmann, B.; Eppel, T. (1986): A psychological study on the cognitive structure of risk evaluations, in: B.Brehmer, H.Jungermann, P.Lourens, G.Sevon (eds.): New directions on decision making, Amsterdam: North-Holland, 245-262.

Bunge, M. (1959): Causality - The place of causal principle in modern science, Cambridge: Harvard University Press.

Cohen, S.; Evans, G.W.; Krantz, D.S.; Stokols, D.; Kelly, S. (1981): Aircraft noise and children - Longitudinal and cross-sectional evidence on adaption to noise and the effectiveness of noise abatement, Journal of Personality and Social Psychology, 40, 331-345.

Duncan, D.D. (1975): Introduction to structural equation models, New York: Academic Press.

Evans, G.W. (ed.) (1983): Environmental stress, Oxford: University Press.

Finke, H.O.; Guski, R.; Rohrmann, B. (1980): Betroffenheit einer Stadt durch Lärm - Bericht über eine interdisziplinäre Untersuchung, Berlin: UBA-Texte.

Fisher, J.D.; Bell, P.A.; Baum, A. (1985): Environmental psychology (rev.ed.), New York: Holt, Rinehart & Winston.

Franck, K. (1984): Exercising the ghost of physical determination, Environment and Behavior, 16, 411-436.

Giegler, H. (1984): LISREL - Kritisch gesehen aus soziologischer und politologischer Anwenderperspektive, Soziologisches Forum 9/84, Gießen, Justus-Liebig-Universität.

Guski, R. (1987): Sozialpsychologische Aspekte von Umweltlärm, in: J.Schultz-Gambard (Hrsg.): Angewandte Sozialpsychologie, Weinheim: Beltz, 265-274.

Guski, R.; Rohrmann, B. (1974): Dependenzanalysen zur Fluglärmentwicklung, in: DFG-Forschungsbericht Fluglärmwirkungen, Boppard: Boldt, 477-488.

Hildebrand, D.K.; Laing, J.D.; Rosenthal, H. (1977): Prediction analysis of crosstabulations, New York: Wiley.

Hummel, K. (1972): Probleme der Mehrebenenanalyse, Stuttgart: Teubner.

Jöreskog, K.G.; Sörbom, D. (1981): LISREL - User's Guide, Version V, Chicago: National Educational Resources.

Kastka, J. (1981): Zum Einfluß verkehrsberuhigender Maßnahmen auf Lärmbelastung und Lärmbelästigung, Zeitschrift für Lärmbekämpfung, 28, 25-30.

Kenny, D.A. (1979): Correlation and causality, New York: Wiley.

Lazarsfeld, P.F. (1955): Interpretation of statistical relations as a research operation, in: P.F.Lazarsfeld, M. Rosenberg (eds.): The language of social research, Glencoe/Ill.: The Free Press.

Opp, K.D.; Schmidt, P. (1976): Einführung in die Mehrvariablenanalyse, Reinbek: Rowohlt.

Prester, G.; Rohrmann, B.; Schellhammer, E. (1981): Determinanten individueller Partizipationsentscheidungen bei Umweltproblemen, Bericht aus dem SFB 24, Mannheim.

Prester, G.; Rohrmann, B.; Schellhammer, E. (in press): Environmental evaluations and participation activities - A social-psychological field study, Journal of Applied Social Psychology.

Robinson, W.S. (1950): Ecological correlations and the behavior of individuals, American Sociological Review, 15, 351-357.

Rohrmann, B. (1982): Methodische Grundlagen zur Untersuchung der Wirksamkeit von Lärmschutzmaßnahmen, in: Association Internationale contre le Bruit (Hrsg.): Erfolge und Prognosen der Lärmbekämpfung - Bericht zum XII. AICB-Kongreß, Wien, ÖAL, 23-28.

Rohrmann, B. (1984): Psychologische Forschung und umweltpolitische Entscheidungen: Das Beispiel Lärm, Opladen: Westdeutscher Verlag.

Rohrmann, B.; Borcherding, K. (1985): Die Bewertung von Umweltstressoren als Risikofaktoren, in: D.Albert (Hrsg.): Bericht über den 34. Kongreß der Deutschen Gesellschaft für Psychologie, Göttingen: Hogrefe, 851-854.

Saunders, D.R. (1956): Moderator Variables in Prediction, Journal of Educational and Psychological Measurement, 16, 209-222.

Stokols, D. (1978): Environmental psychology, Annual Review of Psychology, 29, 253-296.

Stokols, D. (1983): The environmental context of behavior, in: D.Perlman, P.C.Cozby (eds.): Social psychology, New York: Holt, Rinehart & Winston, 442-472.

Wilcox, A.R. (1981): Perceived quality of life and political activity, in: G.Lasker (ed.): Applied systems and cybernetics, New York: Pergamon Press.

Zedeck, S. (1971): Problems with the use of "moderator" variables, Psychological Bulletin, 76, 295-310.

Ziegler, R. (1972): Theorie und Modell - Der Beitrag der Formalisierung zur soziologischen Theorienbildung, München/Wien: Oldenbourg.

[9]

Georg Rudinger

Psychologische Verarbeitung von Belastungen aus der Umwelt

Eine Untersuchung von älteren Personen zur Wohnumwelt dient dazu, festzustellen, unter welchen Bedingungen physischer und psychischer Art welche Reaktionsformen zur Bewältigung dieser Belastung aktiviert werden. Zentrale Konzepte stellen subjektive, kognitive und affektive Bewertung dar. Als methodische Alternative zu LISREL wird im empirischen Teil eine Einführung in die Möglichkeiten der DEL-Analyse gegeben und diskutiert.

Der Autor dankt dem Kollegen Groetschel für die Bereitschaft, Daten seiner Studie zur Verfügung zu stellen, F. Chaselon, C.E.V.K. Rietz und E.J. Zimmermann für die EDV-Arbeiten, Claudia Berg, M. Endepohls und C.E.V.K. Rietz für die Unterstützung bei der Manuskripterstellung und nicht zuletzt den Mitherausgebern für wertvolle Hinweise.

1. AUSEINANDERSETZUNGEN MIT BELASTUNGEN AUS DER WOHNUMWELT

Aus der Alltagserfahrung, aber auch aus einigen psychologischen Theorieansätzen wissen wir, daß erlebte Belastung zum Versuch der Verminderung der belastenden Momente führt. In der hier zuerst berichteten Studie mit über 200 Personen (60-75 Jahre) ergeben sich die Belastungsmomente in dieser "hochbetagten" Stichprobe aus der Wohnsituation. Unsere Frage zielt darauf ab, unter welchen Bedingungen physischer und psychischer Art welche Reaktionsformen zur Bewältigung dieser konkreten Belastung aktiviert werden.

1.1. Theoretische Grundlagen: "Coping"-Theorien

Bei der Entwicklung unseres Modells beziehen wir uns auf psychologische Theorien zur Bewältigung von Belastungssituationen, von denen wir drei kurz vorstellen, da die empirische Untersuchung in ihrem Kontext zu sehen ist.

Nach Lazarus (1981) hat das Bewältigungsverhalten zwei Funktionen: Problemlösung (Änderung der gestörten Transaktion) und Regulierung von negativen Affekten (Emotionen). Er unterscheidet vier "Bewältigungsformen", die diese beiden Funktionen erfüllen (Lazarus 1981, S.218):

- Informationssuche,
- direkte Handlungen, d.h. alle Aktivitäten mit Ausnahme kognitiver, um die Situation unter Kontrolle zu bekommen,
- Aktionshemmung, z.B. Unterdrückung eines Handlungsimpulses, der Schaden anrichten könnte,
- intrapsychische Bewältigungsformen, d.h. "kognitive Prozesse" wie Selbsttäuschung, Projektion, Vermeidung, Intellektualisierung.

Als Forschungsstrategien stehen nach Lazarus "normative" Analysen mit großen Stichproben und "ipsative" Analysen an u.U. wenigen Personen, jedoch mit vielen Meßwiederholungen zur Verfügung; natürlich können nur letztere dem Prozeßaspekt der Theorie gerecht werden; unsere Studie ist eher dem ersten

Ansatz zuzuordnen.

Eine andere Sichtweise von Bewältigungsprozessen geben psychoanalytisch orientierte Konflikt- und Bewältigungstheorien, in deren Tradition Norma Haan (1977) eine Taxonomie von Ich-Prozessen bzgl. der Auseinandersetzung mit Stress-Situationen entwickelte. Sie unterscheidet drei Klassen der Auseinandersetzung, "coping", "defense" und "fragmentation":

- Unter "coping" versteht Haan ausschließlich erfolgreiche, das psychische Gleichgewicht stabilisierende "Ich-Prozesse", die sich durch klare Zielsetzung, rationale Wahl und flexible Anpassung an die Realität auszeichnen.

- "Abwehrmechanismen" wie Verdrängung, Projektion, Wendung gegen die eigene Person, Verkehrung ins Gegenteil,Sublimierung (vgl. A.Freud 1936), sind durch die Attribute zwanghaft, verneinend, rigide und verzerrend in Bezug auf die intersubjektive Realität und Logik gekennzeichnet. Sie sind von der Erwartung begleitet, Angst ohne direktes Angehen der Problematik überwinden zu können.

- "Fragmentation" wird als automatisierte, ritualisierte, für ein einzelnes Individuum spezifische und rein affektive Form der Auseinandersetzung verstanden.

Natürlich existiert auch hier das "normative" Problem, welche Formen der Auseinandersetzung (also ob nicht z.B. auch Verneinung und Meidung) als "erfolgreich" bei der Lösung von Belastungssituationen angesehen werden sollen.

Den neueren "Coping"-Theorien ist gemeinsam, daß kognitiven Bewertungsprozessen große Bedeutung zugemessen wird. In diesem Sinne wird auch von Thomae (1968) argumentiert: Die Beziehung zwischen dem Individuum und der Umwelt ist dadurch gekennzeichnet, daß nicht die objektive Situation das Erleben und Verhalten bestimmt, sondern die Art und Weise, wie das Individuum diese Situation wahrnimmt. Ob eine bestimmte Situation als bedrohlich beurteilt wird, soll in besonderem Maße von den Fähigkeiten, Persönlichkeitseigenschaften und

persönlichen Erfahrungen des Individuums abhängen.
Unter Heranziehen gerade alltäglicher Belastungssituationen erarbeitete Thomae (1968) eine empirisch orientierte Konzeption von sogenannten Daseinstechniken, die er von der normativen Betrachtungsweise der Psychoanalyse und von dem logischen Klassifikationsschema Lazarus' abhebt; einige Beispiele:

- "Effektives" Verhalten oder Leistung: D.h. durch sachgerichteten oder personenzentrierten Energieaufwand wird die Belastung reduziert.
- Anpassung mit ihren Spielarten wie Assimilation, Identifikation, Überformung, Verschiebung, Ersatzhandlung.
- Defensive Techniken: Störungsausgleich wird über "Abwehr" schädlicher Impulse und weitgehende Reduzierung des Verhaltensspielraumes zu erreichen versucht.
- "Evasive" Reaktionen, d.h. "Herausgehen aus dem Spannungsfeld"; damit sind nicht nur "Flucht" und kurzfristiger Ortswechsel gemeint, sondern auch "sozialisierte" Formen wie "Ausspannen", "Erholungssuche" usw.
- "Aggressive" Reaktion, d.h. neben der unmittelbaren Aggression auch Kritik, Abwertung anderer, Verleumdung u.ä.

Dabei schließt er aber nicht aus, daß unter den Daseinstechniken nicht auch unbewußte Mechanismen (Verdrängung, Identifikation), irrationale Verhaltensweisen wie Aggression ..., ebenso wie bewußt eingesetzte Formen der Auseinandersetzung (coping) verstanden werden (Thomae 1968, S.335ff.).

Formen der Reaktionen auf verschiedene Belastungssituationen, denen sich besonders ältere Menschen gegenübersehen, sind ausführlich in Thomae (1983) beschrieben. Dort werden auch Konstanz und Veränderung von Reaktionshierarchien in den verschiedenen Lebensbereichen im längsschnittlichen Vergleich 1965/1977 beschrieben.
In der folgenden Modellanalyse ist jedoch nur eine Belastungssituation (Wohnung) zu einem Meßzeitpunkt ausgewählt worden; auch bzgl. der Reaktionsformen ist eine Auswahl von 5 aus 20

getroffen worden. Diese Auswahl ergab sich aus vorausgehenden Untersuchungen (Schmitz-Scherzer, Zimmermann & Rudinger 1983; Lensing 1983, 1985) (s. Tab. 1).

1.2. Datenerhebung

Es wird auf Daten der Bonner Längsschnittstudie des Alterns - BOLSA - (Thomae 1976, 1983; Lehr & Thomae 1987) aus dem ersten Untersuchungsjahr (1965/66) zurückgegriffen. Dort wurden im Rahmen umfassender Explorationen von 221 Personen im Alter von 60-75 Jahren auch Reaktionen auf die (möglicherweise belastende) Wohnsituation erfragt. Die längsschnittliche Ausrichtung der BOLSA und die Erhebung vielfältiger Formen der Auseinandersetzung (insgesamt 20) als Reaktion auf verschiedene Belastungssituationen (u.a. ökonomische, ökologische, familiäre, gesundheitliche) ermöglicht eine Vielzahl von Fragen wie:

- Können die mannigfaltigen Reaktionsformen auf Belastungssituationen auf einige wenige "Coping-Stile" reduziert werden? Falls ja, welche Beziehungen bestehen unter den "Coping-Stilen"?

- Welchen Einfluß haben die psychische und physische Verfassung (z.B. die Gesundheit) auf die subjektive Wahrnehmung der Belastungssituationen und auf die Wahl der Coping-Stile?

- Bleiben bei "gleichen" Belastungssituationen die Reaktionsmuster und bei verschiedenen Belastungssituationen die Beziehungen zwischen den Reaktionsmustern über die Zeit hinweg konstant?

Aus Tabelle 1 lassen sich die Definitionen der theoretischen bzw. hypothetischen Konstrukte im Netz von Meßmodellen entnehmen; diese Definitionen erfolgten im Rahmen der BOLSA entsprechend der von Thomae (s.o.) vorgelegten theoretischen Erwägungen:

Tabelle 1: Die Variablen der Studie "Bewältigung der Belastung durch die Wohnsituation"

Bezeichnung der Variable	Abkürzung inhaltl.	Abkürzung formal*	Stufung	Erläuterungen	Theoret. Variable inhaltl.	Theoret. Variable formal*
Wertpunkte im HAWIE-Verbalteil	VT	x_1	0 - 80	HAWIE=Hamburg Wechsler Intelligenztest für Erwachsene	IK Intelligenz/Kompetenz	ξ_1
Wertpunkte im HAWIE-Handlungsteil	HT	x_2	0 - 80			
Belastung im Wohnbereich	BW	x_3	1 "sehr gering" 9 "extrem stark"		BW	ξ_2
Gesundheitliche Beeinträchtigung	GB	x_4	1 "nicht beeinträchtigt" 6 "sehr beeinträchtigt"	Vom Arzt eingeschätzt	GB	ξ_3
Aktive Auseinandersetzung	AA	y_1	1 "sehr gering" 6 "extrem stark"	Gesamter persönl. Einsatz zur Lösung der Situation		
Sachliche Leistung	SL	y_2	"	Vor allem finanzielle Investitionen u. körperl. sowie psychischer Einsatz	AA	η_1
Hilfeappell an andere	HA	y_3	"	Bitte um Mithilfe an andere Menschen bei der Lösung der Situation		
Evasive Reaktion	ER	y_4	"	Aus dem Felde gehen: der Belastung wird ausgewichen/nichts zu ihrer Lösung unternommen	HL Hilflosigkeit	η_2
Depressive Reaktion	DR	y_5	"	Es wird mit Trauer und Verzweiflung reagiert		

*: "formal" heißt: Notation des LISREL-Ansatzes

(A) Belastung und Ressourcen ("unabhängige Variablen")

1. Intelligenz/Kompetenz (Indikatoren x_1, x_2) - IK
2. Belastung durch die Wohnsituation (Indikator x_3) - BW
3. Gesundheitliche Beeinträchtigung (Indikator x_4) - GB

(B) Reaktionsformen ("abhängige Variablen")

1. Aktive Auseinandersetzung (Indikatoren y_1, y_2, y_3) - AA
2. Hilflosigkeit (Indikatoren y_4, y_5) - HL

Die erstgenannte Reaktionsform - so nehmen wir an - ist im

wesentlichen durch Verhaltensweisen charakterisiert, die einen aktiven Versuch der Beeinflussung der als belastend erlebten Situation implizieren, während die zweite eher eine resignierende Haltung erlebter Belastung gegenüber widerspiegelt.

Die Interkorrelationen (polychorische Korrelationen) zwischen den 9 Variablen werden in Tabelle 2 wiedergegeben.

Tabelle 2: Polychorische Korrelationen zwischen den 9 beobachteten Variablen der Studie "Bewältigung der Belastung durch die Wohnsituation" (N=221)

		y				x			
	1	2	3	4	5	1	2	3	4
	AA	SL	HA	DR	ER	VT	HT	BW	GB
y_1: AA	1.000								
y_2: SL	.561	1.000							
y_3: HA	.547	.226	1.000						
y_4: DR	.113	-.036	.208	1.000					
y_5: ER	-.073	-.124	.181	.506	1.000				
x_1: VT	-.073	.002	-.111	-.130	-.023	1.000			
x_2: HT	.002	.009	-.050	-.143	-.025	.787	1.000		
x_3: BW	.492	.122	.344	.540	.428	-.191	-.146	1.000	
x_4: GB	.092	.043	.064	-.008	-.033	-.289	-.277	.214	1.000

AA - Aktive Auseinandersetzung
SL - Sachliche Leistung
HA - Hilfe-Appell
DR - Depression, Resignation
ER - Evasive Reaktion
VT - HAWIE Verbalteil
HT - HAWIE Handlungsteil
BW - Belastung durch Wohnsituation
GB - Gesundheitliche Beeinträchtigung

1.3. Hypothesen

Hypothese 1: Je höher die (erlebte) Belastung bzgl. der Wohnsituation, desto ausgeprägter ist die Notwendigkeit bzw. die Bereitschaft, diese Belastung durch mindestens eine der Reaktionsformen zu reduzieren.

In den folgenden Ausführungen wird eine gewisse Differenzierung der Reaktionsformen bei unterschiedlicher Stärke physischer und psychischer Ressourcen unserer Probanden im Sinne der oben dargestellten Thomaeschen Ausgangsgedanken vorgenommen.

Hypothese 2: Je geringer die gesundheitliche Beeinträchtigung und je höher die Kompetenz, desto höher ausgeprägt ist die Möglichkeit, der Belastung zu begegnen.

Hypothese 3: Je geringer die gesundheitliche Beeinträchtigung und je höher die Kompetenz, desto stärker wird bei vorhandener Belastung die "Aktive Auseinandersetzung", desto geringer die "Hilflosigkeit" als Reaktionsform ausgeprägt sein. Je stärker die gesundheitliche Beeinträchtigung und je geringer die Kompetenz, desto stärker ausgeprägt wird bei vorhandener Belastung die Reaktionsform der "Hilflosigkeit" sein und desto geringer die "Aktive Auseinandersetzung". Die Effekte der beiden unabhängigen Variablen kumulieren sich also. Auf seiten der Reaktionsformen ergibt sich daraus, daß "aktiver" und "passiver" Stil zueinander in komplementärer Beziehung stehen.

Zu welchem Strukturmodell diese Annahmen über die Verknüpfungen der hypothetischen Konzepte führen, wird im nächsten Abschnitt dargestellt.

1.4. Modellspezifikation

In Abbildung 1 findet sich die erste Roh-Übersetzung der Hypothesen in die "LISREL-Sprache der Kreise, Rechtecke und Pfeile" (Wottawa 1984). Die Umsetzung des Hypothesengeflechtes in ein prüfbares Modell soll jedoch noch detaillierter plausibilisiert werden.

Die Spezifikation der Meßmodelle ergibt sich eindeutig aus den Zuordnungen der beobachteten zu den theoretischen Variablen in Absatz 1.2 (vgl. Tabelle 1).

Im Modell wird eine latente Variable (η_3) spezifiziert, die mit RP (Reaktionspotential) bezeichnet ist. Es handelt sich um eine sogenannte "Phantom-Variable", die i.S. einer konsti-

Abbildung 1: Meß- und Strukturmodell zur Abbildung der Hypothesen der Studie "Bewältigung der Belastung durch die Wohnsituation"

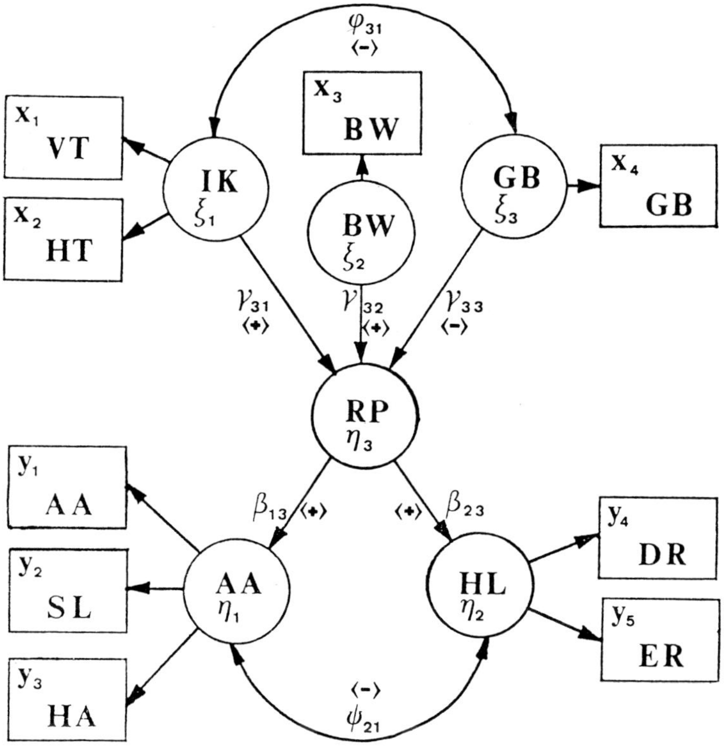

Legende

Manifeste Variablen		Latente Variablen	
VT	Verbalteil	} IK	Intelligenz/Kompetenz
HT	Handlungsteil des HAWIE		
BW	Belastung d. Wohnsituation	BW	
GB	Gesundheitliche Belastung	GB	
AA	Aktives Auseinandersetzung	} AA	
SL	Sachliche Leistung		
HA	Hilfe Appell		
DR	Depressive Reaktion	} HL	Hilflosigkeit
ER	Evasive Reaktion		

<+/-> erwartete Vorzeichen der Parameter

tutiven Definition in ihrer Varianz vollständig bestimmt ist von Kompetenz (IK,ξ_1), Belastung (BW,ξ_2) und Gesundheit (GB,ξ_3). Dieses Reaktionspotential ist hoch bei hoher Belastung, bei hoher kognitiver Kompetenz, bei geringer gesundheitlicher Belastung, wie die erwarteten Vorzeichen für γ_{31}, γ_{32} und γ_{33} in Abbildung 1 zeigen; damit sollen die Hypothesen 1 und 2 abgebildet werden. Die Erwartung einer negativen Korrelation zwischen IK(ξ_1) und GB(ξ_3) bildet in diesem Sinne keine "Hypothese" ab, sondern stellt eigentlich ein mehrfach gesichertes Wissen dar.

Die Trias "Kompetenz", ärztlich diagnostizierte gesundheitliche Beeinträchtigung, erlebte Belastung im Wohnbereich kann als Teilmenge aus einem umfassenderen Prozeßmodell "Stress und Coping" gedacht werden: In unserem Fall liegt aber nur die Einschätzung von seiten der Probanden vor, in welchem Ausmaß sie sich (durch welche Umstände aus dem Wohnbereich auch immer) belastet fühlen. Daten über die physikalischen/ökologischen Gegebenheiten der Wohnumwelt, die als "input" in das informationsverarbeitende System zu dieser Einschätzung Anlaß geben, fehlen hier genauso, wie die Meßwiederholungen, die - sind sie nur zeitlich dicht genug gestaffelt - die Mikroanalyse des Prozesses z.B. in Form des Wechselspiels zwischen Gesundheit, Kompetenz und Belastung ermöglichen.

Das "Reaktions-Potential" aktiviert bei vorliegender Belastung die beiden Reaktionsstile komplementär, wie durch das erwartete negative Vorzeichen der Korrelation der Residuen dieser beiden latenten Variablen spezifiziert wird.

1.5. Ergebnisse

In Tabelle 3 werden die ML- und ULS-Parameterschätzungen wiedergegeben und die üblichen, wenn auch nicht unbedingt triftigen Bewertungskriterien zur Anpassungsgüte.

Tabelle 3: Modell "Bewältigung der Belastung durch die Wohnsituation" mit Phantom-Variable (η_3) "Reaktionspotential"; Parameter für das LISREL-Modell aus Abb. 1

Parameter	ohne Vorzeichenrestriktion Parameter-Schätzungen (ML)	mit Vorzeichenrestriktion. (**) Parameter-Schätzungen (ML)	ohne Vorzeichenrestriktion Parameter-Schätzung (ULS)
λ_{y11}	1.00*	1.00*	1.00*
λ_{y21}	0.56	0.56	0.46
λ_{y31}	0.55	0.55	0.58
λ_{y42}	1.00*	1.00*	1.00*
λ_{y52}	0.94	0.94	0.70
λ_{x11}	- 0.90	0.90	0.93
λ_{x21}	0.87	0.87	0.84
λ_{x32}	1.00*	1.00*	1.00*
λ_{x43}	1.00*	1.00*	1.00*
β_{13}	0.50	0.50	0.48
β_{23}	0.53	0.53	0.57
γ_{31}	- 0.01	0.00**	- 0.17
γ_{32}	1.00*	1.00*	1.00*
γ_{33}	- 0.16	- 0.16**	0.01
ϕ_{11}	1.00*	1.00*	1.00*
ϕ_{22}	1.00*	1.00*	1.00*
ϕ_{33}	1.00*	1.00*	1.00*
ϕ_{31}	- 0.32	- 0.32	- 0.32
ψ_{11}	0.76	0.76	0.78
ψ_{22}	0.27	0.27	0.40
ψ_{33}	0.00*	0.00*	0.00*
ψ_{21}	- 0.22	- 0.22	- 0.19
$\theta_{\varepsilon 1}$	0.00*	0.00*	0.00*
$\theta_{\varepsilon 2}$	0.69	0.69	0.78
$\theta_{\varepsilon 3}$	0.70	0.70	0.66
$\theta_{\varepsilon 4}$	0.46	0.46	0.28
$\theta_{\varepsilon 5}$	0.52	0.52	0.56
$\theta_{\delta 1}$	0.18	0.18	0.13
$\theta_{\delta 2}$	0.25	0.25	0.30
$\theta_{\delta 3}$	0.00*	0.00*	0.00*
$\theta_{\delta 4}$	0.00*	0.00*	0.00*
	GFI : .94 AGFI : .90 RMR : .09	GFI : .94 AGFI : .90 RMR : .09	.97 .94 .08

Zum Verständnis der Tabelle 3 sind folgende Anmerkungen notwenig:

(1) Vorzeichenrestriktionen lassen sich in LISREL folgendermaßen vornehmen:

(a) Positive Vorzeichen, d.h. in unserem Modell $\gamma_{31} \overset{!}{\geq} 0$ durch "equality constraint"

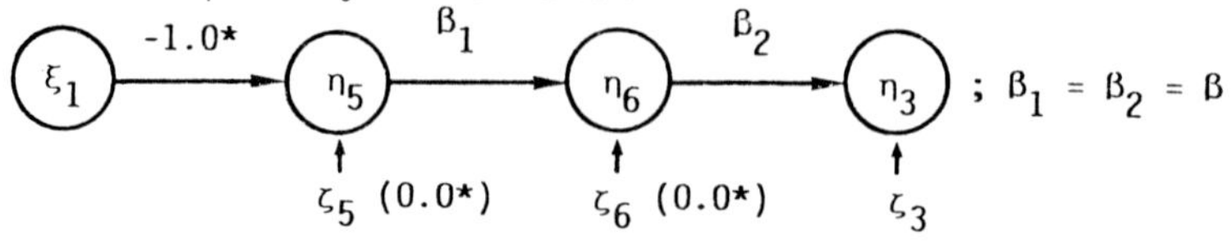

$\eta_3 = \beta_2\ \eta_6 + \zeta_3$ $\qquad$ $\eta_6 = -\beta_1 \eta_5$

$\eta_6 = \beta_1\ \eta_5$ $\qquad$ $\eta_3 = -\beta^2\ \eta_6 + \zeta_3$

$\eta_5 = -1.0^*\ \xi_1$ $\qquad$ $-\beta^2 \leq 0 = \gamma_{33} \leq 0$ (s.o)

(b) Negatives Vorzeichen, d.h. in unserem Modell $\gamma_{33} \leq 0$

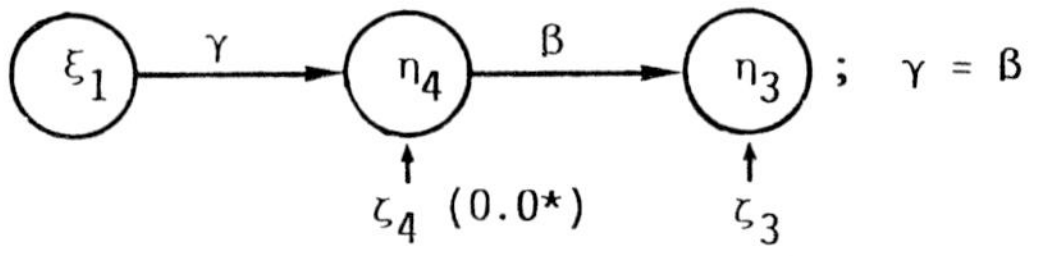

$\eta_3 = \beta\ \eta_4 + \zeta_3$ $\qquad$ $\eta_3 = \beta\ \gamma + \zeta_3 = \beta^2 + \zeta_3$

$\eta_4 = \gamma\ \xi_1;\ \xi_1 = 1.0$ $\qquad$ $\beta^2 \geq 0 = \gamma_{31} \geq 0$ (s.o.)

(2) Die frei geschätzten Parameter der ULS-Lösung führen das "falsche" Vorzeichen. Eine ULS-Lösung mit Vorzeichenrestriktion ist, im Unterschied zur ML-Prozedur, nicht erreichbar, da keine Konvergenz eintritt; m.a.W. das Modell in dieser Form ist abzulehnen.

In der Abbildung 2 findet sich das Modell aus Abbildung 1 versehen mit den ML-Parametern der standardisierten Lösung bei der erwähnten und in Tabelle 3 verdeutlichten Vorzeichenrestriktion.

Abbildung 2: LISREL-Modell zur Studie "Bewältigung der Belastung durch die Wohnsituation" - standardisierte Lösung, erzwungen: (**): $\gamma_{31} \geq 0$, $\gamma_{33} \leq 0$

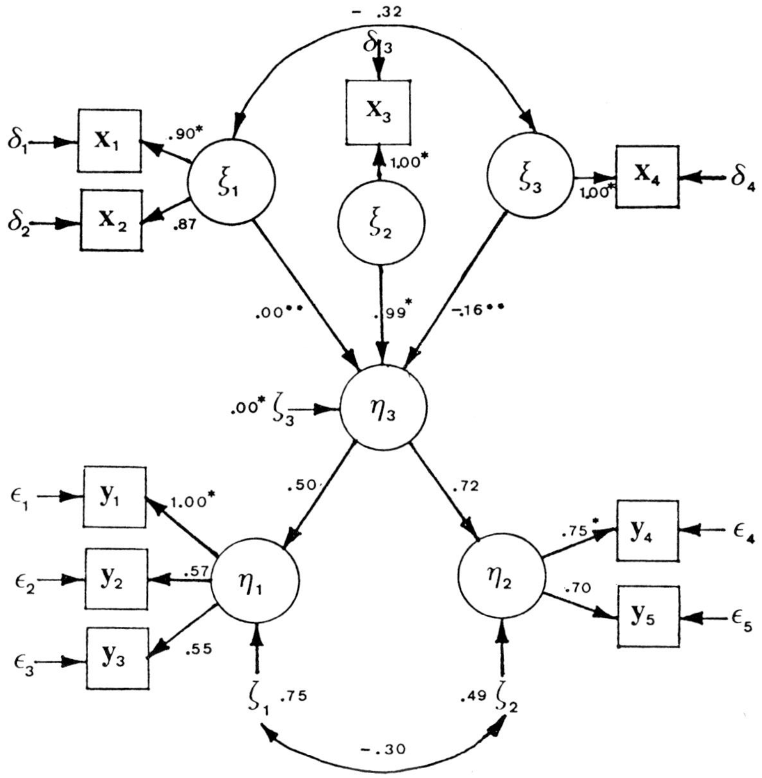

1.6. Ergebnisdiskussion

Geht man von den groben Bewertungskriterien bei ULS-Schätzungen aus, mag das Modell als nicht widerlegt betrachtet werden; Power-Erwägungen gemäß Saris & Satorra (1982) haben wir (noch) nicht angestellt.

Es gibt jedoch modellimmanente Uneindeutigkeiten, aufgrund derer sich die Waagschale nicht zugunsten unserer gesamten Strukturhypothese neigt, auch wenn einige Modellbestandteile durchaus erwartungskonform sind, wie die negative Residualkorrelation zwischen "aktiver" und "passiver" Reaktionsform (Hypothese 3) oder die positive Beziehung zwischen "Reaktionspotential" und den beiden Reaktionsformen (Hypothese 1).

Die "konstitutive" Definition des Konstruktes Reaktionspotential selbst ist jedoch nicht als gut zu betrachten: Die als substantiell erwarteten Einflüsse der psychischen und physischen Kompetenz sind augenscheinlich doch nicht nachweisbar, die erlebte Belastung ist allein ausschlaggebend für die Stärke des "Reaktionspotentials". Wichtiger aber erscheint der Einwand, daß die a priori vorgenommenen Vorzeichenrestriktionen sich zwar bei der doch eher unangemessenen ML-Lösung aufrechterhalten lassen, daß bei der ULS-Lösung mit diesen Restriktionen jedoch keine Konvergenz zu erreichen war; d.h. mit dieser Restriktion war das Modell keiner Überprüfung zugänglich. Nimmt man im übrigen Vorzeichenrestriktionen, wie hier geschehen, vor, kann es m.E. Fälle geben, in denen im vorhinein geklärt werden müßte, ob diese Vorzeichenannahmen (logisch?) miteinander verträglich sind (vgl. Zetterberg 1963; Costner & Leik 1964).

Als Alternative hätte auch im Rahmen der vorgegebenen theoretischen Erwägungen die Hypothese aufgestellt werden können, daß schon die Einschätzung der erlebten Belastung mit den kognitiven und physischen Ressourcen z.B. dergestalt in Beziehung steht, daß intensive Belastungserlebnisse mit schwächeren Ressourcen (in einem oder beiden Bereichen) mit einhergehen oder von deren (Nicht-)Verfügbarkeit beeinflußt sind. Uns erschien es jedoch - wie begründet - aufgrund der querschnittlichen Datensituation unser statisches Modell angemessener, da genau solche Prozeßannahmen ohne Zeitdimensionen m.E. nicht spezifizierbar sind.

Es sollte auch bedacht werden, daß Daten über die Reaktionsformen im Rahmen einer konkreten und spezifischen Belastungssituation erhoben worden sind. Unter diesem Aspekt sind die vorliegenden substantiellen Residualvarianzen bei den Reaktionsformen kritisch; denn wenn diese situationsspezifisch definierten Reaktionsformen sich in ihrer Varianz durch eben diese Belastungsempfindung und solche Rahmenbedingungen wie Kompetenz und körperlicher Zustand nicht überwiegend "erklären" lassen - wodurch dann?

Von daher verbietet es sich auch, von Reaktionsstilen zu sprechen; denn nur wenn sich herausstellte, daß Personen in verschiedenen Belastungssituationen (Wohnung, sozialer Bereich etc.) in vergleichbarer Weise reagieren oder über die Zeit (bei wiederholter Belastung im selben Bereich) konsistent agieren (oder beides), könnte man eher auf Stile oder Strategien im Sinne überdauernder Merkmale schließen.

Daß wir uns dennoch entschlossen haben, dieses Modell vorzulegen, liegt zum einen an der wissenschaftslogischen Grundeinstellung, auch Fehlversuche zu berichten, sofern sie nicht offenkundig auf trivialen technischen Fehlern beruhen, zum anderen an der Möglichkeit, mit Hilfe dieses Ansatzes weiterführende methodische Erwägungen zu veranschaulichen.

1.7. LISREL und qualitative Hypothesen-Strukturen

Diese methodischen Erwägungen knüpfen vor allem an die Hypothese der Komplementarität der beiden Reaktionsformen an.

Kehren wir also noch einmal zu den Hypothesen zurück:

1. Wenn die gesundheitliche Beeinträchtigung (GB) gering ist, die geistige Kompetenz (IK) gegeben, dann wird bei hoher Belastung (BW) dieser Belastung durch Reaktionsformen der "Aktiven Auseinandersetzung" (AA),nicht aber mit "Hilflosigkeit" (HL) zu begegnen versucht.

Aus Gründen der Einfachheit gehen wir für unsere weiteren Überlegungen davon aus, daß die Variablen dichotom ("hoch" +, "niedrig" -) erfaßt sind.

H_1: Wenn GB- und IK+ und BW+, dann AA+, aber nicht HL+
(Dies ist die vereinfachte Formulierung der "ordinalen" Hypothese: Je geringer GB und je höher IK und je höher BW, desto höher AA und desto geringer ausgeprägt HL).

2. Wenn die Gesundheit schlecht ist (GB+), kognitive Kompetenz gering (IK-), dann wird hohe Belastung (BW+) zu Hilflosigkeit (HL+) (jedoch nicht zu Aktiver Auseinandersetzung (AA-)) führen. Also:

H_2: Wenn GB+ und IK- und BW+, dann HL+, aber nicht AA+ (ordinal: Je stärker GB und je geringer IK und je höher BW, desto stärker ausgeprägt HL und desto geringer AA).

In diesen beiden Hypothesen sind die "Extremfälle" für die Bedingungsvariablen (GB und IK) abgehandelt, in denen beide in die gleiche Richtung (+- oder -+) weisen. Da aber GB und IK nicht äquivalent sind, müssen eigentlich auch Vermutungen für "Mischformen" formuliert werden, nämlich geringe gesundheitliche Beeinträchtigung (GB-) und geringe Kompetenz (IK-) bzw. starke gesundheitliche Beeinträchtigung (GB+) und hohe Kompetenz (IK+). Bei der ursprünglichen Formulierung der Hypothesen ist für diese Mischfälle implizit davon ausgegangen worden, daß die (lineare, zumindest monotone) Beziehung zwischen GB und IK einerseits und AA und HL andererseits weiterhin gültig ist. Folgende Annahme - gleich in verkürzter Darstellung - scheint uns jedoch realistischer: Wenn geringe gesundheitliche Beeinträchtigung und geringe Kompetenz und hohe Belastung zusammentreffen oder wenn starke gesundheitliche Beeinträchtigung und hohe Kompetenz und hohe Belastung gemeinsam auftreten, dann wird entweder nur mit Aktiver Auseinandersetzung oder nur mit Hilflosigkeit reagiert, aber nicht mit beiden Reaktionsformen:

H_3: Wenn GB- und IK- und BW+, oder wenn GB+ und IK+ und BW+, dann entweder AA+ und HL- oder AA- und HL+

Außerdem darf ein impliziter Teil unserer ersten Hypothese aus Absatz 1.3 nicht vergessen werden; wenn keine Belastung, dann auch keine der beiden Reaktionsformen:

H_4: Wenn BW-, dann weder AA+, noch HL+ (sondern AA- und HL-)

Zusammengefaßt ergibt sich daraus die in Tabelle 4 dargestellte Hypothesenstruktur.

Tabelle 4: Darstellung der Hypothesen 1 bis 4 für die dichotomisierten Variablen der Studie "Bewältigung der Belastung durch die Wohnsituation"

IK	GB	BW	AA	HL	
+	–	+	+	–	H_1
+	+	+	+/–	–/+	H_3
–	–	+	+/–	–/+	
–	+	+	–	+	H_2
+	–	–	–	–	H_4
+	+	–	–	–	
–	–	–	–	–	
–	+	–	–	–	

Diese vier Hypothesen bzgl. des Auftretens von AA und HL führen zu den in Tabelle 5 dargestellten Ereignissen.

Tabelle 5: Auftreten von AA und HL unter verschiedenen Hypothesen (H_1 - H_4)

		HL +	HL –
AA	+		H_1, H_3
	–	H_2, H_3	H_4

Anmerkung:
In den Zellen sind die Hypothesen aufgeführt, die das jeweilige gemeinsame Vorkommen von AA und HL in dieser Form implizieren.

Das gemeinsame Auftreten von AA+ und HL+, also sowohl "Aktives" als auch "Hilfloses Reagieren", ist durch keine Hypothese abgedeckt, dürfte also als Ereignis nicht vorkommen.

Zu betonen ist der Tatbestand, daß jede H_i für eine je andere Gruppe von Personen (beschrieben durch eine je spezielle Konfiguration von GB, IK, BW-Werten formuliert ist (vgl. Tabelle 4). Extrapoliert man das Muster der Tabelle 5 auf eine geordnete Kontingenztafel mit mehr Abstufungen für AA und HL, so wird deutlich, daß nicht nur die Diagonale besetzt sein dürfte, sondern auch Felder unterhalb, jedoch kaum oberhalb dieser. Aus einer solchen Besetzung ist ersichtlich, daß in der Gesamt-Stichprobe zwischen den Merkmalen keine hohe Korrelation zu erwarten ist, sofern deren Indizes nur auf die Besetzung der Diagnonal- (bzw. Gegendiagonal-)Zellen ansprechen, d.h. nur sensitiv gegenüber Äquivalenzrelationen sind. Angemessener wäre für die Gesamtstichprobe die Annahme einer Implikations- (bzw. negativen Implikations-)Beziehung zwischen AA und HL - eine Beziehung, die mit dem linearen Korrelationskoeffizienten nicht erschöpfend abbildbar ist.

Formulierung der Hypothese und Basis-Maß zur Bestimmung der Assoziation zwischen den Variablen weisen in diesem Falle eine Diskrepanz auf; dies kann aus theoretischen Gründen weder mit Auspartialisieren (vgl. dazu Rohrmann in diesem Band), noch - aus praktischen Gründen - mit multi-sample-Analysen im LISREL-Kontext gelöst werden.

Es geht hier nicht darum, eine Alternative zu LISREL aufzuzeigen (wie EQS, LVPLS - s. dazu Faulbaum bzw. Lohmöller in diesem Band), die ja auch dem Ansatz "linearer Beziehungen" verpflichtet sind, sondern auf die Notwendigkeit der Angemessenheit des Verfahrens bzgl. der Theorieaussagen (Hypothesen) hinzuweisen.

Die Bewertung solcher qualitativer und struktureller Hypothesen soll im folgenden an Daten einer Studie zur Entstehung von Herz-Kreislauf-Krankheiten mit der Vorhersagen-Analyse (DEL-Analyse) nach Hildebrand, Laing und Rosenthal (1977a,b) demonstriert werden. Für die einführende Darstellung der Vorhersagen-Analyse wird auf Rudinger, Chaselon, Zimmermann und Henning (1985) und auf Kapitel 16 dieses Buches verwiesen.

2. STRESS UND HERZINFARKTRISIKO

Der Zusammenhang von Belastungsfaktoren am Arbeitsplatz und im privaten Umfeld einerseits und koronaren Herz-Kreislauf-Krankheiten andererseits gilt als gesichert (s.u.a. Katz & Kahn 1978, 578ff.; Cooper 1978, 286ff.). Die empirische Bestätigung fällt jedoch weniger evident aus, da sich in alltagsbezogenen Feldstudien instabile Ergebnisse einstellen. So stützen sich bei Korrelations- und Regressionsanalysen (vgl. Haynes et al. 1978, 1980) die Interpretationen auf Koeffizienten um .40 und geringer, die jedoch ohne praktische Signifikanz bleiben. Dies mag auch daran liegen, daß die Kategorien zur Beurteilung der "subjektiven" psychischen Befindlichkeit vergleichsweise vage und grob sind, während die "objektive" medizinisch-somatische Situation in physikalischer Metrik erfaßt wird, die zwar den (vordergründigen) Vorteil hoher Reliabilität besitzen mag; damit ist jedoch das Validitäts-Problem inkompatibler Kategorisierungen auf unterschiedlichen Abstraktionsniveaus nicht gelöst (vgl. zu diesem Problemkreis auch Matschinger in diesem Buch).

2.1. Datenerhebung

Die Daten, mit denen hier einige Hypothesen zum Zusammenhang zwischen "Belastung und Infarktrisiko" überprüft werden sollen, stammen aus einer Untersuchung von Groetschel (1984) mit 742 Arbeitern und Angestellten eines Großunternehmens. Einzelheiten sind dieser Studie zu entnehmen. Wir beschränken uns bei der Darstellung auf einen kleinen Satz aggregierter Informationen.

Groetschel faßt 14 psychische Indikatoren zu vier Belastungsfaktoren zusammen und definiert diese als unabhängige Variablen:

ARBEIT (A) - Arbeitsbelastungen (Überforderung, Unterforderung, Schichtarbeit usw.)

REPROD (R) - Reproduktionsbelastungen (täglicher Stress,

Freizeitbelastungen usw.)
PERSON (P) - Persönliche Ressourcen (A/B-Typ, Abwehrhaltung usw.)
SOZIAL (S) - Soziale Ressourcen (Unterstützung durch Kollegen usw.)

Als abhängige Variablen wurden u.a. erhoben: Blutdruck, relatives Körpergewicht, Gesamtcholesterinspiegel des Blutes, Zigarettenkonsum, psychosomatische Beschwerdeliste nach Zerssen (1971). Für die folgende Analyse werden nur die Werte in der Beschwerdenliste - BESCH - benutzt, die dort erreichten Punkte werden als Risikowert (RW) bezeichnet.
Eine weitere Vereinfachung wird durch Dichotomisierung der Variablen vorgenommen, und zwar auf seiten der unabhängigen Variablen jeweils in "belastet" (+) und "nichtbelastet" (-), auf seiten der abhängigen Variablen in "hoher" Risikowert (+) bzw. "normaler" Risikowert (-). Die Dichotomisierung erfolgte anhand a priori festgelegter Kriteriumswerte bzw. medizinischer "Grenzwerte". Die Wahl der "cutting points" für eine Dichotomisierung ist nicht unkritisch; ihr muß eine theoretisch begründbare Kategorienbildung vorausgehen, denn die Konstruktion des Designs in Form der Charakterisierung und Verknüpfung der unabhängigen und abhängigen Variablen bestimmt die Häufigkeitsverteilung und limitiert damit die Höhe statistischer Assoziationsmaße, so auch die des im folgenden benutzten DEL-Koeffizienten.

In der vorliegenden Studie führten diese genannten Schritte der Datengenerierung bzw. -reduktion zu der Kontingenztafel, die in Tabelle 6 vorgestellt wird.

2.2. Datenauswertung: Vorhersagenanalyse (DEL-Analyse) nach Hildebrand, Laing & Rosenthal

Die DEL-Analyse ist auf theoretisch begründete Aussagen anwendbar, die mit Hilfe zwei- oder mehrdimensionaler Kreuzklassifikationstafeln dargestellt und bewertet werden. Die Variablen werden in Kriteriumsvariablen (AV) und eine bzw.

Tabelle 6: Daten der Studie "Stress und Infarktrisiko" (Groetschel 1984)

BELASTUNGS-BEREICHE		ARBEIT	+	+	+	+	+	+	+	+	–	–	–	–	–	–	–	–
RESOURCEN		PERSON	+	+	+	+	–	–	–	–	+	+	+	+	–	–	–	–
RESOURCEN		SOZIAL	+	+	–	–	+	+	–	–	+	+	–	–	+	+	–	–
BELASTUNGS-BEREICHE		REPROD	+	–	+	–	+	–	+	–	+	–	+	–	+	–	+	–
RISIKOWERT	+	HOCH	5	2	2	6	6	3	14	15	4	2	1	3	6	11	14	21
RISIKOWERT	–	NORMAL	4	4	2	5	6	11	19	22	10	13	11	14	21	58	48	156

LEGENDE:

(+) HOHE BELASTUNG bzw. MANGEL AN RESOURCEN

– KEINE BELASTUNG bzw. VERFÜGBARKEIT VON RESOURCEN

Die Spalteneinträge sind für die "unabhängigen Variablen" ARBEIT = Arbeitsbelastung, REPROD = Reproduktionsbelastungen, PERSON = Persönliche Ressourcen, SOZIAL = Soziale Ressourcen vorgesehen; durch die Dichotomisierung liegen $2^4 = 16$ Spalten d.h. Kombinationen der vier Variablen vor.
Die beiden Zeilen sind für die beiden Kategorien hohe (+) Risikowerte (RW), d.h. hohe Punktzahl in der Beschwerdeliste (BESCH) und niedrige (-) RW vorgesehen.
Die Zeichen (+) und (-) bei den unabhängigen Variablen werden so verwendet, daß (+) in jedem Falle hohe Ausprägungen im Sinne einer Belastung bedeutet, (-) eine niedrige Belastung in diesem Bereich signalisiert, also

ARBEIT +, REPROD +	heißt jeweils hohe Belastung;
ARBEIT -, REPROD -	heißt niedrige Belastung in diesen Bereichen;
PERSON +, SOZIAL +	heißt jeweils Mangel an Resourcen;
PERSON -, SOZIAL -	kein Mangel (also Verfügbarkeit) von Resourcen.

mehrere Prädiktorvariablen (UV) unterteilt (s. Tabelle 6). Die Prädiktorvariablen können gleichrangig kombiniert oder auch hierarchisch angeordnet werden. Mit der DEL-Analyse werden nun ausgehend von Zuständen oder (geordneten) Kategorien der unabhängigen Variablen (UV) Vorhersagen auf einzelne oder mehrere Zustände der (geordneten) Kategorien der abhängigen Variablen (AV) bewertet.

Die konkrete Anwendung der DEL-Analyse geschieht im folgenden an einer typischen Hypothese der Studie von Groetschel.

Hypothese 1: Hohe Arbeitsbelastungen (A+) und hohe Reproduktionsbelastungen (R+) führen zu hohen Risikowerten (RW+), geringe Belastungen in den Bereichen ARBEIT (A-) und REPROD (R-) zu normalen Risikowerten (RW-).

In aussagenlogischer Formulierung ergibt sich folgende Definition von Ereignissen, die gemäß der Hypothese nicht auftreten dürfen: Genau wenn A+ und R+, dann darf nicht auftreten

RW-, und genau wenn A- und R-, dann darf nicht auftreten RW+:

((A+∧R+) <----> ¬RW-(normal))
((A-∧R-) <----> ¬RW+(hoch))

Alle anderen Ergebnisse sind "erlaubt"; so ergibt sich die komplementäre Definition von theoretisch zulässigen Ereignissen:

(A+ ----> RW+) ∧ (R+ ----> RW+)
∧ (A- ----> RW-) ∧ (R- ----> RW-)

Der Unterschied zwischen Aussagenlogik und der von Hildebrand, Laing und Rosenthal sog. Vorhersagensprache besteht darin, daß nach den Regeln der formalen Logik die Aussage schon zurückgewiesen werden muß, wenn auch nur ein Ereignis auftritt, für das die Wahrheitstafel den Wert "falsch" zuweist. In formaler Analogie werden in der Vorhersagensprache die Aussagenverbindungen "--->" (Implikation) und "<--->" (Äquivalenz) zu entsprechenden Ereignisvorhersagen. Z.B.:

x ~--> y (wenn x, dann y; x tendiert zu y; ...)
x -~-> y (je größer x, desto größer y und vice versa)

Die Wahrheitstafel oder -matrix läßt sich auch als Kontingenztafel darstellen (vgl. Tabelle 7), die "falschen" Ereignisse sind hier durch Sechsecke gekennzeichnet. Nachdem in der Vorhersagensprache ausgedrückten Verständnis können bis zu einem gewissen Grade in den "Fehlerzellen" durchaus Beobachtungen auftreten, ohne daß die Gesamtvorhersagenstruktur damit prinzipiell in Frage gestellt sein muß. Auf diese Weise hat man z.B. statt der implikativen Verbindung einen Vorhersagefehler zugelassen, der sich sprachlich mit "fast immer", "tendiert zu", "führt zu" umschreiben läßt.

Die 2 mal 16-feldrige Kontingenztafel in Tabelle 7 mit ihren acht Fehlerzellen läßt sich komprimieren, denn die Hypothesenstruktur ist auf drei Vorhersage-Typen reduzierbar: Für (A+ ∧ R+) und (A- ∧ R-) existiert jeweils ein Typ spezifischer Vorhersagen, für die übrigen Kombinationen dieser beiden un-

Tabelle 7: Stress und Infarktrisiko: Hypothese 1

<table>
<tr><td rowspan="4">BELASTUNGS-BEREICHE { RESOURCEN</td><td>ARBEIT</td><td colspan="8">+</td><td colspan="8">–</td></tr>
<tr><td>PERSON</td><td colspan="4">+</td><td colspan="4">–</td><td colspan="4">+</td><td colspan="4">–</td></tr>
<tr><td>SOZIAL</td><td colspan="2">+</td><td colspan="2">–</td><td colspan="2">+</td><td colspan="2">–</td><td colspan="2">+</td><td colspan="2">–</td><td colspan="2">+</td><td colspan="2">–</td></tr>
<tr><td>REPROD</td><td>+</td><td>–</td><td>+</td><td>–</td><td>+</td><td>–</td><td>+</td><td>–</td><td>+</td><td>–</td><td>+</td><td>–</td><td>+</td><td>–</td><td>+</td><td>–</td></tr>
<tr><td rowspan="2">RISIKOWERT</td><td>+ HOCH</td><td>5</td><td>2</td><td>2</td><td>6</td><td>6</td><td>3</td><td>14</td><td>15</td><td>4</td><td>⬡2</td><td>1</td><td>⬡3</td><td>6</td><td>⬡11</td><td>14</td><td>⬡21</td></tr>
<tr><td>– NORMAL</td><td>⬡4</td><td>4</td><td>⬡2</td><td>5</td><td>⬡6</td><td>11</td><td>⬡19</td><td>22</td><td>10</td><td>13</td><td>11</td><td>14</td><td>21</td><td>58</td><td>48</td><td>156</td></tr>
</table>

LEGENDE: (+) HOHE BELASTUNG bzw. MANGEL AN RESOURCEN; – KEINE BELASTUNG bzw. VERFÜGBARKEIT VON RESOURCEN

⬡ Fehlerzellen; ansonsten vgl. Tab. 6

abhängigen Variablen (A+ ∧ R-) bzw. (A- ∧ R+) die jeweils gleiche unspezifische Vorhersage, nämlich: jedes Ereignis ist möglich, keines verboten. In der Vorhersagen-Sprache:

1. (A+ ∧ R+) ~--> RW+;
2. (A+ ∧ R-) v (A- ∧ R+) ~--> (RW+ v RW-);
3. (A- ∧ R-) ~--> RW-.

Daraus ergibt sich die in Tabelle 8 wiedergegebene verdichtete Kontingenztafel.

Das Vorhersagenerfolgsmaß DEL wird nun entscheidend durch die für eine Kontingenztafel gewählte Struktur von "Ereignisrelevanten Zellen" ("Theorie-Zellen") und sog. "Fehlerzellen" bestimmt. Von der hypothesengeleiteten Definition der Fehlerzellen hängt es also ab, welche Daten zur Errechnung des Vorhersageerfolgs verwendet werden können.

"DEL" gibt an, in welchem Ausmaß der Fehler bei der Vorhersage bestimmter Ereignisse der AV reduziert werden kann, wenn von der in der qualitativen Hypothese festgelegten Zellenstruktur ausgegangen wird. In Tabelle 9 wird DEL für die Hypothese 1 berechnet (vgl. Tabelle 8); eine detaillierte Einführung in die Prädiktionsanalyse findet sich in Kap. 16 dieses Buches.

Tabelle 8: Verdichtete Kreuzklassifikationstabelle mit einer unabhängigen und einer abhängigen Variablen und einer bestimmten qualitativen Vorhersagestruktur bzw. Fehlerzellenstruktur, mit der Hypothese 1 der Untersuchung "Stress und Infarktrisiko" abgebildet wird (vgl. Tabelle 7)

A	+	+−	−	
R	+	−+	−	
V2(UV)	1	2	3	
V1 (AV) RW+ 1	$27(n_{11})$ $\omega_{11}=0$	$51(n_{12})$ $\omega_{12}=0$	$0.071=p_{13}$ $37(n_{13})$ $0.119=p_{1.}\ p_{.3}$ $\omega_{13}=1$	$115(n_{1.})$ $0.222=p_{1.}$
RW− 2	$0.060=p_{21}$ $31(n_{21})$ $0.087=p_{2.}\cdot p_{.1}$ $\omega_{21}=1$	$132(n_{22})$ $\omega_{22}=0$	$241(n_{23})$ $\omega_{23}=0$	$404(n_{2.})$ $0.778=p_{2.}$
	58 $0.112=p_{.1}$	183 $0.352=p_{.2}$	278 $0.536=p_{.3}$	519(N) $1.000=p_{..}$

Tabelle 9: Berechnung des DEL-Maßes (∇) für die in Tabelle 7 abgebildete Hypothesen-Struktur

$$P(\text{Rule-K-Fehler}) = \sum_{i=1}^{2}\sum_{j=1}^{3} \omega_{ij}\, p_{ij}$$

$$= 0.06 + 0.071 \qquad = 0.131$$

$$P(\text{Rule-U-Fehler}) = \sum_{i=1}^{2}\sum_{j=1}^{3} \omega_{ij}\, p_{i.}\, p_{.j}$$

$$= 0.078 \cdot 0.119 + 0.228 \cdot 0.536$$

$$= 0.119 + 0.087 \qquad = 0.206.$$

$$\nabla = 1 - \frac{p(\text{Rule-K-Fehler})}{p(\text{Rule-U-Fehler})}$$

$$= 1 - \frac{0.131}{0.206} \qquad = 0.364.$$

Das errechnete DEL von 0.364 ist also als eine 36%-ige Reduktion des Vorhersagefehlers durch die qualitative Hypothese zu interpretieren.

2.3. Weitere Hypothesen zum Problembereich "Stress und Infarktrisiko"

In der Untersuchung von Groetschel (1984) und nachfolgend Rudinger et al. (1985) sind weitere Hypothesen formuliert und überprüft worden, von denen hier zusammengefaßt vier in Tabelle 10 vorgestellt werden.

Hypothese 2 ist ähnlich generell formuliert wie Hypothese 1 (s. Spalte 2 der Tabelle 10):
Mangel an Ressourcen im persönlichen und sozialen Bereich führt zu hoher Belastung, verfügbare Ressourcen in diesen Bereichen halten die Belastungen im normalen Rahmen.

Hypothese 3, als Kombination von Hypothese 1 und 2 aufzufassen, beinhaltet einen "Schutzeffekt" gegenüber den Belastungen aus dem Arbeits- und Reproduktionsbereich einerseits bei Vorliegen von Ressourcen im persönlichen und sozialen Bereich, einen kumulativen "Schadeffekt" andererseits dann, wenn diese Ressourcen fehlen. Wenn also alle vier Belastungen (A, R, P, S) gegeben sind, dann wird ein hoher Risikowert erwartet, Häufigkeiten in der Zelle "normaler Risikowert" müssen unter dieser Bedingung als "Fehlerwerte" interpretiert werden. Weitere Informationen zu dieser Hypothese finden sich in Spalte 3 der Tabelle 10.

Hypothese 4 ist als partielle Kombination von Hypothese 1 und 2 (oder als Einschränkung von Hypothese 3) aufzufassen: verfügbare Ressourcen im persönlichen und sozialen Bereich (P-, S-) haben einen Schutzeffekt bzgl. der schädlichen Wirkung von Belastungen im ARBEITs- und REPRODuktionsbereich;

kann auf solche Ressourcen nicht zurückgegriffen werden (P+, S+), so wird <u>nichts</u> Zusätzliches gegenüber der ursprünglichen Hypothese ausgesagt!

Die Definition der <u>Fehlerzellen</u> lautet für

H_1: (A+ ∧ R+) ~--> ¬RW- ∧ (A- ∧ R-) ~--> ¬RW+

H_2: (P+ ∧ S+) ~--> ¬RW- ∧ (P- ∧ S-) ~--> ¬RW+

H_3: (A+ ∧ R+ ∧ ¬(P- ∧ S-)) ~--> ¬RW- ∧
(P+ ∧ S+) ~--> ¬RW- ∧ (P- ∧ S-) ~--> ¬RW+ ∧
(A- ∧ R-) ∧ ((P- ∧ S+) v (P+ ∧ S-)) ~--> ¬RW+

H_4: (A+ ∧ R+ ∧ ¬(P- ∧ S-)) ~--> ¬RW- ∧
(P- ∧ S-) ~--> ¬RW+ ∧
(A- ∧ R-) ∧ ((P- ∧ S-) ~--> ¬R+

<u>Tabelle 10: Zusammenschau der vier Hypothesen der Studie "Stress und Infarktrisiko"</u>

				RW: nicht erwartete Ereignisse			
A	P	S	R	H_1	H_2	H_3	H_4
+	+	+	+	–	–	-S-	–
+	+	+	–		–	-S-	
+	+	–	+	–		–	–
+	+	–	–				
+	–	+	+	–		–	–
+	–	+	–				
+	–	–	+	–	+	+S+	+S+
+	–	–	–		+	+S+	+S+
–	+	+	+		–	-S-	
–	+	+	–	+	–	-S-	+
–	+	–	+				
–	+	–	–	+		+	+
–	–	+	+				
–	–	+	–	+		+	+
–	–	–	+		+	+S+	+S+
–	–	–	–	+	+	+S+	+S+

Legende:

In der Tabelle sind die unter den Hypothesen <u>nicht</u> erwarteten Ereignisse für die AV (RW) aufgeführt.

A, P, S, R: Siehe Tabelle 7 — H_i : Hypothesen
"+" "-" : Siehe Tabelle 7 — RW : Risikowert (-: normal, +: hoch)

S+: Schutzeffekt S-: Schadeffekt

Komplementär dazu die "Theorie"-Zellen

H_1: $\neg((A+ \wedge R+) \vee (A- \wedge R-)) \sim\text{-->} (RW+ \vee RW-)$

H_2: $\neg((P+ \wedge S+) \vee (P- \wedge S-)) \sim\text{-->} (RW+ \vee RW-)$

H_3: $((A+ \wedge R-) \vee (A- \wedge R+)) \wedge ((P+ \wedge S-) \vee (P- \wedge S+))$
$\sim\text{-->} (RW+ \vee RW-)$

H_4: $((A+ \wedge R-) \vee (A- \wedge R+)) \wedge \neg(P- \wedge S-) \sim\text{-->} (RW+ \vee RW-)$

In Tabelle 11 nun findet sich das Ergebnis der Überprüfung der Hypothese 4, in der einerseits von der dominanten Wirkung der Arbeits- und Reproduktionsbelastungen ausgegangen wird, in der andererseits ein Schutzeffekt behauptet wurde: Wenn also im Persönlichkeitsbereich und im sozialen Umfeld Ressourcen vorhanden sind, wird die Verarbeitung der Belastung erleichtert, d.h. dann sollte sich auch der Risikowert in der Beschwerdeliste nicht erhöhen. Im übrigen sind mit dieser Hypothese (wie auch schon mit Hypothese 3) sogenannte "Umschalt"- oder "Umpol"-Effekte (vgl. Rohrmann in diesem Band) formuliert.

Tabelle 11: Stress und Infarktrisiko: Schutzeffekte bei Verfügbarkeit von Ressourcen im persönlichen und sozialen Bereich (Hypothese 4)

BELASTUNGSBEREICHE / RESOURCEN																
ARBEIT	+	+	+	+	+	+	+	+	-	-	-	-	-	-	-	-
PERSON	+	+	+	+	-	-	-	-	+	+	+	+	-	-	-	-
SOZIAL	+	+	-	-	+	+	-	-	+	+	-	-	+	+	-	-
REPROD	+	-	+	-	+	-	+	-	+	-	+	-	+	-	+	-
BESCHW. HOCH	5	2	2	6	6	3	(14)	(15)	4	(2)	1	(3)	6	(11)	(14)	(21)
BESCHW. NORMAL	(4)	4	(2)	5	(6)	11	19	22	10	13	11	14	21	58	48	156

+ HOHE BELASTUNG bzw. MANGEL AN RESOURCEN
− KEINE BELASTUNG bzw. VERFÜGBARKEIT VON RESOURCEN

( ) Fehlerzellen (im Original als Sechseck markiert)

DEL = .17** VARDEL = .00297

z = 3.07 α = 0.001

RULE-U = 0.213 RULE-K = 0.177

Das Vorhersagemaß für diese Hypothesen beläuft sich auf 0.177; d.h. das Ausmaß der Fehler bei der Vorhersage wird hier um ca. 18 % reduziert. Dies ist deutlich weniger als bei der "einfacheren" Hypothese 1, durch die eine Reduzierung des Prognosefehlers um 36 % erfolgte, d.h. zwischen Belastung im Arbeits- und Reproduktionsbereich und den geäußerten körperlichen und allgemeinen Beschwerden (Mattigkeit, Übelkeit, Schwitzen, Kreuz- und Rückenschmerzen usw.) besteht die prognostizierte Beziehung. Die zusätzliche Annahme eines "Schutzeffektes" durch persönliche und soziale Ressourcen erbringt jedoch gegenüber dieser allgemeinen Hypothese keine Vorhersageverbesserung.

3. ZUSAMMENFASSUNG

Dieser Artikel beschäftigt sich im Rahmen von zwei Studien aus der Sicht der Psychologie mit der Verarbeitung und psychosomatischen Auswirkung von Belastungen aus der Umwelt. Zentrale Konzepte der psychologischen Modelle stellen die subjektive, kognitive und affektive Bewertung dar, welche die ausschlaggebende Rolle für Verarbeitungsmodus, Handlungsabsicht und Handlung spielen. Außerdem wird die methodologische Frage aufgeworfen, ob das in Strukturgleichungs-Ansätzen eingespeiste, aggregierte Material, nämlich Korrelationen bzw. Kovarianzen, mit denen bivariate lineare Äquivalenzbeziehungen zwischen Variablen abgebildet werden, in jedem Falle den inhaltlichen Struktur-Hypothesen angemessen ist; in Zusammenhang mit diesem Problem wird die Vorhersagen-Analyse kurz vorgestellt.

4. LITERATUR

Cooper, C.L. (1978): Work stress, in: P.B.Warr (ed.): Psychology at work (2nd ed.), Hardmondsworth: Penguin.

Costner, H.L.; Leik, R.K. (1964): Deductions from "axiomatic theory", American Sociological Review, 29, 819-835.

Freud, A. (1936): Das Ich und die Abwehrmechanismen, Wien: Internationaler Psychoanalytischer Verlag.

Groetschel, R. (1984): Belastungen, Bewältigungsressourcen und Herz-Kreislauf-Risiken: Zusammenhangsanalysen, Philosophische Dissertation, Bremen: Universität Bremen.

Haan, N. (1977): Coping and defending, New York: Academic Press.

Haynes, S.G.; Feinleib, M.; Kannel, W.B. (1980): The relationship of psychosocial factors to coronary heart disease in the Framingham study, American Journal of Epidemiology, No. 111, 37-58.

Haynes, S.G.; Levine, S.; Scotch, N.; Feinleib, M.; Kannel, W.B. (1978): The relationship of psychosocial factors to coronary heart disease in the Framingham study, American Journal of Epidemiology, 107, 362-402.

Hildebrand, D.K.; Laing, J.D.; Rosenthal, H. (1977a): Analysis of ordinal data. Series: Quantitative applications in the social sciences, No. 8, Beverly Hills: Sage.

Hildebrand, D.K.; Laing, J.D.; Rosenthal, H. (1977b): Prediction analysis of cross classifications, New York: Wiley.

Katz, D.; Kahn, R. (1978): The social psychology of organisations, New York: Wiley.

Lazarus, R.S. (1981): Streß und Streßbewältigung - ein Paradigma, in: S.Filipp (Hrsg.): Kritische Lebensereignisse, München: Urban & Schwarzenberg.

Lehr, U.; Thomae, H. (1987): Korrelate der Langlebigkeit, Stuttgart: Enke Verlag.

Lensing, D. (1983): Konflikte und ihre Lösung bei alten Menschen, Diplomarbeit, Bonn.

Lensing, D. (1985): Reaktionsformen auf Belastungssituationen im Alter, Dissertationsschrift, Bonn.

Rindskopf, D. (1984): Using phantom and imaginery latent variables to parameterize constraints in linear structural models, Psychometrika, 49, 37-47.

Rudinger, R.; Chaselon, F.; Zimmermann, E.J.; Henning, H.J. (1985): Qualitative Daten, München: Urban & Schwarzenberg.

Saris, W.; Satorra, A. (1982): The accuracy of a procedure for calculating the power of the Likelihood Ratio Test as used within the LISREL framework, in: Dutch Sociometric Society (ed.): Sociometric Research - Het tweede sociometrie congress, Amsterdam.

Schmitz-Scherzer, R.; Zimmermann, E.J.; Rudinger, G. (1983): Krisen im Alter. Ein Versuch einer multivariaten Analyse von Bewältigungsstrategien, Zeitschrift für Gerontologie, 16, 115-120.

Thomae, H. (1968): Das Individuum und seine Welt, Göttingen: Hogrefe.

Thomae, H. (1971): Die Bedeutung einer kognitiven Persönlichkeitstheorie für eine Theorie des Alterns, Zeitschrift für Gerontologie, 4, 8-18.

Thomae, H. (1976): Patterns of aging, Basel: Karger.

Thomae, H. (1983): Alternsstile und Alternsschicksale, Bern, Stuttgart, Wien: Huber.

Wottawa, H. (1984): Strategien und Modelle in der Psychologie, München: Urban & Schwarzenberg.

Zerssen, D. von (1972): Beschwerdeliste als Test, Therapiewoche, 21, 1908-1920.

Zetterberg, H.L. (1963): On theory and verification in sociology. A much revised edition, Totowa, N.J.: The Bedminster Press.

[10]

Herbert Matschinger

Psychosoziale Determinanten des kardiovaskulären Risikos

Neben den klassischen Risikofaktoren für Herzkreislauferkrankungen wie Alter, Übergewicht und Ernährung wird heute den psycho-sozialen Faktoren eine gleichermaßen entscheidende Rolle zugesprochen. Dieser Beitrag untersucht die Bedingungen, unter denen Wahrnehmungen der Belastungssituation und Persönlichkeitsmerkmale einen Teil der Varianz in einem Risikoindikator erklären. Es kann gezeigt werden, daß die objektiven Arbeitsbedingungen zur Erklärung des Risikos mit einbezogen werden müssen.

1. EINLEITUNG

Jene analytisch relevanten Dimensionen sozialer Belastung zu finden, die mittel- und unmittelbar das Risiko einer Herz-Kreislauferkrankung erhöhen, ist sowohl für die epidemiologische Forschung als auch für die individuelle Diagnose von Interesse. Dies besonders dann, wenn Umweltfaktoren von individuellen Charakteristika trennbar sind und darüber hinaus eine kausale Ordnung dieser Größen theoretisch herleitbar und empirisch prüfbar ist.

Die Verknüpfung zwischen Belastungsgrößen (Schichtarbeit, Akkord, Zeitdruck) auf der einen und kardiovaskulärem Risiko auf der anderen Seite geschieht auf zwei Ebenen.

2. PROBLEMSTELLUNG

Wir konzentrieren uns zunächst in unserem Ansatz auf jene Belastungserfahrungen, denen wir bei der zentralnervös gesteuerten kardiovaskulären Pathophysiologie eine besondere Rolle zuweisen, nämlich Erfahrungen von aktivem Distreß (Siegrist et al. 1986). Wir verstehen unter Distreß Erfahrungen in Anforderungssituationen, die einerseits mit der Aufforderung zu starker Verausgabung, andererseits gleichzeitig mit geringer Erfolgschance verbunden sind. Ein so gearteter Aktivierungsprozeß ist daher häufig mit Irritierung und Frustration verbunden und zeigt direkte nervale und endokrine Auswirkungen auf das Herz-Kreislaufsystem. Halten solche Prozesse über längere Zeit an, so haben sie Blutdruckerhöhung und Veränderungen des Lipidmetabolismus (Fettstoffwechsels) zur Folge. Diese Veränderungen erhöhen langfristig das Herz-Kreislauf-Risiko (Dimsdale et al. 1982).

Mit dem Begriff Belastungserfahrungen ist zugleich angedeutet, daß nicht allein die objektiven Belastungen selbst, sondern auch deren subjektive Einschätzung und Verarbeitung durch den Betroffenen eine wesentliche Rolle bei der Erklärung des kardiovaskulären Risikos spielen. Man kann nicht nur von einer additiven Verknüpfung der externen und internen Bedingungen ausgehen, sondern auch eine hierarchisch geordnete Interaktion dieser Bedingungen annehmen. Dabei spielen vor allem Gegebenheiten des Arbeitsplatzes und ihre Veränderungen eine Rolle, weil Handlungszwänge und daraus resultierender Kontrollverlust hier besonders nachhaltig erfahren werden. Bei der Analyse von Belastungen und ihrer Wirkungen wird aber auch klar, daß sowohl die zu einer statistischen Erklärung herangezogenen psychosozialen Variablen, als auch die Indikatoren für das zu erklärende Risiko kausal und durch einen zeitlich ablaufenden Prozeß verknüpft sind. Dieser Prozeß wirft zwangsläufig inhaltliche wie methodische Probleme bei der Interpretation von Querschnittsdaten auf. Hypothesen über die Struktur und die Größe der Parameter eines "Querschnitts-Modells" werden zumeist aus einem definierten Prozeß bis zum Erhebungszeitpunkt abgeleitet. Dieser Prozeß ist nicht direkt beobachtbar und steht als Datum nicht zur Verfügung. Aus interindividuell unterschiedlich verlaufenden Prozessen resultieren notwendig auch interindividuell unterschiedliche Bedeutungen der verschiedenen objektiven Belastungen und psychosozialen Charakteristika.

Anhand von Querschnittsdaten werden Bedingungen untersucht, bei denen sich aufgrund von Belastungen Herz-Kreislauf-Gefährdungen ergeben.

3. THEORETISCHER HINTERGRUND DES KARDIO-VASKULÄREN RISIKOS

Theoretisch stellt sich die Frage, welche interindividuell unterschiedlichen Bewältigungsstile und subjektiven Einschätzungen die davon abhängigen Indikatoren für das Herz-Kreislauf-Risiko unter situativen Bedingungen bestimmen. In Weiterentwicklung der entsprechenden theoretischen Typ-A-Konzepte (Friedmann/Rosenmann 1974) nehmen wir allgemein an, daß Typ-A-Verhalten besonders häufig bei Personen auftritt, die starke Kontrollambitionen aufweisen. Unter Typ-A-Verhalten verstehen wir einen Bewältigungsstil in Anforderungssituationen, der durch starkes Engagement, Distanzierungsunfähigkeit und ausgeprägtes Konkurrenzdenken gekennzeichnet ist. Spezifischer wird postuliert, daß Personen mit starken Kontrollambitionen in Leistungssituationen Typ-A-Verhaltensweisen einsetzen, um reale oder vermeintliche Kontrollbedrohungen oder Kontrollverluste (im Sinne von Versagen und Mißerfolgen) zu verhindern. Als Erklärung nehmen wir an, daß Personen mit starken Kontrollambitionen verstärkt zu unrealistischen Einschätzungen (Erwartungen und Bewertungen) von Anforderungen und Bewältigungsmöglichkeiten sowie den resultierenden Ergebnissen in Leistungssituationen neigen. Diese Bewertungen und die davon beeinflußten Handlungen beziehen sich auf die aktuelle Anforderungssituation mit ihren Handlungskonsequenzen. Es können zwei Typen von Fehleinschätzungen gebildet werden:

Typ 1 : Unterschätzung von Anforderungen und/oder Überschätzung der Bewältigungsressourcen

Typ 2 : Überschätzung von Anforderungen und/oder Unterschätzung der Ressourcen

(Dittmann et al. 1982, S. 117ff.).

Beide Arten von Fehleinschätzungen und ihre Konsequenzen sind eingebettet in die Bewältigungskarriere (Matschinger et al. 1986). Darunter verstehen wir jenen zeitlichen Prozeß, der die Relation von Anforderungen auf der einen und Einschätzungen und Bewältigung auf der anderen Seite beschreibt. In Abhängigkeit von der sich veränderten aktuellen Belastung und den interindividuell unterschiedlichen Erwartungen und Bewertungen von möglichen Anstrengungserfolgen ändert sich Ausmaß und Typ der Fehleinschätzung vom ersten hin zum zweiten Typ. Einschätzungen und Bewertungen können sich auf die Aufgabe beziehen oder auf die sozialen und materiellen Gratifikationen bei der Lösung dieser Aufgabe (vgl. Weber 1985).

Die Fehleinschätzung Typ 1 kennzeichnet ein noch relativ

frühes Stadium, wo ein guter Gesundheitszustand sowie sozial anerkannte Aufstiegsmotivation das starke Engagement im Arbeitsbereich zunächst erleichtern und verstärken. Unter der Bedingung fortschreitend wachsender Anforderungen und Verpflichtungen führt aber ein unverändertes Engagement zu verstärkten Belastungserfahrungen.

Daher sind gestiegene Anforderungen bei gleichzeitig begrenztem oder auch nur nicht gestiegenem Bewältigungspotential ein Charakteristikum des "mittleren" Erwerbslebens in Populationen mit niedrigem Status. Ungünstige Bedingungen beschleunigen den Fortgang der Bewältigungskarriere und münden letztlich in verfrühter Erschöpfung und sog. "burn out". Nur gering anwachsende Anforderungen oder ein ausreichendes Potential bei gleichzeitig richtiger Einschätzung der Relation verzögern dagegen den Fortgang der Karriere (Matschinger et al. 1986).

Ein wesentlicher Indikator für verringertes Bewältigungspotential sind nicht-triviale Schlafstörungen. Bei der Beurteilung solcher Störungen muß mit Fehleinschätzung gerechnet werden, da ja in Abhängigkeit der Bewältigungskarriere nicht mit einer realistischen Einschätzung der tatsächlichen Störungen gerechnet werden kann. Das Ausmaß der Fehleinschätzungen wird von der Interaktion von Kontrollambitionen und externen Belastungen mitbestimmt.

Der dargestellte theoretische Zusammenhang kann hier keiner empirischen Überprüfung unterzogen werden, da weder echte Verlaufsdaten vorliegen, noch das Ausmaß von Fehleinschätzungen im Querschnitt adäquat operationalisierbar ist. Ebenso sind Einschätzungen und Bewertungen der Aufwands-Ertragsrelation bei der Lösung von Aufgaben hier nicht bekannt. Sie sind auch nur schwer zu operationalisieren, wenn man annimmt, daß solche Größen von der Bewältigungskarriere abhängen und daher nicht über die Zeit konstant bleiben. Wir nehmen an, daß das von der Bewältigungskarriere abhängige Ausmaß von Fehleinschätzungen Typ 1 und Typ 2 nur unter erschwerten objektiven Bedingungen ein Herz-Kreislauf-Risiko darstellt.

4. ALLGEMEINE HYPOTHESEN UND VARIABLENHIERARCHIE

Wie oben entwickelt hängen Einschätzungsvariablen vom Stand der Bewältigungskarriere ab, deren Verlauf von exogenen Bedingungen beeinflußt wird. Sind diese Bedingungen selbst wieder Einschätzungen, so hängen auch diese von der Bewältigungskarriere ab. Wir können damit das Ziel, Subpopulationen hinsichtlich ihres Stands in einer Bewältigungskarriere zusammenzufassen, nicht erreichen.

Die folgenden Analysen berücksichtigen Effekte der Bewältigungskarriere in einer aktuellen Bewältigungssituation und die Assoziation von Variablen an einem Punkt der Bewältigungskarriere. Berücksichtigt man bei der Interpretation den zu diesem Zeitschnitt führenden Prozeß nicht, so können sich aufgrund von Fehleinschätzungen der Befragten widersprüchliche Ergebnisse herausstellen.

Aus den theoretischen Überlegungen läßt sich folgende Variablenhierarchie ableiten, die in Abbildung 1 dargestellt ist. Man kann die latenten Variablen vier Ebenen zuordnen:

Ebene 1 - Kontextbedingungen: Auf dieser Ebene sind subjektive oder objektive Merkmale anzusiedeln, die als exogene Größen der Arbeitsbelastung (-situation) die Beziehungen anderer Variablen, etwa der Einschätzungen und Risiken, moderieren.

Ebene 2 - Exogene Einstellungskomplexe und objektive individuelle Charakteristika (Persönlichkeitsmerkmale): Als manifeste Variable können hier z.B. Alter, Übergewicht, Rauchen und andere "objektive" Merkmale genannt werden. Darüber hinaus werden die beobachteten Individuen durch jenen Motivations- und Einstellungskomplex charakterisiert, den wir als "Kontrollambitionen" bezeichnen. Es wird angenommen, daß dieser Komplex, zusammen mit anderen Größen, Effekte auf Einstellungen und Einschätzungen von Belastungserfahrungen ausübt, sofern nur ausreichend große Belastungen (Ebene 1) vorliegen. Belastungsmerkmale bestimmen nicht nur die individuelle Ausprägung von Kontrollambitionen, sondern moderieren auch den Effekt von Einstellungen und Einschätzungen auf das kardiovaskuläre Risiko.

Ebene 3 - Einschätzungen: Auf dieser Ebene wird postuliert, daß Einschätzungen der eigenen Sozialidentität wie auch der täglichen Belastungserfahrungen eine beachtliche Rolle für den Grad des individuellen Wohlbefindens und der psychophysischen Gesundheit spielen. Zudem wird angenommen, daß Einschätzungen von den Belastungsbedingungen auf Ebene 1 mitgeformt werden.

Ebene 4 - Risiko-Variablen: Auf dieser Ebene sind nur manifeste Variablen angesiedelt, wie systolischer und diastolischer Blutdruck, Lipidwerte u.ä.m.

5. OPERATIONALISIERUNG DER KONSTRUKTE

In Abbildung 1 sind die Basishypothesen der Studie dargestellt.

Für Ebene 1 und damit zum multiplen Gruppenvergleich sollen zwei belastungindizierende Variablen herangezogen werden, und zwar:

1. "Zwang zu Akkord"

In Form eines dichotomen Index unterscheidet dieser Kontextindikator eine weniger belastete Subpopulation von jener hochbelasteten Gruppe, die gegen ihren Willen aufgrund der angespannten wirtschaftlichen Situation zu exzessiver Akkordarbeit gezwungen ist.

2. "Einschätzung der Veränderung von Arbeitsbedingungen"

Dieses Item soll exemplarisch für einen sogenannten "subjektiven" Kontext stehen. Es mißt, ob die Arbeitsbelastungen im letzten Jahr als gleichbleibend oder aber als zunehmend und/oder verschlechtert eingestuft wurden.

Abbildung 1: Basishypothesen der Studie

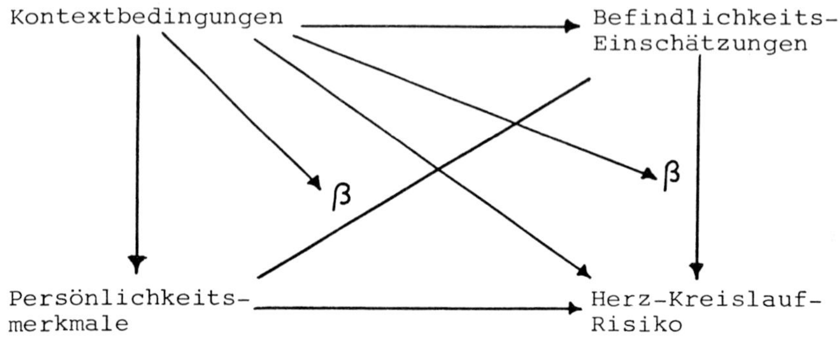

Das Konstrukt "Kontrollambitionen" (Ebene 2)

Die Kontrollambitionen werden durch sechs Subskalen gemessen (vgl. Dittmann 1985):

1. Bedürfnis nach Anerkennung, Angst vor Kritik, Verarbeitung von Erfolg und Mißerfolg (6 dichotome Items).
2. Wettbewerbshaltung, latente Feindseligkeit, Unabhängigkeitsstreben in Leistungssituationen (6 dichotome Items).
3. Verausgabungsbereitschaft, Verdrängung von Entspannungsbedürfnissen (8 dichotome Items)
4. Genauigkeit, Gewissenhaftigkeit, Perfektionsstreben, Planungsbedürfnis (7 dichotome Items).
5. Hetze, Zeitdruck, Ungeduld, Irritierbarkeit bei Störungen (8 dichotome Items).
6. Berufliche Distanzierungsunfähigkeit, Verantwortungsbewußtsein, hohe Identifikationsbereitschaft mit vorgegebe-

nen und selbst gesetzten Zielen (9 dichotome Items).

Jede der Dimensionen stellt wieder eine durch die in Klammern angegebene Zahl von Items gemessene Subskala dar. Für jede Skala wird behauptet, daß die Summe aller Lösungen im Sinne hoher Kontrollambitionen eine erschöpfende Statistik für den "Ausprägungsparameter" eines Probanden darstellt. Jede Subskala ist daher eindimensional im Sinne des dichotomen logistischen Modells von Rasch (Fischer 1974; Rasch 1960 u.a.m.). Eine explorierende Faktorenanalyse führte zu zwei Faktoren, die sich theoretisch sinnvoll interpretieren liessen. Sie können sowohl Ausdruck der zwei Dimensionen von Kontrollambitionen unter dem Aspekt der Bewältigungskarriere sein, als auch als Resultat der spezifischen Form der Operationalisierung betrachtet werden.

Aus dem Konzept der Bewältigungskarriere läßt sich folgern, daß Items mit positiver emotionaler Konnotation, und hier besonders Items, die Verhaltensweisen ansprechen, jenes Teilkonstrukt abbilden, das mit "Verausgabungsbereitschaft" etikettiert werden kann. Diese Items konzentrieren sich auf die Subskalen 3 und 4 (vgl. Matschinger et al. 1986). Items mit negativer emotionaler Konnotation, also Items, die Emotionen und Kognitionen thematisieren, bilden das zweite Teilkonstrukt von Kontrollambitionen ab, das den Grad an Bewußtsein über die eigenen Bewältigungsschwierigkeiten repräsentiert. Dabei handelt es sich um die Subskalen 1,2,5,6.

"Verausgabungsbereitschaft" und "Distanzierungsunfähigkeit" sind also komplementäre Aspekte des Konstrukts Kontrollambitionen. "Distanzierungsunfähigkeit" bildet stets auch das Bewußtsein über das Ausmaß der eigenen Unfähigkeit ab. Die Dimension "Verausgabungsbereitschaft", durch die Einschätzung der eigenen Verausgabungsbereitschaft, auch das Ausmaß an Fehleinschätzung des eigenen Bewältigungspotentials.

Einschätzungsvariable (Ebene 3)

Aus der Menge aller erhobenen sozialen Variablen werden jene drei herausgegriffen, die die subjektive Einschätzung der

Qualität des eigenen Schlafes auf einer latenten Dimension abbilden sollen. Die drei manifesten Größen bilden dabei Einschlafstörungen, Durchschlafstörungen bzw. zu frühes Aufwachen auf 3-Punktskalen ab. Wir nehmen an, daß Schlafstörungen, und hier besonders Durchschlafstörungen, ein kardiovaskuläres Risiko darstellen und sich auf das Ausmaß eines somatischen Indikators auswirken.

Indikatoren für das kardiovaskuläre Risiko (Ebene 4)

Exemplarisch soll hier als Risikoindikator der systolische Blutdruck als durchschnittlicher Wert bei zweimaliger Messung pro Individuum Verwendung finden. Zwar sind komplexere Modellansätze theoretisch denkbar, doch aufgrund mangelnder Stichprobengröße sinnvollerweise nicht zu berechnen (vgl. hier Bentler 1980).

In das zu schätzende Modell gehen nun folgende Variablen ein (Tabelle 1):

Tabelle 1: Die Variablen in der Analyse

Notation	Manifeste Variablen
x_1 - x_6	Sechs Subskalen des Konstrukts "Kontrollambitionen"
x_7	Alter der Probanden
x_8	Quetelet-Index (Übergewicht)
y_1	Systolischer Blutdruck
y_2 - y_4	Drei Schlafstörungsvariablen, nämlich: Einschlafstörungen, Durchschlafstörungen und zu frühes Aufwachen
	Latente Variablen
ξ_1	"Distanzierungsunfähigkeit"
ξ_2	"Verausgabungsbereitschaft"
η_1	"Systolischer Blutdruck"
η_2	"Subjektive Einschätzung von Schlafstörungen"

6. STICHPROBENBESCHREIBUNG

Aus einem Unternehmen der Metallindustrie mit zwölf Zweigwerken und über 12.000 Beschäftigten in Hessen und Nordrhein-Westfalen konnten drei Werke in unsere Untersuchung einbezogen werden. Aus den knapp 2.000 männlichen deutschen gewerblich Beschäftigten bestimmten wir eine Zielgruppe nach folgenden Kriterien: Alter 25 bis 55 Jahre; Zugehörigkeit zu einer der fünf Funktionsgruppen:

Facharbeiter in der Fertigung,
Facharbeiter in Reparaturfunktionen,
angelernte Arbeiter am Band,
angelernte Arbeiter an oder mit Maschinen sowie
Beschäftigte in Vorgesetztenfunktionen.

Eine Stichprobe von 416 Probanden ohne Herz-Kreislaufkrankheiten konnte schließlich in die Untersuchung aufgenommen werden. Diese Population wurde 1982 zum ersten und 1983 zum zweiten Mal befragt. Die Analysen mit dem Kontext "Zwang zu Akkord" beziehen sich immer auf den ersten Zeitpunkt der Befragung. Die Analysen mit dem Kontext "Verschlechterung von Arbeitsbedingungen" beziehen sich immer auf die Daten des zweiten Zeitpunktes, da diese Kontextvariable eine retrosepktive Einschätzung des Zeitraums zwischen t_1 und t_2 darstellt.

7. UNTERSUCHUNGSSPEZIFISCHE EINZELHYPOTHESEN

Für die beiden Formen der "Belastungsbedingungen" (Ebene 1) können, abgeleitet aus dem Konzept der Fehleinschätzung, unterschiedliche Wirkungen auf die Modellbeziehungen im Querschnitt erwartet werden.

"Zwang zu Akkord" stellt eine objektive Belastung dar, welche die Assoziation zwischen den Variablen der nachgeordneten Ebenen direkt beeinflussen sollte. Fehleinschätzungen wirken sich auf die Gruppierungsvariable aus.

"Verschlechterung von Arbeitsbedingungen" unterliegt als subjektives Urteil ebenfalls Fehleinschätzungen. Uns ist bekannt, daß sich die Arbeitsbedingungen im abgefragten Zeitraum (ein Jahr) beträchtlich verschlechtert haben und die Leistungsanforderungen für nahezu alle Arbeitnehmer erhöht wurden. Die Arbeitsbedingungen als gleichbleibend einzustufen, ist als Fehleinschätzung vom Typ 1 zu werten.

Die Kenntnis eines Veränderungsprozesses auf nicht im Modell eingeschlossene Größen ist hier notwendig, um Hypothesen adäquat formulieren zu können. Wir nehmen daher an, daß sich in der Population mit "gleich" oder sogar "weniger" eingestuften Arbeitsbelastungen ausgeprägtere Beziehungen zwischen psychosozialen Größen und kardiovaskulären Risikoindikatoren finden lassen als in der anderen Teilpopulation.

Auch Schlafstörungsangaben sind abhängig vom Verlauf der Bewältigungskarriere. Mit der Überschätzung von Bewältigungsressourcen auch in fortgeschrittenen Stadien der Bewältigungskarriere scheint jenes Risiko zuzunehmen, von dem Effekte auf somatische Indikatoren eines Herz-Kreislauf-Risikos zu erwarten sind. Wir nehmen an, daß - besonders in Abhängigkeit vom Faktor "Verausgabungsbereitschaft" - das Ausmaß der tatsächlichen Schlafstörungen unterschätzt (möglicherweise auch verleugnet) wird.

Für "Verausgabungsbereitschaft" und "Distanzierungsunfähigkeit" wird in der belasteten Subpopulation ein Effekt auf den systolischen Blutdruck vermutet, wohingegen die Zusammenhänge zwischen den Schlafstörungen und diesen Variablen als bedingungsunabhängig angenommen werden. Hohe Verausgabungsbereitschaft stellt unter ungünstigen Bedingungen eine kardiovaskulär wirksame Fehleinschätzung dar. Es wird deshalb angenommen, daß auch der systolische Blutdruck damit positiv verknüpft ist. Für den Faktor Distanzierungsunfähigkeit wird das Umgekehrte postuliert. Das Bewußtsein über diese Eigenschaft stellt unter besonderen Belastungsbedingungen eine realistischere Einschätzung dar und sollte demgemäß eine "protektive" Wirkung ausüben.

Gleichzeitig nehmen wir an, daß das Konstrukt "Schlafstörungen" mit dem Blutdruck negativ verknüpft ist. Je realistischer die Einschätzungen der eigenen Befindlichkeit und je höher daher die Schlafstörungsangaben unter verstärkten Belastungsbedingungen, desto niedriger auch der systolische Blutdruck.

Unter der Bedingung "Gleiche Arbeitsbedingungen" erwarten wir Effekte von Kontrollambitionen auf den systolischen Blutdruck und Schlafstörungen. Die Annahmen über die Effektrichtung sind mit den Annahmen aus "Akkordzwang" identisch. Es ist ferner anzunehmen, daß subjektive Einschätzungen inhomogene Subpopulationen spezifizieren, die sich mit Sicherheit bei einer Reihe von nicht berücksichtigten, aber wesentlichen Variablen unterscheiden. Die Gefahr von Fehlspezifikationen ist also besonders groß. Wir erwarten daher einen eher mäßigen Modellfit und nur wenig erklärte Varianz für den systolischen Blutdruck.

Das in Abbildungen 2 und 3 graphisch dargestellte Pfadmodell wird unter der Annahme invarianter Kausalbeziehungen und invarianter Meßmodelle für beide Subpopulationen geschätzt. Die Meßfehler als auch die Residuen der Strukturbeziehungen dürfen aber in jeder Population unterschiedliche Werte annehmen. Für unterschiedlich belastete Subpopulationen wird ein unterschiedliches Ausmaß an erklärter Varianz für den Risikoindikator "Systolischer Blutdruck" angenommen.

8. ERGEBNISSE DER MODELLANALYSE

Die Parameter des Modells werden für eine Population mit "Zwang zu Akkord" (N=108) und eine Population ohne diesen Zwang (N=246) geschätzt. Die entsprechenden Resultate der Parameterschätzungen finden sich in Tabelle 1 für die Bedingung "Ohne Zwang zu Akkord" und "Mit Akkordzwang" (siehe auch Abb. 2).

Vergleicht man die Strukturparameter für die beiden Popula-

Abbildung 2: Zwang zu Akkord

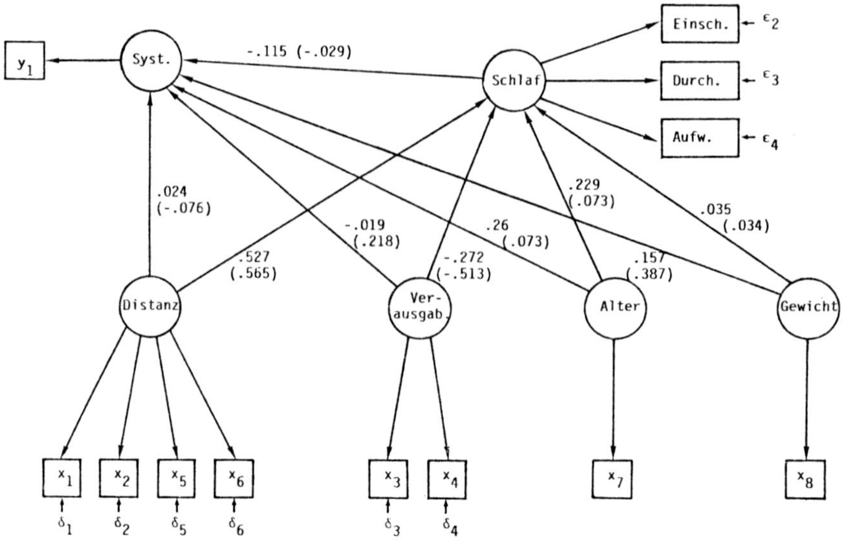

Standardisierte Lösung
(in Klammerns m i t Akkordzwang)

tionen, so zeigen sich sowohl für die Effekte von "Distanzierungsunfähigkeit" (ξ_1) als auch für die Effekte von "Verausgabungsbereitschaft" (ξ_2) unterschiedliche Vorzeichen in den beiden Subpopulationen. Das ist plausibel interpretierbar, geht man von der Annahme aus, daß sich die beiden Populationen an unterschiedlichen Stellen ihrer Belastungskarirere befinden. Der deutlichste Unterschied zeigt sich in den Wirkungen beider Konstrukte auf den systolischen Blutdruck (η_1). In der belasteten Subpopulation sind die entsprechenden γ-Koeffizienten bis zu 10 x so groß. Hohe Verausgabungsbereitschaft zieht einen hohen systolischen Blutdruck nach sich, während die Distanzierungsunfähigkeit einen negativen Effekt ("protektiv") auf den systolischen Blutdruck ausübt. Analog dazu kann man interpretieren, daß niedrige Verausgabungsbereitschaft und hohe Distanzierungsunfähigkeit bei hoch (und damit adäquat) eingeschätzten Schlafstörungen günstig auf den Blutdruck wirken, falls die Person starken Belastungen ausgesetzt ist. Eine Fehleinschätzung vom Typ 1 ist nicht zu vermuten, was auf ein be-

Tabelle 2: Zwang zum Akkord

Meßstruktur	ohne Zwang $\Lambda_{x/y}$	Gruppe 1 $\Theta_{\delta/\varepsilon}$	mit Zwang $\Lambda_{x/y}$	Gruppe 2 $\Theta_{\delta/\varepsilon}$
D_1 : λ_{x1}	.518	(1.564)	.518	(1.941)
D_2 : λ_{x2}	.330	(1.224)	.330	(1.272)
D_3 : λ_{x3}	1.000*	(1.410)	1.000*	(1.114)
D_4 : λ_{x4}	.683	(1.584)	.683	(1.916)
D_5 : λ_{x5}	.643	(1.809)	.643	(1.742)
D_6 : λ_{x6}	1.000*	(1.894)	1.000*	(.939)
ALT : λ_{x7}	1.000*	(.000)	1.000*	(.000)
QU : λ_{x8}	1.000*	(.000)	1.000*	(.000)
SY : λ_{y1}	1.000*	(.000)	1.000*	(.000)
EIN : λ_{y2}	1.000*	(.404)	1.000*	(.295)
MNA : λ_{y3}	1.320	(.300)	1.320	(.279)
FRÜ : λ_{y4}	1.034	(.353)	1.034	(.445)
Kausalstruktur	B/Γ		B/Γ	
β_{12}	-5.004[a]		- .470[a]	
γ_{11}	.316[a]		- .818[a]	
γ_{12}	- .266[a]		2.618[a]	
γ_{13}	.461		.229[a]	
γ_{14}	.797		2.056	
γ_{21}	.128		.146	
γ_{22}	- .083		- .154	
γ_{23}	.013		.003[a]	
γ_{24}	.005[a]		.004[a]	
ψ_{11}	243.046		235.269	
ψ_{22}	.117		.129	
DET_{TOT}	.389		.459	
GFI	.951		.922	
RMR	.563		1.399	

Chi^2, 100 FG : 130.44 ($p = 0.022$)

* : Fixierte Parameter

a : Nicht signifikant bei $\alpha = 5$ %

reits fortgeschrittenes Stadium der Bewältigungskarriere hindeutet.

In der Population ohne Akkordzwang läßt sich kein Effekt von Kontrollambitionen auf Blutdruck nachweisen, wohl aber die latente Variable "Schlafstörungen". Diese Effekte scheinen vom gewählten Kontext unabhängig. Auch ist das Ausmaß der erklärten Varianz des systolischen Blutdrucks in der belasteten Subpopulation mehr als doppelt so groß.

Das Modell "Verschlechterung von Arbeitsbedingungen" (siehe Abb. 3 und Tab. 2) paßt mangels "Belastungshomogenität" entscheidend schlechter auf die Daten. Die gruppendefinierende Variable ist offensichtlich nicht in der Lage, Personen mit ähnlicher Lage in der Bewältigungskarriere und damit ähnlich verlaufenden Prozeß vor der Erhebung zu spezifizieren.

Davon abgesehen zeigt sich in Teilgruppe 2 ein wesentlich geringerer Effekt von den Kontrollambitionsstrukturen sowohl auf den Blutdruck (η_1) als auch auf die Schlafstörungen (η_2) als in der Population, die angibt, keine Bedingungsverschlechterungen erlebt zu haben. Für beide Populationen gilt daher: Je geringer die Schlafstörungsangaben, desto höher der systolische Blutdruck.

Diese im ersten Augenblick paradox anmutenden Ergebnisse zu einem Querschnitt werden aber bei Beachtung des Prozesses der Bewältigungskarriere zumindest plausibel.

Die sich objektiv verschlechternden Bedingungen werden offensichtlich durch einen Großteil der Gruppe 1 inadäquat eingeschätzt. Diese Fehleinschätzung zusammen mit starken Effekten von ebenso inadäquat eingeschätzten Schlafstörungen üben (bereits) einen Effekt auf den Indikator Blutdruck aus. Auch hier gilt: Je höher die Verausgabungsbereitschaft, desto höher die Fehleinschätzung der Schlafstörungen und desto höher auch der systolische Blutdruck. Daraus kann - wenn auch mit Vorsicht - auf einen bereits fortgeschrittenen Stand der Bewältigungskarriere geschlossen werden. Alles in allem sind die Koeffizienten sehr klein, so daß alle Ergebnisse für diesen Gruppenvergleich mit Vorsicht zu genießen sind. Für alle gerechneten Modelle zeigen sich keine Korrelationen der Parametereinschätzungen von über .8, so daß man in die Schätzungen auch bei schwachem Fit Vertrauen haben kann.

Abbildung 3: Verschlechterung von Arbeitsbedingungen

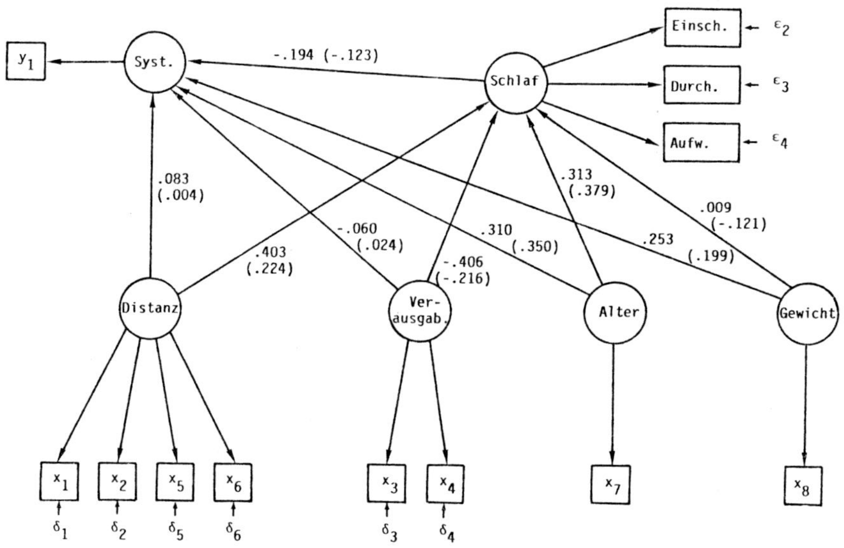

Standardisierte Lösung
(in Klammern verschlechterte Arbeitsbedingungen)

Tabelle 3: Verschlechterung der Arbeitsbedingungen

Meßstruktur	Gleichbleibende Arbeitsbedingungen $\Lambda_{x/y}$	Gruppe 3 $\Theta_{\delta/\varepsilon}$	Verschlechterte Arbeitsbedingungen $\Lambda_{x/y}$	Gruppe 4 $\Theta_{\delta/\varepsilon}$
D_1 : λ_{x1}	.947	(1.347)	.947	(.910)
D_2 : λ_{x2}	.499	(1.084)	.499	(1.277)
D_3 : λ_{x3}	1.000*	(1.360)	1.000*	(.882)
D_4 : λ_{x4}	.669	(1.557)	.669	(1.710)
D_5 : λ_{x5}	.883	(1.467)	.883	(2.184)
D_6 : λ_{x6}	1.000*	(2.153)	1.000*	(3.337)
ALT : λ_{x7}	1.000*	(.000)	1.000*	(.000)
QU : λ_{x8}	1.000*	(.000)	1.000*	(.000)
SY : λ_{y1}	1.000*	(.000)	1.000*	(.000)
EIN : λ_{y2}	1.000*	(.307)	1.000*	(.414)
MNA : λ_{y3}	1.367	(.227)	1.367	(.265)
FRÜ : λ_{y4}	.971	(.337)	.971	(.492)
Kausalstruktur	B/Γ		B/Γ	
β_{12}	-7.801		-5.270	
γ_{11}	1.043[a]		.252	
γ_{12}	- .695[a]		.196	
γ_{13}	.536		.649	
γ_{14}	1.211		.871	
γ_{21}	.126		.053	
γ_{22}	- .117		- .042	
γ_{23}	.013		.017	
γ_{24}	.001		- .013	
ψ_{11}	219.177		180.119	
ψ_{22}	.118		.194	
DET_{TOT}	.333		.310	
GFI	.943		.835	
RMR	.519		1.370	

Chi^2, 100 FG : 168.39 (p = .00)

* : Fixierte Parameter

a : Nicht signifikant bei α = 5 %

9. ZUSAMMENFASSUNG

Es wird zunehmend anerkannt, daß neben den klassischen Risikofaktoren für Herz-Kreislauferkrankungen, wie Alter, Übergewicht, Ernährungsweise und Rauchen, auch psychosoziale Größen eine Rolle spielen. Hier wurde versucht, jene Bedingungen herzuleiten, unter denen Einschätzungen von Arbeitsbelastungen, Einschätzungen von Schlafstörungen und spezifische Persönlichkeitsmerkmale einen Teil der Varianz dieses Risikos (systolischer Blutdruck) erklären.

Wir nahmen an, daß Effekte psychosozialer Größen auf den systolischen Blutdruck nur unter ausgeprägten Belastungsbedingungen zu beobachten sind. Die Gültigkeit der Modellannahmen hängt aber wesentlich auch von jenem Prozeß ab, den wir Bewältigungskarriere nennen. Dieser Prozeß beschreibt die Veränderungen von Fehleinschätzungen unter der Bedingung sich verändernder externer Belastungen und Anforderungen.

Jede Interpretation der Querschnittsdaten setzt theoretisch begründbare Annahmen über den Verlauf der Bewältigungskarriere voraus. Wir konnten zeigen, daß wesentliche Teile der Ergebnisse mehr über den Stand einer Teilpopulation in der Bewältigungskarriere aussagen als über die aktuellen Beziehungen zwischen den in das Modell aufgenommenen Variablen.

Die Modellannahmen wurden unter zwei grundsätzlich verschiedenen "Kontextbedingungen" geprüft. Unter der Bedingung "Zwang zu Akkord" konnte gezeigt werden, daß hohe Verausgabungsbereitschaft im Verein mit unterschätzten Schlafstörungen zu höherem systolischen Blutdruck führt.

In einer Population, welche die sich verschlechternden Arbeitsbedingungen offensichtlich unterschätzt, zeigen sich ähnliche Ergebnisse. Bei fortgeschrittener Bewältigungskarriere ist die Unterschätzung der Ressourcen gerade bei erschwerten Arbeits- und Lebensbedingungen kein Risiko. Für einen so charakterisierten Teil der Population kann daher ein negativer Zusammenhang zwischen systolischem Blutdruck und "Schlafstörungen" beobachtet werden.

Der geschilderte Sachverhalt zeigt nicht zuletzt, warum in der epidemiologischen Forschung viele widersprüchliche Ergebnisse zum gleichen Thema zu finden sind. Zum ersten wird kaum jene notwendige Hierarchie der "Einflüsse" von der objektiven Belastung zur subjektiven Einschätzung beachtet, zum anderen wird fast nie versucht, Subpopulationen zu analysieren, die sich hinsichtlich eines definierten Prozesses an ähnlicher Stelle befinden.

Für die individuelle Prädiktion eines kardiovaskulären Risikos, und damit auch einer möglichen Prävention, ergeben sich zwei zentrale Konsequenzen:

Die externen Anforderungen erwiesen sich als das Kriterium für den Zusammenhang zwischen psychosozialen Einstellungen und Einschätzungen und den Indikatoren eines kardiovaskulären Risikos. Die genaue Beobachtung der objektiven Arbeits- und Lebensbedingungen ist zur Abklärung eines Risikoausmaßes unabdingbar notwendig. Erst unter definierten Belastungsbedingungen kann es notwendig werden, bestimmte Bewältigungsstile als Risiko anzusehen.

Die individuellen Ausprägungen auf Einstellungs- und Einschätzungsskalen sind ohne Kenntnis des Ausmaßes allgemeiner Fehleinschätzungen, und damit unabhängig von einer Bewältigungskarriere, nur bedingt interpretierbar. Hohe Verausgabungsbereitschaft ist nur im Umfeld einengender Belastungsbedingungen und weit fortgeschrittener Bewältigungskarriere risikoreich. Für den Faktor "Distanzierungsunfähigkeit" gilt das Umgekehrte. Aus Querschnittsdaten allein ist daher eine individuelle Prädiktion nicht möglich.

10. LITERATUR

Bentler, P. (1980): Multivariate analysis with latent variables: Causal modeling, Annual Review of Psychology, 31, 419-456.

Dimsdale, J.E.; Herd, A.J. (1982): Variability of plasma lipids in response to emotional arousal, Psychosomatic Medicine, 44, 5-11.

Dittmann, K.H.; Matschinger, H. (1982): Soziale Belastungen, Bewertungsmuster und Streß (unveröffentlichter Abschlußbericht an die DFG), Marburg.

Dittmann, K.H.; Matschinger, H.; Siegrist, J. (1985): Fragebogen zur Messung von Kontrollambitionen, in: J.Allmendinger, P.Schmidt, B.Wegener: ZUMA-Handbuch sozialwissenschaftlicher Skalen, ZUMA und Informationszentrum Sozialwissenschaften, Mannheim und Bonn.

Fischer, G. (1974): Einführung in die Theorie psychologischer Tests, Bern: Huber.

Friedmann, M.; Rosenmann, R. (1974): Type A behavior and your heart, New York: Knopf.

Matschinger, H.; Siegrist, J.; Siegrist, K.; Dittmann, K. (1986): Type A as a coping career - Towards a conceptual and methodological redefinition, in: T.H.Schmidt, T.M.Dembroski, G.Blümchen (eds.): Biological and psychological factors in cardiovascular disease, Berlin: Springer, 104-126.

Rasch, G. (1960): Probabilistic models for some intelligence and attainment tests, Kopenhagen: The Danish Institute for Educational Research.

Siegrist, J.; Matschinger, H.; Weber, I.; Siegrist, K.; Dittmann, K.; Grünewald, R.; Klein, D. (1984): Der Einfluß sozialer Belastungen und ihrer Verarbeitung auf die Entwicklung kardiovaskulärer Risiken - Eine Längsschnittstudie an berufstätigen Männern, Arbeitsbericht an die DFG zum Projekt Si236/5-2, Marburg.

Siegrist, J.; Matschinger, H.; Siegrist, K. (1988, im Druck): Socio-emotional inputs to central neuronal regulation of the cardiovascular system, in: D.Hendris, D.Hellhammer, I.Florin (eds.): Neuronal control of bodily function, Vol.2, Bern: Huber.

Weber, I. (1985): Berufstätigkeit, Belastungserfahrung und koronares Risiko, München: Minerva.

[11]

Peter Schmidt

Rauchen, psychosoziale Merkmale und Lungenkrebs

Diese Studie überprüft die Bedeutung von chronischer Hoffnungslosigkeit und Antiemotionalität für die Erklärung des Zusammenhanges zwischen Rauchen und Lungenkrebs. Dies geschieht im Rahmen der Spezifikation und dem Test eines Strukturgleichungsmodells mit den Daten der jugoslawischen prospektiven Studie von Grossart Matischek et al. (1983).

Der Autor dankt Roland Schürhoff (Universität Gießen) sowie den Mitherausgebern Lutz Hildebrandt und Georg Rudinger für eine Vielzahl kritischer Hinweise und Vorschläge.

1. PROBLEMSTELLUNG UND ÜBERSICHT

Der Zusammenhang zwischen Rauchen und Lungenkrebs gehört zu den am besten gestützten Zusammenhängen der Epidemiologie des Krebses (vgl. U.S.Surgeon General 1964; Breslow 1980; Abel & Misfeld 1986, bes. S.57-64).

"Lungenkrebs ist heute in der Bundesrepublik Deutschland die bei weitem wichtigste Krebsform bei Männern, und sie ist auch bei Frauen in einem raschen Anstieg begriffen. Im Jahre 1981 war diese Krankheit in der Bevölkerung der Bundesrepublik Deutschland für rund 21.000 Todesfälle unter Männern und 4000 unter Frauen, d.h. für etwa 27 % bzw. 5 % der Gesamtkrebsmortalität, verantwortlich" (vgl. Abel & Misfeld 1986, Vorwort der Autoren).

Die Zahl der Todesfälle von starken Rauchern liegt in allen Altersgruppen deutlich über der der Nichtraucher. In den jüngeren und mittleren Altersgruppen zwischen 35 und 54 Jahren übersteigt die Sterberate von starken Rauchern die der Nichtraucher um das zwei- bis dreifache. Für einen 30jährigen Raucher mit einem durchschnittlichen Tageskonsum von ein bis zwei Päckchen Zigaretten liegt die Lebenserwartung durchschnittlich sechs Jahre unter der eines Nichtrauchers. Je jünger man mit dem Rauchen anfängt, umso größer ist das Risiko, früh zu sterben. Das größte Risiko geht der ein, der vor dem 15. Lebensjahr mit dem Rauchen beginnt. Die Auswirkungen des Rauchens hängen von folgenden Faktoren ab:

a) von der Menge der täglich gerauchten Zigaretten,
b) von der Dauer des Rauchens,
c) vom Alter, in dem man mit dem Rauchen beginnt,
d) von der Inhalationstiefe und
e) von dem Nikotin- und Teergehalt im Zigarettenrauch.

Der Teergehalt im Rauch schwankt bei den meisten Filterzigaretten zwischen 10 und 20 mg/Zigarette. Beim Rauchen von täglich zehn Zigaretten gelangen in zehn Jahren etwa 500 g Teerstoff in die Lunge. Ein Teil davon wird ausgeschieden, während ein anderer Teil in den Atemwegen und der Lunge liegenbleibt und ein fortdauerndes Risiko darstellt. Selbst bei der Ausscheidung der Inhaltsstoffe des Tabakrauchs besteht noch eine erhöhte Gesundheitsgefahr, denn in den Nieren und der Blase können diese Stoffe Geschwülste erzeugen. Beispielsweise ist der Nierenkrebs bei Rauchern fünfmal so häufig wie bei Nichtrauchern. Auf der Basis eines ständigen Gewebereizes durch Tabakrauch kann sich Lungen- oder Bronchialkrebs entwickeln. Der Lungen- oder Bronchialkrebs ist heute bei der männlichen Bevölkerung der Bundesrepublik Deutschland die häufigste und zugleich bösartigste Geschwulstform (vgl. Becker, Frentzel-Beyme & Wagner 1983). Die Zahl der Todesfälle an Lungenkrebs und bösartigen Geschwülsten der Atemwege ist seit dem Jahr 1952 bis heute um mehr als das Doppelte gestiegen.

Wegen seines bösartigen Wachstums sind die Heilungsaussichten bei Lungenkrebs überaus schlecht. Die Chance, diese Krankheit fünf Jahre lang nach der Diagnose zu überleben, liegt bei etwa 11 %. Das heißt, nur elf von 100 Lungenkrebskranken überleben ab dem Zeitpunkt der Diagnose mehr als fünf Jahre. Ungefähr 85% aller festgestellten Lungenkrebserkrankungen betreffen Zigarettenraucher. Daher wurde Rauchen immer als die entscheidende Ursache für Lungenkrebs angesehen.

Die Kontroverse entzündete sich aber daran, daß nur einer von zehn starken Rauchern an Lungenkrebs stirbt. Daher argumentierten Kissen und Eysenck (1962) und Eysenck (1980, 1986), daß Rauchen nicht eine notwendige Ursache ist, sondern in Wechselwirkung mit anderen Faktoren, insbesondere psychosozialen Merkmalen, auf die Entstehung von Lungenkrebs wirkt.

Die vorliegende Arbeit sieht sich in dieser Tradition und richtet sich gegen eine quasi monokausale Erklärung des Lungenkrebses mit dem "Risikofaktor" Rauchen, wie sie von F. Schmidt (1986) vertreten wird. Neben weiteren Faktoren wie Passivrauchen, Luftverunreinigung und bestimmten Arbeitsplatzexpositionen wäre die Einbeziehung psychosozialer Merkmale notwendig (vgl. Grossarth-Maticek 1980 und Rudinger in diesem Band).

Der Schwerpunkt dieser Arbeit liegt darin, daß aufgezeigt werden soll, daß die Wirkung des Rauchens einerseits in Wechselwirkung (Interaktion) mit psychosozialen Merkmalen steht und andererseits durch psychosoziale Merkmale beeinflußt wird. Den beiden Gesichtspunkten wird durch die Anwendung eines komplexen Strukturgleichungsmodells Rechnung getragen. Die weit propagierte gesundheitspolitische Forderung bzw. Maßnahme, weniger zu rauchen, erscheint in diesem Lichte als zu naiv, da sie auf zu vereinfachten theoretischen Prämissen aufbaut. Weder berücksichtigt eine solche Forderung den Einfluß der obengenannten Risikofaktoren Passivrauchen, Luftverunreinigung und Arbeitsplatzexposition, noch den Einfluß psychosozialer Merkmale.

Rauchen wird oft benutzt zur Selbstbelohnung, Leistungsmotivierung, Problembewältigung und Kommunikation (vgl. Troschke & Riemann 1987). Demnach müßten für das Rauchen erst Substitute gefunden werden, bevor man es aufgibt. Zudem kann bei Aufgabe des Rauchens und Fortbestehen psychosozialen Stresses durch Veränderungen von Risikofaktoren wie Gewicht und Blutdruck das konkurrierende Risiko des Herzinfarkts steigen (vgl. Grossarth-Maticek et al. 1981).

In dem folgenden Teil werden die relevanten Hypothesen dargestellt. Danach wird postuliert, daß psychosoziale Faktoren auch nach Kontrolle des Ausmaßes des Zigarettenkonsums einen eigenen Effekt auf die Entstehung von Lungenkrebs haben dürften. Außerdem wird postuliert, daß Interaktionseffekte zwischen bestimmten psychosozialen Merkmalen und dem Risikofaktor Rauchen im Hinblick auf die Wahrscheinlichkeit des Entstehens von Lungenkrebs bestehen. In dem dritten Abschnitt beschreiben wir kurz die Stichprobe der hier verwendeten prospektiven jugoslawischen Studie sowie einen Teil der verwandten Meßinstrumente. Im vierten Teil berichten wir erste deskriptive Ergebnisse sowie die bisherigen empirischen Ergebnisse. Den Kern des Papiers bilden dann die Spezifikation und der Test von LISREL-Modellen zur Erklärung des Lungenkrebses im fünften Abschnitt.

Zunächst stellen wir ein Modell für die gesamte Stichprobe dar. Danach wird ein Gruppenvergleich durchgeführt, mit dessen Hilfe der Interaktionseffekt zwischen Ausmaß des Rauchens und psychosozialen Streßfaktoren geprüft wird. Den Abschluß der vorliegenden Arbeit bildet der sechste Teil mit der Zusammenfassung und den Schlußfolgerungen.

2. HYPOTHESEN

Auf der Basis von theoretischen Überlegungen (vgl. Eysenck 1985) sowie empirischen Ergebnissen mit verschiedenen Krebsarten wird postuliert, daß bestimmte psychosoziale Faktoren einen direkten Effekt auf die Wahrscheinlichkeit von Lungenkrebsentstehung haben. Der genaue Wirkungsmechanismus über verschiedene intervenierende Mechanismen wie das Immunsystem wird genauer in Grossarth-Maticek et al. (1983, 1985) diskutiert.

Folgende Hypothesen, die für die Vorhersage der Krebsmorbidität generell formuliert und geprüft wurden (vgl. Grossarth-Maticek et al. 1982, 1983; Schmidt 1984) sind für unsere Fragestellung relevant. Hierbei gehen wir in diesem Zusammenhang nicht näher auf die theoretische Begründung ein, sondern verweisen auf die angegebene Literatur.

H1 Je größer die chronische Hoffnungslosigkeit aufgrund traumatischer Lebensereignisse, desto größer ist die Wahrscheinlichkeit einer späteren Erkrankung an Lungenkrebs.

H2 Je größer die Antiemotionalität, desto größer ist die Wahrscheinlichkeit einer späteren Erkrankung an Lungenkrebs.

Folgende Hypothesen zur Verknüpfung der psychosozialen Faktoren mit dem Prozentsatz der Lymphozyten und der Rauchintensität werden postuliert (vgl. hierzu allgemein Eysenck 1980 und Tollison 1986).

H3 Je größer die Hoffnungslosigkeit, desto geringer der Prozentsatz der Lymphozyten.

H4 Je größer die Hoffnungslosigkeit, desto größer die Rauchintensität.

H5 Je größer die Antiemotionalität, desto geringer der Prozentsatz der Lymphozyten.

H6 Je größer die Antiemotionalität, desto größer die Rauchintensität.

H7 Je größer die Rauchintensität, desto größer ist die Wahrscheinlichkeit einer späteren Erkrankung an Lungenkrebs.

H8 Je geringer der Prozentsatz von Lymphozyten zum ersten Meßzeitpunkt (1966), desto größer ist die Wahrscheinlichkeit einer späteren Erkrankung an Lungenkrebs.

H9 Je größer die Menge an Vitamin A in der Nahrung, desto geringer ist die Wahrscheinlichkeit, später an Lungenkrebs zu erkranken.

H10 Je größer die Menge an Vitamin C in der Nahrung, desto geringer ist die Wahrscheinlichkeit einer späteren Erkrankung an Lungenkrebs.

Graphisch sind die Hypothesen in der Abbildung 1 wiedergegeben.

Zusätzlich zu den hier linear additiv formulierten Hypothesen ist am Anfang darauf hingewiesen worden, daß mögliche Interaktionseffekte zwischen psychosozialem Streß in Form von hoher Antiemotionalität und chronischer Hoffnungslosigkeit einerseits und starkem Ausmaß von Rauchen andererseits bestehen. Mit anderen Worten wird zusätzlich postuliert, daß das Ausmaß des Rauchens wesentlich durch hohen psychosozialen Streß in seiner Auswirkung auf die Wahrscheinlichkeit, Lungenkrebs zu erzeugen, verstärkt wird.

Abbildung 1: Determinanten des Lungenkrebses

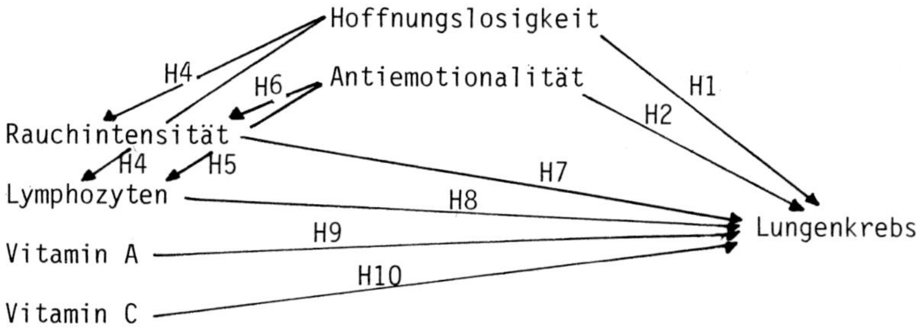

Solche synergetischen Hypothesen, die für die Umweltproblematik besonders relevant zu sein scheinen und, wenn Daten verfügbar gewesen wären, auch noch die Luftverschmutzung, Passivrauchen und Arbeitsplatzexpositionen als Variablen einbeziehen müßten, dürften in diesem Zusammenhang von besonderem Interesse sein (vgl. hierzu Abel & Misfeld 1986, bes. S.120 und 145).

3. STICHPROBE, DATENERHEBUNG UND MESSINSTRUMENTE

Die eben dargestellten Hypothesen wurden mit den Daten einer prospektiven Studie getestet (vgl. Grossarth-Maticek et al. 1982, 1983). Eine prospektive Studie ist dadurch charakterisiert, daß gesunde Personen möglichst als repräsentative Stichprobe über einen längeren Zeitraum, d.h. als Längsschnitt- bzw. Panel-Studie beobachtet und befragt werden. Dadurch kann eher gewährleistet werden, daß bestimmte psychosoziale Faktoren tatsächlich ursächlich mit der Entstehung der Krankheit zu tun haben und nicht Wirkung einer Krankheit sind (vgl. hierzu Fox 1978; Scherg 1984; kritisch zum Ursachenbegriff Abel & Misfeld 1986, S.48-56).

Zusammenfassend weisen prospektive Studien vier Vorteile auf:

a) Abhängige Variablen werden in Unkenntnis der unabhängigen Variablen erhoben, dadurch gibt es keine Konfundierung mit Verlaufsaspekten.

b) Den Befragten und dem Forscher ist eine mögliche Diagnose nicht bekannt.

c) Keine Selbstselektion der Befragten, Zufallsauswahl möglich.

d) Angemessene Testung von Hypothesen durch Erhebung von Langzeitdaten.

Allerdings treten auch bei solch einem Design noch Konfundierungsmöglichkeiten auf. Daher ist der strengste Test zweifellos eine Interventionsstichprobe innerhalb einer prospektiven Studie (vgl. Grossarth-Maticek et al. 1986).

Als Ort der Untersuchung wurde das jugoslawische Dorf Crvenka mit ca. 14.000 Einwohnern gewählt. Aufgrund der Beratung durch Beamte der lokalen Verwaltung wurde in jedem zweiten Haus der älteste Bewohner befragt. In dieser Studie wurden auch solche Personen befragt, die sich innerhalb der letzten zwei Jahre vom Arzt wegen gravierender Symptome behandeln ließen. Die Verweigerungsquote betrug 4,7 % von 1420 Personen. Das sind absolut gesehen 67 Personen. Die Studie wurde von einem geschulten Interviewer und zum Teil von dem Projektleiter der Studie, Dr. Grossarth-Maticek, selbst durchgeführt. Zusätzliche Befragungen wurden von einem weiteren Interviewer durchgeführt. Die Stichprobe bestand schließlich aus 1353 Personen. Der Durchführungszeitraum war 1965 bis 1975.

Wenn in einem Haushalt gleichaltrige Männer und Frauen zur Befragung zur Verfügung standen, dann wurden prinzipiell die Männer befragt, weil Männer sich in zum Teil patriarchalisch geführten Haushalten eher selbst zur Verfügung stellten als ihre Frauen. Dadurch konnte die Verweigerungsquote gesenkt werden. Wenn Frauen befragt wurden, fand eine selektive Auswahl in Richtung sozialer Isolation, chronischer Hoffnungslosigkeit und Repressionsempfänger statt.

Die Alterszusammensetzung der Stichprobe wird in Tabelle 1 wiedergegeben. Hierbei werden der Übersichtlichkeit halber Alterskategorien gebildet.

Tabelle 1: Alterszusammensetzung

Altersgruppen	%
- 40	0.7
41 - 50	18.3
51 - 60	40.6
61 - 70	35.2
71 -	5.2

Aus Tabelle 1 kann unschwer entnommen werden, daß das Ziel der Stichprobenziehung, nämlich primär ältere Leute zu erreichen, als gelungen angesehen werden muß.

In der nun folgenden Tabelle 2 wird die Häufigkeit von Krebs, inneren Erkrankungen und psychiatrischen Diagnosen wiedergegeben.

Tabelle 2: Diagnosen der Stichprobe

Diagnose	Fallzahl
Krebs	204
Psychiatrische Diagnose	42
Herzinfarkt	132
Hirnschlag	90
Diabetes	128
Magen	77
Bluthochdruck	226
Tuberkulose	9
Innere Erkrankungen (gesamt)	414

Unter dem Gesichtspunkt der Spezifitätshypothese in der Psychosomatik ist es interessant, daß alle die Personen, die psychiatrische Diagnosen aufwiesen, keinen Krebs hatten, während 62 derjenigen Personen, die Krebs haben, zumindest eine innere Erkrankung aufweisen.

In der Tabelle 3 geben wir eine Übersicht über die Prozentsätze der verschiedenen Krebsarten, aufgeteilt nach dem Geschlecht. Brust- und Gebärmutterhals- und Gebärmutterkrebs repräsentieren mehr als 70 % der Krebsinzidenzen für Frauen. Bei den Männern ist der Lungenkrebs mit nahezu 30 % der Krebsinzidenzen am stärksten ausgeprägt. Danach folgen Magenkrebs, Rectumkrebs und Prostatakrebs mit mehr als jeweils 10 %.

Tabelle 3: Krebsarten nach Geschlecht

	Geschlecht		Total %
	männlich	weiblich	
Lunge	31.62	6.90	21.08
Magen	13.63	4.60	9.80
Rectum	11.97	6.90	9.80
Colon	2.55	0.00	1.47
Leber	4.27	2.30	3.43
Brust	0.00	25.44	11.27
Gebärmutterhals	0.00	10.34	4.41
Gebärmutter	0.00	33.33	14.22
Prostata	11.97	0.00	6.86
andere	23.93	9.20	17.65
Total	117	87	204

Die Stichprobe von 1353 Personen besteht aus 71,2 % Männer und 28,8 % Frauen. Es liegt also eine starke Überrepräsentation der Männer vor.

Die 1353 Personen wurden mit einem Fragenkatalog befragt; gleichzeitig wurde bei ihnen der Verlauf des Zigarettenrauchens (Anzahl der Zigaretten pro Tag, Dauer des Rauchens in Jahren, Lungenzüge ja/nein, Zigaretten leicht/stark), Körpergröße und -gewicht sowie beide Blutdruckwerte gemessen. Ebenso wurde der Alkoholkonsum (Bier, Wein, Spirituosen, Schnäpse, Tagesmenge, zeitdauer des Alkoholkonsums) und der Kaffeekonsum (Tassen türkischen Kaffees pro Tag, Zeitdauer des Kaffeekonsums in Jahren) ermittelt.

1969 bekam ein Arzt die Aufgabe, in der bereits angelegten prospektiven Studie weitere Datenerhebungen durchzuführen. Er hat die Karriere des Zigarettenrauchens im Zeitraum von 1966 bis 1969 und die Veränderung der Rauchgewohnheit in dieser Zeit erfaßt.

In den Jahren von 1969 bis 1972 wurde in Abständen von mehreren Monaten folgendes erhoben:

> Bestimmung von Leukozyten und des prozentualen Anteils von Lymphozyten (in Situationen, in denen sich die Versuchsperson als unter psychosozialem Streß stehend empfand oder sich besonders wohlfühlte).

Die aufgenommene Nahrung wurde in Gramm ausgedrückt, und der wissenschaftlichen Tabelle von Ciba Geigy wurden Cholesterin-, Fett- und Kohlehydratgehalt entnommen.

Bei der ersten Messung im Jahre 1972 wurde auch der Vitamin-C- und -A-Gehalt der Nahrung ermittelt.

Von 1969 bis 1976 wurde die untersuchte Population in jährlichen Abständen einer medizinisch-anamnestischen Untersuchung unterzogen und bei Verdacht auf Krebs oder cardiovaskulärer Erkrankungen zum Facharzt überwiesen.

Im Jahre 1976 wurden die Todesursachen, d.h.
- der Zustand, der unmittelbar zum Tode führte und das Todesjahr,
- die Hauptkrankheit,
- die zweitbedeutendste Krankheit (gemäß Todesschein und zusätzliche Recherchen des im Forschungsprojekt tätigen Arztes)

erfaßt und nach der "Internationalen Klassifikation der Krankheiten" (Karger 1967, 8.Auflage) verschlüsselt.

Die Diagnosen Krebs oder andere Erkrankungen wurden zurückverfolgt:
- Diagnosen mit näherer Spezifikation (z.B. kleinzelliges

Bronchialkarzinom) und Diagnosejahr
- Basis der Diagnosestellung
- Art der Behandlung

Im Anhang 1 stellen wir die Operationalisierungen für die beiden psychosozialen Konstrukte Hoffnungslosigkeit und Antiemotionalität vor, die sich in den bisherigen Analysen als einerseits am zuverlässigsten und andererseits am besten für die Vorhersage der Krebsinzidenz erwiesen haben (vgl. Grossarth-Maticek, Kanazir, Schmidt & Vetter 1982; Schmidt 1985).

4. DESKRIPTIVE UND BISHERIGE ERGEBNISSE

Aus der Stichprobe von 1353 Personen wurden diejenigen für die Analyse verwendet, die das Merkmal Lungenkrebs aufweisen sowie alle diejenigen, die keinen sonstigen Krebs hatten. Insgesamt waren dies 1192 Personen, wovon 1149 das Merkmal 'kein Krebs' und 43 die Diagnose Lungenkrebs aufwiesen.

Im folgenden beschreiben wir nun die Unterschiede in den Mittelwerten und den Streuungen für die von uns ausgewählten Variablen in den beiden Gruppen. In Tabelle 4 finden sich die entsprechenden Werte. In Abbildung 2 finden sich die Mittelwertsunterschiede als Histogramm.

Gehen wir nun im einzelnen auf die Ergebnisse in Tabelle 4 ein. Bezüglich der chronischen Hoffnungslosigkeit aufgrund traumatischer Lebensereignisse ergibt sich, daß ein sehr drastischer Mittelwertsunterschied zwischen den Personen, bei denen Lungenkrebs innerhalb von zehn Jahren diagnostiziert worden ist, und den Personen, bei denen kein Lungenkrebs festgestellt worden ist, besteht. In der Lungenkrebs-Gruppe sind mehr als fünf Lebensereignisse eingetreten, die zu chronischer Hoffnungslosigkeit geführt haben, während in der Gruppe, bei der kein Lungenkrebs festgestellt wurde, weniger als ein Ereignis, welches zu chronischer Hoffnungslosigkeit geführt hat, auftrat. Die Unterschiede in den Lymphozytenwerten, d.h. im Prozentsatz der Lymphozyten, sind vor-

Tabelle 4: Mittelwerte, Standardabweichungen und N in den beiden Gruppen*

	Chronische Hoffnungslosigkeit (0-12)** (C.H.)		LYMPHOZYTEN (LYM) 1.Messung (17-39%) **		Zahl der Jahre, die bis 1966 geraucht wurde (0-60)** (RJ)	
	Mittelwert	Streuung	Mittelwert	Streuung	Mittelwert	Streuung
Lungenkrebs	5.5814	3.5673	24.5769	3.4196 (26)	31.1628	8.9707
kein Lungenkrebs	.5022	1.2273	27.5025	3.2597 (812)	14.1601	15.9643

	Anzahl Zigaretten und Pfeifen pro Tag in den letzten 5 Jahren bis 1966 (0-70) (ZIG)		Tagesdosis Vitamin C (0-225 mg) (V.C)		Tagesdosis Vitamin A (0-90.000 Einheiten) (V.A)	
	Mittelwert	Streuung	Mittelwert	Streuung	Mittelwert	Streuung
Lungenkrebs	30.6744	8.3287	2.1163	1.5463	1.6977	.9138
kein Lungenkrebs	11.1593	12.7541	3.0191	1.5238	3.0322	1.5656

	Antiemotionalität (1-11) (A.E.)	
	Mittelwert	Streuung
Lungenkrebs	10.7442	4.1257
kein Lungenkrebs	4.1958	.4415

* Falls Abweichungen im N (1149 und 43) aufgrund von missing values auftreten, sind die verringerten Zahlen jeweils in Klammern hinter Mittelwert und Streuung angegeben. Der Range der Variablen ist direkt hinter dem Namen der Variablen in Klammern angegeben.

** empirischer Wertebereich

handen, jedoch nicht so ausgeprägt. Wie erwartet ist der Prozentsatz der Personen, die später eine Lungenkrebsdiagnose aufweisen, geringer als bei den Personen, bei denen es nicht der Fall ist. Sehr drastisch ist auch der Unterschied bei der Zahl der Jahre, die bis 1966 geraucht wurde. Während die Lungenkrebs-Gruppe im Mittel mehr als 31 Jahre geraucht hat, ist die Zahl der Jahre in der Gruppe, die keinen Lungenkrebs bis zu dem Zeitpunkt 1976 aufwies, etwas mehr als 14 Jahre. Ähnlich massiv unterschiedlich ist in den beiden Gruppen auch die Anzahl der Zigaretten und Pfeifen pro Tag in den letzten fünf Jahren bis 1966. In der Lungenkrebs-Gruppe beträgt der Mittelwert 30,67, während in der Gruppe, in der kein Lungenkrebs bis 1976 diagnostiziert wurde, der Mittelwert 11,15 beträgt. Beide Ergebnisse bestätigen entsprechende Hypothesen über den starken Zusammenhang zwischen Zigarettenkonsum und der Entstehung von Lungenkrebs. Allerdings belegen sie auch, daß es sich nicht um deterministische Beziehungen handelt. Als protektiver Faktor wird Vitamin A und Vitamin C in der Nahrung aufgefaßt. Auch hier zeigen sich Unterschiede in den beiden Gruppen. In der Lungenkrebs-Gruppe wird sowohl weniger Vitamin C als auch weniger Vitamin A in der Nahrung eingenommen als in der Gruppe ohne Lungenkrebs.

Auch bezüglich der Antiemotionalität zeigen sich massive Unterschiede in den beiden Gruppen. Mit anderen Worten sind Personen, die später Lungenkrebs bekommen, wesentlich stärker rational und antiemotional orientiert als Personen, die später keinen Lungenkrebs bekommen.

Als nächstes stellen wir eine Kreuztabelle über den Zusammenhang zwischen Anzahl der Zigaretten und Pfeifen pro Tag in den letzten fünf Jahren bis 1966 und dem Auftreten von Lungenkrebs bzw. keinem Lungenkrebs dar (s. Tabelle 5).

Aus der ersten Spalte der Tabelle 5 geht zum einen hervor, daß auch ein Nichtraucher an Lungenkrebs erkrankt ist. Zum anderen ersieht man aus den letzten vier Spalten (mehr als 35 Zigaretten oder Pfeifen), daß eine größere Zahl Raucher zumindest zum Abschluß der Untersuchung noch nicht an Lungenkrebs erkrankt war. Umgerechnet auf den Prozentsatz an der Gesamtzahl der Nichterkrankten (1149) und der an Lungenkrebs Erkrankten (43) findet sich das Ausmaß des Tabakkonsums in Abbildung 2.

Bis auf die eine lungenkrebskranke Person mit Null Zigaretten beginnt diese Gruppe erst in der Kategorie 15 - 20 Zigaretten und Pfeifen pro Tag.

Tabelle 5: Anzahl der Zigaretten und Pfeifen pro Tag in den letzten fünf Jahren bis 1966 und Lungenkrebs

TN	RZ1 absolut / Zeilen % / Spalten % / total %	0	5.	6.	8.	10.	12.	14.	15.	16.	18.	20.	Zeilen gesamt
Kein Krebs	0	595	1	1	7	14	33	3	36	5	14	177	1149
		51.8	.1	.1	.6	1.2	2.9	.3	3.1	.4	1.2	15.4	96.4
		99.8	100.0	100.0	100.0	100.0	100.0	100.0	100.0	100.0	100.0	98.3	
		49.9	.1	.1	.6	1.2	2.8	.3	3.0	.4	1.2	14.8	
Lungenkrebs	1.	1	0	0	0	0	0	0	0	0	0	3	43
		2.3	0	0	0	0	0	0	0	0	0	7.0	3.6
		.2	0	0	0	0	0	0	0	0	0	1.7	
		.1	0	0	0	0	0	0	0	0	0	.3	
	Spalten gesamt	596	1	1	7	14	33	3	36	5	14	180	1192
		50.0	.1	.1	.6	1.2	2.8	.3	3.0	.4	1.2	15.1	100.0

TN		22.	23.	25.	26.	28.	30.	32.	35.	40.	45.	50.	Zeilen gesamt
Kein Krebs	0	19	2	77	3	6	109	0	19	17	7	4	1149
		1.7	.2	6.7	.3	.5	9.5	0	1.7	1.5	.6	.3	96.4
		100.0	100.0	89.5	100.0	100.0	89.3	0	67.9	89.5	70.0	80.0	
		1.6	.2	6.5	.3	.5	9.1	0	1.6	1.4	.6	.3	
Lungenkrebs	1.	0	0	9	0	0	13	2	9	2	3	1	43
		0	0	20.9	0	0	30.2	4.7	20.9	4.7	7.0	2.3	3.6
		0	0	10.5	0	0	10.7	100.0	32.1	10.5	30.0	20.0	
		0	0	.8	0	0	1.1	.2	.8	.2	.3	.1	
	Spalten gesamt	19	2	86	3	6	122	2	28	19	10	5	1192
		1.6	.2	7.2	.3	.5	10.2	.2	2.3	1.6	.8	.4	100.0

Abbildung 2: Tabakkonsum und Lungenkrebs

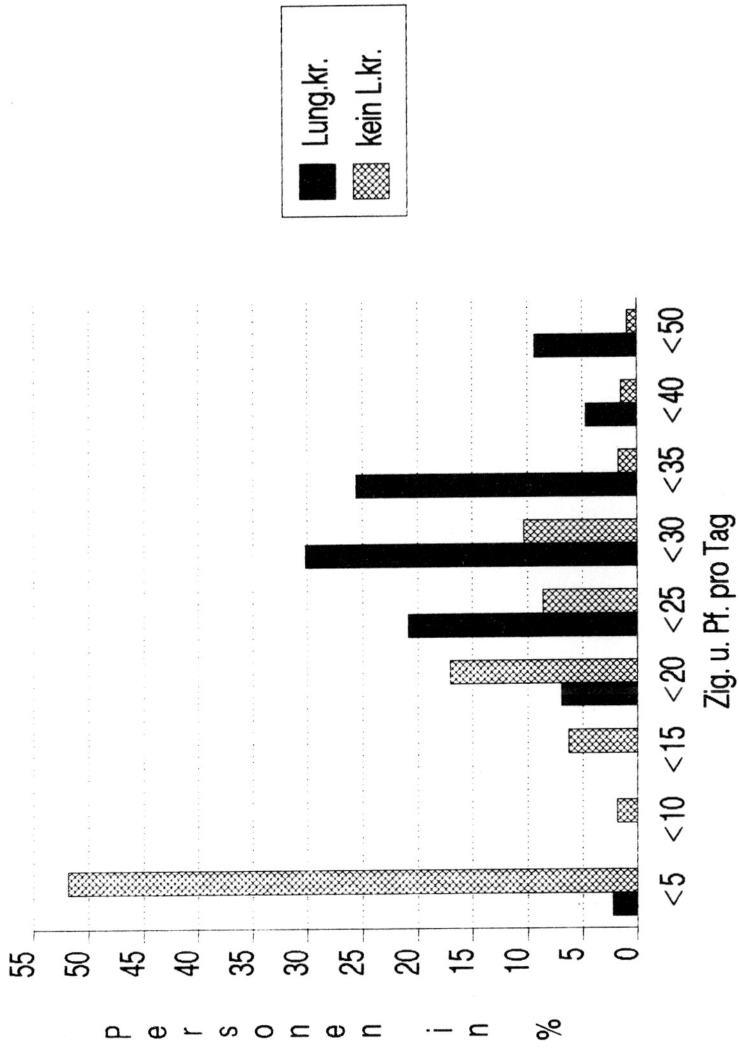

5. SPEZIFIKATION UND SCHÄTZUNG DES LISREL-MODELLS

5.1. Gesamtmodell

Die vorliegende Modellspezifikation unterscheidet sich in drei Punkten von früheren Analysen (vgl. Grossarth-Maticek et al. 1982, 1983 a,b, 1985).

a) Die bisherigen Analysen basieren auf Regressionsanalysen und Diskriminanzanalysen. Die Modellstruktur war derart, daß ausschließlich Einzelgleichungsmodelle, d.h. einstufige 'Kausalmodelle' geprüft wurden.
Um der Möglichkeit kausaler Beziehungen zwischen den unabhängigen Variablen, insbesondere den psychosozialen und medizinischen Risikofaktoren Rechnung zu tragen, wird ein Mehrgleichungssystem spezifiziert. Danach postulieren wir, daß Antiemotionalität und Hoffnungslosigkeit (vgl. hierzu ausführlicher Eysenck 1980) sowohl das Ausmaß des Rauchens als auch den Prozentsatz der Lymphozyten beeinflussen.

b) Da die psychosozialen Items im forced-choice-Format gemessen wurden und auch die abhängige Variable Krebsdiagnose nur mit ja/nein erhoben wurde, ist die Berechnung von polychorischen und polyseriellen Korrelationen angemessener als die Berechnung von Produkt-Moment-Korrelationen (vgl. Olsson 1984 und Förster in diesem Band). Dies läßt sich zusätzlich dadurch gut begründen, daß sowohl die psychosozialen Items als auch die Krebsdiagnose latente Variablen erfassen, die als quantitativ anzusehen sind. Bei den psychosozialen Variablen sind es zugrundeliegende Konstrukte wie chronische Hoffnungslosigkeit und Antiemotionalität; beim Krebs ist es die Zahl der im Körper befindlichen Krebszellen.
Gerade bei der Diagnose Lungenkrebs bzw. Krebs im allgemeinen ist die Unterscheidung des Skalenniveaus der beobachteten und der latenten Variable wichtig. Zum einen können Lungenkrebszellen vorhanden sein, ohne diagnostiziert worden zu sein, entweder aufgrund diagnostischer

Fehler oder wegen der zu geringen Zahl. Zum anderen ist selbst die TNM-Klassifikation von Krebs nur eine ordinale Variable. Sie berücksichtigt die Größe des Tumors (T), die Zahl der befallenen Lymphknoten (N) und das Ausmaß von Metastasen (M) (vgl. Spiessl/Scheibe/Wagner 1979). Man benötigt hierfür ein eigenständiges Modell, wie es Tautu (1977) gefordert hat. Dies impliziert die Berücksichtigung der Größe des Tumors, die Zahl der befallenen Lymphknoten sowie das Ausmaß von Metastasen in anderen Körperregionen. Weiterhin müßte subgruppenspezifisch zwischen klein- und großzelligen Lungentumoren unterschieden werden.

c) Wir nehmen an, daß alle Variablen zumindest zufällige Meßfehler aufweisen. Im Falle eines Konstrukts (Antiemotionalität) liegen multiple Indikatoren vor, und wir können somit das vorhandene Ausmaß der zufälligen und systematischen Meßfehler bei der Schätzung der Parameter berücksichtigen. Die von uns gewählte Vorgehensweise verweist allerdings auf folgendes Dilemma. Bei Verwendung nur eines Indikators sind die Parameter deswegen verzerrt, weil apriori die Meßfehler mit Null angenommen werden, aber es in der Forschungspraxis nicht sind. Bei Verwendung von multiplen Indikatoren bei nur einer oder einigen Einflußgrößen werden diejenigen Konstrukte, bei denen multiple Indikatoren vorhanden sind, im Vergleich zu den anderen Konstrukten in ihrer Wirkung eventuell überschätzt, da bei ihnen eine Minderungskorrektor erfolgt, bei den anderen Konstrukten hingegen nicht. Generell ist anzumerken, daß das Problem zufälliger und systematischer Meßfehler bisher in der Epidemiologie zwar viel diskutiert wird, aber die dafür geeigneten Schätzverfahren selten angewandt werden.

Tabelle 6 enthält die Matrix der polychorischen und polyseriellen Korrelationen, welche als Eingabe für die Schätzung der Parameter des Strukturmodells gedient haben.

Aus der Korrelationsmatrix erkennt man, daß z.B. die polyserielle Korrelation zwischen Ausmaß des Rauchens (RZ1) und Lungenkrebs (LK) .619 beträgt, während die polychorische Korrelation zwischen dem ersten Item zur Messung von Anti-

Tabelle 6: Polychorische/polyserielle Korrelationskoeffizienten*

	RZI	LYMPH	VITC	VITA	LK	CH	AE1	AE2	AE3	AE4
RZI	1,000									
LYMPH	-,105	1,000								
VITC	-,055	-,064	1,000							
VITA	-,066	,031	,142	1,000						
LK	,619	-,377	-,347	-,579	1,000					
CH	,202	-,264	,085	,028	,523	1,000				
AE1	-,106	-,023	-,007	-,006	-,762	-,293	1,000			
AE2	-,133	,018	,004	-,059	-,772	-,298	,806	1,000		
AE3	-,117	-,014	,016	,020	-,766	-,314	,834	,827	1,000	
AE4	-,121	-,013	-,013	,005	-,755	-,298	,874	,849	,870	1,000

* Antiemotionalität ist andersherum kodiert; d.h. hohe Werte bedeuten hohe Emotionalität.

emotionalität (AE1) und Lungenkrebs (LK) -.762 beträgt und die von Hoffnungslosigkeit mit Lungenkrebs .523. Bivariat und deskriptiv betrachtet ist somit der Einfluß der Antiemotionalität auf Lungenkrebs noch etwas größer als der des Merkmals Ausmaß des Rauchens. Die entsprechenden Korrelationen sind in Tabelle 6 mit einem Kreis gekennzeichnet. Die bivariaten Korrelationen der "unabhängigen" Variablen mit der Zielgröße Lungenkrebs sind allesamt beträchtlich und nochmals besonders in Tabelle 6 gekennzeichnet.

Das in Abbildung 1 dargestellte komplexe Modell wurde nun unter Verwendung der in Tabelle 6 wiedergegebenen Korrelation als Input getestet. Die Parameter wurden mit der ULS-Methode geschätzt. Es wurde hierfür das Programm LISREL Version VI, implementiert am Hochschulrechenzentrum Gießen, verwendet. In Abbildung 3 finden sich die Parameterschätzungen.

Die Gesamtanpassung des Modells muß als sehr gut bezeichnet werden. Der Goodness-of-fit-Index beträgt .998, der angepaßte Goodness-of-fit-Index beträgt .996, und das RMR-Maß beträgt .024.

Gehen wir nun auf die Ergebnisse in Form der standardisierten Koeffizienten des Strukturmodells und die Parameter des Meßmodells ein.

Abbildung 3 enthält die standardisierten Koeffizienten des LISREL-Modells wiedergegeben.

Die formale Gültigkeit der vier Items zur Messung von Antiemotionalität ist durchweg als sehr gut zu bezeichnen, da die Koeffizienten alle .90 und höher sind.

Hoffnungslosigkeit und Antiemotionalität beeinflussen beide den Prozentsatz der Lymphozyten negativ. Während jedoch entsprechend Hypothese 3 mit zunehmender Hoffnungslosigkeit der Prozentsatz der Lymphozyten sinkt, hat der Effekt steigender Emotionalität ein negatives statt ein positives Vorzeichen, wie in H4 vorhergesagt. Hierbei ist aber interessant, daß die Wirkung der Hoffnungslosigkeit beinahe dreimal so stark wie die der Antiemotionalität ist. Beide beeinflussen die Anzahl der gerauchten Zigaretten bzw. Pfeifen entsprechend den in H5 und H6 vorhergesagten Vorzeichen. In ähnlicher Weise beeinflussen beide auch die Zahl der Zigaretten pro Tag. Mit steigender Hoffnungslosigkeit aufgrund traumatischer Lebensereignisse nimmt die Zahl der Zigaretten und Pfeifen pro Tag in den letzten fünf Jahren zu; mit steigender Emotionalität nimmt die Rauchintensität dagegen ab.

Wie theoretische postuliert, kann aus dem Modell abgeleitet werden, daß mit steigender Einnahme von Vitamin A in der Nahrung das Risiko von Lungenkrebs sinkt. Das gleiche gilt für Vitamin C, wobei aber der Effekt von Vitamin C gegenüber Vitamin A beinahe halbiert ist.

Der klassische Risikofaktor bei Lungenkrebs, der hier durch die Einflußgröße R-Zahl, d.h. Anzahl der täglich gerauchten Zigaretten und Pfeifen, repräsentiert wird, hat mit .49 keineswegs den stärksten Einfluß auf Lungenkrebs.

Der Prozentsatz der Lymphozyten wirkt wie erwartet derart, daß mit sinkendem Prozentsatz von Lymphozyten das Risiko von Lungenkrebs steigt. Am stärksten wirkt in dem vorliegenden Modell die psychosoziale Einflußgröße Antiemotionalität mit einem Koeffizienten von .75. Hoffnungslosigkeit stellt im vorliegenden Modell nur einen schwachen psychosozialen Risikofaktor mit einem Koeffizienten von .08 dar. Gerade im Vergleich zur Korrelation von .52 ist dies ein sehr drastischer Unterschied. Dies könnte daher kommen, daß bei Antiemotionalität durch Einführung multipler Indikatoren der Meßfehler berücksichtigt wurde, während dies bei der Hoffnungslosigkeit nicht der Fall ist. Wegen der hohen Faktorenladungen ist dies aber unwahrscheinlich. Der Grund dürfte eher in der höheren multiplen Korrelation von Hoffnungslosigkeit mit den anderen erklärenden Variablen und der niedrigeren Korrelation mit der abhängigen Variable liegen.

Da die beiden psychosozialen Faktoren Hoffnungslosigkeit aufgrund traumatischer Lebensereignisse und Antiemotionalität nicht nur direkt auf Lungenkrebs wirken, sondern auch indirekt über zwei der medizinischen Risikofaktoren, geben wir im folgenden die totalen kausalen Effekte der beiden psychosozialen Faktoren in Form einer weiteren Tabelle an (vgl.

Abbildung 3: Determinanten des Lungenkrebses*

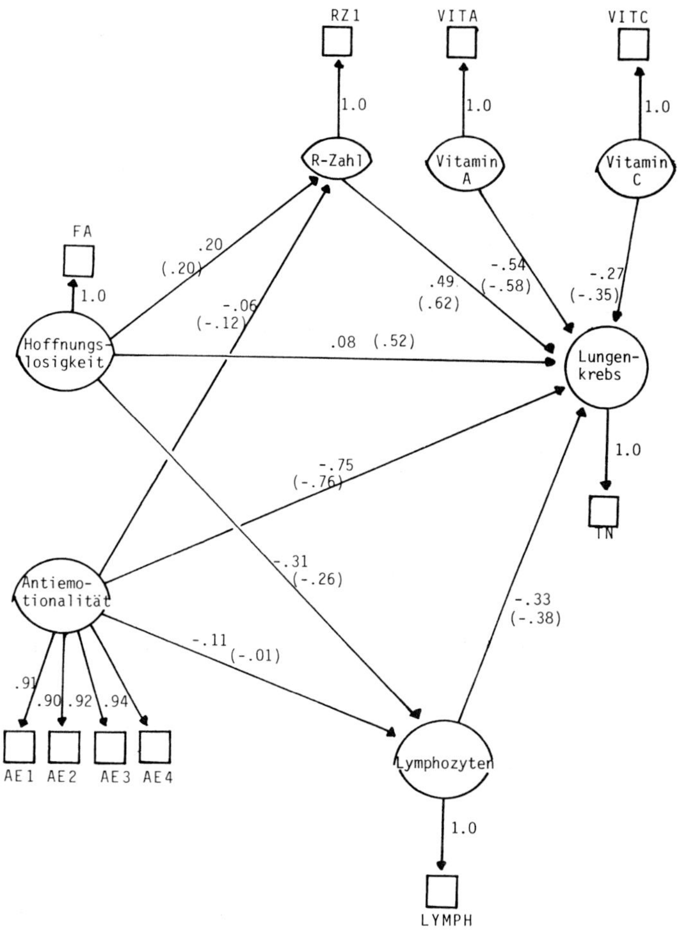

* Direkte standardisierte Koeffizienten des LISREL-Modells; in Klammern Korrelationskoeffizienten zum Vergleich. Bei Antiemotionalität gemittelte Korrelationen.

generell zum Konzept des totalen kausalen Effekts Graff & Schmidt 1982).

Tabelle 7: Totale kausale Effekte und direkte kausale Effekte von Hoffnungslosigkeit und Antiemotionalität

	Hoff total	Hoff direkt	Anti-Emo total	Anti-Emo direkt
R-Zahl	.30	.30	-.06	-.06
LYMPH	-.31	-.30	-.11	-.11
VIT-C	-	-	-	-
VIT-A	-	-	-	-
L-Krebs	.28	.08	-.74	-.75

Aus Tabelle 7 ist ersichtlich, daß der totale kausale Effekt von Hoffnungslosigkeit fast dreimal so groß ist wie der direkte kausale Effekt. Hingegen ist der Unterschied zwischen direktem kausalen Effekt und totalem kausalen Effekt bei der Variable Antiemotionalität kaum nennenswert. Inhaltlich bedeutet dies, daß entsprechend Abbildung 4 Hoffnungslosigkeit stärker indirekt über steigende Rauchintensität und den sinkenden Prozentsatz Lymphozyten als direkt auf Lungenkrebs wirkt.

5.2. Gruppenvergleich

Inwieweit verändert sich nun der Zusammenhang zwischen dem klassischen Risikofaktor Rauchen und Lungenkrebs, wenn für die beiden psychosozialen Risikofaktoren je zwei Subgruppen aufgrund des Medians der Verteilung gebildet werden? Zunächst haben wir die Variable Hoffnungslosigkeit in zwei Gruppen, hoch und niedrig, aufgeteilt. Für diese beiden Gruppen wurden jeweils die polyseriellen Korrelationen zwischen Lungenkrebs, Dauer des Rauchens in Jahren (RD1) und Zahl der Zigaretten und Pfeifen pro Tag (RZ1) in den letzten fünf Jahren berechnet. In Tabelle 8 finden sich die entsprechenden Korrelationen.

Tabelle 8: Korrelationsmatrizen Hoffnungslosigkeit

	Hoffnungslosigkeit hoch			Hoffnungslosigkeit niedrig		
	TN	RD1	RZ1	TN	RD1	RZ1
TN	1.00			1.00		
RD1	.52	1.00		-.06	1.00	
RZ1	.61	.83	1.00	-.04	.85	1.00

Nach Aufteilung der Einflußgröße Antiemotionalität in zwei Gruppen ergaben sich folgende beiden Korrelationsmatrizen:

Tabelle 9: Korrelationsmatrizen Antiemotionalität

	Antiemotionalität hoch			Antiemotionalität niedrig		
	TN	RD1	RZ1	TN	RD1	RZ1
TN	1.00			1.00		
RD1	.52	1.00		.00	1.00	
RZ1	.59	.88	1.00	.00	.85	1.00

Aus dem Vergleich der beiden Korrelationsmatrizen in Tabelle 8 und in Tabelle 9 ergibt sich in sehr klarer Form, daß der Zusammenhang zwischen dem Risikofaktor Rauchen und Lungenkrebs für diejenigen Personen Null wird, die keinen hohen psychosozialen Streß in Form chronischer Hoffnungslosigkeit bzw. hoher Antiemotionalität aufweisen.(Die entsprechenden Korrelationen in Tabelle 8 und Tabelle 9 sind eingerahmt.) Dies ist ein sehr deutlicher Hinweis auf einen Interaktionseffekt. Mit anderen Worten wird der medizinische Risikofaktor Rauchen durch die psychosozialen Risikofaktoren Hoffnungslosigkeit und Antiemotionalität erst entscheidend verstärkt. Ein formaler statistischer Test solcher Interaktionseffekte bei Strukturgleichungsmodellen mit latenten Variablen und ordinal gemessenen Indikatoren ist bisher nicht direkt möglich. Aber auch frühere Analysen der gleichen Daten mit anderen Verfahren bestätigen die Hypothese nichtadditiver Effekte (vgl. Grossarth-Maticek 1980).

6. ZUSAMMENFASSUNG UND SCHLUSSFOLGERUNGEN

In dieser Arbeit konnte gezeigt werden, daß psychosoziale Merkmale sowohl direkt als auch indirekt mit Lungenkrebs verknüpft sind. Dies bedeutet allerdings nicht, daß von einem direkten kausalen Effekt ausgegangen wird. Vielmehr ist anzunehmen, daß die psychosozialen Faktoren im Sinne der Psychoneuroimmunologie (vgl. Ader 1981) über nicht in dieser Studie gemessene Faktoren auf die Krankheitsentstehung wirken.

Die Verwendung multipler Indikatoren erlaubt zwar, den in epidemiologischen Analysen oft vernachlässigten zufälligen und systematischen Meßfehler zu testen und bei der Schätzung der Strukturparameter zu berücksichtigen. Jedoch konnte auch in dieser Studie gezeigt werden, daß dann das Problem der Einschätzung der Stärke der einzelnen Variablen insofern auftritt, weil oft für eine Reihe von Variablen bzw. Konstrukten nur je ein Indikator zur Verfügung steht. Für die Datenerhebung bedeutet dies, daß möglichst alle verwendeten Variablen wie verzehrte Nahrungsmittel, Rauchen, psychosoziale Merkmale mit multiplen Indikatoren gemessen werden sollten, um das Problem zufälliger und systematischer Meßfehler zu lösen. In den epidemiologischen Analysen wird zwar das Problem der Meßfehler diskutiert, jedoch die dafür zur Verfügung stehenden statistischen Verfahren werden bisher durchweg kaum angewandt.

Gehen wir nun noch auf praktische Folgerungen dieser Ergebnisse für die Gesundheitspolitik kurz ein.

Zweifellos müssen zunächst noch Replikationen dieser Ergebnisse durchgeführt werden, um sicherzustellen, daß die gefundenen Ergebnisse wirklich robust und nicht stichprobenspezifisch sind. Trotz dieser Einschränkung läßt sich jedoch bereits folgendes feststellen. Politische Maßnahmen wie Erhebung von Sondersteuern für Raucher oder verschiedene Formen von Verboten erscheinen uns unangemessen. Vielmehr erscheint es notwendig, eine Gesundheitspolitik zu konzipieren, die folgendes berücksichtigt:

1. Wie sind die genauen synergetischen, d.h. Wechselwirkungen, von Rauchen mit anderen Faktoren, ob toxikologischen Stoffen am Arbeitsplatz oder psychosozialen Merkmalen?
2. Rauchen selber muß zur abhängigen Variable gemacht werden. Mit anderen Worten erscheint es notwendig, die psychosozialen Bestimmungsgründe der Rauchkarriere von Personen genauer zu untersuchen. Schon jetzt weisen viele Untersuchungen darauf hin, daß sie mit den Lebensbedingungen der modernen Gesellschaft eng verknüpft sind. Eine Gesundheitspolitik, die beim Risikofaktor Rauchen erst beginnt, ohne zu untersuchen, was die Ursachen für das Rauchen sind, greift zu kurz.
3. Ein wichtiger Punkt für praktische Maßnahmen hängt mit dem eben genannten Problem eng zusammen. Es müßten positive Alternativen zur Entspannung als Alternative zum Rauchen zur Verfügung gestellt werden und systematisch ihre Wirksamkeit untersucht werden. Nur mit Drohungen und Angst wird sich das Verhalten nicht ändern.

Aus den genannten Argumenten ergibt sich, daß ein vereinfachtes monokausales theoretisches Modell, welches darauf basiert, daß Rauchen der primäre und alleinige Risikofaktor für Lungenkrebs ist, sowohl von den Daten her nicht gerechtfertigt erscheint als auch zu unangemessenen praktischen politischen Maßnahmen führt.

Anhang 1

Operationalisierung von Hoffnungslosigkeit und Antiemotionalität

Operationalisierung der Konstrukte chronische Hoffnungslosigkeit und chronische Verärgerung aufgrund von Lebensereignissen:

1. Konstrukt: Chronische Hoffnungslosigkeit aufgrund von Lebensereignissen

2. Konstrukt: Chronische Hoffnungslosigkeit aufgrund von Lebensereignissen

Hat Sie ein Ereignis oder Erlebnis so sehr betroffen, daß Sie länger als ein Jahr

a) immer wieder hoffnungslos und niedergeschlagen waren

und/oder

b) immer wieder derart aufgeregt und verärgert waren, daß Sie Ihre Aufregung oft nur sehr schwer beherrschen konnten.

Bitte kreuzen Sie bei den folgenden Beispielen an, welche der oben angegebenen Antworten zutrifft (oder beide)!

Im Unterschied zu den bisher durchgeführten Analysen, in denen einfache ungewichtete Indices aus den jeweiligen Items gebildet wurden, werden wir für Antiemotionalität die zugrundeliegende Meßtheorie explizit überprüfen.

Im folgenden sind die Konstrukte und die dazugehörigen Items explizit aufgeführt.

länger als ein Jahr:	a	b
	hoffnungslos und niedergeschlagen	immer wieder sehr aufgeregt und verärgert

V 1.	Mitmenschliche Vereinsamung (z.B. schlechte Wohnlage, mangelhafte Kontaktmöglichkeiten usw.)	a	b
V 2.	Unzufriedenheit mit der eigenen Stellung in der Gesellschaft	a	b
V 3.	Schwierigkeiten im Beruf und im beruflichen Fortkommen	a	b
V 4.	Unglück in der Partnerbeziehung	a	b
V 5.	Schwierigkeiten im Sexualleben	a	b
V 6.	Immer neue Enttäuschungen, hervorgerufen durch innere seelische Hemmungen	a	b
V 7.	Geschäftlicher Mißerfolg, Geldentwertung oder größere finanzielle Schwierigkeiten	a	b
V 8.	Enttäuschung von einem Elternteil	a	b
V 9.	Tod oder Trennung von einem geliebten Elternteil	a	b
V10.	Tod oder Trennung von einem Kind	a	b
V11.	Ausstoß aus einer wichtigen Gruppe (z.B. am Arbeitsplatz, aus der Partei usw.)	a	b
V12.	Schwere Kriegs- und Gefangenschaftserlebnisse	a	b
V13.	Schockierende und unerwartete Verhaltensweisen von nahestehenden oder wichtigen Personen (Eltern, Ehegatten, Freunde, Arbeitskollegen, Vorgesetzte usw.)	a	b
V14.	Tod oder Trennung von einem wichtigen Mitmenschen	a	b
V15.	Enttäuschung von einem wichtigen Mitmenschen	a	b
V16.	Ein schwerer Unfall	a	b
V17.	Ein Überfall	a	b

V18. Andauernde Streitigkeiten im Elternhaus a b

V19. Ein oder mehrere nicht genannte Gründe
in Bezug auf den Zustand a: 1 2 3 4 5 6 7 8 9
in Bezug auf den Zustand b: 1 2 3 4 5 6 7 8 9
(Bitte die Anzahl der Gründe ankreuzen)

Im Unterschied zu den Versuchen, traumatische Lebensereignisse objektiv zu erfassen wie bei der Holmes-Rahe-Skala (1967), wird hier die subjektive Reaktion, d.h. Hoffnungslosigkeit bzw. Verärgerung, aufgrund von Lebensereignissen erfaßt. In den Analysen wurde ein additiver Index aus den 19 Items getrennt für Hoffnungslosigkeit und Verärgerung gebildet. Je höher der Gesamtpunktwert ist, desto höher ist die Hoffnungslosigkeit bzw. Verärgerung.

Das Konstrukt rationales und antiemotionales Verhalten erfaßt die Erwartung einer Person bezüglich der Ergebnisse ihrer Verhaltensstrategien in sozialen Situationen. Mit diesem Konstrukt soll das Ausmaß der Erwartung negativer Konsequenzen für das Zeigen von Gefühlen sowohl aggressiver wie positiver Art erfaßt werden. Es handelt sich somit um generalisierte Erwartungen bzw. subjektive Kausalhypothesen. Die mit einem Kreis versehenen Ja-Antworten markieren jeweils antiemotionales Verhalten.

3. Konstrukt: Rationales und antiemotionales Verhalten

V 1	Sind Sie ein Mensch, der immer bestrebt ist, das zu tun, was vernünftig und logisch richtig ist?	(ja)	nein
V 2	Versuchen Sie, die Menschen und ihr Verhalten immer zu verstehen, so daß Sie äußerst selten gefühlsmäßig reagieren?	(ja)	nein
V 3	Versuchen Sie, sich in allen mitmenschlichen Situationen vernünftig zu verhalten?	(ja)	nein
V 4	Versuchen Sie, alle mitmenschlichen Konflikte durch Verstand und Vernunft zu überwinden, indem Sie äußerst bemüht sind, keine einseitigen gefühlsmäßigen Reaktionen zu zeigen?	(ja)	nein

V 5	Wenn ein Mensch Ihre Gefühle tief verletzt, versuchen Sie, ihn trotzdem vernünftig zu behandeln und sein Verhalten zu verstehen (so daß Sie ihn so gut wie nie angreifen, entwerten oder rein gefühlsmäßig behandeln)?	(ja)	nein
V 6	Gelingt es Ihnen, die meisten mitmenschlichen Konflikte zu vermeiden durch Einsatz Ihrer Vernunft und Logik (auch oft gegen gefühlsmäßige Regungen)?	(ja)	nein
V 7	Wenn jemand Ihre Bedürfnisse und Wünsche zu verhindern versucht, bemühen Sie sich dann trotzdem, ihn zu verstehen?	(ja)	nein
V 8	Verhalten Sie sich in fast allen Lebenssituationen derart vernünftig, daß es nur äußerst selten dazu kommt, daß Ihr Verhalten rein von den Gefühlen geleitet wird?	(ja)	nein
V 9	Versuchen Sie, andere Personen auch dann zu verstehen, wenn sie Ihnen unsympathisch sind?	(ja)	nein
V10	Hindert Ihre Vernunft Sie daran, Menschen anzugreifen, auch dann, wenn es dafür ausreichende Gründe gibt?	(ja)	nein
V11	Ist Ihr Verhalten häufig derart von Gefühlen geleitet, daß es rein von der Vernunft her als unsinnig oder schädlich angesehen werden muß?	ja	(nein)

Eine Faktorenanalyse des Instruments erbrachte - wie postuliert - eine eindimensionale Lösung (vgl. Schmidt 1984).

Für das Strukturgleichungsmodell wurden die Items V1 bis V4 verwendet.

Literaturverzeichnis

Abel, J./Misfeld, P.: Die Epidemiologie des Lungenkrebs, Braunschweig 1986

Becker, N./Frentzel-Beyme, R./Wagner, G.: Krebsatlas der Bundesrepublik Deutschland. Berlin/Heidelberg 1983

Eysenck, H.J.: Smoking and Health, in: R. Tollisón (ed.): Smoking and Society, Lexington 1985

Eysenck, H.J.: Krebs, Persönlichkeit und Peptide, in: E.D. Hager (ed.), Biomodulation und Biotherapie des Krebses, S. 63-86, Heidelberg 1986

Fox, B.H.: Premorbid Psychological Factors as Related to Cancer Incidence, in: Journal of Behavioral Medicine 1, 45-133, 1978.

Fox, B.H.: Current theory of psychogenic effects on cancer incidence and prognosis, in: Journal of Psychological Oncology 1, 45-133, 1978.

Grossarth-Maticek, R.: Psychosocial Predictors of Cancer and Internal Diseases, An Overview, Psychotherapy and Psychosomatics, 3, 122-128, 1980

Grossarth-Maticek, R./Kanazir, D.T./Schmidt, P./Vetter, H.: Psychosomatic Factors in the Process of Cancerogenesis, in: Psychotherapy and Psychosomatics 38, 1982a, 284-302.

Grossarth-Maticek, R./Kanazir, D./Schmidt,P./Vetter, H.: Psychosocial Factors Involved in the Process of Cancerogenesis. Preliminary Results of the Yugoslav Prospective Study, in: Psychotherapy and Psychosomatics 40, 191-120, 1983

Grossarth-Maticek,R./Kanazir, D./Schmidt, P./Vetter, H.: Psychosocial and Organic Variables for Lung Cancer, Cardiac Infarct and Apoplexy, in: Personality and Individual Differences, 6, 313-321, 1985.

Kissen, D./Eysenck, H.J.: Personality in Male Lung Cancer Patients, in: Journal of Psychosomatic Research, 123-137, 1962.

Olsson, U.: Maximum-Likelihood Estimation of the Polychoric Correlation Coefficient, in: Psychometrika 44, 443-460, 1982.

Scherg, H.: Zur Kausalitätsfrage in der psychosozialen Krebsforschung, in: Psychotherapie, Psychosomatik und Medizinische Psychologie, 97-142, 1986.

Schmidt, P.: Autoritarismus. Entfremdung und Psychosomatische Krebsforschung: Explikation der drei Forschungsprogramme durch eine allgemeine Theorie und empirischer Test mittels Strukturgleichungsmodellen, Gießen 1989. Unveröffentliches Manuskript.

v. Troschke, J./Riemann, D.: Psychosoziale Determinanten, Heidelberg 1987

Teil IV

ERWEITERUNGEN DER STRUKTURGLEICHUNGSMETHODOLOGIE UND ALTERNATIVEN

In sechs Beiträgen werden Erweiterungen und Alternativen angeboten, die vom Strukturgleichungsansatz ausgehend letztlich bei einer Alternative anlangen, die eine andere Kausalitätskonzeption impliziert, nämlich Erklärung durch Simulation und Interpretation (Kap. 17: Lautermann & Schima). Strukturgleichungsimmanente Themen werden von Förster (Kap. 13) behandelt, der über die Verwendung nicht-metrischer Variablen schreibt, von Faulbaum (Kap. 14), der EQS von Peter Bentler als Alternative zu LISREL vorstellt und von Lohmöller (Kap. 15), der sein Programmsystem LVPLS in einer Anwendung demonstriert. Rudinger (Kap. 12) behandelt zwar im Kontext von Strukturgleichungsanalysen das Problem der Kreuz-Validierung von u.U. singulären Befunden, dies Problem ist jedoch nicht nur an dieses Paradigma gebunden, sondern stellt sich bei jedem Befund in Form der Notwendigkeit der Replikation. Dies gilt auch für nicht-parametrische Verfahren , wie die Prädikationsanalyse, mit der für Kontingenztafeln "Kausalhypothesen" getestet werden können (Rudinger, Kap. 16). Alle methodischen Erweiterungen von Alternativen werden natürlich im Rahmen von Studien vorgestellt, die "Umweltprobleme" zum Gegenstand haben.

[12]

Georg Rudinger

Aggressive Nichtraucher - Kreuzvalidierung mit LISREL

Der oft erhobenen Forderung ein mehr oder minder explorativ gewonnenes (Kausal-) Modell nachfolgend einem (weiteren) Test zu unterziehen, wird nach Auffassung nicht weniger Forscher durch die Technik der Kreuz-Validierung bzw. der Replikation der ersten sog. Kalibrierungsstudie genüge getan. In diesem Beitrag wird diese Strategie an einem Modell zur Erklärung der Verhaltensintention sog. aggressiver Nichtraucher mit Hilfe der psychologischen Konzepte Reaktanz und Bilanzierung von Kosten- und Nutzenaspekten demonstriert.

Ich möchte an dieser Stelle Herrn Kollegen Bergler herzlich für seine Kooperationsbereitschaft danken, H.G. Hoff und H. Noack für die EDV-Arbeiten, C. Berg, M. Endepohls und C.E.V.K. Rietz für die Manuskripterstellung, T. Klausen und P. Schmidt für ihre hilfreiche Unterstützung.

1. DAS METHODISCHE PROBLEM: KALIBRIERUNG VS. VALIDIERUNG

Cliff (1983) diskutiert in seinem konstruktiv-kritischen Artikel zur Überprüfung von "Kausal-Modellen" im wesentlichen vier Punkte, die von euphorischen Anwendern in der Regel zu wenig beachtet werden. Ausgangspunkt der Cliffschen Überlegungen ist, daß die Grundlagen wissenschaftlicher Schlußfolgerung auch bei der Anwendung von Strukturgleichungsmodellen nicht vergessen werden sollten, also:

- Modelle können von Daten nicht bestätigt werden, sondern nur nicht widerlegt
- Post hoc impliziert nicht propter hoc
- Benennen (latenter Variablen z.B.) bedeutet nicht, daß wir das Benannte verstanden haben oder daß wir es "korrekt" benannt haben
- Ex post facto Erklärungen sind trügerisch

Ein "kausales" oder Struktur-Modell werde anhand einer empirischen Varianz-Kovarianzmatrix getestet und aufgrund z.B. eines signifikanten Chi-Quadrates verworfen. Dieses Modell kann nun revidiert werden (LISREL bietet dafür einige Möglichkeiten), bis das neue Modell gemäß statistischer Kategorien "paßt". Ob nun nur das passende Modell publiziert, die Fehlversuche jedoch verschwiegen werden, interessiert hier nicht so sehr, wie das statistische Problem, daß unter Rückgriff auf dieselben Daten wiederholt Parameter geschätzt werden, so daß die den goodness-of-fit-Tests zugrundeliegende Wahrscheinlichkeitsverteilungsannahmen (vgl. Kap. 2) nicht mehr zutreffen und damit diese Tests bedeutungslos werden. Cliff erinnert zur Verdeutlichung dieses Problems an die unterschiedlichen Strategien im Rahmen des Allgemeinen Linearen Modells (ANOVA, Regressionsanalysen) bei <u>post hoc</u> und <u>a priori</u> Mittelwertsvergleichen; die Unsicherheit bei <u>post hoc</u> Vergleichen ist um ein Mehrfaches größer als bei geplanten Vergleichen.

Eine analoge Strategie gibt es für komplexe Strukturgleichungsmodelle nicht, wird sich nach Cliffs Meinung auch kaum entwickeln lassen, da es qualitativ unterschiedliche (d.h.

wohl nicht-äquivalente) Wege der Modellmodifikation gibt. Es bleibt aber das Problem, daß ein im Lichte der Daten angepaßtes Modell seinen Status als Hypothese (für diese Daten) verliert und das letztendlich "passende" Modell ein sehr unklares Bild über die diesen Daten zugrundeliegenden Vorgänge (im Sinn des Kap. 2) gibt.

Als einzigen Ausweg aus diesem Dilemma empfiehlt Cliff die "Kreuz-Validierung", die von der Überprüfung der prädiktiven Validität linearer Regressionsgleichungen her bekannt ist. Die Regressionsgewichte der sog. Kalibrierungsstichprobe werden mehr oder minder restriktiv in die sog. Validierungsstichprobe übertragen und durch ein Minimierungskriterium (Residuale Quadratsumme) bzw. Maximierungskriterium (Korrelation zwischen Kriterium und Prädiktoren) neu bewertet. In der Situation fixierter Prädiktor-Gewichte werden z.B. die quadrierten Residuen zwischen dem Kriterium der Validierungsstichprobe und den durch die Gewichte der Kalibrierungsstichprobe vorhergesagten Werten bewertet. Dieses Vorgehen beinhaltet natürlich überhaupt keinen Modell-Test.

Mit diesen Empfehlungen läßt Cliff nun den Anwender allein, der sich vielleicht noch daran erinnert, daß der allgemeine Fall für diese Problemsituation in der Forderung nach Replikation von Stichprobenergebnissen gesehen werden kann, seien sie mit ANOVA, DEL, LISREL oder t-Test gewonnen (vgl. Guttman 1977). Bei der DEL-Analyse z.B. könnte mit derselben Fehlerzellenstruktur von der Studie A in die Studie B gegangen werden. DEL_A und DEL_B könnten dann auf Gleichheit/Verschiedenheit getestet werden (vgl. dazu im einzelnen Rudinger et al. 1985). Die Kreuzvalidierung wird hier als spezieller Fall dieses allgemeinen Problems angesehen, da bei simultan erhobenen Daten die Stichprobe per Zufall gesplittet wird, während das Replikationsproblem sich auch auf zeitlich auseinanderliegende und/oder heterogene Stichproben bezieht.

Nach Cudeck und Browne (1983) lassen sich analog dem oben geschilderten Vorgehen bei den Strukturgleichungsansätzen die Kriterienwerte durch die Elemente einer Stichproben-Kovarianzmatrix (S_b) ersetzen, die vorhergesagten Werte durch die Elemente der mit einem modellspezifischen Parametersatz k reproduzierten Kovarianzmatrix ($\Sigma_{k/a}$) und die quadrierten Residuen durch eine bestimmte Diskrepanzfunktion, die einen sog. "Kreuz-Validierungs-Index" $F(S_b;\Sigma_{k/a})$ liefert.

Mit der Kalibrierungsstichprobe wird also ein passendes Modell konstruiert, das an der Validierungsstichprobe anschliessend getestet wird. Für die Validierungsstichprobe ist dieses Modell eine legitime Hypothese, denn diese Daten haben das Modell nicht beeinflußt. Paßt das Modell auch für diese Daten, bzw. wird durch diese nicht widerlegt, ist das gewünschte Ziel erreicht. Paßt es nicht, ist dies unter wissenschaftlichen Gesichtspunkten auch nicht tragisch, wissen wir doch dann, daß der gute Fit der Kalibrierungsstichprobe eher ein "bootstrap"-Effekt war.

Wir gehen das Problem der Kreuz-Validierung im Rahmen einer LISREL-Studie über ein umweltrelevantes Thema, nämlich "aggressive" Nichtraucher an (s. im einzelnen Bergler 1987).

2. DAS INHALTLICHE PROBLEM: AGGRESSIVE NICHTRAUCHER

Die Diskussion ums Rauchen verlagert sich in jüngster Zeit von den gesundheitsbeeinträchtigenden Aspekten des Rauchens für den Raucher auf die Gesundheitsschädlichkeit und psychische Belästigung des "Passivrauchens" für den Nichtraucher. Da die Präferenzsysteme und Verhaltenstendenzen der Raucher und Anti-Raucher wohl nicht kompatibel sind, kommt es somit zu sozialen Konflikten. In der Vergangenheit fiel die Bewältigung dieser Konflikte überwiegend zugunsten der Raucher aus. Neuerdings jedoch vertreten die Anti-Raucher ihre Position mit mehr Nachdruck und setzen ihre Forderungen aggressiver durch als bisher.

3. BEMERKUNGEN ZU THEORETISCHEN ERKLÄRUNGSANSÄTZEN

Zur theoretischen Erklärung des Aggressionspotentials bei Anti-Rauchern wird davon ausgegangen, daß "Passivrauchen" von Anti-Rauchern als eine Einschränkung ihres persönlichen Freiheits- und Entfaltungsspielraumes wahrgenommen wird, die bei ihnen Reaktanzempfindungen hervorruft. Reaktanz ist ein unangenehmer Spannungszustand, den man möglichst schnell zu reduzieren versucht. Dies geschieht entweder durch kognitive Umstrukturierung oder durch (u.U. aggressive) Handlungen, mit denen eine Änderung der Situation bewirkt werden soll. Dabei wird angenommen, daß das Reaktanz- (bzw. Aggressions-)Potential des Anti-Rauchers im wesentlichen von seinen Verhaltensabsichten beim Eintritt in die Situation, seinen Wahrnehmungen und subjektiven Bewertungen des räumlich-materiellen und sozialen Umfeldes in der Situation sowie seinem reizsituationsspezifischen Aktualisieren und Erinnerungen und Erwartungen abhängt.

Im Hinblick auf das zu erklärende Aggressionspotential bei Anti-Rauchern wird vermutet, daß aufgrund einer durch Massenmedien, Bezugsgruppen und "Opinion Leaders" veränderten Bewußtseinslage und einer mittlerweile zunehmenden Etablierung eines "Nichtraucher-unterstützenden Normen-Subsystems" Reaktanzreduktionen nicht mehr nur durch kognitive Umstrukturierung und "Aus-dem-Felde-Gehen" versucht werden, sondern auch durch ein "Sich-aktiv-zur-Wehr-Setzen" bis hin zu Aggression.

Verhaltensintention und Handlung sind jedoch nicht alleine aus "irrationalen" Quellen gespeist. So geht die von Bergler (1984) weiterentwickelte Bilanzierungstheorie und die darauf aufbauende Methodenentwicklung von psychologischen Kosten- (Gesundheitsschädigung u.a.) und Nutzenfaktoren (Genuß, Selbstsicherheit, Anregung, Aktivierung, Wohlbefinden u.a.) aus. Bilanzierung wird angesehen als Resultat eines Vergleichs zwischen Nutzenfaktoren (subjektive Bedeutung von Nutzenfaktoren gewichtet mit der subjektiv eingeschätzten Wahrscheinlichkeit des Eintretens dieses Nutzens) und Kostenfaktoren (subjektive Bedeutsamkeit gewichtet mit subjektiv geschätzter Eintretenswahrscheinlichkeit).

Bilanz und Reaktanz stellen wesentliche theoretische Variablen dar, die es in einem Modell zur Erklärung aggressiver Verhaltensabsichten wieder in Anlehnung an Fishbein und Ajzen (1975) neben einigen unten aufgeführten Variablen zu berücksichtigen gilt.

4. DATENERHEBUNG: STICHPROBE UND VARIABLEN

Die Datenerhebung fand an 804 repräsentativen Nicht-Rauchern über Interviews statt. Als Indikatoren für die theoretischen Variablen sind i.d.R. via Faktorenanalyse, Skalierung oder Summenbildung über Items des Fragebogens aggregierte Werte benutzt worden; der Aggregationsprozeß wird hier nicht im einzelnen vorgestellt.

(1) Aggressivität (AG) - ξ_1

Drei Indikatoren für die latente Variable Aggressivität (AG) werden voneinander unterschieden: Spontane Aggression (x_1), Reaktive Aggression (x_2), Erregbarkeit (x_3).
Beispiele für Items: "Ich verliere schnell meine Beherrschung, aber ich fasse mich auch wieder". "Wenn mir jemand Unrecht getan hat, wünsche ich ihm eine gesalzene Strafe". "Ein Hund, der nicht gehorcht, verdient Schläge".

(2) Unterstützung durch Massenkommunikation (M) - ξ_2

Mit der Variable "Ausmaß der erlebten Unterstützung durch Massenkommunikation in Bezug auf Schädlichkeit des Rauchens" soll erfaßt werden, in welchem Ausmaß den befragten Nichtrauchern unterstützende Berichterstattung in den Massenmedien über die möglichen Folgen des Zigarettenrauchens von Rauchern für Nichtraucher aufgefallen ist. Es wird ein einziger Indikator für die latente Variable M konstruiert (x_4).

(3) Gesundheitsbewußtsein (G) - ξ_3

Durch Zusammenfassung der Antworten auf Fragen der Wertigkeit der Gesundheit (x_5) wie: "Für meine Gesundheit tue ich wirklich alles, da nehme ich selbst Opfer und Einschränkungen in Kauf" und durch Aggregierung von Antworten zum Bereich "Gesundheit und ihre Erhaltung" (x_6) sind zwei Indikatoren für die latente Variable G (Gesundheitsbewußtsein) erstellt worden.

(4) Wut, allgemeine Gewaltideologie (W) - ξ_4

Ein Indikator für die latente Variable (W) liegt in Form eines Summenwertes auf einer Skala "Einstellung zur Gewalt" vor (x_7). Ein Beispielitem: "Für eine Idee, von der ich überzeugt bin, würde ich mich auch mit Gewalt einsetzen".

(5) Bilanzwert (B) - η_1

Im subjektiven Bilanzwert (B) - y_1 - sind Bedeutsamkeit und Wahrscheinlichkeit der Kosten und Nutzen beim Passiv-Rauchen integriert. Zur Erfassung subjektiver Kosten (a) und subjektiven Nutzens (b) dienen Statements wie:
(a) "Wie sehr also glauben Sie, daß Sie selbst aufgrund des Zigarettenrauchens anderer mit folgenden Auswirkungen rechnen müssen ..." mit 15 solcher Auswirkungen wie "Nervosität", "Umweltverschmutzung".
(b) "... wie <u>wichtig</u> ... folgende ... Erlebnisse und Empfindungen <u>für Sie persönlich</u> sind, und welche Rolle die für Sie spielen, egal, wie man dazu kommt ..." mit 15 Erlebnissen und Empfindungen wie "Genuß", "Fitness" usw.

(6) Affektive Polarisierung (AF) - η_2

Als Indikator für die Affektive Polarisierung (AF) wird eine Variable konstruiert, mit der die affektive Distanz zwischen typischem Raucher, typischem Nichtraucher aus der Sicht eines Rauchers und typischem Nichtraucher aus eigener Sicht (Nichtraucher) abgebildet werden soll.

(7) Reaktanz (R) - η_3

Es wurden sechs Situationen "Arbeitsplatz, eigene Wohnung, bei Freunden/Bekannten, Gaststätten u.ä., Verkehrsmittel, in der Natur" nach den Aspekten "Wichtigkeit der Freiheit" und

"Empfinden der Beeinträchtigung" eingeschätzt. Die Kombination beider Aspekte (y_3) dient als Indikator für die Reaktanz (R).

(8) Verhaltensintention (V) - η_4

Der Indikator für Verhaltensintention (V) beruht auf der situationsübergreifenden Analyse von Verhaltensbereitschaften in zwölf Alltagssituationen, in denen Raucher und Nicht-Raucher zusammentreffen, wie: "Stellen Sie sich vor, Sie sitzen in einem Nichtraucherabteil. Ihnen gegenüber zündet sich jeman einfach eine Zigarette an". Als Reaktionsmöglichkeiten wurden angeboten: Keine Reaktion, Suche nach Kompromiß, Mißbilligung, Scharfer Protest, dem eigenen Ärger freien Lauf lassen, Rauchen unterbinden, Aggression.

Die formalen LISREL-Bezeichnungen (ξ, x, η, y) machen schon deutlich, bei welchen dieser Variablen es sich um die "unabhängigen" und "abhängigen" im folgenden Modell handeln wird.

5. KONSTRUKTION EINES MODELLS

In einer ersten explorativen Phase wurde gemäß der Cliffschen Empfehlungen innerhalb einer per Zufall gebildeten Teilstichprobe (N=384) das in Abbildung 1 gezeigte Modell angepaßt.

In einer ersten Bewertung der Güte dieses Modells kam man zu der Überzeugung, daß die im Modell spezifizierten Parameter die Populations-Kovarianzmatrix angemessen reproduzieren: chi^2 = 36.35; df = 35; p = 0.705, Goodness-of-fit-Index .983, adjusted Goodness-of-fit-Index .968, Root mean square residuals = 0.033). Alle Parameter des Modells sind "substantiell" (t-Test), und die "modification indices" für die weitere Aufnahme von Parametern in das Modell sind geringer als der von Jöreskog als kritisch angenommene Wert von 5.

Das in der Kalibrierungsstichprobe erarbeitete Modell ist nun in der anderen zu validieren. Die inhaltliche Interpretation

Abbildung 1: LISREL-Modell "Aggressive Nichtraucher" - Standardisierte Lösungen

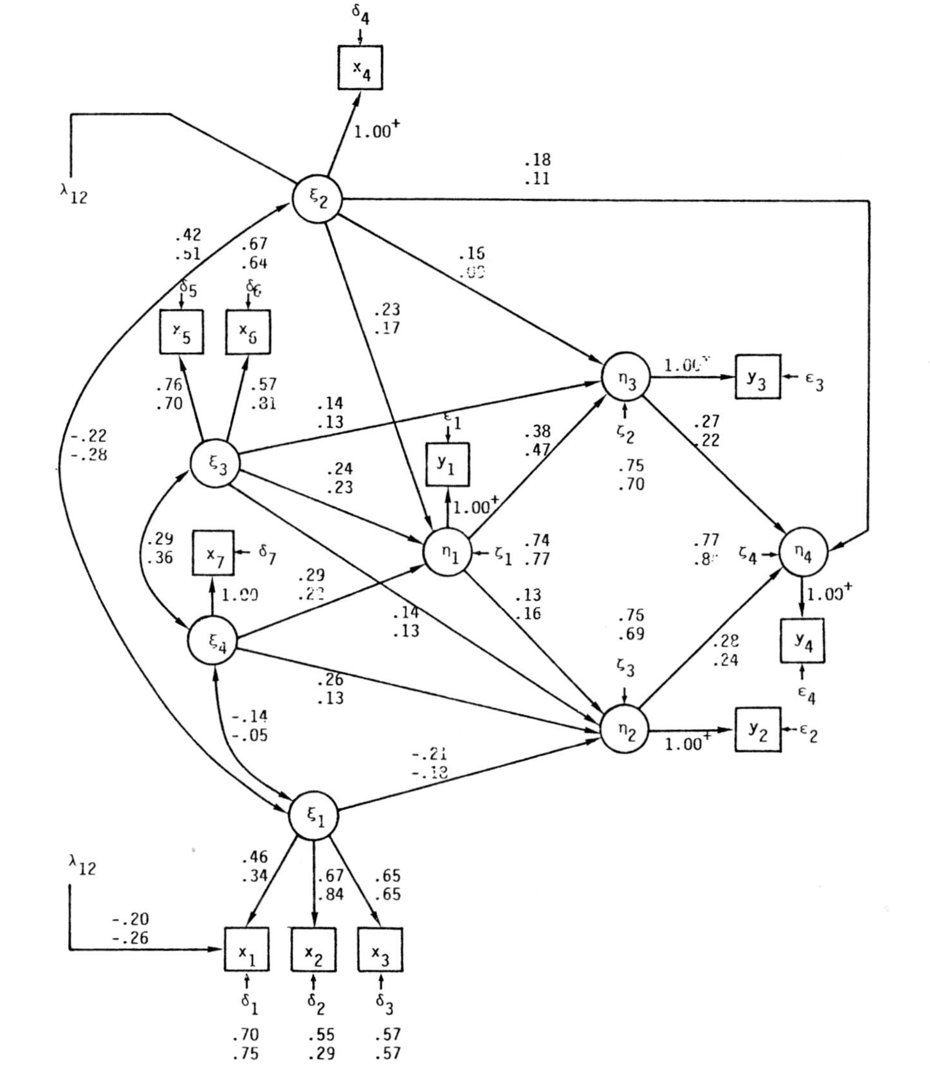

ξ_1 : AG	=	Aggression		η_1 : B	=	Bilanz der gewichteten Kosten-Nutzen-Aspekte
ξ_2 : W	=	Wut, allgemeine Gewaltideologie		η_2 : AF	=	Affektive Polarisierung
ξ_3 : G	=	Gesundheitsbewußtsein		η_3 : R	=	Reaktanz
ξ_4 : M	=	Unterstützung durch Massenkommunikation		η_4 : V	=	Verhaltensintention

Die jeweils oberen Parameter sind die in der ersten Stichprobe geschätzten und in die zweite Stichprobe übernommenen (im folgenden: Variante 1). Die darunter aufgeführten sind die in der zweiten Stichprobe geschätzten (Variante 4). AG und W weisen durch die inverse Kodierung der Aggregationsskalen negative Korrelationen auf, stehen also dennoch in einem gleichsinnigen Zusammenhang. Dies gilt auch für die Beziehung zwischen M mit AG.

des Modells nimmt deswegen nicht allzu breiten Raum ein. Der Leser kann bzgl. der Meßmodelle aus Abschnitt 3 und aus der Abbildung 1 die wesentlichen Informationen entnehmen. Ohne also hier den detaillierten Interpretationen der Sozialpsychologen vorgreifen zu wollen (s. dazu Bergler 1988), sei hier nur kurz das für den Autor im Strukturteil wesentliche herausgestellt. Das Strukturmodell mit seinen Verknüpfungen zwischen den theoretischen Variablen zeigt vornehmlich unmittelbare Effekte der stärker affektiv getönten Variablen auf die Verhaltensbereitschaft, während das "rationale Bilanzieren" nur mittelbar über emotionale und motivationale Prozesse Verhaltensbereitschaft wecken kann.

Im Rahmen der typischen Ergebnisse der Einstellungs-Verhaltens-Forschung bewegen sich die erklärten Varianzanteile der latenten Variablen: "Bilanzierung" und "affektive Polarisierung" je 24 %, "Reaktanz" 25 % und "Verhaltensintention" 23 %.

6. KREUZVALIDIERUNG

Zur Kreuzvalidierung wird dieses Modell auf die Validierungsstichprobe übertragen (N=420). Cudeck und Browne schlugen in ihrem Beitrag zur Kreuzvalidierung nun folgenden Weg ein: In der Kalibrierungsstichprobe a werden k alternative Modelle aufgestellt, die alle nach Übertrag in die Validierungsstichprobe b nach dem Validierungsindex $F(S_b;\Sigma_{k/a})$ bewertet werden. Zu präferieren ist das Modell j mit dem minimalen Validierungsindex; wünschenswert wäre es, wenn auch $F(S_a;\Sigma_{k/b})$ für dieses Modell j ein Minimum erreicht, dann ist dieses Modell "doppelt-kreuzvalidiert".

Unser Vorgehen ist in der Hinsicht etwas anders, als wir nur ein theoretisch akzeptiertes Modell mit einer bestimmten qualitativen Struktur in Stichprobe a konstruieren und dies in Stichprobe b neu bewerten, so daß ein Vergleich von Indizes qualitativ-strukturell unterschiedlicher Modelle nicht möglich ist und auch nicht in unserer Absicht lag. Andererseits haben wir darüber hinaus unterschiedlich restriktive Möglichkeiten bzgl. invariant geforderter Bestandteile dieses einen Modells entwickelt, die von der Kalibrierungs- in die Validierungsstichprobe übernommen werden (vgl. Rudinger 1985).

Variante 1: Strukturelle und numerische Invarianz von Meß- und Strukturmodell

Es wird bei dieser strengsten Variante mit den in der Kalibrierungsstichprobe gefundenen Parametern in der Validierungsstichprobe ein Modelltest bzgl. der Rekonstruktion dieser Kovarianzmatrix durchgeführt. Dies entspricht der Situation "fixierter" Parameter im Regressionsparadigma bzw. dem Vergleich von S_b mit S_a.

Variante 2: Strukturelle und numerische Invarianz des Strukturmodells, strukturelle Invarianz (numerische Freiheit) des Meßmodells

In dieser besonders die Invarianz der theoretischen Annahmen betonenden Variante werden in der Validierungsstichprobe die Beziehungen zwischen beobachtbaren und latenten Variablen (λ_x) und die Fehlerparameter θ_δ geschätzt, die anderen Parameter werden identisch aus der Kalibrierungsstichprobe übernommen. Ein Nachteil ist sicher darin zu sehen, daß die Änderung des Meßmodells die Interpretation des "invarianten" Strukturmodells uneindeutig werden läßt.

Variante 3: Strukturelle und numerische Invarianz des Meßmodells, strukturelle Invarianz (numerische Freiheit) des Strukturmodells

In dieser den an der Theorie Interessierten eigentlich noch weniger befriedigenden Variante werden die Relationen zwischen den latenten Variablen Ψ_{ij}, γ_{ij}, β_{ij} im Rahmen der gleichen Struktur geschätzt. Die Invarianz des Meßmodells in beiden Stichproben hat in der Validierungsstichprobe sicherlich interpretatorische Vorteile.

Variante 4: Strukturelle bzw. qualitative Invarianz (aber numerische Freiheit) des Meß- und Strukturmodells

Hier werden nur die fixierten "strukturellen Nullen" aus der Kalibrierungsstichprobe für Meß- und Strukturmodell in die

Validierungsstichprobe übertragen; sämtliche von Null verschiedenen Parameter werden in letzterer aber neu geschätzt.

In Tabelle 1 sind die üblichen Bewertungskriterien für die genannten Modellvarianten, die in der zweiten Stichprobe durchgespielt werden, aufgeführt.

Nur der Chi²-Test bei Variante 4 der zweiten Stichprobe zeigt eine üblicherweise tolerierte Modellabweichung an ($p = 0.057$). Die Annahmen über Meß- und Strukturmodell aus der Kalibrierungsstichprobe können nach diesem Kriterium also nur in der strukturellen qualitativen Form, aber nicht in ihrer vollständigen oder partiellen numerischen Fixierung auf die zweite Stichprobe übertragen werden.

Tabelle 1: Kreuzvalidierung des Modells aus Abbildung 1 an einer zweiten Stichprobe in verschiedenen Varianten; Anpassungsindizes

	Stichprobe 1*	Stichprobe 2			
		Variante 1	Variante 2	Variante 3	Variante 4*
χ^2	36.35	144.18	92.91	100.54	49.12
df	35	68	55	54	35
P	0.705	0.00	0.00	0.00	0.057
GFI	0.98	0.94	0.96	0.95	0.98
AGFI	0.97	0.94	0.94	0.93	0.96
RMSR	0.033	0.082	0.075	0.063	0.053

* Die Parameter dieser beiden standardisierten Lösungen werden in Abbildung 4 wiedergegeben.

7. SCHLUSSFOLGERUNG

Hat sich das in der ersten Teilstichprobe erarbeitete und nicht abgelehnte Modell in der zweiten Stichprobe als valide erwiesen? Nun, in seiner "weichen" Version (Variante 4) nach dem Kriterium ($p > 0.05$) schon. An dieses Ereignis knüpfen sich jedoch mehrere Fragen:

(1) Bedeutet dies nicht nur, daß die wahre Korrelationsmatrix der zweiten Stichprobe unter den strukturell-qualitativen (nicht aber numerischen) Restriktionen des Modells rekonstruierbar ist; über die Homogenität der wahren Kovarianzmatrizen der ersten und zweiten Stichprobe wird in der weichen Form des Modells keine Aussage gemacht. Dies scheint im übrigen auch bei dem Ansatz von Cudeck und Browne nicht der Fall zu sein.

(2) Während also bei der Variante fixierter Parameter die beiden beobachteten Korrelationsmatrizen mit ein und derselben "wahren" verglichen werden, haben wir in der Variante 4 u.U. zwei verschiedene wahre Korrelationsmatrizen anzunehmen, die durch numerisch verschiedene zulässige Parametersätze rekonstruiert sind.

(3) Besteht ein Ausweg darin, die numerisch unterschiedlichen Parameter paarweise (die qualitative Modellstruktur ist ja invariant) gegeneinander zu testen? Tut man dies, so zeigt sich in unserem Fall nur bei vier dieser Parameter (für λ_{63}, γ_{23}, $\theta_{\delta 22}$, $\theta_{\delta 66}$) ein Unterschied auf dem 5%-Niveau; mit Alpha-Adjustierung würden diese vier von 30 sich nicht mehr unterscheiden.

(4) Ist nicht eher ein vorgeordneter Schritt sinnvoll, die Korrelations- (bzw. Kovarianz-)Matrizen auf Ähnlichkeit zu prüfen;

(5) Wenn man annimmt, daß die Parameter der beiden Stichproben sich nur zufällig voneinander unterscheiden, ist es dann legitim, in einem nachfolgenden Multi-sample-Lauf für beide Teilstichproben numerisch identische Parameter schätzen zu lassen?

(6) Welche Folgen handelt man sich ein, wenn man dies nur für Modellteile tut (also z.B. analog zu Variante 2 nur für das Strukturmodell, während man im Meßmodell stichprobenspezifische Parameter zuläßt)?

Wenn man es genau betrachtet, dann haben wir durch unser Vorgehen in einer zweischrittigen Strategie eine spezifische Strukturhypothese (nämlich die der qualitativen Invarianz von Meß- und Strukturmodell) generiert, nachdem die Ausgangshypothese nicht bestätigt wurde. Diese neue Hypothese müßte nach unseren Eingangsüberlegungen in einer oder mehreren Stichproben (c,d,...,z) kreuzvalidiert bzw. repliziert werden. Diese Schlußfolgerung gilt m.E. auch für das Vorgehen von Cudeck und Browne: Dort wird ja nach einem "explorativen" Vergleich verschiedener Modelle dasjenige mit dem minimalen Validierungsindex selegiert; daß es gemäß dieser Strategie ein theoretisch weniger ausgereiftes sein kann, erscheint mir hier nicht so wichtig, wie die Konsequenz, auch dieses Modell im Sinne einer Hypothese in weiteren Stichproben im eigentlichen Sinne validieren bzw. replizieren zu müssen.

So sinnvoll unter wissenschaftslogischen Gesichtspunkten die Kreuzvalidierung ist, so schwierig erweist sich die Formulierung der Stringenz der Validierung bzw. Replikation und die Kriterienfindung für die Beurteilung einer Validierung als ge- oder mißlungen.

8. LITERATUR

Bergler, R. (1984): Risikofaktor Rauchen, Therapiewoche, 34, 3787-3792.

Bergler, R. (1988, im Druck): Psychische Bilanzierung bei Nicht-Rauchern.

Cliff, N. (1983): Some cautions concerning the application of causal modelling methods, Multivariate Behavioral Research, 18, 115-126.

Cudeck, R.; Browne, M.W. (1983): Cross-validation of covariance structures, Multivariate Behavioral Research, 18, 147-167.

Fishbein, M.; Ajzen, I. (1975): Belief, attitude, intention and behavior: An introduction to theory and research, Reading, Mass.: Addison-Wesley.

Guttman, L. (1977): What is not what in statistics, The Statistican, 26, 81-107.

Jöreskog, K.G.; Sörbom, D. (1981): LISREL V: Analysis of linear struktural relationship by maximum likelihood and least squares methods, University of Uppsala.

Rudinger, G. (1985): Intellectual development in a longitudinal perspective, in: J.M.A.Munnichs, P.Mussen, E. Olbrich, P.G.Coleman (eds.): Life-span and change in a gerontological perspective, Orlando, Florida: Academic Press, 63-74.

[13]

Friedrich Förster

Nicht-metrische Variablen im LISREL-Modell - umweltrelevante Produkteigenschaften von Gerbrauchgsgütern

Im Vordergrund dieses Beitrags stehen die methodische Entwicklung zur Analyse von nicht-metrischen Daten in Strukturgleichungsmodellen. Kern sind die Arbeiten von Muthen (1984) und Olsson (1979). Ein Anwendungsbeispiel zur Beurteilung von umweltrelevanten Produkteigenschaften von Gebrauchsgütern geht auf die Entwicklung in LISREL ein, die eine Analyse von polychorischen und polyseriellen Korrelationskoeffizienten zulassen.

1. EINLEITUNG

Viele mathematische Modelle bzw. die damit im Zusammenhang stehenden Methoden und Verfahren beruhen auf Annahmen, die ihre Anwendungsmöglichkeiten oft erheblich einschränken. Dies sind u.a. Annahmen zur Skalierung und Verteilung der Variablen sowie die Art des Zusammenhangs zwischen diesen Variablen. Daher befaßt sich ein Teil der Forschung zur Datenanalyse damit, Modelle zu entwickeln, denen möglichst geringe Annahmen zum Skalenniveau, Verteilung und Art des Zusammenhangs zwischen Variablen zugrundeliegen.

Dies gilt insbesondere für die Methodologie der Strukturgleichungsmodelle mit latenten Variablen. Der bekannteste Ansatz in dieser Methodologie ist der von Jöreskog entwickelte LISREL-Ansatz, der die Basismodelle der Faktorenanalyse und der Pfadanalyse verbindet, eine flexible Modellbildung zuläßt und auf einer Full-Information Maximum-Likelihood-Schätzung beruht (Jöreskog 1970, 1978, 1981).

Beim klassischen LISREL-Ansatz wird u.a. angenommen, daß die beobachtbaren Variablen (Indikatoren) stetig und gemeinsam normalverteilt sind. In der Praxis der Forschung liegen sehr selten Daten vor, die diese Voraussetzungen erfüllen. In einem strikt operationalen Sinn sind sogar alle Variablen, die wir beobachten, aufgrund der beschränkten Präzision unserer Meßinstrumente kategoriell oder diskret (DeLeeuw 1983). Insbesondere in den Sozial- und Verhaltenswissenschaften besitzen die beobachtbaren Variablen zum Teil nur wenige Merkmalsausprägungen mit nicht-äquidistanten Skalenschritten, so daß allenfalls in Ausnahmefällen von einer "approximativ" stetigen Variablen gesprochen werden kann. Außerdem weisen die Variablen häufig schiefe Verteilungen über die Kategorien auf.

Bereits seit einigen Jahren werden immer wieder Ansätze entwicke die versuchen, dem Skalierungsproblem und/oder Verteilungsproble Rechnung zu tragen, wie z.B. der PLS-Ansatz (Wold 1979, 1982; Wold & Bertholet 1983) oder der EQS-Ansatz (Bentler 1983a, 1983b).

In diesem Beitrag sollen verschiedene Möglichkeiten aufgezeigt werden, in Strukturgleichungsmodellen mit latenten stetigen Variablen nicht-metrische Daten explizit zu berücksichtigen. Diskutiert wird der LISREL-Ansatz von Jöreskog/Sörbom (1982) und Entwicklungen von Muthén (1982).

2. NICHT-METRISCHE VARIABLEN IN LISREL-MODELLEN

In der Software LISREL V/VI gibt es drei verschiedene Möglichkeiten, nicht-metrische Variablen explizit zu berücksichtigen.

a) Eine traditionelle Möglichkeit besteht in der simultanen Analyse verschiedener Gruppen, die anhand der Kategorien einer nicht-metrischen Variablen gebildet werden, die aber hier nicht behandelt wird.

b) Weiter können nicht-metrische Variablen als exogene Grössen in Modellen berücksichtigt werden, wenn im exogenen Bereich keine Meßstruktur existiert.

c) Über die Hilfsannahme von stetigen Hintergrundvariablen können - ab der Version LISREL V - auch deren ordinale Messungen explizit berücksichtigt werden. Dabei werden die gemessenen ordinalen Variablen als grobe Messung dieser (normalverteilten) stetigen Hintergrundvariablen interpretiert und die zu analysierende Korrelationsmatrix unter Verwendung von polychorischen und polyseriellen Korrelationskoeffizienten erstellt.

2.1. Zusammenhangskoeffizienten und ordinale Variablen

Liegen ordinale Variablen vor und will man diese in ein LISREL-Modell integrieren, muß zunächst inhaltlich geprüft werden, ob die Annahme einer (normalverteilten)Hintergrundvariablen berechtigt ist. Die Beziehung zwischen einer ordinalen Variablen und der stetigen Hintergrundvariablen wird dabei auf die folgende Art und Weise definiert:

Sei z_i eine ordinalskalierte Variable und z_i^* die dazugehörige stetige Hintergrundvariable, dann gilt

$$z_i = \begin{Bmatrix} 0 & \text{falls} & & z_i^* \leq \tau_{i,1} \\ 1 & \text{"} & \tau_{i,1} < & z_i^* \leq \tau_{i,2} \\ . & & & \\ . & & & \\ . & & & \\ c_i - 1 & \text{"} & \tau_{i,c_i} < & z_i^* \end{Bmatrix}$$

für den Zusammenhang zwischen z_i und z_i^*.

Auf der Basis dieser Hintergrundvariablen wird dann die zu analysierende Korrelationsmatrix bestimmt. Sind die Hintergrundvariablen zweier ordinalskalierter Variablen bivariat normalverteilt, so wird ein polychorischer Korrelationskoeffizient als geeignetes Maß zur Abbildung des wahren Zusammenhangs angesehen. Für den Fall, daß nur eine der beiden Variablen ordinalskaliert, die andere hingegen intervallskaliert ist, und gilt die bivariate Normalverteilungsannahme für die Hintergrundvariablen, kann ein polyserieller Korrelationskoeffizient als geeignetes Zusammenhangsmaß berechnet werden.

Neben der inhaltlichen Prüfung, ob eine normalverteilte Hintergrundvariable vorliegt, kann auch statistisch überprüft werden, ob die Annahme einer bivariaten Normalverteilung berechtigt ist. Eine solche statistische Überprüfung der bivariaten Normalverteilung kann mit Hilfe eines Chi^2-Tests erfolgen, wenn für die Bestimmung der polychorischen bzw. polyseriellen Korrelationen u.a. die im folgenden beschriebenen Ansätze verwendet werden.

2.1.1. Polychorischer Korrelationskoeffizient

Der polychorische Korrelationskoeffizient enthält als Spezialfall den tetrachorischen Korrelationskoeffizienten, der von Pearson (1901) als Maß für den Zusammenhang zwischen zwei bivariat normalverteilten Variablen vorgeschlagen wurde, wenn eine (2x2)-dimensionale Kreuztabelle vorliegt. Olsson (1979a) zeigt zwei auf der ML-Methode basierende Vorgehensweisen - eine simultane und eine 2-stufige - für die Berechnung des polychorischen Korrelationskoeffizienten.

a) Bei der simultanen Vorgehensweise werden die Schrankenwerte und der Korrelationskoeffizient gemeinsam mit Hilfe der ML-Methode geschätzt.

b) Bei der 2-stufigen Vorgehensweise werden zunächst mit der inversen standardisierten Normalverteilungsfunktion aus den (summierten) Randverteilungen die Schrankenwerte für jede einzelne Variable geschätzt. In einem zweiten Schritt wird der Korrelationskoeffizient zwischen den Hintergrundvariablen unter Verwendung dieser Schrankenwerte mit Hilfe einer bedingten ML-Methode geschätzt:

Seien n_{ij} die beobachtete Häufigkeit
π_{ij} die Wahrscheinlichkeit, daß eine Beobachtung in die Zelle (i,j) fällt (i = 1,...,s; j = 1,...,r),

dann erhält man aufgrund der üblichen Verteilungsannahmen für Kontingenztafeln die Log-Likelihood-Funktion als

$$(1) \quad l = \ln L = \ln C + \sum_{i=1}^{s} \sum_{j=1}^{r} n_{ij} \ln \pi_{ij}.$$

Sind $\tau_{1,i}$ und $\tau_{2,j}$ die Schrankenwerte für die Variablen z_1 und z_2, dann gilt

$$(2) \quad \pi_{ij} = \Phi_2(\tau_{1,i},\tau_{2,j}) - \Phi_2(\tau_{1,i-1},\tau_{2,j}) - \Phi_2(\tau_{1,i},\tau_{2,j-1}) + \Phi_2(\tau_{1,i-1},\tau_{2,j-1}),$$

wobei Φ_2 die bivariate Normalverteilungsfunktion ist.

Beim simultanen Ansatz werden alle Parameter gemeinsam geschätzt. Diese Parameterschätzungen ergeben sich aus den entsprechenden partiellen Ableitungen der Log-Likelihood-Funktion.

Beim 2-stufigen Ansatz werden zunächst aus den Randverteilungen die Schrankenwerte geschätzt und in einem zweiten Schritt die Korrelation. Die Schrankenwerte erhält man durch

(3a) $$\tau_{1,i} = \Phi_1^{-1} (P_{i\cdot}),$$

(3b) $$\tau_{2,j} = \Phi_1^{-1} (P_{\cdot j}).$$

Dabei sind p_{ij} die beobachteten relativen Zellhäufigkeiten in der Zelle (i,j) und

(4a) $$P_{i.} = \sum_{k=1}^{i} \sum_{j=1}^{r} P_{kj},$$

(4b) $$P_{.j} = \sum_{i=1}^{s} \sum_{k=1}^{j} P_{ik}.$$

Für die beiden Ansätze werden von Olsson (1979b) die entsprechenden Standardschätzfehler angegeben. Ferner wurde gezeigt, daß der Unterschied zwischen den Ergebnissen der beiden Vorgehensweisen für praktische Zwecke sehr gering ist. Obwohl der 2-stufige Ansatz theoretisch nicht im gleichen Umfang befriedigend ist wie der simultane, besitzt er unter dem Anwendungsgesichtspunkt zwei wesentliche Vorteile. Zum einen können die Korrelationen relativ einfach bestimmt werden, und zum anderen bleiben die Schrankenwerte für eine Variable immer gleich, d.h. sie ändern sich nicht in Abhängigkeit von anderen Variablen, so daß z.B. nicht für jede Korrelationsberechnung mit dieser Variablen die Schrankenwerte wieder neu bestimmt werden müssen.

2.1.2. Polyserieller Korrelationskoeffizient

Ähnlich wie beim polychorischen Korrelationskoeffizienten gibt es zur Bestimmung des polyseriellen Korrelationskoeffizienten einen simultanen und einen 2-stufigen Ansatz. Daneben wird noch ein einfaches ad hoc-Verfahren von Olsson, Drasgow & Dorans (1982) vorgeschlagen. Im Falle der polyseriellen Korrelationen kommen als zusätzlich zu schätzende Parameter Mittelwerte und Varianz der stetigen Variablen hinzu. Diese werden beim simultanen Ansatz mit den anderen Parametern gemeinsam geschätzt, während man beim 2-stufigen Ansatz Mittelwert und Varianz der Stichprobe verwendet. Auf weitere, im Vergleich zum polychorischen Korrelationskoeffizienten abweichende Probleme, soll hier nicht weiter eingegangen werden. Wie beim polychorischen Korrelationskoeffizienten zeigen sich nur geringe Unterschiede zwischen den einzelnen Schätzverfahren, die für die praktische Anwendung vernachlässigbar sind.

In LISREL werden die polychorischen und polyseriellen Korrelationskoeffizienten nach dem von Olsson (1979a) bzw. Olsson, Drasgow & Dorans (1982) vorgeschlagenen 2-stufigen Verfahren berechnet. Dabei wird jede Variable, die mehr als neun verschiedene Ausprägungen aufweist, zumindest als eine approximativ stetige Variable betrachtet. Dies bedeutet, daß für die Bestimmung des Zusammenhangs zwischen einer ordinalen Variablen mit mehr als neun Ausprägungen und einer ordinalen Variablen mit neun oder weniger Ausprägungen der polyserielle Korrelationskoeffizient berechnet wird (Jöreskog & Sörbom 1982).

Verwendet man im Falle ordinaler Variablen statt der polychorischen und polyseriellen Korrelationen die Produkt-Moment-Korrelationen, dann trägt man dem ordinalen Charakter dieser Variablen nicht Rechnung. Es kann zu erheblichen Abweichungen zwischen den verschiedenen Zusammenhangsmaßen führen. Dies gilt insbesondere, wenn die Verteilungen der Variablen gleichsinnig oder gar gegensinnig extrem schief sind (Graff & Schmidt 1985; Olsson 1979b).

2.2. Modelle ohne exogene Meßstruktur

Die zweite Möglichkeit beruht auf einem dem LISREL-Ansatz zugrundeliegenden Verteilungsmodell. Hat man ein LISREL-Modell ohne exogene Meßstruktur, d.h., daß alle exogenen Variablen direkt gemessen werden, dann müssen nur die bedingten Verteilungen von y unter x betrachtet werden. Dies hat zur Folge, daß die Skalierung der x-Variablen keine Rolle spielt und somit die Variablen auch nominalskaliert sein können. Als zu analysierende Matrix liegt jedoch immer noch eine Kovarianz- bzw. eine Korrelationsmatrix mit den eben bisher beschriebenen Korrelationsmaßen und ihren Problemen vor.

3. ANSATZ VON MUTHEN

Im LISREL-Ansatz - soweit er bisher im entsprechenden Computerprogramm LISREL V/VI realisiert ist - können die bisher behandelten Möglichkeiten zur expliziten Berücksichtigung nicht-metrischer Variablen nicht gleichzeitig verwendet werden. So besitzt LISREL keinen korrekten Chi²-Modellanpassungstest für Modelle, bei denen polychorische und/oder polyserielle Korrelationen verwendet werden. Außerdem ist die Behandlung von Modellen ohne exogene Meßstruktur nicht zufriedenstellend gelöst. Muthén hat in einer Reihe von Arbeiten versucht, zunächst über die Faktorenanalyse und dann über Strukturmodelle die Berücksichtigung von nicht-metrischen Variablen zu ermöglichen (Muthén 1978, 1979, 1982, 1983, 1984; Muthén und Christoffersson 1981). Ausgangspunkte waren dabei Faktorenanalysemodelle mit dichotomen Indikatoren (Bock & Liebermann 1970; Christoffersson 1975) und die bivariate Probit-Regression (Ashford & Sowden 1970).

3.1. Basismodell

Das Basismodell von Muthén wird in Anlehnung an den LISREL-Ansatz dargestellt. Eine vom LISREL-Ansatz abweichende Darstellung erfolgt nur dort, wo es aus methodischen und rechentechnischen Überlegungen notwendig ist. So erfolgt z.B. keine Unterscheidung zwischen exogenen und endogenen Variablen. Ebenso wird auf eine Angabe der Subgruppenindizes verzichtet. Es bleibt jedoch festzuhalten, daß der Ansatz von Muthén den Mehrgruppenfalls sowohl beim Vorliegen von ordinalskalierten Indikatoren und/oder exogenen Variablen ohne Meßstruktur in einer befriedigenden Art und Weise umfaßt.

Sei y der (px1)-dimensionale Vektor der Indikatoren,
y^* der (px1)-dimensionale Vektor der stetigen latenten Response-Variablen von y,
η der (mx1)-dimensionale Vektor der stetigen hypothetischen Konstrukte,
x der (qx1)-dimensionale Vektor der beobachteten exogenen Variablen ohne Meßstruktur.

Die Indikatoren y_i können sowohl ordinal- als auch intervallskaliert sein.

Das Basismodell besteht aus

a) einem Strukturgleichungsmodell für die Beziehungen der latenten Variablen untereinander

$$\eta = \alpha + B\eta + \Gamma x + \zeta ,$$

mit α dem Vektor der Mittelwerte der latenten Variablen,

b) einem Meßmodell, das im Gegensatz zum LISREL-Ansatz nun explizit aus zwei Teilen besteht,

i) einem inneren Meßmodell
$y^* = \nu + \Lambda\eta + \varepsilon$,
für die Beziehungen zwischen den Hintergrundsvariablen und den latenten Variablen
mit ν dem Vektor der Mittelwerte der beobachteten Variablen,

ii) einem äußeren Meßmodell
$y_i = y_i^*$ falls y_i stetig ist

bzw.

$$y_i = \begin{cases} 0 & & & y_i^* \leq \tau_{i,1} \\ 1 & \tau_{i,j} & < & y_i^* \leq \tau_{i,2} \\ . & & & \\ . & & & \\ . & & & \\ c_i & \tau_{i,c_i-1} & < & y_i^* \end{cases}$$

In diesem äußeren Meßmodell werden die Beziehungen zwischen Indikator und Hintergrundvariable spezifiziert (vgl. 2.1).

c) einem Verteilungsmodell, bei dem zwei Fälle zu unterscheiden sind.

Fall A: $q = 0$, d.h. es gibt im Modell keine exogenen Variablen ohne Meßstruktur. In diesem Fall muß nur die gemeinsame Verteilung der Indikatoren y_i^* spezifiziert werden, diese bestimmt dann auch die gemeinsame Verteilung von y_i. Nimmt man an, daß die y_i^* multivariat normalverteilt sind, dann erhält man

$$E(y_i^*) = \mu + \Lambda(I - B)^{-1}\alpha,$$

$$V(y^*) = \Lambda(I - B)^{-1}\Psi(I - B')^{-1}\Lambda' + \Theta$$

Fall B: $q > 0$, d.h. es existieren exogene Variablen ohne Meßstruktur im zu analysierenden Modell. In diesem Fall muß die gemeinsame Verteilung der Indikatoren y_i^* unter der Bedingung der x spezifiziert werden. Da keine Angaben über die Randverteilung der x notwendig sind, können diese Variablen auch nominalskaliert sein.

$$E(y^*/x) = \nu + \Lambda(I - B)^{-1}\alpha + \Lambda(I - B)^{-1}\Gamma x,$$

$$V(y^*/x) = \Lambda(I - B)^{-1}\Psi(I - B)'^{-1}\Lambda' + \Theta.$$

3.2. Schätzverfahren

Muthén entwickelte für das Schätzen der Modellparameter ein dreistufiges Schätzverfahren (Muthén 1983, 1984). Dazu wird die Momentstruktur des Basismodells so in drei Teile zerlegt, daß für die einzelnen Spezialfälle nicht immer alle Teile berücksichtigt werden müssen.

Sei θ der Vektor aller Populationsmomente erster und zweiter Ordnung, dann läßt sich die Momentstruktur des Basismodells wieder in der Form $\sigma = \sigma(\theta)$ darstellen. Für jede Gruppe gilt:

(i) $\sigma_1 = \Delta^*[K_\tau\tau - K_\nu(\nu + \Lambda(I-B)^{-1}\alpha)]$,

(ii) $\sigma_2 = \text{vec}\{\Delta\Lambda(I-B)^{-1}\Gamma\}$,

(iii) $\sigma_3 = K\ \text{vec}\{\Delta[\Lambda(I-B)^{-1}\Psi(I\ B)'^{-1}\Lambda' + \Theta]\Delta\}$.

Δ ist die Diagonalmatrix der Skalierungsfaktoren zur Skalierung der latenten Response-Variablen y^*. Δ^* enthält die gleichen Elemente wie Δ, nur sind die Diagonalelemente dupliziert für ordinalskalierte Variablen mit mehr als zwei Kategorien. K_τ, K_ν und K sind Selektionsvektoren, die im Ein-Gruppen-Fall entfallen.

In der ersten Stufe werden aus der eindimensionalen Randverteilung von y_i bzw. der bedingten Randverteilung von y_i mit Hilfe der ML-Methode die Parameter erster Ordnung geschätzt. In der zweiten Stufe werden dann aus den gemeinsamen Randverteilungen wieder mit Hilfe der ML-Methode die Parameter zweiter Ordnung geschätzt, wobei die auf der ersten Stufe erzeugten Parameter verwendet werden. In einer dritten Stufe werden die Modellparameter dann anschließend mit einem GLS-Schätzer unter Verwendung der auf den beiden ersten Stufen erzeugten Parameter geschätzt. Diese GLS-Schätzungen sind asymptotisch normalverteilt, und man erhält außerdem einen Chi^2-Anpassungstest.

Leider stand zum Zeitpunkt der Erstellung dieses Beitrags das von Muthén für seinen Ansatz entwickelte Computerprogramm s, LACCI (Latent Variable Analysis with Dichotomous, Ordered Categorial, and Continous Indicators) bisher der "Allgemeinheit" noch nicht zur Verfügung.

4. EIN BEISPIEL MIT LISREL

Anhand eines Modells, das die Wirkungen von Aktivitäten der Stiftung Warentest auf umweltrelevante Produkteigenschaften untersucht, soll nun eine Anwendungsmöglichkeit für die Verwendung ordinaler Variablen in LISREL-Modellen gezeigt werden.

Da neben der Industrie auch die Konsumenten erheblich zur Zerstörung unserer natürlichen Umwelt beitragen (Kinnear, Taylor & Ahmed 1974), kann durch ein Angebot an umweltgerechten Produkten und einer verstärkten Berücksichtigung umweltrelevanter Produkteigenschaften bei der Kaufentscheidung ein wesentlicher Beitrag für das ökologische Gleichgewicht geleistet werden.

In einer Reihe von empirischen Studien konnte nachgewiesen werden, daß die Ergebnisse der vergleichenden Warentestberichte der Stiftung Warentest ein erhebliches Einflußpotential auf Industrie, Handel und Konsumenten darstellen (z.B. Fritz 1984; Kaas & Tölle 1981; Raffée & Silberer 1984; Silberer 1985; Specht und Hübner 1982), so daß ein geeignetes Medium zum Erreichen der oben genannten Ziele zur Verfügung steht. Dies gilt umso mehr, als die Stiftung Warentest mittlerweile einer immer wieder gestellten Forderung nach einer stärkeren Berücksichtigung von Umweltaspekten in ihrer Arbeit Rechnung getragen und eine entsprechende Abänderung ihrer Satzung vorgenommen hat. Im Mittelpunkt steht nun auch eine Überprüfung der Umweltverträglichkeit im Warentest.

Vor dem Hintergrund des Einflußpotentials, das die Ergebnisse der Stiftung Warentest auf der Anbieterseite haben, läßt sich vermuten, daß durch eine Aufnahme umweltrelevanter Beurteilungskriterien eine erhebliche Verbesserung der Umweltverträglichkeit vieler Produkte erreicht werden kann. Für den Konsumentenbereich ist es u.a. wichtig, inwieweit "konkrete" umweltrelevante Produkteigenschaften, wie z.B. der Energieverbrauch, sich aus der Nutzung von Ergebnissen der Stiftung Warentest erklären lassen. Diese Fragestellung soll mit Hilfe einer Befragung von 313 Käufern von Waschmaschinen untersucht werden (siehe Silberer et al. 1984).

4.1. Modellvariablen und Modellstruktur

Will man den Einfluß der Stiftung Warentest auf die Wichtigkeit einzelner Produkteigenschaften - wie z.B. Umweltfreundlichkeit - für die Kaufentscheidung untersuchen, so ist es angebracht, von einem relativ weiten Begriff der Testnutzung, im Sinne eines "Umganges" mit Testergebnissen, auszugehen. Dieser "Test-Umgang" (TU) umfaßt sowohl die Häufigkeit des Lesens von Testheften oder -Jahrbüchern (TL) als auch die Häufigkeit der Verwendung von Test-Ergebnissen der Stiftung Warentest beim Kauf (TK). Als weitere exogene Variable wird die Anzahl der Produkteigenschaften (AP), über die sich der Käufer vor dem Kauf informiert hat, in das Erklärungsmodell aufgenommen.

Mit Hilfe dieser exogenen Variablen sollen sowohl die Bedeutung bestimmter Produkteigenschaften bei der Kaufentscheidung, wie auch "konkrete" umweltrelevante Produkteigenschaften erklärt werden. Neben den umweltrelevanten Produkteigenschaften (U), Energieverbrauch (EV) und Umweltfreundlichkeit (UF) werden mit Preis (P) und neuere Technik (NT) noch zwei weitere Produkteigenschaften, die in den Veröffentlichungen der Stiftung Warentest eine wichtige Rolle spielen, berücksichtigt. Als "konkrete" umweltrelevante Produkteigenschaften bieten sich Stromverbrauch (SV) und Wasserverbrauch (WV) bei diesem Produkt direkt an. Da Lärm den wichtigsten Umweltstressor darstellt, werden auch die Einflüsse auf die Lärmentwicklung (LE) von Waschmaschinen untersucht.

Hypothesen hinsichtlich der Wirkungen, die die Aktivitäten der Stiftung Warentest auf die Einschätzung konkreter umweltrelevanter Produkteigenschaften durch die Konsumenten haben, werden in Abbildung 1 in einem Pfaddiagramm dargestellt. Für eine theoretische Begründung und Darstellung der Hypothesen wird auf Hildebrandt (1984) oder Silberer (1984) verwiesen.

Ganz allgemein beruht das Modell auf der Basishypothese:

Abbildung 1:

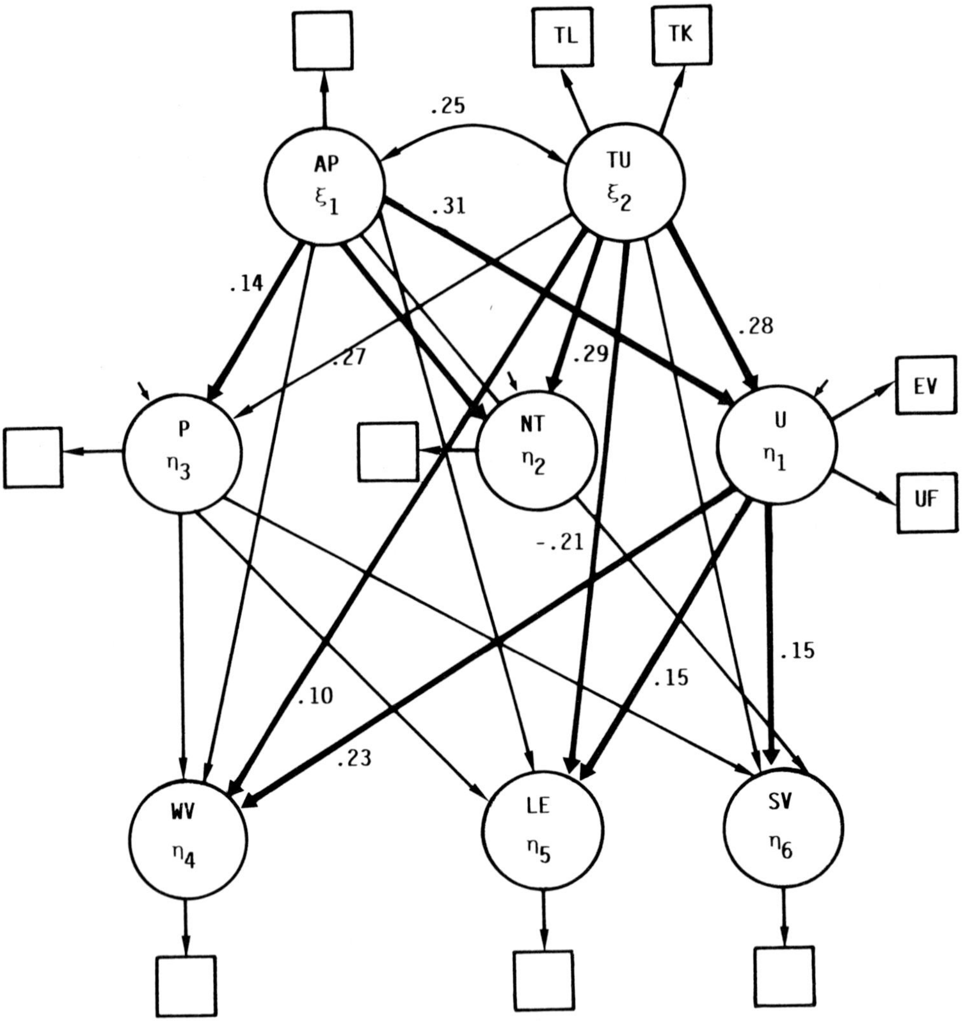

Legende zu Abb. 1:

ξ_1: AP = Anzahl der Produkteigenschaften
ξ_2: TU = Test-Umfang
TL = Lesen von Testheften
TK = Verwendung von Testergebnissen bei Kauf
η_1: U = Umweltrelevante Produkteigenschaften
EV = Energieverbrauch
UF = Umweltfreundlich
η_2: NT = Neuere Technik
η_3: P = Preis
η_4: WV = Wasserverbrauch
η_5: LE = Lärmentwicklung
η_6: SV = Stromverbrauch

Tabelle 1: Häufigkeitsverteilung der Modellvariablen (N = 313 Käufer von Waschmaschinen)

Skalenstufen	11	10	9	8	7	6	5 und weniger*)
Anz.Produkteigenschaften	18	22	38	57	76	34	68

Verwendung von Testergebnissen beim Kauf	nie	selten	manchmal	oft
Verwendung von Testergebnissen beim Kauf	127	78	72	36
Lesen von Testheften	142	72	66	33

Präferenzen für Eigenschaften	keinen Wert	wenig Wert	ziemlich Wert	besonderen Wert
Preis	4	33	132	144
Energieverbrauch	26	86	103	98
Umweltfreundlichkeit	55	115	89	54
Neuere Technik	31	67	103	112

Beurteilung von Produkteigenschaften	sehr hoch	ziemlich hoch	weder hoch noch niedrig	ziemlich niedrig	sehr niedrig
Stromverbrauch	1	27	198	83	4
Lärmentwicklung	1	19	87	165	41
Wasserverbrauch	2	61	171	77	2

*) Aus Darstellungsgründen wurden die Käufer, die sich über fünf und weniger Produkteigenschaften vor dem Kauf informiert haben, zu einer Gruppe zusammengefaßt.

> Je intensiver die Verwendung von Ergebnissen der Stiftung Warentest, desto bedeutsamer werden umweltrelevante Produkteigenschaften bei der Produktbeurteilung.

Wie in Tabelle 1 zu ersehen ist, sind alle Indikatoren nichtmetrisch erfaßt, wobei nur die "Anzahl der Produkteigenschaften" (AP) als eine approximativ stetige Variable betrachtet werden kann. Außerdem besitzen die Indikatoren z.T. extrem schiefe eingipflige Verteilungen.

4.2. Ergebnisse und Interpretation

Mit Hilfe von LISREL V/VI wird das Modell analysiert.
In Tabelle 2 sind die standardisierten ULS-Parameterschätzungen von zwei Analysen des Kausalmodells aufgeführt. Zum Vergleich wurden die Ergebnisse unter A1 mit den dem Skalenniveau entsprechenden Korrelationen verwendet, während bei den Ergebnissen, die unter A2 stehen, alle Korrelationen mit Hilfe des Produkt-Moment-Korrelationskoeffizienten bestimmt wurden.

Die Ergebnisse (RMR-A1 = .016 und RMR-A2 = .012) in Tabelle 2 zeigen, daß das Modell durch die Daten nicht abgelehnt wird, was bei den wenigen Restriktionen auch nicht überraschend ist.

Hinsichtlich der Unterschiede, die sich aus der Verwendung der unterschiedlichen Korrelationsmaße ergeben, soll hier nur auf die Gesamteffekte eingegangen werden, die vom Test-Umfang (TU) auf die Beurteilung der konkreten Produkteigenschaften Wasserverbrauch (WV), Lärmentwicklung (LE) und Stromverbrauch (SV) ausgehen (Tabelle 3).

Obwohl die Effekte nicht sehr stark sind, ergeben sich doch Unterschiede aufgrund des unterschiedlichen Dateninputs. Würde man nur die Produkt-Moment-Korrelationen als Analysegrundlage verwenden, so würde man keinen Effekt vom Test-Umgang (TU) auf den Wasserverbrauch (WV) und auf die Lärmentwicklung (LE) feststellen, während bei der Verwendung von polychorischen und polyseriellen Korrelationen ein - wenn auch schwacher - Einfluß sichtbar wird. Zunächst kann festgehalten werden, daß über die intervenierende Variable U (= "Wertlegen auf umweltrelevante Produkteigenschaften") positive indirekte Effekte auf die Beurteilung der konkreten Produkteigenschaften ausgehen. Für die Gesamteffekte (bei den A1-Lösungen) zeigt sich dann, daß je intensiver Konsumenten sich mit den Ergebnissen der Stiftung Warentest beschäftigen, desto geringer ist nach ihrer Meinung der Wasserverbrauch (TU -> WV = .182). Ein negativer Effekt ist hinsichtlich der Lärmentwicklung (TU -> LE = -.142) zu verzeichnen. Ein Grund hierfür dürfte in der Tatsache zu finden sein, daß in den infragekommenden Testberichten sehr ausführlich auf den Wasserverbrauch eingegangen wurde, jedoch kaum auf die Lärmentwicklung. Unterstrichen wird dies durch das ebenfalls negative Vorzeichen des direkten Effektes der Testverwendung auf die Lärmentwicklung (γ_{52} = -.21) und die Reduktion dieses Effektes durch die indirekten Effekte über die intervenierenden Variablen Preis (P) und neue Technik (NT) des Modells.

Tabelle 2: Standardisierte ULS-Parameterschätzungen (alle mit * gekennzeichneten Werte wurden auf diesen Wert fixiert)

	A1 (PS/PC/PM)	A2 (PM)		A1 (PS/PC/PM)	A2 (PM)
λ_{11}	1.00*	1.00*	β_{41}	.23	.21
λ_{22}	.89	.90	β_{51}	.15	.14
λ_{32}	.85	.84	β_{61}	.15	.13
			β_{42}	.05	.06
λ'_{11}	.94	.91	β_{52}	.09	.08
λ'_{21}	.75	.77	β_{62}	-.08	-.10
λ'_{32}	.90*	.90*	β_{43}	-.05	-.03
λ'_{43}	.90*	.90*	β_{53}	-.05	-.02
λ'_{54}	1.00*	1.00*	β_{63}	.02	.00
λ'_{65}	1.00*	1.00*			
λ'_{76}	1.00*	1.00*	Ψ_{11}	.78	.82
			Ψ_{21}	.15	.12
Φ_{21}	.25	.27	Ψ_{22}	.80	.83
			Ψ_{31}	.25	.24
γ_{11}	.31	.28	Ψ_{32}	.02	.10
γ_{21}	..27	.26	Ψ_{33}	.98	.99
γ_{31}	.14	..12	Ψ_{44}	.95	.98
γ_{41}	-.09	-.06	Ψ_{54}	.24	..21
γ_{51}	-.06	-.06	Ψ_{55}	.96	.98
γ_{61}	.03	-.04	Ψ_{64}	.47	.48
γ_{12}	.28	.27	Ψ_{65}	.23	.26
γ_{22}	.29	.23	Ψ_{66}	.93	.97
γ_{32}	-.05	-.01			
γ_{42}	.10	-.01	RMR	.016	.012
γ_{52}	-.21	-.11			
γ_{62}	-.01	-.04			

Tabelle 3: Gesamteffekte (A1 auf der Basis von PC/PS/PM-Korrelationsmaßen, A2 auf der Basis von PM-Korrelationsmaßen)

	A1	A2
TU --------> SV	.001	.028
TU --------> LE	-.142	-.054
TU --------> WV	.182	.061

5. SCHLUSSFOLGERUNGEN

Methodisch zeigt der Beitrag die Abhängigkeit der Interpretierbarkeit eines substantiellen Modells vom gewählten Zusammenhangsmaß. Inhaltlich ist eine positive Beeinflussung der Rezipienten der Testergebnisse durch Vermittlung umweltrelevanter Produktbeurteilungen aufgrund der Modellergebnisse anzunehmen.

6. ANMERKUNGEN

Der vorliegende Beitrag spiegelt den "Stand der Technik" für die Verwendung nicht-metrischer Variablen in Strukturgleichungsmodellen mit latenten Variablen im Jahre 1985 wider. Inzwischen steht mit LISCOMP ein PC-Softwareprogramm für den vorgestellten Muthén-Ansatz (Muthén 1987) zur Verfügung. Ebenso besteht in LISREL (Programmversion 7) in Verbindung mit dem PRELIS-Programm die Möglichkeit eines adäquaten Einsatzes bei der Verwendung polychemischer und polyserieller Korrelationen (Jöreskog/Sörbom 1988 a;b). Für den Fall, daß allerdings keine hinreichend große Stichproben vorliegen ($N \geq 200$) ist auch bei LISREL 7 nur die hier vorgestellte Behandlung nicht-metrischer Variablen möglich.

7. LITERATUR

Ashford, J.R.; Snowden, R.R. (1970): Multivariate probit analysis, Biometrics, 26, 535-546.

Bentler, P.M. (1980): Multivariate analysis with latent variables: Causal modeling, Annual Review of Psychology, 31, 419-546.

Bentler, P.M. (1983a): Simultaneous equations as moment structure models: With an introduction to latent variable models, Journal of Econometrics, 22, 13-42.

Bentler, P.M. (1983b): Some contributions to efficient statistics in structural models: Specification and estimation of moment structures, Psychometrika, 48, 493-517.

Bock, R.D.; Liebermann, M. (1970): Fitting a response model for n dichotomously several items, Psychometrika, 35, 179-197.

Christoffersson, A. (1975): Factor analysis of dichotomized variables, Psychometrika, 40, 5-32.

DeLeeuw, J. (1983): Models and methods for the analysis of correlation coefficients, Journal of Econometrics 22, 113-137.

Förster, F. (1985): Nicht-metrische Daten in Strukturgleichungsmodellen mit latenten Variablen, Operations Research Proceedings (1984), 474-481.

Fritz, W. (1984): Warentest und Konsumgüterindustrie, Wiesbaden: Gabler.

Graff, J.; Schmidt, P. (1985): Structural equation models with qualitative observed variables, in: P. Nijkamp: Measuring the unmeasurable, Amsterdam, 301-314.

Hildebrandt, L. (1984): Attitudes and values as predictors of energy information patterns, in: T.C.Kinnear (ed.): Advances in consumer research, Volume XI, Ann Arbor, 574-578.

Jöreskog, K.G. (1970): A general method for analysis of covariance structures, Biometrika, 57, 239-251.

Jöreskog, K.G. (1978): Structural analysis of covariance and correlation matrices, Psychometrika, 43, 443-472.

Jöreskog, K.G. (1981): Analysis of covariance structures, Scandinavian Journal of Statistics, 8, 65-92.

Jöreskog, K.G.; Sörbom, D. (1982): LISREL V - Analysis of linear structural relationships by maximum likelihood and least squares methods, Chicago: Educational Testing Service.

Jöreskog, K.G.; Sörbom, D. (1988a): PRELIS - A Program for Multivariate Data Screening and Data Summarization, 2. Aufl., Uppsala.

Jöreskog, K.G.; Sörbom, D. (1988b): LISREL 7 - A Guide to the Program and Applications, Chicago/Ill.: SPSS Inc.

Kaas, K.P.; Tölle, K. (1981): Der Einfluß von Warentestinformationen auf das Informationsverhalten von Konsumenten, Zeitschrift für Verbraucherpolitik, 5, 293-309.

Kinnear, T.C.; Taylor, J.R.; Ahmed, S.A. (1974): Ecologically concerned consumers: Who are they;; Journal of Marketing, 38, 20-24.

Muthén, B. (1978): Contributions to factor analysis of dichotomous variables, Psychometrika, 43, 551-560.

Muthén, B. (1979): A structural probit model with latent variables, Journal of the American Stat.Ass., 74, 807-811.

Muthén, B. (1982): Some categorical response models with continous latent variables; in: Jöreskog, K.G.; Wold, H. (eds.): Systems under indirect observation, Vol. I, Amsterdam: North Holland, 65-80.

Muthén, B. (1983): Latent variable structural equation modeling with categorical data, Journal of Econometrics 22, 43-65.

Muthén, B. (1984): A general structural equation model with dichotomous, ordered categorical, and continous latent variable indicators, Psychometrika, 49, 115-132.

Muthén, B. (1987): LISCOMP - Analysis of Linear-structural Equations with a Comprehensive Measurement Model. User's Guide, Mooreville, Ind.: Scientific Software.

Muthén, B.; Christoffersson, A. (1981): Simultaneous factor analysis of dichotomous variables in several groups, Psychometrika, 46, 407-419.

Olsson, U. (1979a): Maximum likelihood estimation of the polychoric correlation coefficient, Psychometrika, 44, 443-460.

Olsson, U. (1979b): On the robustness of factor analysis against crude classification of the observations, Multivariate Behavior Research, 14, 485-500.

Olsson, U.; Drasgow, F.; Dorans, N.J. (1982): The polyserial correlation coefficient, Psychometrika, 47, 337-347.

Pearson, K. (1901): Mathematical contributions to the theory of evolution, VII: On the correlation of characters not quantitatively measurable, Phil. Transact. of the Roy. Soc. of London, Series A, 195, 1-47.

Raffée, H.; Silberer, G. (Hg.): Warentest und Unternehmen, Nutzung, Wirkungen und Beurteilungen des vergleichenden Warentests in Industrie und Handel, Frankfurt/M.: Campus.

Silberer, G. (1985): Beurteilung, Nutzung und Wirkungen von Ergebnissen vergleichender Warentests im Konsumentenbereich, Jahrbuch der Absatz- und Verbrauchsforschung, 31.

Silberer, G.; Förster, F.; Raffée, H.; Fritz, W.; Hilger, H. (1984): Kontakte mit Testergebnissen der Stiftung Warentest und deren Verwendung im Konsumentenbereich, in: Silberer, G.; Raffée, H. (Hg): Warentest und Konsument, Frankfurt/M.: Campus, 25-106.

Specht, G.; Hübner, J. (1982): Die Nutzung von Informationen der Stiftung Warentest in Facheinzelhandlungen, in: Hansen, U.; Stauss, B.; Riemer, M. (Hg.): Marketing und Verbraucherpolitik, Stuttgart: Poeschel, 390-399.

Wold, H. (1979): Model construction and evaluation when theoretical knowledge is scare: An example of partial least squares, in: Kmenta, J.; Ramsey, J.B. (eds.): Evaluation of econometric models, New York: Academic Press, 47-74.

Wold, H. (1982): Soft Modeling: The basic design and some extensions, in: Jöreskog, K.G.; Wold, H. (eds.): Systems under indirect oberservation, Vol. II, Amsterdam: North Holland, 1-54.

Wold, H.; Bertholet, J.-L. (1982): The PLS (Partial Least Squares) approach to multidimensional contingency tables (Part I), Metron, 40, 303-326.

[14]

Frank Faulbaum

Strukturgleichungsmodelle mit EQS-Wertvorstellungen über die berufliche Umwelt

Die Einführung des Lesers in die programmiersprachliche Darstellung des Programmes EQS von Bentler steht im Mittelpunkt dieses Beitrags. Daneben wird auf die wesentlichen Eigenschaften der Schätzprozeduren in EQS eingegangen, die heute z.T. in noch allgemeinerer Form verfügbar sind. Eine kausalanalytische Studie zur Bewertung eines Umweltbereichs verdeutlicht die Fähigkeiten des Programms in der kausalanalytischen Forschung.

1. EINLEITUNG

Zur Schätzung von Parametern in kausalanalytischen Modellen mit latenten Variablen unter verschiedenen einschränkenden Bedingungen (z.B. a priori-Festlegungen von Parametern oder Relationen zwischen Parametern) wurden in den letzten Jahren verschiedene Programme entwickelt. Zu dem von Jöreskog und Sörbom entwickelten Programm LISREL (vgl. Jöreskog & Sörbom 1981, 1984), das im Augenblick wohl am bekanntesten ist und in seiner Version VI als Zusatzmodul in SPSS X (Release 2) zur Verfügung stehen wird, und dem von Wold und Lohmöller entwickelten Programm LVPLS (Version 1.6; vgl. Lohmöller 1984, Beitrag von Lohmöller in diesem Band) trat in letzter Zeit das Programm EQS (Equations based language) von Bentler (1984) hinzu. Da mit dem zukünftigen Vertrieb durch einen professionellen Anbieter (BMDP) die Basis für eine stärkere Verbreitung dieses Programms geschaffen ist, ist damit zu rechnen, daß es sich zu einer ernsthaften Alternative zu den beiden anderen Programmen entwickeln wird.

Der vorliegende Aufsatz gibt eine Einführung in die Analyse von Strukturgleichungsmodellen mit latenten Variablen in EQS, wobei als Anwendungsbeispiel eine Analyse der Struktur von Wertvorstellungen über berufliche Umwelt gewählt wurde.

Soweit zur Parameterschätzung in Strukturgleichungsmodellen mit latenten Variablen die Analyse von Kovarianzstrukturen bevorzugt wurde, dominierte bislang das Computerprogramm LISREL. Es sind jedoch insbesondere zwei Aspekte von LISREL, die vom Standpunkt des Anwenders her zur Zeit noch nicht voll befriedigen können und in Bezug auf die EQS neuartige Lösungen vorschlägt:

1) Die programmiersprachliche Darstellung von Strukturgleichungsmodellen
   Die Modellspezifikation im Rahmen eines LISREL-Programms orientiert sich sehr eng an der Matrixdarstellung des von Keesling (1972), Wiley (1973) und Jöreskog (1977, 1978) entwickelten mathematischen Ansatzes zur Repräsentation

von Strukturgleichungsmodellen, was bedeutet, daß der Anwender zur Programmierung seines Modells grundlegende Kenntnisse in Matrixalgebra benötigt.

2) Das Problem der Verteilungsvoraussetzungen
Das von LISREL angebotene Verfahren der ML (Maximum Likelihood)-Schätzung setzt voraus, daß die Stichprobe der Beobachtungen einer multivariat normalverteilten Population entnommen wurde bzw. daß die Stichproben-Kovarianzmatrizen Wishart-verteilt sein müssen (zum Begriff der Wishart-Verteilung vgl. Anderson 1958, 154). Das ebenfalls angebotene Verfahren der GLS (Generalized Least Squares)-Schätzung setzt, wie Browne (1982) gezeigt hat, die asymptotische Normalverteilung der empirischen Kovarianzmatrix S voraus. Alle übrigen von LISREL angebotenen 'sanfteren' Schätzverfahren gehen mit einem Verlust des statistischen Optimalitätskriteriums der asymptotischen Effizienz einher, gestatten keine Berechnung von Standardfehlern der Schätzer und keine Ableitung statistischer Anpassungstests.

2. EQS VON BENTLER

2.1. Die programmiersprachliche Darstellung von Kausalmodellen mit latenten Variablen in EQS

Die programmiersprachliche Darstellung von Kausalmodellen mit latenten Variablen in EQS ist in Bentler (1983, 1984, 1986) und Faulbaum (1984, 1986) näher beschrieben und geschieht in enger Anlehnung an die Pfaddiagramm-Darstellung der Modelle. Dabei wird für jede abhängige Variable des Pfaddiagramms eine einfache lineare Gleichung spezifiziert, die diese Variable als Funktion einer auf sie unmittelbar verweisenden unabhängigen Variablen und einer Residualvariablen darstellt. Die unabhängigen und abhängigen Variablen können sein:

- V-Variablen: Beobachtete (manifeste) Variablen des Modells;
- F-Variablen: Latente Variablen des Modells;
- E-Variablen: Meßfehler der beobachteten Variablen;
- D-Variablen: Latente Residualvariablen.

Die Spezifikation der Gleichungen sei anhand des Pfaddiagramms eines einfachen faktorenanalytischen Modells erläutert. In Abbildung 1 sehen wir das Diagramm eines zweifaktoriellen Modells mit insgesamt sechs beobachteten Variablen.

Abbildung 1: Zweifaktorielles Modell

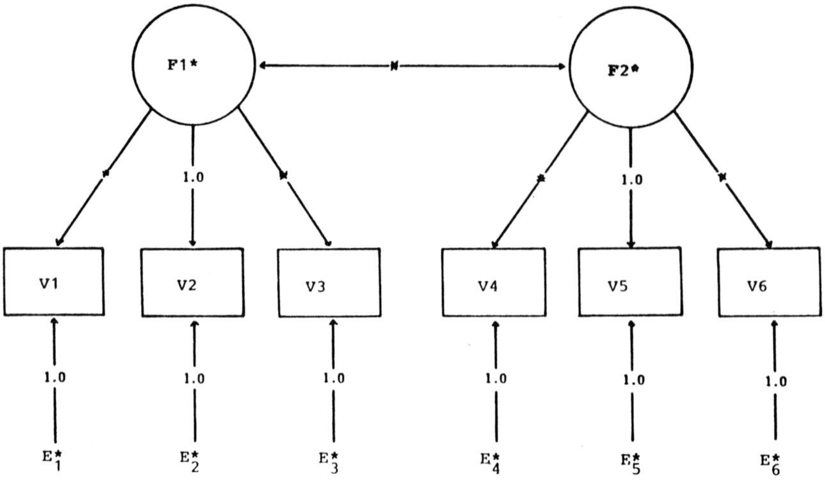

Die programmiersprachliche Umsetzung des Modells könnte folgendermaßen aussehen:

```
/EQUATIONS
V1=.77*F1+E1;
V2=1.0F1+E2;
V3=.67*F1+E3;
V4=.63*F2+E4;
V5=1.0F2+E5;
V6=.83*F2+E6;
/VARIANCES
E1 TO E6=.3*;
F1=.2*;
F2=.3*;
/COVARIANCES
F1,F2=.7*;
```

In den auf die EQUATIONS-Karte folgenden Anweisungen werden gemäß der obigen Ausführungen die Beziehungen zwischen den abhängigen und den unabhängigen Variablen spezifiziert, wobei die vor den Sternsymbolen stehenden numerischen Werte vom Benutzer anzugebende Startwerte darstellen. Unmittelbar vor den Variablen stehende Werte werden als fixierte Werte interpretiert. Die auf die VARIANCES-Karte folgenden Gleichungen setzen die zu schätzenden Varianzen auf bestimmte Anfangswerte. Bei Fixierungen von Werten für die Varianzen unterbleibt die Angabe des Sternsymbols. So hätte man z.B. die Varianzen der latenten Variablen F1 und F2 durch Angabe von

```
F1=1.0;
F2=1.0;
```

auf den Wert 1.0 fixieren können (Standardisierung der latenten Variablen). Die auf die COVARIANCES-Karte folgende Anweisung in der obigen Anweisungsfolge erlaubt die Schätzung der Kovarianzen der latenten Variablen F1 und F2 mit dem Anfangswert von .7.

Natürlich bildet die dargestellte Anweisungsfolge noch kein ablauffähiges Programm. Hierzu hätten wir noch einen Abschnitt mit weiteren Spezifikationen wie Anzahl der Fälle (CAS=), Anzahl der Variablen (VAR=) und Schätzmethode (ME=) voranstellen müssen, der durch das Schlüsselwort /SPECIFICATIONS eingeleitet wird. Auch die Angabe eines Titels (/TITLE) sowie die Vergabe von Namen für alle Variablen des Modells einschließlich der latenten (Schlüsselwort: /LABELS) ist optional möglich. In unserem Beispiel könnten wir etwa angeben:

```
/TITLE
ZWEIFAKTORIELLE FAKTORENANALYSE
/SPECIFICATIONS
CAS=N;VAR=10;ME=GLS,ML;
/LABELS
V1=Name1;V2=Name2;V3=Name3;V4=Name4;V5=Name5;V6=Name6;
V7=Name7;V8=Name8;V9=Name9;V10=Name10;F1=Name11;F2=Name12;
```

Zwei weitere wichtige Eigenschaften von EQS sind die Möglichkeit, a priori beliebige lineare Beziehungen zwischen Parametern zu fixieren und die Möglichkeit, a priori durch Ungleichungen den Wertebereich von Parametern einzuschränken. Dies geschieht in bestimmten Programmabschnitten, die durch das Schlüsselwort /CONSTRAINTS bzw. /INEQUALITIES eingeleitet werden.

Für den Fall sehr vieler Gleichungen bietet EQS die Verwendung eines Gleichungsgenerators an.

2.2. Die mathematische Modelldarstellung in EQS

Wie LISREL so basiert auch EQS auf der Analyse von Kovarianzstrukturen. Dabei werden die Elemente σ_{ij} der Populations-Kovarianzmatrix $\underline{\Sigma}$ als Funktionen der Modellparameter aufgefaßt:

$$\sigma_{ij}=f(\underline{\theta}) \qquad (\underline{\theta}\text{: Vektor der Parameter})$$

Die Ableitung der Struktur der Kovarianzmatrix geschieht im Rahmen des Ansatzes von Bentler und Weeks (1980, 1982). Dieser Ansatz kennt nur zwei Arten von Variablen: Abhängige Variablen (η_i) und unabhängige Variablen (ξ_i). In unserem Beispielfall wären die unabhängigen Variablen E1, E2, E3, E4, E5, E6, F1, F2 und die abhängigen Variablen V1, V2, V3, V4, V5, V6. Die Kovarianzstruktur läßt sich dann aus der folgenden Modellgleichung ableiten:

$$(1) \qquad \underline{\eta}=\underline{\beta}\underline{\eta}+\underline{\gamma}\underline{\xi}$$

wobei

$\underline{\xi}$: Zufallsvektor der unabhängigen Variablen;

$\underline{\eta}$: Zufallsvektor der abhängigen Variablen;

$\underline{\beta}$: Matrix der Strukturkoeffizienten für den Zusammenhang zwischen den abhängigen Variablen;

$\underline{\gamma}$: Matrix der Strukturkoeffizienten zwischen unabhängigen und abhängigen Variablen.

Aus (1) erhält man $\underline{\eta}=(\underline{I}-\underline{\beta})^{-1}\underline{\gamma}\underline{\xi}$ ($\underline{I}$: Identitätsmatrix), so daß sich die folgenden Kovarianzmatrizen ergeben:

Matrix der Kovarianzen zwischen abhängigen und unabhängigen Variablen

(2) $\underline{\Sigma}_{\eta\xi}=(\underline{I}-\underline{\beta})^{-1}\underline{\gamma\xi\xi'}=(\underline{I}-\underline{\beta})^{-1}\underline{\gamma\Phi}$

Kovarianzmatrix der abhängigen Variablen

(3) $\underline{\Sigma}_{\eta\eta}=(\underline{I}-\underline{\beta})^{-1}\underline{\gamma\xi\xi'}\underline{\gamma}'(\underline{I}-\underline{\beta})^{-1}{}'=(\underline{I}-\underline{\beta})^{-1}\underline{\gamma\Phi\gamma}'(\underline{I}-\underline{\beta})^{-1}{}'$

Kovarianzmatrix der unabhängigen Variablen

(4) $\underline{\Phi}=\underline{\xi\xi}'$

Für die Parameterschätzung ist allerdings nur die Kovarianzmatrix $\underline{\Sigma}$ der beobachteten Variablen von Bedeutung. Diese ergibt sich als Supermatrix aus den obigen Matrizen, wobei zuvor durch Prä- bzw. Postmultiplikation mit speziellen Selektionsmatrizen $\underline{D}_x$ und $\underline{D}_y$ die beobachteten unabhängigen und abhängigen Variablen aus der Menge aller unabhängigen und abhängigen Variablen ausgewählt werden.
Als endgültige Form für $\underline{\Sigma}$ erhält man

(5) $\underline{\Sigma}=\underline{G}(\underline{I}-\underline{B})^{-1}\underline{\Gamma\Phi\Gamma}'(\underline{I}-\underline{B})^{-1}{}'\underline{G}'$

wobei
$\underline{G}$: partitionierte Supermatrix mit Zeilen $(\underline{G}_y,\underline{0})$ und $(\underline{0},\underline{G}_x)$;
$\underline{B}$: partitionierte Supermatrix mit Zeilen $(\underline{\beta},\underline{0})$ und $(\underline{0},\underline{0})$;
$\underline{\Gamma}$: partitionierte Supermatrix mit $\underline{\Gamma}=(\underline{\gamma}',\underline{I})$.

2.3. Schätzverfahren

Die Parameterschätzung auf der Basis von Kovarianzstrukturen geschieht i.A. dadurch, daß eine Diskrepanzfunktion zwischen empirischer (Stichproben-)Kovarianzmatrix $\underline{S}$ und theoretischer Kovarianzmatrix $\underline{\Sigma}$ minimiert wird. Eine Diskrepanzfunktion ist dabei als eine skalarwertige Funktion zweier symmetrischer Matrizen $\underline{S}$ und $\underline{\Sigma}$ definiert, die den folgenden Bedingungen genügt:

(1) $F(\underline{S},\underline{\Sigma})\geq 0$;
(2) $F(\underline{S},\underline{\Sigma})=0$ genau dann, wenn $\underline{S}=\underline{\Sigma}$;
(3) $F(\underline{S},\underline{\Sigma})$ ist zweifach differenzierbare Funktion von $\underline{S}$ und $\underline{\Sigma}$.

In EQS ist $\underline{\Sigma}$ wie in Gl (5) definiert. Die speziellen in EQS verwendeten Schätzverfahren basieren auf einem vereinheitlichten GLS (Generalized Least Squares) bzw. 'minimum chi-square'-Ansatz. Dabei wird die folgende Diskrepanzfunktion für verschiedene Arten von Gewichtsmatrizen $\underline{W}$ minimiert:

(6) $$F(\underline{S},\underline{\Sigma}(\hat{\underline{\theta}}))=(\underline{s}-\sigma(\hat{\underline{\theta}}))'\underline{W}(\underline{s}-\sigma(\hat{\underline{\theta}})$$

wobei

$\underline{\Sigma}(\hat{\underline{\theta}})$: die als matrixwertige Funktion eines Parametervektors aufgefaßte angepaßte Kovarianzmatrix;

$\underline{W}$: irgendeine positiv definierte Matrix;

$\underline{s}$: Vektor der einfach gezählten Elemente der empirischen Kovarianzmatrix $\underline{S}$;

$\sigma(\hat{\underline{\theta}})$: Vektor der geschätzten einfach gezählten Parameter der angepaßten Kovarianzmatrix $\underline{\Sigma}(\hat{\underline{\theta}})$.

Ein besonderes Kennzeichen von EQS - jedenfalls noch zum gegenwärtigen Zeitpunkt - ist das, daß es asymptotisch effiziente Schätzungen nicht nur unter Normalverteilungsbedingungen, sondern auch unter verallgemeinerten Verteilungsbedingungen gestattet. Diese Verteilungsbedingungen sind die von elliptischen Verteilungen und von arbiträren Verteilungen. Elliptische Verteilungen (vgl. Muirhead 1982) zeichnen sich dadurch aus, daß ihre Marginalverteilungen gleiche Kurtosis aufweisen. Die Klasse der elliptischen Verteilungen schließt die multivariate Normalverteilung, die multivariate t-Verteilung und gewisse kontaminierte Normalverteilungen (zum Begriff der kontaminierten Normalverteilung vgl. Muirhead 1982, 33) ein. Für jede der genannten Verteilungsbedingungen ergibt sich für die durch Gl. (6) definierte Diskrepanzfunktion eine besondere Form,und für jede dieser Bedingungen lassen sich durch Auswahl spezieller Gewichtsmatrizen $\underline{W}$ LS-Schätzer, GLS-Schätzer und RLS (Reweighted Least Squares)-Schätzer ableiten. Letztere basieren auf der kontinuierlichen Verbesserung der Gewichtsmatrizen aufgrund der sich im Verlauf des Iterationsprozesses verbessernden Parameterschätzungen. Tabelle 1 enthält die verschiedenen Formen von (6) und die verschiedenen Arten von Gewichtsmatrizen für die verschiedenen Verteilungsbedingungen und Schätzer. Die den erwähnten Schätzverfahren zugrundeliegende statistische Theorie wurde vor allem durch Browne (1982, 1984) entwickelt. ALS und ARLS-Schätzer sind in EQS z.Zt. noch nicht realisiert. Die elliptischen Schätzungen erfordern die Schätzung des Kurtosis-Parameters κ, der die Steilheit bzw. Flachheit der Enden einer multivariaten Verteilung relativ zur multivariaten Normalverteilung beschreibt (vgl. Browne 1982, 1984; Mardia 1970, 1974). EQS bietet hier verschiedene Alternativen an, wovon eine als Voreinstellung berechnet wird. RLS-Schätzungen führen zu ML (Maximum Likelihood)-Schätzern.

Tabelle 1: Definition der in EQS verwendeten Schätzer

	Normalverteilung	Elliptische Verteilung	Arbiträre Verteilung
$F(\underline{S}, \underline{\Sigma}(\underline{\hat{\theta}}))$	$= 2^{-1} tr((\underline{S} - \underline{\Sigma}(\underline{\hat{\theta}}))\underline{W}_2)^2$	$2^{-1}(\kappa+1)^{-1} tr((\underline{S} - \underline{\Sigma}(\underline{\hat{\theta}}))\underline{W}_2)^2$ $-\delta(tr(\underline{S} - \underline{\sigma}(\underline{\hat{\theta}}))\underline{W}_2^2$	$= (\underline{s} - \sigma(\underline{\hat{\theta}}))' \underline{W}(\underline{s} - \underline{\sigma}(\underline{\hat{\theta}}))$
Least Squares	$\underline{W}_2 = \underline{I}$ (LS)	$\underline{W}_2 = \underline{I}$ (ELS)	- - - (ALS)
Generalized Least Squares	$\underline{W}_2 = \underline{S}^{-1}$ (GLS)	$\underline{W}_2 = \underline{S}^{-1}$ (EGLS)	$\underline{W} = \underline{V}^{-1}$ (AGLS)
Reweighted Least Squares	$\underline{W}_2 = \underline{\hat{\Sigma}}^{-1}$ (RLS=ML) ($\underline{\hat{\Sigma}} : \underline{\Sigma}(\underline{\hat{\theta}})$ iterativ verbessert)	$\underline{W}_2 = \underline{\hat{\Sigma}}^{-1}$ (ERLS) ($\underline{\hat{\Sigma}} : \underline{\Sigma}(\underline{\hat{\theta}})$ iterativ verbessert)	- - - (ARLS)

Erläuterungen:

$\kappa = \sigma_{iiii}/3\sigma_{ii}^2 - 1$ (Kurtosis-Parameter)

$\sigma_{ijkl} = E(x_i - \mu_i)(x_j - \mu_j)(x_k - \mu_k)(x_l - \mu_l)$ (Produktmoment 4-ter Ordnung um den Populationsmittelwert μ)

$s_{ijkl} = (n+1)^{-1} \sum_1^{n+1} (x_{it} - \bar{x}_i)(x_{jt} - \bar{x}_j)(x_{kt} - \bar{x}_k)(x_{lt} - \bar{x}_l)$ (Produktmoment 4-ter Ordnung der empirischen Verteilung um den Mittelwert $\bar{x}$)

$\delta = \kappa/4(\kappa+1)^2 + 2p\kappa(\kappa+1)$ (p:Anzahl der beobachteten Variablen)

$\underline{V}$: Matrix mit Elementen $v_{ij}, v_{kl} = s_{ijkl} - s_{ij}s_{kl}$

2.4. Anpassungsindizes

Zur Evaluation der Modelle berechnet EQS die folgenden Anpassungsindizes:

- $\chi^2 = nF(S, \underline{\Sigma}(\hat{\underline{\theta}}))$ bei df=(p(p+1)/2)-q Freiheitsgraden (q: Anzahl der Parameter) für GLS, ML (=RLS), EGLS und ERLS, wobei F=Minimum.

- den inkrementellen Anpassungsindex von Bentler und Bonett (1980):

$$\rho = \frac{(\chi^2/df)_o - (\chi^2/df)_k}{(\chi^2/df)_o}$$

  wobei $(\chi^2/df)_k$ den Wert χ^2/df für das zu evaluierende eingeschränkte Modell und $(\chi^2/df)_0$ den Wert χ^2/df für das Null-Modell (Null-Modell: Modell mit vollständiger Unabhängigkeit zwischen den beobachteten Variablen) darstellen.

  wird für GLS, ML, EGLS und ERLS berechnet.

- den Anpassungsindex

$$f_1 = 1 - F(\underline{S}, \underline{\Sigma}(\hat{\underline{\theta}}) / \underline{s}'\hat{\underline{W}}\underline{s}$$

bzw.

$$\bar{f}_1 = 1 - (\frac{t}{d})(1 - f_1)$$

(t: Länge von $\underline{s}$; d: Anzahl der Freiheitsgrade)

  wobei F an der Stelle $\hat{\underline{\theta}}$ berechnet wird und $\hat{\underline{W}}$ die endgültige Gewichtsmatrix darstellt, wenn $\underline{W}$ iteriert wird.

  Dieser Anpassungsindex wird für AGLS berechnet.

3. ANWENDUNGSBEISPIEL: DIE STRUKTUR VON WERTVORSTELLUNGEN ÜBER BERUFLICHE UMWELT

Einen beträchtlichen Teil seines Lebens verbringt der Mensch in ganz bestimmten Umwelten: den Berufs- oder Arbeitsumwelten, so daß man davon ausgehen kann, daß das Ausmaß, in dem er in diesen Umwelten Zufriedenheit erlebt, einen wesentlichen Aspekt seiner Lebensqualität ausmacht. Eine besondere Rolle bei der Erklärung dieser Zufriedenheit, die man zumeist auch als Arbeitszufriedenheit bezeichnet, spielen die Wertvorstellungen, mit denen der Mensch diesen Umwelten gegenübertritt; denn sie bestimmen den Bereich möglicher Gratifikationen, die er in der Interaktion mit diesen Umwelten erhalten kann. In diesem Sinne betrachtet Kalleberg (1977) die berufliche Zufriedenheit als eine allumfassende Einstellung, die Menschen gegenüber ihrem Beruf (ihrer beruflichen Umwelt) haben. Diese affektive Bewertung wird seiner Meinung nach im wesentlichen durch zwei Hauptfaktoren bestimmt: berufliche Belohnungen (job rewards) und Berufswerte (job values). Letztere spiegeln nicht nur die Wichtigkeit wider, die Individuen mögliche Belohnungen zusprechen, sondern darüber hinaus die 'Zentralität der Arbeit im eigenen Leben und für die eigene Identität'. Damit sieht er die Arbeitszufriedenheit im Spannungsfeld zwischen den angestrebten und realisierten persönlichen Zielen. Erstere spiegeln sich in den Wertvorstellungen zur beruflichen Arbeit, also den Berufswerten, wider. Unausgesprochen liegt diesem Zufriedenheitsmodell die ökologische Annahme zugrunde, daß die Zufriedenheit eines Individuums mit seiner (beruflichen) Umwelt sehr stark von dem Ausmaß an Kongruenz zwischen Persönlichkeit und Umwelt abhängt (vgl. hierzu Holland 1966; Oppenheimer 1966; Pervin 1974).

Wiederholte Analysen verschiedener Datensätze (vgl. Mortimer & Lorence 1979; Schmidt 1983; Faulbaum 1983; Lindsay & Knox 1984) haben immer wieder zur Identifikation von drei, den Bewertungen von Aspekten beruflicher Umwelt zugrundeliegenden, Konstrukten geführt, die man in Anschluß an Rosenberg (1957) als Extrinsische Orientierung, Intrinsische Orientierung und Soziale Orientierung (Rosenberg: Menschenorientierung) bezeichnen könnte. Das Konstrukt der Extrinsischen Orientierung ist vor allem durch den Leistungsaspekt gekennzeichnet und durch Werte wie Sicherheit des Berufs, gesellschaftliche Anerkennung, hohes Einkommen und Aufstiegsmöglichkeiten. Das Konstrukt der Intrinsischen Orientierung besitzt als klare Indikatoren die Werte Interessantheit des Arbeitsplatzes, Selbständigkeit bei der Arbeit und verantwortungsvoller Aufgabenbereich. Die Soziale Orientierung schließlich ist charakterisiert durch Werte wie menschlicher Kontakt, Gelegenheit, anderen zu helfen sowie Nützlichkeit für die Gesellschaft.

Unser EQS-Beispiel bezieht sich auf die Analyse des Datensatzes der Allgemeinen Bevölkerungsumfrage der Sozialwissenschaften 1982 (ALLBUS 1982), bei der die folgenden Berufswerte auf einer 7-stufigen Kategorialskala hinsichtlich ihrer Wichtigkeit für den Beruf und die berufliche Arbeit eingestuft werden sollten:

Sichere Berufsstellung (SICHER)
Hohes Einkommen (EINKOM)
Gute Aufstiegsmöglichkeiten (AUFSTG)
Ein Beruf, der anerkannt und geachtet wird (GEACHT)
Ein Beruf, der einem viel Freizeit läßt (FRZEIT)
Interessante Tätigkeit (INTER)
Eine Tätigkeit, bei der man selbständig arbeiten kann (SELBST)
Aufgaben, die viel Verantwortungsbewußtsein erfordern (VERANT)
Viel Kontakt zu anderen Menschen (KONTKT)
Ein Beruf, bei dem man anderen helfen kann (HELFEN)
Ein Beruf, der für die Gesellschaft nützlich ist (NUETZL)
Gibt mir das Gefühl, etwas Sinnvolles zu tun (SINNVL)
Sichere und gesunde Arbeitsbedingungen (BEDING)

Die Angaben in Klammern stellen die gewählten Abkürzungen dar. Aufgrund von exploratorischen Faktorenanalysen und von Tests verschiedener Meßmodelle für die Einzelkonstrukte (vgl. Faulbaum 1983) ergaben sich für die einzelnen Konstrukte die folgenden klaren Indikatoren:

1. <u>Extrinsische Orientierung</u>

   Sichere Berufsstellung
   Hohes Einkommen
   Gute Aufstiegsmöglichkeiten
   Ein Beruf, der anerkannt und geachtet wird

2. <u>Intrinsische Orientierung</u>

   Interessante Tätigkeit

Eine Tätigkeit, bei der man selbständig arbeiten kann
Aufgaben, die viel Verantwortungsbewußtsein erfordern

3. <u>Soziale Orientierung</u>

Viel Kontakt zu anderen Menschen
Ein Beruf, bei dem man anderen helfen kann
Ein Beruf, der für die Gesellschaft nützlich ist

Eine konfirmatorische Faktorenanalyse mit diesen drei Konstrukten und ihren Indikatoren wurde mit Hilfe des folgenden EQS-Programms realisiert, wobei als Schätzmethoden ML, GLS und EGLS verwendet wurden*:

```
/TITLE
KONFIRMATORISCHE FAKTORENANALYSE BERUFSWERTE
/SPECIFICATIONS
CAS=1488;VAR=13;ME=ML;MA=RAW;UN=9;FO='13F2.0)';
/LABELS
V1=SICHER;V2=EINKOM;V3=AUFSTG;V4=GEACHT;V5=FRZEIT;V6=INTER;
V7=SELBST;V8=VERANT;V9=KONTKT;V10=HELFEN;V11=NUETZL;V12=
SINNVL;V13=BEDING;
F1=EXT;F2=INT;F3=SOZ;
/EQUATIONS
V1=F1+E1;
V2=.8*F1+E2;
V3=.8*F1+E3;
V4=.7*F1+E4;
V6=F2+E6;
V7=.8*F2+E7;
V8=.7*F3+E8;
V9=F3+E9;
V10=.9*F3+E10;
V11=.8*F3+E11;
/VARIANCES
E1 TO E4=.2*;
E6 TO E11=.3*;
```

* Die Analysen wurden mit einer vorläufigen EQS-Version durchgeführt.

```
/COVARIANCES
F1,F2=.6*;
F1,F3=.3*;
F2,F3=.6*;
/END
```

Wie aus einer Inspektion dieses Programms hervorgeht, haben wir bei unserer konfirmatorischen Analyse die Fehlerkovarianzen 0 gesetzt. Aus Identifikationsgründen wurde jeweils die Ladung des ersten Indikators eines Kontrukts auf 1.0 fixiert. Tabelle 2 zeigt die Anpassungsindizes für die einzelnen Schätzverfahren. Die Tabelle zeigt nicht befriedigende ^{2}-Werte. Dennoch bewegen sie sich in einer Größenordnung, die für derartige Analysen zu erwarten ist (vgl. Lindsay & Knox 1984). Es läßt sich außerdem zeigen, daß sich durch sukzessives Freisetzen von Fehlerkovarianzen die Anpassung perfektionieren läßt. Leider sind die Fehlerkovarianzen in diesem Fall schlecht inhaltlich zu interpretieren. Schmidt (1983) zeigt, wie die weitere Annahme eines Methodenfaktors zu einer Verbesserung der Modellanpassung führt. Augenfällig ist, daß die Verallgemeinerung der Verteilungsbedingung zu einer stark verbesserten Anpassung führt. Die Bentler-Bonett-Indizes sind durchweg sehr hoch, was darauf hindeutet, daß unser Modell relativ zum 'Nullmodell' unter der Unabhängigkeitsannahme eine bedeutsame Anpassungsverbesserung bringt. Sobel und Bohrnstedt (1985) weisen darauf hin, daß das Nullmodell unter der Unabhängigkeitsannahme nur im rein exploratorischen Fall ein geeignetes Vergleichsmodell darstellt. In substantiellen Kontexten dagegen sollte das Nullmodell unter theoretischen Gesichtspunkten und unter Berücksichtigung des a-priori-Wissens festgelegt werden.

Die Tabellen 3 und 4 zeigen die Faktorenladungen, Fehlervarianzen und Konstruktkorrelationen der standardisierten Lösung, die bei EQS im Gegensatz zu LISREL von einer Standardisierung aller Variablen ausgeht. Eine Inspektion der Tabellen zeigt, daß sich zwischen der ML-Lösung und den Lösungen unter GLS und EGLS nur relativ geringfügige Unterschiede ergeben. Die Werte für GLS und EGLS sind identisch.

Tabelle 2: Anpassungsindizes

	ML	GLS	EGLS
χ^2 (df=32)	410.326 (P .001)	411.591 (P .001)	299.082 (P .001)
BENTLER-BONETT (normiert)	.946	.991	.993
BENTLER-BONETT (nicht normiert)	.929	.988	.991

Tabelle 3: Faktorenladungen (λ_i) und Fehlervarianzen (ε_i^2) (standardisierte Lösung)

	ML		GLS		EGLS	
	λ_i	ε_i^2	λ_i	ε_i^2	λ_i	ε_i^2
EXT						
SICHER	.761	.649	.755	.656	.755	.656
EINKOM	.685	.728	.692	.722	.692	.722
AUFSTG	.837	.547	.839	.545	.838	.545
GEACHT	.767	.642	.778	.628	.778	.628
INT						
INTER	.821	.571	.827	.562	.827	.562
SELBST	.824	.566	.827	.562	.827	.562
VERANT	.787	.616	.799	.602	.799	.602
SOZ						
KONTKT	.644	.765	.686	.727	.686	.727
HELFEN	.845	.535	.838	.546	.838	.546
NUETZL	.786	.619	.786	.619	.786	.618

Tabelle 4: Konstruktkorrelationen

	ML			GLS		
	EXT	INT	SOZ	EXT	INT	SOZ
EXT	1.000	-	-	1.000	-	-
INT	.745	1.000	-	.792	1.000	-
SOZ	.494	.625	1.000	.535	.674	1.000

	EGLS		
	EXT	INT	SOZ
EXT	1.000	-	-
INT	.792	1.000	-
SOZ	.534	.674	1.000

Inhaltlich zeigt sich vor allen die hohe Bedeutung des Items 'Gute Aufstiegsmöglichkeiten' für das Konstrukt 'Extrinsische Orientierung' und des Items 'Ein Beruf, bei dem man anderen helfen kann' für das Konstrukt 'Soziale Orientierung'. Die hohen Konstruktkorrelationen deuten an, daß sich die verschiedenen Orientierungen im Bewußtsein der Individuen keineswegs ausschließen und daß Menschen in ihren Wertvorstellungen über berufliche Umwelt offenbar gleichzeitig verschiedene Orientierungen verwirklichen.

4. LITERATUR

Bentler, P.M. (1983): Simultaneous equation systems as moment structure models, Journal of Econometrics, 22, 13-42.

Bentler, P.M. (1984): Theory and Implementation of EQS. A structural equations program. Manual for Program Version 1.0, BMDP Statistical Software Inc., Los Angeles, Cal.

Bentler, P.M. (1986): EQS - ein Ansatz zur Analyse von Strukturgleichungsmodellen für normal- bzw. nichtnormalverteilte quantitative Variablen, in: C.Möbus & W.Schneider (Hg.): Strukturmodelle für Längsschnittdaten und Zeitreihen, Bern: Huber, 27-56.

Bentler, P.M.; Weeks, D.G. (1980): Linear structural equations with latent variables, Psychometrika, 45, 289-308.

Bentler, P.M.; Weeks, D.G. (1982): Multivariate analysis with latent variables, in: P.R.Krishnaiah & L.Kanal (eds.): Handbook of statistics, Vol.2, Amsterdam: North Holland, 747-771.

Browne, M.W. (1982): Covariance structures, in: D.H.Hawkins (ed.): Topics in applied multivariate analysis, London: Cambridge University Press, 72-141.

Browne, M.W. (1984): Asymptotically distribution free methods in the analysis of covariance structures, British Journal of Mathematical and Statistical Psychology, 37, 62-83.

Faulbaum, F. (1983): Konfirmatorische Analysen der Reliabilität von Wichtigkeitseinstufungen beruflicher Merkmale, ZUMA-Nachrichten, Heft 13, 22-44.

Faulbaum, F. (1984): EQS: BMDP's Antwort auf LISREL, ZUMA-Nachrichten, Heft 15, 72-82.

Faulbaum, F. (1986): Programme zur Anpassung von Strukturgleichungsmodellen mit latenten Variablen: Eine vergleichende Darstellung von LISREL und EQS, in: W.Lehmacher & A.Hörmann (Hg.): Software-Konferenz, Stuttgart-New York: Gustav Fischer Verlag, 165-177.

Holland, J. (1966): The psychology of vocational choice, Waltham, Mass.: Blaisdell.

Kalleberg, A.L. (1977): Work values and job rewards: A theory of job satisfaction, American Sociological Review, 42, 124-143.

Jöreskog, K.G.; Sörbom, D. (1981): LISREL V user's guide, Chicago: National Education Services, Inc.

Jöreskog, K.G.; Sörbom, D. (1984): LISREL VI - analysis of linear structural relationship by the method of maximum-likelihood, Mooresville: Scientific Software, Inc.

Lindsay, P.; Knox, W.E. (1984): Continuity and change in work values among young adults: A longitudinal study, American Journal of Sociology, 89, 918-931.

Lohmöller, J.-B. (1984): LVPLS. Program Manual, Köln: Zentralarchiv für Empirische Sozialforschung.

Mardia, K.V. (1970): Measures of multivariate skewness and kurtosis with applications, Biometrika, 57, 519-530.

Mardia, K.V. (1974): Applications of some measures of multivariate skewness to testing normality and to robustness studies, Sankhya, Series B, 36, 115-128.

Muirhead, R.J. (1982): Aspects of multivariate statistical theory, New York: Wiley.

Oppenheimer, E.A. (1966): The relationship between certain self-constructs and occupational preference, Journal of Counseling Psychology, 13, 191-197.

Pervin, L.A. (1974): Performance and satisfaction as a function of individual-environment fit, in: R.H. Moos & P.M. Insel (eds.): Issues in social ecology. Human milieus, Palo Alto, Cal.: National Press Books, 569-587.

Rosenberg, M. (1957): Occupations and values, Glencoe, Ill.: Free Press.

Schmidt, P. (1983): Messung von Arbeitsorientierungen: Theoretische Fundierung und Test alternativer kausaler Modelle, Analyse und Kritik, 5, 115-153.

Sobel, M.E.; Bohrnstedt, G.W. (1985): Use of null models in evaluating the lit of covariance structure models, in: N.B.Tuma (ed.): Sociological methodology 1985, San Francisco: Jossey-Bass Publ.

[15]

Jan-Bernd Lohmöller

Die PLS-Methode für Pfadmodelle mit latenten Variablen - Analysen zur Nutzung ökologischer Information

Die gängigen Methoden zur Kausalanalyse mit parametrischen Tests stellen zum Teil hohe Anforderungen an die Verteilungsform der Variablen. Demgegenüber sind die Forderungen an die Datenqualität bei Kleinster-Quadrate-Schätzung gering. Am Beispiel des Umwelt- und Konsumbewußtseins von Studenten wird die Methodik des Partial-Kleinstquadrat-Ansatzes dargestellt und eine Einführung in das Programmsystem LVPLS gegeben. Zum Vergleich werden die Ergebnisse mit dem LISREL-Ansatz geschätzt.

Was häufig als das LISREL-Modell bezeichnet wird, sollte einen allgemeinen Namen haben, unter den auch andere methodische Entwicklungen des letzten Jahrzehnts subsumiert werden können, und es wird vorgeschlagen, den Namen LVP-Modell (latent variables path model, Pfadmodell mit latenten Variablen) zu verwenden. Dieser Name verweist auf die beiden entscheidenden Zutaten des Modells, nämlich auf die Unterscheidung zwischen manifesten und latenten Variablen (MVs und LVs), und auf die Gerichtetheit der Beziehungen im Pfadmodell, die damit einer kausalen Interpretation zugänglich sind. Das LVP-Modell, als Kombination von Pfadmodell und Faktorenmodell, wurde nach Bentler (1980, 1985) unabhängig voneinander und gleichzeitig von Jöreskog, Keesling und Wiley im Jahre 1973 vorgestellt. Näheres zu den Varianten von LVP-Modellen in Abschnitt 1.

Die Entwicklung eines LVP-Modells für einen bestimmten Gegenstandsbereich wie die Umweltforschung läßt sich darstellen als eine schrittweise Abfolge von Festlegungen und Spezifikationen (siehe Abschnitt 2). Die ersten Schritte der Modellspezifikation sind dabei stark vom bisherigen Theoriebestand der Disziplin geleitet, und der Forscher wird diesem Kern seines Modells eine höhere Chance geben, die Konfrontation mit den Daten zu bestehen und Bestätigung zu finden. Die weiteren Schritte der Modellspezifikation sind häufig mehr von der Verfügbarkeit einer statistischen Methode oder eines Computerprogramms diktiert als von der Substanzwissenschaft. Der Forscher wird diese Teile seines Modells nur mit halbem Herzen rechtfertigen und verteidigen, insbesondere, wenn ihm deutlich vor Augen steht, daß seine Beobachtungseinheiten (Jahre, Gebiete, Personen, Organisationen) nicht unabhängig voneinander sind, nicht alle Stichprobenelemente aus ein und derselben Population sind - sofern er denn überhaupt eine Population mit spezifizierter Verteilung angeben kann.

In diesem Artikel wird die Partialkleinstquadratmethode (Partial Least Squares, PLS) für die Analyse von LVP-Modellen vorgestellt. Die PLS-Methode der Modellspezifikation und der PLS-Algorithmus der Parameterschätzung wurden von Herman

Wold (1975, 1982a, 1982b, 1986) entwickelt. Als Computerprogramm für die Datenanalyse wird PLS 1.8 (früher LVPLS 1.6, Lohmöller 1981) verwendet. Das PLS-Verfahren stimmt mit den anderen Schätzverfahren für LVP-Modelle in der Formulierung des Modellkerns (siehe Abschnitt 2, S1) überein, hebt sich aber von den anderen Verfahren dadurch ab, daß die Zusatzannahmen geringere Anforderungen an die Daten stellen und häufig realistischer sein dürften. Das PLS-Verfahren empfiehlt sich häufig in interdisziplinären Ansätzen wie der Umweltforschung, in denen die Theorien schwach entwickelt, die Konzepte von unsicherer Validität, die Meßinstrumente von ungesicherter Reliabilität, die Beobachtungseinheiten in ungewisser Relation (Repräsentativität, Unabhängigkeit) zur Aussagengesamtheit stehen. Der Beitrag von Apel und Lohmöller in diesem Bande steht exemplarisch für ein Modell mit extrem ungünstiger Theorie- und Datenlage, ohne daß jedoch die Anwendungsbedingungen von PLS verletzt sind.

Auf die unterschiedlichen Voraussetzungen von PLS und LISREL (als dem Prototypen der anderen LVP-Verfahren) wird in Abschnitt 2 eingegangen; die daraus resultierenden Unterschiede in den Parameterschätzungen werden in Abschnitt 3 diskutiert; in Abschnitt 4 wird das für PLS zugeschnittene Verfahren des globalen Modelltests, der Stone-Geisser-Test, dargestellt. In Abschnitt 5 wird auf das Programmsystem PLS hingewiesen. Die zweite Hälfte dieses Beitrags befaßt sich mit einem Sonderproblem, der Behandlung von kategorialen Variablen. Die unterschiedlichen Ansätze, die in Abschnitt 6 dargestellt werden, können zu durchaus unterschiedlichen Ergebnissen führen, wie ihre Anwendung auf die Daten und das Modell von Balderjahn (in diesem Band) zeigen.

1. DAS LVP-MODELL

Unter einem Modell verstehen wir in diesem Abschnitt 1 das, was in Abschnitt 2 in Spezifikation S1 präziser die Modellrelation genannt wird. Nicht viel mehr als diese Modellrelation ist in den meisten Anwendungen von inhaltlichen Gesichtspunkten her festgelegt. Was in Abschnitt 2 an weiteren Spezifikationen zur Modellrelation hinzugefügt wird, um daraus ein vollständiges Modell mit deduktiven und induktiven Eigenschaften zu machen, ist weniger ein Problem der Substanzwissenschaft als der Statistik.

Bei der Notation des LVP-Modells gibt es Unterschiede, je nachdem ob zwischen manifesten und latenten (oder äußeren und inneren) Variablen, zwischen endogenen und exogenen, zwischen Residual- und Substantialvariablen differenziert wird. Von den acht möglichen Kombinationen dieser drei Unterscheidungen sind nur sieben sinnvoll, weil es exogene innere Residuen nicht gibt (oder diese mit den exogenen LVs identisch zu setzen sind). Genau diese sieben Variablenmengen sind im LISREL-Modell (Jöreskog 1973) notationsmäßig unterschieden mit x, y, ξ, η, δ, ε, ζ bezeichnet. Bentler und Weeks (1980) fassen die Variablen in zwei Mengen zusammen; die nicht weiter reduzierbaren Variablen $\xi, \delta, \varepsilon, \zeta$ nennen sie exogen, und die von diesen abhängigen Variablen x, y, η nennen sie endogen: eine mißverständliche und unglückliche Nomenklatur. Das Bentler-Weeks-Modell hat Vorteile für die statistische und programmtechnische Behandlung, nicht aber für den Anwender.

Im PLS-Modell (Wold 1975) und im EQS-Modell (Bentler 1984) wird die Unterscheidung zwischen endogenen und exogenen Variablen in der Notation nicht ausgedrückt (siehe hier Gleichungen (1) und (2)); diese Modelle entsprechen einem NO-X-Modell in LISREL. Im RAM-Modell (McArdle 1979; McArdle & McDonald 1984) wird in der Notation kein Unterschied zwischen MVs und LVs gemacht. Die RAM-Modellgleichung heißt $v = Av+u$, und eine Gleichung von genau dieser Struktur ergibt sich, wenn die beiden PLS-Modellgleichungen (1) und (2) in eine einzige Gleichung zusammengefaßt werden, siehe Gleichung (3). Im AnWaR-Programm (Lohmöller 1982), ein 300-zeiliges Fortran-Programm für PLS-Schätzungen auf Microcomputern, gibt es nur eine einzige Variablenmenge, in der LVs, MVs und Residuen vermischt sind.

Die unterschiedlichen Notationen haben unterschiedliche Vorteile. Die differenzierte LISREL-Notation zwingt den Benutzer, sich über die Natur seiner Variablen klar zu werden. Wenn der Unterschied zwischen MVs und LVs nicht explizit notiert wird, lassen sich beliebige Hierarchien von LVs spezifizieren, was die Motivation für die RAM- und AnWaR-Notation ist. EQS- und PLS-Notation nehmen eine mittlere Position ein, was die Unterstützung des Benutzers bei "Anfängermodellen" und die Flexibilität für unkonventionelle Modelle angeht.

2. STUFEN DER MODELLSPEZIFIKATION BEI PLS UND LISREL

Der Weg von einer inhaltsbezogenen Vorstellung von einem Modell zu einem schätzbaren mathematisch-statistischen Modell läßt sich darstellen als eine Abfolge von Stufen. Diese Stufen sollen hier so dargestellt werden, daß deutlich wird, wie weit die Spezifikation von LISREL- und PLS-Modellen übereinstimmen, und wo sie sich unterscheiden.

S1: Die Modellrelationen. Die Beziehungen zwischen den Variablen des Modells lassen sich durch zwei Gleichungssysteme darstellen, durch das innere Gleichungssystem (Pfadmodell, Kernmodell, nomologisches Modell), das die LVs η_j als abhängig von ihren Erklärungsvariablen zeigt,

$$\eta_j = \sum_i \beta_{ji}\eta_i + \upsilon_j \qquad \boldsymbol{\eta} = \mathbf{B}\boldsymbol{\eta} + \boldsymbol{\upsilon}, \tag{1}$$

und durch das äußere Gleichungssystem (Meßmodell, Faktormodell), das die MVs als beeinflußt durch die LVs zeigt,

$$y_k = \sum_j \pi_{kj}\eta_j + \varepsilon_k \qquad \mathbf{y} = \boldsymbol{\Pi}\boldsymbol{\eta} + \boldsymbol{\varepsilon}, \tag{2}$$

worin die Variablen υ und ε die inneren bzw. äußeren Residualvariablen heißen. ε kann als Meßfehler ("Reliabilitätsmangel") interpretiert werden, aber diese Interpretation ist nicht so zwingend, wie es die LISREL-Literatur glauben macht. Beide Modellgleichungen lassen sich zusammenfassen in eine Gleichung, die dann die Struktur des RAM-Modells hat:

$$\begin{bmatrix} \boldsymbol{\eta} \\ \mathbf{y} \end{bmatrix} = \begin{bmatrix} \mathbf{B} & \mathbf{0} \\ \boldsymbol{\Pi} & \mathbf{0} \end{bmatrix} \begin{bmatrix} \boldsymbol{\eta} \\ \mathbf{y} \end{bmatrix} + \begin{bmatrix} \boldsymbol{\upsilon} \\ \boldsymbol{\varepsilon} \end{bmatrix}. \tag{3}$$

S2: Die ersten beiden Momente. Sind außer den Parametermatrizen B und II auch die beiden ersten Momente, d.h. die Mittelwerte und Kovarianzen, der Residualvariablen bekannt, sagen wir μ_υ=E(υ), μ_ε=E(ε),Ψ =cov(υ), Θ=cov(ε),Φ =cov($\varepsilon;\upsilon$), dann lassen sich die beiden ersten Momente der MVs daraus ableiten. Für die Kovarianz von y gilt beispielsweise:

$$\mathbf{\Sigma} = \mathbf{\Pi}(\mathbf{I}-\mathbf{B})^{-1}\mathbf{\Psi}(\mathbf{I}-\mathbf{B})^{-1\prime}\mathbf{\Pi}' + \mathbf{\Pi}(\mathbf{I}-\mathbf{B})^{-1}\mathbf{\Phi}' + \mathbf{\Phi}(\mathbf{I}-\mathbf{B})^{-1\prime}\mathbf{\Pi}' + \mathbf{\Theta} \quad (4)$$

So weit unterscheiden sich PLS und LISREL nicht. Die Spezifikationen S1, S2 reichen zusammen mit der nicht näher begründeten Verlustfunktion aus, um in LISREL die Parameter nach der ULS-Methode zu schätzen.

S3: Simulation. Wenn (nicht nur die ersten beiden Momente, sondern) die gesamte Verteilung der Residualvariablen spezifiziert ist, dann lassen sich Populationsdaten[$y= y_{kn}$] (d.h. so daß y1/N=μ_y und cov(y)=Σ ist) und Stichprobendaten (so daß y1/N=m_y und cov(y)=S ist) und Stichprobenmomente m_y, S generieren. Mit den Spezifikationen S1 und S3 hat man ein vollständiges deduktives Modell. Ein solches Modell erklärt, durch was für einen Prozeß die beobachteten Daten entstanden sind, und es kann benutzt werden, um Daten zu simulieren. Es wird angemerkt, daß S3 nicht erforderlich ist für PLS-Schätzungen, wohl aber, um Simulationsexperimente mit PLS zu machen.

S4: Bedingte Erwartungen. Für die Gleichungssysteme (1) und (2) werden die bedingten Erwartungen spezifiziert:

$$E(\eta_j | \eta_i) = \textstyle\sum_i \beta_{ji}\eta_i \quad (5)$$

$$E(y_k | \eta_j) = \textstyle\sum_j \pi_{kj}\eta_j \quad (6)$$

Das impliziert die Annahmen, daß Prädiktor und Residualvariable unkorreliert sind:

$$\mathrm{cov}(\eta_j;\upsilon_i) = 0 \quad \Leftarrow \quad \beta_{ji} \neq 0 \quad (7)$$

$$\mathrm{cov}(\eta_j;\varepsilon_k) = 0 \quad \Leftarrow \quad \pi_{jk} \neq 0 \quad (8)$$

Es sind somit genau so viele Nullkorrelationen impliziert, wie das Modell Parameter enthält. Ferner ist impliziert, daß die Residualvarianzen minimal sind - bei gegebenen latenten

Variablen.

Das mathematisch-statistische Konzept der bedingten Erwartung kann für drei unterschiedliche, sich nicht ausschließende Anwendungen benutzt werden:

(a) Für den praktischen Zweck der Prädiktion: E(y/x) ist derjenige Teil der empirischen Information über y, der aus x prädiziert (rekonstruiert, prognostiziert) werden kann, wobei der Prädiktionsfehler im Mittel gleich Null und im quadratischen Mittel minimal ist.

(b) Für den theoretischen Zweck der strukturellen Erklärung: x ist die Randbedingung, die zusammen mit dem spezifizierten Gesetz, z.B. $E(y/x=\alpha+\beta x$ das Explanans y erklärt. (In diesem Sinne heißen die Parameter auf der rechten Seite von Gleichung (5) und (6) die strukturellen Parameter.)

(c) Für den theoretischen Zweck der kausalen Erklärung: das strukturelle Erklärungsgesetz in (b) wird als ein kausales interpretiert.

PLS und LISREL unterscheiden sich nicht bezüglich der Spezifikation bedingter Erwartungen, die in LISREL-Darstellungen allerdings selten explizit gemacht werden, sondern bezüglich der Motivation für ihre Anwendung. In PLS ist die Anwendung der bedingten Erwartungen überwiegend durch die prädiktiven Absichten motiviert; die bedingte Erwartung wird "der Prädiktor" genannt, und die Aufstellung der Postulate (5) und (6) heißt Prädiktorspezifikation. In LISREL überwiegt die Absicht, eine strukturelle Erklärung für den Zusammenhang der beobachteten Variablen zu geben.

S5: Gesamte Verteilung. Wenn die gesamte Verteilung von υ,ε als multivariat normalverteilt spezifiziert wird, beispielsweise

$$\begin{bmatrix} \boldsymbol{\upsilon} \\ \boldsymbol{\varepsilon} \end{bmatrix} \sim N\left(\begin{bmatrix} \mathbf{0} \\ \mathbf{0} \end{bmatrix}, \begin{bmatrix} \boldsymbol{\Psi} & \mathbf{0} \\ \mathbf{0} & \boldsymbol{\Theta} \end{bmatrix}\right), \qquad (9)$$

und wenn ferner eine Stichprobe von unabhängigen Replikationen aus dieser Verteilung vorliegt, kann die Wahrscheinlichkeit berechnet werden, daß die Stichprobenkovarianz S aus der Population Σ stammt. Und es können die Parameter B, II,

Ψ, Θ so geschätzt werden, daß die Stichprobenkovarianz die höchste Wahrscheinlichkeitsdichte (maximum likelihood, ML) hat. Die Spezifikation der gesamten Verteilung schließt alle vorangehenden Spezifikationen S1..S4 mit ein. Wohlgemerkt, das Stringente an der Spezifikation S5 ist nicht die Normalverteilung, die hier nur als Beispiel angeführt ist, sondern die Annahme, daß die Beobachtungseinheiten "iid" (independent and identically distributed) sind. Während in S3 jede Variable einem anderen Verteilungstyp folgen darf, ist S5 insofern strenger, als alle Variablen dem gleichen Typ, etwa der Normalverteilung, folgen müssen, und zwar aus Gründen der Schätzbarkeit. Die Spezifikation der gesamten Verteilung ist notwendig für die ML- und GLS-Schätzung und daher typisch für LISREL, nicht jedoch für PLS.

S6: Fälle. In PLS werden die Beobachtungseinheiten nicht als unabhängige Replikationen aus einer Population verstanden, sondern als unaustauschbare Fälle mit individuellen Differenzen, die nicht einfach stochastische Fluktuation sind. Beispielsweise können die Beobachtungseinheiten des Modells von Apel und Lohmöller in diesem Bande, die Jahre 1965 bis 1975, nicht einfach gegen andere Jahre ausgetauscht werden. Die Fälle werden spezifiziert, indem die Gleichungen (1) und (2) erweitert werden um den fallbezogenen Index "n":

$$\eta_{jn} = \sum_i \beta_{ji}\eta_{in} + \upsilon_{jn} \qquad (10)$$

$$y_{kn} = \sum_j \pi_{kj}\eta_{jn} + \varepsilon_{kn} \qquad (11)$$

Damit ist eine zusätzliche Menge von grundlegenden Unbekannten in das Modell eingeführt, die LV-Werte η_{jn} (Faktorwerte, LV-Scores, inzidentielle Parameter). (Die Residualscores sind keine grundlegend Unbekannten, weil sie sich algebraisch ergeben, wenn die anderen Unbekannten geschätzt sind.) Es wird eine weitere Relation eingeführt, die verallgemeinerte Gewichtsrelation,

$$\eta_{jn} = \sum_k \omega_{kj} y_{kn} + \delta_{jn} \quad , \qquad (12)$$

worin die Koeffizienten ω_{kj} die LV-Gewichte sind, und der Residualwert δ_{jn} denjenigen Anteil des LV-Wertes darstellt, der nicht als ein gewichtetes Aggregat der MV-Werte darstellbar ist und der als der "Validitätsmangel" der MVs verstanden werden kann. (Ist η das psychologische Konzept der Intelligenz, und ist $\Sigma_k \omega_{kj} y_k$ der mit einem Test gemessene IQ, dann ist δ das, was der Test nicht erfaßt, sozusagen der Bedeutungsüberschuß des Begriffs und der Gültigkeitsmangel der gemessenen IQs.) Setzt man das Nichtmeßbare gleich Null, vereinfacht sich Gleichung (12) zur (gewöhnlichen) Gewichtsrelation:

$$\eta_{jn} = \sum_k \omega_{kj} y_{kn} \tag{13}$$

Während Gleichung (12) in keiner Weise restriktiv ist - eine solche Gleichung läßt sich immer aufstellen -, stellt der Übergang zu Gleichung (13) eine folgenreiche Spezifikation dar. Die Verteilung der LVs ist jetzt eine lineare Funktion der Verteilung der MVs. Die Anzahl der grundlegenden Unbekannten ist drastisch eingeschränkt: Sobald die LV-Gewichte geschätzt sind, können alle anderen Unbekannten, die fallbezogenen Werte und die strukturellen Parameter, direkt berechnet werden. Alle Unbekannten der Gleichungen (10), (11), (13) zusammen bilden ein konsistentes, widerspruchsfreies Modell. Das gilt nicht für ein LISREL-Modell, in das nachträglich die LV-Gewichte und -Werte eingeführt werden. Es lassen sich für ein LISREL-Modell keine eindeutigen LV-Werte finden, die mit den MVs und Residuen so korrelieren, wie es die "LVs ohne Scores" tun.

Ein induktives PLS-Modell umfaßt die Spezifikationen S1, S4 und S6. Diese Spezifikationen sind erforderlich, um die Parameter eines PLS-Modells schätzen zu können; nicht erforderlich sind S2, S3, S5. Ein deduktives PLS-Modell, mit dem man Simulationen machen kann, umfaßt die Spezifikationen S1 und S3, nicht aber S5.

Die Spezifikation der Fälle kann unter inhaltlichen Gesichtspunkten (kleine finite Populationen; Prädiktion und Prognose) dringend geboten sein, kann aber auch als ein bloßes Hilfsmittel eingesetzt werden, als ein Werkzeug, das das Modell in eine schätzbare Form bringt. Unter letzterem Aspekt sind die LV-Scores und die Gewichtskoeffizienten als Hilfsparameter zu verstehen, und bei der Interpretation der bedingten

Erwartungen verschiebt sich der Akzent von der Prädiktion der beobachteten Rohdaten y_{kn} zur strukturellen Erklärung der beobachteten Kovarianzen s_{kl}. Der PLS-Algorithmus kann diese unterschiedlichen Intentionen berücksichtigen durch zwei unterschiedliche Schätzmodi für die LV-Gewichte.

3. EIGENSCHAFTEN DER PLS- UND LISREL-SCHÄTZUNGEN

Aufgrund der Tatsache, daß in LISREL nur eine Parametermenge, die strukturellen Parameter, in PLS aber zwei Parametermengen, die strukturellen und die inzidentiellen Parameter, zu schätzen sind, und aufgrund der unterschiedlichen Modellspezifikationen ergeben sich Resultate mit unterschiedlichen Optimalitätseigenschaften. Die LISREL-Schätzungen reproduzieren die Kovarianzmatrix optimal, wobei die Anpassung durch die ML-, GLS-, WLS- oder ULS-Verlustfunktion gemessen wird. Die PLS-Schätzungen reproduzieren die Rohdatenmatrix optimal, worunter die Reproduktion der Kovarianzmatrix natürlich leidet. PLS reproduziert die Diagonale der Kovarianzmatrix, d.h. die Varianzen: Dies gilt uneingeschränkt für den PLS-Spezialfall des Hauptkomponentenmodells, und ansonsten mit den Einschränkungen, die durch die strukturellen Restriktionen eines elaborierten Pfadmodells auferlegt werden.

Die ML-Schätzungen sind asymptotisch (d.h. in großen Stichproben) optimal in dem Sinne, daß sie unverzerrt sind und den kleinsten Schätzfehler haben: Vorteile, die diese Schätzungen gegen ULS und die anderen Schätzer in den Programmen LISREL und EQS hervorheben, und gegen PLS nur, wenn nicht mehr als die eine geschätzte Parametermenge betrachtet wird. Wenn es ein wahres Modell mit wahren Parametern gibt - und das gibt es nur bei der Datensimulation - und wenn dieses Modell ein Kovarianzstrukturmodell für eine Stichprobe unabhängiger Beobachtungen ist, dann sind die LISREL-Schätzungen konsistent, d.h. mit wachsendem Stichprobenumfang (und präziser werdender Kovarianzmatrix) nähern sich die Schätzungen den wahren Werten; und dann sind die PLS-Schätzer konsistent im Großen, d.h. mit steigender Anzahl der Fälle und steigender Anzahl der Indikatoren pro LIV nähern sich die Schätzungen den wahren Werten (Beweis für Zweiblockmodelle siehe Areskoug 1982). Zur Diskussion der Unterschiede zwischen PLS und LISREL vergleiche Fornell (1982), Fornell und Bookstein (1982), Jöreskog und Wold (1982a,b), Lohmöller (1983, Kap. 5), Wold (1982a,b, 1985). Dijkstra (1983) kritisiert PLS als inkonsistent, wobei er allerdings das PLS-Modell mißversteht. Dijkstra erweitert das PLS-Modell um die Annahme unkorrelierter Residuen und weist nach, daß die PLS-Schätzungen verzerrte Schätzungen für dieses Modell, das Dijkstra-Modell, sind.

Die Parameterschätzung von LISREL geht davon aus, daß das spezifizierte Modell das richtige ist und daß gültige Parameter für dieses Modell aus der vorliegenden Kovarianzmatrix gefunden werden können. Wenn das Modell tatsächlich aber unangemessen ist, oder aber die Stichprobe zu klein ist, arbeitet das LISREL-Programm oft sehr lange daran, irgendwelche Parameterschätzungen zu finden, und oft konvergiert der Schätzalgorithmus dann nicht. Die Datenexploration mit LISREL ist dann zeitaufwendig und teuer.

Die Parameterschätzung für ein PLS-Modell wird so vorgenommen, daß unter den strukturellen Restriktionen des Modells die Parameter so geschätzt werden, daß sie die beste Prädiktion leisten. Unter diesem Gesichtspunkt ist es keine Frage, ob ein Modell wahr oder falsch ist, sondern nur, ob ein Modell mehr oder weniger prädiktiv ist. Die Inspektion der Residualkovarianzmatrizen mag zeigen, daß es verbleibende Zusammenhänge gibt, die für die Prädiktion hätten ausgenutzt werden können, und dann wird man sein Modell entsprechend ändern, um die prädiktive Kraft zu steigern. Oder die Ladungs- oder Pfadmatrix mag zeigen, daß einige Koeffizienten sehr klein sind, und man kann dann diese Parameter aus dem Modell entfernen, ohne an prädiktiver Kraft einzubüßen. Ob die so vorgenommenen Modifikationen die Erklärungskraft des Modells tatsächlich verbessern, zeigt der Blindfolding-Test.

4. DAS BLINDFOLDING ZUR MODELLVALIDIERUNG

PLS benötigt für die Parameterschätzung nicht die Spezifikation der gesamten Verteilung, sondern nur die Annahmen S1, S4, S6. Da wäre es unsinnig, für den Modelltest nachträglich die Annahme S5 hinzuzufügen und, sagen wir, eine multivariate Normalverteilung anzunehmen. Zusammen mit der PLS-Schätzmethode wurde in den letzten Jahren eine Technik des Modelltests entwickelt, die auf den prädiktiven, verteilungsfreien Charakter des PLS-Modells zugeschnitten ist. Die Technik des Blindfoldings (Abblendens) ergibt zum einen Standardabweichungen für die Parameterschätzungen (d.h. für die Ladungen und Pfadkoeffizienten) und zum anderen eine Maßzahl für die

Güte der Datenrekonstruktion in einer (simulierten) Kreuzvalidierung. Der erste Teil der Technik ist unter dem Stichwort Jackknife-Standardabweichungen bekannt, der zweite Teil als Generalisierte Kreuzvalidierung oder Predictive Sample Re-use oder Stone-Geisser-Test (Wold 1982a) weniger bekannt.

Die Blindfolding-Technik besteht darin, daß die Datenmatrix in M exhaustive und disjunkte Teilmengen zerlegt wird, derart, daß sich die zu einem Teil y_m (m=1..M) gehörenden Datenpunkte gleichmäßig über die Zeilen und Spalten der gesamten Datenmatrix verteilen. Sodann wird der erste Teil aus der Gesamtdatenmatrix ausgeblendet, und es werden die Parameter durch Missing-Data-Techniken aus den verbleibenden Datenpunkten geschätzt. Dann werden für die ausgeblendeten Datenpunkte y_{kn} zwei Schätzungen aufgestellt, die "triviale" Schätzung $\bar{y}_{kn}$ aus dem Mittelwert der verbliebenen Datenpunkte, und die Modellschätzung $\hat{y}_{kn}$ aus den Modellparametern. Sodann wird der zweite Teil der Datenmatrix ausgeblendet, es werden die Parameter aus dem Rest geschätzt, und es werden für die bei dieser zweiten Parameterschätzung nicht benutzten Punkte y_{kn} die beiden Schätzungen $\bar{y}_{kn}$ und $\hat{y}_{kn}$ aufgestellt. So werden nach und nach für jeden Datenpunkt die beiden Schätzungen aufgestellt, und zugleich fallen M Schätzungen für jeden Modellparameter an. Die M Schätzungen zeigen Unterschiede, die sich zu Standardabweichungen für die Schätzungen verrechnen lassen.

Das Maß für die prädiktive Relevanz des gesamten Modells hat die Form eines PRE-Koeffizienten (proportional reduction of error)

$$\text{PRE} = 1 - \textstyle\sum_{kn}(y_{kn}-\hat{y}_{kn})^2 \,/\, \sum_{kn}(y_{kn}-\bar{y}_{kn})^2 \,. \qquad (14)$$

Die PRE-Maßzahl erreicht ihr Maximum Eins, wenn die Datenrekonstruktion fehlerfrei gelingt; den Wert Null, wenn das Modell nicht besser ist als das "triviale Modell" der Prädiktion durch den Mittelwert; und ist negativ, wenn das Modell irreleitend ist, oder die Datenmatrix inhomogen bezüglich des unterlegten Modells ist, oder die Parameterschätzungen instabil sind.

Modelle mit einem PRE-Wert zwischen Null und Eins haben tatsächlich prädiktive Validität. Bei PRE-Werten knapp über Null erleichtert ein Blick auf die Variablität des PRE die Entscheidung: Wenn die Summation in Gleichung (14) nur innerhalb der M Teildatensätze durchgeführt wird, kann man den PRE-Koeffizienten M-fach berechnen, sowie die Standardabweichung von PRE über die M Schätzungen. PRE-Werten, die nicht mehr als zwei Standardabweichungen über Null liegen, sollte man mit Skepsis begegnen.

Modellmodifikationen lassen sich anhand des PRE-Maßes bewerten: Manchmal nimmt die nach Gleichung (14) berechnete Prädiktivität zu, wenn weniger Prädiktoren in eine Regressionsgleichung aufgenommen werden, weil die verbleibenden Parameter stabiler geschätzt werden. Das PRE-Maß kann nur berechnet werden, wenn die Rohdaten vorliegen, während ansonsten die wesentlichen Teile des PLS-Modells (d.h. die LV-Scores ausgeschlossen) auch aus der Kovarianz- bzw. Korrelationsmatrix berechnet werden können. In der derzeitigen Implementation des Verfahrens im Programm PLS wird das Blindfolding nur für die Indikatoren einer einzigen LV durchgeführt.

5. DAS PROGRAMMSYSTEM PLS 1.8

Das Programmsystem PLS 1.8 (Lohmöller 1979, 1981, 1983, 1985) besteht aus einem Monitorprogramm, das verschiedene Hauptprogramme für verschiedene Arten von Daten und PLS-Modellen aufruft:

- LVPLSC für die Analyse von Kontingenz-, Kovarianz- und Korrelationsmatrizen; erzeugt kompletten LISREL-Input
- LVPLSX für die Analyse von Rohdaten; schließt das Blindfolding-Verfahren mit generalisierter Kreuzvalidierung und Jackknife-Standardabweichungen ein
- LVPLS3 für trimodale Pfadanalyse mit latenten Variablen (für MTMM-Matrizen, multivariate Längsschnittdaten in mehreren Wellen, etc.)
- LVPGEN für die Erzeugung von Populationsdaten und Simulation von Stichprobendaten für LVP-Modelle.

Das Programm PLSC generiert auf Anforderung ein vollständiges Eingabedeck für LISREL (IV oder V oder VI), das die PLS-Schätzungen als Startwerte enthält. Der Benutzer hat die Wahl zwischen drei Regeln, nach denen das PLS-Modell in ein LISREL-Modell übersetzt wird, die NO-X-Regel, die FIXED-X-Regel und eine dritte Regel, die auf ein Theorem von Dupačová und Wold (in Jöreskog & Wold 1982a) über die Identifizierbarkeit von ML-Modellen zurückgeht. Die beste Strategie zur Konstruktion von LISREL-Modellen besteht darin, die Standards der grundlegenden PLS-Methode einzuhalten: Schleifenfreie Pfadmodelle mit disjunkten Indikatoren sind immer identifiziert, wenn die Skalenfixierungen hinzugefügt werden. Der Benutzer, der PLS- und LISREL-Schätzungen vergleichen möchte, braucht nichts von der Bedienung des LISREL-Programms zu verstehen, wenn er LVPLSC als Präprozessor benutzt. (PLSC 1.8 generiert komplette Eingabedecks auch für EQS, COSAN und RAM).

Ein Vergleich des Betriebsmittelbedarfs von LVPLS und LISREL zeigt, daß LISREL das Doppelte an Kernspeicher und (bei kleinen Modellen) das Fünffache an Rechenzeit benötigt. Für das kleine Modell in Tafel 2 (siehe dort die letzte Zeile) verbraucht LISREL das Zwölf- bis Sechzehnfache an Rechenzeit. Bei großen Modellen steigt der Faktor des Rechenzeitbedarfs von LISREL rapide an. Ab 100 Variablen hat LVPLS das Feld für sich.

PLS 1.8 ist in einem portablen Fortran geschrieben, das eine Untermenge von Fortran IV und von Fortran 77 ist. In Fortran IV nicht definierte Funktionen sind in ein knappes Dutzend maschinenabhängiger Unterprogramme ausgegliedert, die für die gängigen Großrechner vorliegen. Für eine dynamische Arbeitsfeldverwaltung sind vier Schnittstellen vorhanden, die nach den Gegebenheiten des jeweiligen DV-Systems genutzt werden können. LVPLS läuft auf DV-Systemen der Typen Burroughs, CDC, IBM, DEC 10 und 20, TR 440, Univac, Siemens BS 2000 und BS 3000 (Fujitsu), Vax, Prime und Honeywell-Bull, sowie auf Mikrocomputern unter CP/M und MS-DOS. PLS wird vom Zentralarchiv für empirische Sozialforschung der Universität zu Köln vertrieben.

6. KATEGORIALE VARIABLEN IN LVP-MODELLEN

Sozialwissenschaftliche Messungen sind, im Vergleich zu naturwissenschaftlichen und auch wirtschaftswissenschaftlichen, geplagt von zwei Übeln, dem starken Meßfehler und dem unzureichenden Skalenniveau, und die in den Sozialwissenschaften entwickelten statistischen Methoden befassen sich vor allem mit der Behandlung dieser Schwächen. Das Heilmittel heißt in beiden Fällen die latente Variable, die als fehlerfrei und von bestem Meßniveau konzipiert wird. Fünf Ansätze für die Behandlung kategorialer Variablen im Zusammenhang mit LVP-Modellen werden in diesem Abschnitt erwähnt, von denen nur der dritte und fünfte eine integrierte Behandlung beider Probleme erlauben.

Diskrete Variablen können als genuin diskret verstanden werden (Beispiel: Geschlecht, Nationalität), oder als nur aufgrund von unzureichender Messung lückenhaft, diskret erfaßt. Im zweiten Fall wird man versuchen, die ungemessene, latente kontinuierliche Variable zu schätzen, oder zumindest ihre Verteilungsparameter zu schätzen. Konkret gesagt, für zwei kategoriale Variablen geht es darum, aus einer Kontingenztafel einen Korrelationskoeffizienten zu schätzen, und vielleicht auch, die Kategorien der beiden Variablen neu zu skalieren. Wenn die Diskretisierung einer an sich kontinuierlichen Variable durch nicht mehr als einen Parameter pro Intervall beschrieben werden soll, dann kann das auf zwei Weisen geschehen: entweder durch die Angabe der Intervallgrenzen (Schwellenwerte, thresholds) oder des typischen Wertes des Intervalls (Mittelwert, Median oder Intervallmitte).

Zur Veranschaulichung wird ein Beispiel zum Umwelt- und Konsumbewußtsein von Studenten gewählt. (Die Daten wurden freundlicherweise von Ingo Balderjahn zur Verfügung gestellt.) Die Beobachtungsvariablen sind zehn fünfstufige Likertskalen. Die schiefen Verteilungen (bei vier Variablen ist eine Extremkategorie überhaupt nicht besetzt) geben Anlaß zur Befürchtung, daß eine Rohskalierung nicht ausreicht, und daß durch

Abbildung 1: Balderjahns Modell zum Umweltbewußtsein von Konsumenten

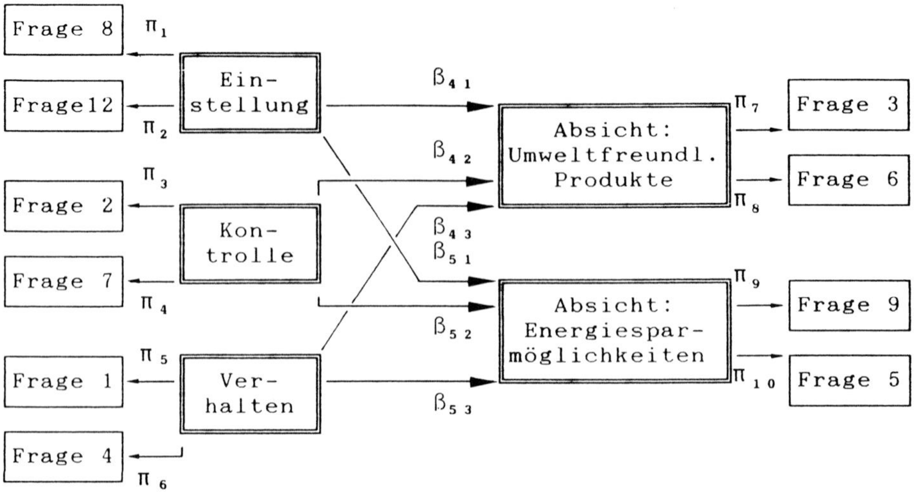

einen anderen der im folgenden angeführten fünf Ansätze die Ergebnisse stabilisiert werden müssen. Die Korrelationen sind in Tafel 1, die darauf basierenden Modellschätzungen mit PLS und LISREL in Tafel 2 zusammengefaßt.

K1 Rohskalierung. Eine apriorische Skalierung der Kategorien mit den Werten 1,2,3,... hat in vielen Anwendungen eine hinreichende Plausibilität, etwa bei Likert-Skalen. Häufig liefert eine solche einfache Skalierung akzeptable Ergebnisse, wenn sich wenigstens die Rangordnung der Kategorien rechtfertigen läßt. Tafel 1a enthält die Korrelationsmatrix von 10 fünfstufigen Likertskalen.

K2 Optimalskalierung. Das Verfahren der Kategorialskalierung wird auf eine Menge von kategorialen Variablen angewendet und bestimmt für alle Kategorien optimale Skalenwerte. Wenn nicht mehr als zwei kategoriale Variablen vorliegen, ist dieses Verfahren im Kern identisch mit der kanonischen Korrelation (und kann mit einem Standard-Computerprogramm der

Tafel 1: Verschiedene Korrelationsmatrizen von Balderjahns Daten zum Umwelt- und Konsumbewußtsein

Tafel 1a: Korrelation der rohskalierten Variablen

Frage 8	100									
Frage 12	67	100								
Frage 2	10	11	100							
Frage 7	2	-0	72	100						
Frage 1	24	16	-2	-7	100					
Frage 4	26	26	-1	-8	48	100				
Frage 3	38	47	25	15	30	36	100			
Frage 6	35	41	14	5	30	50	59	100		
Frage 9	32	31	22	15	30	23	37	33	100	
Frage 5	29	29	36	17	30	28	48	38	60	100

Tafel 1b: Korrelation der optimalskalierten Variablen

Frage 8	100									
Frage 12	75	100								
Frage 2	16	11	100							
Frage 7	-2	-6	62	100						
Frage 1	25	19	12	1	100					
Frage 4	28	26	-1	-2	42	100				
Frage 3	46	48	31	26	37	39	100			
Frage 6	39	43	16	19	38	52	61	100		
Frage 9	35	31	20	21	38	28	41	35	100	
Frage 5	33	29	35	25	39	32	52	39	59	100

Tafel 1c: Korrelation der modellskalierten Variablen

Frage 8	100									
Frage 12	71	100								
Frage 2	17	10	100							
Frage 7	-3	-8	57	100						
Frage 1	23	17	12	3	100					
Frage 4	26	27	-1	2	38	100				
Frage 3	46	47	31	27	38	37	100			
Frage 6	39	44	16	21	38	54	60	100		
Frage 9	35	28	22	23	38	30	40	36	100	
Frage 5	35	28	38	28	37	32	50	37	54	100

Tafel 1d: Polychorische Korrelation

Frage 8	100									
Frage 12	76	100								
Frage 2	12	14	100							
Frage 7	2	1	83	100						
Frage 1	26	20	-3	-10	100					
Frage 4	30	32	-2	-11	53	100				
Frage 3	44	59	27	16	34	40	100			
Frage 6	40	49	16	5	33	54	65	100		
Frage 9	39	40	26	18	35	25	47	39	100	
Frage 5	31	35	40	17	34	29	56	44	72	100

Tafel 2: PLS- und LISREL-Schätzungen für Balderjahns Modell zum Umwelt- und Konsumbewußtsein

Parameter		PLS (Mode B)				LISREL (ULS)			
		(1)	(2)	(3)	(4)	(5)	(6)	(7)	(8)
Tafel 2a: Ladungen									
LV1: Einstellung	x01: Frage 8	84	94	94	79	79	88	87	81
	x02: Frage 12	96	93	91	100	84	85	82	94
LV2: Kontrolle	x03: Frage 2	96	96	94	82	117	88	82	127
	x04: Frage 7	49	81	82	36	61	70	69	65
LV3: Verhalten	x05: Frage 1	78	84	83	81	63	64	60	67
	x06: Frage 4	92	84	84	93	76	66	64	79
LV4: Absicht: Umwelt	y07: Frage 3	92	95	94	96	79	82	81	85
	y08: Frage 6	85	83	84	84	73	74	74	76
LV5: Absicht: Energiesparen	y09: Frage 9	75	81	80	70	72	72	69	81
	y10: Frage 5	98	95	94	100	84	82	78	88
Tafel 2b: Inneres Modell									
LV-Korrelationen	$r_{1,2}$	14	10	8	22	9	8	7	10
	$r_{1,3}$	29	31	30	31	41	44	44	42
	$r_{2,3}$	2	5	6	8	-5	6	9	-6
Pfad-Koeffizienten	$b_{4,1}$	38	37	39	46	41	33	34	45
	$b_{4,2}$	17	25	26	17	21	31	32	20
	$b_{4,3}$	37	40	41	34	54	65	68	50
	$b_{5,1}$	9	14	17	-1	9	28	110	7
	$b_{5,2}$	28	23	29	38	23	44	129	21
	$b_{5,3}$	16	26	30	12	18	73	244	13
	$b_{5,4}$	32	26	19	40	43	-24	-265	50
Tafel 2c: Maßzahlen der Modellgüte	R^2_{LV4}	41	48	51	50	69	86	95	69
	R^2_{LV5}	36	39	41	46	49	65	113	51
	GFI	-	-	-	-	99	99	99	99
	AGFI	-	-	-	-	99	98	98	98
	RMS	7	7	8	9	4	4	5	4
	PRE	10	15	-	-	-	-	-	-
	sd(PRE)	41	46	-	-	-	-	-	.
	CPU-Zeit [sec]	1.0	.9	1.0	1.1	12.	12.	16.	18.

Daten:	(1),(5) Rohskalierte Variablen
	(2),(6) Optimalskalierte Variablen
	(3),(7) Modellskalierte Variablen
	(4),(8) Polychorische Korrelation
PRE	Stone-Geisser Test, prediktive Validität des Modells
sd(PRE)	Standardabweichung des PRE über 10 Stichproben

Zahlen ohne Dezimalpunkt sind mit 100 multipliziert angegeben.

kanonischen Korrelation durchgeführt werden), nachdem die beiden kategorialen Variablen durch zwei Mengen von Booleschen Variablen (Null-Eins-wertigen Variablen) ersetzt worden sind. Das Verfahren kann auf mehr als zwei Variablen gleichzeitig angewendet werden, und man erhält optimale Skalenwerte in dem Sinne, daß die reskalierten Variablen maximal miteinander korrelieren. Das Verfahren wurde unter dem Namen "quantification of a class of attributes" von Louis Guttman (1941) entwickelt; später wurde es unter dem Namen L'analyse des correspondances unverständlich gemacht.

Tafel 1b zeigt die Korrelation der 10 fünfstufigen Likertskalen nach einer optimalen Reskalierung. Man sieht, daß fast alle Korrelationskoeffizienten von der Reskalierung profitieren und stärker werden. Die (nicht gezeigten) Skalenwerte der 50 Kategorien (von 10 Fünfpunktskalen) zeigen für jede der 10 Variablen ein monotones Ansteigen und rechtfertigen im Nachhinein eine Rohskalierung als Annäherung an die Optimalskalierung. (Die wenigen Monotonieverletzungen könnten durch Zusammenfassung von schwach besetzten Extremkategorien beseitigt werden.)

Das Verfahren der Kategorialskalierung erlaubt es, mehrere Skalierungen der Kategorien zu erzeugen, deren Bedeutung aus der Eigenwertreihe der normierten Rohproduktmatrix der Booleschen Variablen ersichtlich ist. Für das vorliegende Beispiel ergibt sich die Eigenwertreihe 10.000, 3.9372, 3.0467, 2.1825, 1.9578, 1.9407 etc. Der erste Eigenwert ist trivial und korrespondiert zu den relativen Häufigkeiten, der zweite korrespondiert mit der (inhaltsbezogenen) Opitmalskala, der dritte verdient noch besondere Aufmerksamkeit, die weiteren fallen beim Scree-Test durch. Der dritte Eigenwert korrespondiert zu einer Antwortstilskala, auf der die Extremkategorien der Fünfpunktskalen positiv und die Mittelkategorien negativ laden: Diese Skala differenziert zwischen Respondenten, die mit einem klaren Ja/Nein-Muster antworten, und solchen, die vorsichtige, unentschiedene Antworten geben. Die inhaltsbezogene Skala ist nur knapp wichtiger als die antwortstilbezogene, wie das Verhältnis der Eigenwerte (3.9 : 3.0) zeigt. Mit etwas Geschick und bösem Willen bräuchte man vermutlich nicht mehr als 10 % der Fälle aus der Stichprobe zu entfernen, um die Antwortstilskala zum dominanten Ergebnis der Befragung zu machen.

K3 Modellskalierung. Die optimale Skalierung der Kategorien (*2) kann statt der Maximierung der Korrelation auch das Ziel verfolgen, die Variablen so zu skalieren, daß sie optimal in ein LVP-Modell passen, d.h. daß sie optimale Prädiktoren, Vermittler oder Prädiktanden sind, je nach ihrer Funktion im Pfadmodell. In diesem Fall ist das LVP-Modell ein hierarchisches, dreistufiges, mit den Booleschen Variablen als MVs, den reskalierten Variablen als "LVs" in einer zweiten Stufe und den eigentlichen LVs in einer dritten Stufe. Skalierung und Modellschätzung werden in einem einzigen Verfahren durchgeführt.

Tafel 1c zeigt die Korrelation der modellskalierten Variablen, die sich nicht wesentlich von der der optimalskalierten Variablen unterscheidet. Hier wurde allerdings die Skalierung mit einem konventionellen zweistufigen Modell durchgeführt: Die 10 LVs des inneren Modells waren verbunden durch ein Pfadmodell, das in Analogie zum Pfadmodell für die fünf "eigentlichen" LVs gebildet war, und jede LV hat fünf (oder vier) Boolesche Variablen als Indikatoren.

K4 Polychorische Korrelation. Das Verfahren der polychorischen Korrelation geht von den Annahmen aus, daß die zugrundeliegenden Variablen kontinuierlich und bivariat normalverteilt sind, und daß die beobachteten diskreten Variablen ordinalskaliert sind, d.h. daß die Rangordnung der Kategorien bekannt ist. Es wird vorgestellt, daß der "Hügel" der Normalverteilung durch rechtwinklige Schnitte von unbekannter Intervallbreite in X- und Y-Richtung geteilt wurde, und daß von den so entstandenen Säulen mit rechteckigem Grundriß zwar die Volumina (d.h. die Zahlen in der Kontingenztafel), nicht aber die Höhen bekannt sind. Das iterative Schätzverfahren besteht darin, Schwellenwerte und Korrelation einer Normalverteilung so zu wählen, daß sie mit der vorliegenden Kontingenztafel optimal übereinstimmt.

Bezüglich der Bestimmung der Schwellenwerte gibt es zwei Versionen, die univariate und die bivariate Bestimmung. Im ersteren Falle haben wir es mit einer zweistufigen Berechnung zu tun: In der ersten Stufe werden die Schwellenwerte durch eine normalisierende Flächentransformation bestimmt; sodann wird, konditional auf diese Schwellenwerte, die polychorische Korrelation in iterativer Weise geschätzt. Im bivariaten Verfahren werden bei der iterativen Schätzung der polychorischen Korrelation die Schwellenwerte nachgebessert. Ein genuin multivariates Verfahren für mehr als zwei Variablen gibt es nicht. Tafel 1d enthält die polychorischen Korrelationen der 10 Likertskalen. Wiederum ist ein Ansteigen der Korrelation gegenüber Tafel 1a und 1b zu beobachten.

K5 LVP-Analyse dichotomer Variablen. Der Vollständigkeit halber seien die Ansätze von Bengt Muthén erwähnt, der das lineare Meßmodell eines LISREL-Modells ersetzt oder ergänzt durch Logit- oder Tobit-Modelle.

Vergleich. Bei den Skalierungsverfahren werden die Roh-Kategorien durch typische Werte ersetzt, und diese Werte lassen sich auch auf die individuellen Beobachtungseinheiten anwenden: Man erhält Scores auf der ursprünglich latenten Dimension. Die Verteilungen bleiben diskret; die Verteilungsmasse ist auf wenige Punkte des X-Y-Kontinuums konzentriert (soviel Punkte wie besetzte Zellen der Kontingenztafel). Die reskalierte kategoriale Variable wird behandelt wie eine manifeste kontinuierliche, und ein LVP-Modell kann daher mit jeder Mischung (ursprünglich) kategorialer und kontinuierlicher Variablen konzipiert werden.

Bei der polychorischen Korrelation gibt es keine Scores; für die individuelle Beobachtungseinheit kann man nicht mehr als ein Intervall angeben, das sich in der untersten Kategorie bis minus Unendlich, in der obersten Kategorie bis plus Unendlich erstreckt. Die latente Variable bleibt latent, und es ist nicht unterstellt, daß es eine reellwertige Datenmatrix x gibt, so daß deren Produktmatrix S=xx' so aussieht wie Tafel 1d. Daß die polychorischen Korrelationen (Tafel 1d) höher ausfallen als die der optimalskalierten Variablen (Tafel 1b), hat wenig mit den Daten zu tun: Es ist der Zinsertrag der Normalverteilungsinvestition. Wie sehr die Normalverteilungsannahme angemessen ist, sieht man dem einzelnen polychorischen Koeffizienten nicht an.

Von der Geschlossenheit des Verfahrens her läßt (neben dem fünften natürlich) der dritte Ansatz, die Kombination von Pfad-, Faktoren- und Korrespondenzanalyse, die besten Ergebnisse erwarten. Zu diesem Verfahren vgl. Bertholet und Wold (1985), Lohmöller und Wold (1984), Lohmöller (1983, Kap. 4).

7. LVP-MODELL UMWELT- UND KONSUMBEWUSSTSEIN

Tafel 2 zeigt acht Parameterschätzungen für Balderjahns Modell zum Umwelt- und Konsumbewußtsein. Für jeder der vier Korrelationsmatrizen aus Tafel 1 wurden zwei Schätzungen durchgeführt, und zwar eine PLS-Schätzung (mit Mode B für die Gewichtsschätzungen, Programm LVPLS 1.7, Lohmöller 1981) und eine ULS-Schätzung (Programm LISREL V, Jöreskog & Sörbom 1981). Die geschätzten Parameter sind hier notiert als $p \hat{=} \Pi$ = Ladung, $c^2 \hat{=} \Theta^2$, $r_{ji} = cor(\hat{\eta}_j, \hat{\eta}_i)$, $b \hat{=} \beta$.

PLS versus LISREL. Spalten (1) und (5) der Tafel 2 enthalten die PLS- bzw. LISREL-Schätzungen für die rohskalierten Variablen. Die LISREL-Schätzung der Ladung der dritten Variable ist $p_3=1.17$, die zugehörige Residualvarianz ist negativ, $c_3^2=-0.38$. Offensichtlich ist das common-factor-Konzept auf die LV des zweiten Blocks nicht anwendbar, wie ein Blick in die dritte und vierte Zeile/Spalte der Korrelationsmatrix Tafel 1a zeigt. Die dritte Variable ist doppelt so stark wie die vierte mit den übrigen MVs korreliert, und daher muß p_3 in etwa doppelt so groß sein wie p_4. Außerdem muß das Produkt aus p_3 und p_4 in etwa gleich $s_{34}=0.72$ sein. Beide Bedingungen lassen sich nur dann erfüllen, wenn p_3 größer als 1 wird: ein unzulässiger Wert, weil p_3 ein Korrelationskoeffizient ist. Weil p_3^2 und c_3^2 sich zu eins addieren müssen, fällt die Residualvarianz negativ aus: Warum soll denn eigentlich eine latente Variable mit imaginären Werten nicht auch eine negative Varianz haben?! Korrelationen außerhalb ± 1 und negative Varianzen können bei PLS-Schätzungen nicht vorkommen, weil alle Variablen reelle Scores haben (es sei denn, man benutzt polychorische oder Missing-Data-Korrelationen).

Im Vergleich der Spalten (1) und (5) der Tafel 2 lassen sich die drei systematischen Unterschiede zwischen PLS- und LISREL-Schätzungen festhalten:

*1 Die äußeren Residualvarianzen c_k^2 (in Tafel 2 nicht gezeigt) sind (in der Regel) in PLS kleiner als in LISREL. Das ist daraus zu erklären, daß in PLS diese Residualvarianzen explizit minimiert werden (vgl. Gl. 05). In LISREL unterliegen sie nur der Anforderung, die Anpassung der Diagnonalelemente s_k^2 vollständig zu machen.

*2 Die LV-Ladungen sind (in der Regel) in PLS größer als in LISREL. Dieses ist im Zusammenhang mit der Residualvarianzminimierung zu sehen. Für dieses einfache Modell gilt $p_k^2+c_k^2=s_k^2$ konstant. Wenn die Residualvarianzen minimiert werden, werden die Ladungskoeffizienten implizit maximiert.

*3 Die LV-Korrelationen und daher auch die Pfadkoeffizienten und die R^2 sind in PLS kleiner als in LISREL. Dieses ist im Zusammenhang mit der Maximierung der Ladungskoeffizienten zu sehen. Weil nach den pfadanalytischen Regeln $s_{kl}=p_{kj}r_{ji}p_{li}+$ Rest gilt, wird die LV-Korrelation r_{ji} klein, wenn die Ladungen p_{kj} und p_{li} groß gemacht werden.

Diese drei Unterschiede folgen aus den Schätzfunktionen für PLS und LISREL. Sie gelten nicht ausnahmslos für jeden Koeffizienten eines Modells. Wir sehen in Tafel 2, daß alle Koeffizienten, die mit der LV des zweiten Blocks zu tun haben, diese Regel verletzen: Genau in diesem Block ist das LISREL-Modell unhaltbar, wie im vorhergehenden Absatz gezeigt.

Vergleich der vier Skalierungen. Die Prädizierbarkeit R^2 der vierten LV "Informationsinteresse an umweltfreundlichen Produkten" ist nach PLS 41 %, nach LISREL 69 %, und dieser Unterschied ist schon wesentlich zu nennen. Die Verwendung von polychorischen Korrelationen hat für LISREL (Spalte 8) nur kleine Veränderungen zur Folge, aber bei PLS steigt R_4^2 um 10 Prozentpunkte. Etwa die gleiche Erklärungskraft erreicht man bei PLS durch die Optimalskalierung oder Modellskalierung, wohlgemerkt, ohne die problematischen Annahmen, die der polychorischen Korrelation zugrunde liegen.

Bei LISREL allerdings führen die Reskalierungen zu unglaubwürdigen oder sogar unzulässigen Ergebnissen. Bei der Optimalskalierung (Spalte 6) steigt R_4^2 auf 86 %, bei der Modellskalierung auf 95 %. Das R^2 für die fünfte LV steigt auf 113 %, die zugehörige Residualvarianz ist negativ, der Stabilitätsindex für die Pfadmatrix (Eigenwert von I-B) liegt außerhalb des Einheitsbereichs. Der Pfadkoeffizient $b_{5,4}$ wechselt das Vorzeichen.

Die Reskalierungen bewirken, daß die Ladungen p_1 und p_4 ansteigen und p_6 absinkt, und zwar sowohl in PLS wie in LISREL. In LISREL sind damit die Probleme mit den unzulässigen Schätzungen im äußeren Modell behoben; sie sind in das innere Modell verlegt. Spalte (8) der Tafel 2 zeigt, daß ohne Kosmetik auch die von Balderjahn berichtete Schätzung nicht akzeptabel ist. Die PLS-Schätzungen dagegen zeigen keine der offenkundigen Schwächen der LISREL-Schätzungen.

Modellvalidierung. Nach den LISREL-Kriterien für die Modellüberprüfung ist das Modell für alle vier Kovarianzmatrizen hervorragend angepaßt. Die generalisierte Kreuzvalidierung mit PLS zeigt aber eine Fehlerreduktion von nicht mehr als 10 % bis 15 % mit einer dreimal zu großen Standardabweichung: Das Modell ist so gut wie nutzlos. Daß die beiden Verfahren zu genau entgegengesetzten Entscheidungen über die Qualität des Modells kommen, ist verblüffend und bedarf einer Erklärung.

LISREL (wie auch EQS und COSAN und RAM) rekonstruieren die Kovarianzmatrix (oder Korrelationsmatrix) aus den Modellparametern: wenn die Diskrepanz zwischen der beobachteten Kovarianz S und der aus den geschätzten Modellparametern deduzierten Kovarianz $\hat{\Sigma}$ gering ist, wird das Modell als passend angenommen. Wenn die exogenen MVs mit den endogenen niedrig korrelieren, dann lassen sich die endogenen MVs schlecht prädizieren, ihre erklärten Varianzanteile sind klein, und das PLS-Modell erweist sich als nicht sehr prädiktionsstark. Unter den Bedingungen der generalisierten Kreuzvalidierung kann die Prädiktionsstärke eines Modells noch weiter absinken, wenn der Datensatz nicht homogen ist.

Die Kategorialskalierung (Abschnitt 6) zeigte, daß die Respondenten sich stark bezüglich ihres Antwortstils unterscheiden. Wenn wir die Antwortstildimension dichotomisieren, können wir die Problemlage vergröbert so darstellen: Wir haben es mit einer gemischten Stichprobe zu tun, die aus zwei Populationen gezogen ist, den Ja-Nein-Typen, die nur die Extremkategorien der Fünfpunktskala verwenden, und den Unentschiedenen, die nur die mittleren Kategorien verwenden. Im Fall einer solchen Mischstichprobe gibt eine einzige Kovarianzmatrix nur ein unzureichendes Bild von dem, was in den Daten vorliegt. Erhebt man nun die Kovarianzmatrix zur suffizienten Statistik für die Daten, wie in der Spezifikation S1 impliziert ist, dann hat man schon viele Unebenheiten und Nonlinearitäten aus seiner empirischen Basis weggezaubert. Nicht mehr die "schmutzigen" Rohdaten, nur noch die purifizierten Kovarianzen sind als Widerspruch gegen das Modell zugelassen.

Im PLS-Modelltest dagegen geht es darum, die Rohdaten, so wie sie sind, zu rekonstruieren. Im Fall unseres Beispiels gelingt dies nicht. Vermutlich rivalisieren beim Blindfolding die inhaltsbezogene und die antwortstilbezogene Dimension um die Dominanz, und die Parameterschätzungen schwanken zwischen diesen beiden hin und her. Ein Teil der Unstimmigkeiten, die durch das Blindfolding aufgedeckt werden, liegt zwischen den Daten und Korrelationen, ist also in den Diskrepanzen zwischen Korrelationen und Modell nicht erfaßt. Unser LVP-Modell erklärt die Korrelation, aber die Korrelation ist eine unzureichende Beschreibung der Daten.

8. LITERATUR

Areskoug, B. (1982): The first canonical correlation: Theoretical PLS analysis and simulation experiments, in: K.G.Jöreskog & H.Wold (eds.): Systems under indirect observation: Causality, structure, prediction (Vol. 2, p. 95-118), Amsterdam: North Holland.

Bentler, P.M. (1980): Multivariate analysis with latent variables: Causal modeling, Annual Review of Psychology, 31, 419-456.

Bentler, P.M. (1984): Theory and implementation of EQS: A structural equations program, Los Angeles: University of California.

Bentler, P.M. (1986): Structural modeling and psychometrika: A historical perspective on growth and achievement, Psychometrika, 51, 35-51.

Bentler, P.M.; Weeks, D.G. (1980): Linear structural equations with latent variables, Psychometrika, 45, 289-308.

Bertholet, J.-L.; Wold, H. (1985): Recent developments in categorical data analysis by PLS, in: P.Nijkamp et al. (eds.): Measuring the Unmeasurable (p.253-286), Dordrecht, Boston, Lancaster: Martinus Nijhoff Publishers.

Dijkstra, T. (1983): Some comments on maximum likelihood and partial least squares methods, Journal of Econometrics, 22, 67-90.

Fornell, C. (ed.) (1982): A second generation of multivariate analysis, Vol.1 - Measurement and evaluation, New York: Praeger.

Fornell, C.; Bookstein, F.L. (1982): Two structural equation models: LISREL and PLS applied to consumer exit-voice theory, Journal of Marketing Research, 19, 440-452.

Guttman, L. (1941): The quantification of a class of attributes: A theory and method of scale construction, in: P.Horst (ed.): The prediction of personal adjustment; supplementary study B-III (SSRC Bulletin No. 48) (p.319-348), New York: Social Sciences Research Council.

Jöreskog, K.G. (1973): A general method for estimating a linear structural equation system, in: A.S.Goldberger & O.D.Duncan (eds.): Structural equation models in the social sciences (p.85-112), New York: Seminar Press.

Jöreskog, K.G.; Sörbom, D. (1981): LISREL V - Analysis of linear structural relationship by maximum likelihood and least squares methods (Research Report 81-8), Uppsala: University Department of Statistics.

Jöreskog, K.G.; Wold, H. (eds.) (1982a): Systems under indirect observation: Causality, structure, prediction (2 Vols.), Amsterdam: North Holland.

Lohmöller, J.B. (1979): Estimating parameters of linear structural relations models under partial least-squares criteria (Forschungsbericht 79.01 Fachbereich Pädagogik, Hochschule der Bundeswehr München), Microfiche ERIC ED 178 600.

Lohmöller, J.B. (1981, 1984): LVPLS 1.6 program manual: Latent variables path analysis with partial least squares estimation (Forschungsbericht 81.04 Fachbereich Pädagogik), Neubiberg: Hochschule der Bundeswehr München (Nachdruck durch Zentralarchiv für empirische Sozialforschung, Universität zu Köln, Bachemer Str. 40, 5000 Köln 41).

Lohmöller, J.B. (1982): The AnWaR algorithm and program, Neubiberg: Hochschule der Bundeswehr München, Fachbereich Pädagogik.

Lohmöller, J.B. (1983): Path models with latent variables and Partial Least Squares (PLS) estimation, Dissertation, Fachbereich Pädagogik, Hochschule der Bundeswehr München, Neubiberg (erscheint im Physica-Verlag).

Lohmöller, J.B. (1986): Das Programmsystem LVPLS für Pfadmodelle mit latenten Variablen und Partialkleinstquadratschätzung, in: W.Lehmacher & A.Hörmann (Hrsg.): Statistik-Software: 3. Konferenz über die wissenschaftliche Anwendung von Statistik-Software, Neuherberg bei München, 1985, Stuttgart: Gustav Fischer Verlag.

Lohmöller, J.B.; Wold, H. (1984): Introduction to PLS estimation of path models with latent variables, including some recent developments on mixed scales variables, in: G.Melischek, K.E.Rosengren, J.Stappers (eds.): Cultural indicators: An intrnational symposium (Österreichische Akademie der Wissenschaften, Philosophisch-Historische Klasse, Sitzungsberichte, 416.Band, Veröffentlichungen des Instituts für Publikumsforschung, Nr.8) (p.501-520), Wien: Verlag der Österreichischen Akademie der Wissenschaften.

McArdle, J.J. (1979): Reticular analysis modeling (RAM) theory: The simplicity and generality of structural equations, Denver,CO: University of Denver, Department of Psychology.

McArdle, J.J.; McDonald, R.P. (1984): Some algebraic properties of the Reticular Action Model for moment structures, British Journal of Mathematical and Statistical Psychology, 37, 234-251.

Muthén, B. (1984): A general structural equation model with dichotomous, ordered categorical, and continuous latent variable indicators, Psychometrika, 49, 115-132.

Wold, H. (1975): Path models with latent variables: The NIPALS approach, in: H.M.Blalock et al. (eds.): Quantitative sociology: International perspectives on mathematical and statistical modeling (p.307-357), New York: Academic.

Wold, H. (1982a): Soft modeling: The basic design and some extensions, in: K.G.Jöreskog & H.Wold (eds.): Systems under indirect observation: Causality, structure, prediction (Vol.2, p.1-54), Amsterdam: North Holland.

Wold, H. (1982b): Systems under indirect observations using PLS, in: C.Fornell (ed.): A second generation of multivariate analysis (Vol.1, p.325-347), New York: Praeger.

Wold, H. (1985): Systems analysis by Partial Least Squares, in: P.Nijkamp et al. (eds.): Measuring the Unmeasurable (p.251-287), Dordrecht, Boston, Lancaster: Martinus Nijhoff Publishers.

Wold, H. (1986): Partial Least Squares, Encyclopedia of Statistical Sciences, 6, 581-591, New York: Wiley.

[16]

Georg Rudinger

Anwendungen der Vorhersagen-Analyse

Der Vorteil der nicht-parametrischen Vorhersagenanalyse liegt vor allem darin, daß dezidierte theoretische Erwartungen an die Daten a priori formuliert werden können und daß das gleiche DEL-Maß, welches als Maß des Vorhersagenerfolges definiert wird, für die daraus resultiertende Struktur der Kontingenztafel "maßgeschneidert" werden kann. In diesem Kapitel wird die Vorhersagensprache eingeführt und das DEL-Maß vorgestellt. Sodann wird am Beispiel des umweltbewußten Handelns aus Betroffenheit die Prädiktionsanalyse erster Ordnung illustriert. An einem weiteren Beispiel aus dem Bereich der Verkehrssicherheit wird demonstriert, wie ordinale Hypothesen mit der Vorhersagenanalyse höherer Ordnung getestet werden können.

Der Autor dankt dem Kollegen Six für die Bereitschaft, Daten seiner Studie zur Verfügung zu stellen, F. Chaselon, F. Kannen und C. Zipperling für die EDV-Arbeiten, Claudia Berg, Marlene Endepohlis und C.E.V.K. Rietz für die Unterstützung bei der Manuskripterstellung und nicht zuletzt Kollegen Henning und Lantermann und den Mitherausgebern für wertvolle Hinweise.

1. DIE DEL-ANALYSE AM BEISPIEL "BELASTUNG AUS DER UMWELT" (KAPITEL 9)

Wenn man an Vorhersagen denkt, dann fällt einem zunächst die (lineare) Regressionsanalyse oder ein probabilistisches Modell ein, in dem funktionale Relationen zwischen quantitativen Variablen postuliert, evaluiert und schließlich statistisch geprüft werden. Der Rückgriff auf eine mathematische Funktion zur Beschreibung der Relation zwischen den beteiligten Variablen ist das eine Charakteristikum einer solchen wissenschaftlichen Vorhersage; das zweite ist die Operationalisierung des Vorhersagefehlers durch die Annahme von Zufallsvariablen.

Die Frage, der wir uns in diesem Artikel zuwenden, lautet: Wie können diese beiden Kennzeichen der Vorhersage im quantitativen Datenbereich auf qualitative z.B. in Kontingenztafeln angeordnete Daten übertragen werden?
Hildebrand, Laing und Rosenthal (1977b) entwickelten als Analoga zu den beiden gerade genannten Merkmalen

1. eine Vorhersagesprache in Anlehnung an die Aussagenlogik; mit ihr werden statt funktionaler Vorhersagen (je größer X, desto kleiner Y etc.) "qualitative" und strukturelle Hypothesen in spezifische "Ereignis-vorhersagen" umgesetzt. Ziel ist, die Vorhersage-Relationen zwischen den Kategorien qualitativer Variablen einerseits formal und andererseits flexibel genug auszudrücken, um verschiedene Vorhersageformen auch für qualitative Daten hinreichend präzisieren zu können;

2. die Konzepte Präzision, Differenziertheit und Vorhersagebereich zur Definition und Messung des "Vorhersagefehlers".

Die detailliertere und konkrete Darstellung der DEL-Analyse geschieht im folgenden an der ersten Hypothese der Studie von Groetschel (vgl. Kap. 9 Tab. 7 und 8). Zur Erinnerung die

Hypothese 1: Hohe Arbeitsbelastungen (A+) und hohe Reproduktionsbelastungen (R+) führen zu hohen Risikowerten (RW+), geringe Belastungen in den Bereichen ARBEIT (A-) und REPROD (R-) zu normalen Risikowerten (RW-).

1.1. Die Vorhersagensprache

In aussagenlogischer Formulierung ergibt sich aus dieser Hypothese folgende Definition von Ereignissen, die gemäß der Hypothese nicht auftreten dürfen: Genau wenn A+ und R+, dann darf nicht auftreten RW-, und genau wenn A- und R-, dann darf nicht auftreten RW+:

$$((A+ \wedge R-) \text{ <---> } \neg RW-(\text{normal}))$$
$$((A- \wedge R-) \text{ <---> } \neg RW+(\text{hoch}))$$

Alle anderen Ergebnisse sind "erlaubt"; so ergibt sich die komplementäre Definition von theoretisch zulässigen Ereignissen:

$$((A+) \text{ ---> } RW+) \wedge ((R+) \text{ ---> } RW+)$$
$$\wedge ((A-) \text{ ---> } RW-) \wedge ((R-) \text{ ---> } RW-)$$

Die 2 mal 16-feldrige Kontingenztafel in Tabelle 7 in Kap. 9 mit ihren 8 Fehlerzellen ließ sich komprimieren, denn die Hypothesenstruktur ist auf drei Vorhersage-Typen reduzierbar: Für (A+ ∧ R+) und (A- ∧ R-) existiert jeweils ein Typ spezifischer Vorhersagen, für die übrigen Kombinationen dieser beiden unabhängigen Variablen (A+ ∧ R-) bzw. (A- ∧ R+) die jeweils gleiche unspezifische Vorhersage, nämlich jedes Ereignis ist möglich, keines verboten. In der Vorhersagensprache:

1. $(A+ \wedge R+) \text{ \~{}--> } RW+;$
2. $(A+ \wedge R-) \vee (A- \wedge R+) \text{ \~{}--> } (RW+ \vee RW-);$
3. $(A- \wedge R-) \text{ \~{}--> } RW-.$

Definieren wir die Kombination (A ∧ R) als "V2" mit den Kategorien

1 ≙ (A+ ∧ R+),
2 ≙ (A+ ∧ R-) v (A- ∧ R+)
3 ≙ (A- ∧ R-) ~--> R-

und RW als "V1" mit den Kategorien

1 ≙ RW+,
2 ≙ RW-,

dann können diese Variablen (V1 und V2) mit ihren zwei bzw. drei Kategorien in folgenden sechs Kombinationen auftreten:

11	12	13
21	22	23.

Durch die nun mehrfach erwähnte "hypothetische Struktur" (im folgenden verkürzt "Theorie" genannt) ist festgelegt, daß nur die Kombinationen 11, 12, 22, 23 auftreten dürfen; die Theorie lautet also:

(V2 = 1 ~--> V1 = 1) ∧ (V2 = 2 ~--> (V1 = 1 v V1 = 2))
∧ (V2) = 3 ~--> V1 = 2).

Damit sind gleichzeitig alle übrigen Kombinationen (13, 21) als "Fehlerpattern" festgelegt; die Fehlerzellenstruktur sieht folgendermaßen aus:

Zelle 21 Zelle 13
[(V2 = 1) ~--> ¬(V1 = 2)] ∧ [(V2 = 3) ~--> ¬(V1 = 1)].

Zur Verdeutlichung wird weiter unten als Tabelle 1 noch einmal die Tabelle 8 aus Kap. 9 dieses Buches wiedergegeben.

Die Vorhersagensprache ist so flexibel, daß sie sämtliche solcher Strukturen von korrekten und inkorrekten Vorhersagen in Kontingenztafeln bi- und multivariater Art abbilden kann. Durch diese Spezifizierung der Fehlerzellenstruktur mit Hilfe der "Ereignis-Logik" läßt sich also auch für qualitative Daten eine endliche Zahl von Relationen entwickeln. In einer RXC-Kontingenztafel sind allgemein (2^{RC}-1) logisch verschiedene Aussagen abbildbar. Eine 2x3-Kontingenztafel kann $2^{2*3}-1 = 63$ verschiedene vorhersagen aufnehmen, in einer 3x3-

Tafel würden 511 verschiedene Vorhersageformen darstellbar sein.

1.2. Das DEL-Maß

Die erste Aufgabe des Anwenders besteht also darin, vor einer statistischen Analyse mit dem DEL-Verfahren und eigentlich vor jeder Datenerhebung die prognostischen Elemente und Implikationen der interessierenden theoretischen Aussagen in eine Vorhersagenform zu überführen; dies ist gleichbedeutend mit der Unterscheidung von zulässigen Mustern und "Fehlerpatterns" im Lichte einer Hypothese oder Theorie. Die Bewertung dieser Hypothese erfolgt dann direkt über die proportionale Fehlerreduktion (PRE), die durch die Annahme dieser hypothetischen Strukturen erzielt wird. Dies soll nun anhand des Beispiels (Tabelle 1) illustriert werden.

Die Zelleneinträge der Kontingenztafel werden im folgenden mit ω_{ij} gekennzeichnet; es bedeutet

$$\omega_{ij} = \begin{cases} 1, \text{ falls die Zelle (ij) Fehlerzelle ist} \\ 0, \text{ falls die Zelle (ij) eine zulässige Zelle ist.} \end{cases}$$

Durch diese Definition der ω_{ij} ist es möglich, die Anzahl der Fälle, die eine nach der Theorie nicht zulässige Wertekombination aufweisen, zu schreiben als:

$$\sum_{i=1}^{I} \sum_{j=1}^{J} \omega_{ij}\, n_{ij} \tag{1}$$

mit

I: Anzahl der Kategorien der ersten Variablen (in unserem Beispiel I=2)

J: Anzahl der Kategorien der zweiten Variablen (in unserem Beispiel J=3)

n_{ij}: Häufigkeit der Wertekombination (i,j).

Damit bildet die Kontingenztafel diejenige qualitative Struktur ab, die nach der jeweiligen Hypothese erwartet und kon-

Tabelle 1: Verdichtete Kreuzklassifikationstabelle mit einer unabhängigen und einer abhängigen Variablen und einer bestimmten qualitativen Vorhersagestruktur bzw. Fehlerzellenstruktur, mit der Hypothese 1 der Untersuchung "Stress und Infarktrisiko" abgebildet wird (vgl. Tabelle 7 Kap. 9)

A R V2(UV)	+ + 1	+- -+ 2	- - 3	
V1 (AV) RW+ 1	$27(n_{11})$ $\omega_{11}=0$	$51(n_{12})$ $\omega_{12}=0$	$0.071=p_{13}$ $37(n_{13})$ $0.119=p_{1.}\cdot p_{.3}$ $\omega_{13}=1$	$115(n_{1.})$ $0.222=p_{1.}$
V1 (AV) RW- 2	$0.060=p_{21}$ $31(n_{21})$ $0.087=p_{2.}\cdot p_{.1}$ $\omega_{21}=1$	$132(n_{22})$ $\omega_{22}=0$	$241(n_{23})$ $\omega_{23}=0$	$404(n_{2.})$ $0.778=p_{2.}$
	58 $0.112=p_{.1}$	183 $0.352=p_{.2}$	278 $0.536=p_{.3}$	519(N) $1.000=p_{..}$

struiert werden kann. Die einfache Auszählung der Anzahl der Fälle in den Fehlerzellen ist jedoch keineswegs ein brauchbares Maß für die Güte der Vorhersage, denn:

a) mit steigender Stichprobengröße steigt auch die zu erwartende Anzahl unzulässiger Wertekombinationen und

b) eine Vorhersage kann nur im Vergleich mit einer anderen Vorhersage beurteilt werden.

Dem ersten Einwand kann begegnet werden, indem man (1) hinsichtlich der Stichprobengröße relativiert zu

$$\sum_{i=1}^{I} \sum_{j=1}^{J} \omega_{ij} \frac{n_{ij}}{N} \qquad (2)$$

Die darin enthalten (n_{ij}/N) sind nun die aus der Stichprobe gewonnenen Schätzungen der Wahrscheinlichkeit für das Auftreten von Wertekombinationen (i,j), die als P_{ij} geschrieben werden können:

$$\text{P(Rule-K-Fehler)} \qquad \sum_{i=1}^{I} \sum_{j=1}^{J} \omega_{ij}\, p_{ij} \qquad (3)$$

Mit (3) wird die Wahrscheinlichkeit von "Rule-Known-Fehlern" oder "Rule-K-Fehlern" bezeichnet. Dieser "Fehler" stellt ein Maß für die Wahrscheinlichkeit dar, Vorhersagefehler zu machen, wenn bei Kenntnis der Kategorien der UV die Kategorien der AV prognostiziert werden sollen. Das Ausmaß dieses Vorhersagefehlers läßt sich nur im Vergleich zu Vorhersagefehlern bewerten, die unter anderen Vorhersagestrukturen eingetreten wären. Eine Vorhersage dieser Art wird z.B. dann vorgenommen, wenn ohne Kenntnis der Kategorien der UV die Kategorien der AV prognostiziert werden.

Dieser Vorgang läßt sich in folgendem Gedankenmodell darstellen: Während die Rule-K die Information über das Vorliegen bestimmter Kategorien der UV in jedem einzelnen Beobachtungsfall (Häufigkeiten n_{ij}) berücksichtigt, wird in der Vergleichsvorhersage, genannt Rule-U (Rule-Unknown, da die Ausprägungen der UV als unbekannt angenommen werden), nur die Randverteilung der UV herangezogen. Die Randverteilung dient dazu, den Beobachtungsfällen zufällig Kategorien auf der UV so zuzuordnen, daß deren Randverteilung rekonstruiert werden kann. In einem zweiten Schritt werden die so auf der UV zugeordneten Beobachtungsfälle entsprechend der Hypothese den Ausprägungen der AV zugeordnet. Der Anteil der dabei entstehenden Fehlklassifikationen wird als Rule-U-Fehler definiert. Dieses Gedankenmodell läßt sich wie folgt formalisieren:

1 - p(theoretisch richtige Zuordnung).

Da die UV-Werte zufällig zugewiesen wurden, gilt:

$$p(\text{theoretisch richtige Zuordnung}) \sum_{i=1}^{I} p(UV = 1)\ p(AV \in P_i) \quad (4)$$

wobei P_1: Menge aller j, für die $\omega_{ij} = 0$.

Nun kann $p(AV \in P_i)$ geschrieben werden als:

$$\begin{aligned} p(AV \in P_i) &= \sum_{j \in P_i} p(AV = j) = \sum_{j=1}^{J} (1 - \omega_{ij}) p_{.j} \\ &= 1 - \sum_{j=1}^{J} \omega_{ij}\, p_{.j} \end{aligned} \quad (5)$$

und

$$\sum_{i=1}^{I} p(UV = i)\ p(AV \in P_i) = \sum_{i=1}^{I} p_{i.} - \sum_{i=1}^{I} p_{i.} \sum_{j=1}^{J} \omega_{ij}\, p_{.j} \qquad (6)$$

$$= 1 - \sum_{i=1}^{I} \sum_{j=1}^{J} \omega_{ij}\, p_{i.}\, p_{.j}$$

Dies ergibt:

p(Rule-U-Fehler)

$$= 1 - 1 + \sum_{i=1}^{I} \sum_{j=1}^{J} \omega_{ij}\, p_{i.}\, p_{.j} \qquad (7)$$

$$= \sum_{i=1}^{I} \sum_{j=1}^{J} \omega_{ij}\, p_{i.}\, p_{.j}$$

Die Differenz

p(Rule-U-Fehler) - p(Rule-K-Fehler) (8)

bildet somit ein Maß für die Reduktion der Fehlerwahrscheinlichkeiten aufgrund der UV.
Relativiert man diese Differenz auf den Rule-U-Fehler, so erhält man

$$\frac{\text{p(Rule-U-Fehler)} - \text{p(Rule-K-Fehler)}}{\text{p(Rule-U-Fehler)}}$$

$$= 1 - \frac{\text{p(Rule-K-Fehler)}}{\text{p(Rule-U-Fehler)}}$$

Mit (8) ist nach Costner (1965, S.344) ein Maß definiert, das als "Proportional Reduction in Error (PRE) measure" bezeichnet wird, d.h. es wurde eine proportionale Fehlerreduktion berechnet, die sich durch eine Vorhersage ergibt, die in Relation zu dem Prognosefehler gesetzt wird, der durch eine andere (Zufalls-)Vorhersage erzielt worden wäre. Der sich aus (6) bis (8) ergebende Koeffizient wird nach Hildebrand, Laing und Rosenthal (1977b) mit ∇ ("DEL") bezeichnet (9):

$$\nabla = 1 - \frac{\sum_{i=1}^{I} \sum_{j=1}^{J} \omega_{ij}\, p_{ij}}{\sum_{i=1}^{I} \sum_{j=1}^{J} \omega_{ij}\, p_{i.}\, p_{.j}} \qquad (9)$$

"DEL" gibt also an, in welchem Ausmaß der Fehler bei der Vorhersage bestimmter Ereignisse der AV reduziert werden kann, wenn von der in der qualitativen Hypothese festgelegten Zellenstruktur ausgegangen wird. In Tabelle 2 wird DEL für die Hypothesenstruktur aus Tabelle 1 berechnet.

Das DEL-Maß hat ein Maximum von 1, welches dann erreicht wird, wenn für alle Fehlerzellen $P_{ij} = 0$ und somit auch $n_{ij} = 0$ vorliegt, also alle aufgetretenen Merkmalskombinationen von der "Theorie" abgedeckt sind. "DEL" (∇) nimmt den Wert 0 an, falls gilt: $P_{ij} = P_{i.} P_{.j}$, also Unabhängigkeit von V1 und V2 vorliegt. Allerdings ist der Umkehrschluß "$\nabla = 0 \Longrightarrow$ V1 und V2 "unabhängig" nicht zulässig, da auch andere Fälle denkbar sind, für die gilt: $\sum\sum\omega_{ij}P_{ij} = \sum\sum\omega_{ij}P_{i.}P_{.j}$. Die Gleichheit von Summen impliziert nämlich nicht notwendig auch Gleichheit aller entsprechenden Summanden!

Ein Wert von 0.36 bedeutet beispielsweise, daß sich gegenüber einer Zufallsaussage die Vorhersage von Ereignissen aufgrund einer qualitativen Struktur in ihrem Fehlerausmaß um 36 % reduzieren würde.

Eine allgemeine untere Grenze für ∇ kann nicht angegeben werden, da unter Umständen die Theorie eine erhebliche Vorhersageverschlechterung bedingt, wodurch p(Rule-K-Fehler) gegenüber p(Rule-U-Fehler) sehr groß wird. Es gilt also:

$$-\infty \leqslant \nabla \leqslant 1.$$

Wie aus Formel (9) ersichtlich, ist der Koeffizient symmetrisch bezüglich der Festlegung von AV und UV. Dies impliziert, daß aus den theorieadäquaten - bzw. der Hypothese abgeleiteten zulässigen Zellen logisch äquivalente Vorhersagen in beiden Richtungen vorgenommen werden können.

Tabelle 2: Berechnung des DEL-Maßes (∇) für die in Tabelle 1 abgebildete Hypothesen-Struktur mit Rekurs auf die Formeln (3) bis (9) des laufenden Textes

zu Formel (3)

$$p(\text{Rule-K-Fehler}) = \sum_{i=1}^{2} \sum_{j=1}^{3} \omega_{ij}\, p_{ij}$$

$$= 0{,}06 + 0{,}071 \qquad = 0{,}131$$

zu Formel (7)

$$p(\text{Rule-U-Fehler}) = \sum_{i=1}^{2} \sum_{j=1}^{3} \omega_{ij}\, p_{i.}\, p_{.j}$$

$$= 0{,}078 \cdot 0{,}119 + 0{,}228 \cdot 0{,}536$$

$$= 0{,}119 + 0{,}087 \qquad = 0{,}206$$

Zu Formel (8) *bzw.* (9) *Werte aus Formel* (3) *und* (7)

$$\nabla = 1 - \frac{p(\text{Rule-K-Fehler})}{p(\text{Rule-U-Fehler})}$$

$$= 1 - \frac{0{,}131}{0{,}206} \qquad = 0{,}364$$

1.3. Weitere Bewertungskriterien des Vorhersageerfolges

Von Hildebrand, Laing und Rosenthal (1977b) werden vier Dimensionen genannt, die mit dem Auftreten von Vorhersagefehlern zusammenhängen:

- der Vorhersagebereich (scope): der Anteil der Population, für den in den einzelnen Zuständen der Av eine differenziertere, d.h. nicht tautologische, Vorhersage möglich ist. Der "scope" entspricht also der Summe derjenigen Populationsanteile der Randverteilung der UV, für die gilt:

$$\sum_j p_{.j}, \quad \text{wenn} \quad \sum_i \omega_{ij} \neq 0$$

- die Vorhersagepräzision: eine Vorhersage ist umso präziser, je spezifischer bestimmte Kontingenztafeln in die Vorhersage eingehen (vgl. Rule U). Wenn z.B. zwei Vorhersagen die gleiche Zahl inkorrekter Fälle beinhalten, dann soll diejenige Vorhersage präziser sein, die sich auf die grössere Zahl von Beobachtungen stützt: d.h. die Vorhersage mit vier falschen von 200 Beobachtungen ist präziser als diejenige mit vier falschen von 100 Beobachtungen.

- die Vorhersagedifferenziertheit bezieht sich auf das Ausmaß unterschiedlicher Vorhersagen für die verschiedenen Zustände der UV.
- die Vorhersagegenauigkeit: das Ausmaß, in dem Vorhersagen korrekt und Fehler minimiert sind. Dieser Wert wird durch das DEL-Maß (vgl. Formel 8,9) definiert, das von den drei vorgenannten Dimensionen beeinflußt wird.

2. KOMPLEXE, MULTIVARIATE DATEN

Bis hierher wurde die DEL-Analyse an einem Satz von fünf dichotomisierten Variablen (4 UVn, 1 AV) demonstriert; die Kontingenztafel umfaßte $2^5 = 32$ Zellen, eine handliche und auch im Zusammenhang mit der Stichprobengröße (N=519) vertretbare Zahl. Darüber hinaus konnte je nach Hypothese und entsprechender Fehlerzellenstruktur diese Tafel über äquivalente Vorhersagestrukturen z.B. auf 2x3-Tafeln komprimiert werden.

Wie arbeitet man aber in umfangreichen Datensituationen? Wir greifen hier auf eine Studie von Lantermann (1984) zurück, in der 11 UVn und 5 AVn erhoben worden sind. Es hängt nun ganz entscheidend von der Vorhersagestruktur (also den Hypothesen) ab, ob im Rahmen der üblichen Stichprobengrößen mit DEL in einem solchen "multivariaten" Design sinnvoll gearbeitet werden kann.

2.1. Problemstellung: Betroffenheit und umweltbewußtes Handeln

Lantermann (1984) ging in Anlehnung an Fietkau (1981) davon aus, daß das Konstrukt "Betroffenheit" für das Verständnis und zur Erklärung von Handlungsregulationsprozessen im ökologischen Kontext recht vielversprechend ist. Die Lantermannsche Konzeption von Betroffenheit umfaßt drei Facetten:

(a) Betroffenheit als transaktionales Konzept:

Betroffenheit ist eine Erlebnisqualität, die entsteht, wenn Personen mit Ereignissen konfrontiert werden, die sich als z.B. räumlich nahe, zeitlich nahe, unerwartet beschreiben lassen, die intensive Sinneseindrücke erzeugen und von Personen mit zentralen Aspekten des Selbst, z.B. den zentralen Werten, assoziiert werden.

(b) Betroffenheit als Kognition und Emotion verknüpfendes Konzept:

Betroffenheit ist gekennzeichnet durch die Komponenten emotionale Beteiligung und Reflexivität. Es besteht ein reflektierender Bezug zwischen Ereignissen und Werten bzw. Selbstidentität der Person. Gleichzeitig wird die Situation als persönlich wichtig mit allen emotionalen Begleiterscheinungen erlebt.

(c) Betroffenheit als handlungspsychologisches Konzept:

Betroffenheitszustände zeichnen sich dadurch aus, daß die Umsetzung von Handlungsplänen kurzfristig unterbrochen wird. Es treten Ereignisse auf, die zentrale Aspekte des Selbst tangieren. Die Situation ist so beschaffen, daß der Person keine eingeschliffenen Handlungspläne zur Verfügung stehen. Sie muß sich unter Bezugnahme auf ihr Wertesystem neu orientieren. Dieses vorübergehende Durchbrechen der Handlungsorganisation schließt das Gefühl mangelnder Kontrollierbarkeit der Situation ein. Die positive Potenz von Betroffenheit liegt darin, daß "neue", reflektierte Handlungen möglich werden.

In Vorstudien stellte sich heraus, daß vornehmlich Ereignisse von "psychologischer Nähe" zu der Erfahrung von Betroffenheit führen. Die psychologische Nähe hat einen starken Einfluß auf "Urteile und Reaktionen gegenüber diesen (...) Ereignissen. Je geringer die psychologische Distanz eines Ereignisses vom Selbst, desto stärker die Reaktion auf dieses (...) Ereignis (desto stärker das Involvement)" (Reykowski 1982).

In Tabelle 3 wird eine Übersicht über die 16 Variablen der Studie von Lantermann gegeben.

Tabelle 3: Variablen der Studie "Betroffenheit und umweltbewußtes Verhalten"

"Unabhängige" Variablen:		
Variablen zur Kennzeichnung der psychologischen Nähe:		
A:	Räumliche Nähe	1=nah 2=entfernt
B:	Zeitliche Nähe	1=nah 2=entfernt
C:	Soziale Nähe	1=nah 2=entfernt
D:	Wahrscheinlickeit des Auftretens	1=gewiß 2=ungewiß
E:	Reversibilität	1=irreversibel 2=reversibel
Kategorien zu Beschreibung der Wertehierarchie der betroffenen Person:		
F:	Wertebezug	1=vorhanden 2=nicht vorhanden
G:	Stärke der Assoziation mit Werten	1=stark 2=schwach
H:	Zentralität der angesprochenen Werte	1=hoch 2=niedrig
Kognitive und emotionale Personen-Variablen:		
I:	Erfahrung mit den in Rede stehenden Umweltereignissen	1=ja 2=nein
J:	Informationen über die in Rede stehenden Umweltereignisse	1=ja 2=nein
K:	Vergangenes Verhalten in Form von Teilnahme an Demonstrationen	1=keine Teilnahme 2=ein- bis zweimalige Teilnahme 3=drei- bis viermalige Teilnahme
"Abhängige Variablen:		
Betroffenheit wird über drei Aspekte erfaßt (und später definiert):		
X:	Kognitive Skalen	1=betrifft mich nicht 2= 3=betrifft mich mit Sicherheit
Y:	Emotionale Skalen	1=läßt mich kalt 2= 3=erregt mich
Z:	Kognitiv-emotionale Skalen	1=geht mir überhaupt nicht nahe 2= 3=geht mir sehr nahe
Verhaltensnahe Variablen:		
L:	Emotionsqualität	1=aktivierend 2=desaktivierend
M:	Verhaltensintention	1=schwach 2=mittel 3=stark

117 Personen wurden im Rahmen von Befragungen jeweils zehn artifizielle Situationen vorgelegt, die sich in den Merkmalen A bis E unterschieden. Diese zehn Situationen waren aber jeweils eine Teilmenge aus $2^5=32$ nach den Facetten A-E unterschieden. Die handlungspsychologischen Annahmen lassen sich kurz folgendermaßen zusammenfassen:

Bestimmte Aspekte von Ereignissen "bewirken", daß eine Person von ihnen "betroffen" ist (d.h.: Wissen, daß ein Ereignis die eigene Lebenswelt tangiert, emotionales Berührtsein, Aufgeregtsein). Die Person muß einen Zustand der Betroffenheit in diesem Sinne durchlaufen und außerdem noch ein Gefühl spezifischer Qualität haben (dabei wird hier nur zwischen aktivierenden und desaktivierenden Gefühlen unterschieden), damit sie auf dieses Ereignis hin handelt.

2.2. Hypothese

Innerhalb dieses Rahmens lassen sich verschiedene Hypothesen formulieren, die sich u.a. darin unterscheiden, welche Aspekte der Ereignisse in welcher Kombination "Betroffenheit" hervorrufen und/oder wie die Facetten der Betroffenheit zusammenspielen usw. Stellvertretend für diese Art der Hypothesenbildung (vgl. im einzelnen Lantermann, Döring-Seipel und Rudinger, in Vorb.) sei die sog. "positive" Hypothese in ihrer strengen Form vorgestellt:

Wenn "psychologische Nähe" des Ereignisses gegeben ist (definiert durch Ausprägung 1 in allen Variablen A bis E) und wenn die Werte der Personen tangiert sind (definiert durch Ausprägung 1 in allen Variablen F bis H) und wenn Erfahrung und Information bzgl. des in Rede stehenden Umweltereignisses gegeben sind (I=1, J=1), dann ist die Betroffenheit hoch (operationalisiert über die höchsten Ausprägungen in den drei Stufen X, Y, Z); wenn außerdem vergangenes Verhalten in hohem Ausmaß vorliegt (K=3), dann führt dies zu einer aktivierenden Emotionsqualität (L=1) und dies wiederum zu starker Verhaltensbereitschaft (M=3); kürzer:

"Wenn A bis J gegeben ist, dann finden sich in allen drei Bereichen der Betroffenheit (X,Y,Z) höchste Ausprägungen, und wenn außerdem K=3, dann L=1, dann M=3."

In vorhersagensprachlicher Form:

$$(A=1 \wedge B=1 \wedge \ldots \wedge J=1) \; <\!-\!\sim\!-\!> \; (X=3 \wedge Y=3 \wedge Z=3) \wedge$$
$$((A=1) \wedge (\ldots) \wedge (J=1) \wedge (K=3)) \; <\!-\!\sim\!-\!> \; ((L=1) \wedge (M=3))$$

Aus den 1024 Kombinationsmöglichkeiten der Ausprägungen von A bis J ist eine herausgelöst, die restlichen 1023 sind äquivalent, so daß man sagen kann:

$$UV_1 = \begin{cases} 1, \text{ wenn } (A=1 \wedge \ldots \wedge J=1) \\ 0, \text{ andernfalls} \end{cases}$$

Analog ist für "Betroffenheit" von den 27 Möglichkeiten (3^3) eine theoretisch von den 26 anderen abgehoben, nämlich die mit den höchsten Ausprägungen in allen drei Kategorien, also:

$$AV_1 = \begin{cases} 1, \text{ wenn } (X=3 \wedge Y=3 \wedge Z=3) \\ 0, \text{ andernfalls} \end{cases}$$

Aus Konsistenzgründen sei definiert

$$UV_2 = \begin{cases} 1, \text{ wenn } K=3 \\ 0, \text{ andernfalls} \end{cases}$$

Auch bei der Definition von AV_2 wird aus mehreren Kombinationen (nämlich LxM ==> 2x3 = 6) eine herausgestellt.

$$AV_2 = \begin{cases} 1, \text{ wenn } L=1 \wedge M=3 \\ 0, \text{ andernfalls} \end{cases}$$

Die Hypothese hat also die allgemeine Struktur:

$$[UV_1=1 \; <\!-\!\sim\!-\!> \; AV_1=1] \wedge [(UV_1=1 \wedge UV_2=1) \; <\!-\!\sim\!-\!> \; (AV_2=1)]$$

Folgendes ist bemerkenswert:
Insgesamt umfaßt der Variablen-Pool elf zweistufige und fünf dreistufige Variablen. Man hätte befürchten können, eine 2^{11} mal 3^5 = 497664-Zellen-Kontingenztafel aufbauen zu müs-

sen. Aus dieser $2^{11}.3^{5}$-Kontingenztafel wird jedoch für diese Hypothese eine $(UV_1 \cdot UV_2) \cdot (AV_1 \cdot AV_2 = (2 \cdot 2) \quad (2 \cdot 2) = 4 \cdot 4$ = 16-feldrige Kontingenztafel (s. Tab. 4).

Tabelle 4: Kontingenztafel bzw. Wahrheitstafel zur sog. positiven Hypothese von Lantermann (1984)

AV 1	AV 2	UV 1: 1 / UV 2: 1	UV 1: 1 / UV 2: 0	UV 1: 0 / UV 2: 1	UV 1: 0 / UV 2: 0
1	1	W			
	0		W		
0	1				
	0			W	W

2.3. Schlußfolgerung

Die Ergebnisse dieser Studie "Betroffenheit und umweltbewußtes Handeln" werden andernorts publiziert (Lantermann, Döring-Seipel & Rudinger, in Vorb.); die Schlußfolgerung kann hier nur den methodischen Aspekt herausstellen, daß selbst bei umfangreicheren Datensätzen und Kontingenztafeln Analysemöglichkeiten mit Hilfe der DEL-Analyse möglich sind. Voraussetzung allerdings ist, daß die Hypothesenstruktur dezidiert genug ist. Nun setzt dieser Prozeß der Vereinfachung oft aber nicht erst auf theoretischer Basis bei der Hypothesenformulierung ein, sondern z.T. aus Praktikabilitätsgründen schon bei der Generierung der Variablen z.B. durch Dichotomisierung. Es ist jedoch als Preisgabe von Information anzusehen, wenn polytome Kategorien, Ratings oder Ordinaldaten aus solchen atheoretischen Praktikabilitätsgründen verdichtet werden.

Es ist also zu unterscheiden eine Vereinfachung über äquivalente Vorhersagestrukturen (wie in dem vorgenannten Beispiel) von einer Vereinfachung auf Variablenebene ohne Rekurs auf eine Theorie. Natürlich können auch schon Vereinfachungen auf Variablenebene theoriegeleitet sein (wenn mit kritischen Schwellenwerten o.ä. gearbeitet wird), dies ist aber gleichbedeutend mit der Formulierung äquivalenter Aussagen diesseits bzw. jenseits dieses kritischen Wertes. Damit sich aber nicht der Eindruck festsetzt, die DEL-Analyse könne auf "einfachem" Datenniveau nur "nominale" Hypothesen testen, werden im dritten Abschnitt "ordinale" Hypothesen formuliert und überprüft.

3. ORDINALE HYPOTHESEN

Ziel dieses Kapitels ist es, DEL-Maße höherer Ordnung einzuführen. Mit DEL-Analysen höherer Ordnung ist es möglich, nicht nur nominale Hypothesen, sondern auch sog. ordinale zu überprüfen. Es wird jedoch auch im folgenden erst einmal mit 0/1 kodierten Daten gearbeitet; die "Ordinalisierung" bezieht sich auf Wirkungen von Kombinationen solcher dichotomen unabhängigen Variablen. Wie wir am Schluß zeigen, läßt sich diese Strategie jedoch auch auf mehrfach gestufte und ordinale Variablen ausdehnen.

3.1. Problem: Erst gurten, dann starten?

Wir beziehen uns auf eine Untersuchung von Six (1979) zum "Sicherheitsverhalten im Straßenverkehr". Im Rahmen der Theorie zur Einstellungs-Verhaltens-Relation ging es um die Vorhersage des Anlegens des Sicherheitsgurtes. Er berücksichtigte dabei folgende Variablen:

- Einstellung zum Gurt
- Zentralität des Gurtanlegens
- Verhaltenserwartung
- Verhaltensintention
- Verhalten

Dem Kenner der entsprechenden theoretischen Literatur ist schon bei Erwähnung dieser Variablen deutlich, daß es sich um einen Ansatz zur Verhaltensvorhersage handelt, der in ein bekanntes Modell nach Fishbein und Ajzen (1975) münden wird.

Die Untersuchung wurde auf dem Gelände des TÜV-Rheinland, Zweigstelle Bonn durchgeführt. Von den 209 Autofahrern, die bei der Einfahrt auf das TÜV-Gelände den Fragebogen zur Erfassung der Variablen (s.u.) erhielten und von denen registriert wurde, ob sie einen Sicherheitsgurt angelegt hatten oder nicht, konnten nach der Befragung 101 Fragebögen vollständig verwendet werden.

Die Variablen wurden mit Fragebogen-Skalen erfaßt, die i.d.R. aus mehreren Items bestanden. Für die Auswertung erfolgte eine Dichotomisierung der Skalenwerte jeweils über den Median der Stichprobe.

Einstellung (EI)

Einstellungen als Determinanten von Verhaltensweisen und Verhaltensintentionen - das lehrt die sozialpsychologische Forschung - sollen sich möglichst konkret auf dasjenige Verhalten bzw. diejenigen Verhaltensintentionen beziehen, die als Kriterium fungieren. So wurden in der vorliegenden Untersuchung bei PKW-fahrern die Einstellungen zum Sicherheitsgurt mit Items erfaßt wie:
"Eine verkehrsgerechte Fahrweise macht das Anlegen von Sicherheitsgurten überflüssig". "Der Sicherheitsgurt ähnelt einem Korsett, in dem man sich nicht mehr bewegen kann". "Sicherheitsgurte dienen nur zur Rechtfertigung riskanter Fahrweisen".

Zentralität (ZE)

Die wenigen Arbeiten, in denen die Zentralität der Einstellung für die Verhaltensvorhersage berücksichtigt worden ist, zeigen den großen Einfluß dieser Variable. Die Erfassung der Zentralität erfolgte über den Vergleich des Sicherheitsgurtes mit fünf anderen Sicherheitseinrichtungen, wie "Knautschzonen", "Feuerlöscher", "gepolsterte Armaturenbretter" etc.

Verhaltenserwartung (VE)

Mit Items wie:
"Meine Bekannten erwarten von mir, daß ich den Sicherheitsgurt: nicht anlege ... anlege" sollten Verhaltenserwartungen ermittelt werden.
Insgesamt wurden sieben verschiedene Bezugsgruppen angeführt, um zum einen nach der Wichtigkeit dieser Gruppen für die Personen der Untersuchungs-Stichprobe bezüglich des Urteils über Sicherheitsgurte zu fragen und zum anderen nach den Erwartungen dieser Bezugsgruppen, so wie die Befragten diese Erwartungen definierten.

Verhaltensintention (VI)

Verhaltensintentionen
- werden als die unmittelbaren Vorläufer des Verhaltens angesehen,
- werden als kognitiv repräsentierte Verhaltensweisen definiert,
- sind wie Einstellungen sozial determinierte Urteile über soziale Sachverhalte.

Wie Einstellungen variieren Verhaltensintentionen von sehr globalen unspezifischen bis hin zu zeit- und situationsspezifischen Qualitäten. Verhaltensintentionen sind nur dann sinnvoll als Variable in einer Untersuchung zu verwenden, wenn Alternativen für einzelne Intentionen vorliegen. Analog zur konkreten Erfassung von Einstellungen sind die Verhaltenintentionen mit sehr spezifischen Verhaltens-Items untersucht worden wie: "Ich habe vor, selbst für kleinste Fahrtstrecken Sicherheitsgurte anzulegen". "Auch dann, wenn ich es sehr eilig habe, würde ich immer Sicherheitsgurte anlegen." "Wenn ich jetzt ins Auto stiege, würde ich sofort meinen Sicherheitsgurt anlegen."

Verhalten (V)

Als Kriteriumsverhalten wurde das Anlegen bzw. Nicht-Anlegen des Sicherheitsgurtes durch den Fahrzeugführer verwendet. Es weist folgende Merkmale auf:

1. Soziale Relevanz: sowohl die Konsequenzen für die Betroffenen können von z.T. einschneidender Bedeutung sein; ebenso wird die normative Steuerung dieses Verhaltens durch Organisationen und Institutionen massiv vorgenommen.
2. Wahlverhalten; d.h. es ist eine individuelle Entscheidung für oder gegen diese Handlung impliziert.
3. Alltagsverhalten; d.h. es ist leicht auszuführen, und in seiner dichotomen Ausprägung zeigt es ein Höchstmaß an Spezifität.

Als Nachteil ist zu betrachten, daß dieses Verhalten nur in einer Situation erfaßt wurde, d.h. es läßt sich nicht auf andere Situationen generalisieren und ist aufgrund einer einmaligen Beobachtung auch (wahrscheinlich) kein sehr reliabler Indikator.

3.2. Hypothesen erster Ordnung und ihre Überprüfung

Six (1979) formulierte folgende Hypothese:

H_1: "Diejenigen Personen, die eine positive Einstellung und eine hohe Verhaltenserwartung und eine hohe Zentralität und eine hohe Verhaltensintention aufweisen, werden den Gurt auch anlegen."

Aus dieser Formulierung ist eines klar: Wenn alle vier Ereignisse eintreten, dann darf es nicht passieren, daß der Gurt nicht angelegt wird (vgl. unterstrichene Fehlerzelle in Tabelle 5). Über alle anderen Kombinationen der UVn und der AV wird nicht ausgesagt.

Henning (1976) nahm eine "Erweiterung" dieser Hypothese vor, indem zusätzlich zu H_1 noch gesagt wurde: Personen mit negativer Einstellung, niedriger Verhaltenserwartung, niedriger Zentralität sowie niedriger Verhaltensintention werden den Gurt nicht anlegen.

Die Verbindung von H_1 und dieser Formulierung wird im folgenden H_2 genannt. Damit sind zwei Fehlerquellen festgelegt:

(EI+ ∧ VE+ ∧ ZE+ ∧ VI+) ~--> ¬(V-) ∧ (EI- ∧ VE- ∧ ZE- ∧ VI-) ~--> ¬(V+).

Die Ergebnisse der Überprüfung dieser beiden Hypothesen mit der DEL-Analyse sind in Tabelle 5 dargestellt.

Tabelle 5: Anlegen des Sicherheitsgurtes. Häufigkeiten und Fehlerzellen der Hypothesen H_1 und H_2

EI	0								1								
VI	0				1				0				1				
ZE	0		1		0		1		0		1		0		1		
VE	0	1	0	1	0	1	0	1	0	1	0	1	0	1	0	1	
V																	Σ
0	8	6	2	3	0	2	3	3	3	0	4	2	0	4	3	6 (1)	49
1	3 (1)	3	1	1	3	2	3	2	0	2	5	0	1	8	5	13	52
Σ	11	9	3	4	3	4	6	5	3	2	9	2	1	12	8	19	101

Einstellung zum Gurt	(EI)	(negativ=0/positiv=1)
Verhaltensintention	(VI)	(niedrig=0/hoch=1)
Zentralität des Gurtanlegens	(ZE)	(niedrig=0/hoch=1)
Verhaltenserwartung	(VE)	(niedrig=0/hoch=1)
Verhalten	(V)	(nicht anlegen=0/anlegen=1)

Hypothese H_1 (unterstrichenes Fehlergewicht):
Del = 0.36
Rule-U = 0.09 Rule-K = 0.06

Hypothese H_2 (beide Fehlerzellen):
Del = 0.40
Rule-U = 0.149 Rule-K = 0.09

3.3. Hypothesen zweiter Ordnung

Beide Hypothesen reduzieren jedoch die eigentlich interessante Fragestellung:

H_3: "Je positiver die Einstellung und je höher die Verhaltenserwartung und je höher die Zentralität und je höher die Verhaltensintention, desto eher wird der Sicherheitsgurt angelegt"

erheblich, da mit H_1 bzw. H_2 im Grunde nur die Extremfälle untersucht wurden.

Bei der Überprüfung dieser Hypothese H_3 haben wir jedoch ein Problem: Da weiterhin nur dichotome Daten vorliegen, können wir immer noch keine Ordnungshypothesen bzgl. der einzelnen Prädiktoren (je höher x, je höher z ...) testen, sondern nur bezüglich der Kombination der Prädiktoren, von denen es 16 gibt (1111 bis 0000 ---> $2^4 = 16$). Leider ist es jedoch kaum möglich, die kombinierten Werte der Vorhersagevariablen ("UVn") vollständig zu rangordnen.
Es ist aber durchaus möglich, eine sog. partielle Ordnung auf den Kombinationen zu definieren, wie in Abbildung 1 dargestellt. Die Richtung der Pfeile zwischen den Prädiktoren-Kombinationen kann hierin interpretiert werden als "hat einen niedrigeren Wert als". Diese Relation wird im folgenden mit "↑" symbolisiert.

Abbildung 1: Partielle Ordnungsstruktur zur Hypothese H_3 bezüglich der Verhaltensvariable

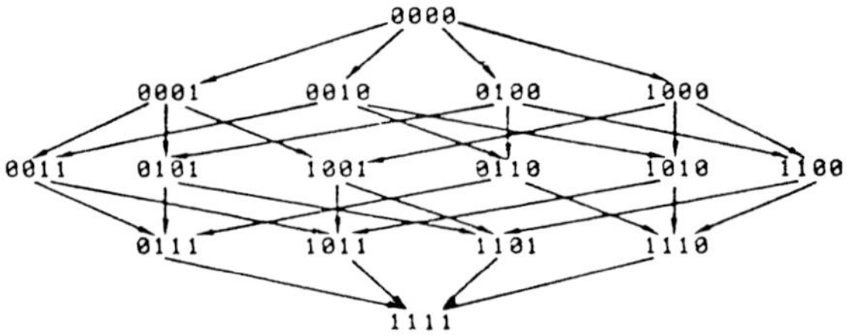

Wie ist der Aufbau dieser Abbildung zu verstehen? Bei Vorliegen der UVn-Kombination 1111 ist die höchste Gurtanlegewahrscheinlichkeit gegeben und damit eine höhere als bei 0111, 1011 etc. Zwischen 0001 und 0010 jedoch kann bezgl. des (Nicht-)Gurtanlegens (in diesem Falle) nicht entschieden werden.

Mit einer solchen partiellen Ordnung ist folgende Hypothese formuliert, die wir H_3' nennen wollen, da sie mit H_3 nicht identisch ist.

H_3': $(e_1 \uparrow e_2) \dashrightarrow \neg (b_2 \uparrow b_1)$

bzw.

$(UV_1 \uparrow UV_2) \dashrightarrow \neg (AV_2 \uparrow AV_1)$

e = Einstellung: Vorhersagevariable (UV),

b = Verhalten: Zielvariable (AV).

Wenn zwichen den beiden Kombinationen der Kategorien der Vorhersagevariablen die Relation "$\uparrow$" besteht ($e_1 \uparrow e_2$), d.h. wenn e_1 einen niedrigeren Wert als e_2 hat, so darf beim Verhalten nicht die umgekehrte Reihenfolge $b_2 \uparrow b_1$ auftreten [*also* $\neg(b_2 \uparrow b_1)$].

Die Überprüfung solcher Hypothesen nun ist ebenfalls mit der DEL-Analyse, und zwar mit der der "zweiten Ordnung" möglich. Hier kommt die Flexibilität von DEL gegenüber Standardkoeffizienten für ordinale Hypothesen vollends zur Geltung. Bei der Vorhersagenanalyse 2. Ordnung geht es also um die Überprüfung von Ordnungshypothesen bzgl. bestimmter Prädiktorenkombinationen. Wie läßt sich nun für diese Ordnungshypothesen eine Kontingenztafel erstellen und in ihre die Fehlerzellen definieren?

Die allgemeine Form der Hypothese H_3': $(e_1 \uparrow e_2) \dashrightarrow \neg(b_2 \uparrow b_1)$ impliziert sämtliche Vergleiche von Paaren aller vorhandenen UVn-Kobminationen mit allen Paaren der AVn-Kombinationen. Jede der 101 Personen dieser Studie zeigt eine der 2^4 UVn-Kombinationen (0000 bis 1111) und eine der 2^1 AV-Ausprägungen (0 oder 1). Zwischen den 101 Personen bzw. den ihnen zugeordneten Merkmalsausprägungen der UVn und AV sind 101 x 101 = 10201 Paarvergleiche vorzunehmen:

$$(UV_{1i}, AV_{1i}) \cdot (UV_{2j}, AV_{2j}); \quad i,j = 1,101$$

Dieser Paarvergleich von Paaren läßt sich im Einklang mit der Hypothese ohne Informationseinbuße auch so vornehmen:

$$(UV_{1i}, UV_{2j}) \cdot (AV_{1i}, AV_{2j}); \quad i,j = 1,101.$$

Nach dieser Strategie werden für jedes Paar der UVn-Kombinationen 0000 0000 bis 1111 1111 ($2^{4 \cdot 2} = 2^8 = 256$ Paare) die Häufigkeiten der AVn-Kombinationen ($2^2 = 4$): 00, 10, 01, 11 ausgezählt. Für die Fragestellung der Hypothese H_3' müßte von einer 256·4 Matrix ausgegangen werden, die aus 2^8 Kombinationen der Kategorien (EI, ZE, VE, VI) und 2^2 Kombinationen der AV ("Gurt-Anlegen") besteht: die sog. extensive Form der Kontingenztafel. In Tabelle 6 werden Ausschnitte dieser umfangreichen Kontingenztafel dargestellt. Einige der aus Hypothese H_3' resultierenden Fehlerzellen sind in dieser Tabelle ebenfalls gekennzeichnet. Ein der Hypothese widersprechendes Ereignis liegt dann vor, wenn z.B.

$$(UV_1 = 0000 \uparrow UV_2 = 0001) \wedge (AV_2 = 0 \uparrow AV_1 = 1).$$

Dies ist bei 18 der 10201 Vergleiche der Fall (s. entsprechende Besetzung der Fehlerzelle).

Tabelle 6: Ausschnitt aus der 256·4 Kontingenztafel (extensive Form) der Hypothese H_3'

UV_1				UV_2				AV1	0		1		
EI1	VI1	ZE1	VE1	EI2	VI2	ZE2	VE2	AV2	0	1	0	1	Σ
0	0	0	0	0	0	0	0		64	24	24	9	121
0	0	0	0	0	0	0	1		48	24	18 (1)	9	99
0	0	0	0	0	0	1	0		16	8	6 (1)	3	33
.	.	.	.	.	.	.	.		.	.	.	.	.
.	.	.	.	.	.	.	.		.	.	.	.	.
.	.	.	.	.	.	.	.		.	.	.	.	.
0	0	1	1	0	0	0	0		24	9 (1)	8	3	44
0	0	1	1	0	0	0	1		18	9 (1)	6	3	36
.	.	.	.	.	.	.	.		.	.	.	.	.
.	.	.	.	.	.	.	.		.	.	.	.	.
.	.	.	.	.	.	.	.		.	.	.	.	.
1	1	1	1	1	1	1	1		36	78	78	169	361
							Σ		2401	2548	2548	2704	10201

Del = 0.35

Rule U = 0.158 Rule K = 0.103

Aus der extensiven Form der Kontingenztafel läßt sich eine kondensierte Form konstruieren, die dem Untersuchungsdesign einer generellen Vorhersageform entspricht (s. Tab. 17). Allerdings ist die Konstruktion der mittleren Kategorie der unabhängigen Variablen der Einstellungskombination E^{*2} dem vorliegenden Problem anzupassen. Während bei einer vollständigen Ordnung aus "weder kleiner, noch größer" die mittlere Kategorie "gleich" folgt, gilt diese Folgerung bei einer partiellen Ordnung, wie sie für diese Fragestellung angemessen ist (vgl. Abbildung 1), nicht, so daß die mittlere Kategorie hier eine andere Bedeutung erhält. Alle Kategorienkombinationen der Variablen E^{*2}, die aus gleichen Kategorien und Kategorienvergleichen bestehen, für die keine Ordnung definiert wurde (d.h. in Abbildung 1 nicht durch Pfeile verbunden sind), sind in dieser mittleren Kategorie zusammengefaßt.

Tabelle 7: Kondensierte Form ($E^{*2} \cdot B^{*2}$) der Kontingenztafel zur Hypothese H_3'

E^{*2}	B^{*2}	$b_1 \uparrow < b_2$	$b_1 \uparrow\downarrow b_2$	b $g_1 \downarrow b_2$	Σ
$e_1 \uparrow e_2$		1099	1600	525 (1)	3224
$e_1 \uparrow\downarrow e_2$		924	1905	924	3753
$e_1 \downarrow e_2$		525 (1)	1600	1099	3224
	Σ	2548	5105	2548	10201

Del = 0.35
Rule U = 0.158 Rule K = 0.103

Mit der ordinalen Hypothese H_3 bzw. H_3' erfolgt eine relative Fehlerreduktion in der Vorhersage des Verhaltens (Anlegen des Gurtes) von 35 %; wenn man so will, liegt eine Verschlechterung gegenüber der einfachen "positiven" Hypothese und gegenüber der Hypothese 2 vor, welche ja praktisch nur die Extremfälle von H_3' enthält. Die Vorhersagegenauigkeit hat also etwas nachgelassen, der Vorhersagebereich (Scope) und die Differenziertheit sind jedoch größer geworden; da andererseits die Präzision stärker gelitten hat, ist das DEL-Maß - welches ja alle Aspekte berücksichtigt - geringer geworden, wenn auch eingeräumt werden muß, daß 35 % Fehlerreduktion nicht gerade wenig sind. Deutlich wird jedoch, daß die numerische Höhe des DEL-Maßes allein und auch seine "signifikante" Verschiedenheit von Null nicht alle Bewertungsaspekte anbieten.

Obwohl zumindest in den dichotomisierten unabhängigen Variablen eigentlich schon ordinale Information enthalten ist (0 = niedrich, 1 = hoch), soll an einem kleinen Beispiel mit mehreren geordneten Kategorien bei unabhängigen und abhängigen Variablen angerissen werden, daß die dargestellte Vorgehensweise bei ordinalen Variablen ebenfalls anwendbar ist.

Wir gehen von zwei dreistufigen unabhängigen Variablen aus:

Einstellung zum Sicherheitsgurt:	1 = negativ 2 = unentschieden 3 = positiv
Soziale Verhaltenserwartung :	1 = schwach 2 = mittel 3 = stark

und einer dreistufigen abhängigen Variablen:

Gurtanlegen :	1 = starten; fahren; gurten, wenn Polizei in Sicht 2 = erst starten, gurten nach der nächsten Ecke 3 = erst gurten, dann starten

Die Hypothese lautet (wieder): Je positiver die Einstellung und je stärker die Verhaltenserwartung, desto eher wird der Gurt angelegt.
Bezüglich der bivariaten Beziehungen "Einstellung ~--> Gurt" bzw. "Verhaltenserwartung ~--> Gurt" sind die Ordnungsrelationen offenkundig monoton (vgl. dazu Rudinger et al. 1985, Kap. 5.3), bzgl. der neun Kombinationen der beiden UVn muß jedoch über die allgemeine Formulierung der Hypothesen hinausgehend eine (partielle) Ordnung definiert werden, in unserem fiktiven Fall z.B.

$$(11, 12) \uparrow (13, 21, 22, 23, 31) \uparrow (32, 33).$$

Im Rahmen dieser Definition macht dann die Umformung der Hypothese in $e_1 \uparrow e_2$ ~--> $(\neg b_2 \uparrow b_1)$ Sinn.

Analog zu dem beschriebenen Vorgehen würde die extensive Kontingenztafel für dieses Beispiel durch den Paarvergleich von Paaren auf $9^2 \cdot 3^2 = 729$ Zellen anwachsen; die Erstellung solcher Paarvergleichsmatrizen muß wohl mit Hilfe des Computers erfolgen; dies dürfte für den Anwender jedoch das geringere Problem sein, entscheidend ist die theoriegeleitete Definition der Ordnungsstrukturen.

4. ZUSAMMENFASSENDE BEWERTUNG DES VORHERSAGEN-ANSATZES

Der Vorteil der Vorhersagenanalyse und des DEL-Maßes gegenüber anderen statistischen Indizes, die auf der PRE-Methode basieren (wie z.B. γ, τ, λ, ...) liegt vor allem darin, daß bestimmte theoretische Erwartungen an die Daten a priori formuliert werden können bzw. müssen und daß das jeweilige DEL-Maß für die daraus resultierende Struktur der Kontingenztafel "maßgeschneidert" werden kann; dies impliziert u.a., daß alternative theoretische Erwartungen (Hypothesen), die zu einer anderen inneren Struktur der Kontingenztafel führen, bei unveränderten Zellhäufigkeiten (Daten) auch einen anderen DEL-Wert aufweisen. Dies ist nicht selbstverständlich, da sich z.B. bei der Bewertung mit Hilfe des χ^2 oder des loglinearen Modells für beide Vorhersagestrukturen identische statistische Werte ergeben würden, m.a.W. die letztgenannten Verfahren sind nicht flexibel genug.

Die mit ω_{ij}-Gewichten gekennzeichneten Zellen stellen die Fehlerstruktur einer bestimmten Vorhersage dar. Bei der Berechnung des DEL-Maßes werden die Zellen dieser Fehlerstruktur i.d.R. alle gleich stark berücksichtigt. Dies muß nicht in jedem denkbaren Anwendungsfall wünschenswert sein. Liegen z.B. Informationen darüber vor, daß ganz bestimmte Fehlerzellen nur von untergeordneter Bedeutung sind, hingegen andere von derart zentraler Bedeutung, daß sie über das Vorliegen bzw. Nichtvorliegen einer bestimmten Diagnose entscheiden, dann muß eine Gewichtung der Fehlerzellen vorgenommen werden.

Es lassen sich drei Charakteristika ableiten, die die nichtparametrische DEL-Analyse von allen anderen Methoden (incl. log-lineare Analyse, GLIM u.ä.) zur Analyse von Kontingenzdaten fundamental unterscheiden, und die sie zu einem Instrument konstruktiver Untersuchungsplanung werden lassen.

1. Die äußere Struktur einer Kontingenztafel wird über Art und Zusammenhang der abhängigen mit der unabhängigen Variablen determiniert. Über die AV und UVn lassen sich bereits wesentliche Elemente theoretischer Aussagen modellieren, nominale Zustandsbeschreibungen, Ordinalkategorien, uniform/multiform Skalen; UVn können hierarchisch, faktoriell oder geschachtelt kombiniert werden oder z.B. in Längsschnittstudien als Meßzeitpunkte konzipiert werden.

2. Die innere Struktur einer Kontingenztafel wird durch die Struktur der Fehlerzellen bestimmt.

3. Die Gewichtung der Fehlerzellen stellt das dritte Merkmal konstruktiver Untersuchungsplanung dar und ermöglicht eine differenzierte Umsetzung theoretischer Inhalte.

Außerdem ist es, falls gewünscht, möglich, seine statistische Signifikanz zu prüfen und den statistischen Unterschied für zwei oder mehr DEL-Maße mit konkurrierenden Hypothesen oder für diesselben Hypothesen, die an mehreren unabhängigen Stichproben überprüft werden, zu bewerten. Entscheidender jedoch ist, daß die Vorhersagenanalyse es erlaubt, eine Vielzahl qualitativer Strukturhypothesen über das DEL-Maß zu quantifizieren.

5. LITERATUR

Costner, H.L. (1965): Criteria for measures of association, American Sociological Review, 30, 341-353.

Fietkau, H.J.; Kessel, H. (1981): Umweltlernen. Veränderungsmöglichkeiten des Umweltbewußtsens - Modelle, Erfahrungen. Verlag Anton Hain

Fishbein, M.; Ajzen, I. (1975): Belief, attitude, intention and behavior: An introduction to theory and research, Reading, Mass.: Addison-Wesley.

Groetschel, R. (1984): Belastungen, Bewältigungsressourcen und Herz-Kreislauf-Risiken: Zusammenhangsanalysen, Philosophische Dissertation, Bremen: Universität Bremen.

Henning, H.J. (1979): Ein Verfahren zur Beurteilung qualitativer Hypothesen in Diagnose und Prognose, Berichte aus dem Psychologischen Institut der Universität Bonn, 5, Heft 8, Bonn: Universität Bonn.

Hildebrand, D.K.; Laing, J.D.; Rosenthal, H. (1977b): Prediction analysis of cross classfications, New York: Wiley.

Lantermann, E.D. (1984): Betroffenheit und umweltbewußtes Handeln (Manuskript), Kassel:

Lantermann, E.D.; Döring-Seipel, E.; Rudinger, G. (in Vorb.): Betroffenheit und Handlung.

Reykowski, J. (1982): Social motivation, Annual Review of Psychology, 33, 123-154.

Rudinger, R.; Chaselon, F.; Zimmermann, E.J.; Henning, H.J. (1985): Qualitative Daten, München: Urban & Schwarzenberg.

Six, B. (1979): Einstellungs-Verhaltens-Relation und Verhaltensvorhersage, Habilitationsschrift, Universität Bonn.

[17]

Ernst-Dieter Lantermann
Peter Schima

Simulation einer umweltpsychologisch-relevanten Erhebungssituation
Das Ökosystem Bauernhof

In diesem Kapitel wird ein Programmpaket zur Simulation eines komplexen Systems, des Ökosystems Bauernhof, vorgestellt. Die Simulationsstrategie wird in einen Forschungskontext eingesetzt, der einer handlungstheoretischen Orientierung zur Erklärung menschlichen Verhaltens und Erlebens verpflichtet ist. Dies zieht alternative Kausalitätskonzept nach sich, das die Analyse-Einheiten die Person-Umwelt-Relationen darstellen.

1. EINLEITUNG

Der nachfolgende Bericht über ein Projekt zum Thema "Wertorientiertes Handeln im ökologischen Kontext" ist im Rahmen einer "qualitativen" Orientierung angesiedelt.

Aus einer solchen Perspektive wird eine Person "als aktiv realitätsstrukturierend (begriffen), insofern auch als sich und ihre Welt selbst konstituierend, so daß sie angemessen nur durch die Rekonstruktion ihrer Eigenperspektive verstanden werden kann" (Schreiner, i.Dr.). Entsprechendes gilt für die Konzeptualisierung von "Umwelt". Während es aus orthodox-behavioristischer Perspektive letztlich um eine subjektunabhängige Beschreibung der Umwelt geht, wird im qualitativen Zugriff die Umwelt, so wie sie aus der Sicht der Person erscheint, thematisiert - ohne damit notwendigerweise einem Subjektivismus zu verfallen. Die Rekonstruktion von Umwelt bleibt nicht bloßer subjektiver Willkür überlassen, sondern wird zu einem guten Teil intersubjektiv vermittelt und in der Biographie der handelnden Auseinandersetzung mit der Umwelt erworben. Aus dieser Perspektive erscheint es wenig sinnvoll, Person und Umwelt gegenüberzustellen und erst in nachfolgenden Analysen aufeinanderzubeziehen. Vielmehr bildet der Ausgangspunkt einer so verstandenen qualitativen Analyse von Mensch-Umwelt-Transaktionen das Postulat einer prinzipiellen Verklammerung von Person und Umwelt. Analyse-Einheiten sind damit stets Person-Umwelt-Relationen, deren einzelne Momente nur analytisch akzentuierbar sind (vgl. Graumann 1985), wobei die Rekonstruktion des Sinns, der Bedeutung, die ein Umweltausschnitt für eine Person hat, vornehmliche Aufgabe ist.

Dieser erschließt sich nicht durch einfache Verhaltensbeobachtung, sondern erst über einen Interpretationsakt. Beobachtetes Verhalten einer Person gegenüber und ihrer Umwelt gilt dann als hinreichend erklärt, wenn - unter Rekurs auf den Sinn, die Bedeutung, die eine Person ihrer Umwelt beimißt - die Beweggründe, die eine Person zu einem bestimmten Verhalten veranlassen, verstanden werden.

Dies stellt einen Erklärungstyp dar, der mit einer Kausal-

Erklärung im üblichen Sinn nur wenig gemein hat, aber nicht bereits daher weniger zum Verständnis konkreter Person-Umwelt-Transaktionen beitragen muß. Ebensowenig ist mit einer Favorisierung dieses Erklärungstyps notwendigerweise ein Verzicht auf experimentelle Analysen impliziert. Nur tritt an die Stelle einer Reiz- oder Bedingungs-Manipulation eine systematische Sinn-Variation (Graumann 1985). Voraussetzung dazu ist, daß eine psychologische Erhebungssituation von der Person, deren Verhalten wir verstehen möchten, auch in der vom Forscher intendierten Weise erlebt, mit einem intendierten Sinn versehen wird. Experimentelle Kontrolle umfaßt in diesem Kontext also nicht einfach eine Kontrolle über die Realisierung experimenteller Bedingungen, sondern die Kontrolle über die Induzierung intendierten Sinns, den eine Erhebungssituation für eine Person hat (vgl. dazu u.a. Kebeck & Sader 1984). Im folgenden Abschnitt werden wir von einigen Strategien berichten, die eine derartige Sinn-Kontrolle zum Ziel haben.

Wir verweisen in diesem Zusammenhang auf einige Probleme, die im Vorfeld einer Anwendung kausalanalytischer Verfahren, nämlich schon bei der Daten-Gewinnung, u.E. häufig umgangen werden. Was und wem nützt eine formal elegante Analyse von leichtfertig und ad hoc erhobenen Daten?
In diesem Sinne möchten wir eine gewisse Skepsis des Rezipienten von Kausal-Analysen gegenüber der Eleganz und Präzision solcher Lösungen schüren.

Zusätzlich verbinden wir mit unserem Beitrag die Hoffnung, daß die von uns präferierten alternativen Erklärungsmuster auch und gerade bei solchen Lesern eine positive Aufnahme finden mögen, für die das A und O wissenschaftlicher Forschung die empirische Fundierung theoretischer Aussagen bleibt.

2. STRATEGIEN ZUR INDUZIERUNG VON "SINN"

2.1. Theoretische Vorbemerkungen

In dem Projekt "Wertorientiertes Handeln im ökologischen Kontext" gehen wir u.a. der Frage nach, welche Gründe Personen in ihren Interaktionen mit komplexen Umwelten veranlassen, auch unter sich ändernden Handlungsbedingungen an ihren einmal gefaßten Handlungsplänen festzuhalten oder diese fallenzulassen zugunsten einer Ausführung anderer Handlungspläne, die "eigentlich" nur schwer mit ihren Überzeugungen, Werthaltungen, Standards vereinbar sind. Den theoretischen Hintergrund des Projektes bildet das "Produktion-Signal-Impuls der Handlungsregulation" (siehe Lantermann 1985), angereichert mit Annahmen über Relationen zwischen unterschiedlichen Aktivierungsprozessen ("activation" und "arousal") und spezifischen informationsverarbeitenden Prozessen während einer aktuellen Handlungsregulation. Insbesondere interessieren wir uns für Bedingungen und Auswirkungen von Emotionen spezifischer Intensität und Qualität auf solche Entscheidungsprozesse, die zur Bewältigung problematischer Person-Umwelt-Transaktionen notwendig sind. Die Theorie können wir an dieser Stelle nicht näher erörtern, wohl aber begründen, warum eine Beachtung des subjektiven Sinns u.E. eine oftmals notwendige Voraussetzung für angemessene Analysen von Person-Umwelt-Transaktionen darstellt.

Wir gehen davon aus, daß in problematischen Situationen, dann, wenn die weitere Ausführung einer begonnenen Handlung nicht mehr durch "Routine" zu bewältigen ist, Personen häufig eigene Wertvorstellungen, Überzeugung, Standards oder Referenzen aktivieren, um neue Handlungsalternativen zu bedenken, zu begründen und schließlich auch zu instantiieren. In solchen Situationen verlaufen Willensprozesse, die darauf gerichtet sind, eine einmal begonnene Handlung gegenüber konkurrierenden Intentionen abzuschirmen oder aber, die ursprüngliche Intention bewußt, willentlich, zugunsten konkurrierender Absichten aufzugeben.

Eine Analyse solcher Willensprozesse setzt die Induzierung von Transaktions-Zuständen voraus, in denen die Ausführung ursprünglich intendierter Handlungen "problematisch" werden, sei es durch eine Induzierung von "Versuchung", von "Belohnungsaufschub", von "sozialem Druck" (vgl. Kuhl 1984), von "Wertkonflikten", die bei der Instantiierung einer Handlung noch nicht absehbar waren, etc.

Willensprozesse treten aber nur dann auf, wenn eine aktuelle Intention selbst generiert ist, das heißt, wenn der Akteur die Gründe für seine Handlung sich selbst und nicht einem äußeren Umstand zuschreibt (siehe Kuhl 1984). Um Willensprozesse zu analysieren und zu verstehen, müssen somit die individuellen Gründe, die zu einer Absicht geführt haben, berücksichtigt werden. Ebenso kann nur individuell - unter Rekurs auf die subjektspezifische Perspektive - bestimmt werden; ob für den Akteur eine Situation eine "Versuchung", "Belohnung", einen "sozialen Druck" oder "Wertkonflikt" bedeutet.

Eine ähnliche Argumentation gilt für die Analyse von Emotionen. Emotionen stellen allgemein "relationale" Konstrukte dar. In einer Emotion ist stets eine aktuelle Person-Referenz-Relation repräsentiert. Sie kann als eine Information über ein aktuelles Verhältnis zwischen perzipiertem Ist-Zustand, in dem sich eine Person befindet, und einem Soll-Zustand, den diese für mehr oder weniger bedeutsam hält, aufgefaßt werden (siehe Lantermann 1983). Die Qualität einer spezifischen Emotion wird durch weitere Kognitionen einer Person konstituiert, die sie selbst oder ihre Umwelt zum Inhalt haben. So 'gehören' zur Emotion "Wut auf eine andere Person" folgende konstituierende kognitive Komponenten (vgl. Lantermann 1985; allgemein dazu Brandstädter 1985):

- eine aktivierte zentrale, selbst-implikative Referenz (Standard, Wert),
- eine perzipierte negative Diskrepanz zwischen Ist- und Soll-Lage,
- eine hohe Dringlichkeit zur Reduktion der Diskrepanz,
- eine Barriere zur Diskrepanz-Reduktion, die von der ande-

ren Person absichtlich herbeigeführt wurde und
- eine selbstattribuierte Handlungskompetenz zur Überwindung der Barriere.

So kann dasselbe Verhalten einer Person einmal zur höchsten Wut reizen oder gleichgültig lassen - in Abhängigkeit von der Bedeutung, die eine Person dem beobachteten Verhalten beimißt - wobei die Bedeutung, der Sinn des Verhaltens durch die o.g. Merkmale von Wut konstituiert wird - oder eben nicht.

Interaktionen zwischen Willens- und emotionalen Prozessen bei der Handlungsregulation können daher letztlich nur mittels eines systematischen Rekurses auf den subjektiven Sinn einer Person-Umwelt-Transaktion analysiert werden.

2.2 Die Untersuchungs-Strategie

Wir lassen unsere Probanden - in der ersten Versuchsphase ausschließlich Landwirte - mit einem auf dem Rechner simulierten landwirtschaftlichen Betrieb interagieren. Sie können Eingriffe vornehmen, deren Auswirkungen vom Simulationsmodell abgeschätzt und bei Bedarf rückgemeldet werden. Wir greifen ebenfalls (verdeckt) in den System-Verlauf ein, um spezifische System-Zustände herbeizuführen, die für uns von Interesse sind. Aufgrund des Vorwissens, das wir über eine entsprechende Vorerhebung an den Probanden gewinnen, sind wir in der Lage, über geeignete Systemsteuerungen in systematischer Weise den Sinn, die Bedeutung, die ein konkreter Systemzustand für den jeweiligen Probanden hat, zu variieren. Diese Sinn-Induktion erfolgt Person-spezifisch; zur Induzierung eines identischen Sinns müssen zum Teil recht verschiedenartige System-Zustände realisiert werden. Wir manipulieren so zwar die "Reizkonstellation"; jedoch nur insofern, als wir damit gleichzeitig die Bedeutung, die diese Reizkonfiguration für eine Person hat, induzieren und variieren.

Unsere strategische Frage lautet jeweils: Welche System-Zustände und -Verläufe müssen wir ansteuern, damit diese aus der Perspektive des Akteurs eine ganz spezifische Bedeutung erfahren? Die Untersuchungseinheit ist daher nicht die Reiz- oder Bedingungskonstellation, sondern der Sinngehalt einer Reizkonstellation.

In anderen Untersuchungen des Erstautors (u.a. Lantermann 1982, i.Vorb.) wurde eine vergleichbare Strategie verfolgt, um die Bedeutung, die ein Ereignis für eine Person hat, als Analyse-Einheit zu kontrollieren. In Abhängigkeit von der jeweiligen Fragestellung wird man dabei unterschiedliche Sinn-konstituierende Komponenten zu berücksichtigen haben. In der kürzlich abgeschlossenen Studie "Psychologische Nähe und umweltbewußtes Handeln" wurden solche Komponenten eingeführt, die zur Konstituierung von "Betroffenheit" einer Person gegenüber einem Umweltereignis notwendig zu sein scheinen (wie räumliche, zeitliche und soziale Nähe (Reykowski 1982), Wertbezug, Erfahrung, Reversibilität von Ereignisfolgen). Diese Komponenten wurden in dem Versuch mit einer "Misch"-Strategie realisiert: Die räumliche, zeitliche und soziale Nähe wurde mit der Beschreibung der Umweltereignisse festgelegt, d.h. es wurde unterstellt, daß alle Probanden unsere Beschreibung der Ereignisse ohne subjektive 'Verzerrung' in ihre kognitive Repräsentationen übernehmen, während die anderen Komponenten von den Probanden selbst den einzelnen Ereignissen zugeordnet wurden (indem sie angaben, ob Wertbezüge, Erfahrungen, Reversibilität, etc. hinsichtlich dieser Ereignisse vorlagen oder nicht).

Als jeweilige Untersuchungseinheit wurde wiederum die subjektive Bedeutung eines Umweltereignisses und nicht die objektive Beschreibung der Ereignisse selbst gewählt. Die Hypothesen bezogen sich daher einerseits auf Zusammenhänge zwischen den perzipierten Komponenten und den subjektiven Bedeutungen eines Ereignisses und andererseits auf Korrespondenzen zwischen den Bedeutungen und der Bereitschaft zum aktiven Engagement im Umweltschutzbereich. Die entsprechenden Daten wurden über Del-Analysen auf hypothesenkongruente Strukturen hin getestet, einem Verfahren, das auch in der jetzigen Untersuchung zur Anwendung kommt.

In der Untersuchungsserie "Wertorientiertes Handeln im ökologischen Kontext" interessieren uns primär solche Komponenten einer Person-Umwelt-Transaktion, die konstituierende Momente spezifischer Emotionen darstellen und - aus der Sicht des Akteurs - einen Transaktionszustand als "problematisch" im oben genannten Sinne erscheinen lassen. In erster Linie analysieren wir solche kognitiven Regulationsprozesse, die während des Bestehens von "Befürchtung", "Stolz", "Erleichterung" und "Wut" auftreten - und dies in problematischen Situationen. Um eine Realisierung oder Induzierung dieser Emotionen im Verlauf einer Interaktion zwischen Proband und System zu erreichen, muß das System so gesteuert werden, daß innerhalb des kontinuierlichen Handlungsflusses die emotionskonstituierenden Komponenten auftreten und von den Probanden in ihre Interpretation des aktuellen Transaktionszustandes übernommen werden. U.a. werden folgende Komponenten berücksichtigt:

- Konflikt zwischen zentralen, Ich-implikativen Standards, Werten oder Referenzen,
- überwindbare oder nicht beeinflußbare Handlungsbarrieren,
- Zeitdruck,
- unsichere oder sichere Erfolgsaussichten,
- attraktive Handlungsalternativen.

Die Komponenten können nur subjektspezifisch implementiert werden, da "Werthaftigkeit", "Zeitdruck" etc. nicht einfach "in der Natur der Sache" liegen, sondern Teil einer subjektiven Rekonstruktion eines Sachverhaltes sind.

Unsere Probanden sind Landwirte unterschiedlicher Ausrichtungen oder "Schulen" - "Öko"-Bauern oder konventionelle Landwirte. Ein und derselbe Sachverhalt gilt etwa für den Ökobauer als höchst problematisch, konfliktbeladen, besorgniserregend, während für den konventionellen Landwirt die Situation völlig unproblematisch ist und vice versa. Für den Ökobauer verbietet sich die Nutzung bestimmter Mittel zur Erreichung eines Zieles, für den konventionellen Landwirt dagegen stellen sich diese Mittel als unproblematisch und angemessen dar.

Da jedoch - bei aller Gemeinsamkeit zwischen den jeweiligen Gruppenmitgliedern - der Erfahrungshorizont, die Gewichtung einzelner Prinzipien oder Werte, die Handlungskompetenz etc. unterschiedlich ausgeprägt sein dürften, müssen für jeden Probanden in einer Voruntersuchung zunächst diejenigen "objektiven" Aspekt-Konstellationen einer Person-Umwelt-Transaktion bestimmt werden, die aus der Sicht des Akteurs als "bedrohlich", "konflikthaltig" etc. gelten, um dann im Hauptversuch realisiert zu werden. Für jeden Probanden werden somit zum Teil recht verschiedenartige Versuchsanordnungen notwendig, um denselben Sinn, diesselbe Bedeutung zu induzieren, und diese Bedeutungen stellen dann in der weiteren Analyse die Untersuchungseinheiten dar.

Neben dieser Sinnkontrolle manipulieren wir zusätzlich die "Erregtheit" und die Aufmerksamkeitsorientierung der Probanden, um spezifische Hypothesen überprüfen zu können, die Auwirkungen von a) unterschiedlichen Erregungsniveaus - unabhängig von den kognizierten Informationen - auf informationsverarbeitende Prozesse und b) von interner versus externer Aufmerksamkeitsorientierung auf Bevorzugungen spezifischer kognitiver Inhalte postulieren.

Unsere Hypothesen haben allgemein folgendes Format:
Wenn eine Person mit den Merkmalen M(P) sich in einem Transaktionszustand mit den Merkmalen M(T) befindet, dann rekonstruiert diese Person diesen Transaktionszustand als eine Situation spezifischer Bedeutung oder eines bestimmten Sinns. In Abhängigkeit von der Bedeutung der Transaktion, von weiteren Person-Merkmalen sowie von weiteren manipulativen Eingriffen in die Situation erwarten wir spezifische kognitive und emotionale Handlungsregulations-Prozesse mit bestimmten Regulations-Resultaten.

Die Überprüfung der Hypothesen stützt sich auf folgende Datenquellen:
- Verhaltensbeobachtung (online und über Video-Aufzeichnung),
- Selbstkonfrontations-Aussagen,
- Stimmfrequenzanalysen,

- vollständige Dokumentation des Interaktionsverlaufes, einschließlich der Eingriffe des Versuchsleiters, Entscheidungszeiten, Informationsfragen etc. (siehe unten).

Damit sei die Beschreibung unserer Untersuchungsstrategie abgeschlossen. Wir hoffen, damit deutlich gemacht zu haben, daß es für bestimmte psychologische Fragestellungen angemessen und notwendig sein kann, anstelle einer Reizmanipulation in systematischer Weise eine Variation von Sinn-Gehalten zu kontrollieren, ohne damit auf den Anspruch einer empirischen Fundierung theoretischer Aussagen verzichten zu müssen.

Im abschließenden Teil unseres Berichtes beschreiben wir einige Aufbau-Prinzipien sowie einige technische Aspekte einer Implementierung des Simulations-Modells "Bauernhof". Das Programm ist so angelegt, daß es auch zur Analyse von Interaktionen mit anderen Umwelt-Systemen benutzt werden kann.

3. DER EXPERIMENTELLE AUFBAU

Im Rahmen unseres Forschungsvorhabens sollen Simulationen einen Kontext schaffen, der im Experiment die eingangs beschriebenen Handlungssituationen induziert, sei es durch gezielte Manipulationen seitens des Versuchsleiters, durch Eigendynamik des Systems oder durch Interaktionen zwischen Versuchsperson und System. Solche Interaktionen setzen voraus, daß das System Informationen über seine internen Zustände an die Versuchsperson, die es bewirtschaftet, weitergeben kann und umgekehrt, daß die Versuchsperson über geeignete Möglichkeiten verfügt, Systemzustände im Sinne einer Bewirtschaftung zu verändern.

Im folgenden soll das Gesamtsystem, zunächst die Hardware-Konfiguration und anschließend die Systemsoftware als experimentelle Anordnung zum Erzeugen spezifischer Systemzustände und damit verbundener Handlungssituationen vorgestellt werden. Die Hardware wird in diesem Zusammenhang nur soweit beschrieben, daß der apparative Teil des experimentellen Aufbaus hinsichtlich seiner besonderen, für unser Vorhaben wichtigen Eigenschaften, transparent wird. Die Systemsoftware wird in zwei Abschnitten behandelt, zum einen soll ein Programmpaket zur Simulation und Manipulation dynamischer Systeme (SMDS) vorgestellt werden, das alle internen und externen Prozesse des Gesamtsystems koordiniert. Anschließend werden die Simulationsroutinen beschrieben, die das Modell "Bauernhof" repräsentieren. Sie sind als eigenständige Programmodule so konstruiert, daß SMDS interaktiv mit ihnen arbeiten kann.

Versuchspersonen und Versuchsleiter nehmen am Experiment in getrennten Räumen teil. Sie kommunizieren über eine Wechselsprechanlage, die Labor und Kontrollraum verbindet.

Alle Interaktionen zwischen Versuchsperson und System werden vom Versuchsleiter vermittelt. Er nimmt im Kontrollraum alle Eingaben, die der Rechner (APPLEII-PLUS) während des Experiments über sein Tastenfeld erhält, vor. Dabei führt er zum einen Anweisungen der Versuchsperson aus, zum anderen vermag er Eingriffe vorzunehmen, die das Zustandekommen vorgeplanter Systemzustände bewirken, aber von der Versuchsperson als Manipulationen nicht erkannt werden.

Informationen, die das System ausgibt, werden zunächst auf dem Monitor des Versuchsleiters dargestellt und können anschließend von ihm auf einen zweiten Monitor, der im Labor der Versuchsperson zur Verfügung steht, überspielt werden. In diesem Zusammenhang hat der Versuchsleiter die Möglichkeit, über programmierte Kataloge, Audio- oder Videosequenzen von einem externen Informationsspeicher, z.B. einem Videorecorder, abzurufen und der Versuchsperson zu übermitteln.

Von den Aktivitäten der Versuchsperson werden drei Protokolle aufgezeichnet. Jeder Systemeingriff wird auf Diskette protokolliert. Desweiteren wird die Versuchsperson über die gesamte Zeitdauer des Experimentes von einer Videokamera gefilmt, ihre mündlichen Äußerungen werden auf Tonband aufgenommen.

Abbildung 1: Der experimentelle Aufbau

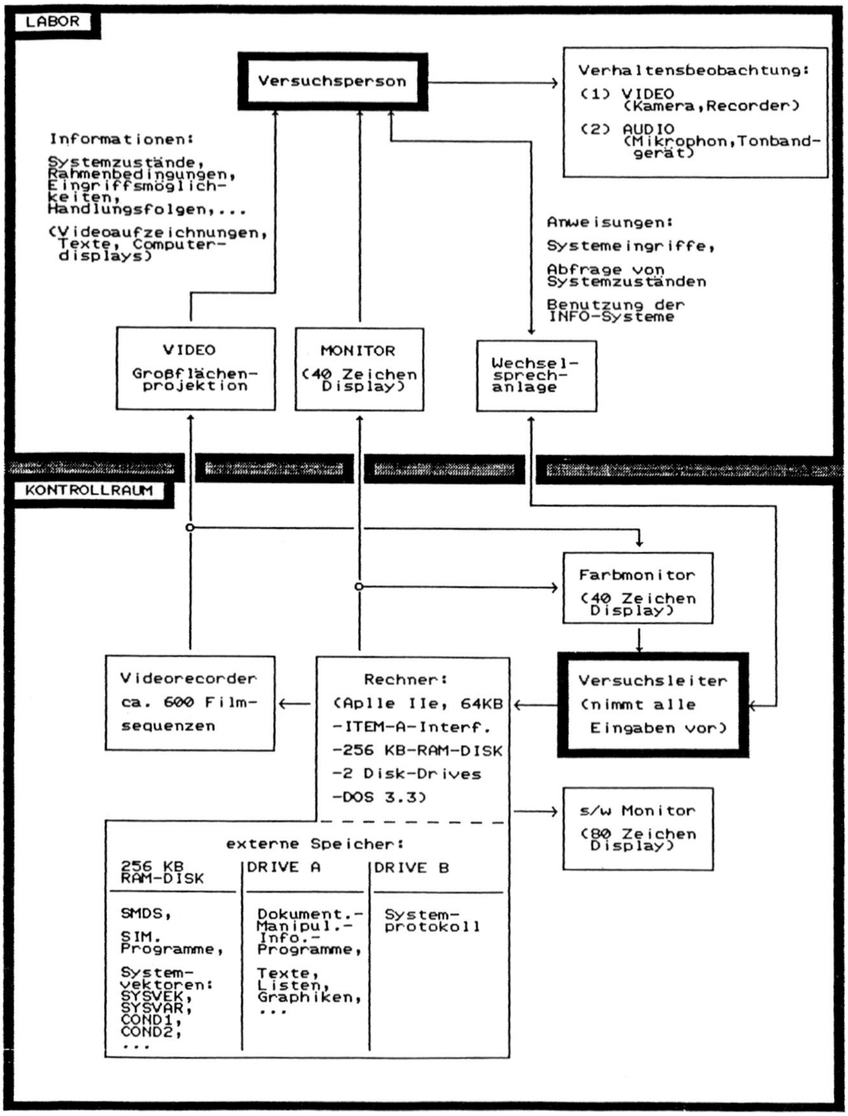

4. SMDS: DAS PROGRAMMPAKET ZUR SIMULATION

SMDS ist ein in APPLESOFT-Basic geschriebenes Programmpaket zur Simulation, Manipulation und Dokumentation komplexer Systeme auf APPLEII-Mikrocomputern. Die Idee, ein solches Programmpaket zu erstellen, entstand aus dem Vorhaben, einen Bauernhof als ein in Teilbereiche zergliedertes System verschiedener Subsysteme zu simulieren, nach konditionierbaren Kriterien Systemzustände rückzumelden und Eingriffe zuzulassen. Dazu entwickelt wir ein hierarchisches System von Programmen (SMDS, Simulations-Manipulations-Dokumentations-System), die über den Systemvektor SYSVEK Steuerbefehle und Systemdaten untereinander austauschen.

Die Programme, aus denen SMDS besteht, bilden zwei Unterstrukturen. Eine Unterstruktur enthält alle Eingabe-, Ausgabe- und Dokumentationsprogramme. Die andere Unterstruktur steuert, kontrolliert und unterbricht die Simulationsläufe. SMDS soll im folgenden entsprechend dieser Unterteilung beschrieben werden.

4.1. Die Ein- und Ausgaberoutinen

4.1.1. EDIT SYSVEK

In der Interaktion eines Menschen mit einem computersimulierten Modell sind die Handlungen des Menschen im wesentlichen auf das Abfragen und Verändern von Zustands- oder Steuergrössen der Simulationsroutinen beschränkt. Für die Transparenz dialogfähiger Systeme ergibt sich die Notwendigkeit, Ein- und Ausgaberoutinen so zu konstruieren, daß Abfragen und Eingriffe gezielt und mit möglichst geringem Handlungsaufwand betrieben werden können. SMDS verfügt über das Programm EDIT SYSVEK, mit dem alle aktuellen Steuer- und Zustandsvariablen des Gesamtsystems abgerufen und verändert werden können.
EDIT SYSVEK vermag die in SYSVEK gespeicherten Werte aller Steuervariablen und Systemzustandsgrößen in disjunkte Teilmengen - im folgenden als Felder bezeichnet - zu unterteilen. Der Zugriff auf eine einzelne SYSVEK-Zelle erfolgt nach die-

sem System stets über die Wahl des Feldes, dessen Element die Zelle ist.

Das Editierprogramm EDIT SYSVEK editiert die vier Vektoren SYSVEK, SYSVAR, COND1, COND2. Der wichtigste Vektor, der Systemvektor SYSVEK, besteht aus einer Kette von 5-Byte-Gruppen, von denen jede die Belegung einer von mehr als 1000 möglichen Systemvariablen des Typs REAL speichert. Diesen Variablenbelegungen werden über ein Pointersystem, das der Vektor SYSVAR enthält, Textstrings, die ebenfalls in SYSVAR enthalten sind, als Variablennamen zugeordnet, so daß bei einer Abfrage von Systemzuständen nicht nur der Wert einer Variablen, sondern auch ihr Name ausgegeben wird. Das Pointersystem ermöglicht außerdem eine Unterteilung von SYSVEK in disjunkte Felder, die EDIT SYSVEK einzeln und unabhängig voneinander editieren kann. Die Felder 1-5 enthalten die Steuerparameter des gesamten Systems, die restlichen maximal 45 Felder speichern in SYSVEK die aktuellen Systemzustandsgrössen aller in einem Sukzessionsschritt aktiven Simulationsroutinen, SYSVAR speichert die Feld- und Variablennamen. Jedes Variablenfeld in SYSVEK enthält die Belegungen aller Programmvariablen eines Simulationsprogramms.

Die Zuordnung eines SYSVEK-Feldes zu einem Simulationsprogramm erfolgt durch ein SIMINDEX, einem Element aus einer Indexliste, die neben anderen Steuerparametern in Feld 2 vorliegt. Trifft im Experiment eine Versuchsperson z.B. die Entscheidung, die Anbaufläche i mit der Feldfrucht j zu bebauen, dann kopiert EDIT SYSVEK, nach entsprechender Indexänderung in Feld 2, die Variablennamen des Simulationsprogramms SIMj in das i-te SYSVAR-Feld und die Anfangsbelegungen dessen Variablen in das i-te SYSVEK-Feld. Nach jedem Sukzessionsschritt können die Variablenbelegungen dieses Feldes über EDIT SYSVEK abgerufen und ggf. verändert werden.

EDIT SYSVEK gestattet es, die Anzahl der simulierten Felder und die Anzahl der Simulationsroutinen variabel zu halten. In unserem Experiment erhalten die Versuchspersonen so die Möglichkeit, ihren Betrieb zu vergrößern bzw. zu verkleinern z.B. durch An- oder Verkauf von Land, Rindern oder landwirtschaftlichen Maschinen.

EDIT SYSVEK ermöglicht, zwei zu SYSVEK strukturgleiche Datenfelder zu editieren, COND1 und COND2. Diese Felder enthalten die manipulierbare Kontrollstruktur des Systems. Zu jeder Variablenbelegung, die in SYSVEK gespeichert ist, enthält COND1 einen oberen, COND2 einen unteren Schwellenwert. Nach jedem Sukzessionsschritt werden die Variablenbelegungen in SYSVEK mit ihren Schwellenwerten in COND1 und COND2 durch das Programm COMPARE verglichen. COMPARE unterbricht den in Abb. 2 dargestellten Simulationszyklus, wenn mindestens ein Element von SYSVEK seinen Schwellenwert in COND1 über- oder in COND2 unterschreitet. Bei geeigneter Zellenbelegung von COND1 und COND2 vermag so die Versuchsperson oder der Versuchsleiter dem gesamten System eine konditionale Struktur überzustülpen, die alle Bedingungen, unter denen das System Informationen abgibt und Manipulationen zuläßt, trägt. Hieraus entsteht eine Eingriffsmöglichkeit der Versuchsperson in den Simulationsprozeß, vergleichbar mit den "bedingten Maßnahmen", durch die LOHHAUSEN überprogrammierbar ist (vgl. Dörner, S.151f.).

4.1.2. Die Dokumentationsroutinen

SMDS verfügt über drei verschiedene Möglichkeiten zur Ausgabe von Informationen. Das Programm EDIT SYSVEK stellt eine dieser Möglichkeiten als Informationsquelle für aktuelle Systemzustände dar. Eine weitere Möglichkeit eröffnet das Programmpaket DOKU mit seinen Displayroutinen zur Darstellung zeitabhängiger Funktionen. Eine dritte Möglichkeit der Informationsausgabe bilden menuegesteuerte Ausgabeprogramme für Texte, Listen, Formulare und Videosequenzen.

Das Programmpaket DOKU umfaßt 21 Einzelprogramme zur Darstellung zeitabhängiger Funktionen. Es ermöglicht im Zusammenhang mit Simulationsläufen die Darstellung von Variablenbelegungen über einer Zeitachse. Dabei sind sowohl die Variable als auch der Zeitraum, über den dargestellt werden soll, frei wählbar.

Besonders beim Entwickeln und Testen von Simulationsprogrammen können durch Visualisierung der zeitlichen Veränderung einzelner Systemvariablen wichtige Informationen über die Systemdynamik gewonnen werden. Des weiteren vermag DOKU Listenfunktionen, die als vorprogrammierte Wertetabellen Veränderungen einzelner Umweltparameter beschreiben, darzustellen. DOKU ist so konzipiert, daß die einzelnen Programme, aus denen es besteht, vier grundsätzlich verschiedene Darstellungsformen gestatten. Bei allen Darstellungsformen kann zwischen Graphik und Zahlenliste sowie zwischen 80- und 40-Zeichendarstellung gewählt werden, wobei im Experiment die 80-Zeichendarstellungen auf dem Farbmonitor der Versuchsperson nicht zu sehen ist. Des weiteren sind unterschiedlich gestauchte Zeitachsen zur Darstellung von Funktionswerten bzw. deren Minima, Maxima oder Mittelwerte über den gestauchten Zellintervallen wählbar.

SMDS enthält eine Menüsteuerung zur Wiedergabe von Texten, Graphiken und Videosequenzen. Das gespeicherte Informationsmaterial steht als Videoinformation auf Kassetten oder als Binärfiles auf Disketten für unterschiedliche Verwendungszwecke zur Verfügung. Über den Zugriff auf diesen Informationspool entscheidet der Versuchsleiter. Er wählt aus entsprechenden Katalogen das Text- bzw. Bildmaterial aus, das der Versuchsperson präsentiert wird. Im Rahmen unseres Experimentes entsteht so u.a. die Möglichkeit, Versuchspersonen über unterschiedliche Repräsentationsmodi tatsächliche oder mögliche Konsequenzen vorgenommener oder geplanter Handlungen rückzumelden. Die Versuchsperson kann aus einer ihr zugängigen Teilmenge des Informationspools gezielt z.B. die Informationen abfragen, die sie als Entscheidungsgrundlage für einen bestimmten Systemeingriff benötigt.

4.1.3. Das Steuerprogramm

Das STEUERPROGRAMM ist die Schnittstelle zwischen dem Simulationszyklus und den Input/Output-Programmen. Es wird nach jeder Unterbrechung des Simulationszyklusses gestartet, der Simulationszyklus wird vom Steuerprogramm aus aktiviert.

STEUERPROGRAMM schreibt das Systemprotokoll und ermöglicht über entsprechende Programmenues das Aufrufen von Dokumentations- und Manipulationsprogrammen.

SMDS gestattet nicht nur die Unterbrechung von Simulationen zwecks Informationsabfragen oder Systemmanipulationen. Der Simulationszyklus kann nach jeder Unterbrechung ab irgendeinem bereits erfolgten Eingriff durch STEUERPROGRAMM und EDIT SYSVEK reaktiviert werden. So sind im Rahmen der Auswertung von SMDS-Simulationen grundsätzlich alle einmal eingenommenen Systemzustände identisch rekonstruierbar.

Systemzustände wiederherzustellen, setzt voraus, daß alle vorgenommenen Systemeingriffe gespeichert werden. Da der Ist-Zustand des Gesamtsystems mit dem Inhalt der Vektoren SYSVEK, COND1 und COND2 gegeben ist, genügt es, zumindest nach jeder Veränderung von einer oder mehreren Variablenbelegungen zu einem Zeitpunkt, diese drei Vektoren als Systemprotokoll durch STEUERPROGRAMM auf Diskette zu speichern.

4.2. Der Simulationszyklus

SMDS enthält mit den Programmen COMPARE, VERTEILER und mit dem File EXEC SIMULN eine Struktur, die Simulationsprogramme für einen Sukzessionsschritt aktiviert und anschließend entscheidet, ob die Simulation abzubrechen ist, ob eine neue Konfiguration an Simulationsroutinen erstellt werden soll oder ob der nächste Simulationsschritt durchzuführen ist.

Der Teil von SMDS, der die Simulationsläufe steuert, ist in Abb. 2 dargestellt. Alle Steuerinformationen, die benötigt werden, sind in den SYSVEK-Feldern 2 und 3 enthalten. In Feld 2 ist mit den SIM-Indices die aktuelle Reihenfolge, nach der einzelne Simulationsroutinen SYSVEK-Felder bearbeiten sollen, festgelegt. Feld 3 enthält die SIM-Indices des vorhergehenden Simulationsschrittes. Bevor ein Simulationsprogramm aktiviert wird, werden Feld 2 und Feld 3 paarweise durch das Programm VERTEILER verglichen. Bei zumindest einem ungleichen

Paar von SIM-Indices wird Feld 2 auf Feld 3 kopiert und ein neues File EXEC SIMULN erzeugt und aktiviert.

EXEC SIMULN gehört zu einem Filetyp, der es gestattet, Befehle an das Betriebssystem in einem Textfile auf Diskette zu speichern. Durch die Aktivierung eines solchen Files mittels einer EXEC-Anweisung werden alle Befehle, die es enthält, nacheinander ausgeführt. Das File EXEC SIMULN enthält die Befehlskette zum Laden und Starten aller Simulationsprogramme, die in einem Sukzessionsschritt abgearbeitet werden. Dabei wird stets eine Auswahl aus einer Menge gespeicherter Simulationsprogramme getroffen und eine feste Reihenfolge der ausgewählten SIM-Programme entsprechend der Indizierung im SYSVEK-Feld 2 aufgestellt. Mit dem EXEC-Befehl, den das Programm VERTEILER erzeugt, werden die in dieser Reihenfolge enthaltenen Simulationsprogramme nacheinander geladen und ausgeführt. Am Ende der Befehlskette aktiviert EXEC SIMULN das Programm COMPARE.

Jedes Simulationsprogramm bearbeitet die Variablenbelegungen von einem SYSVEK-Feld. Dabei können einzelne Variablen Werte annehmen, die außerhalb der Intervallgrenzen, die in den Vektoren COND1 und COND2 gespeichert sind, liegen. Das Programm COMPARE vergleicht die in SYSVEK eingetragenen Variablenbelegungen mit den Intervallgrenzen in COND1 und COND2 und unterbricht den Simulationszyklus genau dann, wenn mindestens ein Wert in SYSVEK außerhalb seiner Grenzen liegt. COMPARE aktiviert in diesem Fall nicht das Programm VERTEILER, sondern das STEUERPROGRAMM und ermöglicht so das interaktive Arbeiten mit dem System.

5. DAS SIMULATIONSMODELL

Das Modell BAUERNHOF wird in vier Teilbereichen simuliert: Pflanzenbau, Viehzucht, Lagerhaltung und Betriebswirtschaft. Die einzelnen Simulationsprogramme werden im folgenden entsprechend dieser Unterteilung vorgestellt. Dabei sollen mögliche Maßnahmen, die von der Versuchsperson zur Bewirtschaftung der jeweiligen Bereiche getroffen werden können, besondere Berücksichtigung finden.

Durch die Simulationsläufe werden die Zustandsgrößen des Systems in diskreten Zeitsprüngen, die in Tagen berechnet werden, verändert. Während des Experiments kann die Anzahl der Tage für die Dauer eines Sukzessionsschrittes neu eingestellt werden.

5.1. Der Pflanzenbau

Die Versuchsperson bewirtschaftet 24 ha Land, das in 12 Schläge unterschiedlicher Größe unterteilt ist, durch den Anbau von Kulturpflanzen. Sie trifft durch einen Anbauplan für jeden Schlag eine Auswahl aus einem umfangreichen Pflanzenangebot. In diesem Zusammenhang müssen ggf. Saatgut, Düngemittel und Pflanzenschutzmittel gekauft und gelagert werden. Entsprechend der getroffenen Pflanzenwahl müssen auf jedem Schlag und innerhalb festgelegter Zeiträume spezifische Maßnahmen aus den Bereichen Ackerarbeiten, Düngung, Bestellung, Pflanzenschutz, Ernte getroffen werden. Dabei sind u.a. exogene Faktoren wie die täglichen Wetterdaten zu berücksichtigen.

Die Pflanzenbauprogramme berechnen Pflanzenwachstum in Abhängigkeit von Witterungs- und Bodenverhältnissen. Sie enthalten stark rückgekoppelte Wirkungsgefüge, deren meisten Variablen für die Versuchsperson weder direkt abfragbar noch direkt manipulierbar sind. So kann die Versuchsperson den Boden eines Schlags nur als black box bearbeiten und muß die Auswirkungen der von ihr getroffenen Maßnahmen an verschiedenen quantitativen und qualitativen Merkmalen des Pflanzenwachstums und der Erträge erkennen.

5.2. Die Rindtierhaltung

Die Versuchsperson übernimmt mit dem Betrieb eine Rindtierhaltung bestehend aus 34 Stück Rindvieh und eine Kälberaufzucht von drei Jungtieren. Während des Experiments kann sie den Tierbestand vergrößern bzw. verkleinern. In jedem Sukzes-

Abbildung 2: Das Modell BAUERNHOF im ökonomischen Kontext

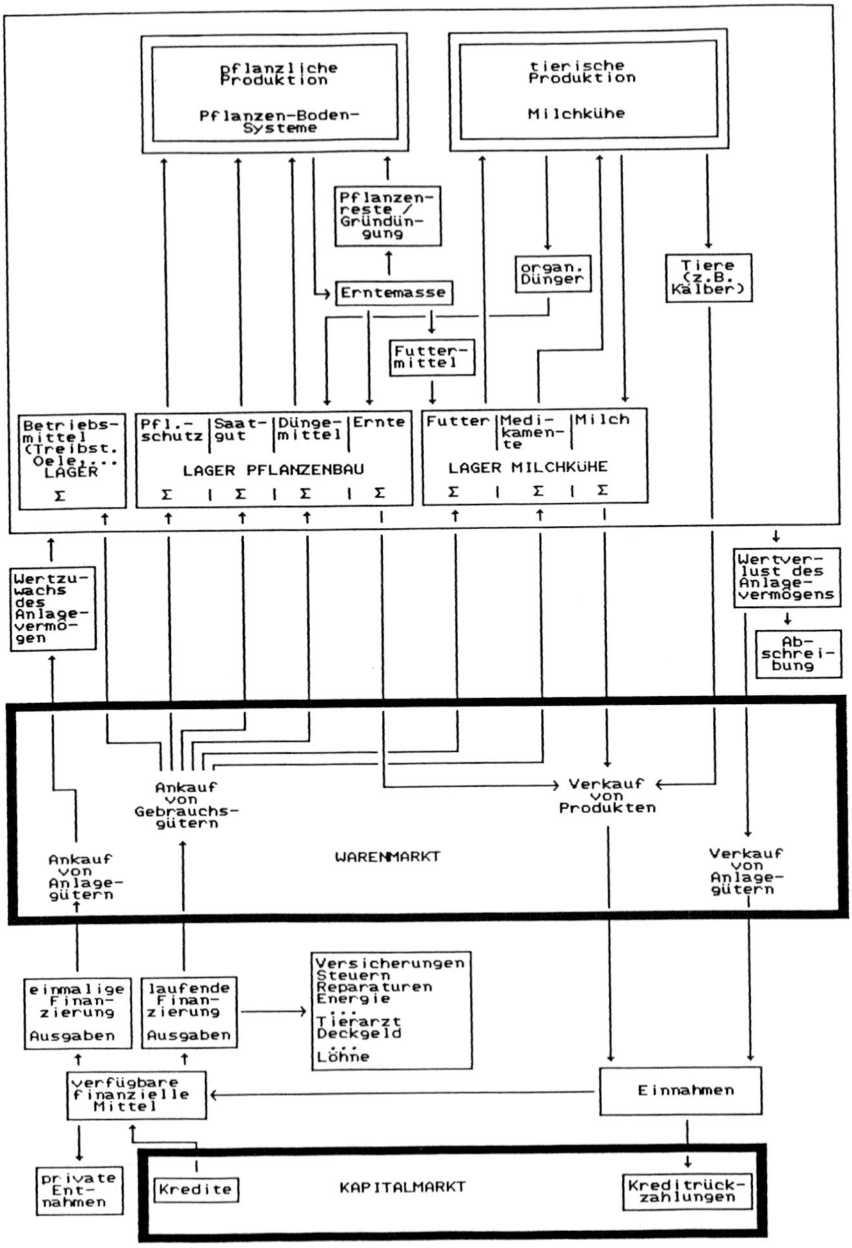

sionsschritt wird von jedem Tier der Verkaufswert und die Milchleistung errechnet, in Abhängigkeit von der Rasse, Alter, Gesundheitszustand, der letzten Kalbung, der Futtermenge und der Zusammensetzung des Futters.

Die Versuchsperson kann die Rindtierhaltung in starkem Maße in den Produktionsprozeß des gesamten Betriebes integrieren, indem sie den Futterbedarf zumindest teilweise durch Produkte aus der eigenen Landwirtschaft abdeckt und die Abfallprodukte der Tierhaltung, wie Gülle und Stallmist, als Düngemittel verwendet.

5.3. Die Lagerhaltung

In der Lagerhaltung werden alle räumlichen Ressourcen des Betriebs, die als Speicher nutzbar sind, verwaltet. Beim Einlagern von Pflanzen oder Pflanzenteilen sind im Zusammenhang mit pflanzenspezifischen Lagertechniken besondere Bedingungen wie z.B. die maximale zeitliche Lagerungsfähigkeit zu berücksichtigen. Insbesondere muß die Versuchsperson die Kapazitäten vorhandener Speicher beachten.

Die Lagerhaltung erfaßt alle Arten und Mengen der durch Produktionsprozesse erzeugten bzw. für Produktionsprozesse benötigten Materie. Die Versuchsperson kann dieses Reservoir dazu benutzen, um die Termine für Einkauf und Anwendung bzw. Herstellung und Verkauf von Produkten zeitlich zu verlagern. Sie erhält damit z.B. die Möglichkeit, betriebswirtschaftliche Entscheidungen an der jeweiligen Marktlage zu orientieren.

5.4. Die Betriebswirtschaft

Der betriebswirtschaftliche Bereich besteht aus der Führung eines Kostenstellensystems, das die Kapitalstruktur des Betriebs repräsentiert. Das Kostenstellensystem ist in vier Teilbereiche untergliedert. Es umfaßt alle Finanzkosten des Betriebs sowie den aktuellen Wert aller Anlagegüter und deren Abschreibung. Die übrigen Teilbereiche schlüsseln Inve-

Abbildung 3: Rindtierhaltung

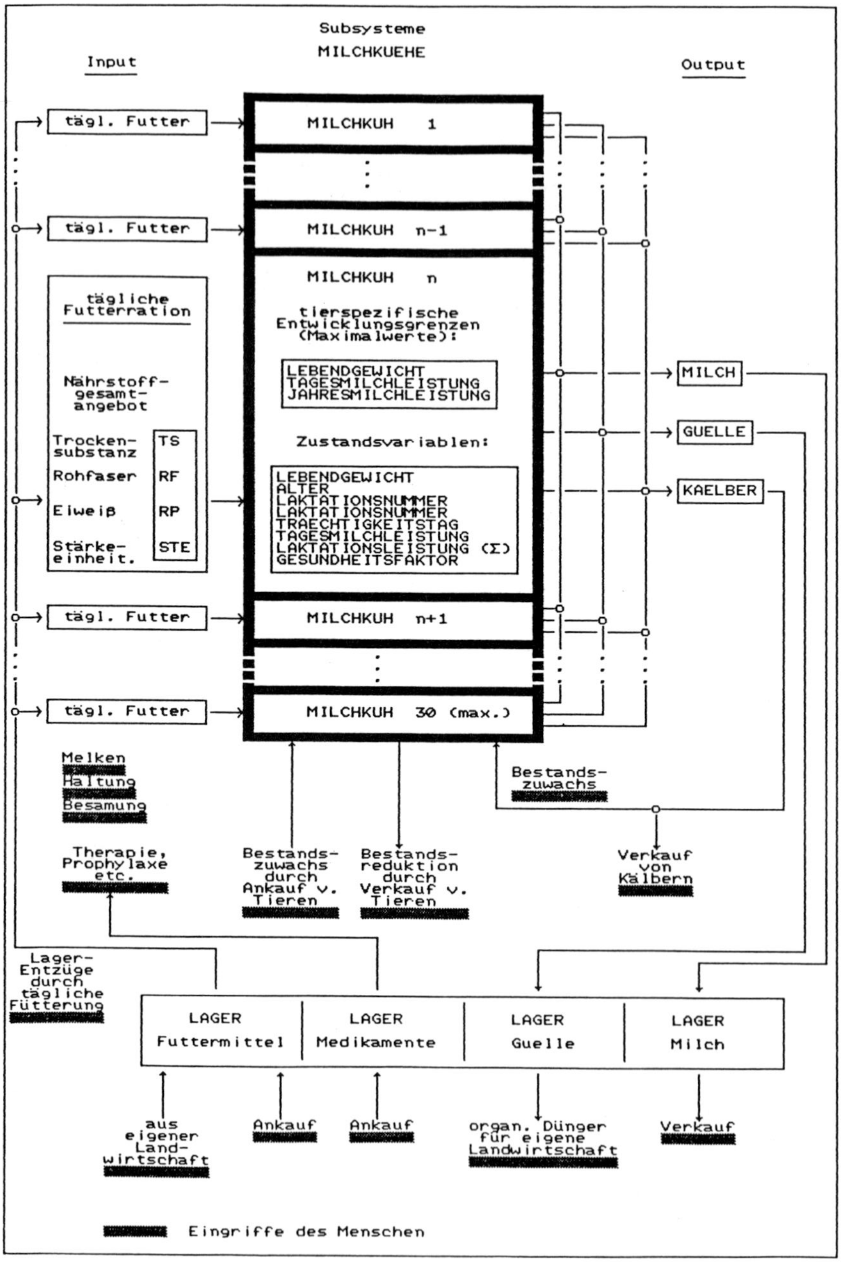

Abbildung 4: Das System "Milchkuh"

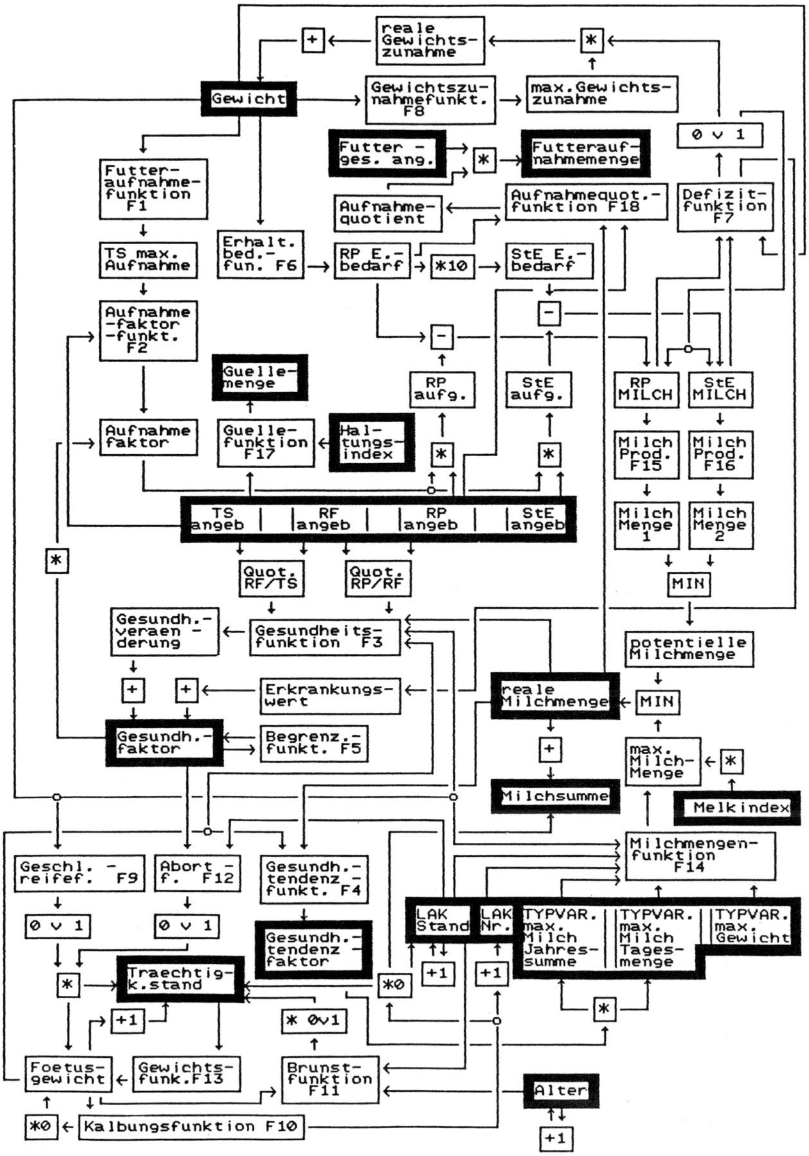

stitionen und Einnahmen im Sinne einer Buchführung auf.

Der ökonomische Erfolg aller getroffenen Maßnahmen wird der Versuchsperson vor allem durch die Entwicklung der Betriebskonten rückgemeldet. Darüber hinaus kann sie die finanziellen Auswirkungen einzelner übergeordneter Entscheidungen und den damit verbundenen Maßnahmen, wie sie z.B. bei der Umstellung einzelner Schläge von intensiver auf ökologische Bewirtschaftung anfallen, den betroffenen Kostenstellen entnehmen.

6. LITERATUR

Brandtstädter, J. (1985): Emotion, Kognition, Handlung: Konzeptuelle Probleme, in: L.Eckensberger & E.-D.Lantermann (Hrsg.): Emotion und Reflexivität, München: Urban & Schwarzenberg, 252-264.

Graumann, C.F. (1985): Phänomenologische Analytik und experimentelle Methodik in der Psychologie - das Problem der Vermittlung, in: K.H.Braun & K.Holzkamp (Hrsg.): Subjektivität als Problem psychologischer Methodik, Frankfurt: Campus, 38-59.

Kebeck, G.; Sader, M. (1984): Phänomenologisch-experimentelle Methodenlehre, Gestalttheory, 6, 193-245.

Kuhl, J. (1984): Volitional aspects of achievement motivation and learned helplessness: Toward a comprehensive theory of action control, in: B.A.Maher (ed.): Progress in experimental personality research, Vol.13, New York: Academic Press.

Lantermann, E.-D. (1982): Integration von Kognitionen und Emotionen in Handlungen, in: H.-W.Hoefert (Hrsg.): Person und Situation, Göttingen: Hogrefe, 67-84.

Lantermann, E.-D. (1985): Kognitiv-emotionale Handlungsregulation: Das Produktion-Signal-Impuls-Modell, in: P.Day, U.Fuhrer & U.Laucken (Hrsg.): Umwelt und Handeln, Tübingen: Attempto, 287-307.

Reykowski, J. (1982): Social motivation, Annual Review of Psychology, 33, 123-154.

Schneider, G. (1985): Qualitativität als methodologisches Desiderat der Umweltpsychologie, in: G.Jüttemann (Hrsg.): Qualitative Forschung in der Psychologie, Weinheim: Beltz, 297-323.